明知不可为而为之

是他的道

星河蜉蝣

白马时光

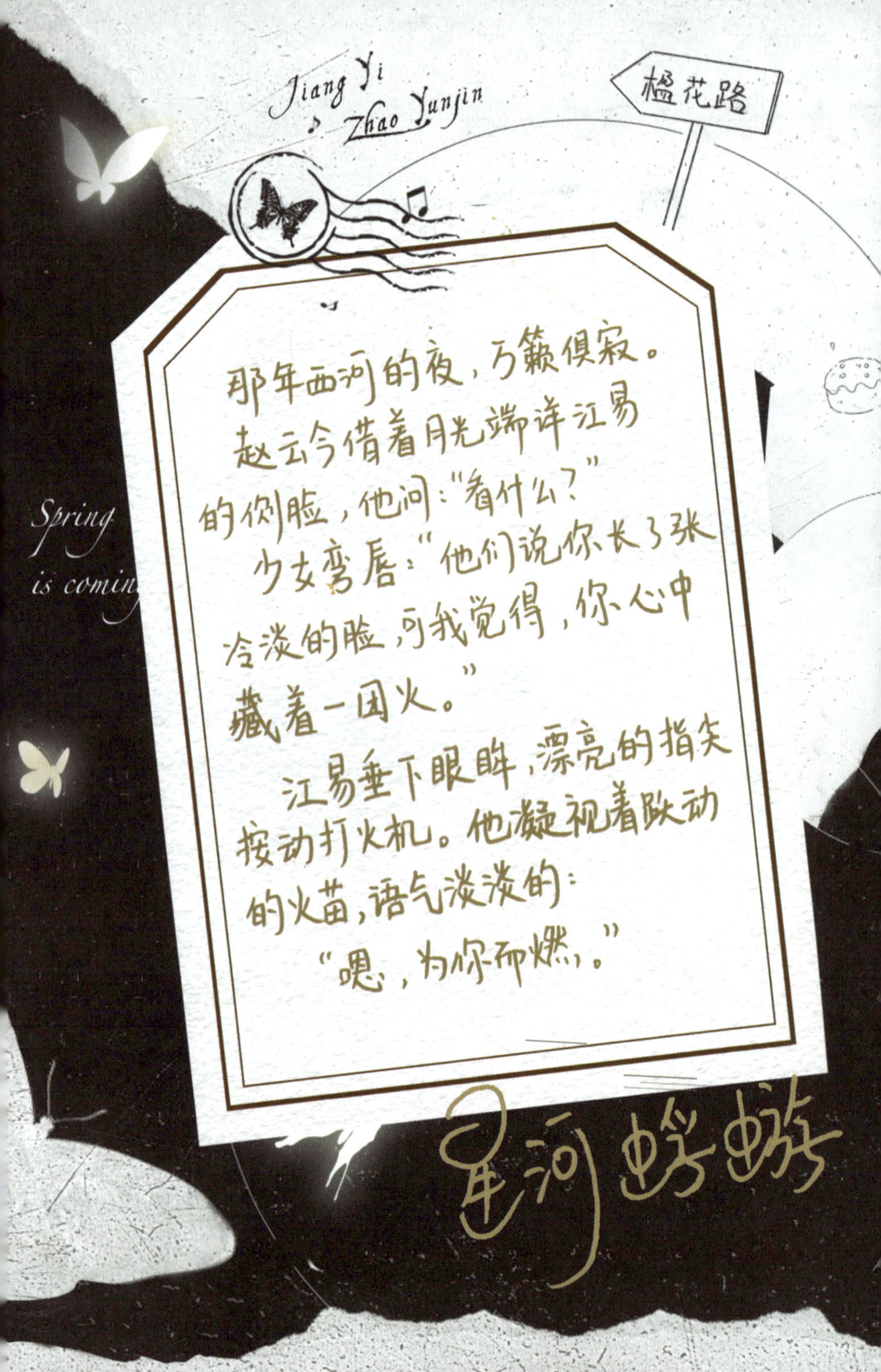
Jiang Yi
Zhao Yunjin
楹花路
那年西河的夜，万籁俱寂。
赵云今借着月光端详江易的侧脸，他问："看什么？"
少女弯唇："他们说你长了张冷淡的脸，可我觉得，你心中藏着一团火。"
江易垂下眼眸，漂亮的指尖按动打火机。他凝视着跃动的火苗，语气淡淡的：
"嗯，为你而燃。"
Spring
is coming
星河蛴螬

星河蜉蝣 著

—上—

春日失格

百花洲文艺出版社
BAIHUAZHOU LITERATURE AND ART PRESS

图书在版编目（CIP）数据

春日失格 / 星河蜉蝣著 . — 南昌 : 百花洲文艺出版社 , 2024.5
ISBN 978-7-5500-5282-6

Ⅰ . ①春… Ⅱ . ①星… Ⅲ . ①长篇小说－中国－当代
Ⅳ . ① I247.5

中国国家版本馆 CIP 数据核字（2023）第 175309 号

春日失格

CHUNRI SHIGE

星河蜉蝣　著

出 版 人　陈　波
出 品 人　李国靖
特约监制　夏　童
责任编辑　徐文娟
特约策划　甜木酒
特约编辑　甜木酒
营销编辑　王亚青
封面设计　陈　飞
版式设计　陈　飞
封面绘图　茶叶蛋
赠品绘图　水　阑　Meru
出版发行　百花洲文艺出版社
社　　址　南昌市红谷滩区世贸路 898 号博能中心 I 期 A 座 20 楼
邮　　编　330038
经　　销　全国新华书店
印　　刷　三河市金元印装有限公司
开　　本　880mm × 1230mm　1/32
印　　张　24.5
字　　数　804 千字
版　　次　2024 年 5 月第 1 版
印　　次　2024 年 5 月第 1 次印刷
书　　号　ISBN 978-7-5500-5282-6
定　　价　79.80 元（全三册）

赣版权登字：05-2023-322

发行电话　0791-86894752　　网　址　http://www.bhzwy.com
图书若有印装错误，影响阅读，可向承印厂联系调换。

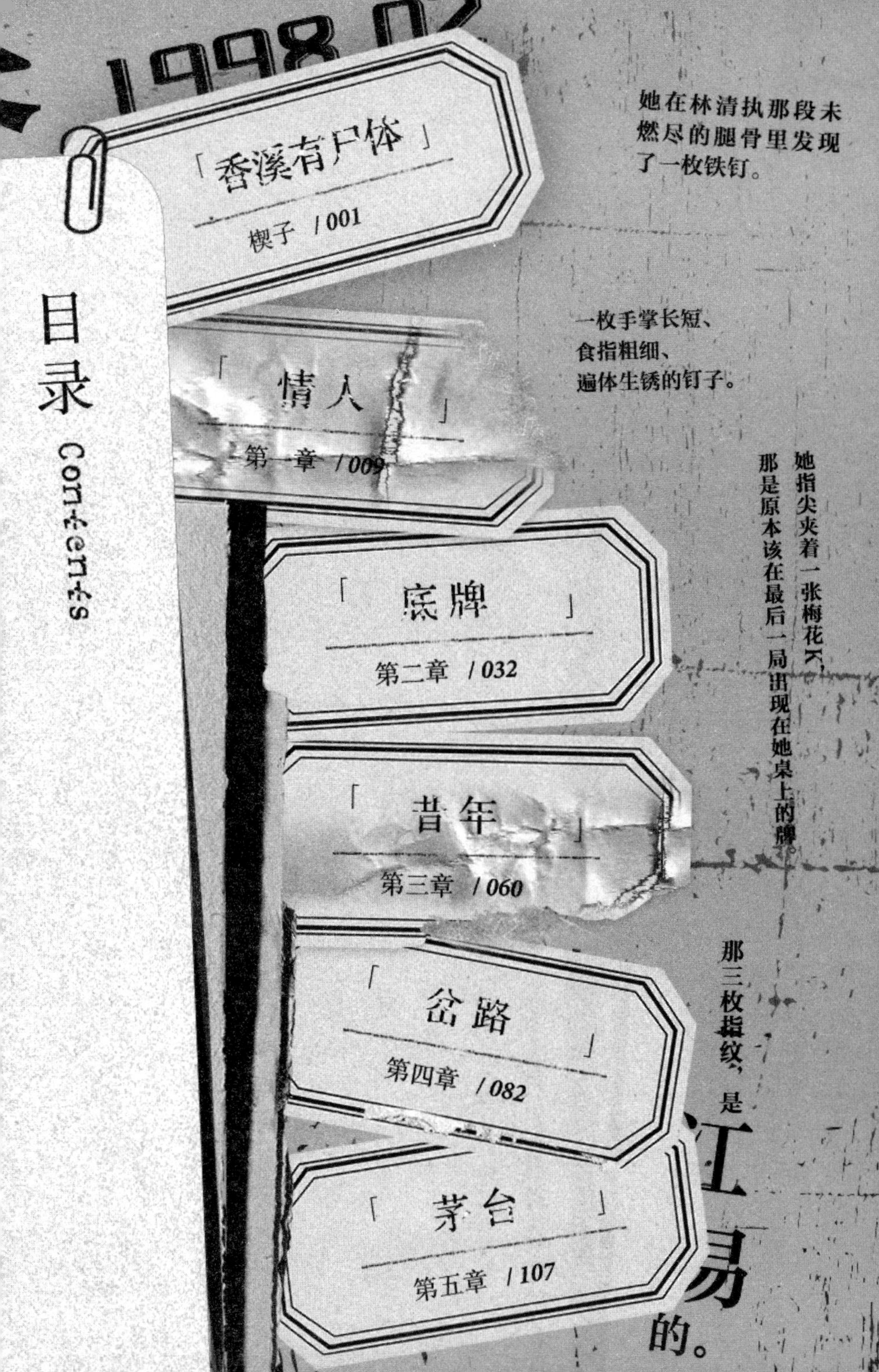

目录 Contents

1998.07
她在林清执那段未燃尽的腿骨里发现了一枚铁钉。
一枚手掌长短、食指粗细、遍体生锈的钉子。
她指尖夹着一张梅花K，那是原本该在最后一局出现在她桌上的牌。
那三枚指纹，是
江
易
的。

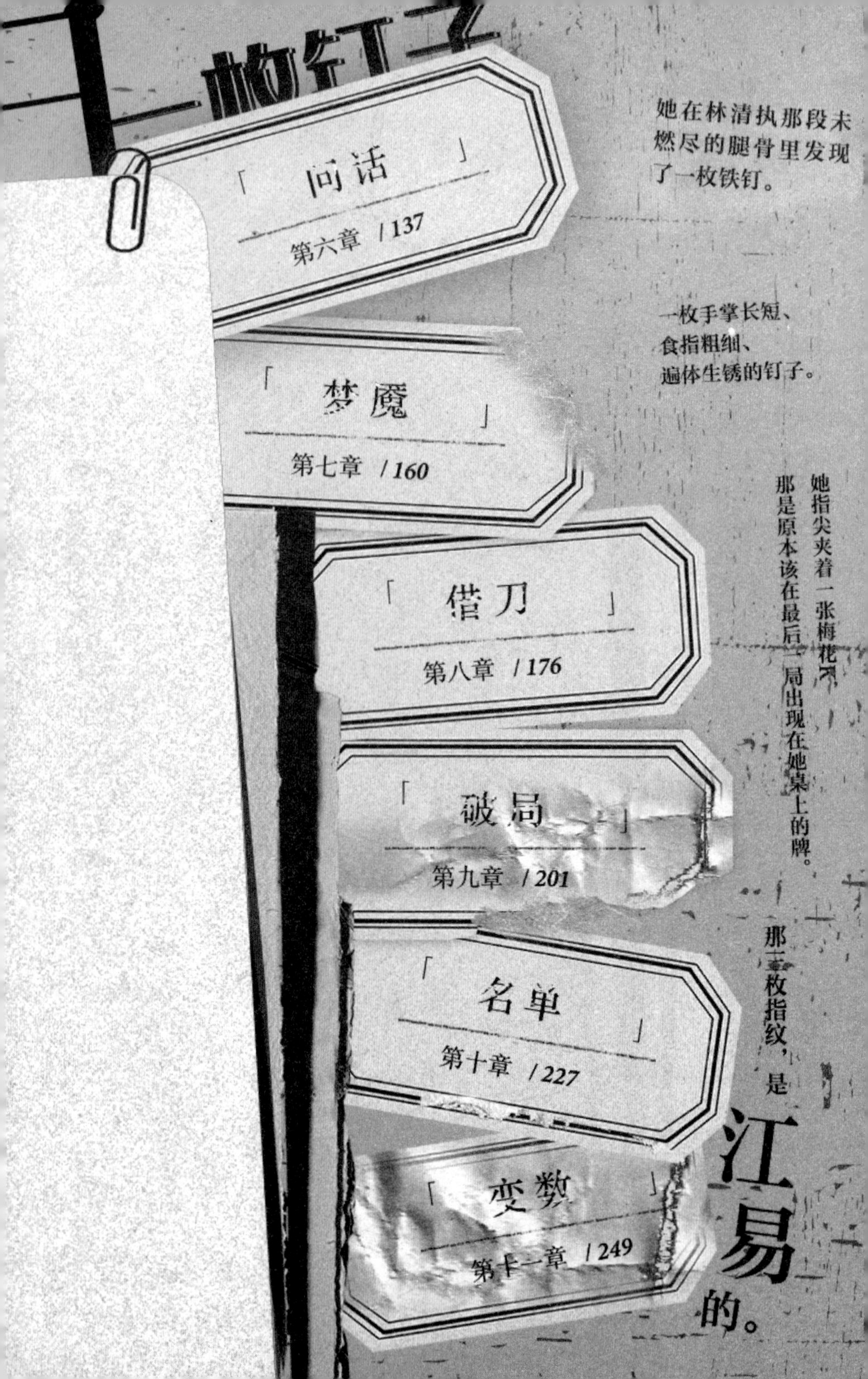

一枚钉子
她在林清执那段未燃尽的腿骨里发现了一枚铁钉。
一枚手掌长短、食指粗细、遍体生锈的钉子。
她指尖夹着一张梅花7
那是原本该在最后一局出现在她桌上的牌。
那一枚指纹，是江易的。

春日的夜，寒意料峭。团叠的乌云如碎纸机里轻浮的纸屑，被天空中无形的手恣意翻搅，捻得零零碎碎后豁出一个大口子。几十年不遇的暴雨倾盆而至，偌大的城市瞬间被雨声覆盖，一时嘈杂，一时死寂，除了雨点浇在建筑物的砖石铁皮上“砰砰”作响，没半点儿生气。

西河南郊，江易把车停在路边，一路风雨交加，雨披下的衣服已经湿了大半。

前边破烂厂房门口的檐顶吊着盏白炽灯，是这漆黑雨夜里唯一的一束光。厂房里面倒也亮堂，被人临时接了电线，串了几盏照明的光源，只是雨太大，隔远了看散光似的模糊一片。

江易脱了雨披，门口马扎上坐着个白胖的中年男人，他递过来一条干净的毛巾，对江易说：“擦擦。”

江易接过毛巾，道了声谢，然后脱掉浸得湿透的 T 恤衫，站在台阶前拧水。

“听说香溪涨水，昌河坝那段路全淹了，政府派人抢险把路给封了，你是怎么过来的？”

“兰港路。”

“绕远了，怪不得这么晚。”

江易的白色 T 恤衫里套着件黑背心，脖子上戴了条黑绳，绳上挂了个银吊坠。

他任由湿漉漉的碎发绺贴在脸侧，随手将拧干的 T 恤衫搭在廊下的油桶上，而后淡漠地端臂靠墙。

江易清冷的目光直直地撞入眼前瓢泼似的雨帘。他的心思不在这儿，不知在想什么。

白胖男人偷偷打量，江易看上去二十岁出头，手臂与腹部肌肉清晰漂亮，延展着，展现出年轻人的力量与健美。如果他脸上没有那种“生人勿近”的冷漠与阴郁，看着也就十七八岁的模样。

男人看了许久，觉得这人无所事事地站在这儿看雨，不像有坏心眼儿。他舔了舔嘴唇，眼含怯意地回头瞄了下屋里。

“何通，大家都叫我老何。”他朝江易伸出右手，带着讨好的意味，“二房的司机，来西河帮霍先生办事。”

江易不吭声，也无意握手。何通尴尬得脸色泛白，搓了搓手掌试探地问道：“你是那头的？”

正套着近乎，屋里出来个平头干瘦的矮男人。

矮男人蹲在廊前的柱子后面点了根烟，半眯着眼道：“何胖子，咱不是土匪流氓，说话办事都讲个理字。这事你没参与，三太自然不会找你的麻烦，可你别见人就瞎套近乎……

“……跟个哈巴狗似的。”矮男人拨了拨脖子上挂着的镀金链子，指着江易道，“就算要巴结，也得巴结个像样的人吧？比如我金富源，起码能在三太面前露个脸说个话，你巴结他？”

他嘲讽地吐了口烟圈：“翻脸不认人的小崽子，为了一个女人说走就走，还想找份正经工作过日子？真以为自己擦干抹净就能混成上等人了？白费了九叔这些年养他的粮食。”

何通哆哆嗦嗦地看向江易，江易仍是一副冷漠模样，似乎没听清金富源的话，又或是雨声太大，压根儿就没听见。

一根烟抽完，金富源嗤笑一声，从背后墙上扯下根电线，又不知从哪儿翻出一个插座，牵着进屋了。

江易掏出手机，手机屏幕的指示灯亮了，显示有新的消息。

耳畔暴雨如注，明明已经开春了，天气却诡谲无常。一场大雨浇灭了地表的暖意，如数九寒冬一般。寒风裹挟着冰冷的雨珠，溅在身上凉得刺骨。

何通像只慌张的钻地鼠，不知在怕什么，一刻也不得安生。何通偷偷观察江易，见他看向手机时眉眼都变得温柔了，那是种很玄妙的气质，衬在他冷硬的底色上，让他忽然有了烟火气。

何通抱着马扎靠近，戳了戳他的裤管：“手机能借我用用吗？”

远处空中乍地一亮，闪电过后劈下一道横雷，落在耳朵里闷沉沉的，何通甚至觉得脚下的地都颤了颤。

“雨太大了，我想给老婆打个电话报个平安，不然她肯定担心得一晚上睡不着。”何通为难地说，“我的手机被他们拿走了。”

江易把手机递给他，何通千恩万谢。

他撑起伞要去台阶下面打电话，江易看了一眼他那身皱巴巴的西装和花色凌乱跟衬衫明显不搭的领带，忽然开口：“就在这儿打。”

何通愣住了。

江易额前的碎发有些长，半遮住漆黑的眉眼，隐约露出一点儿明亮的眸子。何通不敢和他对视，觉得这人好像能猜透人的心思，虽然嘴上不说，但心里门儿清。可江易也不揭穿，就这么看着他，像是在看一出好戏。

何通攥紧手机，硬着头皮拨号。响铃过了三声，对面传来一个温润的男声，何通压低声音：“霍先生，您救救丁晨凯吧——

“霍先生，三房的人说丁晨凯偷了三太的首饰，人被抓进去好几个小时了，现在不知道情况怎么样了，他们不让我进去看他。

“我哪知道他干什么了，我跟他也不在一块儿啊。”何通急得快哭了，“可我寻思再怎么着丁晨凯也就是在园区逛了逛，三太今天连个面儿都没露，他上哪儿偷她的首饰啊？顶多偷几盒止咳糖浆、几包止痛片，又不值什么钱……”

何通分析半天，下了结论：“这肯定是三房在搞咱们，您可得救救晨凯。霍……霍先生？您能听到我说话吗？”

何通说完悄悄看向江易，他虽然压着声音，但他知道，自己嘴里说的每一个字，眼前这个冷漠寡言的人都能听见。

电话那头一片“沙沙”的声音，信号时断时续，再听到完整的句子已经是半分钟后了。电话对面，那人事不关己般轻描淡写道：“自己犯的错，自己兜着呗。”

何通僵硬地看着屏幕左上角消失的信号，刚刚那道雷劈倒了信号塔，电话打不出去了。

江易蹙眉，抬手看了一眼表。已经夜里十一点半了，屋里没一点儿动静，也没人出来给他安排事做，大半夜待在这儿吹冷风，像个傻子。

他收了晾在油桶上的 T 恤衫，套上雨披准备离开。

金富源看见了连忙出来拦住他："九叔找你来看门，事都没做完着急去哪儿啊？"他着重强调"看门"两个字，想以此让江易明白自己的位置。

江易眼底泛着冷光，金富源却满不在乎。

远处缠山的轮廓在云盖雨遮下影影绰绰，厂房废弃已久，围墙残破。地上铺满了前一年秋天的枯叶，被雨水冲刷后泛着和台阶上青苔类似的土腥味。地势倾斜，混着枝叶碎屑和泥土的脏水潺潺地流下来，途经脚底，渗入阴黑的沟渠。

厂房里不知道谁按了什么开关，传来机器运作的动静，"哐哧哐哧"的。雨水、冷风、惊雷，每一样声音都号啕入耳，连面对面说话都不容易听清。可就在这样嘈杂的雨夜里，江易忽然听到一声凄厉的惨叫，带着极强的穿透力从厂房内传出来。一声男人的惨叫。

他瞬时全身僵硬，骨头被冷风浸得发酸。

何通也听到了，他跳起来拽着金富源的衣领："你们对他做了什么？说他偷了三太的东西，你们有证据吗？"

金富源笑了笑："没有小偷会说自己是小偷，不给他点儿颜色瞧瞧，他会说实话？"

何通急赤白脸地道："这事说不清了，你们要是觉得丁晨凯偷了东西，等雨小了咱去警察局，打人算怎么回事……"

金富源推开他，理了理领子："这你就不懂了，一行有一行的规矩。这种惯偷就得用这法子收拾，到了警察局他要咬死不认偷东西，警察也没招啊。到时候人放出来把三太的钻戒转手一卖就是半套房子，三太的损失你赔？你赔得起吗？

"阿易。"他转向江易，笑里藏刀道，"哪怕要走，走前也得把门看好了不是？

"这些年九爷就算养了条狗，给块骨头也知道摇摇尾巴，你可别连条狗都不如。"

江易忽然抬起头，瞳孔黝黑深邃，冷冽如刀，如一个深不见底的黑洞，看得人胆寒。他问道："里面是谁？"

西南角的柳树前些日子生的鹅黄色的嫩芽，在这场雨里尽数零落。狂风呼啸而过，雨水扫入檐下，浇了何通一个透心凉。他全身上下都湿透了，抬眼望见那棵柳树的枝条于空中浮荡招摇，像是索命的鬼影。

“是谁？”江易又问了一遍，嗓音喑哑，在雨中响起，叫人感到说不出的冷。

金富源满不在乎道：“一个扒手，手脚不干净，偷了霍老爷子送给三太的钻戒。嘴挺硬，怎么打都不松口，可骨头倒不怎么硬嘛，阿志几棍子下去还不是给他手指头全打折了。”

江易静静地站在那儿，他那断了信号的手机还被何通攥着。

他沉默着，只是短短片刻，却叫何通觉得周身空气都凝滞了。雨水像是增稠剂，何通连呼吸都不由得加重了。

面前的江易不像是个二十岁出头的人，倒像黑夜里潜伏的虫豸，像阴影里躲藏的野兽，像暗处没有影子的孤鬼。

江易转身进了厂房。

与外面的潮冷相比，里面闷得叫人喘不过气来。在厂房最深处的角落里，金富源拉进来的插座上接着一台老式收音机和一个小太阳取暖炉，炉子上的铁片被烤得炽热，泛着橘黄色的光。水泥地上凌乱地散布着一堆吃完的泡沫饭盒和几个喝空的碳酸饮料瓶。

空气中弥漫着芹菜炒猪肉的油腻味，还有一阵刺鼻的血腥味。

五六个男人围成一圈，中间地上躺着个人——如果能称之为人的话。

灯光昏暗，隔远了看只是团血肉模糊的东西，满地的血都是从他身上流出来的，大部分渗入了脚下断裂的地砖里。

为首的年轻男人手臂上文着条残龙，蹲下身揪住那人额前的头发强迫他仰起头。

“晕了，弄点儿水来。”

“阿志，下手轻点儿，可别把人弄死了。”

男人笑道：“三太的东西没找着，他就算想死，也要问我答不答应。”

一旁的车床还在震动，显然是刚刚启用过，上面沾着浓稠的鲜血。

那人右腿软趴趴地垂着，看上去完全废了，被一桶冷水浇头也只是胳膊颤了颤，已做不出剧烈的反应了。

阿志知道他醒了，舀了瓢清水冲掉他脸上的血渍：“丁晨凯，东西呢？”

江易的脚上像被嵌了万斤的镣铐，沉重得一步都迈不开。他死死地盯着男人那血迹斑斑、少了一只眼睛的脸，瞳孔骤然缩紧，心跳几乎停滞。

阿志一脚踩在男人废掉的那条腿上，男人疼得青筋暴起，本能地用指甲抠地，可他的指骨也已被碾碎了，一动冷汗便齐齐地朝外冒。他“哇”的一声吐出一口血，刚被水冲干净的脸又被血浆蒙住。

雷暴天气，厂房里电压不稳，灯光闪烁不定，时暗时灭。

江易回过神，一时间风雨声、哄笑声齐齐入耳。

惊雷劈在院外的柳树上，厂房里的灯泡“刺啦”一声灭了，只有一道闪电的余光映得墙壁灰白。

血腥味更浓了，混合着潮湿的霉味窜入江易鼻端敏感的神经里。他的脑子轰然炸开。

阿志看着他，递过来一根钢管：“阿易，要不要来玩玩？”

江易接过了钢管。那一瞬间，地上的男人艰难地抬起头，那只独眼投向江易的目光悲凄而绝望。

闪电过后的厂房陷入短暂的黑暗，男人闭上眼睛，嘴角费力地弯了弯。

几秒钟的时间在这一刻无比漫长，男人回光返照般猛地跃起，如出笼的野兽，拖着那条残腿，直直地朝江易扑过去。

……

收音机“沙沙”作响，信号短暂恢复，喇叭里机械的女声循环播报着：

“据悉，这是西河市三十年来最大规模的降雨，香溪沿岸多处地段淹水，昌河坝至宜中坝地区电力中断，政府已派出救援队抢修。受雷暴天气影响，部分地区信号较弱，我台建议广大市民居家避险，减少外出活动……据悉，这是西河市三十年来最大规模的降雨……”

市政工程抢修持续到凌晨两点，雨势丝毫未减。

吴新立检查完最后一个电箱，骑着电动车回家，路上的积水已经很深了，再不离开的话，他说不定得连人带车交待在这儿。

夜色深幽，冷风飕飕。

香溪就如政府通知里说的那样真的涨水了，水面没过半个桥墩，要不是坝子够高，吴新立此刻估计也得在河水里泡一泡。

大风刮起雨衣的帽子，他隐约看见香溪边有个人影，那人穿着宽大的雨衣，看不清男女老少，高矮胖瘦。

吴新立虽然只是个普通维修工，但刚参加完市政工程的抢修，心底不知怎的油然生出一股政府工作人员的责任感。他停下车，朝那背影喊道："在那儿干什么呢？暴雨天河边危险，快点儿回家！"

那人一动不动，吴新立心里毛毛的。尤其是在这种极端恶劣的天气里，"闹鬼"事件和凶杀案多得数不胜数。哪怕他一个大男人此时也觉得瘆得慌，胳膊上顿时起了一层鸡皮疙瘩。

他裹紧雨衣，打算再喊一声，对方能听见就听见，听不见算了。话没喊出口，那人先蹲了下来，将手里的东西插在香溪边被雨水浇得泥泞的土壤里。

吴新立眯着眼睛细看，隐约瞧见那是朵已经被今夜的暴雨摧折得打蔫儿的野蔷薇。

西河市随处可见野蔷薇，这植物喜光忌水，此刻被人插在雨夜潮湿的香溪堤坝上，吴新立心里嘀咕：这花活不长久。

西河市警局。

贺丰宝端着两碗泡面进屋，接线员小刘刚挂断电话，满脸不耐烦。

贺丰宝关怀地问了句："怎么了？"

小刘是个柔弱的姑娘，虽然是人民警察，但生平最怕那些神神鬼鬼吓人的东西。今晚她值班，正打着瞌睡，就接到一通报警电话。

这种阴森森的天气本来就吓人，更吓人的是电话那头除了呼啸的风雨声没人说话，小刘壮着胆子又问了句，细听竟然听到了人的呼吸声。

一阵难挨的寂静过后，那人开口了，嗓音嘶哑，只一句话就让小刘全身上下起了鸡皮疙瘩。

他说："香溪有尸体。"

……

"贺队，你说这人是不是神经病？大半夜打电话报案，问他具体信息就挂电话，再打回去又没人接了，这不是故意吓人吗？真缺德。"

贺丰宝摆弄了下电脑："公用电话，应该是恶作剧。"

小刘说：“每年值班总有几个晚上接到这种电话，不是香溪里有死人，就是失踪人口在香溪里泡着，敢情西河市殡仪馆不够用，死人都跑香溪里去了呗？这人最好别让我逮着，这么大的雨不回家还在外面晃悠。逮着他，姑奶奶给他塞香溪里，让他做水鬼去。”

贺丰宝拿了碗泡面给她：“别耍嘴皮子了，吃消夜吧。”

他端起面碗喝了口热汤，又蹙着眉放下。

小刘问：“怎么了？”

贺丰宝走到窗前，凄风呼啸，苦雨滂沱，院里的探照灯亮得昭昭，他却感到一阵没来由的闷，往窗外一瞅，终于找到了让他烦闷的源头——院里那棵从他进警队起就种下的白杨树，刚刚被雷劈掉了半截树杈。

贺丰宝吃不下去了，从工具房找了把铁锹，顶着风雨到院里给他的白杨树收尸。

第一章 情人

惊蛰，双喜特意起了个大早，兴冲冲地跑去早市买了虾饺、白粥、水煎包，叩响江易家门时，嘴角的笑还没敛回去。

他对着门边的窗户照了照，窗上贴着彩色玻璃纸，成像不清楚，只模模糊糊照出个穿着立领小西装的人形。

双喜站得笔直，跟棍儿一样，就着玻璃倒影捯饬他那鸡冠似的头发。头发是昨晚在阿盈发廊做的，做完顺带做了个全套大保健。临走前双喜还讨价还价地要了人家一管进口发胶，今天早晨起来精神奕奕地梳了一早上，终于梳出了满意的发型。

今天是个重要的日子，得打扮得隆重点儿，可他薅了半天都快把头发薅干净了，屋里还没人应声。

窗台上的花盆里种的蟹爪兰不知多久没人浇水了，已经变成枯枝烂叶了，双喜挪开盆底，下面藏着把钥匙。

说藏也不合适，江易家的钥匙藏在门口的花盆下根本不是什么秘密，住这片的人都知道。双喜几次建议他换个地方放钥匙，可江易嫌麻烦，懒得装也懒得带。用他的话说，家里就一堆破铜烂铁碎棉花，花钱请都没人来偷，费那心干吗。

屋子不大，一厅一卫，床贴在靠窗的墙边，两边墙上钉了钉子，中间扯了根线，上面挂着布，当作床帘。屋子一宿没通风，有些憋闷，另一侧是桌椅沙发，桌上放着江易昨晚吃剩的泡面桶，双喜刚要收拾，又想起自己身上穿的是西装——西装是高贵人穿的，高贵人是不吃泡面的，更别说做这种收拾泡面渣的琐碎活儿。

双喜收回伸出的手，跑去拉开窗帘，清晨的阳光洋洋洒洒地落进来。

被子动了下，江易从里面露出双眼。

双喜瞥见他淡漠的眸子，穿上新衣服的那点儿小雀跃顿时跃不起来了，他干巴巴地解释道："你这儿太闷了，我开窗通通风。"

"出去。"江易就俩字，但掷地有声。

双喜麻溜儿地关上窗户跑了出去，走前特意从帘子后探出脑袋叮嘱："阿易，今儿可别赖床了啊，咱现在有正式工作，上班迟到要挨骂的。"

江易这屋逼仄，常年拉着窗帘，乍一进来的人看不清东西容易被杂物绊倒，可江易习惯了在这样的黑暗里生活，睁开双眼就能将屋里的一切物品摆件看得清清楚楚。

前些天下了几场小雨，屋顶渗水，漏到墙的缝隙里，蔓延出一道道如蜈蚣足般丑陋的黑痕。

江易仰躺着，面无表情地盯着那道痕迹看了一会儿，窗外灿烂的阳光从窗帘缝里悄悄溜出个边角，有些刺眼。他醒了会有起床气，过了片刻，终于翻身穿上衣服。

双喜正在镜子前臭美，见江易穿着件旧 T 恤衫就出来了，惊讶道："你就穿这个？还是换件好的吧。"

他挺直腰板，拍拍衣服："瞧瞧我这身，龙城地下通道两百块钱买的西装，一分钱一分货，泡了两遍洗衣粉都不掉色儿。"

江易坐到桌边吃起了水煎包。

双喜继续叨叨："听说霍璋眼高于顶，在国外读了几年书觉得自己老牛了，对一般人都爱搭不理的。你穿得像个捡破烂儿的，他铁定不把你放在眼里。"

"看不看得起，也不在穿什么衣服上。"江易淡淡开口，"咱们是三房借过去搭手的，你就算穿成天仙，他也不会给你好脸色。"

他打量着双喜："你去发廊了？"

双喜下意识地闻了闻身上："有味儿？我明明洗过了。"

他没正经工作，平时赚不了几个钱，去一次发廊包夜非要埋头苦干一晚上才觉得回本，常常搞得自己第二天脸色蜡黄、精神萎靡。有些事根本不用闻味儿，看看脸就知道，江易不说破，双喜自己也明白了，只是"嘿嘿”干笑。

“阿盈那儿不干净，你少去。”江易玩着手里装食物的塑料袋，不经意地问道，“发廊里有个叫燕子的，还在吗？”

“在啊，听说她找了个男人本来打算金盆洗手来着，后来不知怎的没走成，发廊里的小妹跟我说她身体出了问题，那男人看不上她。

“要我说，有男人愿意养，回家过安稳日子也挺好，挺漂亮一小姑娘，整天在发廊受那罪，白天洗头小妹，晚上……”

双喜顿了顿，坏笑着问：“你问这干吗，想女人了？想女人找我啊，我给你介绍，燕子不太行，病秧子一个，那个叫小玲的不错，又辣又带劲。”

江易道：“你留着吧，不跟你抢。”

江易五分钟吃完早点，双喜站起来理了理西装后摆上的褶子。

虽然他穿得正式未必招人家待见，但江易穿成这样一定得招白眼，破T恤衫、脏球鞋，活像个要饭的，他可不能被江易同化了。

“九爷说，霍璋这次回来带了个女人，贼漂亮，还是刚毕业的大学生。大学生啊！”双喜“啧”了一声，“新鲜得跟花儿一样，什么时候我也能找个大学生。”

江易走过门口，好像想起了什么似的，脚步顿了顿。他抬手从衣服里钩出一个串着黑绳的银坠子。

那坠子是扁平的爱心形状，双喜前几年混街头巷尾收中学生保护费的时候见人戴过，小卖部二十块钱一个，各式各样的都有。小情侣攒两天的饭钱买一对，在里面装上彼此的大头贴挂在脖子上，仿佛爱情就能天长地久一样。

江易这坠子的质量比小卖部的好点儿，起码戴了四年没掉色儿，但品位却是一样恶俗。

坠子戴久了，被皮肤摩擦、汗水浸泡，表面氧化得粗糙了。江易用指腹摩挲上面的花纹，目光深邃，他拿在手里看了会儿，摘下来放进抽屉里。

双喜既手贱又好奇，更不把自己当外人，问道：“看你戴这坠子好些年了，里面到底装了谁的大头贴，也给我瞧瞧呗！”说着就伸手拉抽屉。

江易没说话，只是扫过来一个眼神。不凶、不狠，甚至没有一丝不快的意味，仅仅是一个平静的眼神，但双喜还是飞快地缩回手，像被利刃割伤了一样。

“不看就不看。”双喜挠了挠脑袋。他挺怵江易的，打小儿就怵。

老西河人常跟年轻人念叨，西河市美，一处有一处的风景，一处有一处的情致，但有三个地方去不得，也不准去，谁去谁挨说。

——傍晚的香溪、冬天的缠山，还有夜里的油灯街。

香溪和缠山是西河的地标，偶尔流传些鬼怪故事。与之相比，油灯街倒没什么灵异传说，之所以不让去，是因为嫌脏。

从前的老人总爱拿油灯街唬孩子：“你再哭闹，当心把你送到油灯街喂狐狸去。”

二十世纪九十年代初，西河经济刚发展起来，大批民工涌入来建设城市，应运而生了许多行业，早餐摊、理发店、小赌场、麻将馆……刚好老城区颓败，那一片房子租金低，都是些露天走廊的平矮小楼，进出也方便。

油灯街不是一条街，是老城西区那一片几条街的统称。最早每条路都有名字，后来叫习惯了油灯街，人们就忘了它们本来的名字。

十几年前这里热闹得很，几乎人人做生意，每到晚上家家户户门口都点一盏煤油灯，灯亮着代表今夜开门，灯灭了代表屋里有人。

这些年政府盯得紧，油灯街不如从前繁荣了，女人都跑去别处谋生，空下来的房子重新招租，但油灯街臭名在外，但凡手里有点儿钱能租到更好的住处的，都不会来这儿住。因此住这儿的人大多分两种：一种是真穷，实在租不起别的地儿；一种是自己名声也差，不怕更臭。

这两者之中，双喜坚定地认为自己属于前者。他除了收初中生保护费、帮人打架、偷东西，也没干过多缺德的事，他来这儿住主要是想离江易近点儿。虽然现在油灯街三教九流鱼龙混杂，偷摸的、做黑买卖的……什么样的人都有，听着挺乱，但住在江易跟前，他还是挺有安全感的。

至少在这片街区，没人敢招惹江易。就比如他家钥匙压在窗台的花盆底下这事，人人都知道，但借他们十八个胆子，也不敢摸进江易家偷东西。

江易蹲在地上擦洗他的摩托车。双喜看了一眼时间，急得要命：“别擦这辆破车了行吗？你还想骑它去上班吗？”

破 T 恤衫、脏球鞋，再配个花花绿绿的摩托车，江易估计是恨他早上拉窗帘吵自己睡觉，想拉上他一起成为全公司的笑柄。

这辆车一直是双喜心中的未解之谜，江易这人不喜花哨，东西基本是黑、白、灰三色，除了这辆摩托。摩托原本买来的时候也是正经颜色，不知道江易后来抽什么风，给它涂了层漆，红的、绿的、黄的，三色混杂，比幼儿园小朋友的水彩板还斑斓鲜艳。

要说江易喜欢这辆车，也三四年没见他骑了，天天锁在楼下的车棚里，看都不看一眼。

要说江易不喜欢这辆车，前年有个手欠的贼想偷车去卖钱，被江易逮了个正着，生生掰折了他两根手指。

江易脚边放着水盆，手里拿着抹布。

双喜说：“阿易……”

江易道：“别吵。”

车上积满了灰尘、落叶、虫子的死尸，他低头将每个缝隙都擦得仔仔细细，一丝不苟。

天高云淡。江易的表情也淡，叫人看不出情绪，可他看车的眼神却浓，仔细咂摸是有点儿味的，就像孩子看着攒了很久零花钱去小卖部买的一罐玻璃弹珠，又像孩子看着好不容易才得到的一部新款游戏机。

双喜忽然又觉得他挺喜欢这辆车了。他知道肯定得迟到，索性也不催了，就站在车棚的阴影里玩手机等他。

江易没打算骑车上班，他擦完车去露天水槽洗了手。双喜的游戏还没打完，便低头跟着他走，走着走着，江易停住了脚步。

还没走出油灯街的巷口，这里的小楼大多两三层高，但排得紧密，常年晒不到太阳，空气里总是有股潮湿的霉味，加上住户素质也不高，垃圾遍地，污水横流，随手扔的塑料袋、泡沫餐盒都快烂在野草丛里和泥土融为一体了。

拐角路灯的墙壁上不知被谁用红色油漆涂了几个大字——禁止随地大小便，时间已久，漆都掉了一半。

可即使这样也不能阻止某些人随地排泄的决心，每每经过隐蔽的角落，总还是能闻到一股发了酸的尿臊味。

江易在看墙角。在臭气熏天的角落里，不知什么时候，悄无声息地抽了一枝迎春花。

三月里日头温柔，风也转暖，那枝迎春花在风里荡来荡去，摇曳着鹅黄色的柔软花骨朵。

双喜笑道："奇了，这破烂地儿也能开花呢！"

"上班"不到一天，双喜就明白了江易早上在家赖床擦车的良苦用心。

按他设想，到公司报到应该是经理出来迎接，带他们上去喝喝茶、聊聊天，再给他和江易每人分个办公室，有花、有草、有电脑，他现在不会办公也没关系，边打游戏边学，人只要有上进心，总是能学会的。

可他们按地址到了辰嵩的大楼，并没人出来迎接他们，双喜跟前台说要找霍先生，对方只是让他们去顶楼宴会厅等着。

霍璋刚回西河，晚上在顶层宴请了许多商界好友和社会名流。双喜是知道这事的，一听就屁颠儿屁颠儿地乘电梯上去了，可等他们到了才发现宴会厅还没布置好。

"那边的，来搬桌子。"

宴会厅人来人往，大家都在干活儿，男人看见窗边闲站着俩人，招呼他们帮忙。

双喜理了理衣领，想分辩自己不是什么小喽啰，是三太亲自打电话给霍璋，指名道姓派他来帮忙的，搬桌子这种事不大适合他，但是他看了一眼招呼他的人，五大三粗、面相不善，看起来不大好惹。

他瞄江易，江易也在端详那人。

"又不是来做苦力的，咱要动手了，三太的面子往哪儿搁啊？"双喜鬼精鬼精的，自己不敢得罪人，怂恿江易上。他比谁都了解江易的脾性，江易一身反骨，最烦被人呼来喝去，不喜欢的事绝不会做。

江易却摸索裤兜，掏出一盒烟递了一根过去，男人叼在嘴里"嗯"了声："没火。"江易给他点烟，姿态放得很低。

男人见他这么会来事，歪头凑到打火机上，靠着窗台吐了口烟圈，自我介绍道："孙玉斗。你们是三房介绍来的？我好像听人提了一嘴，什么易是吧？看模样比我小，你可以喊我声哥。"

"孙哥。"江易说，"我叫阿易。"

孙玉斗蹙眉道："我是不是在哪儿见过你？"

江易漫不经心道："都说我的眼睛像梁朝伟。"

孙玉斗眯着眼看了会儿："是有点儿像，怪不得眼熟。《无间道》我看了好多遍，梁朝伟年轻的时候还挺帅。"

孙玉斗架势十足，指挥别人清扫布置，自己却乐得清闲，经过他一通指挥，很久没用过的宴会厅已经隐约能看出热闹的模样了。江易跟他在窗边聊了会儿，抽完几根烟也去帮忙抬沙发了。双喜傻眼了，自己干站着像个傻子，只能跟着过去一起干活儿。

天色擦黑，宴会厅布置完了。

宴会七点开始，无关人等被要求出去，不知道是不是孙玉斗念着下午江易敬过来的几根烟，吩咐人把他俩带到了员工房。屋子不大，白天干活儿的工人在里面围坐着打牌、喝茶，桌上放着不知谁订的盒饭，青椒肉丝配西红柿炒鸡蛋，满满一保温箱，饿了就吃，全当员工餐。

双喜心想，这身西装不能白买，霍璋的面没见着，晚宴也没资格参加，窝在员工间吃盒饭实在不像样，他嘟囔道："阿易，要不咱去找个人问问吧，总得见一见霍璋啊。"

"等着，该见的总能见到。"江易在吃自己那份盒饭，问他，"你吃不吃？"

双喜道："不吃，那厅里边有龙虾刺身，谁吃这个呀？你也少吃点儿吧。"

江易拿过他那份，把里面的肉丝和鸡蛋挑着吃了，他好荤腥，青椒、西红柿碰都不碰。

等他两份盒饭快吃完了，员工间的门从外面推开了，进来一个微胖男人。

"今天工作量不小，各位辛苦了，这是孙哥封的红包。"

男人把红包挨个儿发下去，江易伸手接过。男人眼睛往下瞄，格外注意到江易的手。

跟别的工人做粗活儿的手不同，那是只白瘦干净的手掌，手指格外修长，食指和中指间侧长着一层薄茧。他抬起头，撞见一张记忆深刻的脸。

江易点头示意："好久不见。"

……

“孙哥是霍先生的小舅舅。”何通一边带着他们往宴会厅走，一边介绍，“说是舅甥，也就比霍先生大十岁，二太去得早，霍先生身边就这一个亲人了。”

双喜道：“阿易，你真行，随便抱了条大腿，就抱了个最壮的。”

何通瞥他，双喜问：“那你干吗的？”

何通答道：“我给霍先生开车。”

双喜“哦”了声：“听起来工资不太高。”

何通问：“……你的工资高？”

“还不知道呢。”双喜得意道，“但肯定比你高，司机有啥前途啊？换我就坐办公室，搞个白领当当。”

何通打量着他衣服上的假标，嘲笑道：“就你？知道办公软件怎么用吗？知道 Excel 怎么开吗？知道辰嵩干吗的吗？”

双喜不以为耻，反而求知欲旺盛地问：“干吗的？”

何通懒得理他。

宴会厅大门紧闭着，两侧站着接待的门童。何通推开门的一瞬间，双喜失声叫了个“妈呀”。下午离开的时候还不觉得如何，晚上灯光一照，那奢靡、华贵的气息就出来了。

宴会厅占地四百平方米，三面落地玻璃，夜色落下来时，外面灯火璀璨，屋内也不遑多让，十几盏水晶吊灯照得室内金碧辉煌，身着礼服的男女来来往往，觥筹交错，晚餐摆盘精致可口，大提琴的声音婉转悠扬，双喜只在电视里看过这样的场景。

门童为难地指着江易身上的 T 恤衫，何通说：“不要紧，见过霍先生就出来。”

双喜知道在里面待不了多久，进去就想撒欢儿，但头脑中那根弦还绷着，时刻告诫自己不能给三太丢脸，务必吃得端庄优雅，只敢托着小盘游走在食物间，拿着小叉小口小口地往嘴里填。

何通说：“霍先生还没来，先吃点儿东西等等吧。对不住啊，好几年没见了，刚才第一眼差点儿没认出来。”

江易道：“本来就是萍水相逢，认不出也没什么。”

何通打量着他，四年前那个雨夜曾在他脑海中刻下了深刻的一抹痕迹。何通原本觉得自己忘了，可当江易站在面前时，那夜的风雨声、泥土腥味，还有骇人的一幕幕情状又翻天覆地袭入脑海。

江易变化不大，只是那年乍看的青涩已经在流逝的岁月里褪干净了，镀上了一层更厚的疏离和冷漠。他的目光是淡的，眼底是冷的。

何通极少看见这样平静的眼眸，更别说从一个年轻人身上看见。

宴会的大提琴声停了，人群最前方熙熙攘攘的地方，走来一个红裙女人。

双喜正在吃蛋糕，冷不防全场安静下来。他抱着凑热闹的心态瞅了一眼，就一眼，手里的蛋糕送错地方差点儿戳进了鼻孔里。

何通发觉江易的眼神变了，淡漠消减，坚冰融化，里面仿佛有火焰在燃烧。

再怎么冷淡也不过是血气方刚的年轻人，他瞬间明白了怎么回事，嘲讽道："别痴心妄想了，那是赵云今。"

那眼神箍死了、凝结了，犹如被钉在十字架上灼烤，痛苦又热烈，短暂却永恒，丝毫不掩其中的欲望。

"这里多少男人？跟你有一样心思的不敢说全部，也有十之八九。

"可也只敢心里想，把你那眼珠子收收吧，当心让别人看见了。"何通好心提醒，"赵云今是大哥的女人，就你，也只配给她擦个鞋。"

裙子很普通，挂在商场任何角落都不会叫人痴迷，顶多一眼望去知道它是红色的，再多，也只是知道它是条红色礼服裙。

美人从不靠衣裳修饰，而是给予衣裳皮骨与魂魄。可这道理不是人人都懂。旁边的女人问男伴："你看她那裙子，是什么牌子啊？"

男伴答不出来，双喜眼珠子直愣愣的，呆了半天，才后知后觉地反应过来擦掉鼻子上的奶油。

有人走过来握手，赵云今笑了，她红唇纤软，口红颜色热烈，可勾唇时却带着几分凉薄。

她伸出手，却不交握，而是纤纤指尖向下，在那老男人的掌心点了点，男人下意识地回握，她却蜻蜓点水般触过即抽，转身端起桌上的高脚杯。

赵云今脖颈皙白，喝酒时微仰如长颈天鹅，海藻般的长发蓬松似波浪。她轻轻抿了一口，口红在水晶杯沿留下个浅红的印。老男人被她点了掌心，像被猫爪子轻轻挠了心，明明碰的是手，身体竟一阵酥麻。

赵云今杯中的红酒还剩些许，她倾了倾，酒在杯底晃，男人却不碰杯。

他从赵云今手中接过酒杯，一饮而尽："酒虽然是喝过的，但能有幸从赵小姐手里接来，依然别有风味。"

这话大有深意。身旁女人的目光从裙子挪到赵云今那媚态横生的脸上，咒骂道："狐狸精！"

大提琴声骤然停了，场内静悄悄的，那声"狐狸精"和何通那句话一下子成为全场最瞩目的声音源。

"赵云今是大哥的女人，就你，也只配给她擦个鞋。"

赵云今笑得更放肆了，眼是桃花眼，眉是弦月眉，但眸间荡漾的不是澄澈眼波，而是滚烫的火山熔岩。

江易每每与她对视都有种错觉，赵云今的眼睛和香溪的傍晚一样的摄人心魄，一样的深邃危险。

她慵懒地靠上沙发，一腿着地，一腿搭上，丝绒长裙从底边开衩，蜿蜒向上展现出纤细修长的小腿骨，而裹覆在外的皮肉更是细腻漂亮。

那句"狐狸精"真真切切落进了她的耳朵，可她没打算追究，也无意回嘴，而是身体力行地给那女人做示范，哪怕是狐狸精，也有三六九等之分，下等劳身，中等劳相，上等劳神。

而她赵云今，什么都不用做，只消一个轻描淡写的眼神，就足以令无数男人前仆后继地献身。赵云今接过旁人的酒杯，轻轻晃了晃，"失手"将酒洒到脚上那双银色钻面高跟鞋上。

她笑吟吟的，声线腻如玫瑰："那让他来擦吧。"

鸦雀无声，满堂寂静。

何通看向赵云今刚刚进来的门，霍璋没有出现，否则也不会任她这样胡来。赵云今在这种场合说这种话、做这种事不应该，但人是奇怪的动物，一切的规则和针对都有对象，若披着副娇艳皮囊，那跋扈也是可爱，骄纵也是风情。

鞋上的碎钻水光莹莹，葡萄酒渗下去，延及皮面。

在旁边想献殷勤的人不少，一个年轻男人掏出手帕俯身，赵云今却别开脚，鞋尖直指另一个方向。人们的视线汇聚一处，打量着江易那不甚得体的着装。

江易静了很久，目光从赵云今的眼角眉梢览至樱桃红唇，再向下，纤细锁骨、盈盈一握的腰肢无一不楚楚动人。末了，他走上前，取了桌角餐巾。

赵云今的笑容在江易单膝跪在她面前的那一瞬间变得更加明艳。

江易垂下眼眸，沉默而恭顺，他捧起鞋子，掌心托底撑住她的脚掌。

赵云今摆出一副无辜的模样，温柔道谢："辛苦你了。"

从她的角度看去，江易脸上没有多余的表情，无论是靠近她的喜难自持，又或是被折辱后的羞愤难当，没有，一丝一毫都没有。他沉稳得一如往常，脸部轮廓冷硬得如月下缠山的影子，黢黑神秘，哪怕做着被人冷眼嘲笑的事，也依然平静。

赵云今本性顽劣，却又极力伪装得纯真。她身体前倾凑近江易，刻意压低音调，难掩暧昧："辛苦你了，阿易。"

声音幽微，只说给江易听，这一刻她离得极近，鼻尖几乎要触上他的额头。江易身体一震，喉结滚动，鼻端全是她发丝上山茶精油馥郁的香味。他的无动于衷堪堪破碎，手下的力道变重。

赵云今低头看去，丝毫不怀疑她再作下去，自己那纤细的脚踝会被他发狠捏碎。

江易抬眸与她对视，目光危险，眼睛里盛满了男人灼热的欲望。赵云今勾起唇角，心情大好。

聚集的人群忽然散开，轱辘滚地声自背后传来。黑衣保镖推着轮椅走来，轮椅上坐着一个清瘦的男人。

西河诸多豪门中，论家族秘事的精彩程度，霍家是当之无愧的第一。

如果霍老爷子愿意将他早年如何发家，如何从一个街头混混儿白手起家到成为西河巨富的人生经历写出来，估计可以畅销全国。

霍嵩是二十世纪五十年代生人，祖上三代贫农，大字不识几个，成年后整日在街头鬼混，八十年代初还因为看集体电影时趁黑偷摸妇女被判过一年的流氓罪。

霍嵩出狱后游手好闲，和一群社会渣滓青年臭味相投拜了把子。

霍嵩行四，给自己取了个花名霍四爷，整日喝酒抽烟，打架赌博，逗逗姑娘遛遛鸟，大恶不做，小恶却不断。

二十世纪九十年代改革开放时期，霍嵩不想一直受穷，心终于定了下来。他很机灵，顺利搭上了改革的东风，在其他渣滓还浑浑噩噩的时候，他已经开始来往东南亚做些小买卖——国内的中药材，国外的跌打酒万金油，一来一回赚个差价，算是早期的人肉代购。

后来生意做大，霍嵩也懒得一回回跑，干脆偷摸走私，不过他胆子不大，顶了天只是走私一些家电、服装、音乐唱片。

事业的转折是在遇见妻子薛美辰后，还是那俗套的富家女对穷小子一见倾心的剧情，霍嵩也确实有两把刷子，靠着岳父的资助起家，青出于蓝而胜于蓝，一手把辰嵩创办起来，手下产业涉及房地产、餐饮业、旅游业……还有生物科技与药物研发，不得不说是西河巨贾的一代传奇。

如果在西河非要找比霍家发家史更精彩的家族秘闻，估计就只有霍老爷子的风流艳史可以与之媲美了。霍老爷子一生多情，女人无数。

曾有小报派狗仔跟踪，专门为他出了一版花边新闻，报上用绘声绘色的文字功底，生动描述了霍嵩繁忙的一天——早起陪薛美辰吃早餐，饭后订了点心亲自送给城西的情人甲，上午在公司办公，中午体贴地陪情人乙共进午餐，下午约情人丙去马场赛马，晚上又呼朋唤友为情人丁庆生，到了深夜，霍嵩精疲力竭，在回家途中还不忘给妻子买一束玫瑰。

笔者在此交代，当晚月色正好，卖花小妹姿色尚可，霍先生走前还不忘要了对方的联系方式，可谓"圣人曰君子色而不淫，却无奈霍生处处留情"。霍嵩看了报还挺高兴，觉得是对自己的夸赞，派人专门要了一份有主编签名的报纸放在家里收藏。

霍嵩在外花名远扬，他的妻子薛美辰也是个狠角色，不是不知道，而是情愿装瞎。

她曾扬言"只要我活着一天，那些贱人就别想进门"，早年靠岳父发家，霍嵩对妻子是又敬又爱，倒也听话，从不带女人回家。

霍璋进霍家完全是个意外。没人知道霍璋的母亲是什么人，只传闻是某次霍嵩酒醉睡了饭局上一个大学生，霍璋就是那次意外的产物。

霍嵩和薛美辰婚后没有孩子，医生说薛美辰的体质难以受孕，就在两人快要放弃的时候，霍璋的母亲带着年仅六岁的霍璋上门了。薛美辰原本是很反感这个小孩的，但听闻眼前这个可怜的女人身患绝症生命所剩无几时，就动了心思。

她留下霍璋，拿钱打发了那个女人。那个年代还不兴做试管婴儿，霍嵩想要孩子只能找别的女人，与其让他不知去哪儿鬼混，不如就收留个没妈的孩子，省事，也好调教。

霍璋刚到霍家的第一年过得不错，从小受穷被人骂是没有爸爸的野种，摇身一变成了豪门独生子，在外人看来，就像野鸡升天变成凤凰。可好日子没过多久，一年后，薛美辰有孕，再一年后，霍明泽出生。至于霍璋的处境，其中滋味，如人饮水，冷暖自知了。

见过霍璋的人都说，霍二此人，人如其名，谦谦君子，温润如玉。但同霍璋做过生意的人却说，霍二的容貌与心思完全是两个极端，面色有多温柔，心计就有多深，不知是不是孩童时期的成长环境使然，表里不一得很。

霍二，二是二房的二，外人都这样叫他，但霍璋不喜欢。

霍明泽含着金汤匙出生，少年时最喜欢跟在霍璋屁股后叫大哥，霍璋身边的人听得久了觉得有趣偶尔也叫叫，霍璋却不喜欢。

大哥这称呼太过匪气，他更喜欢别人叫他霍先生。霍是霍家的霍，正统，斯文。

霍璋说："云今，这样太没礼貌了。"

"霍先生。"江易被赵云今勾起来的心火难消，他冷冷地看了赵云今一眼，直起身，"我是江易。"

霍璋面容清瘦，皮肤白得近乎透明，他衣冠楚楚，只是腿部不能受凉，盖了条黑色薄毯。

"江易？"霍璋思索片刻，"想起来了，乌姨和我打过招呼。"

双喜念叨一晚终于见到了霍璋，他连忙放下盘子小跑到江易身后。

霍璋手肘架在轮椅两侧，指尖若有所思地点着腿上的毛毯。

双喜说："对对对，就是三太安排我们来的，三太说霍先生刚回西河，人生地不熟，对辰嵩这边的业务还不清楚，需要人手帮忙。"

霍璋认真听完他的话，笑了笑："乌姨费心了，辰嵩的业务我不熟，你熟吗？"

双喜没听出他语气里的嘲讽，以为是在考验他，连忙展现自己勤恳的一面："我可以学。

"西河我很熟，买衣服的地儿、吃早点的地儿，还有大保健的……霍先生想去哪儿，我都可以推荐。”双喜乐呵呵的，“您就随便给我安排个工作，空下来的时候我就带您在西河到处溜达。”

霍璋琢磨了一下：“认识这么多地方，是个人才。”

双喜折腾了一天原本都快绝望了，听霍璋这样夸他忽然又振奋起来，觉得自己身上这身西装没有白买，这地儿也没白来。他挠挠头，谦虚地说：“霍先生过奖了。”

霍璋说：“老何，正好和你换班的司机辞职了，就让他跟你开车吧。”

“……”

双喜回头看向何通，何通面无表情地回视他。

“我给霍先生开车。”

“听起来工资不太高。”

“……你工资高？”

“肯定比你高，司机有啥前途啊……”

霍璋说：“我出过车祸，对司机要求高。老何开车稳，你静下心跟他学，以后好好开车，霍家亏待不了你。明白吗？”

双喜不明白，双喜想去死。

“霍先生，我开车……不大擅长，要不您还是给我换份工作……”

“不是你说要带霍先生去好玩儿的地方吗？这认路的活儿，除了司机还有什么？不擅长没关系，”何通淡淡地说，“我可以教你。”

“……”

有人来敬酒，霍璋喝了几杯，脸颊酡红。

“云今。”他看上去有些疲惫。

赵云今走到轮椅后，弯腰帮他提了提腿上的毛毯。霍璋车祸后落下了残疾，双腿神经坏死，终身不能行走，众人多少对他的身体状况知道一些，但没想到他的身体竟然差成这样，只不过应酬了一会儿就疲态尽显，需要休息了。

可这宴会本就是为霍璋接风洗尘的，他走了，相当于没有主人，宾客也不能尽欢。霍璋考虑到了这点，温和地笑笑：“云今可以代表我，有话同她说。”

保镖推他回去，何通提醒他：“霍先生，还有一个，也是三房来的。”

霍璋用手扶住轮椅，像才想起江易这个人似的，他揉了揉眉心，问：

“你和于水生是什么关系？”

江易答：“我是九叔养大的。”

赵云今轻轻将指腹搭在霍璋的太阳穴上，代替他的手轻轻按摩，上一秒娇艳跋扈，这一秒又缠成了绕指柔。

“于水生和乌姨是老交情了。”霍璋轻笑道，“可是你也知道，我和他之间很有些龃龉。双喜是乌姨的人，收了他算是给三房一个面子，但你是于水生的干儿子，倘若将来我和他撕破脸，你站在哪一边？倒也不是舍不得给你谋个职位，是怕你为难。”

霍璋的话委婉，但明明白白。

江易却很平静：“跟了霍先生，就是霍先生的人，说话办事一定是为霍先生考虑的。”

霍璋愣住了，脸上看不出情绪，明亮的光影投在他脸上，沿着发丝向下到眉梢，映得整个人亮堂堂的。

“刚给双喜安排了事情做，可你看，我也不需要那么多司机。”

霍璋风度十足，真真是温润如玉，他语含歉意：“既然你执意要留，不如去给云今开车吧。”

霍璋这一手棋下得高超，在场了解霍家的人都在心里喊了一声“妙”。三房要在霍璋身边安插人，他照单全收，让双喜去给自己开车就算了，可让于水生的干儿子去给赵云今开车，这明摆着是在羞辱人，顺便打三太的脸。

江易却面不改色。

赵云今轻佻地笑了笑，全然忘了自己刚刚举止轻浮的挑逗。她捋了捋耳侧蓬松的卷发，高高在上、施舍般给了江易一个正视的眼神。

“幸会。”她如是说。

江易心里刚刚压下去的那团火，猛烈复燃。他嗓音低哑，暗藏火星：“幸会。”

霍璋离场后，宴会依旧。双喜挤到江易身边。

“我想起来了，就说眼熟。”双喜笃定道，“她是赵云今，你还记得吗？咱们几年前打过照面……估计你也记不得了。从前她勾引霍明泽，玩完就甩，差点儿把霍明泽整得精神失常，还因为这个被霍老爷子请去霍家做客，没想到现在又和霍璋搞上了。”

双喜咋舌：“我听说霍璋在松川的时候对他投怀送抱的人不少，个儿顶个儿漂亮，可他这次回西河身边就剩赵云今一个。跟小说里写的养蛊一样，把一堆虫子倒进一个瓮互相撕咬，最后活着出来的就是蛊王，毒得要命。女人之间的战争就好比没有硝烟的战场。”

双喜说得头头是道：“霍璋是什么人啊，他的女人能是简单角色？赵云今从中厮杀出来说明什么？

“蛊王！这女人不是一般的毒！”双喜的目光追随着赵云今道。

霍璋离开不久，一个男人端着酒杯走过来，给她递了张名片。

“赵小姐，霍二身体不好，如果在他身边待腻了，随时联系。”

人人都道赵云今是霍璋的女人，却没人说她是霍璋的爱人。

霍家是豪门大家，玩可以，真要进家门却不行，哪怕霍璋不是薛美辰亲生，身体残疾，日后的结婚对象也不可能随便找。赵云今跟着霍璋，不过是吃青春饭，早晚有一天得丢饭碗，另寻下家也不失为良策。

可男人这事做得挺折损人。人人都知道是一回事，拎出来放在台面上说又是另一回事。

在名流云集的聚会上，他一张名片把赵云今置于一个死局——如果她接了，那么今晚再怎么风光动人也无用，贪财图利注定为人不齿。如果她不接……以色事人，还故作清高扭扭捏捏，同样令人看不起。

——她走了这条路，受多少白眼、挨多少唾骂都是自己的选择。

双喜上一秒还在控诉赵云今恃美行凶，歹毒无比，这一秒忽然又生出点儿同情了：“赵云今也不容易，腰杆挺不直，别人明嘲暗讽你得忍着，阴阳怪气你得受着，看着光鲜亮丽，实则也就能欺负咱们这种小喽啰，满屋的大佬她敢得罪谁啊？以后霍璋不要她，还不是得从这里面找下家。”

四周的男人大多和他一样，目光带有同情，女人则大多一脸看好戏的表情。

江易削薄的嘴唇微微勾着，上扬起一个不易察觉的微小弧度。明嘲暗讽得忍着，阴阳怪气得受着，别人或许如此，可她是赵云今。赵云今从不把自己的进退交到别人手里。

不远处的女人一双桃花眼微翘，她歪着脑袋，看似纯真、柔软极了。

她伸出两根纤纤手指，夹过名片。

众人一片不屑、鄙夷。

赵云今喝多了酒，脸颊艳若桃花。她甚至没有看一眼上面的姓名头衔，而是媚眼如丝，迷蒙的眼中水光烁烁。她望向男人，将名片送到玫瑰花般漂亮的唇边，轻轻印下一个吻，而后扬了扬，随意插回男人微张的双指之间。

名片上留下了一个浅淡的桃红色唇印，像盖了章，烙了痕。居高临下，举手投足间媚骨天成，每丝笑意都似乎在说：检验过，所以打上戳，至于合不合格、我要与不要，以后再说。

赵云今向来倨傲，从前做富家千金时是，现在依然如此。可她有挑挑拣拣、将别人玩弄于股掌之间的本钱。

赵云今感觉到有人注视。灯光如昼，光怪陆离，她回过头遥遥望向江易，嫣然一笑，朝他举了举杯子。

江易眸色深深，如一汪水中点了滴墨，只那一眼，就令他心潮翻腾卷涌，巨浪滔天。

双喜呆滞地站在原地，恨不能化身成那张印着唇印的名片，好体验一下叫美人吻过是什么味道。

“这何止是毒啊。”他喃喃说，“千年的狐狸成了精，也不过如此吧。”

弯月如钩。江易站在月色最暗的树影里抽烟，辰嵩大楼三十三层，一眼望去高耸入云。与顶层的热闹喧哗不同，楼下的深夜静悄悄的，只偶尔有野猫发春拨动草丛传出的“哗哗”声。

双喜被何通拎走了，嚷嚷了一天，此刻终于安静下来。

江易一盒烟抽完，空中那半弯月牙被乌云遮住，眼前的世界黑了点儿。

门口陆陆续续有人出来，各家司机开车过去，将人接走。停车场只剩下零星几辆车了，霍璋对赵云今不错，车子高档昂贵，车身也是合她心意的大红色。

赵云今的肩头披着陌生男人的西装，脚下踉跄。身边衬衫单薄的男人连忙搂住她的腰，赵云今顺势倒在他身上，藕白的臂挂住他的脖子，撑着直起身在男人耳边说了句话，男人神色诚恳地低头同她讲话，脸紧张得发红，她不知听了什么，笑得直不起腰。

赵云今推开男人的手，站稳了身体，她闭上眼，仿佛在感知今夜的凉风和月亮的光影。

男人再次来搂她时，她摆了摆手，一个人走进停车场。

江易掐掉燃到一半的香烟，坐进驾驶室。赵云今不上车，围着车子转了一圈，坐到车前盖上。

她喝醉了，笑吟吟地看着他："霍家的司机，要帮主人开门啊。"

江易下来，赵云今却不让他去开车门，勾了勾脚，小腿挡住他前行的路。

她仰起头，眸子半眯似月牙，染了一分醉意，却分外狡黠。

江易不说话，她故技重施，轻盈地从车子上跳下，故意跌到江易怀里。江易下意识地揽住了她，可下一秒他就后悔了，但赵云今没给他悔棋的机会。

她瘫软在他身上，鼻子嗅了嗅，轻声呢喃："吸烟了？"

江易后退，赵云今攀缘而上，下巴尖在他锁骨处微蹭。她像只软骨猫，指尖滑过江易的腹肌，嘴唇贴到他耳边吐了口温热的气。

"阿易。"黑夜里只能听到她在吃吃地笑。

"你好硬啊！"江易的身体绷得像块铁，赵云今的触碰早已算好了他的敏感和底线，将触未触时最挠人心。她的声音甜腻如蜜糖，可她是赵云今，嘴上再怎样亲热，心底却始终冷若冰霜。

江易一动不动，低头冷漠地看向她，道："赵云今，你是不是想死？"

赵云今如花的笑靥凝固在脸颊，变脸不过是分秒之间。

"没劲。"她撂下一句冷淡的话，坐到车子后座。她来去倒也潇洒，江易赤裸的肌肤上尽是她的余温，晚风拂脸也带了几分旖旎的味道。

江易平复了几秒，关门开车。赵云今一路沉默，望向窗外的街景。他打开车载音乐，这车以前是何通开的，歌单的品位很复古。

"人生短短几个秋啊，不醉不罢休，东边我的美人哪，西边黄河流，来呀来个酒啊，不醉不罢休，愁情烦事别放心头……"

赵云今目光迷离，额头抵着车玻璃，夜色、霓虹、夜里波光粼粼的香溪一一从眼前晃过。她看向江易，车厢昏暗，只有一个模糊轮廓，她却看得津津有味。

车子行驶到城南街，铺着青石板的老巷灯火暗淡，赵云今忽然说：“我要喝生滚猪肝粥。”江易在路边停了车。

城南的老巷子卧虎藏龙，西河好些名小吃最早的铺子都开在这儿，后来买卖做起来了，许多都迁去更繁华的地方开铺面，只有老许粥铺一直开在这儿，西河仅此一家，别无分号，可味道极鲜，哪怕开在深巷，依旧生意火爆。

凌晨十二点已过，粥铺要打烊了。

服务员说：“师傅已经走了，材料也用完了，今天实在没法做，明早再来吧。”

明早？赵云今说的是“我要”，而不是“我想”，这世界上从来只有她对不要的东西弃如敝履，从来没有她想要的东西得不到的时候。

江易把钱夹推过去：“叫他回来。”

服务员数了数，里面有近一千元，为难道：“可是没材料……”

“写下来，我去找。”

二十分钟后，江易拎回从隔街饭店买来的猪肝，煮粥的老师傅刚好骑电动车停在店门口。他眯眼认了认，开心地笑道：“阿易，我就说是谁半夜三更非要喝粥？你好几年没来了，从前天天夜里买粥，几次拖着我迟点儿走，我可都记着呢。”

粥铺古色古香，青砖地，黄木桌，堂里房梁雕着纹路，墙上挂着小红灯笼。

老师傅用砂锅煮粥，沸腾冒泡，熬出稠稠的米油，倒入生猪肝和姜丝，铺子里瞬间肉香满溢。

江易坐在铺前的台阶上，捏着一包新买的烟。

门两旁是招财纳福的石兽，月光如水般洒落在青石砖面和江易的鞋尖上。

犹记得多年前也是这样一个深夜，他堵住准备下班回家的师傅。

那时的赵云今还算不上什么风情万种的美人，她靠着门口的石兽，笑得像个厮混在市井街头的小痞子：“大爷，你别怕呀，煮个粥而已，我又不是坏人。”

她眨着无辜的眼：“你看我像黑社会吗？”

她不像，她身旁的江易倒挺像。

老师傅从业几十年，第一遭半夜叫人“请”着煮粥，心里惶惶不安。面前两人虽然都有上好容貌，但就是叫人觉得不好惹，他求救般看向另一个年轻男人，男人俊朗面善，笑着站在一旁不言不语，清风明月般叫人心安。

“黄毛丫头一个，有什么是非吃不可的？”他嗓音清冽，“你太宠她了。”

江易不听，掏出全部的钱，那票子皱巴巴的，他固执地一张张捋平，递过去，道：“生滚猪肝粥，煮一碗再走。”

不是非吃不可，是赵云今想要，他就会给。哪怕赵云今要天上的月亮，他也会架梯子去摘，无关乎理智，无关乎现实，甘之如饴而已。

这粥赵云今喝完回味了很久，每每事后香汗淋漓瘫软在被子里，总是想起那个滋味。她要订外卖，江易不许，夺过手机，炙热的吻烙上去。外卖太慢，等送到，粥都冷了，口味不如温热时，他一个绵长的吻过后，披上外套出去。

……

赵云今小鸟般的胃，喝了几口粥，挑挑拣拣吃了猪肝，剩下大半。她自知浪费，白白让江易跑了一趟，抱着他讪讪地笑：“阿易，你这么辛苦，叫我怎么报答才好。”

屋里没有通风，残留着暧昧的余味，她的黑色睡裙勾丝，缠在江易床板凸出的铁钉上，牵着领口敞开，露出一片一览无余的绝美风光。

江易手指钩住肩带往下扯，眼里心底全暗藏火焰。他凑唇过去，咬住她柔软的耳垂：“肉偿。”

……

“道不尽红尘奢恋，诉不完人间恩怨……渺渺茫茫来又回，往日情景再浮现，藕虽断了丝还连，轻叹世间事多变迁……人生短短几个秋啊，不醉不罢休……爱江山更爱美人，哪个英雄好汉宁愿孤单……”

过去的回忆鲜活，但江易不愿意再想，晚风凉飕飕地吹，他伸手关了车窗。

赵云今没有问他为什么买了这么久，靠窗假寐。江易暂停音乐，将热粥放在副驾驶的座椅上。

他启动车子，赵云今忽然喃喃道：“这么晚还帮我买粥，叫我怎么报答才好。”

赵云今哪儿来那么好的心想要报答他，江易太了解她了，赵云今却毒而不自知，不认为自己那么蛇蝎心肠。

她攀上座椅后背，像顽劣的孩子般朝他后颈吐气：“阿易，想要我怎么感谢你？不如请你上楼喝杯茶，叙叙旧？”

江易不为所动：“闭上嘴，别作妖，就是对我最好的报答了。”

赵云今摇摇晃晃地进了屋。房子太大就这点不好，醉酒后一个人很难回房间。

赵云今踢飞高跟鞋，上楼时不小心被裙边绊倒，摔倒在木质楼梯上，她不急着起来，就着这姿势歪歪斜斜地仰躺着，大红裙摆铺开如盛放的蔷薇。她怔怔地看着楼梯顶的水晶吊灯，珠穗攒结，被穿堂的风一吹，“叮叮咚咚”响得清脆。

如果不是进来时忘记关门，晚风太凉，赵云今差点儿想在楼梯上睡了。她冷得直打哆嗦，攀着扶手爬起来，好不容易回到屋里，刚一头栽到柔软的大床上，手机就“嗡嗡”地响起来。消息是霍璋发来的，通知她明晚一起吃饭。

赵云今把手机设为静音后扔到一边，安静地躺了一会儿。她离开辰嵩时酒意上头，一路回来，昏昏涨涨的脑袋清醒了点儿。她起身换掉繁缛的裙子，坐到桌前卸妆。

梳妆镜是霍璋挑的，说这柔和的灯光衬她肤色，尽管赵云今觉得不好看，他还是坚持订了一台。

哪怕他买了这栋房子后从来没踏进来一步，却还是方方面面为她挑选和考量，以自己的喜好定夺她的一切。赵云今提了一嘴后没再坚持，让霍璋开心是她人生的头等大事，这个道理她懂。

霍璋喜欢，她也得喜欢。霍璋说灯光衬她，那灯光就得衬她。

赵云今卸完妆，从梳妆台的抽屉里掏出一个小木盒，倒出里面的东西。

——一枚手掌长短、食指粗细、遍体生锈的钉子。

钉子顶部印着“1998.02”六个数字。这些年她翻来覆去拿捏在手里看了无数遍，每一寸纹理，甚至每一分锈迹都很熟悉，可除了这几个数字，和它那不同寻常的尺寸外，她还没找出什么特别的地方。

房间幽暗，梳妆镜冷白的光映在钉子上，沾上了几分叫人说不出的死气。

赵云今把玩了会儿，突发奇想，两指捏住顶端，自虐般贴紧膝盖朝下按。钉子废置了这些年不大锋利，可赵云今用力不小，只一下就在她薄薄的皮肤上扎出个血口。她疼得不行，连忙用纸擦了擦钉子放回盒子，而后慢腾腾地给自己上药。

她缩在椅子上，脚拄着藤编椅子涂碘酒："嘶，真疼……"

只是擦破点儿皮，就这样疼。扎进皮肉，刺进骨头里，不知又是怎样的滋味?

她随便包了一下伤口，擦掉腿上的血，想起阳台的花好久没浇水了。

赵云今喜欢复古的独栋，霍璋特意找人在西河寻了年代久、结构好的房子，楼下是花园，定期有园丁打理。赵云今觉得楼上有些空，前些天去花鸟市场买了几盆蔷薇种在阳台，想起来才浇浇水，纯当玩了。

楼下院子里有人抽烟，四周路灯灭了，那点儿橘黄色的火光很打眼。

赵云今耐心地把花浇完，江易一直坐在花坛旁没吭声。他手里拎着赵云今忘记拿走的生滚猪肝粥，已经凉透了。

赵云今褪了妖艳的裙子和妆，只穿条纯棉的白色睡裙。

后半夜的月亮隐匿在云层后，偶尔投几分光下来，皎皎的月光映在她光洁的额头上，隐约有几分少年时的影子。

赵云今闹腾了一晚上，没力气作妖了。她摆弄着那盆快要枯死的蔷薇花，漫不经心地问道："司机可以不打招呼，夜里偷偷溜进大哥的女人家里吗？"

这一开口，更是十足的像。那浅淡的神情、那娇艳的面庞和那清高骄傲的劲儿。

江易闭锁了多年，覆满枯枝落叶的心倏然豁开一个角。

赵云今是他的劫，是插在他心尖上的一把色字刀，无论过去多少年，想要让他的平静支离破碎，只有她想与不想，没有她能与不能。

江易磕落指尖上的烟灰，眉峰上挑："大哥的女人？"他笑了笑，不羁又邪气十足，"大哥的女人，不也上过我的床？"

"别拿霍璋压我。"

赵云今不再说话，隔着蔷薇茂密的藤蔓望向他。这一眼短短的距离，却像间隔了许多年。这些年的时光说短也短，说长又长得要命。

日复一日，看着油灯老街的日升月落，苍凉得像被整座城市遗忘了一样，看着深夜破屋前挂起的老旧煤油灯，衣着暴露廉价的女人倚着门框朝霓虹深处望，看着每年春日总有几枝迎春花从破败腐朽的肮脏角落里抽出新芽，看着楼下车棚里那辆他最爱却四年没有骑过的摩托车……

日子漫长而绝望，难熬似虫蚁噬心。可只要她投来这一眼，又仿佛回到了许多年前的夏天。那时的少年快活恣意，远不是现在的模样。

哪怕只有几秒，短短几秒也好。没有虚与委蛇，没有笑里藏刀，有的只是这些年彼此错失的时光。江易闭上眼，喉结微动。

“云云。”他轻声说，“离霍家远点儿。”

但凡豪门世家就没几个好混的，更别说霍家这种一妻二太三四奶的豪门深宅。

霍嵩的合法妻子只有薛美辰，霍璋的母亲虽然没有名分，但外人顾及霍璋的面子，提及时还是会称呼一句二太。霍璋进门后，所有人都以为霍嵩带回家的风流债到此为止了，谁也没料到几年后杀出一个乌玉媚。

乌玉媚在西河那些想要攀龙附凤的女人眼里是个传奇。

乌玉媚在山沟里出生，家里重男轻女，把她卖给邻村的光棍儿做童养媳。十五岁时，乌玉媚受不了老男人的虐待，靠着一双脚跑了三天三夜逃出大山，路上遇到人贩子，被贩到西河。

那些年西河很不太平，明面上赌场、迪厅、夜总会各种场子林立，暗地里还有黑场子，其中一部分专门从人贩子手里买女人。

乌玉媚在那里经历了什么无人知晓，人们只能从一些蛛丝马迹里找寻些许的痕迹。

那年警方解救出受害者，名单上被买来的足有一百人，活下来的只有寥寥十几个，大部分在拐进来的最初几个月就发疯自杀，活下来的也目光呆滞，形容枯槁。

乌玉媚是其中之一，可她没疯，眼睛里还有些许的光。

后来有人说见过她在火车站旁的地下通道卖手工鞋垫，大红的面子上绣着五彩鸳鸯，城里人觉得土气，不兴穿这个。也有人说见过她在香溪边卖氢气球，十几个孩子放学后围着她转，惬意散漫，像是完全从那段阴影里走出来了。还有人说她搬去了油灯街，可没多少人见着。

后来乌玉媚失踪了，再出现的时候是在霍老爷子的病床前——作为护工。

再后来，乌玉媚摇身一变成了霍家三太，当初薛美辰那句“只要我活着一天，那些贱人就别想进门”似乎成了笑话，乌玉媚不但进门了，还进得风风光光、敞敞亮亮。霍嵩给她钱财，给她房车，甚至给她公司和股份，只恨不得将一颗心剜了送到她手上。

如果没有霍璋从中搅局，她也算称心如意、风生水起了。

美容会所里，霍明芸刚做完一套热玛吉，倚着沙发跟赵云今闲聊家事。

赵云今的头发连着电机，一水的泡面卷，两只手搭在一侧，两边各坐了一位美甲师给她护理指甲。

她闭目养神，懒懒散散地道：“你乌姨也算是把一手烂牌打出王炸的教科书级别案例了，学着点儿，别跟你妈一样死心眼，被人怎么玩死的都不知道。”

“少埋汰我。”霍明芸嗤之以鼻，“让我跟她学，她也配？在那种地方不知道被多少人玩过，想想都替我爸感到恶心。”

“你骂她做小三也就算了，可以前她是受害者，这样嘴坏不怕遭雷劈吗？”赵云今抬手看着做好的指甲，面不改色，“况且她做了小三，我跟了霍璋，你骂她相当于骂了半个我，我不乐意听。”

“哎呀，云今。”霍明芸扔下手机，抱住她的胳膊热情地摇，“她怎么能和你比？

“我妈说了，对待她要像秋风扫落叶一样冷酷无情，对你赵云今那可得亲亲热热。我们是一根绳上的蚂蚱，你春风得意，我妈开心，你勾引霍璋，我妈更开心，我妈开心我就开心，你让我这么开心，我怎么会骂你呢？”

大小姐没吃过苦，一生顺遂，撒起娇来做作无比。

店里的巨屏电视正在播宫廷剧，霍明芸指着屏幕：“在我们霍家，我哥是嫡子，我就是长公主，霍璋是长子也没用啊，谁让他没个争气的老娘？长子没什么了不起的，可他不懂韬光养晦，凡事掐尖就是他的不对，家门都让他进了，他还想分家产怎么的？”

赵云今摸了摸发卷：“Tony，烫。”

小男生助理连忙上前帮她调低烫发的温度：“姐，我叫小彬。”

赵云今坐得快睡着了，迷蒙着眼：“凭我的手段嫁给霍璋不是难事，你现在跟我说霍璋的坏话，将来不怕我报复吗？”

“你嫁给霍璋？”霍明芸像听到天大的笑话，“得了吧，你就玩玩。

“先祸害我哥，玩腻了就甩，害他当年把西河的精神科专家看了个遍，我爸差点儿模仿港片悬赏五百万下江湖追杀令，是他那傻儿子跪着求他放过你。他虽然作罢了，但也撂下句话，以后谁要敢再在霍家提赵云今的名字就是跟他过不去。

“霍璋找你当情人，这要被我爸知道，我妈做梦都要笑醒了。

“云今，算我求你了，这次千万别这么快甩了霍璋。我爸就快不行了，好歹等分完家产，到时候你把他甩成拉面都没人管。”

赵云今生性凉薄，“朋友”二字可有可无，大学时一个人独来独往，直到某天在食堂霍明芸端着餐盘坐到她对面。

“我是霍明芸，霍明泽的亲妹妹，想和你交个朋友。

“是我妈叫我来的，她让我接近你，带你融入上流社会见见世面，等勾起你心底的虚荣和拜金，再给你抛橄榄枝，让你替我们做事。我只见了你一眼，就发现我妈的想法有多蠢。

“一个连霍明泽都不放在眼里的女人，怎么会虚荣到为了钱就乖乖听话？可我还是要接近你。”霍明芸微笑，“你够漂亮，配和我霍明芸做朋友。”

很难说当初为什么和霍明芸谈得来，或许因为霍明芸真实，又或许因为霍明芸能看明白她。所有人都说赵云今是霍二的情人，玩腻了就会被甩，只有霍明芸自始至终坚定地认为，霍璋才是被玩的那一个。

赵云今没应声，大小姐慌神了：“你说句话呀！”

赵云今说：“从前你爸搞我，还有霍明泽跪下求他。如果现在他再搞我，霍璋那腿你也瞧见了，他要是跪不下来，那我不就惨了？如果我出了事，你也会于心有愧吧。”

“那你想怎么样？”

小男生给赵云今取了发卷，帮她吹干头发，赵云今晚上要和霍璋去三房吃饭，特意选了条得体的黑裙。

赵云今做完保养，站在镜子前欣赏自己的新发型，波浪弯卷，乌发如丝，水灵灵的美人模样。她理了理领口，侧身对着霍明芸说道：“长公主，您看我这柔弱肩膀承担了这么多重担，是不是该给它点儿补偿？”

“什么意思？”

“缺个包。”

霍明芸说：“……你今晚可是去见乌玉媚，有什么可打扮的？”

赵云今淡淡地道：“见谁都要漂漂亮亮的。”

赵云今得了新包，心情大好，步子都轻快了。

她破天荒地给了江易一个好脸色，刚要上车，跟在后面的霍明芸夸张地叫道：“赵云今！这就是霍璋给你安排的司机？好帅啊，把他让给我吧，拿我的司机跟你换。”

江易等了赵云今一下午，偏偏她做完头发还要去隔壁奢侈品店看包，车上太闷，刚下来望风抽根烟就被看见了。

他掐了烟，看着赵云今嘴角的笑容一点点压下去，就知道不太妙。

赵云今甜蜜蜜地说：“明芸，按理说你送我包，还你个司机也没什么。可你不想想，为什么霍璋宁愿要个歪瓜裂枣也不要这个帅的。”

歪瓜裂枣……江易想了想，认为她说的应该是双喜。

“他是于水生的干儿子，我无所谓，你敢让他开车？”

霍明芸惜命又贪色，赵云今见她纠结，笑道：“江易，长公主指名要你，还不领旨谢恩？”

江易没给她好脸色，他上了赵云今的车，顺手甩上门。

霍明芸立刻不纠结了：“得，我要的是司机，不是爹。赵云今，你这些年脾气真是好，让一司机当着你的面摔门都不恼。”

赵云今当然不恼，江易的门就是摔给她看的，或者说是摔给她那哪怕分手多年却依然强劲作祟的占有欲看的。

赵云今告别霍明芸，一边欣赏刚做的指甲，一边看向江易。

江易开车专注，没有察觉身后直白的目光。

事情原本已经结束，偏偏赵云今还想造作，她打了个哈欠：“都怪你昨晚找我叙旧，害得我一夜没睡好。看到刚刚霍明芸的表情了吗？听说你是于水生的人，唯恐避之不及。你那九叔也是个人物，霍家人听到他的名字，比听到病毒还害怕。”

她轻轻巧巧地揭过昨晚的事，将话题巧妙引入下一个套：“霍家人都认为当年霍璋的车祸是他的杰作，苦于找不到证据罢了。你九叔的为人你是最清楚的，阿易，你老实告诉我，是他做的吗？如果不是，我去霍璋面前说说情，大家化干戈为玉帛，不是皆大欢喜吗？”

难以想象她是怎么用这样平静的语气同他说话的，江易的视线紧盯着前方的柏油路。

车已开出商业区，慢慢驶入僻静的富人区。

赵云今得不到回应，指甲拨弄着他的后颈：“听不懂我说话？”

江易单手握方向盘，空出的那只手后伸攥住她窄细的手腕。手不似人，没那么多冷漠，他掌心滚烫，只握了一秒就放开，神色淡然，像什么都没发生过一样。

“你有听过我的话？”他说，“我让你离开霍家。”

赵云今端详着自己的手：“给我个理由。霍璋宠着，别人供着，哪怕过几年被扫地出门，霍家给的钱也够我安枕无忧地过完这辈子，你凭什么要我离开霍家？

“还是说你吃醋了？”她莞尔一笑，“你曾经那样爱我，现在却要看我对别的男人嘘寒问暖，和别的男人同床共枕，享鱼水之欢。”

江易踩了刹车。林荫路旁种着参天梧桐，傍晚的光较暗，投不下几分光影。

车停得稳当，赵云今甚至没有感受到一丝颠簸。她的笑容越发甜了：“阿易，嫉妒疯了吧？”

江易沉默着，目光平视远处的山峦，他侧脸瘦削，隐匿在背光处，有些看不清。

手边有烟盒，但里面空空的，哪怕还剩他也不会再碰，最近烟抽得太凶，嗓子眼儿泛干，鼻腔也火辣辣地疼，西河春天的风干燥且凶猛，风灌进来，总觉得喉咙要撕裂了。

“赵云今。”

就在她以为江易要一直沉默下去，他开口了。

“但凡今天我对你还有半分念想，都不会留在这个地方。你别忘了，当初是我甩的你。”没有半分念想，是念和想，那爱呢？赵云今这样想，却没有问出口。

她换了个姿势，懒洋洋地倚着："年龄大了记性不好，你不提，我还真给忘了。是你甩了我。"她的声音听不出喜怒。

"江易，我是什么样的人你再清楚不过，爱憎分明、睚眦必报，一副小女人心肠。可我念旧，顾几分情，从前的事过去了就烟消云散，我懒得放心上，谁甩了谁都不重要。既然你对我没有念想，就别把手伸得太长，我做什么，跟了谁，不归你管。"

日薄缠山，梧桐枝梢染了暮色。

江易不是聋子，他能听见赵云今说话，可他毫无反应，像死了一样。过了很久，他发动车子。

车里静悄悄的，轮胎擦过柏油路的声音格外清晰，密密麻麻地朝耳朵里钻，十几分钟的路程像半个世纪般难熬。

车子停在乌玉媚中式风格的园林别墅前。江易下车，替赵云今拉开车门。

霍璋的车队停在路边，几个保镖一排白杨似的站在路边，一个个望过去，末尾突兀地矮了一截。那不是别人，是双喜撅着屁股蹲在路沿上。

他跟保镖搭话，没人理他，末了只能觍着脸跟何通聊天，聊着聊着话题就跑偏了，开始愤世嫉俗了。

"这世道真不公平，有人天生命好，住好房，开好车；有人天生命贱，好不容易有机会飞黄腾达，还遇上个心眼儿小的东家，直接打发来开车了。老子什么时候才能名利双收啊，赚他一千万，再找个像赵小姐那样的，也算是人生圆满了。"

何通冷笑道："祝你早日梦想成真，左手豪车别墅，右手超模美人，眼睛一闭一睁，醒来发现做了个好梦。我再给你这梦取个名，就叫'双喜发家记之梦回香溪'，拍成电影拿去卖，都会叫人砸臭鸡蛋。"

双喜不忿道："师父，你怎么取笑人呢，还不准我有志向咋的？"

何通刚要继续埒他，抬眼看见赵云今，讪讪地闭了嘴。私下意淫老板的女人无伤大雅，赵云今也没少被人背后提起过，可当面议论就很不地道了。

双喜没察觉来人了，豪气干云道："你等着瞧，我将来富贵了，第一件事就是找赵小姐，估计那时候她也人老珠黄了，行情不好了……"

“凡事都还没做就先想着价格便宜，这抠搜心理，怕是不好富贵了。”赵云今从他身旁经过，轻飘飘撂下一句，“况且你有句话说错了，我赵云今就算七老八十也不愁没人要，世上男人常有，而美人不常有，你初中没学过语文？”

双喜没反应过来，愣愣地说：“……啊？我没上过初中。”

“千里马常有，而伯乐不常有”引自《马说》，赵云今稍作修改，就敢拿出来用。

赵云今蹲在双喜面前，含情脉脉地看着他：“其实想要人生圆满也不难，说起来只要三步，双喜，你想学吗？”

双喜傻了，本能地点头。

“第一，”赵云今伸出一根手指，“掏出手机拍一张我和霍璋的合照，越亲密越好，最好来个激吻照或床照。

“第二，找到霍老爷子在疗养院的病房，把照片拿给他看，告诉他这些年我是怎么勾引霍璋，怎么把他玩弄于股掌之中的。几年前我的行情是五百万，这些年通货膨胀，怎么也得水涨船高，八百万起，上不封顶。

“第三，也是最重要的一步。”

赵云今笑得妩媚：“找到我，先奸后杀。不过我这人闹，办事的时候喜欢叫，如果不想被人发现，你最好提前做好准备，学着点儿怎么下手才万无一失。

“一步不多，一步不少。不仅得了财富，还睡了赵小姐，道上人见你双喜这样神勇，保不准还称呼你一声‘喜爷’。你说，这是不是人生圆满了？”

双喜还想点头，被何通一巴掌呼在后脑勺儿上：“你真梦回香溪呢？”

双喜吓醒了，拨浪鼓般狠命摇头：“不不不，我不敢，我刚才脑子犯浑，不不，我压根儿没有脑子，就是借我一百个胆子我也不敢啊，赵小姐……”

“不敢？”赵云今静静地看着他。

双喜不知是吓的还是紧张的，唾液急速分泌，一通狂咽。

赵云今伸出手，轻轻落在双喜头顶被风吹乱的那撮头发上，那上面没什么杂质，可赵云今拂得认真，仿佛有脏东西一样，也没人敢提醒她那头发干净得很。

她动作轻柔，可每动一下，双喜就颤抖一下。不疼不痒，是心理作用，生怕刚刚口无遮拦惹怒了赵云今。他现在的情状好比被古代酷刑铁齿梳子刮头，嗓子眼儿提着一口气，翻来覆去，这颗头都似乎不是自己的了。

赵云今慢条斯理地收回手，神色温柔："就知道双喜不舍得，好乖。"

双喜那口气卸下来，好歹稳住身体没有一屁股坐在地上，可后背已经冷汗涔涔，湿了大片衣服。

两年前霍璋因为车祸赔了双腿，险些丧命，从那以后出门都有车队跟着。前面一辆，后面一辆，中间被严密保护的加长豪车里坐着霍璋。

他早就到了，不过没有进门，在门口等赵云今。

孙玉斗推了轮椅下车，霍璋在车上睡了一觉，刚刚醒。他闻到赵云今身上的香水味，握住她的手："怎么这么凉？"

"刚刚和双喜聊天，被风吹着了。"

双喜才镇定下来又瞬间吓成鹌鹑。

"聊了什么？"

"有趣的事情。"赵云今从孙玉斗手里接过轮椅，"到里面跟你慢慢说。"

乌玉媚的宅子不让外人进，赵云今推着霍璋进去，其他人只能留在外面。

过了一会儿，里面出来四五个保镖，抬了几张塑料桌椅摆在路边。孙玉斗从车上取了副扑克："老何，阿易，来打牌。"

何通说："不会出事儿吧？"

孙玉斗说："一个女人能翻出多大浪？娘儿们唧唧的规矩多，这不许那也不许，不睁眼看看自己是什么东西，瞎摆架子。"

江易盯着赵云今的背影进了门，她今天穿的裙子短，一截小腿露在外面，晚风吹起裙摆，露出贴着纱布的膝盖。

双喜惊魂未定，哭丧着脸："阿易，我完了，赵云今肯定得报复我。她要是把刚才的事告诉霍璋，我绝对吃不了兜着走。要不你找找三太，让他跟霍璋说说情，司机这活儿虽然不是我的第一志愿，但好歹每个月也有几千块……"

夜里无聊，等着也是等着，那边孙玉斗招呼人组牌局。

江易道："霍家水深，真丢了工作，回油灯街当个混混儿也挺好的。"

双喜蔫头耷脑，心想江易的话说得轻巧，倒霉的人又不是他。

花园里新铺了路，原本的砖地换成鹅卵石，新翻的土湿乎乎的。

路有些崎岖，轮椅难走，霍璋闭眼感受身下的颠簸，赵云今轻声问："我找人来抬？"

"不用了。"

乌玉媚的花园是仿苏州狮子园的风格造的，假山流水小池塘，碧绿的水里游动着斑斓的锦鲤。

不远处的水边亭榭坐着个穿唐装的中年男人，手里垂把钓竿钓鱼。傍晚时分，水里的鱼不多，男人心不在焉地倚着廊柱，垂钓是假，听曲儿是真，脚边老旧的磁带式收音机"吱嘎吱嘎"地唱着《牡丹亭》的曲儿。

他叼着烟斗，望着远处铺满霞光的天空，嘴里跟着哼哼，调不成调，只依稀能听到原来的词句："原来这姹紫嫣红开遍，似这般都付与断井颓垣。良辰美景奈何天，赏心乐事谁家院。朝飞暮卷，云霞翠轩，雨丝风片，烟波画船。锦屏人忒看的这韶光贱！"

"知道你为我的事记恨三房，但别失了分寸，现在远没到撕破脸的时候。"霍璋的目光落在男人身上，"于水生不是简单货色，你昨晚让他干儿子难堪，他不会善罢甘休。"

赵云今弯腰搂住他的脖颈，没心没肺地"咯咯"笑："有你保护，我不怕他。"

"于水生存心想害你，我未必能护得住，收敛点儿你那性子。"男人收竿，钩子上挂着条扑腾的黑尾锦鲤，他摘下来扔进桶里，起身收东西。

赵云今裙子单薄，皮肤骨玉似的凉，霍璋摸了摸她的手臂："起风了，进去吧。"

乌玉媚坐在窗口，就着最后一点儿天光纳鞋垫。她面前的矮桌上摆着十字绣的架子和五颜六色的线，手里的鞋垫底板是红色的，喜庆鲜亮，桌面还零散放着许多硬纸壳，是打模子的时候用过的。

本以为乌玉媚是个妖里妖气、像她名字那样妩媚的女人，可实际却和赵云今想象中的模样大相径庭。

她穿着一身月白色的麻裙，寡淡却不失知性，远远一看只能窥见侧脸，仿佛从江南水乡走出来的画里人。她手侧的窗台上的花瓶里插了一束去了芯的山百合，美丽且脆弱。

乌玉媚放下鞋垫，摘了纫针时戴上的无框眼镜："这就是云今吧？"她友善道，"早就听说过你的名字，霍璋在松川的时候，全是你照顾着。"

赵云今说："乌姨说笑了，我哪会照顾人啊？刚刚大学毕业连自己都照顾不好，要不是霍璋请了护工打理，我一定会手忙脚乱的。说起来那护工真不错，经验老到还安分守己，家里不该碰的东西她是一样都不会碰的。要不是她拖家带口都住在松川，我怎么着也要把她请回西河照料。"

乌玉媚笑笑："这么好的护工，真是可惜了。"

那边于水生左手拎着收音机，右手提着满桶的小锦鲤进了屋。今天早上客厅的鱼死了，打扫的人将鱼缸清理出来，他把鱼连带着水通通倒进去，旁边的人导上换气的机器，摆了些水草和鹅卵石作装饰。

"好好喂着，给你三太解闷儿用，再养死了有你的好果子吃。"

乌玉媚说："我这儿常年不来人，仗着几条鱼能解什么闷儿。"

收音机里的戏曲放到正浓情的一出："……和你把领扣儿松，衣带宽，袖梢儿揾着牙儿苫，则待你忍耐温存一晌眠……这一霎天留人便，草借花眠。小姐可好？则把云鬟点，红松翠偏。小姐休忘了啊，见了你紧相偎，慢厮连，恨不得肉儿般团成片，逗的个日下胭脂雨上鲜……"

霍璋蹙眉，保洁阿姨知道坐在轮椅上的人是霍家大少爷，不由得脸色惶惶，乌玉媚却很平静。

只有赵云今，喜形于色，一副事不关己看别人家好戏的表情。

于水生自顾自地坐了，熟络得像主人一样。

在西河提起于水生，那也是响当当的有名人物，霍嵩当社会渣滓那几年的结拜兄弟里最后收心成家的不多，大多数落得个蹲几年监牢放出来后继续当渣滓的下场。这群人里混成人样的除了霍嵩，就只有于水生了。

于水生行九，年龄最小，过去都叫他阿九。随着年龄和阅历的增长，阿九变成九叔，直至现在，除了亲近的人，外人都尊称他一声"九爷"。

霍嵩很善待这位兄弟，霍璋小时候逢年过节还会上门拜访，喊一声"九叔新年吉祥"，而后领到一个封好的红包。

霍嵩也很善待这位三太，乌玉媚刚进门时霍璋还小，比起薛美辰的不假辞色的厌恶，幼年时他更喜欢这位乌姨。

可孩子只是孩子，人长大了，是是非非，利益纠葛，总会变的。霍璋淡淡地问：“乌姨多久没去看过父亲了？”

“前不久才和阿九去过，老爷精神还好，只是早年换的那颗肾匹配度不高，排异反应严重，整个人都憔悴了。”

于水生说：“那肾的匹配度确实不高，可惜有人不知道。”

霍璋与他视线相接，看见他眼里似笑非笑的嘲弄。

赵云今说：“听说当年老爷子生病，是乌姨在身边照顾着才见好，现在他身体出了问题，乌姨怎么不多去瞧瞧？”

“去过了，也瞧见了。”乌玉媚说，“老爷不愿让我去，怕自己的病态叫我看到，加上我老了，手脚不如当年利索，人也没当年好看，比不上如花似玉的小姑娘赏心悦目。”

“乌姨才不老，风情别致，老爷子喜欢您，怎样他都喜欢。”

“云今嘴甜，可是岁月不饶人，快五十的人了，哪还有什么风情？”乌玉媚坐在沙发上，从桌上的点心盘里拈了颗蜜枣，“你们吃晚饭没有？我这里饭点随意，今天不饿，还没叫厨房准备。你们饿了说一声，我让他们现做。”

真有诚意留人吃东西也不会说这种话。

“不必麻烦了。”霍璋说，“今天也不是来吃饭的。

“叙旧这么久，该进正题了。”他缓缓推着轮椅到玻璃鱼缸前，观察被水草缠住尾巴的锦鲤，“我在松川经营这些年，生意有起色，父亲看到了我交的答卷和他想要的东西，亲口叫我回西河接手小东山。现在我回来了，乌姨却一直不肯放权，是什么意思？”

“瞧我，最近有些忙，倒把这事耽搁了。”乌玉媚歉疚地说，“我原本想着你刚回西河，对市场还不熟悉，需要一段时间才能步入正轨，没想到你是个心急的人，才一个星期不到就来我这儿兴师问罪了。”

“不是心急，是怕父亲失望。”

“你是老爷的亲儿子，他给你什么都是应该的。当然，乌姨的一切也都是老爷给的，他跟我要，我不会不还。

“可是霍璋，你有没有想过，霍家产业千千万，我经手的才多少？当初老爷子投资药物研发，薛美辰极力反对，正是因为她不看好这个行业才允许我插手的，西河的药厂是我一手经营起来的，盈亏多少我清楚，不及大房手里一个零头。

“房地产、餐饮娱乐……老爷病重，赚钱的产业被薛美辰攥得紧，剩下的不过是被人啃完肉的骨头，咂点儿鲜味罢了，你又何苦来为难我？”

霍璋温和地说：“我说了，这不是心急，也不是为了家产，我只是不想让父亲失望。

“乌姨说药厂的盈利只有零头，我看不见得，不过是小东山的投入太大，不得不用药厂的进账填补亏空，所以面上的盈利少了。父亲让我接手，也有爱护乌姨的意思在里面，毕竟这几年我经营的松川分厂效益不错，足以支撑小东山的药物研发了。

“小东山在你手上这些年，投资不停地进去，却没像样的产出，明事理的人知道是研发人员拿着工资不作为，不明白的人还以为是乌姨吞了钱不走账呢。不如让我来补这个亏空，您也落得轻松。乌姨，您说是吗？”

一旁的于水生无聊地把玩着手里的旱烟斗，用它去推茶桌上的黑色筹码。

乌玉媚安然地坐在会客桌前，她沏了杯苦丁茶：“口口声声说不想让你父亲失望，那之后呢？还不是得眼睁睁地看着老爷把家产留给大房？霍明泽兄妹是对绣花枕头，中看不中用。可你不一样，霍璋，以你的性子和能力，要你一直管着几家制药厂，你甘心吗？

“与其跟我抢小东山这块冷骨头，不如我们坐下来谈谈，想法子动一动薛美辰手里的肉。”

霍璋嘴角的笑冷了，他问：“和您坐下来谈谈，还是和你们？”

于水生关上收音机，《牡丹亭》戛然而止，他挖了挖耳朵：“这杂牌机噪声太大，聒得我耳朵疼，也不知道怎的就成了阿志的宝贝。要不是他现在人在医院听不了曲儿，我也不稀罕拿来用。”

他说罢看向霍璋：“阿志半月前在赌场叫人废了的事，你听说了吗？”

霍璋与他对视，淡然地问：“阿志是谁？我该听说吗？九叔怕是老糊涂了吧，你和乌姨交情匪浅是你们的事，可我不记得我和你之间什么时候关系熟络到可以面对面坐着聊天。”

于水生笑道：“还记恨断腿的事？我知道你心里不好受，可说话得讲证据，不是我做的，也不能白白叫我顶着罪名过一辈子吧。”

霍璋没接他的话茬儿，只是说："乌姨也不用在我面前发表离间演说，就如您所说，霍明泽兄妹没什么威胁，反倒是您。

"跟您合作，和与虎谋皮有什么区别？"他推着轮椅靠近，"半个月内，我会接手小东山，请乌姨尽早做准备。"

乌玉媚抿茶："半个月可不够。"

"够了。"霍璋拿起桌上的筹码，捏在指尖看了看，"不需要交接，不需要对账，我会从松川调人接手，小东山现在的人员一概离开。半个月，足够乌姨搬好几次家了。"

乌玉媚沉默着，霍璋身体微微前倾，压低声音："还是说乌姨在小东山藏了什么不可告人的秘密？我给的半个月时间远不够您消化这些东西。别低头啊，您这副柔弱样子装给父亲看看还可以，我不吃这套。"

乌玉媚抬起眸子，与他对视。

"当年我派丁晨凯来西河对货，您一口咬定他偷了您的钻戒。本来只是一枚戒指而已，小惩大诫还了就行，哪怕您不把丁晨凯放在眼里，最起码也该明白打狗看主人的道理。"

霍璋笑了笑："丁晨凯虽然跟我的时间不长，但我清楚他的为人，他绝不会做偷鸡摸狗的事。

"当天他去的是小东山的货仓，那晚是雷暴天气。听说乌姨生平最怕打雷，有人告诉我，那天您似乎从早到晚待在九叔家里。既然待在九叔家，又怎么会把钻戒遗落在小东山呢？

"当晚我的司机打电话向我求救，我故意不理，一个丁晨凯，死了就死了。"说到这儿，霍璋顿了顿，他眼眸晦暗，"我是想看看，您会借题发挥到哪一步。"

乌玉媚平静的脸色变了变。

赵云今倚着鱼缸下的梨花木柜，一条乌黑的鲤鱼撞上她后腰旁的缸壁，而后在黢黑的水草间吐了一串泡泡。她听得困了，懒洋洋地打了个哈欠，察觉到于水生在打量自己，回以一个嫣然的笑意。

霍璋斯文的外表下掩藏着冷漠的皮骨，虽然在笑，却叫人凉意横生："只为着一枚钻戒有些说不过去吧？还是说他偷的不是钻戒，乌姨之所以杀人灭口，是因为丁晨凯在小东山看见了什么不该看的东西吧？"

西河的三月天已经生了蛾子，三五成群地围着矮路灯扑腾打转，汲取暖意一般贴在焦黄色的灯泡上。

孙玉斗今晚手气好，不论当地主还是农民都一手好牌，他玩得大，一小时赢了两万块。

在场的都是拿普通工资的打工仔，几圈下来就没人敢和他玩了。除了江易。

江易把散牌归拢，左手拇指按住，右手过牌，那牌像一张张雪花片子，没重量般在他手里翻转。

孙玉斗赞赏道："有两手。"

江易说："从前帮九叔看过场子，洗得多了就熟练了，孙哥还玩吗？"

孙玉斗说："玩个屁！一群没眼界的东西，输两个钱就跟死了亲娘一样，真扫兴！"

江易今晚输得最多，全程陪孙玉斗玩下来，赔了一万多进去。他手里没钱，孙玉斗大手一挥让他写欠条，十天内还清，超过十天按十三分利滚，跟高利贷也没区别了。可江易没多想，就直接打了欠条。

他这样爽快，孙玉斗对他有说不出的好感："可惜了，要不是跟了于水生，咱俩得多投缘啊。阿易，一会儿完事别走，孙哥请你喝酒，赢了你这么多钱，我也怪不好意思的。咱俩今晚喝个痛快，我再顺道带你去松松筋骨。"

江易道："去哪儿你说了算，不过账得我结，昨晚要不是孙哥照拂，我连霍先生的面都见不到。"

孙玉斗对他的话很受用，热情地拍了拍他的肩膀。

宅子里有人出来走到江易身边咬耳朵，江易站起来，道："孙哥，九叔和霍先生找我，我先进去一趟。"

双喜眼珠子瞪得老大，何通嘲弄地笑道："看了也白看，人家这叫八面玲珑，左右逢源，这种人才能扶摇直上，你当九爷的干儿子是人人都能当的？你这种嘴上没把门儿的根本别想。"

"双喜。"江易走到门口，忽然转身叫他。

双喜吓了一跳，以为自己那点儿心思又被发现了，他跑过去，问："怎么了？"

"晚上我和孙玉斗去办事，你替我送赵小姐回家。"

双喜低落地“哦”了声，小声说：“阿易，这次来辰嵩我怎么感觉你和以前不一样了啊？那种人从前都是我去巴结的，你连瞥都懒得瞥，你现在这样，真不像我认识的阿易。”

江易平静地说：“人是会变的。”

乌玉媚和霍璋分坐在长桌两头，于水生朝桌上倒了一箱筹码。

霍璋道：“乌姨现在也玩上这个了？”

乌玉媚说：“闲着干吗呢，偶尔组几个局，家里也能热闹点儿。从前都是阿志陪我玩，他出事以后我就懒得碰了。”她揉了揉肩，“最近纳鞋垫，膀子有些疼，既然是阿九提议的局，不如你俩玩吧，我和云今当个看客，就当热闹热闹了。”

刚才霍璋的一番话后场面僵持，乌玉媚提议不如玩几局牌放松一下。

霍璋应了，她自己却不来，把位置让给别人，可要霍璋冰释前嫌和于水生玩牌，也不问问他肯不肯。

于水生坐下：“炸金花。”

霍璋不说话，赵云今直起身，动了动站久后酸麻的小腿：“我陪九爷玩吧。”

于水生眉须有些老态的苍白，但一双眼依然犀利：“跟我玩？你算什么东西？”

赵云今露出一贯没心没肺的神情：“跟您比我当然算不上什么，九爷大人有大量，想必不会为难我一个小辈。”

赵云今数了十个筹码丢出去，撞得赌桌壁“嗒嗒”响。

于水生说：“现在的年轻人倒是挺狂。”

赵云今弯曲手指，扬了扬墨蓝底色上勾勒着精致蔷薇花蔓的指甲，娇声娇气地说：“刚做的指甲，怕折，不如九爷请个人来发牌吧。”

江易被人叫了进来。

“阿易小时候，他母亲把他托付给我，他虽是我干儿子，但我在他身上花的心思不多。找别人来发牌也怕你们多心，阿易现在给霍璋办事，就是二房的人，公平。如果你不认他来发牌，自己去找一个。”

赵云今倒没不认，含情脉脉地看着他：“阿易，你要好好发牌啊，让我输了，我可是会不开心的。”

江易平静地说：“输赢不归我管，我只负责发牌，如果赵小姐害怕输钱，就别上赌桌。”他将牌归拢，过牌娴熟，每张牌都打乱岔开，隔得十分清楚。

他请赵云今和于水生分别启牌，从上面抽走一小半，剩下的牌从最上面的一张起，一人一张，发了六张。牌桌的规矩一样不落，一样不少。

赵云今今晚似乎并没有得到幸运之神的眷顾，玩了十局，输了十局，手气极背。没过一会儿，筹码全部堆到于水生面前，霍璋的钱丢出去连个响都没听到。

于水生问：“输光了，你还要玩？”

赵云今依然笑吟吟的，仿佛笑容生来就是她脸上的保护色：“筹码输光了还有别的，九爷，不如咱们玩点儿大的吧。”

“你想赌什么？”

“九爷今晚的目的不是玩牌，赌什么该您来说。”

于水生与她对视，眼前这个二十出头的年轻女人长了双漂亮的桃花眼。她眸子澄澈，其间流淌着清澈水波，但就是这样一双眼眸，叫他看不透。

“我说？我说就赌小东山。”于水生凑近，“你敢吗？我输了，你今晚输掉的筹码原物奉还；你输了，让霍璋放弃小东山。”

赵云今毫不避讳他的目光：“小东山本来就是霍璋的，凭什么作为你的筹码？不如这样，先前的筹码就当孝敬九爷了，接下来的这局如果你输了，我要你的人三天之内全部离开小东山。”

于水生问：“你做得了主？”

赵云今撒娇：“那就要看霍先生让不让我做这个主了。”

霍璋没说话，他在思索，过了一会儿道：“可以。”

乌玉媚温柔地说：“就按云今说的办吧。”

一条长桌，两头的人各怀鬼胎。于水生打量着桌上的纸牌，赵云今慵懒地玩着手里仅剩的最后一颗筹码。

赌约签了字按了手印，江易忽然开口：“这局我发不了。”赌注太大，不管谁赢，输的一方都会怨怼，聪明人不会插手这件事。

赵云今玩味地问：“如果我偏要你发呢？”

于水生道：“你发，人各有命，输赢与你无关。”

江易这才洗了牌，一摞牌赵云今启一部分，于水生再启一部分，只有薄薄几张剩在手里。

于水生翻牌看了一眼，嘴角不易察觉地露出了一丝笑容。赵云今却像无所谓似的，牌掀也不掀，她不动手，让江易替她翻。江易一连翻出两张2，只要于水生手中的牌安分规矩，她这局胜算很大。

于水生也翻开两张，一张方块3，一张方块4。

“九爷，你要输了。”赵云今瞥了一眼牌面，“我是对子。”

于水生冷笑道：“年轻人别太躁，来日方长。”

江易伸手去翻赵云今最后一张牌。他垂着眼睫，顶灯白炽的光投下，在他侧脸打出一道冷峻的阴影。

“既然九爷这么自信，不如再玩刺激点儿。”赵云今唇红齿白，微微眯起眼睛，看起来像只无害的兔子。但如果真把她当成兔子，估计连怎么死的都不知道。

“我要加码。”她说，“除了小东山，我还要三房在城南所有的经销商和厂房，霍璋回了西河，从头再来也麻烦，既然有现成的，不用白不用。”

于水生眯起眼睛道：“胃口倒不小，你拿什么跟我赌？”

赵云今道：“那就看九爷想要什么了。”

于水生露出一个诡异的笑：“我上个月新开的夜总会还缺一个头牌，如果你输了，去我店里上班。这个卖身契，你敢应吗？”

他这话一出，全场安静。这不仅是在羞辱赵云今，更是在赤裸裸地打霍璋的脸。

霍璋蹙眉道：“云今。”

赵云今却对他的阻拦充耳不闻，懒散地拨了下头发：“好啊。”

江易落在牌面的手顿住了。

好啊。她答应得轻轻巧巧，仿佛这是件无足挂齿的小事。

“赵云今，你想清楚了。”于水生提醒，“夜总会不是写字楼，不会让你舒舒服服地坐着看报纸的。”

赵云今眼底有股子傲劲：“怎么九爷住着乌姨的家，还要操着我的心？

“我赵云今说到做到，如果今天输了，别说一个夜总会，哪怕油锅火海，我也照下不误，九爷先赢了我再说吧。”

霍璋没再拦她，安静地充当一个看客。

“以为自己手里有个对子就能翻出花来？”于水生冷笑着甩出最后一张牌，“给你个惊喜。”

一张方块2。234，同花顺。

霍璋的脸色变得很是难看。赵云今缓缓直起身，拨开江易的手，最后一张牌，她亲自翻。

“九爷这样爽快加码，我怎会不知您家牌大？只不过还是想拿这条贱命赌一下。

“赢了，霍先生会感激我，我赵云今往后的日子繁花似锦；输了，毕竟还有条命在，倒也算不上太坏。

“输了一整晚，该让我赢一回了，我也不会永远倒霉吧？一副牌那么多，万一我这最后一张……”

赵云今噙着笑意，掀开最后一张牌：“是副豹子呢？”她缓缓摊开，这副牌里最后一个2出现了。

三个2，最小的豹子，稳稳压过了于水生最小的同花顺。

于水生的脸骤然白了。

炸金花里豹子出现的概率太小，更别说三张2已经出现在了桌上。赵云今没看牌和他盲赌，她手里会有最后一张2这件事在他眼里根本不可能发生，可她偏偏赢了。

赵云今丢了牌：“风水轮流转，没想到气运也是，这次倒让我赌对了。”

霍璋明显松了口气：“听闻九叔生平最讲信义，这赌注可别不认。”

于水生的脸由白变黑，吃了个天大的哑巴亏。

赵云今推着霍璋离开，于水生看向江易：“怎么回事？”

“我说了这局不能发。”江易蹙眉道，“霍璋已经起疑了，一直盯着我，牌是赵云今亲手启的，我没敢动手脚。”

“算了，别怪阿易了，霍璋确实盯着他。”乌玉媚脸色有些疲倦，“合该赵云今运气好，人不怕没有真本事，最怕的就是这捉摸不透的气运，几分都是天赏的，该我没这命，我也认了。阿九，带人清理小东山吧，做干净点儿，别叫霍璋看出什么。”

于水生说：“我再想想办法，一个赌注而已，赖了就赖了……”

乌玉媚道："霍璋多疑，再拖下去对我们没好处。三十年河东，三十年河西，时运这东西谁又说得准？今天我认了这命，或许明天就该轮到他了。"

她眯了眯眼，疲惫地说："去吧。"

赵云今在庭院的洗漱台前补妆，她有些累了，身体歪歪斜斜地倚着一侧镶木的墙壁。

翠竹鲜花，镜子布置得古色古香，不像洗手间，倒像是花园。

江易走进来，站在她身后："腿怎么了？"

赵云今动了动腿，纱布的缠绕感清晰地传来，她嫣然一笑："前天晚上和霍璋亲热，地砖硬，跪青了。"

赵云今以激起他的愤怒为乐，她还要再说，江易矮身半跪在她面前，双手探入裙底。

江易骨骼修长，手型漂亮，西河的赌王曾经给他把过手，赞赏这是玩牌的好苗子。

赵云今见过他将一张纸牌置于两指间翻飞的模样，如蹿入花丛的蝴蝶令人眼花缭乱，见过他在赌桌上用这双手偷梁换柱，也见过他在建筑工地扛沙袋、捣水泥，在殡仪馆掸炉灰、抬死尸。

江易手上有茧子，常人发现不了，只有当它触碰细腻皮肉、摩擦而过时肌肤轻微战栗，才能让人感觉到它的存在。

江易三两下解开纱布，撩起裙摆。膝盖没有瘀青，那是道口子，没仔细处理过，钉子上的锈迹刺破皮肤，发炎感染了。

赵云今倚在洗手台上，没有阻止，也没有说话。她盯着江易头顶的冷硬发旋，思绪蓦然回到高考结束的那年夏天。

那是赵云今唯一一次见江易得体的穿着——KTV 服务生的衬衫、马甲，还有脖子上的红领结。

他笔直挺拔，清俊疏离，冷得自成一格，哪怕只是兼职的打工仔，在一群服务生中依然鹤立鸡群。有女孩心仪他，专门点了他在包间服务。

毕业聚会，赵云今麦霸，抢了麦克风唱得停不下来。江易站在角落，开酒瓶，补零食，收拾垃圾桶，给水果摆盘。两人昨夜吵过架，疏离得像是从未见过，不认识彼此一般。

赵云今故意气他，肆无忌惮地和几个男孩对唱情歌，笑得肆无忌惮，哄哄嚷嚷地挤在沙发上。

他的注意力只在手头的工作上，一言不发，甚至连一个不满的目光都没有投过来。

赵云今以为他不在乎，后半夜，她去洗手间，刚进门就被人粗暴地按在洗手台前。

同样的姿势，同样的位置，只不过那晚江易扯下来的不是纱布。

那晚，赵云今环住江易的脖子，尾指挑他的红领结，笑吟吟地道：“阿易，这个好衬你。”

于是，她心心念念了一晚的领结被江易拽下来。恶人自有天收，可赵云今惯会折腾人，连老天见了都头疼，这世上只有江易治得了她。她被江易用那根领结绑住了手腕，男人贴伏下来咬她耳朵，一字一句地问：“赵云今，你是不是想死？”

洗手间外门没锁，只挂了暂停使用的标牌。一墙之隔的人扯着嗓子唱歌，走廊里高跟鞋的声音“嗒嗒”而过，一下，一下，又一下。

赵云今被洗手台的大理石冰到颤抖，晚上喝的那点儿酒全清醒了，带着哭音告饶，可江易将她这一晚的累累罪状全记在心底，偏执浓烈，爱意滚烫，任她怎么服软求饶都没用。

赵云今头昏脑涨，鼻子一酸，被他弄哭了。

……

江易起身，将纱布丢还给她：“去打破伤风。”

赵云今就势坐到洗手台上，静静打量着他。如今的江易比起当初成熟了，年少时身上那股锋锐的戾气也温和了，如果不是模样还在，她几乎要认不出他了。

“你变了。”赵云今说。

从打零工赚钱的混混儿，摇身一变成了霍家司机，社会地位有所提高。赵云今却觉得他落魄了不少，变得沉默、谨慎，能容忍她的戏弄和她站在别人身旁，他不像从前的江易了。

可当赵云今凝视他的眼睛时，又觉得江易没变。

一个人的眼睛是很难说谎的。他看向她时的炙热、偏执和占有欲，是少年时她最赖以为生的精神养料。

赵云今勾勾小腿，环住江易的腰，酥白的臂搭在他的肩膀上，强迫他贴近自己。她生性胆大妄为，不顾这里是别人的宅子，也不顾霍璋就在一墙之外的庭院里吹晚风，她想做，就做了。

“刚才在赌桌上那样对我，我好难过。”她手指蜿蜒，借着外套的遮掩，顺着江易的胸膛一寸寸滑落。

江易的肌肉明显变得僵硬：“赵云今，你懂不懂什么叫自重？”

“我不懂，你懂吗？”赵云今的手指顶在他的腰窝，“你所谓的自重，就是强行撩开女人的裙子，扯掉她的绷带？还是说，你刚才之所以这么做，是因为你根本就知道，我受伤了不会好好包扎，知道我会随便拿纱布缠一缠，你关心我？分手这么多年了，你怎么还记得我的习惯啊？”

江易喉结微动，侧脸想避开她的纠缠：“别自作多情。”

“哦？我自作多情吗？”赵云今的手从他腰上拿开，她指尖夹着一张梅花 K，那是原本该在最后一局出现在她桌上的牌。

赵云今问：“你不爱我，那这是什么？”她笑得天真，“出老千的人最爱在衣服里藏暗兜，是你亲口告诉我的。

“你不会舍得让我去夜总会当头牌的。”

江易原本恍惚在她片刻的温存里，可他太久没被她祸害过，差点儿忘了她是赵云今。

她的暧昧都是手段，笑容都是利刃，永远不要相信赵云今的示好，就像永远不要相信西河诡谲莫测的天气一样。她靠近他，和他缠腰拥抱，只是为了掏出他衣服里的这张出老千用剩的纸牌。

他的眼神冷了。赵云今像没看见似的，还不知好歹地问：“乌玉媚刚刚可是把小半个家产输给我了，如果知道是你出了老千，她会把你怎么样？

“可是阿易，你了解我的，我这人心最软，一日夫妻百日恩，我舍不得你。不如我们做个交易吧？”

不如我们做个交易吧。

某一瞬间，江易恨不得亲手掐死她。

她轻轻贴近他，低声咬耳朵，每一个音调吐字都魅惑无比：“牌可以还你，但你得告诉我……于水生、乌玉媚，还有霍璋，他们三个人，谁要为丁晨凯的死负责？”

赵云今补完妆，霍璋已经等她很久了。

“你太冲动了，要是输给于水生，我想悔局都难。”

“小时候我妈请大师算过，我命硬得很，关键时刻绝不会掉链子。”赵云今说，“这不是没事吗？况且就算真输了，你也不会让我出事的，不是吗？”

夜里风凉，她替霍璋掖好毯子：“总听你们说起小东山，那到底是什么地方？”

霍璋说：“你不需要知道。”

赵云今理毯子的手顿了顿，随即抱歉地说：“是我多嘴了。”

霍璋想了想：“不是瞒你，跟你说说也没什么，只是霍家太乱，我想让你过得舒心点儿。

“小东山是十年前辰嵩建的生物药物研发基地，父亲交给乌玉媚打理，可这些年她投进去的钱都打了水漂，没见到回报。她和于水生的事，父亲也听到些风声，派人私下查了小东山的账，他怀疑乌玉媚借着小东山的由头转移资产，才让我来接手。

“这是笔烂账，乌玉媚想掩盖有一百种法子，我也怀疑小东山有鬼，可她看得紧，查不出什么。今晚你误打误撞倒帮了我一个大忙，乌玉媚只剩三天时间，说不准会露出什么马脚。”

赵云今没再贸然问起，只是安静地听他说话。

“上个月乌玉媚的亲侄子乌志在赌场出老千，被逮了个正着，那场子的老板是于水生的死对头，下手极狠，把人废了。今天于水生提起，他怀疑是我在报复当年车祸的事。”

赵云今道：“自己学艺不精，还要赖在别人头上？”

“乌志这人虽然不走正道，但他没出千的本事，赌场的人从他身上搜出了桌面上少的那张牌，他不承认。乌玉媚最疼这个侄子，要说她在西河有什么仇家，第一个就会联想到我。”霍璋冷笑道，“对付她那没用的侄子，我没那时间。

“既然他们认定是我做的，辩驳也没用。于水生动不了我，说不准会报复我身边的人，你最近当心点儿。”

赵云今应了，轻柔地问：“今晚我去你那儿？”

“不了。”霍璋握住她的手，放到唇边轻吻，“我还有事，让司机送你回家。”

孙玉斗急着去和江易喝酒，私下做主把霍璋的司机换了，派双喜给赵云今开车。他是霍璋最信任的舅舅，霍璋知道他做的事，也没说什么。

“我想开个花店。”霍璋就要上车了，赵云今忽然开口，“在家无聊，给自己找点儿事做。”

霍璋说：“我找人帮你打理。”

“我想自己来，选址、装修、买花种，本来也是打发时间的，亲自动手才有意思。”

霍璋没太放在心上：“按你想的来，有需要告诉我。”

车队开走了，留下赵云今站在原地，她旁边站着双喜，她不出来还好，一出来他就忍不住打哆嗦。双喜哭丧着脸问：“赵小姐，你没跟霍先生说今天的事吧？”

赵云今笑道：“你怕我说啊？不提醒我还忘了，下次见面我一定记得。”

“别别别，我说话不带脑子，你千万别说，不然我这工作铁定保不住了。”

赵云今说：“那你得把我哄开心了，否则我心情不好，也不会让别人好过。”

双喜问：“怎么哄你？只要你教，我一定哄。”那神情，那语调，把“狗腿子”三个字演绎得活灵活现。

赵云今笑了笑，开门上了车。

就着烧烤铺子的油烟和半斤白酒，孙玉斗越发觉得江易顺眼，话匣子一打开就收不住了。

“霍家上下没几个好东西，要说三房是毒蛇，那大房就是狼。霍璋小时候没少挨薛美辰算计，大冬天骗他去冰库玩，从外面把门锁了，要不是霍璋扯着嗓子叫被路过的霍明泽听见了，估计就冻死在里头了。

“霍明芸那小妮子和她妈一个鼻孔出气，都是毒妇，也就霍明泽有点儿良心，还知道霍璋是他亲哥。

“霍璋从前叫霍明璋，霍嵩取的，薛美辰生了霍明泽后看不顺眼，硬拉他去改了名。回来霍嵩问，他只能硬着头皮说是自己要改的，霍嵩以为他见不得薛美辰生了弟弟，心里嫉妒，拿皮带抽了他一顿，他现在背上还有道疤呢。

“家家有本难念的经，表面看起来光鲜亮丽，这些年要不是我护着，霍璋指不定死几回了。

“阿易，你别以为霍璋不待见三房，我就看不上你。”孙玉斗满身酒气，“我孙玉斗从前在社会上摸爬滚打过，就喜欢你这种爽快人。霍璋虽然是我外甥，我心疼他被于水生暗算，但心里也没少骂他活该。”

孙玉斗喝上头了，大着舌头：“九爷那是什么人啊？人人避而远之，不被他盯上就庆幸了，偏偏霍璋还要先招惹他，要不是他动了于水生送给老爷子的礼，三房吃饱了撑的跟他过不去？”

江易点了一炮扎啤，帮他把杯子满上：“送给老爷子的礼？”

孙玉斗神秘地笑道：“你在九爷身边待了这么久，别告诉我你没听说过啊。老爷子一直不喜欢霍璋，觉得他心思重，成不了大器，要不是他借花献佛哄老爷子开心了，松川的分厂哪儿轮得到他来管？”

孙玉斗说完，踉跄着去上厕所。

服务员端来烤好的鱿鱼须和肉串，刚出炉子还冒着油花和热气，孜然辣椒面的香味迎风扑进鼻子。

烧烤店在香溪的江边，遥遥看去，今晚月圆如璧，在平静的水面映下一道清亮的影子。微凉的江风拂面而过，江易接了杯冰啤酒，就着水天一色的美景一饮而尽。他掏出手机发了条信息。

另一头忽然传来吵嚷声，是上完厕所的孙玉斗在拉扯女服务生。

孙玉斗一泡尿撒出去，人清醒了点儿，走路也没那么摇晃了。他拽着女孩的胳膊：“就想这么走啊？”

女孩连忙道歉，其他员工跑过来调解。

江易删掉手机里的信息，又喝了杯酒。他依然清醒，只是脸朝江边吹了风，眼底有些发红。

孙玉斗不依不饶：“道歉就完了？都给我撞疼了，你说怎么办啊？”

女孩第一次遇到这种无赖，吓得惊慌失措。孙玉斗问：“你出台多少钱？”

江易走过来，顺手抽掉旁边正要报警的店员的手机：“他喝多了，没必要闹大。”

孙玉斗骂骂咧咧的，江易扶住他："孙哥，这是正经姑娘，想找乐子，我带你去个地方。"

"狗屁。"孙玉斗色眯眯的眼盯了会儿，"现在还有正经女人？都见钱眼开，老子什么样的没睡过。"

油灯街的晚上比白天热闹，街东巷一排小楼走廊上亮着鲜艳的红灯笼，其中数阿盈发廊的最亮堂。

孙玉斗第一次来油灯街，就迷上了这灯红酒绿又俗气的氛围。

发廊老板阿盈拿出几张写真图供他挑选："今晚妹妹们都还闲着，就等一位老板来开张呢。"

孙玉斗翻看着那几张写真，视线停留在一个穿着水手服的妖娆女人身上，阿盈说："这是小凤，我们店最会玩角色扮演的，大学生、女护士、职业白领，只有您想不到的，没有她不会玩的。"

孙玉斗就好这一口，乐呵呵地搂着女人，临进房还不忘江易："阿易，光带我来，你自己不玩？"

江易说："玩。"

阿盈笑了："哟，今天太阳从西边出来了？要哪个？"

江易抽了根烟叼在嘴里，他打火机没气儿了，随手从桌上拿了盒火柴划开点上。他淡淡地说："燕子吧。"

燕子是个清瘦苍白的女人，没有照片上那勾人的风尘味，她穿条碎花裙拘谨地站在门边。江易进来，她手脚麻利地关上门，从冰箱里拿了瓶雪碧递过去："我刚刚去街口超市买的，还没冰透，你喝吧。"

江易接了，她指着屋里的粉花大床："坐。"

见江易站着没动，燕子小声道："我提前打扫过，床单换了新的，卫生间都用消毒液消过毒，不脏。"

燕子常年不开张，阿盈给她分的屋子小，除了一张床，就只剩下化妆台前的椅子可以坐，椅子上面堆满了没处放的衣服。

江易开了窗，一墙之隔的邻屋是小凤的单间，孙玉斗进去没多久，里面已经传来了不可言明的动静。

江易坐在窗台，外边走廊上的白色夜来香开花了。他一根烟见了底，掐灭烟蒂扔进走廊的垃圾桶里："你怎么还没离开？"

"我……"燕子攥着手指，"爸妈都不认我了，有家不能回，留在西河还能赚钱治病。你放心，我没祸害过人，现在都不怎么接活儿了，就算接我也做了措施。”

江易问：“你很缺钱吗？”

燕子答道：“进口药挺贵的，不过也还好，够用。”

江易没再追问：“让你准备的东西呢？”

燕子掏出一个碎了屏的旧手机，江易调了个音频出来，把手机扔在床上。

小凤穿着学生校服，“怯生生”地站在床头：“叔叔，你看我这身行吗？”

孙玉斗刚要说话，隔壁穿透力极强的“咿咿呀呀”的声音钻进他的耳朵里。孙玉斗“嘿嘿”笑着，男人争强好胜的心作祟，他直接把人推倒在床垫上：“行，可太行了，别废话了……”

那音频噪声很大，燕子坐在床上玩手机也没法专心，时不时偷瞄江易。男人坐在窗口，刺耳的音频和孙玉斗下流的脏话仿佛入不了他的耳朵，月光清冷，他更冷。认识他也有些年头了，她仔细回想，似乎从来没见他笑过。

江易搓了搓刚刚抽烟落在指间的烟草，放在鼻子下闻了闻。他烟抽完了，燕子要去帮他买，他阻止道：“等会儿。”

燕子试探地问：“他和你有过节？需不需要我……”

江易静了静，说：“不用。”他从兜里掏出条链子，黑绳银坠，拿捏在指尖摩挲。

夜里有些嘈杂，背后一轮弯月，他冷漠地坐在那儿，燕子不敢说话，只是偶尔抬起头看看他。

不知过了多久，隔壁的声音小了。江易关上音频，去卫生间洗了把脸，再出来时头发湿漉漉的，T 恤衫也湿了大半，一眼看去像汗浸的。

“我出去买包烟。”

江易路过走廊，孙玉斗赤着上身哼着曲儿出来，嘴里叼着烟盒里最后一根烟：“买烟？我也去。”

“完事了？”

孙玉斗道：“这才哪儿跟哪儿啊，屋里乱哄哄的，让她收拾收拾，换套衣服我再进去。”

早些时候下了毛毛雨，地上湿漉漉的，春日遍地新生出草芽，空气中泛着泥土的清香。

深夜的小卖部灯光昏暗，江易赶在打烊前买了两包烟，软中华是给孙玉斗的，自己抽十块钱的玉溪。

孙玉斗蹲在墙根前："油灯街有点儿意思，小凤漂亮、活儿好，我喜欢，不过演的到底是演的，穿上校服也不像学生。"

江易倚着墙壁，鞋底轻搓着脚下砖石上的青苔："怎么，还想睡真学生？"

孙玉斗吐了口烟圈，满脸满足："没法比。"

江易安静地抽着烟，他不问，孙玉斗越发想炫耀，经过今晚，他自觉和江易有几分酒肉交情，熟络不少。他掐了烟，说："那声音，那皮肤，那劲儿……我留了视频，改天给你看看。"

两人抽完烟，一前一后往回走，路上孙玉斗忽然转了弯，走进街角的阴影里。他边吹口哨边解裤带，眼睛斜瞄着不远处的土里钻出的一枝迎春花，故意朝花枝上撒尿。

江易道："哪里的学生这么早熟？"

孙玉斗眯了眯眼："早不早熟不知道，半夜穿着校服在街上溜达，我心一痒痒就给拽车上了。"

赵云今给花浇过水，靠在阳台的躺椅上。

晚风温柔如水，蔷薇花香馥郁，她睡不着，拉开毯子坐起来。

赌桌前，江易的模样历历在目，他侧脸英俊，目光专注于牌面，不说话也不笑。她和于水生的对话难以引起他的任何波澜，他静如止水，仿佛失去了人的感情，如果没有灿烂的灯光落在他脸上打出点儿光亮来，他几乎是一尊沉在黑暗里的冷酷雕塑。

江易的脸如追随不散的鬼影，在她的脑海里缠绕，赵云今几乎毫不费力就记起第一次见他的情景。

那时的江易青春年少，玩着扑克坐在赌桌一头，他眼神狠戾，眉宇间戾气重得化不开，像只阴狠的野兽。

多年以后，江易重新站回她面前，身上那股狠劲被岁月磨砺得干干净净，他低眉顺眼，平静地问："丁晨凯是谁？"

赵云今久久无言，冷笑着推开他走进庭院。

时移世易，人会变，心会变，花鸟鱼虫一季又一季也会变。

赵云今折了枝蔷薇花放在鼻尖嗅了嗅，她抬起头，望向天空中那弯温柔的月亮。

只有月色朦胧，和那年一样。

六年前，夏末。

书桌角落摆着唐月华切好的果盘，桌面上的试卷空白干净，一字未落。

夏日傍晚燥热的风从纱窗的缝隙吹进来，赵云今从四点半坐到现在，连笔帽都没拔开。她慵懒地蜷缩在藤编的摇椅上，手里拿着把卷梳有一下没一下地理着耳侧的头发。

天刚擦黑，院子里就传来“咔嗒”的关门声。赵云今丢掉梳子，跳起来跑到窗边朝下看。

林清执才刚进门，他抬头望见赵云今，朝她摆摆手。

赵云今脱掉家居服，换上昨天才买的蓝色碎格裙，在镜子前转了好几个圈。

她下楼时唐月华正在布菜，那菜是她早早做好了温在锅里的，只等林清执下班回家吃团圆饭。

“哥，你回来了……”

赵云今小跑下来，还没来得及近身，林清执就伸出食指戳在她脑门上止住她的步子：“多大了还抱？不害臊。”

“我还小呢。”赵云今拍掉他的手，围着他转，“让我看看，你又瘦了……”

赵云今一路跟着他坐在餐桌前，她托着下巴，水盈盈的眸子一眨也不眨地盯着他：“办案是不是很累啊？你下巴都尖了。”

林岳帮忙布置碗筷，笑道：“云今，先让你哥吃饭。”

赵云今攒了一堆话要和他说，无聊地用筷子一粒粒数碗里的米饭，眼巴巴地望着他。

林清执边吃边和林岳聊工作，忽然转过头来朝她笑：“新裙子？”

赵云今脸红了红：“昨晚刚买的，好看吗？”

“丫头长开了，穿什么都好看。”林清执问，“最近学习怎么样，学校里有没有小男生追？”

“有，他们好烦啊，每天堵我上下学，死皮赖脸的，我拒绝也没用。”她笑嘻嘻地说，“哥，既然你出差回来了，下周来接我放学吧。”

林清执应了：“只要我不加班，肯定去接你。”

赵云今失望地说：“你有不加班的时候吗？天天忙到半夜。我看西河社会风气挺好的，也没听说过什么杀人放火案，就你们警队事儿多。你说，是不是贺丰宝又让你帮他写总结报告了？是的话，明天我揍他去。”

唐月华说：“女孩子家斯文一点儿，不要动不动就揍啊揍的，这么粗鲁，当心长大了没人要。”

赵云今瞥向林清执，闷闷不乐道：“没人要算了。”

林清执吃完饭，在客厅陪林岳喝茶。

赵云今在房间里坐立不安，一会儿躺在床上，一会儿坐在书桌前假模假样地写作业。她掏出手机滑拉着前几天新上的电影，听同学说是爱情喜剧，还挺好看。她正绞尽脑汁想着一会儿该怎么撒娇让林清执陪她去看电影时，房门被敲响了。

林清执穿戴整齐地站在门外：“我要回去加班了，走前上来看看你。”

赵云今说：“我陪你去吧。”

林清执手掌按在她头顶揉了揉：“今晚出现场，你先睡，明天回来给你带早点，想吃什么？”

“这么晚出现场，该不会又是去洗脚城吧？哥，让我去吧，我可以……”

“你可以什么？”林清执眸子温润，按住她跃跃欲试的脑袋，“忘记上次的教训了？”

上次林清执出警，赵云今偷偷跟去洗脚城凑热闹。她那天故作成熟，特意穿了条吊带抹胸裙进去，打算等林清执工作结束后约他去看午夜场的恐怖片，结果她这衣服太扎眼，刚走出房间就被刚毕业的小警察一起带回了警局。

警察问话，她丝毫不惧，笑吟吟地看着对方："我跟你们林警官交情很好的，你叫他来问我呀。"

赵云今像枝生在黑夜里被藤蔓缠绕的暗色蔷薇，没几分雨季少女的清纯味道，反倒有勾一勾唇就叫人神魂颠倒的风情。

贺丰宝看热闹不嫌事大，评价道："别怪小张了，就你妹妹这姿色，放'天上人间'都能当头牌，换我也得搞错了。"

那晚林清执勒令她换回校服后待在警队写检讨，任赵云今怎么撒娇都没用。贺丰宝总说他是清风明月一样的男人，可越是这样的男人动了真怒，越让人不敢出声。

赵云今乖乖写完检讨，动动指头去戳林清执："你还是第一次这样凶我。"她眼眸里满是关切和无辜，"这怎么能怪我呢？我也是为了你好呀，那种地方狐狸精一抓一大把。你穿警服这么帅，腰细屁股翘，万一那些女人对你一见钟情了，我不要保护你的呀？"

林清执轻飘飘投来一瞥："再说一遍。"

赵云今不敢吭声了。

……

少女心思弯弯绕，迂回来去不知道该怎么将想要和他看电影的请求说出口，她想了半天，最后说："我不捣乱，我去找家店喝咖啡等你可以吗？"

可林清执只用一句话就把她驳回去："半夜喝咖啡，你作业写完了吗？"

"……"

林清执出门了，她站在窗口，将窗户拉开一条缝："哥，你去哪里总能告诉我吧？"

林清执头也不回："泗北街。"

泗北街在香溪边上，那一片没多少商户，唯一的娱乐场所是上个月新开的迪厅。赵云今躺着刷了会儿西河新闻，那家KK娱乐中心开业至今出了不少事，前两天还因为聚众斗殴被警察光顾过，尽管事件频发，可依然红红火火地开着门。

赵云今翻来覆去睡不着，她爬起来换了身休闲装。

林清执临走前锁了院门，她关了围墙的电网，搬了把椅子踩着，双手攀墙，三两下爬出了院子。

KK 娱乐中心，嘈杂的音乐声自舞台中心的音箱里传出来，角落里的架子鼓手和贝斯手正在激情演奏，男男女女身体相贴，在舞台上忘情地扭动、甩头。

赵云今嘴里嚼着口香糖，抬手挡开服务生递过来的饮料。她视线环场一圈，目之所及除了人还是人，年龄有大有小，服装各异，至于林清执，连个影子都没看到。大堂占地面积不小，但人大多集中在舞池蹦迪，只有极少数的人散落在边角。

在背光的角落卡座里，坐着一个穿黑 T 恤衫的男人，那人背对着她，赵云今看不清脸，只依稀看见他手里拿着副扑克翻来覆去地洗牌。他安静孤僻，与这热闹场子格格不入。

赵云今看了会儿，只觉得那人玩牌的手指分外修长好看。

男人将扑克放到一边，叫服务生点了杯牛奶。在他端起牛奶转过头来的那一瞬间，赵云今才发现，那不是什么男人，而是个少年。

英挺的眉峰，冷峻的侧脸，神情疏离，赵云今盯着他的脸，心脏快速跳了几下，但几秒后就恢复如初。她说不清这种奇怪的感觉是什么，只觉得自己似乎在哪里见过他，可她想不起来了。

少年朝角落里一扇挂着“闲人勿进”牌子的工作间走过去，赵云今看他进了门，四十分钟过去，他没出来，又进去一个端着牛奶的中年人。她笑了笑，明白那里面一定有什么古怪的天地，她学着两人的模样跟路过的服务员点了杯牛奶。

赵云今推开工作间的门，里面的空间狭小逼仄，少年和中年男人都已不见踪影，只剩两个年轻男人坐在办公桌前打牌。她摘下头顶的棒球帽，敲了敲桌子：“帅哥，看见我男朋友了吗？”

文着花臂的男人正在看墙上的电视，他转眼看见她那张美艳的脸，不怀好意地笑道：“你看我们两个哪个长得像你男朋友？”

“哥哥，我亲眼见他进来的，你可不要告诉我他不在这儿。”

另一个男人戴了条假金链子，面色凶恶，他翻了翻手下的记事本：

“你男朋友叫什么？”

赵云今笑吟吟地说：“在我之前没多久进来的，穿黑衣服特别帅的那个。”

金链男盯着她，目光一下凉了：“身份证给我看看。”

赵云今打小儿见惯了这种眼神，在孤儿院半大的孩子身上、在林清执收押的犯人身上都见过——恶意昭昭，且毫不避讳。

这其中肯定有什么不对，说不准这男人和那少年是认识的，赵云今思索了片刻，谨慎地改口：“准确来说，他现在还不是我男朋友，只是我最近在追他，他对我爱搭不理的，可他越不理我，我就越想缠着他。”

她扬了扬身份证：“我来给他埋单的，哥哥，给我个机会吧。”

文身男瞥了一眼她的身份证，上面的住址是西河市的高档别墅区：“有点儿意思，你说你是为了追江易来这种地方？哥哥劝你趁早回头，那小崽子没有心，于水生这么多年都没养熟他，你喜欢他？”

男人乐了：“别给自己找罪受。”

“想进去可以，把手机、身份证押我这儿。当然，你要是怕了，现在出去也来得及。”

赵云今爽快地把手机和身份证撂在桌上。

男人做了登记，拉开柜子后隐蔽的小门让她进去。

赵云今走后，金链男皱眉道：“就这么让她进去了？”

文身男指着她的身份证：“人家条子都主张人道主义精神，再怎么想查封咱们也不会找个小妮子来探路，更别说那还是个有钱人家的小姐。你放心，我鼻子灵，那妮子身上没有好人味，我一闻就知道，跟江易一样，都不是什么好货色。

“大小姐上赶着付钱，你就让她去，谁跟钱过不去呢？”

赵云今进了 KK 娱乐中心的地下层，灯火辉煌，房间敞亮，一眼望去几百平方米的空地上摆着各式各样的赌博机器。

她拿着文身男开的条子过了检查，饶有兴趣地游走在形形色色的赌徒之间。有人推来筹码，先玩后付，赵云今随手拿了几个，找了个离得近的台子。

荷官拿着骰盅上下摇，赌大小，赵云今押了大，荷官一开，她几百块的筹码瞬间输得精光。

赵云今甜甜地说："姐姐，我第一次来，你不好欺负我的。"

荷官衣着性感，妩媚地笑道："小妹妹，赌场有赢就有输，这是常态，你再玩一局吧，说不准运气就来了呢。"

服务生端着筹码从旁边经过，赵云今又拿了几个，还押大。荷官再开，她依然输了。

赵云今吐掉嘴里的口香糖，剥了个新的塞进嘴里。她抓了一把筹码，看也不看，直接按在"大"上。

荷官掀开骰盅，三个"一"："小妹妹，你今天骰子的运气不好，还是去那边玩扑克吧。"

赵云今冷笑着，不远处的台桌一阵吵嚷。

"又赢了！"

"他连赢多少局了？看桌面堆的筹码怎么也得有二十几万了吧！"

"这桌是 KK 的老板坐庄，恭叔今天赔惨了。"

赵云今看过去，只见文身男嘴里那个叫江易的少年稳居赌桌的一头。他目光沉稳地盯着手下的牌面，嗓音冰凉："我十万你开，敢跟吗？"

对面的男人脸色一白，直接把牌摔了："老子不玩了，老子玩一晚上都没事，你一来就输，谁敢跟你玩？谁知道这里面有没有鬼？"

他刚刚那几局几乎把裤子都输光了，现在又放出这种话唬人，这下彻底没人敢和江易玩了。

对面位子空着，江易唇边弯了个淡漠的笑，他揽了筹码，去结账台算钱。少年身形瘦削，站姿却挺拔，他眸光清冷，清晰区别于赌场内或神色颓靡或欲望高涨的脸。工作人员看了他一眼，进了后台。

江易从裤兜里掏出一盒皱巴巴的香烟，他拿了根柜面上的火柴点烟，整个动作一气呵成，看得出是老烟枪。他那双漂亮的手指玩牌可惜了，夹烟时倒有几分香港老片里男星飒爽性感的味道。赵云今心想。

工作人员拎给他一袋现金，江易叼着烟刚要出门，几个男人拦住他："稍等，恭叔找你。"

江易回头，一个穿暗红色唐装的中年人不知什么时候出现的，稳稳地坐在那张赌桌对面的红木交椅上。他看上去慈眉善目："阿易，夜生活才刚开始，别急着走啊，我跟九爷老交情了，今天来我这儿玩，怎么也不说一声？”

“恭叔。”江易规矩地叫了声，可眼底的神色却桀骜不驯，“对不住了，还要赶回去陪九叔吃消夜。”

恭叔笑道：“九爷胃口一向大我是知道的，你带回的这些钱未必能填饱他。不如这样吧，恭叔陪你玩一局，你赢了，钱带走，我再追二十万给你，就当是送给九爷的见面礼。如果输了，把钱留下，恭叔的赌场才刚刚开业，经不起你这样折腾。”

江易说：“听恭叔的。”他把袋子扔在脚底，布袋的拉链坏了，露出一沓票子。

周围人管不住眼，视线偷瞄过去，仿佛看一眼能打个印，那钱就是自己的了。

恭叔沉声说：“三张牌，比大小。”

江易掐了烟，不说话代表默认，荷官发牌，他去钩。

恭叔眼皮子翻了翻，等他的手落在牌面的那一刻，似笑非笑地开口：“阿易，恭叔老了，但眼还没瞎。

“赌场赌场，讲的是一个运字，赌的是钱，也是道义。我今天坐在这儿，跟你玩的是运气，不是千术，你这样可不厚道。”

他话音刚落，四周冲上来几个壮汉把江易按在赌桌上，有人搜他的身，从他裤子口袋里掏出一把散牌。江易想直起身，头却被人一掌摁住，脸侧着压在桌面上。他被钳制得动弹不得，挣扎间太阳穴旁的筋络隐隐跳动。

恭叔站起来，冷冷地问：“来我的地盘惹是生非，于水生没教过你规矩吗？

“赌场出千是大忌。江易，你帮九爷看过场子，告诉我，如果有人敢在九爷的地盘撒野，按规矩该剁几根指头？”

壮汉把江易的胳膊按在赌桌上，将他右手的五根手指一根根压平。

恭叔拨通了电话，把手机扔在他面前：“给你个机会，叫于水生赎你，五十万，少一分，你的手指就要分家。”

电话“嘟”了两声，对面拒接，片刻后发回一条消息：一人做事一人当，江易做了错事是他活该，不用顾忌我的面子。

江易骤然笑了，那笑里暗藏着狠劲。恭叔凑近他的脸：“你笑什么？”

少年眼底深沉沉一片，气场冷冽又危险，他被箍着无处可逃，却不减嚣张。他回视，一字一句骂道："老畜生。"

壮汉拔了匕首，刀刃锋利，他扬起刀尖就要扎下去，背后传来上面那文身男的声音："等会儿！"他指着不远处正在看热闹的女孩，"恭叔，不急，九爷不愿意给钱，他还有女朋友啊。"

赵云今手里正握着赌场免费提供的已经被她啃了一半的红苹果，闻言抬起头。

文身男从裤兜里掏出她的身份证，照着念她的名字："赵云今，不是说进来结账吗？都要剁手了还忙着啃苹果呢？快拿钱赎你男朋友啊。"

赵云今脑袋瓜剔透，这种混乱的场合她看热闹可以，绝对不会把自己搅和进去。

见所有人的目光都落在自己身上，赵云今风轻云淡地放下手里的苹果，嫣然一笑："不好意思啊，之前是喜欢来着，可这人当众出老千，人品也忒差劲了，天涯何处无芳草，我换个人追。你们剁你们的，千万别跟我客气。"

江易眼神冰凉："我不认识她。"

他这一开口，把赵云今甩掉的锅重新给扣了回来。不仅如此，他还在锅里加了料，炖了锅滋味古怪的杂碎汤，劈头盖脸地朝赵云今脸上泼过去，打了赵云今一个措手不及。

赵云今是打着给他付钱的幌子进来的，可现在江易拒绝认她，她又是谁？来这儿做什么？常年经营赌场的人极端敏感，文身男一听，神色立即就变了。

赵云今好像看不见似的，甜蜜蜜地说："阿易，从前给你买了那么多早餐，你还夸我好看来着，现在你有困难，怎么能为了我的安危就装不认识呢？"

江易指尖蜷曲，拿刀的人察觉到他的动作，刀尖向下一按，插在他两指之间。

赵云今脸上笑容不减："别挣扎了，一刀下去眨眨眼的事，疼一下就完了。"

恭叔混了这么多年，是老油条了，他盯着赵云今，问："丫头，你跟他熟？那你告诉我，江易在校念的是文还是理？怎么他的老师不好好教导他识大体、懂规矩，还让他出来做这种不讲信义的事情呢？"

老头儿摆明是在试探，赵云今骑虎难下，答也不是，不答也不是。她思索片刻，说："江易这样的败类老师不敢管，翘课、蹦迪、不写作业、打骂老师是家常便饭，念文念理都一样差劲。"

恭叔依然盯着她，眼神如刀，赵云今下意识地去看江易。少年在笑，似嘲讽，似冷漠，不消他说，赵云今已经察觉不对。

"这小崽子已经休学给九爷看了半年场子，不写作业？打骂老师？你知道得倒挺多。"文身男端着手臂，"你到底是什么人？我们这儿凭介绍才能进，今天不说出个一二三来，别想从这儿离开。"

几个人拽着她拖到江易旁边，赵云今甩了甩手臂："别动我。"

她蹙眉的模样娇滴滴的，带着几分冷艳："大门敞开就是做生意的，我好奇，进来玩玩不行吗？"

恭叔不言语，身边人抽出她一条胳膊按在桌上，让她和江易来了个脸对脸。

赵云今近距离看着江易的脸，帅是帅，可帅里带着可恶，带着自私，带着阴狠，没有人性。

赵云今咬牙道："跟他说，你认识我。"她设想得挺好，可惜是白日做梦。别说江易骨子里事不关己的凉薄，就拿她刚才叫人随便剁他手指这事来说，按他以牙还牙的狠劲，都不会在自己还没保全的情形下顾及别人。

她被压下来那一瞬间，江易看见她那张漂亮的脸蛋儿，瞳孔微不可见地收缩了一下。

恭叔给烟斗里加了点儿烟草："先剁一个，剩下那个慢慢问，夜还长，我等得起。"

壮汉扬刀冲着江易的手指剁下去，赵云今对上少年的眼，清晰地读出他眸子里的情绪——没有恐惧、没有求饶，充斥着狠戾与野蛮，像藏在阴暗处石缝间的爬虫。这一时虽然难以翻身，但只要给他时间与机会，他会千百倍地报复回来。

外门被人"砰"地撞开，刀尖落下的前一秒，十几个警察一拥而入。带队的是林清执，他环视四周，掏出证件："警察，所有人放下手里的东西，抱头去墙边蹲好。"

外边的金链男也被警察控制住了，屋外人声喧哗，听起来热热闹闹的。

贺丰宝跟在林清执身后进来，一把掀开压着赵云今的男人。

持刀的男人被警察控制住，江易直起身，拍了拍T恤衫上压出的褶皱。

贺丰宝瞅着他脚下装满现金的袋子，痞里痞气地吹了声口哨："哟，赌资还不小。"

林清执越过赵云今，看也不看她，将一副锃亮的手铐扣在拿刀的男人手上。

警局里，贺丰宝打开柜子，里面从上到下码着十几桶泡面，他回头问："姑奶奶，您吃什么口味的？"

赵云今偏头朝审讯室里望，贺丰宝说："你哥在工作，给他留点儿空间吧，别总盯着他看。话说回来，本来这事该是我干，但你哥正在气头上不想见你，非要跟我换岗，至于他为什么不想见你，自己想想吧。"

林清执端坐着，警服熨帖笔挺，两肩宽阔。赵云今只能看到他清俊认真的侧脸，他对面坐着江易，少年一言不发，始终沉默。

贺丰宝道："大晚上不睡觉跑去赌场看人剁手，还差点儿自身难保，换我是你哥，早把你的皮给扒了。"

赵云今提醒他："没有我发消息告诉你们进去的方法，你们还在外面的迪厅转圈呢。"

"你别小看警察的能力。"贺丰宝泡了两桶香菇炖鸡面，"KK娱乐中心我们盯很久了，不出警是因为里屋隐蔽，一则不好进去，二则稍微打草惊蛇那帮人就从后门连人带钱一起消失了，抓不到现场就定不了罪，没用。"

赵云今看他轻松的神情，明白这次出警收获颇丰："那还是要感谢我，要不是那个文身的为了看热闹下来，你们走到上面那道门就被拦住了。"

贺丰宝跷着二郎腿在转椅上晃来晃去："跟你没关系，倒是得感谢那小子，豪赌二十万人赃并获，是条大鱼，今年的年终奖有着落了。还有，赵云今，我丑话说在前头，有一有二不能有三，你再做这种不知深浅的事，就算林清执不说什么，我也得公事公办治治你。"

赵云今听出了他话里的威胁，可她不吃那套，笑着说："一没违法犯罪，二没干扰工作，我去保护我哥也有错了？"

"你保护谁？"贺丰宝像听了什么笑话。

"前年缉拿'四·一八案'的嫌疑人，我哥被对方开瓢在ICU住了一个月，差点儿就成了植物人；去年黑社会打群架，我哥被人用钢管打断胳膊；前几个月走私案，我哥被地痞流氓捅了一刀。有事永远我哥冲在前头，新伤添旧伤，新疤盖旧疤，好好的皮肤上坑坑洼洼的，我不开心。"

贺丰宝道："你不乐意个什么劲，就算在现场你又能做什么？"

赵云今说："出了事我能给林清执挡刀，你能吗？"

贺丰宝说不出话了，他还确实不能。

审讯室里，林清执手里拿着江易的身份证："按照《中华人民共和国治安管理处罚法》，赌资较大情节严重者，处十日以上十五日以下拘留。你在赌场赢了二十万足以达到这个标准，但鉴于你未成年，我需要打电话给你的监护人，号码？"

江易从进警局起就没说过话，一旁的警员递来资料，林清执看了一眼，累累的都是前科——聚众斗殴、在校期间把人打进医院、无证驾驶摩托车上路飙车、赌博、收保护费，要真一件件细数起来，今晚的时间都不够用。

江易抬起黝黑的眼眸："死了。"他额前的碎发有些长，低头时所有情绪都掩藏了，只隐约能看见唇边无所谓的笑，"你给她烧点儿纸钱，说不定能在梦里见到。"

林清执笑了笑，把资料放在一边。

赵云今过惯了大小姐精致的日子，嫌泡面难吃，半夜指名要吃蜜桃慕斯，贺丰宝只得找跑腿去买。他要把泡面留给林清执，赵云今也不让，亲自给林清执点了清淡的海鲜粥配牛肉煎饺，那店面在警队附近，不一会儿就送到了。

贺丰宝闻着煎饺的香味吃泡面，忽然难以下咽。

审讯结束，林清执推门出来，赵云今捧着消夜过去，林清执接过来，转身分给值班的同事，自己捧了贺丰宝泡的面在位子上吃。贺丰宝扬眉吐气地吃着煎饺，朝赵云今挤眉弄眼地笑。

赵云今走到林清执跟前装小乖乖：“哥，我错了。”

林清执语气温和但不容反抗：“云今，十七岁半做错事还可以写检讨，半年后再出现这种情况，我就要以妨碍公务的罪名逮捕你了。”

林清执就连吃泡面的时候脊背都是笔直的，端坐得如同赵云今学校尖子班里永远坐在第一排认真听课的优等生。他的警服衬衫是普通料子，但是穿在他宽阔有如新生山峰的肩膀上却格外好看。他人挺拔，连衣服都带有清淡的风骨。

赵云今的视线从他线条流畅的警服下的腰身挪到他俊美柔和的侧脸，心里一热，嘟囔道：“哥，逮捕我吧。”

贺丰宝一口泡面汤喷出来，手忙脚乱地拿纸去擦。

林清执似乎没听见赵云今的呢喃，递去江易的资料，贺丰宝翻了翻：“劣迹不少，这都没送进少管所？哟，在西河职业技术学院还挂着学籍呢。”

林清执咽下嘴里的泡面：“江易，十七岁，两年前初中毕业后进了中专学汽修。我打电话问过学校，半年前他在一次聚众斗殴中将人打成重伤，事后拒不道歉，因此被学校做留校察看处理，他也不怎么去上课，按校规三个月后就要被劝退了。”

“他的父母呢？”

“父亲下落不明，母亲江滟柳几年前去世了，目前他名义上的监护人是于水生，就是那些混混儿嘴里在城南开赌场的九爷。”

“于水生养大的？”贺丰宝显然听说过这人的名字，说道，“这小子听起来就是个刺儿头。”

刺儿头？林清执笑了笑，江易何止用“刺儿头”可以形容，要么闭嘴不言，要么一开口就让他去和自己去世多年的母亲对话。

“既然未成年，批评教育再写份检讨书，放回去得了。”贺丰宝站在单面玻璃后朝里面看，林清执走前给江易留了纸笔和水，可他没动，就连头都没抬一下，闭着眼睛看上去快要睡着了。

贺丰宝“啧”了声：“等长开了，肯定又是一响当当的社会败类。”

“那就别让他长开。”林清执端起海鲜粥和泡面，朝审讯室走去。

赵云今正磨磨蹭蹭地写着保证书，一抬眼不乐意了：“哥，那是我买给你的！”

林清执进了屋，坐在江易对面："生活、学习上有任何困难都可以找警察，生活拮据不是你赌博的理由。你今晚在 KK 豪赌出千是自己有瘾，还是你的监护人在背后指使？"

江易不说话，林清执把温热的粥给他推过去，自己吃泡面："你可以不说，就当我随便问问，饿了吗？"

"别费劲了。"江易说，"我不领情，保证书我也不会写，拘留、判刑随便你。"

"保证书和拘留都是为了让你认识到错误、避免再犯的手段，如果你觉得它的本质只是惩罚，那写再多都没有意义。"林清执温和地笑，"不写就不写，抱着抗拒的心态，也写不出真诚的东西。"

江易挑了挑眉，略带诧异地看了他一眼。

已经过了夜里十二点，林清执出现场忙到现在又饿又累，连泡面汤都喝得干干净净，他抽了张纸巾擦嘴："刚刚带你来的警察叫贺丰宝，是我同一届警校同一个宿舍毕业的哥们儿，他当年的毕业论文选题是'关于未成年人犯罪心理及矫正研究'，其间我帮他查了很多资料，看了很多心理学专著，他能顺利通过答辩也有我一份功劳。

"在他毕业论文中有这样一段内容——从心理学的角度来说，小孩一再犯错并不一定是因为他性本恶，而是他亟须从成年人那里得到认同和关注，一味地惩罚和责骂未必有用，过度压迫说不定还会让其产生逆反心理，而适当地给予其存在的价值，则会让他对这个社会产生一定的归属感和责任感。"

"……"

明明每个字都知道是什么意思，但连成一段话从林清执嘴里说出来，江易硬是一句都没听懂。

林清执问："你听说过油灯街吗？

"这几年警队大大小小的行动不少，也颇有成效，可油灯街一直让人头疼。别的地方是有组织的集体性活动，油灯街是分散的，家家户户都在做，没有营业执照，没有中间人牵头，一个屋子一张床，白天生活，晚上工作。进去一家不难，但其他人听到动静几分钟内就能散得干干净净，抓不到交易的现行，还容易被反咬是私闯民宅。我有不少同事在油灯街吃过亏，今年那片区的工作没人愿意接，最后落到了我头上。我前期做过不少工作，拉横幅、找居委会贴告示，但对那块顽疾作用不大。”

林清执问：“再问你一遍，真的不愿意写保证书吗？”

江易面无表情，林清执盯着桌面上那盒海鲜粥：“吃了吧，一会儿饿了别找我。”

赵云今的保证书写了没几行，林清执端着吃完的泡面桶从屋里出来，他拿了两件志愿协警的绿马甲：“别写了，跟我出来。”

“去哪儿啊？”赵云今问。

林清执看了一眼腕表：“十二点，油灯街开了。”

油灯街说好听点儿是老城区，说难听点儿就是城中村。当初的老城区拆迁的春风曾一度吹拂到此处，奈何这里人口杂，住户平均素质又不高，有些散户开口就要拿一间二十平方米的破屋换市区两套房，房地产商没能和住户就拆迁的补偿达成一致意见，因此闹了好大的不愉快。

当时，有些人拿了拆迁款离开，有些人则留下成了钉子户，还为此专门组了一个油灯街反拆迁委员会，每晚轮班看守不让房地产商拆楼，肢体冲突屡见不鲜，甚至失手闹出过命案。

后来，油灯街的拆迁被政府紧急叫停，房地产商没法建新楼，这里死过人不吉利，又没有别人接手，一来二去就成了西河市最大的城中村。到了夜里，除却户户门檐上悬满煤油灯的破旧小楼，还有当年被拆到一半依然驻留的残缺烂尾楼，缺一半少一块，刮风下雨天，藏满数不清的流浪汉和泥垢。

林清执帮赵云今穿好马甲，摸了摸她的头。

旁边停了辆警用四轮电瓶车，车内仅供两人乘坐，车顶闪烁着红蓝色的警灯。赵云今不情愿地说：“这衣服好丑。”

油灯街灯火通明，夏末的深夜人声不减，街子里的消夜小店热气氤氲，沸水翻滚的锅里煮着米粉和面条，捞出锅，一勺高汤，一把辣椒和葱花撒上去，香喷喷的味道扑鼻而来。

江易一路走来，收获了不少目光，摊主、客人纷纷朝他看，而后交头接耳议论纷纷。

“那小子又犯事了。”

林清执将另一个马甲递给他，江易叛逆道：“我不穿。”

林清执随手把衣服搭在座椅靠背上："凌晨天凉，给你衣服是保暖的，穿不穿随便你。"

江易的脸沉着，这警察暂扣了他的身份证、家门钥匙还有摩托车钥匙，要他将功补过，在油灯街做足六小时宣传才肯还给他。不管他愿不愿意，六小时必须做足，差一分钟都不行。

林清执客气道："为人民服务，实在辛苦了，我代表西河市刑警第二支队所有同僚对二位表达最诚挚的谢意。"他说完话，自个儿去一旁的消夜店点了碗酸汤鸡丝豆腐面。

赵云今再多的乖戾在林清执面前都不敢表现分毫，爬墙跑出家门、在赌场笑里藏刀、冷眼看江易被人剁手，这些通通被她掩藏起来。如果江易没有见过她早前的模样，恐怕真要被她漂亮的外表迷惑，以为她是什么奶油甜心小乖乖。

电瓶车很好操作，车速慢如蜗牛散步，平时都被贺丰宝拿来巡街用。

赵云今坐在驾驶位嚼口香糖，如果不是薄荷味激爽，这大半夜的她都快睡过去了。她转了转方向盘，看着车下的江易，道："要我请你上来？"

赵云今半夜离家只穿了件宽松的运动衫，头发也是胡乱披着，不着粉黛依然美得令人心惊。她一眼扫过来，杂糅着冷艳的疏离，和在林清执面前判若两人。

她皓白的手腕露在外面，腕上系着一条用于端午辟邪编的五色线绳，颜色暗沉得发旧。

江易的目光暗了暗，从她的腕上移到她的脸上。

赵云今以为这刺儿头不会听话，可江易却坐上来了，还挺乖，至少比警察在场时乖顺。

"你叫赵云今？"方才在赌场依稀听文身男叫过她的名字，可那时太匆忙，没空去在意，闲下来才记起这件事。

赵云今嘴里忙着嚼口香糖，没应声，也许是根本懒得搭理他。她开着电瓶车朝油灯街深处走，眼睛下瞄："看看座位下有没有横幅。"

江易伸手去掏，除了一个小型扩音喇叭，什么都没有。林清执只说让两人宣传，却没说如何宣传。按赵云今的想法，油灯街夜里人多，在电瓶车上挂条横幅守在街口，让进进出出的人都能看到，坚持六小时就算完事。

可车上没横幅，赵云今不懂了，难道林清执要她挨家挨户去敲门，给油灯街“做生意”的女人上思想教育课吗？

江易把玩着那喇叭，按了几下开关，骤然发出一阵尖锐的“刺啦”声。紧接着，一阵极其乡土的民歌声放大了几十倍从喇叭筒里炸出来，一个又妖又欠揍的女声嚷嚷着唱：

“夜里不要到处跑，犯法的男人太窝囊，搞出稀奇古怪病，迟早要把太监当，啊——迟早要把太监当——”

“……”

“……”

这办事风格，很林清执。不严厉，不强制，丢人丢穿地心还美其名曰协助警方工作，让你头皮发麻，七窍生烟，只要体验过一次，就绝不敢再犯。

“宣传歌”放了没多久，小楼里寂灭的灯光接二连三地亮起来，不止一家房门打开，或是出来个赤裸着上身的男人，或是出来个衣衫不整的女人，无一例外都朝声音的源头望去。

男人见是警车多半不敢作声，又悄悄地藏回屋里，倒是有几个女人满不在乎地倚在栏杆上抽烟。

一个矮胖男人穿好衣服要走，女人拽着他的裤腰带：“你给钱！睡完了拍拍屁股就想走吗？”

男人气急败坏，指着楼下的警车低声骂道：“你是不是想钱想疯了！警察在那儿你还敢要钱？收了钱你就蹲号子去吧！”

他骂骂咧咧地走了，楼上的女人也骂骂咧咧，她端了盆洗脚水，悍妇本性暴露，劈头盖脸地朝楼底下泼过去。

男人刚走出楼，被半盆臭水泼得透心凉，而另外半盆，一滴不落地浇在了正靠着电瓶车点烟的江易的鞋子上。

女人面露讥讽：“大半夜放放放，有种去你妈的坟头上放，小烂屎。”

江易手中的烟被溅起的水滴浇灭。他手指一顿，漠然抬起头，眸子深邃，露出一个阴狠的笑来。

“烂屎”是油灯街最没素质的骂街话。

江易年幼时常搬着小板凳在屋里写作业，灰蒙蒙的窗外，夕阳的余晖笼罩了整条街道。巷口小吃摊的油烟袅娜升起，江滟柳买了碗米粉坐在门口的藤椅上吃，她将装米粉的搪瓷缸放在膝头，一手拿筷子，一手拿蒲扇扇凉。

江易写完作业拿给她检查，写好才有饭吃。江滟柳从红色丝绸外褂的口袋里掏出一张两块的票子递给他，拿能戳死人的指甲盖点点江易的额头："吃饱了去街上玩，别耽误我'做生意'。"

两块钱只能买一两米粉，江易攥着钱不肯走，固执地伸出脏兮兮的小手。江滟柳不耐烦道："你娘卖一次才十块钱，多了没有，滚开。"

江易抱着搪瓷缸跑到巷口，那时卖米粉的还没有铺面，一口锅一个灶，几张塑料桌撑起来就是一个街边摊。

桌子旁坐满了人，江易打了一两米粉蹲在墙边狼吞虎咽，粉吃完了连汤底都喝得精光。他没吃饱，意犹未尽地盯着翻腾的锅子。老板看见了扬起汤勺吓唬他："看什么看，再敢偷吃就把你的眼珠子抠喽……"

在江易对童年不甚美好的记忆里，他从没吃饱过。

江滟柳生意差，进账少，可偏偏花钱大手大脚，赚了钱就拿去做指甲、文眉毛、染头发。别人去菜市场花几块钱买的菜回家料理一下配上几毛钱的馒头能吃好几天，可江滟柳不会做饭，顿顿都要出去买，接客赚的钱也只是刚刚够维持生活开支。

那时的江易面黄肌瘦，营养不良，大半时间都是饿着肚子的。可孩子对于苦难的承受力很强，饿是真的饿，玩起来疯也是真的疯，去香溪扎几个猛子玩几团泥巴，再去游戏厅看着衣冠齐整的中学生打几局魂斗罗，那点儿不值一提的饥饿带来的难过就消失得无影无踪了。

江易总是在夜很深时才敢回家，回早了江滟柳要打他，偶尔屋里的陌生男人也翻着眼白他。

倘若客人们诚信结账给点儿小费，江滟柳就会心情大好，奖他一块钱去巷子里买串烧烤火腿肠。

倘若遇上些胡搅蛮缠的客人，非说小孩回来败兴赖着少给几块钱，江滟柳也没辙，等客人走了，受罪的是他。

因此，江易从不早早回家，拖到越晚越好，反正江滟柳不会找他。要是他不幸在外面叫人贩子拐走，江滟柳说不准还会开瓶啤酒庆祝一下——家里少了张嘴吃饭，又能省出钱去做头发了。

那晚江易临近十二点才回，刚拐进街口就听到熟悉的楼里一阵乱哄哄的声音，有骂街声，有尖叫声，还有巴掌着肉的“啪嗒”声。

他站在楼下，透过栏杆的空隙，看见自家门前的煤油灯摇曳着最后一点儿光亮。在那昏暗的光下，一群女人把披头散发的江滟柳从屋里拖出来按在地上扒衣服、拿鞋底抽脸颊，她们掴她耳光，踹她肚子，骂她荡妇，勾引人家老公，骂她不知廉耻。

江易站在楼下围观了全程，直到那帮女人推搡着一个蔫头耷脑的男人离开，他才上楼。

江滟柳的嘴巴肿得像馒头，嘴角全是被打出来的血。她拢了拢几乎不能遮蔽身体的蕾丝吊带裙，哆嗦着从口袋里掏出一盒自己卷的土烟。她坐在走廊上吞云吐雾，一根烟抽完身体才不再颤抖。

住隔壁的女人出来倒脏水，冷眼睨她：“早就告诉你了，男人没有心，都是些玩腻了拍屁股走人的货色，你还真指望他娶你回家呢？”

江滟柳紧盯着那群女人的背影，待她们走到路灯的阴影处，几乎快看不见了，她才擦掉嘴边的血水，恶狠狠地骂道：“烂屌。”

那是江易人生第一次听到这个词，借由两个简单的字，他几乎毫不费劲就听出了江滟柳心中的怨恨。

江滟柳骂完一句，又将矛头对准他：“小杂种，看你娘挨人巴掌开心吗？”

江易冷漠道：“杂种也是你生的，我要是小杂种，你就是杂种他妈，是个老杂种。”

江易将熄灭的烟蒂连同手背的烟灰掸落在地，脚下石砖浸足了水，泥泞不堪。他重新点了根香烟，烟头的一点儿橘色火光荧荧烁烁，烧得正旺。

楼下晾衣杆上挂着几条蕾丝紧身裙，五颜六色的，随着晚风左摆右摇。

江易嘴角那丝笑越发邪性，他伸指钩着香烟蹭过去，将那些裙子挨条烫洞，衣服糟蹋完，他将烧到一半的烟按灭在女人种在檐下盆里的木槿花蕊上。

女人骤然尖叫，她见赵云今穿着协警的马甲，指着她问：“这杂种烧我衣服，你管不管？”

赵云今看了江易一眼，淡淡地说：“奉劝你还是把嘴闭上，不然待会儿他烧的说不定就是你的房子了。”

喇叭里魔性的歌曲洗脑般回荡，女人的头快要炸开了，愤然回屋。

越来越多的男人从门檐挂油灯的屋子出来，经过警车时低头掩面，步履匆匆，犹如下水道里不敢见光的耗子，脚底抹油似的溜得飞快。

林清执坐在铺里吃面，看着巷子入口的人只出不进，偶尔也有男人在巷口观望，等到瞅见那警车的红蓝闪灯时毫不犹豫地转身就走。他对此很满意，掏出手机打游戏，嘴里不自觉跟着哼哼。唱到一半，他停住嘴，慢腾腾从口袋里掏出一对降噪耳塞：“难听死了。”

赵云今窝在车上打瞌睡，迷糊间做了个梦。

梦里，她回到了八岁那年待过的孤儿院，那儿的建筑白墙红瓦圆屋顶，孤儿院的嬷嬷总是穿一身棉麻袍子，在周日这天带小孩去花园旁的袖珍教堂里做礼拜。赵云今总在其他小朋友乖乖排队时偷偷溜走，沿着后院围墙的狗洞爬出去玩。

梦里的世界逼真，她钻出洞，蓬松的裙摆钩到脚边野草丛生的枝蔓，她费力挣脱，一抬眼，面前是堵爬满了大红蔷薇、满是裂缝的墙面。蔷薇鲜艳欲滴，朵朵簇簇缀满整个墙面，如仙女打的流苏珠络，洋洋洒洒垂到人间，衬上头顶淡色的蓝天与身后洁白的砖瓦，美得如一幅久远空寂的年代画。

一个瘦高的男孩从墙后蹿出来，夏初炎热，他穿着一条卡其色的棉布短裤、白色胶鞋，上身是件洗得泛白的黑色 T 恤衫。他微微躬伏，身体弯出一个猎豹捕食般紧绷的弧度，死死地盯着蔷薇花丛。两秒后，他猛地扑过去，脏黑的手朝花茎下的泥土一抓，抓出一只绿色青蛙。

男孩冷漠地拽着青蛙的后腿，手掌被花刺扎得滴滴答答淌着血。他在地上捡了石块和木柴，垒砌成一个简易的烤架，娴熟地清理了青蛙肉，用打火机点燃柴火。

赵云今怀里抱着她的毛绒小马，静静地看着他：“双槽蚴寄生虫。”

男孩的青蛙烤得半熟，抬起淡漠的眸子与她对视。

“野生青蛙体内有一定概率存在高温很难杀死的双槽蚴，如果吃了它，双槽蚴会在你体内寄生，钻进你的眼睛里产卵。”赵云今扯着眼皮朝他扮了个鬼脸，“你的眼睛会流脓、腐烂，你会变成瞎子，哇——”

她描述得绘声绘色，极尽所能地渲染恐怖气氛，自觉在行善救人，心里自豪，可男孩不为所动。

他额前的刘海儿碎长，灰扑扑、油腻腻地遮住小半张脸，温柔的风扫开他的头发，露出一张青青紫紫、伤痕斑驳的脸。

在梦里，赵云今可以感知到他脸上五官、表情和一切伤痕的存在，但她看不清男孩的脸，如同一团迷雾横亘在眼前，她再怎么努力睁大眼睛还是无法知晓他的模样。

男孩盯着赵云今，从树枝上揪下还没熟的青蛙，护食般死死地抓在手里。他的手被烫得颤抖，但依然不松，将青蛙肉送到嘴边，大口大口地狼吞虎咽。

……

赵云今从梦中惊醒，四周没人，只有一阵淡淡的烟味。

远处天光熹微，透着隐隐光亮，江易倚在离她很远的路灯杆下抽烟，脚下一地烟头。

很久没梦到小时候的事情了，每次梦醒头都一阵剧痛，赵云今揉了揉酸痛的太阳穴，弯腰关了喇叭。

那歌魔音贯耳，她都能听着睡着，这也是别人可望而不可即的优秀睡眠质量。

少了乐曲加持的油灯街十分寂静，清晨的雾气微微浮动，没有燃彻整夜的煤油灯，没有烂尾楼里暧昧靡靡的笑闹，没有女人裙底叫风刮来的风尘味，露水，草香，三轮车碾过砖石地的骨碌声，还有卖早餐的小店榨完豆汁后飘出来的热气……此时的油灯街倒生出点儿不一样的清淡味。

“江易。”赵云今醒了盹儿，漫不经心地玩着自己的指甲，用唤狗一样轻佻的语气叫他。那女人骂了他一句“烂屎”，他就烧了人家十几件衣服，足以说明这人简单也复杂。

简单在人如其表，气质阴沉，内心也一样；复杂在睚眦必报，斤斤计较，若伤害了他，不知会被他怎样千万倍报复。

赵云今倒不担心自己，她嫣然笑道：“我哥办事向来依法公正，你做了错事受罚赖不到他头上，如果你敢报复我哥，别怪我对你不客气。”

少女嗓音软糯，但如绵里藏针，将所有的锋锐隐在温柔的笑容之后。

江易没回应，他抽完一盒烟，将烟盒捏扁，扔进身后的垃圾桶里。

赵云今开着小车晃悠悠地从油灯街出来，林清执在小店坐了一晚上，亲耳听着“宣传歌”从街东头跑到街西头，来来回回跑了好几圈，说明这俩人是在认真工作，起码尽到了应尽的“协警”宣传的义务。

他点了一桌早餐，油条、豆浆、煎饺、豆腐脑……

“过来吃饭。”

赵云今跑过来，坐在他身边撒娇：“哥，丢死人了，来来往往的人都盯着我看，还有人朝我泼洗脚水呢。”

“丢人才好，丢足了人下次才不敢再犯。”林清执一晚没睡依然精神奕奕，他给赵云今的豆腐脑调料，“酱还是糖？”

赵云今说：“糖。”

他问江易：“你呢？”

江易伸出手：“东西。”

林清执把钥匙和身份证还给他：“吃了饭再走吧。”

江易接了自己的东西，转身就走，林清执叫他：“江易。”

林清执笑笑：“过往如何不重要，重要的是你年轻干净，还有机会走正道。”

江易的脚步只是顿了一下，随即没有片刻停留地走出早餐铺子。

太阳出来了，油灯街朦胧的雾气散去，方才那点儿可怜巴巴的美消失不见，又恢复往昔脏污的模样。

铺子门口的台阶下落了个钱包，江易弯腰捡起，里面厚厚一沓粉红色的票子，足有一千块，还放了一些零钱，钱包的外层夹着身份证。

林清执，男，汉族。生于一九九〇年春天，家庭住址在楹花路小区，那里的住户大多生活优渥，是西河有名的中产阶级聚居地。

林清执温柔、干净，看似随和，正色时却有着让人无法说不的压迫力。这样的人，这样的性格，也只有富足又温暖的家庭才能教养得出。

在林清执身份证旁边透明的夹层里，放了一张照片，照片泛黄，色调暗淡，能明显看出年代感。

那是一张合影，一个穿凉鞋白袜子的英俊少年夹着滑板站在庭院的秋千前，他身前的秋千架上坐着一个抱着玩具小马的女孩。女孩唇红齿白，洋娃娃般漂亮，一张白皙的小脸嫩得如同新鲜的牛奶冻。她穿着一条白色公主裙，脚底踩着一双漆黑的玛丽珍小皮鞋，贵不可言。

江易的目光落在女孩腕间一条五色线绳上，那线绳看上去廉价，与她这一身装扮格格不入。他端详着小女孩清稚的脸，回过头，认出那女孩与端着豆花笑吟吟的赵云今有七八分像。

是同一个人，只不过长开了，稚气脱了点儿，更妖娆、漂亮了。相片上的两人背后是绚烂的景致，一片大红的蔷薇爬满了墙。

……

林清执正吃着早饭，离开的江易去而复返。

少年站在背光的店门前，指尖夹着林清执不知何时丢失的钱包。江易一如既往地冷淡，朝林清执晃了晃，而后没说一句话，将钱包甩到他面前的桌上。

第四章 岔路

双喜蹬着脚踏车迅捷如风般从街口闯入，他冒冒失失、跌跌撞撞，差点儿撞翻了手艺人摆在街边的小摊。

车是十几年前的老款，整个车身描红画绿，车头已经快被铁锈覆盖，左把上挂着两个泡沫饭盒，随着车身摆动左摇右晃。

双喜在楼前停下车，抓着饭盒跑上二楼，江易的房门大敞着，任由正午燥热的风穿堂而过。

江易坐在桌旁，蹙着眉头，手里捏着一把扑克牌，桌面上散落着数不清的牌和三个装扑克的纸盒。

双喜把买来的快餐放在桌上：“你昨晚叫条子拎走了？”

江易归拢扑克叠放在一边，腾出地方吃饭：“你听谁说的？”

“我昨晚陪武大东给九爷做寿，武大东在宴席上没看见你就顺口问了一句，九爷说话模棱两可的，后来 KK 娱乐中心老板打电话来，我才知道是他叫你去砸场子了。”双喜张牙舞爪地挥舞着筷子，“谁不知道九爷早就看 KK 不顺眼了？他叫你去砸场子就是图个爽快，根本没考虑你，恭叔要剁你手指头，九爷连眼睛都没眨一下。你猜他和武大东说什么？说 KK 那帮犊子肯定拿你跟他讨价还价，多少钱他都不给，你不值那价。”

江易掀开袋子，一盒是米饭，一盒是素炒白菜和香菇豆腐双拼。

双喜说：“月底了，买不起肉，你凑合吃吧。”

江易沉默地吃饭，双喜说：“你给点儿反应啊！你就一点儿不生气吗？九爷压根儿就没把你放心上，外人都以为你是他的干儿子，他把你当什么？他把你当一条狗，看门、咬人，连肉都不给一块，现在有人要打狗吃肉，他还笑嘻嘻地给人家解了绳子。”

江易道：“我生不生气不要紧，你要觉得生气，就把这话在于水生面前说。”

双喜只是背后逞威风，他当然不敢这么干，刚刚还嚣张的气焰一下就偃旗息鼓了。

江易吃饭很快，饭菜几分钟就扒得见底，餐盒里干干净净连一粒米都没剩。他吃完饭继续玩牌，一副牌夹在手里能变出数不清的花样。

双喜道：“你这阵子心思都在扑克上，这牌就那么好玩儿吗？”

江易将扑克递给他：“抽一张。”

双喜随手抽了一张，偷瞥了一眼，红桃 5，江易示意他把牌插回去。

他将牌打散重洗，背面朝上一字抹开，接着，在双喜惊愕的目光里，精准盲选到那张他连看也没看过的红桃 5。

双喜检查牌面，没有记号，也没有折痕，惊讶道：“……怎么办到的？”

江易抽出这张牌的前后两张，扔在双喜面前，双喜依然找不出记号，江易伸出右手中指：“刚才收拾饭盒的时候我这根手指上沾了油，你插回牌的时候我在前后两张蹭了油，没有颜色，摸上去会比其他牌面光滑。我要做的，就是洗牌时不把这三张打散。”

双喜伸手去摸，确实很滑腻。

“在原牌做手脚很容易被发现，但赌场都是人精，即使这样做也不保险。”江易把牌丢到一边，“昨晚我是在 KK 出千了，可最后恭叔搜出的那张牌不是我的。我想了一上午，还是想不明白哪里出了纰漏让他怀疑我，那张牌又是什么时候放到我身上的。”

他想不透，双喜那脑袋更想不透：“阿易，九爷不值得你为他卖力。如果你是为了赌钱，这太危险了，赚钱的法子那么多，去偷去抢都比去赌来得好，至少落在警察手里，咱还能有一个全乎身子。”

江易不说话，看着扑克若有所思。

双喜说：“那些玩魔术的、玩变脸的都有师父带，一代传一代，代代经验积累加创新才有今天，你光自己琢磨能看出个啥？

“……要不这样，我听武大东说起过一个人，叫老棍儿，在城东兰子窑那一带收废品，据说赌技出神入化，十年前纵横西河大大小小所有赌场，都知道他那钱赢得有鬼，但没人能看出他是怎么出的千。道上叫他西河赌神，不如你去拜个师吧。”

江易问：“赌神为什么要收废品？”

“命不好，这辈子就输过一次，就那一次被人逮着了……总之，你别管他现在干吗，名头叫那么响肯定是有原因的。听说他被废了以后还叫人请去公海赌了一次，没剩几根手指头照样把牌赢得干净漂亮。咱现在就去找他教两手，回来保准儿称霸一方。”

“你认识他？”

双喜理直气壮地说：“不认识也不耽误事啊，就一收废品的糟老头子，给几个破纸箱子就感激涕零了，他还敢给你甩脸子是咋的？”

兰子窑在西河同油灯街齐名，都是知名的城中村。

双喜照着武大东给的地址走到一个破落的小院前，院子不大，半边堆满了纸箱、瓶子、废弃家具和木板，半边开辟着一片菜地，种着绿油油的青菜，一个头发斑白的老头儿躺在院里缺了半条腿的懒人椅上吸着烟斗，脚下晒了几张焦黄的烟叶子。

双喜要进去，江易拦住他。

江易出去买了两斤猪头肉，两盒烟，打了几斤高粱白酒。

带礼进去，诚意十足。双喜看着那些东西犯了难：“这个月还剩四天呢，钱给这糟老头子花了，你吃啥？”

江易道：“别操心我，你进去规矩点儿，别乱说话。”

江易进了院子，老棍儿一斗烟抽完，正摩挲着腰间的布袋掏烟叶。江易走过去，从塑料袋里掏出新买来的香烟，他撕开封条，拿了根烟递过去。

老棍儿遮住头上的大太阳，眯起浑浊的眼：“干吗的？”

江易瞥见他捏烟斗那一双手，每只各缺食指、中指、无名指三根手指头，他低下头，开口时语气罕见地谦和：“老爷子在西河声名远扬，我心里佩服，带点儿礼物上门拜访。如果方便的话，想跟您取取经。”

老棍儿嗓子眼儿像卡了口痰似的，沙哑得紧：“我一收废品的，名声这么大我自己怎么不知道？你跟着我学不到什么，周围邻里邻外都干这一行，是个人都比我废品收得好。”

“老爷子谦虚了。”江易说，“您知道我指的是什么。”

老棍儿无视了他递来的烟，拿两根指头将布袋里的烟草捏碎了卷上，他吸了口烟：“你既然听说过我就该知道，我戒这行十年了。十年前，我在我老婆坟前发过誓，这辈子再碰一下牌，就叫我不得好死，生生世世堕入畜生道。

“再说……”他叼着烟斗，亮出手，“这样一双手，还能教你什么？要真有传说中那么神，我至于混成这副鬼样？我住这儿挺多年了，拎重金来的人也不少，你这点儿东西还真不够看，走吧。”

“你这糟老头子。”双喜把江易的叮嘱忘到九霄云外，破口大骂，“什么叫这点儿东西不够看啊？这点儿东西还是我们好几天的伙食费呢，为了给你买烟买酒，我哥们儿明天的饭还不知道在哪儿吃，你轻飘飘一句走吧就带过了？还不够看，想要钱你就直说啊！”

老棍儿闭上眼睛，吐了口烟圈。

双喜仗着江易在旁边，也不怕惹麻烦，伸手拽着他的衣领把他从椅子上扯起来：“老东西，就那点儿千术还藏着掖着怕人偷师啊？你到底教不教？不教我给你屎打出来！”

老棍儿被他带得踉跄着离开椅子，江易才看见他左边的裤管空荡荡的少了半截腿。

“双喜。”他淡淡开口，“放开老爷子。”

他话音刚落，老棍儿用右手小指钩住烟斗，不等人反应，重重一下砸在双喜的脑门上。那一下打得双喜脑子“嗡嗡”响，他直接蒙了，老棍儿矮下身子抄起自己的两根拐杖，一根拄着身子，一根劈头盖脸地朝两人身上打：“滚出去——”

他单腿稳稳地立着，蹦着跳着毫不影响，拐杖来得疾如暴雨，大半砸在双喜身上，小半打向江易。

“哎哎哎，别打别打。”双喜生平最爱捡软柿子捏，遇到硬茬儿瞬时就尿了。

他以为这残疾老头儿好欺负，没想到人家一双拐杖舞得出神入化，他想还手，被江易按住，只能抱着头“哇哇”乱叫：“老爷子，我就开个玩笑，别打了……”

院里常年无人打扫，水沟反着阴酸味，废品堆里也飘着各种污臭。

双喜从这头蹿到那头，一直被撵出院，那张腐朽的木板门拍在他脸上，他心有余悸地说：“这老头子太凶了！”

江易买的高粱酒和猪头肉被老棍儿从围墙里丢了出来，碎成了一地玻璃碴儿。

烟没丢，老棍儿留下了。

江易摸了下裤兜，掏出身上所有的钱，但只有可怜巴巴的二十块，他想了想，说：“我去趟一中，你留在这儿。”

“留这儿干吗？”双喜问。

“敲门，敲到他让你进去为止。”

双喜道：“……他要不让我进去呢？他那凶样你可是看见了。”

“那就想办法进去。”江易说，“进去以后不管打你骂你都受着，别还手。”

双喜硬着头皮：“这不是为难我吗，我进去以后干吗呢？傻站着挨他拐杖？这也太找虐了。”

江易说：“帮他把院子扫了。”

“……”

西河一中是全市最好的高中之一，因为教学资源远高于其他学校，不光学霸多，花钱送进来读书的有钱人家子女也多。

“阿财便利店”是开在学校大门口正对面的一家商店，专卖零食和学生用品，因为地方选得好，每天上下学的时候生意都非常火爆。

便利店是家夫妻店，阿财是他们儿子的小名，男孩十六七岁的年纪，家在一中旁住了十几年，愣是没受到一点儿文化熏陶，中考后去念了中专，后来念书的时候遭了校园暴力，隔三岔五就跑回来看店，嚷嚷着死也不去学校了。

男孩在收银台打游戏，门上的铃铛响了。他一抬头看见是江易，扶了扶眼镜：“你这月不是来过了吗？”

“缺钱。”江易言简意赅，“不方便我可以换一家。”

“坐吧，吃什么自己拿。”阿财淡淡地说。

阿财收了自己的东西打算找个地儿上网，江易自然地坐进收银台，男孩走到门口又折了回来：“西边货架的进口零食不能动，那太贵了，我妈算账的时候会露馅儿。雪碧和冰红茶刚进了三十几箱货，货多不容易发现，你拿那个吧。”

他说完递过来一张字条，上面写了一串名字：“这是上周打我的那几个人。”

江易接过，阿财皮肤白，低着头时是很乖巧的一个男孩，他轻声说：“我要他们以后再也不敢动我。”

江易“嗯”了一声，把字条收进兜里。他在店里坐了一会儿，一中午休的结束铃响了，陆陆续续有学生从家里回校，路过便利店进来买吃的。

江易搬出两箱雪碧放在柜台上，学生来买东西他不拿机子扫码，直接收钱，收的钱也不放进收银台，都扔到脚下的空纸盒里。

一个女生拿来一包韩国饼干，江易说：“这个不卖。”

她又去挑关东煮，江易说：“那个也不卖。”

“你卖什么？”

江易没回答，他的目光越过拥挤的人群，落在远处的书架前。

穿上校服的赵云今很不一样，灰色针织马甲套在白色衬衫外，脖子上黑白格的小领结和短裙一样惹人注目。

她丝毫不见昨晚的桀骜样子，慵懒地靠着书架挑漫画书，抛去脸上一夜没睡的疲态不论，她的衣着、神态乖巧得和这个年龄的花季少女没什么两样。

乖是乖得一样，可美又美得风情别致，她头发蓬松如海藻，乖巧中又稍带妖娆。是哪怕沦落在人海，也会叫人一眼注意到的存在。

赵云今挑了几本漫画书，拿来前台结账，几个男生给她让路，整个过程中目光就没从她身上挪开过。少女将漫画书放到江易面前，漫不经心地问：“多少钱？”

江易随手捞了包摆在台面上的口香糖，撕开包装朝嘴里塞了一个，边嚼边看她。

赵云今这才注意到是他，她似乎忘了自己早上才威胁过这个心狠手辣的混混儿，朝他笑了笑。

“你坐这儿干什么？”她先是问了句，随即又一语道破江易如此行为的目的，“在收保护费吗？”

江易说："三十。"

赵云今递钱，江易找零。在赵云今伸手露出腕间装饰的瞬间，他的视线短暂停留。赵云今注意到他的注视，刻意将袖子挽起："好看吗？保护费收不够，还要打我手环的主意啊？"

"这玩意儿值钱？"

"对别人来说不值钱，对我来说无价，如果你把它抢走了拿来勒索我，没准儿我真得付一大笔赎金。"赵云今好心建议道，"江易，收保护费辛苦，名声还臭，这工作没前途的。我给你指条明路，你做不做？"

那骄傲的神态和语气，生怕别人不打劫她似的。

江易吐掉嘴里的口香糖："少管闲事。"

赵云今手腕上的线绳戴了许多年，学校里很多人都见过，也私下众说纷纭，因为那东西朴素且旧得离谱，根本不是赵云今的品位。

有人说是初恋送的，有人说是闺密送的，还有人说是家里长辈端午编来辟邪的。

后来有人去问，她也不遮掩，大大方方地说："我哥送的，我喜欢戴。"

后来学校的人都知道，赵云今有个很帅的哥哥。

她这人恣意又桀骜，在学校没什么朋友，只有提起她哥时，神态才会软化，像小女孩撒娇。

赵云今莞尔一笑，她接了零钱，想了想又放回柜台。她指向江易背后架子上的假花束："我还要那个。"

西河一中下午有一场和香溪一中的篮球联赛。

江易搬了几箱冰镇的饮料坐到操场旁的栅栏外，午后日头毒辣，加上校内没有商店，上半场结束后看球赛的学生都挤着来江易这儿来买冷饮。江易坐地起价，一瓶五块，十瓶起卖，爱买不买。学生们怨声载道，可尽管如此，那些饮料卖完也不过是半小时的事。

最后一箱雪碧是被香溪一中的 7 号球员买走的，那帅气男生穿着蓝色球衣和限量款球鞋，把饮料分给自家队友和啦啦队。

"还有吗？"男生问，"有多少我要多少。"

江易赚得差不多了，起身收了马扎："没了。"

男生转身回到操场，远处跑来一个穿一中校服的女孩，她张开双臂堵住他的去路，递出一捧红色的假花：“霍明泽，你好帅啊，喏，这个送你。”

江易向来不凑热闹，只是眼角的余光不知怎的瞟到那束花和赵云今下午拿的有点儿像。

再一抬头，那女孩正是赵云今。不光江易，周围的人都在看她。

赵云今此人，冷艳且慵懒，心情好了笑一笑，风情万种是她，心情不好冷着脸，冷傲迷人也是她。从来只见过本校、外校的少年排队朝她献殷勤，没见过她对哪个异性讨好上心，更别说此刻她那张温柔的小脸，比陷入恋爱中的少女还要清甜。

“霍明泽，我喜欢你，跟我交往吧。”

当赵云今云淡风轻地说出这句话时，安静的人群发出一阵炸锅般的骚乱。女孩却浑然不觉，笑吟吟地说：“自我介绍一下，我叫赵云今，是一中的无冕校花，之所以是无冕，是因为去年的校花评选我没有参加。

“那天香溪一中举办篮球联赛，我翘课看你打球去了。”

“……”

不可否认，这女孩说自己是校花有几分可信度，但……

他面无表情，绅士而冷淡：“谢谢，可这是我第一次打篮球赛，喜欢我的人很多，敢当着我的面撒谎的，你还是第一个。”

赵云今丝毫不以被戳穿谎言为耻：“如果说谎的目的是向你坦露心迹和你在一起，那也没什么不可原谅的吧？霍明泽，我不骗你，你以后会喜欢我喜欢到发疯的。”

“你在梦游？”

赵云今将花束塞到霍明泽手上，朝他嫣然一笑：“我们迟早会在一起。”

霍明泽道：“不知道你在自信些什么。”

霍明泽解下额头的发带，撩头发的动作引得四周女生脸红。他并不恼，但凡正常男人被这样一个顶级美人当众告白都不会恼，他应付得轻松自如，一副富家公子哥的派头。

赵云今压低声音说：“我是从六年后穿越回来的，我能看见未来，六年后的我们会在一起，坐在船上同游意大利。”

霍明泽嗤笑道："看见未来？那你告诉我，我下半场能进几个球？"

赵云今摊摊手，表示自己对此无能为力："我这次回来就是为了弥补自己当初没能早点儿遇见你的遗憾，是为了和少年时的你谈恋爱，你的现在我也是第一次经历呢，我怎么会知道？"

霍明泽问旁边人："你们校花是不是个傻子？"

下半场的准备哨吹响了，他要回去打球。赵云今问："你真的不考虑我吗？"

霍明泽不介意和一个漂亮的傻子暧昧，他自傲地说："可以，我给你追我的机会。"

他说完头也不回地走了，赵云今跟了上去。

人群散了，只剩江易一个人留在围栏边，脚边散落着学生喝完扔掉的空瓶子。他拎起地上的马扎，转身离开。

双喜花费了一下午，先是把院中臭水沟里的垃圾清了，又把老棍儿这个星期收来的废品分门别类整理好，瓶子和瓶子放一起，纸箱和纸箱摞一块儿。

他是爬墙进来的，开始老棍儿还拿拐杖抡他，后来看见他帮自己收拾院子后就不打了，不仅不打，还躺着指挥："墙边那辆三轮车的车胎气不够了，给我打点儿，还有菜地里的小葱该浇水了，别从水龙头里放，废水，出门右拐就是香溪，你去挑点儿回来。"

"……"

双喜拎着两个皮罐子从河边回来时刚好碰到江易。

江易手里拎了两个袋子，把老棍儿扔出来的猪头肉换成酱牛肉和红肠，劣质高粱酒换成衡水老白干。

双喜问："你哪儿来这么多钱？"

江易扔给他阿财写的字条，双喜看了一眼："这几个人我认得，一职有名的混子，在学校看谁不顺眼就去搞人家，手段恶心得很，听说还逼人吃过屎，比我垃圾多了。不是，阿财不是都被搞得重度抑郁了吗？他都这么久没去上学了，那些人还在找他麻烦啊？"

"去哪儿能找到这帮人？"

双喜说："我一会儿去给你打听打听。"

江易进了院子，老棍儿今天没出去收废品，正窝在躺椅上打盹儿。

日落西山，远处炊烟弥漫，一抹余晖温柔地映下来，残破、肮脏的院落在一瞬间有了人味儿。

江易放下东西，老棍儿头也不抬："我不会教你。"

"随便。"江易说，"我还会来。"

夜色笼罩，香溪水面闪动着粼粼波光。

江易在溪边抽完了半盒烟，而后戴上兜帽，黑色卫衣在夜里如隐身了一般。他跨上路边停着的灰色摩托车，驶入无边黑暗。

……

歌冠 KTV，几个年轻人勾肩搭背地走出来。

江易对着相片辨认，正好四人，一个不差。他走过去，半夜的街边还很热闹，卖消夜的，找乐子的，喝醉酒的。

江易路过大排档的餐桌前，顺手提了两只酒瓶。那四人站在路灯杆下抽烟，眼前的光亮忽然被人挡住，其中一人刚一抬头，一只碧绿的啤酒瓶就劈头砸下来。

……

下午，香溪一中赢了篮球赛，霍明泽请客吃饭，地点定在市区有名的海鲜饭店。

席间都是香溪一中的球员和教练，只有赵云今一个生人，可她不拿自己当外人，聊天接梗，只一顿饭就和众人混熟了。赵云今落落大方又乖巧懂事，言语进退有度，更别提她长得漂亮，这样的女孩带在身边有趣也有面子。

霍明泽交往过不少女孩，可从没有哪个让他觉得这样舒服，下午还觉得她满嘴梦话，晚上吃饭喝酒就熟络得像谈了很久的女朋友。

走出饭店时已经很晚了，霍明泽自然地搂上赵云今的腰，女孩红着脸推他："别这样。"

霍明泽说："现在知道害羞了？一会儿怎么说，我订酒店？"

赵云今道："我晚上要回家的，爸妈不准我在外面过夜。"

霍明泽乏味地"哦"了一声，赵云今立即又笑盈盈地说："明天给你带早餐吧，燕麦粥配虾仁煎饺？佐料你喜欢吃什么……我想起来了，生抽加油辣椒！”

霍明泽露出惊讶的表情，赵云今说：“你的喜好我当然知道啊。”

正说着话，马路对面传来喧嚷声，歌冠KTV前的人群尖叫着四散开来，有人满头是血地倒下。

聚众斗殴，赵云今刚要掏出手机报警，又想起今晚是林清执值班，那边乱作一团，林清执来了说不定要受伤，对此她并不喜闻乐见，稍作思考又将手机放了回去。可轮不到她出手，早有人打了报警电话，不出几分钟，警车呼啸而来。

赵云今见林清执坐在后面那辆警车上，眼睑垂了垂，声音微微颤抖，娇弱得如同一朵清纯的小白莲：“明泽，这里太乱了，我想回家。”

霍明泽忙着看热闹，没太把她放在心上，他招手叫了辆出租车，扔了一百块钱给司机，让司机送她回家。

赵云今坐在出租车后座上，漫不经心地看向窗外，满地鲜血和玻璃碴儿狼藉地混在一起。

地上躺了三个人，穿黑色卫衣的少年拽着一个矮个子，专朝脆弱部位下手，一拳一拳不要命似的狠。警察费力分开两人，赵云今趁着短暂空隙看清其中一人的脸，是江易。他一打四，没落什么好，鼻青脸肿，嘴角沾血，一只胳膊古怪地弯折着。

可他是笑着的，抬了抬另一只完好的手臂，用手背揩去脸上的血，他眼底冰冷，笑得瘆人。他甩开警察的胳膊，一脚将矮个子踹倒，跪在地上扬起手里碎了一半的酒瓶朝矮个子的头上砸去，这一瓶子下去，那人非死即残。

两个警察及时冲上来把他按倒在地。林清执下车，一副手铐扣在江易的腕间。

时隔二十四小时，江易再度坐进审讯室。

他骨折的左臂打上了石膏，小伤口简单包扎过，除却衣服的血迹干涸发硬，几乎看不出刚刚的狼狈模样。

时间过去半小时了，警察重复问着同一个问题：“为什么寻衅滋事？”

江易一言不发，那警察怒了：“你别不知好歹，自己算算这是第几次进局子了，仗着未成年为所欲为是吧？你再等半年，再等半年你看看警察有没有办法治你这种社会的蛀虫！”

林清执敲门，示意那暴怒的警察出去。他坐到江易对面，先是问他：“你饿不饿？”

意料之中，江易没有回答，他递来一个在微波炉加热过的汉堡：“晚上只有这些，凑合吃吧，趁你吃东西的时候我说几句。刚刚隔壁已经全招了，你威胁他们远离陆福明，对方也承认自己曾经校园暴力过陆福明，这人是你朋友？”

“不认识。”

“我查过陆福明的信息，他家在一中对面开便利店，因为性子柔弱长期被学校的男生欺负，这不是你第一次为他打人，不是你朋友那是什么人？”林清执翻看手里的资料，“有人看见你今天下午去了趟一中，这该不会是什么交易吧？”

林清执眸子温润，语气温和，可与他对视时却让江易觉得他那双清澄的眼睛能看透一切。

江易反问：“你有证据吗？”

“没有。”林清执耸肩，“除非你自己承认，并拿出证据，否则警方无法判定是陆福明唆使你伤人。”

“那还麻烦什么？”江易闭上眼，还是昨晚那句话，“人是我伤的，要钱没有，要拘要判随便你。”

“要拘要判我说了不算。”林清执忽然抬手关了正对着他脸的摄像机，“现在呢，能说实话了吗？”

江易“扑哧”笑了：“林警官，你很闲？”

林清执道：“就当是我好奇心旺盛吧，你知道的，做我们这一行总会遇到一些稀奇古怪查不出真相的案子，经年积累起来得不到解答的好奇心是很可怕的。我做刑警压力很大，精神高度紧张，无法纾解相当难受，你就当出于友爱互助的人道主义精神告诉我吧，不然我会失眠一整晚。”他微笑着问道，“陆福明是你朋友吗？”

江易抬眸：“拿人钱财，替人消灾。”

“他给你多少钱？”

“四百二十七块五毛。”

林清执道：“……五毛？”

“学生仔买了包跳跳糖。”江易冷漠地说。

“四百块钱值得你做这种事吗？”林清执问，“笑什么？”

江易的眸中闪过一丝嘲讽：“四百块对你林警官而言不算什么，对我这种无父无母、名声败坏的社会蛀虫来说，是笔不菲的收入。”

“不菲到值得你为此坐牢？”林清执说，“阿易，以暴制暴永远不是解决问题的办法，如果世界上所有的事情都可以用暴力解决，还要警察做什么？陆福明既然是你朋友，他性子软弱不敢报警，你可以帮他。”

“你想多了。”江易眉梢微翘，“我和他不是朋友，拿钱办事，谈不上交情。”

林清执温和地说：“据我所知，像你这样年纪的不良少年收保护费都是嘴上说说，钱到手了可没见他们真去保护谁。平心而论，四百块不算多，甚至不够你今晚的医药费，再加上那帮人的治疗费用，怎么算你都吃了大亏。”

“按照现在的物价和工资水平，换成是我，四百块随便动几下手就交差了，可今晚如果不是警察制住你，你会把那些人打死。”林清执问，“阿易，你真的就没存一点儿私心吗？”

江易不再说话，林清执说：“怎么，做坏事承认得坦坦荡荡，存善念反倒羞于启齿了？再问你一遍，陆福明唆使你寻衅伤人，你认不认？”

少年的神情冷淡如冬日冰川：“我是败类，可败类也懂道义。”

林清执沉默片刻，笑了笑：“有种。”他喝了口茶，指着摄影机，“再跟你说个事，这玩意儿我没关，刚刚是骗你的。”

江易的目光一下变了，由放松的状态转为极具攻击性的狠戾。他震怒地看向林清执，那是种被人辜负了信任的受伤表情。

林清执忙道：“开玩笑，开玩笑。”

他把相机转过来，屏幕是黑的，电源已经关了，英俊的警察眼角眉梢都是戏谑的笑意：“这不是有情绪会生气吗？年轻人暴躁点儿、愤怒点儿不全是坏事，这样才有朝气，不要年纪轻轻就摆副臭脸，大好时光像走进了青春的坟墓……”

江易被他气得一阵阵耳鸣，他很少有这样激动的情绪，满脑子都是眼前这男人功力强劲的啰唆。

……

林清执出去了，警员凑上来问道：“林队，问出什么了？”

林清执摇头，看到隔壁屋子那个挨打的人要被放出来了，他问：“这就走了？”

警员说：“问完话就放了，他是受害者，不放难道还要留他吃消夜啊？”

“他是受害者？”

“四个人中就他的伤还轻点儿，剩下三个都在医院躺着呢，这还不算受害者吗？”

林清执敲了敲脑袋，像忽然想起什么：“他刚才不是提起一人吗，叫陆……陆什么来着？”

“陆福明。”警员提醒他。

“对，陆福明！他不是承认自己校园暴力过这个陆福明吗？所以这人受害的同时也是加害者吧？”

警员愣了愣：“……话是这么说，可是没人报案啊。”

林清执道：“没人报案你不会去找人报案吗？嫌犯都主动交代犯罪事实了，不查清楚还把人放走，有你这么当警察的吗？”

警员道：“我……”

“我什么我，去查啊。”

“那他呢？”警员指着江易，“他犯的事够刑拘了，而且伤者家属指定要他赔偿医药费，不给就找律师打官司要他把牢底坐穿。”

林清执说：“该拘的拘，该赔的赔。”

“可是看他那样也不像赔得起钱的。”警员嘟囔着说，“年纪还小，可惜走上了歪路。”

这不是林清执第一次听人给江易的人生定性，上一次听到还是昨夜贺丰宝斩钉截铁地说，等他长开了必定是响当当的社会败类。

他笑了笑：“十七岁还是个孩子，别急着给他下定义。”

江易正躺在床上小憩，狱警来敲门：“6542号，收拾东西。”

他换上衣服，狱警把他的东西拿过来，江易问：“今天几号？”

“十月三十，进来快两个月了。”

两个月，比他预想中要短，当初他看过医院的伤情鉴定，以为至少得蹲半年。

江易检查自己的东西，现金、手机、身份证都在，只是没有摩托车钥匙。

“我不知道。”狱警说，“你的东西只有这些，少了什么去找办案警察要。”

……

西河的秋日和煦斑斓，夹道的红枫和金桂枝叶绚烂，于步道铺下一层鲜艳的丝带。

空气里飘着桂花淡淡的甜味，远眺香溪沐浴在夕阳里的平静的水面，片片火红的枫叶顺水漂下。

江易回了油灯街，双喜拎着卤味和两瓶啤酒赶过来。

“市局警察找到了阿财的父母劝他们报案，当初那帮人在学校逼阿财吃屎、学狗爬，监控都有记录，阿财挨打也有不少人看见，去医院检查的单子都还在，一报一个准。双方最后在警察的调解下私了了，你才关了两个月就是私了的结果，是阿财提出来的。”

江易刚收拾完屋子，出了一身热汗，他换了件衣服抱着饭盒坐在窗台吃饭。

双喜问：“你笑什么？”

江易是在笑，他很少露出这样的表情，但受限于气质，即使笑着也有几分阴鸷。

“大几万的医药费我一分钱没赔，他们当初扬言要我坐穿牢底，现在就因为阿财的一句话私了了？”

“钱啊……”双喜说，“那钱市局的警察给你垫了。”

江易一怔：“哪个警察？”

“姓林的那个，我早给你打听清楚了，他是西河市刑警第二支队的队长，上了四年警校，四年都是成绩第一加校草，在校期间就参与侦破过许多重案。西河这几年警队改革，有意培养青年骨干，就提拔他到第二大队当队长，人帅成绩好，最重要的是人品倍儿棒。”

双喜贼兮兮地眯着眼睛：“那钱既然林清执帮你垫了，也没说要不要你还，你就装不知道，反正是他自己愿意的，你不还他又不能逼你。五万块啊，你哪有那么多钱？就算有，这钱拿去发廊玩它不香吗？傻子才还呢。”

江易听双喜说话分神，就连平时不沾口的姜片都咽了下去。他丢掉吃空的饭盒，觉得初秋天气依然热得发躁，给自己灌了几杯冰水才平静了点儿。

江易两个月没理发，头发长得没眼看了。他吃完饭去理发店把头发剪短了，一副干净爽利的少年模样，剪完头发打车去了兰子窑。

暮色刚垂，老棍儿费力地用独腿蹬着破三轮，四周几个吃着辣条的小学生围着他转：“叫花子，叫花子……”

老棍儿瞪着眼珠子，扬手吓唬他们：“滚！”

小学生们一哄而散，临跑前扯断了他拴废品的绳子，车顶的废木板“哗啦”散落一地。

老棍儿停了车，支着残腿下车捡拾，一双脏兮兮的运动鞋出现在他眼前，江易弯腰帮他捡起木板。

不知是不是那瓶衡水老白干给人留下点儿正面印象，老棍儿倒是没怎么花时间，一眼就认出了江易。他松开手，任江易把板子搬到车上，自己则坐在路边的石头上朝烟斗里塞烟叶，舒服地吐一口烟圈，眯着眼睛打量着来来往往的行人。

“我不会教你。”老棍儿还是那句话，烟雾缭绕得看不清表情，“你别费劲了，你那点儿小心思我看得透透的。”

他的话说完，江易还真不费劲，手里刚抬起的板子直接扔回了地上，砸起一层呛鼻的灰尘。

“……”

江易问：“那你什么时候教？直接说明白吧，哪天心情好想教了我再来，省得次次碰一鼻子灰。”

老棍儿说：“你倒会投机取巧。”

江易两个月没抽烟，被他的烟味勾起了瘾，也点了一根坐到他身边：“教我玩牌不代表你要碰牌，我有底子，会自己练。我不白学，以后按月交费，烟、酒、茶、肉，你想吃想喝随时叫我，我给你送。”

“半夜能送？”

江易说：“能。”

“刮风下雨呢？”

江易说："也能。"

"为什么要学牌？"

江易说："欠人钱。"

老棍儿笑了："来找我学牌的人不少，出钱比你多的大有人在，我凭什么只教你啊？"

江易平静地说："我给你养老送终。"

老棍儿的笑容凝固在脸上，被他气着了。他烟也不抽了，瞄着江易："想跟我学？"

"想。"

老棍儿随口说："那你下次过来，给我带瓶飞天茅台。"

这明显是刁难，可江易一口应了，他把地上的东西归拢回车上推进院里，卸在墙边后独自离开了。

老棍儿在石头上坐了一会儿，慢腾腾地起身，一个人走回那破落的院里。

……

江易站在香溪的桥上，望着汩汩东流的江水，给双喜打电话。

双喜说："赚钱的法子我这儿还真有一个，刚刚有兄弟跟我说霍家小少爷花大价钱找人撑场面，好像他女朋友昨晚把他甩了，他要去追回来。"

江易脑子里瞬时闪过赵云今那张明艳的脸蛋儿："霍明泽还会追人？"

"是啊，谁听了都不信，可偏偏他喜欢死那女的了，被甩以后眼睛都哭肿了，这个活儿开价特别高，只要成了，一人一千。"

"我去。"

双喜那边静了静，忽然嗫嚅着说："我刚又跟那兄弟仔细问了，阿易，这活儿你好像接不了。霍明泽要求来人自带摩托车，他要组个摩托车队去西河一中堵人，你那摩托车好像还在警局大院锁着呢，林清执说了，要你成年以后带着身份证和摩托车驾驶证去取。"

"你别管。"江易淡淡地说，"时间、地点发给我。"

江易刚进院就看见了他的摩托车，被人用一把便携锁圈拴着轱辘扣在车棚的柱子上，车钥匙就在上面插着。

他进了大厅，林清执在办公桌前吃泡面，支着的手机在播放美食博主的吃播视频，看着别人胡吃海塞，好像自己也吃着油焖大虾和酱肘子。

江易站在他旁边，林清执抬眼："来了？"语气平静，毫不意外。

"我来取车。"

林清执那炯炯有神的眸子盯着屏幕里的肘子："凭证取车，武双喜没跟你说吗？"

"我要用车赚钱。"

林清执问道："于水生开迪厅夜总会的，随便掏点儿钱出来都够你生活了，你赚钱干吗？"

"还你。"江易说，"我不喜欢欠别人。"

"有钱再还，不用急，我又不收利息。"

"林警官，你别多管闲事，你做这些事我不会感激你。"

林清执擦了擦嘴，饶有兴趣地看着他："怎么说？"

"我不想给那些人出一分钱医药费，你不经我同意就往里垫钱，这钱我要还的人就变成了你。"江易蹙眉，"还有，虽然你帮陆福明摆脱了那群混混儿，但从此以后我少了一个收保护费的对象，你坏我生意，所以说你多管闲事。"

林清执蓦地笑了："陆福明有没有仇人并不影响你收保护费，你大可以继续去，天天去。那五万块又没有借条，你就算赖掉不还，我也不能拿你怎么样。学学其他人都是怎么当不良少年的，心理包袱别太重，你越这样别扭，我越觉得你有点儿可爱。"

"不必。"江易对"可爱"这个词接受无能，他静了静，问，"车真的不给？"

"你可以试试去抢，能把它带出警局大院算你有本事。"

江易转身出去，林清执继续吃面。五分钟后，林清执忽然听到院子里传来一阵发动引擎的声音。他连忙扔下叉子跑出去，只见江易坐在摩托车上戴好头盔，那锁车的锁扣软趴趴地躺在地上，旁边还扔着一串本应好好放在林清执办公桌上的钥匙，不知江易是怎么从他眼皮子底下顺出来的。

林清执出于警察的本能大喊："江易，别跑！给我停车抱头，蹲在墙角！"

江易朝他挥了挥手，而后扣好头盔的扣子，发动车子冲出警局大院，扬长而去。

西河一中。

霍明泽眼睛红红的，不知是没睡好还是哭肿了。身边的人给他递咖啡，他接了，却没心思喝，一直盯着一中亮着灯的教学楼。

陆陆续续有人开车过来，二十多辆摩托车一字排开堵在一中的校门前。没人敢和霍明泽说话，现场气氛低到极点。

江易刚在路边停了车，就有人过来在他车前粘了几枝玫瑰。

一旁的阿财便利店灯箱明亮，正好离放学还有一会儿，他进去买了盒便宜的猪排盒饭，坐在靠收银台的横桌前吃消夜。

阿财递过来一瓶能量饮料，江易说："没钱。"

"请你喝。"男孩穿着宽松的棉 T 恤衫，在灯光的映照下脸色更加苍白了。

几个男人在柜台点关东煮，阿财替他们拿菜倒酱，还不忘分神给江易的饭盒里夹了一个蟹棒。

"小少爷这回叫人耍惨了，那女的段位太高，一般人破不了。"

"被耍怎么了？这种极品货色，换成是我也甘愿被骗。"

"你们说霍明泽的脑子是不是有点儿问题啊？我听说那女的告白的时候说自己是从六年后穿越回来的，分手的时候直接甩了霍明泽一句问他是谁。敢情这意思是六年后的她穿越回去了，现在的她翻脸不认人了呗？这倒给我提供了一个思路，以后老子泡妞也用这招，爽完提着裤子就走，还不用负责，问题是世界上哪儿来那么多蠢货给你骗？可偏偏霍明泽就信了，他还真信了！"

江易越听越无语。

"你懂个屁啊。"一个男人压低声音，"霍明泽那是信了吗？他那是给自己找心理安慰呢。他这么说别人只会觉得他傻、他纯情、他可怜，要换种说法，出去说霍明泽被女人玩了，他的面子往哪儿搁？不过我倒有点儿好奇，霍家小少爷风流成性，得多厉害的女人才能制住他啊？"

另一个男人说："首先你得漂亮，不能一般漂亮，得非常漂亮；其次你得体贴细心，连续一个月早起给少爷做早饭、买零食，清楚地知道他所有的饮食习惯和喜好；再次你得聪明，会说话，有底线。

“霍明泽在香溪一中还处着别的女朋友，前段时间叫赵云今知道了，她也不闹，直接分手。霍明泽跑去她家小区外求了一晚上她才出来，第二天就和香溪一中那女孩分手了……

“总之，这女的就一个字——妖。温柔清纯的是她，疯的也是她，男人就喜欢这种反差大的。她带霍明泽去看她小时候生活过的孤儿院，出来当天霍明泽就找他爸给孤儿院捐了一百万。”

他提到“孤儿院”三个字，一旁吃饭的江易筷子停在半空。

“又纯又欲，最恐怖的是这女人还聪明。”男人神秘地笑了笑，“想知道霍明泽为什么被甩以后反应这么激烈吗？”

“因为这是霍少爷第一次被甩？”

“因为没到手啊！我听说赵云今都答应他这周末去外面过夜了，突然又搞了这么一出幺蛾子，这能善罢甘休才怪！已失去的和得不到的永远都是心尖上的两大白月光，这就是男人。我至今还记得我初中时候的初恋呢，你记不记得？”

一中晚休的放学铃响了，男人们停下八卦，起身结账。

阿财说：“六十五。”

男人数钱的手顿了顿，递了张五十元的出去：“没零钱，给抹个零，五十得了。”

阿财愣了一下，伸手去接，一只手比他更快，横空伸来将那张五十元纸币拿走了。

江易的手快得令人眼花缭乱，没人看清他的动作，他却已经抽出男人皮夹里的一百元放到了柜台上。

男人眉梢染上怒色：“老板都没说话，你干吗啊？”

少年淡淡道：“别给霍家丢人。”

男人还想争辩，外面在叫人了，同伴不想惹事，接了阿财找的零钱推着他走了。

江易问：“多少钱？”

阿财说：“请你吃的，不要钱。”

江易掏了一张二十元的纸币放在桌上，拿着钥匙出去。阿财叫他：“江易，真不要你钱。”

江易眼角的余光瞥到柜台角落里藏着包开了袋的口香糖，是他上次吃剩后顺手塞进去的。

他从里面掏出一个剥开吃了："这个送我吧。"

……

陆陆续续有学生走出校门，霍明泽紧张地拨弄着怀里的玫瑰花，他长舒一口气，目不转睛地盯着出来的女孩。

江易骑在车上扣好头盔，嚼着口香糖，目光所落之处和他一样。

赵云今的身影出现在昏暗的路灯下，霍明泽下了指令，江易混在外围车堆里，操控着摩托车跟周边的车子一起堵死了校门。

少女的婀娜身姿裹在秋日棉格的校服裙里，夜风习习，看起来单薄而美丽。

她注意到了眼前的阵仗，也看到了霍明泽殷切、热烈、充满爱意的目光。她纤细的指尖拨了拨头发，回以一个妩媚的笑意。

赵云今表情动作熟练到让江易认定她绝不无辜。这一切都是设好的圈套，她是风流婉转的猎手，等一只纯真的白兔上当。

少女娇滴滴地问："你在等我吗？"

霍明泽带着乞求的神色道："云今，不闹了好不好？我已经在这儿等了你三个小时，上次看电影你说喜欢男主拉摩托车队给女主告白，我今天也给你凑了一个玫瑰车队，只要你不跟我分手，以后我什么都听你的，我不会在外面找别人了。"

赵云今偏着脑袋，半晌，她笑了："你这人真有意思，追我就说追我，非要说我是你女朋友，是我主动追的你，以为这样就能显得你与众不同，让我对你另眼相看吗？这招数又俗气又老套。"

她说："你要不要去打听一下，问问我赵云今是什么人？我会主动追别人？太可笑了。"

霍明泽急了："我没说谎，当时很多人都看到了！你可以问他们！"

"霍少爷财大气粗，我怎么知道他们是不是你买通的？"

"我……"霍明泽一时语塞。

赵云今说："让一下，我要回家写作业了。"

霍明泽拉住她的手腕，认真地问："如果我说我要追你呢，我正大光明追你，你答应吗？"

赵云今轻笑："明年高考，我现在还不想谈恋爱。"她挣开霍明泽的手，招手上了路边停的出租车。

没人敢在这个时候触霍明泽的霉头，大家都噤声不言，只有几个被堵住的学生着急回家，小声问了句："能走了吗？"

霍明泽丢掉手里的玫瑰花，指着出租车远去冒起的灰色尾气："追啊，你们愣着干吗？我花钱请你们来是看热闹的吗？逼停那辆车直接把赵云今送到我家，谁先追上我给他开三倍工资！都给我动起来！"

三倍工资就是三千块钱，刚好够给老棍儿买飞天茅台，江易吐掉口香糖，发动车子。众多摩托车之中，他一骑绝尘，"嗡"的一声开了出去。

学校离家有二十分钟的车程，赵云今不愿意浪费这段时间，上了车就掏出英语书，借着窗外微弱的灯光背单词。

在这样车少又宁静的夜晚，后面的摩托车隆隆作响，足以吸引人的注意，可赵云今两耳不闻窗外事，跟没听见似的。

司机骤然刹车，她的身体惯性前倾，撞到硬邦邦的椅背，抬眼看见前方十米外的路中央横着一辆银灰色的摩托车。

司机摇下车窗破口大骂："神经病啊你！大半夜堵什么路？不怕被车撞死？"

骑手摘了头盔，露出一张英挺的面孔，他下午刚剪了头发，刺刺的，看着就不好惹。

赵云今稳住身体，继续靠回后座，安心地背她剩下的一列单词。

少年下车走过来，司机望着他那冷漠的神情，下意识地闭上了嘴。

江易站在窗口屈指敲了敲，赵云今按下车窗，给了他一个懒洋洋的笑："发型不错，出狱了？"

"下来。"

"好啊。"赵云今先是爽利应了，随后撒娇般眯着漂亮的桃花眼，"我下来你给我什么好处？"

江易弯腰，凑近了，赵云今闻到他嘴里有股口香糖的甜味。

"我不把你的事告诉霍明泽。"

"我有什么怕他知道的？"

"你没骗他？"江易问，"我进局子是在你和霍明泽告白之后的事，你都不记得霍明泽了，怎么还记得这件事？"

赵云今合上英语书："你以为我怕他知道？

"霍明泽不是傻子，难道他会真的相信我穿越的鬼话吗？"她笑吟吟地说，"他喜欢我喜欢到发疯，不管我说自己失忆还是穿越他都得信，因为如果他不信，就证明这两个月的甜蜜和感情都是假象，那更让他痛苦。

"而且他那混混儿出身的老爹不会坐视自己的宝贝儿子被人玩弄而不理，霍明泽如果承认被我耍了，霍嵩会搞死我的。

"随便你跟他怎么说，他现在正是爱我最深的时候，怎么会忍心看我被报复呢？相比之下，他更情愿为难自己吧。"少女俏美的脸蛋儿满是骄矜，她读书读得眼睛泛红，水盈盈的，望过来时显得楚楚可怜。

但江易知道这是假象，她毫不可怜，她恃美行凶。在和霍明泽告白的那一天嘴里就呢喃着"我是穿越来的"这样的疯话，显然从那一刻起就为自己找好了退路。一切都是预谋好的。

"为什么要霍明泽？"

"他活该。"赵云今吸了吸鼻头，情态纯真如小女孩，她趴在窗沿，自夸地问，"像我们这种漂亮姑娘一般都是被花花公子玩弄于股掌之中，可我却能把霍明泽耍得团团转，是不是很厉害？"

厉害吗？或许吧。比起她的心机手段，更厉害的是女孩的自恋。

赵云今问："你为什么追我啊？夜太黑了，你骑这么快很危险的，是喜欢我，所以迫不及待想追上我送我回家吗？"

江易拿出他一贯的诚实："三千块钱。

"追上你，今晚工资翻三倍。"江易拉开车门，差点儿摔了倚着门的赵云今一个趔趄，他冷漠地说，"下来，跟我去霍明泽家。"

"……"

江易把摩托车推过来，拍拍后座皮垫："上车。"

"你再说一遍。"她每个字都从牙缝里仄仄地挤出来，"让我坐你的破摩托车去霍家？"

"不坐也行。"江易摘了手套，拉开出租车的副驾门，意思是用汽车送她。

赵云今沉默了，她实在难以相信，眼前这个不学无术、一身戾气的社会青年竟然无视她直白的调情，要拿她去换三千块钱。如果他口中说的是三百万、三十万，哪怕三万块她都不会如此愤怒，自己的魅力还不如区区三千块钱，赵云今觉得这对她是莫大的侮辱。

“江易，就算你缺钱也不能把我送给霍明泽。”赵云今莞尔一笑，不死心地说，“霍明泽对我的心思你是知道的，我到他手里说不准要倒大霉，贞操都可能不保。而且我做的事情也没那么坏，就准他们男人朝三暮四，还不许女人朝秦暮楚了？”

她口口声声“他们男人”而不是“你们男人”，说得江易心生疑窦，总觉得她在骂人。

“霍明泽从前伤过很多女孩的心，我这叫疾恶如仇、替天行道，就算以你的思想境界理解不了我现在的所作所为，也不该助纣为虐，反帮着他欺负我。”

“疾恶如仇？”江易蹙起英挺的眉峰，想起赵云今在赌场啃着苹果面不改色叫人剁他手的场景，又想起她在油灯街的电瓶车上威胁他的模样，再联想到她刚刚一脸无辜地说着自己不认识霍明泽拿穿越的幌子甩掉他的事情……

“不见得。”他说，“你本来就是恶。”

你本来就是恶。赵云今罕见地控制不住表情，她冷着脸，低头看自己的手。

那白皙、纤弱的中指上戴着一只璀璨的钻戒，钻石大得晃眼，赵云今看看戒指，看看江易，又看看他停在路边的摩托车。

“一定要这样？”

江易不说话，拿他那双黝黑的眸子深深地看着她。

赵云今下了车，戴紧钻戒，手背用力抹过他摩托车的侧面车身，一阵刺耳的“刺啦”声后，他的车漆被钻石刮掉，留下一道瞩目的划痕。

赵云今的意思很明显。如果今天她注定要自损一千，怎么也得伤他八百才行。就算江易拿了钱也得不到什么好，他的车被赵云今划了，狠狠心不管它还好，但凡他拿去换漆，修完到手里也剩不了几个钱，可江易偏偏对这车宝贝得不行，当初拿全部积蓄买的，擦坏一点儿他都得打原装的漆重刷一遍。

后面车阵的声音传过来，那些车没有江易的车好，一直慢腾腾地在后面跟着。他拖了会儿时间，现在那些人就要追上来了。

赵云今摘了钻戒：“霍明泽送我的，不知道值几个钱。

“江易，不如我们做个交易吧？我把它送给你，你拿它去修车，然后放我走好不好？”

难以想象她是怎么在刚划了他车的情况下还能这样云淡风轻地和他谈条件，江易看不懂她，但他知道，今天面前但凡换作其他人，他都不会如此心平气和。得承认，摒弃道德伦理，从美学范畴来说，只要看着她那张漂亮的脸蛋儿，就让人很难生出气愤的念头。

赵云今拉起他的手，他的手温热，反衬得少女的手十分冰冷。她将钻戒轻轻放在他的掌心：“阿易，我这人很记仇，你对我不好，我会报复，不如这样，互惠互利，皆大欢喜。”

江易淡淡地问道：“我要对你好呢？”

赵云今抬眼，迎上他诡谲的眸光。他将戒指放回她手中，视线从她腕间的五色绳挪到她娇艳的脸上。

他说了句让人听不懂的话。

“没心肝的东西。”

……

霍明泽的车靠路边停了下来：“人呢？”

江易的烟抽了一半，指着摩托车后座上的钻戒：“走了，让我把这个还你，结账吧，今晚追不到了。”

霍明泽的脸黑了，他身边司机模样的人递过来一个红包，江易捏了捏，蹙眉道：“说好的三倍。”

霍明泽收起那枚戒指，脸色阴沉：“你没把人送到，三倍不算数了。”

双喜愁眉不展了好几天，他看上去比江易还着急。他心疼江易赔了夫人又折兵，给老棍儿买茅台的钱没赚够不说，还被赵云今用钻戒划了车，补漆的钱都未必凑得齐。

江易在看守所待了两个月没怎么和人说话，换作平时一定会嫌双喜话多，现在却能隐忍不发。

深夜已至，街道两旁的消夜摊冒起了烟火，他问："吃东西吗？"

双喜苦着脸跟他出去，热干面淋着热油和花生酱，香味扑鼻也没能压下他眉间的忧愁。

江易问："你耷拉着脸干什么？"

"该死的赵云今！"双喜恨恨地骂道，"她要乖乖束手就擒，你不仅不用修车还能拿到三千块钱，拿这钱去买茅台学技术，再去赌场大显身手，钱生钱再生钱，咱们用不了多久就能离开油灯街换大房子了。我再给你封个赌圣当当，想想我都觉得美……

"这姓赵的女人最好别让我碰着，碰到我铁定揍她，揍得她亲妈都认不出来。"

江易原本在玩手机，停下来看他，双喜挠头："看我干吗？"

"林清执是她哥。"

双喜反应了一会儿才想起林清执是谁，他硬着头皮说："我管她哥是谁，大不了也给我拉看守所关两个月……你在逛网站看酒？这是啥，什么台？"

他恍然大悟道："这不会就是茅台吧？这个字念茅啊？"

双喜从小没上过学，大字不识几个，他以为江易说的"茅台"的茅是"毛"字，毕竟同音字里他只认得这一个。

"我见过这个酒啊。"双喜对着手机上的酒瓶和字仔细比较，"就是这个，我真见过，就在武大东家的橱柜里摆着，跟这个一模一样，老棍儿让你买的是这个？那还麻烦什么，咱直接把武大东的拿过来不就完了？"

"武大东的酒，你能做主吗？"

双喜一拍桌子："老子七岁就被他送上街要饭，十二岁被他拉去打小工，赚的钱一分没见着，他拿我钱的时候问过我了吗？我拿他一瓶酒而已，他敢说半个不字？"

双喜拍出自己的身份证，指着姓名栏"武双喜"那三个字："他不总跟别人说我是他亲儿子吗？我回自己家拿我爸一瓶酒还能算偷啊？大不了以后赚了钱买一瓶还他。"

江易蹙眉不语，双喜说："要不这样，武大东今晚不在家，你跟我去给我壮个胆，全程不用你插手，也不关你的事。这酒拿出来送到老棍儿手里我不要你钱，就当投资了。如果你学不成手艺我认栽，如果你学成了，以后赚的钱分我一半。"

江易看了他一眼，双喜下意识地㞞了："如果你觉得一半太多，那就三成。

"……两成，不能再少了。"

江易说："三倍还你。"

双喜不太满意，但三倍也是不小的数额了，他考虑了几秒钟，应了下来。

江易吃完最后几坨面，起身付钱："走吧。"

双喜是捡来的，在一个凄苦寒彻的雨夜，被人放进篮子里偷偷塞到武大东家门口。当时武大东的烟盒里最后一根红双喜抽完，正要冒雨出去买烟，发现了门口的婴儿，遂捡回家悉心照料，取名武双喜，把他当成亲儿子养。

当然，这是武大东的说法。

双喜对他这番话一直嗤之以鼻，因为被拐来西河的那年，他六岁，六岁已经记事了。

据双喜说，他小时候生活在山里，每天清晨鸡没叫就要下地插秧，双喜他妈总会用背篓把他背到田埂边，让他脱了鞋在水田里捉泥鳅。这些年过去，他早不记得家在什么地方，父母长什么样，只记得自己小名叫福昌，爹娘每到晚饭时总是小福昌小福昌地叫，他就穿双虎头鞋从外面跑回来吃饭。

双喜说小时候自己过得还不错，村口小卖部五毛一根的糖水冰棍儿他每天都能吃一根，别家的小孩只能在旁边眼巴巴地看着，等小福昌心情好了说不准能得到恩赐舔上一舔。

他被人贩子抓走那天正穿着身红色小袄在村口吃冰棍儿，那天小孩们都不在，就他一个人蹲在村头那棵老榕树下面玩，忽然身体一轻就被抓上面包车拉走了，再下地的时候人就在西河了，面前站的人是武大东，他正在和人贩子讨价还价。

“我买一小孩来要饭，又不是养儿子，你给我找个白胖的有什么用？老子要瘦不拉几的，越瘦越好。”

人贩子说：“饿一阵子就瘦了，钱不能再少了。”

从那以后，小福昌就没吃过饱饭，每顿一个窝窝头或者半块馒头，一天给一顿，有时不给，那多半是武大东喝醉忘记了。

小福昌偷跑出去过几次，那个年代山里的孩子还不知道什么是拐卖，也不知道拐卖应该报警，他操着口难懂的方言坐在路边哭号，不出半天就被武大东捉回去一顿毒打，跑了几次就被打怕了，从此断了逃走的念头。

双喜这名字是武大东给改的，因为武大东好抽烟，双喜是烟里最便宜的一种，贱名好养活。

他没有户口，没法上学，语言也不通，整天被武大东锁在家里往死里饿，好不容易饿得面黄肌瘦了，他被武大东带出了家门。

小孩傻，欢天喜地地以为自己终于要回家了，没承想武大东把他带到九爷面前，指着他说：“这孩子我也养不少日子了，多少有点儿感情下不去手，九爷找人弄吧，一条腿，两只手。”

武大东吸了口烟：“不行再加只眼，生意都不景气，不搞惨点儿，饭也难要。”

九爷瞥了双喜一眼：“孩子太小，积点儿德吧，外面人同情心富余得很，你给他穿少点儿往街上一扔，瞧瞧有没有人理。”

于是双喜侥幸逃过一劫，开始了寒暑不歇的讨饭生活。武大东给他穿得少，吃得也少，那几年最饥寒交迫的时候，他差点儿死在雪夜的路上，还是路过的醉汉朝他脸上撒了泡热尿，他才暖和过来，顶着一脸黄色冰碴儿哆嗦着回到了住处。

一年后，武大东又把他带回九爷那儿，声泪俱下地哭诉：“真不行啦，外面哪个小叫花子不缺胳膊少腿的？一条街走下来数他最全乎，换谁谁给钱？我花四千块钱把他买回来，现在还没赚回本钱呢，九爷您行行好，总不能叫我做亏本买卖吧……”

九爷冷笑道：“想干就自己下手，既想赚钱又没胆子，损阴德的事我担了，好处倒都叫你得了。”话虽这样说，武大东毕竟跟了他许多年，开口求点儿小忙他不会不帮。

双喜被几个男人架在桌上，旁边武大东在磨刀。他乞讨时见过不少残疾小孩，知道自己也要残了，惊恐中忽然想起老家过年做杀猪饭的情景——那猪也是这样被人架着的，刀落血出，不过一会儿就咽气了。

双喜哭得眼泪鼻涕一把把朝下扑簌，眼角的余光瞥见屋里还有一个男孩，男孩比他高一点儿，脸色沉静，正拿着块抹布在擦九爷的雕花柜子。

双喜病急乱投医，用他那还不太流利的普通话喊道：“哥哥……哥哥救救我……”那是双喜人生里唯一一次喊江易“哥哥”，也是江易人生里唯一一次同情心泛滥。

九爷应下的事从不反悔，但架不住江易求他。

江易一向自尊心甚强，从没求人的时候。两块石头硬碰硬就这样撞在了一起，九爷厌恶他那不知进退的驴脾气，更恨他在这么多人面前执意逼他反悔叫他没脸，拿皮带抽了男孩一头血。

九爷直抽得手上没了力气才把皮带一丢摔门而去，临走前给武大东撂了四千块钱：“这孩子阿易作保，你不能动他，钱你拿着，就当我把他买了，以后叫他跟着阿易吧。”

那天双喜的手脚再一次保住了，虽然话是出自九爷之口，但他知道，那个被打得满头是血的男孩才是他的救命恩人。

从小到大，人人都说武双喜跟条哈巴狗似的围着江易转，活得跟没个自我一样，但只有双喜知道，他欠江易一条命。

做哈巴狗也没什么，重要的是他现在还活蹦乱跳有手有脚，就这一条，他跟着江易一辈子都愿意。

后来他寻机问过江易："当初咱俩不认识，才第一次见面，你为什么宁愿挨九爷的毒打都要救我？"

江易沉默片刻，轻描淡写地说："那天你叫我哥哥，除了你，只有一个人这样叫过我。"

双喜几年前就和武大东分家了，在油灯街租了个小屋，打打零工赚钱。

不分不行，他怕武大东，和他在一个屋檐下气儿都喘不匀，武大东也提防他，生怕他哪天半夜起来拿刀砍了自己。

这些年，双喜想过报警寻亲，可买卖儿童虽然犯法，但罚的大多是卖家，买家很少受罚。双喜即使把这事抖出去，武大东也很难受到制裁，他是九爷的人，回过头找双喜算账有他好受的，真那么做，怕是亲没寻到，自己先被料理了。

四周灯光都暗了，双喜从口袋里掏出一根铁丝。

江易问："没钥匙？"

"开什么玩笑？"双喜理所当然地说，"武大东怎么可能给我钥匙！"

武大东平时开棋牌室过活，楼下营业，楼上生活。他店门前有个小院，开在车来车往的马路边，四周还有不少监控，双喜这样明晃晃地撬锁和傻子无异，江易老早就知道双喜傻，此时也懒得骂他了。

铁门不高但结实，江易三两下翻了过去，双喜个子矮，扑棱半天才骑到门上，撞得铁门一阵晃荡。

一辆出租车停在路边，车窗摇下来，赵云今从里面探出头，她回头跟司机说了句话，付钱下车。

双喜正在翻门，听到背后关车门的声音吓了一跳。他回头，正好看见铁门下赵云今的漂亮脸蛋儿，整个人骤然受惊，从铁门上仰栽下去，掉到了门内的水泥地上。

赵云今"啧"了一声："做贼都做得这么烂，要不要我教你啊？"

双喜手脚并用地爬起来，警惕地看着她："瞎说什么？我没做贼，我这是进自己家！"

赵云今若有所思地盯着面前这栋楼，又看了看双喜的衣着神态，笑道："既然是你家，就请我进去喝个茶吧。"

双喜刚要问你是哪根葱，却发现赵云今是对江易说话："……阿易，你认得她？"

"不熟。"江易说，"今天不方便，改天吧。"

赵云今掏出手机，扬了扬威胁他："如果我没记错，你家住油灯街吧？大晚上翻墙进别人家院子实在可疑，如果这里不是你家，那我可要报警了。"

江易蹙眉："赵云今，知恩图报懂不懂？"

赵云今微笑："我只懂遵纪守法。"

双喜解释："报什么警啊？我叫武双喜，这店主人叫武大东，是我爸，他今晚出去喝酒了，我过来取点儿东西没带钥匙，所以才翻进来。"

赵云今说："你怎么证明？"

双喜道："一楼墙上挂的经营许可证上面写着武大东的名字，二楼是他房间，正对门的柜子里有瓶茅台酒，不信你去看看。"

他话音刚落，赵云今将背包扔进院里，两手一勾，小腿抬起，轻松地翻过铁门："看看就看看，要是你说的话有假，我直接叫警察。"

"……"

江易道："没看出你是个热心人。"

赵云今摆摆手："热心算不上，顶多算是守法公民，你也知道我哥工作辛苦，这种小偷小摸他管不过来，我既然碰见了当然要帮帮他。武双喜，你愣着干吗？开门啊。"

双喜摊手："我说了没带钥匙。

"要我开也行。"他举着手里的铁丝，"但你不准说我偷东西。"

赵云今端着手臂靠在门边等他。

天上挂着一弯浅浅的月牙，将如水的清辉洒落人间。

女孩的目光投向江易，恰巧他也在看自己，那曾经满是阴郁的眸子变清朗了，深邃不见底。他就这样凝视着她，说不出的意味深长。

如果不是第一次见面的印象不太美好，赵云今打心里觉得少年长得不错。他一副清冷皮相，一身傲绝骨骼，客观来说，如果不是气质阴鸷令人害怕，他身边围绕的女孩绝不在少数。

“你挺帅的。”赵云今朝他笑了笑，“不知道为什么，在赌场第一次见你，就觉得有些眼熟。”

江易抬眸：“你看帅哥都眼熟？”

赵云今仔细打量着他的五官：“别自恋，你眼睛有点儿像梁朝伟，鼻子像金城武，勉强担得起‘帅哥’两个字，但还没帅到我要找借口跟你搭讪的程度。”

江易没再说话，唇角不明显地弯了弯。

双喜手里的铁丝“咔嚓”一声断了，赵云今看了一眼，问道：“你行不行啊？”

“别烦，忙着呢！我不行你行啊？”

双喜大晚上撬锁已经够郁闷了，工具折了更是暴躁，他把断掉的铁丝卷了卷，继续捅那锁眼。

赵云今推开他，从头上取下一根细卡子，熟练地把卡子的铁丝抻长、压平，按着朝锁眼里钻：“这种老式锁也要开这么半天，你还真是人如其名。

“双喜，这名字一听就喜庆，像年画里的福娃娃，看上去可爱，但实际是圆滚滚、傻乎乎的样子。”

双喜没懂，江易解释：“说你傻。”

赵云今抽出发卡，用牙齿咬回原本形状，别回头上：“开了。”

江易看了她一眼：“挺熟练。”

赵云今道：“多谢夸奖。”

双喜傻眼了：“还说我们，你才是贼吧？哪有正常人开锁开得这么熟练的？”

赵云今没搭理他。

双喜进门开灯，指着墙上挂的营业许可证给赵云今看，女孩眼皮子慵懒地抬了抬，发出一个浅浅的鼻音，意思是看见了。

双喜走上二楼，打开柜子掏出那瓶茅台：“阿易你看，是不是这个？”

赵云今跟在他俩后面没发现什么疑点，她用手指在桌上抹了抹，像模像样地放在鼻下闻，仿佛把自己当警察了。

双喜从抽屉里扒拉出一张老相片丢给她：“自己看，上面的小孩是我，这就是我家。”

赵云今拿过来对比，确实和双喜有那么几分像。她把照片还回去："还是小时候喜庆。"

双喜抱着茅台刚要撤，楼下铁门忽然"哐当哐当"地响，他全身汗毛竖立，跑去窗边看见是武大东喝完酒回来了，正走到院里。

武大东没喝醉，见屋里亮着灯，屋门也开了，知道家里进贼了。他抬头看，一下和窗后的双喜对上了眼。

"兔崽子！"他抄起院角的棒槌就往屋里冲，"敢撬老子家门！"

双喜吓得差点儿把酒摔了，拔腿就要从后窗跳下，赵云今拉住他："你干吗？"

他小时候被武大东打出心理阴影了，把酒塞到她手上，打开窗神经兮兮地说："赶紧跑，再不跑命没了！"

"这什么啊……"赵云今稀里糊涂被塞了东西，看也不看直接朝身后一扔，那瓶三千多的茅台"砰"地在水泥地上摔碎，一股浓郁的酒香扑鼻而来。

江易问："能跳吗？"

赵云今道："我不跳，这是武双喜的家，为什么要跑？你们是不是在骗我？"

武大东脚步"咚咚"地踩着楼梯上来，他闻到酒味，一眼先看见地上的碎酒瓶。

江易蹙眉："一会儿再解释。"

赵云今越过他的肩膀看见武大东赤红的双眼，觉得这人不像个好东西，没再坚持，听了江易的话。她攀着窗边的排水管，运动鞋抵着粗糙的墙面，轻盈地落到地面，江易跟在她身后跳下来。

武大东从窗口伸出一个愤怒的脑袋，三人贴在墙边躲在他的视线盲区里，听见他在头顶骂骂咧咧地吐出一串难以入耳的脏话。

双喜大气儿不敢喘，赵云今原本气他撒谎，现在看他吓得那样又觉得好玩儿。她勾着脚尖踹了踹他的腿，没用几分力，就是想逗逗他，谁知道双喜见了武大东如老鼠见了猫吓得腿软，"扑通"一声跪在了地上，这一跪，刚好让他半个身子露在武大东的视野里。

武大东骂声骤停，江易忽然朝赵云今扑过去，手臂一揽将她挡在身下。他的动作刚做完，一个酒瓶当头砸下，正好落在赵云今刚刚站立的地方。

赵云今被江易撞了个满怀，身上压着他肌肉坚实的身体，硬邦邦地硌人，他的下巴抵在她鼻尖，温热的唇擦着她鬓边的发丝滑过。

赵云今第一次和异性亲密接触，不自然地颦起眉。

没等她推，江易就起身了，武大东接二连三地朝楼下砸酒瓶，碎了一地玻璃碴儿，他拉住赵云今的手臂朝巷外跑。

双喜踉跄着爬起来："阿易等等我！"

直到跑出巷口赵云今才反应过来，她甩开江易的手："要跑自己跑，我又不是贼，有什么可跑的？倒是你们俩，骗我？"

双喜累得气喘吁吁："没骗你，这真是我家……"

"你进自己家还需要偷偷摸摸？不是说武大东是你爸吗，怎么你爸看见你像看见仇人一样，酒瓶子都用上了？"

"那不是因为我拿了他的酒吗！"双喜忽然想起来，"对了那酒……酒被你砸了？那可是三千块钱呢！姐姐，你赔我钱！"

"叫谁姐姐呢？"赵云今冷笑着掏出手机，"想让我赔钱？等警察来了，你跟警察去说吧。"

双喜拦住她："别别别，你千万别报警！"

赵云今说："那好，我问你答。"

"武大东是你爸？"

双喜支支吾吾说不出话，她看向江易，少年也正在看她："是。"

"他是在那屋里长大的？"

"是。"

"你们今晚是来偷东西的吗？"

江易顿了顿，说："算是吧，不过房门是你撬的。"

"……"

赵云今说："那是被你们哄骗，我是想监督你们，如果有不轨行为，我要第一时间报警。"

"你不是为了监督我们，你是觉得我像贼，把我抓了可以去你哥面前邀功。"江易一语点破她一连串行为的目的。

"你可以不下车直接报警，但你没有。"

明明刚刚相触时还温热的一个人，现在又恢复那惹人厌的冷酷模样。

"监控没有声音，只能拍到你翻墙、撬锁，跟我们一起跑路，对了，你好像有洁癖，从双喜手里接锁的时候还把他的指纹擦干净了。锁上的指纹只有你的，茅台也是你砸的，你报警吧，看警察来了抓谁。"

女孩明艳的神情困在脸上："江易，耍我是吧？"

江易蓦地笑了，她问："笑什么？"

"笑我最近脾气见好。"他那笑有几分邪气，几分色性，"你赌场犯我，油灯街威胁我，前几天拿钻戒刮我车，今天又冲到我眼皮子底下指着我鼻子骂，放到以前，我要你又怎样？"

他细数一桩桩一件件，听得赵云今蹙眉："我有这么过分？

"那行。"她坦坦荡荡，"我跟你道歉，江易，从前的事是我不对。听说你把我给你的钻戒还给霍明泽了，这样吧，你修车的钱我来出，咱俩旧账一笔勾销。但今天的事不能这么轻易过去，你也说了，门锁是我撬的，我不搞清楚怎么回事就是在跟你们一起犯罪。"

双喜刚要解释，远处传来警笛声，他吓得脸色大变。

赵云今看见他那一脸惨白的模样，拍拍身上的灰尘，好整以暇："我没报警，可能你那便宜老爸报的吧。我们也别吵了，到底怎么回事，让警察定夺。"

她话音刚落，面前突然停了辆黑色加长房车，车门打开，两个男人把她拖了上去。那些人动作干净利落，速度快到江易压根儿没反应过来，就连赵云今自己也是云里雾里的，都忘了反抗，只是下意识地问了句："你们干什么？"

车子开走，双喜"啧"了一声："这是她家里人来接她了？H888，车牌挺吉利啊，一看就是有钱人家的小姐。"

江易脸色不太好看："这是霍家的车，赵云今有麻烦了。"

双喜惊讶："她就是赵云今？那个耍了霍明泽的赵云今？"

这样的车牌号哪怕是霍家能开出来的人也没几个。江易招手拦停一辆出租车，正准备跟上去，后面的武大东和警车同时到达。

出警的那位警察是江易的老熟人了，前两次在警局见过。他拦住江易，叹了口气问道："怎么又是你啊？"

武大东买卖儿童乞讨虽然是多年前的事情，但已属犯法，不敢报警给自己找不自在。

报警人是邻居，他半夜被吵醒，以为有人打群架，又听啤酒瓶子“噼里啪啦”响，怕闹出人命，吓得赶紧打电话给警察。

武大东在双喜面前的嚣张劲全没了，在警察面前装得像个老实人，他赔着笑脸说：“没打架没打架，我喝醉了扔几个瓶子玩玩，没承想打扰了邻居，还麻烦你们出警真是不好意思。我现在就去扫，扫完明天去给人道个歉！”

他绝口不提偷酒的事，双喜当然也不敢提。

警察见不是大事，就让他把街道清理了回家，他正打算收警，一转头看见江易还在旁边：“不过你得跟我回去一趟，我们林队找你。”

……

偏偏这么巧，每次江易进来都赶上林清执值班。

他忙得桌上泡好的面都来不及吃，警局氛围凝重而紧张，每个人都忙着手头的工作。

“林队，香溪中学失踪学生和家长的社会关系已经排查过了，都是老实人，平时不与人冲突，基本可以排除结怨报复的可能性。”

“她在学校的人际关系呢？”

“也没有疑点。”

“学校、家、补习班，这三点以及三点之间和周围的道路监控一定要仔细排查，还有学生喜欢去的奶茶店、书店、精品店，一个都不能漏。小宋，你跟贺队负责这一块，让他带你，现在不早了，坚持不住就歇会儿。”

贺丰宝淡淡地说：“这才几点啊，歇什么歇。”

林清执守在打印机旁接资料，江易在旁边等了好一会儿，他看四周终于没人了，走过去道：“我有话跟你说……”

“你别说，我先说。”林清执打断了他，“摩托车钥匙交出来，阿易，你上次的行为让我有些生气。这几天忙得一直没空找你，现在既然来了，我给你悔改的机会，把钥匙给我，我原谅你那天的作为。”

“我这次没骑摩托车。”

“你上次骑了。”

“那件事不是过去了吗？”

“虽然过去了，但摩托车是你从我院子里抢走的。”

“是你让我抢的。”江易提醒他。

林清执笑了：“我让你抢你就抢？那我现在让你把钥匙给我，你也得给，不接受一切拒绝和负隅顽抗。”

“你现在是以什么身份和我说话，警察的命令吗？”

他这人犟，话也锋利，贺丰宝正在看监控，听见这话没忍住插了句嘴：“小子，你太嚣张了，好声好气跟你说话听不懂？非要给你扣车罚款你才见棺材掉泪是吗？告诉你，别仗着林清执脾气好就把警察说话当放屁……”

林清执抬手示意他别说了，他看着江易：“不是警察的命令。”

“是长者的关心。”林清执自诩长辈，脸皮不薄，“阿易，无证驾驶很危险。我承诺，只要你拿到证，车就还你，实在憋屈就当你欠我钱抵押放在这儿，怎么样？”

江易跟他对峙，林清执眸子清亮温润，包容如海。他像春天拂面的第一抹柔风，让人很难在这样的风里放肆喧闹。

片刻后，江易妥协，把钥匙掏了出来。

林清执露出一个温和的、看孩子般的神情：“昨晚听云今说她把你的车划了。”

他从抽屉里掏出一个红包：“你的车型我知道，换漆要花不少钱，这是我替云今还你的修车费。”

江易拒绝道：“从我欠你的钱里扣吧。”

林清执说：“也行。”

到了下班时间，周围的警员开始收拾东西。林清执打印好资料回到办公桌，准备继续加班，那碗面已经泡得涨到不能吃了，他拿手机订了外卖：“大晚上过来一趟也挺累，我请你吃消夜，正好吃完跟你一起回去把车开回来。”

江易拿上衣服朝门外走：“不必了，我刚才就想说了，有吃消夜的时间不如多关心一下你妹妹。”

“……”

他出了警局，双喜在门口等他：“阿易，那警察跟你说什么了？”

江易点了根烟，拿着打火机“咔嚓咔嚓”按着玩。林清执跟他说了很多，又像没说，每次跟他面对面不像警察问话，倒像是唠家常，他合上打火机盖子："没什么，絮叨半天，像个唐僧。"

"那赵云今怎么办？霍家人不会搞她吧？"

双喜一提赵云今，江易嘴里的烟忽然就苦巴巴的没味道了："不用管，她没那么容易对付。"

"我也觉得不用管，这女的刚刚还想报警害咱俩，恶有恶报，就该让霍明泽治治她。哎，不对啊，那车牌照好像不是霍明泽的，三太那儿我也没见过，这还有谁啊？难不成是霍家老爷子要整她？"

江易烟抽到一半，随手掐掉烟头的火星："之前帮霍明泽接散活儿那人你认识，叫他给霍明泽打个电话。"

江易没说错，赵云今确实难搞。

一路上待遇不错，车上人除了不说话外对她倒客客气气的，房车冰箱里的甜点饮料随便吃，不过赵云今为了保持身材在饮食上向来节制，晚上九点后连水都不喝。

房车把她带到了一家高级健身会所，她上了顶层，电梯门开了，面前出现一堵巨大的攀岩墙。

一个男人身上挂着安全绳攀在离地十米高的墙中央，四周都是健身仪器。

既来之则安之，赵云今安静地坐在一边，她从书包里翻出英语书，接着背刚刚没背完的单词。

男人知道她来了，但没打算停下来，继续朝上爬，他踩着凸出的岩石朝上攀了几米，忽然不动了，整个人停在近十五米的高空。

下面的保镖仰头："霍先生？"

赵云今道："别叫了，他安全绳断了看不到吗？"

墙上的男人没动，下面的人慌了，连忙叫健身房的经理。经理也吓出一头冷汗："原本是有三条安全绳的，但前天有一条拆下来洗了，只剩两条。现在断了一条，上去送绳的人要一条，霍先生还要一条，不管怎么样两个人都没法同时下来。"

"攀岩教练呢？"

经理说："教练出去度假了，霍先生来的时候我说过了呀，现在只能打电话给消防员或者在下面铺垫子了。"

“铺垫子要多久？”

“怎么都要二十分钟，安全气垫在仓库里堆着，不太好找……”

保镖说：“你的意思是要让霍先生在上面挂二十分钟？他体力不支怎么办？”

“对不起，真的对不起。”经理叫人去搬垫子，自己一个劲儿地道歉，“如果今天霍先生出事了，我们健身房负全责。”

所有人都在紧张的时候，旁边有人笑出了声，经理看过去，是一个捧着英语书的绝美女孩。

赵云今慵懒地倚着皮质沙发：“凯嘉尔思作为西河最高档的健身房，基础设施也太差劲了吧。”

墙上的男人试图不系安全绳朝下爬，他动了动，脚下那块石头忽然松了直接砸到地上。

赵云今说：“你看，安全绳断了、教练外出度假、安全气垫不知道在哪儿，现在岩壁的石头又松了。你们哪是开健身房啊，这是谋财害命吧？”

经理的脸白了，保镖问：“气垫还要多久？”

“我打电话问问……”经理哆嗦着去一边打听垫子了。

保镖担心地看上去，男人只能用左脚支撑，重心逐渐不稳，他赤手空拳抠着岩壁，撑不了多久了。

赵云今看戏般地说：“你们霍先生好像快不行了。”

保镖脱了西装，扯着安全带去攀那岩壁，可他从没玩过这个，爬了两米就不行了。

赵云今问：“我可以走了吗？”

保镖冷着脸：“这事要霍先生说了算，要他下来你才能离开。”

赵云今放下英语书，接过保镖手里的安全绳系在自己身上，戴上防滑手套，攀住头顶的岩石朝上面爬。今天有体育课，她没穿校服裙，而是穿了身宽松的运动服，虽然不及专业的攀岩服，但爬起来也不影响动作。

那十几米的岩壁在她的手脚并用下丝毫没有阻碍，短短一分钟，她就爬到了男人身边。

赵云今解了安全绳递过去。

男人长了张俊美贵气的脸，他体力消耗太大，衣服已经被汗水浸湿了。他轻声道谢：“你用什么？”

赵云今嫣然一笑："如果我摔死了，霍先生记得把尸体还给我哥哥。"哪怕没有安全绳牵引，赵云今也平安落地，速度比男人还快。

男人解开锁扣，接过保镖递来的白毛巾擦干额头的汗水："父母是西河市极限运动俱乐部成员，十年前攀登缠山北坡时失踪，警方推断已经死于意外事故，但尸体至今没有找到。养父是大学教授，养母是留洋归来的高级知识分子，养兄林清执，西河市刑警队第二支队队长，是位很优秀的警察。

"听说你在圣心福利院待过一段日子，那里的蔷薇花很漂亮。"

他放下毛巾，礼貌地朝赵云今伸出右手："赵小姐你好，久仰大名，我是霍璋。"

赵云今摘下手套，一双手纤细白皙，她并没有和霍璋握手，只是眼波流转着望向霍璋："是吗？霍先生请人的方式可不太久仰。"

霍璋风度翩翩，十足豪门贵公子的仪态，哪怕刚从险象环生的处境中脱离，依旧淡然："我说的是'请'，他们对你动粗了？"

保镖说："当时赵小姐身边有两位同伴，我怕耽搁太久引起争端，没打招呼就把赵小姐请上车了。"

霍璋"嗯"了声，目光在赵云今身上流连，那是一道直白且毫不遮掩的男人欣赏女人的目光。他坦诚地说："赵小姐，今天请你来是为了我弟弟的事，他在家闹了好几天，母亲请我找你谈谈。"

他开门见山地问："你穿越的事情是真的吗？"

赵云今那些把戏骗骗霍明泽还行，拿来骗霍璋纯粹是找死，她心知肚明，索性大方承认："当然不是。"

"母亲最近为了明泽的事联系了很多心理科的医生，原本好好的一个人，现在整天嘴里都是穿越、失忆，还有你。"霍璋微笑道，"如果方便的话，能不能告诉我为什么要玩弄他？明泽是我小弟，他虽然任性、孩子气，人却不坏，看他整天失魂落魄的样子我也心疼。"

赵云今凝视着霍璋的眼睛："三个月前，霍明泽追求了一个女孩，带她旅行，给她买礼物，哄她上床，半个月后把人甩了。女孩求他复合，霍明泽当着许多人的面说，只是玩玩她。他可以玩玩，我为什么不行？"

"她是你什么人？"

赵云今狡黠地眨眼："朋友。"

霍璋沉思片刻："这件事是明泽的不对，不过现在他也为自己的行为付出了代价。霍家愿意弥补那女孩的一切损失和伤害，同样，也请你和明泽把话讲清楚，可以吗？"

"不可以。"赵云今拒绝得很干脆，"你家老爷子什么出身我清楚，护短又手黑。我把霍明泽伤成那样，他不得要了我的命？"

霍璋莞尔："既然知道父亲的脾气，为什么还要对明泽下手？"

赵云今漂亮的眼睛微眯着："享乐主义作祟，不管以后怎么样，当时快乐不就好了？不过我也是人，人都惜命，能好好活着当然不想死，霍先生不也是吗？幸好你刚刚抓得紧，不然就要摔下来了。教练不在、绳子断掉、石块松动，所有小概率事件全撞上了，这样幸运的健身房，霍先生以后还是少来吧。"

霍璋望着女孩美艳的面孔，笑了笑："谢谢。"

健身会所的门被人猛地拉开，霍明泽气喘吁吁地冲进来，他先看了看霍璋，又去拉赵云今："跟我走。"

赵云今没反抗，乖乖跟他朝外走，霍璋的保镖拦住他们。

霍明泽回头，一脸不耐烦："哥，你能不能别那么听妈的话？这是我女朋友！你把她绑过来之前都不问问我的意见吗？"

保镖接了个电话，附到霍明泽耳边："警察的电话来了。"

霍璋点点头："明泽，母亲让我请赵小姐来也是为你好，你最近实在太不像样了，大家像现在这样坐下把话说清楚，以后也能好聚好散。"

"谁要跟她好聚好散？"霍明泽咬牙切齿，"你不知道爸在找人整她吗？她现在跟我分手就是一个死，只要我没同意，她单方面分手就不算数，只要我没分手，你们就不准碰她！"

男人叹了口气，退让："好，我送她回去。"

霍明泽说："不用，我自己会送。"

霍璋说："母亲不准你再见她，你这样做她会不开心的。"

"你别总跟我提她。"霍明泽不耐烦地说，"我自己的事自己能做决定，用不着她来管。"

几个保镖上来将他和赵云今分开，女孩揉了揉被他捏得发痛的手腕，抬眸对上霍明泽红通通的眼睛。她当初确实是想整他，也为自己准备好了退路。她设想过结局的许多种可能，唯独没想到最后霍明泽会真正对她情根深种。

她有些同情，但那念头只是浅浅掠过心头，下一秒就被更凉薄的情绪盖过去了。

赵云今跟着霍璋的保镖离开，临走前朝他抛去一个飞吻，状似不舍："明泽，拜拜。"

霍明泽的眼泪差点儿掉下来："哥，算我求你了，你别送她回家，也别告诉妈，你把她送到我的公寓！她说未来的我们是一对，那我就关她六年，六年以后我俩肯定就在一起了，不然她不会那么说的。"

"别傻了。"霍璋摘下运动护腕，逻辑缜密地说，"如果真关了她六年，那她穿越回来第一件事就是弄死你。"

霍明泽颓然地垂下头，霍璋说："大哥总跟你说，玩女人可以，别动感情。你是霍家的孩子，将来的婚配嫁娶都不是你一个人的事情，你总说自己听进去了，怎么到头来还被女人玩了？"

"你们都说我被骗了，可我不想承认她骗我。"霍明泽的声音很轻，脑海中不停地闪现女孩刚才临走前投来的一瞥，千娇百媚，几乎将他灼骨成灰。那不是他所认识的清纯的、温柔的赵云今，但比那样的赵云今更让他回味，如一道妩媚的惊雷，在他心扉炸响。

"……就算她骗我，我也心甘情愿。"

霍璋许久没作声，末了，他拍拍弟弟的肩膀："母亲为你约了明早的医生，我让司机送你回家休息。"

赵云今趴在门外的景观鱼缸前看鱼，一条红尾巴的小鱼在水草间游来游去，圆滚滚的鱼肚下面排出一个个小球，小球在水中舒展成新生的小鱼，刚在水中游了几秒，就被母鱼一摆尾吞入腹中。

赵云今大为惊讶，霍璋温和的声音自背后响起："这是孔雀鱼，一般产卵时都会有人在旁边盯着，以防它吃了自己的孩子。"

"盯它的人呢？"

霍璋平静地说："可能去拿安全气垫了吧。"

"都说虎毒不食子，怎么一条小鱼比老虎还毒。"赵云今逗了逗鱼，转身面向霍璋，"小时候我发过一场高烧，康复后脑子不太好，忘记了很多事情，养母带我看过很多医生，治疗后陆陆续续想起了大部分。如果你有需要，我可以介绍给霍明泽。”

霍璋说：“对你的遭遇我很惋惜，但明泽需要的不是脑科医生。今晚多有打扰，我这就让司机送你回去。另外，一码归一码，不提明泽，刚刚安全绳的事情我很感激，改天有空一定登门道谢。”

“不用了。”赵云今说，“以后别再请我来就好。”

电梯门开了，经理和几个工作人员拖着安全气垫出来，看见霍璋平安下来了，都是一愣。

赵云今想留在这儿继续看戏，但司机已经按下电梯的按钮，她只好进去，百无聊赖地看着楼层的数字一层层闪烁下去。

“听说霍家很乱，房房都想分财产。”她忽然压低声音，神神秘秘地问道，“想杀霍璋的是大房还是三房啊？”

司机脸上的肌肉不停地抽搐，但依然极力维持肃穆的神情：“赵小姐，您想多了，今天只是意外事故，霍家是正经生意人，不至于手段那么肮脏。”

赵云今露出一个嘲讽的笑，没再说话。

……

霍璋的手肘支在桌上，漫不经心地转动着小指的尾戒。

对面站着的经理已经浑身冒汗了，腿哆嗦得像筛糠：“霍……霍先生……”

霍璋抬手打断他的话：“我在凯嘉尔思健身很多年了，因为喜欢这里专业的服务，所以从没换过地方，每年也投进来不少钱。怎么，现在生意这么难做，需要靠收这种烂钱才能维持生计吗？”

经理看上去快哭了：“霍先生，您这是说哪儿的话啊，这真的是意外，我们健身房愿意赔偿您的精神损失，您开个价吧。”

霍璋只是笑，但他的笑容里没有欢愉，带着几分危险，那经理看得心惊胆战。霍璋说：“出去吧。”

经理如获大赦，小跑着离开。

孙玉斗问：“这事不追究就这么让他走了？要么是薛美辰，要么是乌玉媚，我私底下把他绑过来问问，不信他还能嘴硬。”

“就算知道了又能怎么样？收拾他一个，治标不治本。”霍璋按了按眉心，“她们敢动我，无非是看我在霍家没什么地位，父亲身体不好，大房掌着财权，三房掌着药厂，我两手空空，拿什么跟她们争财产？”

孙玉斗叹气：“大房、三房都是狼，从哪个嘴里夺肉都不容易，不过她们两个娘儿们倒是没什么紧要，你能不能掌着公司还是要看老爷子的态度，可老爷子一向不喜欢你……”

“那就想法子让他喜欢。”霍璋合上眼皮，轻笑道，“老爷子的寿辰快到了，等着看吧，我给他送份大礼。”

回去的路上下起了雨，先是淅淅沥沥，没多久雨势渐大，“噼里啪啦”的，豆大的雨珠拍打着玻璃。

小区管理严格，非提前登记外来车辆不许进入，司机将车停在小区门口。

林清执撑伞站在路灯下，赵云今拉开车门，他走过来，雨伞倾斜，遮住她的身体。

雨势越来越大，风头起了，呜呜咽咽地刮着树梢左摇右摆。

林清执一言不发，他连续几天加班神色疲倦，英挺的下巴生了些青色的胡楂儿，赵云今垂着眸子不敢讲话。

雨下得太大，城市内涝，小区内的下水道反水，井盖被顶开，污水争相涌上来淹没路面，一脚踩上去直接没过脚踝。

林清执把伞递给她：“我背你。”

赵云今轻声说：“不要，我已经长大了。”

林清执说：“家政阿姨的儿子生病了，她请假回家照顾家人了，水这么臭，多弄脏一双鞋子还不是要妈妈洗？上来，我背你。”

他言语虽温柔，但不容抗拒。赵云今攀上他的背，林清执的衬衫料子柔软，刚刚只顾把伞打给她，他的左肩被雨水淋湿了，赵云今的手触上去，感觉到湿漉漉的凉意。

“哥，对不起。”女孩想了想，开口道歉。

林清执背着她涉过地上的脏水：“你从小就乖，成绩也好，从没叫爸妈担心过，最近是有什么心事吗？”

他一向体贴，哪怕生气时也会顾虑别人的感受，不是熟悉的人根本不会知晓他在生气，只会以为这是一个和煦的兄长在问话。

林清执口中的最近，准确来说是从他进了警队以后。赵云今无法辩驳，她确实做了许多惹人担心应该道歉的事情，可她无法坦诚地将自己的心思对他诉说。

三年前，林清执刚毕业参加工作，西河市发生了一起震惊全省的“四·一八案”，凶手夜闯民宅杀害一家五口，手段毒辣，令人发指。

那时林清执还不是刑警大队的队长，只是协从侦破的警员，在破案过程中立了大功，最后缉拿嫌疑人时被其用钢管重击头部昏迷住进了ICU。虽然嫌犯落网，但林清执也伤得不轻，医生一度认为他醒来的概率不大，可能就此变成植物人。

唐月华哭得几乎要晕倒在医院走廊，林岳扶着她：“清执从小的梦想就是成为一名人民警察，这是他的选择，就算重来一次，我相信他依然会义无反顾地冲上去，你应该为儿子感到骄傲。”

那年赵云今十四岁，读初三。她闻讯从学校赶来，身上还穿着没来得及换下的校服。

昨天还温柔说笑的林清执毫无生机地躺在病床上，赵云今竭力绷直身体才能使自己不瘫倒。

她从小见惯了离别，父母身亡、长辈无情，还有她依稀残存的记忆中孤儿院里发生的种种，原以为自己足够坚强了，直到林清执倒下的那一刻才发现还是不行。

她犹记得第一天到林家时的紧张，年仅十六岁的林清执走过来牵住她的手，小云今闪躲着：“我要我哥哥。”

林清执弯下腰，笑着递给她一个红苹果：“云今，从今天起，我就是你哥哥了。”

赵云今小时候高烧整夜不退，唐月华和林岳第二天要上班，照料了前半夜累得去休息了，后半夜守在她身边的是林清执。

赵云今挂着吊水，嘴里翻来覆去呢喃地叫着哥哥，少年正处于青涩走向成熟的变声期，用他那略微沙哑的声音回应：“我在。”

她过于细弱，小小的胳膊细细的腿，少年不敢碰她，笨拙地帮她掖好被子，一趟又一趟地去换额头散热的毛巾。

退烧后的记忆缺失了一块，许多人与事都变得模糊不清。那时的小云今不爱说话，每天抱着她的玩具小马坐在花园的台阶上发呆，林清执总会在放学后抽时间陪她。

有一天，小云今指着林家的院墙对他说：“孤儿院的墙在春天会开红色的花。”

于是林清执为她在墙根下栽了一片红蔷薇，又在院里为她搭了一个秋千架。

林清执悉心地打理那片蔷薇的叶子和枝蔓，来年五月，整个院墙覆满了娇艳的花朵，绚烂又瑰丽。

……

少女守在林清执的病床前，苍凉的月光顺着树梢钻进窗户，倾洒在他苍白的脸庞上。

幼年失去父母时不知愁滋味，死别的悲伤还无法体会，如今十四岁的赵云今却加倍地感到痛苦。林清执的昏迷似乎是一个引子，父母的死亡、孩童的欺凌，还有反复出现在她梦中那怎样也无法看清的身影，翻涌着、奔腾着席卷而来。

她挨过一个又一个夜晚，胆战心惊，仓皇无依。

从那一刻起她开始明白，生命中有些东西是无法失去的。

比如春日盛放的蔷薇，比如秋日拂面的柔风，比如穹顶上闪烁的星辰和太阳，再比如，那个如月亮般光辉皎皎的男人。

……

三个月前，霍明泽甩掉的女孩爬上教学楼的天台，被消防员救下后沉默不语，医生的诊断结果是她抑郁症复发。家长以诱奸为由闹到公安局，接待的警察是林清执，他给女孩递了一杯热牛奶，静静地听她哭诉。

当天，霍明泽被传唤到警局，不耐烦地拍桌子：“房是她自愿开的，衣服是她自愿脱的，以我的家世和身份要什么样的女人没有，我需要做那种事吗？我承认是渣了她，睡完就甩，但这都是你情我愿，我绝没有强奸，你们到底还要翻来覆去问我几遍啊？”

小少爷棱角锋利，看着办案警察的脸很是厌烦，威胁道：“林警官，我晚上还有女朋友要陪，你如果让我迟到，我绝对叫你好看的。”

林清执理了理警服的领子，平和地问他：“你要怎么叫我好看？”

霍明泽轻浮地笑道：“叫你上司给你发检讨咯。”

当晚，霍明泽在警局被搞得火大，对着办案警察一顿臭骂，险些动起手来。

第二天，女孩的家人拿了霍家的补偿撤销报案，可一份八千字的空白检查却落在了林清执的办公桌上。

贺丰宝嘲笑他："忙了一晚上，被骂得跟条狗似的，现在倒落得里外不是人了，你说冤不冤啊？"

那晚赵云今来送晚饭，趁林清执不在，贺丰宝故意挤对她："小姑奶奶，你不是成天嚷嚷着要给你哥挡刀吗？现在刀子已经落在你哥头上了，你挡还是不挡？"

赵云今不认得那女孩，就算认得，以她凉薄的性子也无意多管。

可霍明泽骂的是林清执，被迫写检查的也是林清执，就如贺丰宝说的，刀子已经落到头上了，谁伤害了林清执，她都不会叫那人好过。

可这所有的所有，一切的一切，都无法对林清执说，以他的性子非但不会原谅，而且还会怪她孩子气。

赵云今垂敛着眸子："我以后不会再犯了。"

走到门口，林清执放她下来，院里停着辆摩托车，赵云今问："这是江易的车，是他告诉你我在那儿的吗？"

林清执不说话，她轻轻拉扯他的衣角："哥，你别生我的气了。"

"从今天起，你不要去学校了，待在家里哪儿也不准去。"

赵云今慌了："我真的错了，我再也不任性了，别这样。"

林清执收了雨伞，清澈的眼睛望向她。他的手落在她头顶，摸了摸她蓬松的头发。

江易躺在床上盯着渗水的吊顶发呆，狂风拍打着窗户，大雨如注搅得人不得安宁。

他很少失眠，此刻已过凌晨两点却异常清醒。他按开床头的小灯，地砖的角落散落着一堆书本，全是关于汽修和电焊的。去年他拎着东西从学校回来时扔在那儿的，半年多了翻也没翻，书面已经潮湿得发霉了。他拿了本书翻开看，权当催眠，可越看反倒越清醒了。

手机指示灯闪烁，他才发现林清执两小时前给他发了消息：云今已经安全到家了，谢谢你阿易，晚安。

那股他不愿承认但确实吊在心口的气倏然松了，江易把书丢到一边，准备入睡，手机却像看准了似的忽然"嗡嗡嗡"地响起来。

半夜两点，老棍儿给他打来电话。对面风雨声呼啸，老棍儿似乎在室外，苍老的声音嘶哑着对他说：“江易，香溪淹水了……”

……

雨势太大，上游的水库泄洪，短短几个小时，香溪水面暴涨。

老棍儿住的兰子窑就在江边，那是片早就该被拆迁的危房，水漫进了院子，进了屋，深得没过小腿。

江易冒雨赶到的时候，老棍儿正趴在檐下的油桶上，屋里地上他捡回来的席梦思床垫泡在水里已经没法睡了。

老头子双手残疾，又缺了条腿，无人依靠，哪儿都去不了。这样的天气，这样的事端，让他如一盏摇曳在风里的残烛，可怜又可悲。他头发黏糊糊地贴在脸上，一身汗衫叫雨扫得全湿了，一拧就朝下滴着水。

秋雨最凉，江易给他带了件外套，盖住他哆嗦的身子。

四周灯火通明，家家户户都拿着工具朝门外舀水，但收效甚微。

水随着雨势一点儿一点儿漫上来，政府出动人员抢险，给下游受灾的住户设了临时安置点。

江易说：“我背你去。”

老棍儿盯着满院的废品，书本、纸箱被雨水浸软，泡得稀烂，他叹息道：“可惜了。”

……

临时安置点设在市体育馆，有自助的热水和泡面。

江易去仓库搬了两张软垫铺在角落，把老棍儿换下的湿衣服拿去烘干。他泡了两桶方便面，回来时看到老头儿正靠在墙边抽烟，盯着眼前来来往往的人群发呆。

江易把面递过去，老棍儿眯着眼问：“要不是存着心思跟我学牌，你今晚还会来吗？”

江易反问：“要不是我有求于你，你今晚会给我打电话吗？”

江易说：“不求回报、大发善心的傻子确实存在，但我不是。就算不说你也该知道，世上没有那么多真心换真心，你教我牌，我替你送终，公平交易，你不吃亏。”

老棍儿说：“你这么大点儿年纪，哪儿来那么多大道理？我要的茅台呢？”

"没钱。"江易说，"给我点儿时间，我去赚。"

"于水生是你干爹，他家大业大，夜总会歌厅不知开了多少家，你怎么会没有钱？"老棍儿眯着浑浊的眼睛，"别看我，是那个贼眉鼠眼的小子说的，他搬于水生出来以为能吓到我。呵，老头子我在西河叱咤风云的时候，他于水生还在当保安呢。"

江易说："他不是我干爹。"

"那是什么？"老棍儿重新给烟斗里塞上烟叶，"说说。"

"我妈临死前把我托付给九叔，他对我好过几年，后来去做了亲子鉴定。"江易与他对视，"我不是他的种。"

他没详说，但既然不是亲儿子，那九爷自然不必对他上心，其间种种辛酸不用他说，老棍儿也能猜到几分。

"可你好歹帮于水生看过赌场，双喜那小子说你靠出老千替他整垮了不少新开的场子，你怎么却寒酸得连几千块都拿不出？"

"我妈和九叔有过一段，三太容不下我。"江易神色淡然，仿佛在说与自己全然无关的事情，"赌场是我看的，但管账的是三太，拿多少钱她说了算。"

"你说的三太是霍家那位？"老棍儿抻直花白的眉毛，"叫乌玉媚？"

"是。"

"有意思。"老棍儿说了番稀里糊涂的话，"看鸡圈的狗把主人咬死了，自己骑着鸡四处快活。活到老，见识到老，大千世界真是什么稀奇东西都有。"

他话锋一转："拿不出茅台，我也不问你要，但你要真是诚心拜师，几句丑话我得说在前头。"

老棍儿那水黑色的烟斗燃了熄，熄了又燃，天边擦出一道白，菜场的活鸡叫了几遍，天快亮了。老人嗜睡，折腾了一晚上，此刻就靠这点儿烟草提神。

"既然想拜师，表面功夫还是得做足，一个月两条烟、三瓶酒、几斤熟肉，这是礼。我把这门手艺传你，学不学得会、练不练得好在你自己，但无论结果怎样，替我养老送终，这是义。你能不能做到？"

江易说："能。"

"我还有三条规矩。"

老棍儿伸出那只剩两根指头的手："第一，不义之财不可取，耍手段可以，但你要清楚对面坐的是什么人。有些人背着妻小拿来赌的是房子、地契，说不准还是一家老小的口粮钱，还有人被狐朋狗友拉下水，本不该沾这个圈子，尚且还能脱身。这两种人你不能碰。

"第二，非到万不得已不准出千。"

感受到江易的注视，老棍儿笑了笑："我知道你心里在想什么，你在想我不准你出千你学来干吗？

"江易啊，你想过没有，技术高超的老千那么多，得善终的有几个？我这一身残疾就是最好的例子。那年我在公海上叫人砍腿剁手，刀没落下的时候叫爷爷唤奶奶，满口保证绝不敢再犯了，可谁信你？

"只要失手一次，这辈子就毁了，想想上次在 KK 的事儿，是不是这个理？那天要是没警察进来，你的下场也比我好不了多少。我不知道你走这条道是为什么，但你眼睛干净，不是滥赌的人，年纪轻轻有手有脚，如果只是学门手艺傍身我可以教你，要想靠这发财那还是算了。"

江易安静地听着。

"第三，不是实在活不下去，赢的钱就不准进自己的口袋。人的贪欲是无底洞，有一就有二，时间一长心就飞了。赌桌有魔性，能把人的理智吃干抹净到一点儿都不剩。但凡我当初懂得见好就收的道理，也不会落魄成今天这样，我在上面栽过跟头，不能再看着你掉进沟里。

"这三条，你能不能做到？"

江易垂眸，认真想了一会儿。

"我是为你好。"老棍儿说，"做不到也别强求。"

"可以。"江易说。

老棍儿扬眉："想清楚了？那你欠人的钱呢，不还了？"

"如果知道钱是从赌桌上来的，他不会收。"江易说，"我答应你，说到做到。"

林清执言出必行，关了赵云今整整一个月。

起初赵云今以为林清执是在生气，每天小心翼翼地和他道歉，后来在跟贺丰宝胡侃中才知道自己被霍家老爷子下了"江湖追杀令"，林清执是为了保护她才向学校请了一个月的假，还专门请了一个大学生教她功课。

他也不主动加班了，每天下班后带电脑回家办公。

赵云今以前很难在家看到林清执，他天生就是工作狂，哪怕没事也要待在局里找事做，而这一个月来却每晚都会在家吃饭，时不时还要检查赵云今的作业，甚至还偷偷潜入她班级的家长群，每天追着老师打听学校的上课进度，再回来检查她的学习情况，生怕她成绩落下了。

赵云今喜欢和他相处，这样一看，她倒像是因祸得福了。

林清执穿着件米色的羊毛衫，因为工作要看电脑，他高挺的鼻梁上架着副银框眼镜，看上去斯文又英俊。

赵云今托腮看着他，他问："在看什么？"

赵云今说："觉得你突然有烟火气了。"

林清执在本子上写写画画，又全部画掉。

赵云今凑过去看："你在写什么？"

"罗列这个案子的几种可能。"林清执揉了揉酸痛的太阳穴，"市局上个月接到一起中学生失踪案，我们排查了她经常去的地点，可没什么收获，后来排查范围扩大，依旧找不到踪迹，就像人间蒸发了一样。"

"会不会是死了？"赵云今问，"也许是被人杀害丢到香溪里去了，以前不是也有人这么干过吗？"

林清执蹙眉不语，赵云今说："你把案子讲给我听，我帮你想。"

"案子细节不能外泄，但你确实可以帮忙，用你小女孩的脑子帮我想想。"林清执说，"我们假定有这样一个女孩，排除谋杀的可能性，有什么办法可以让她从市中心的商区凭空消失，监控还查不到一点儿痕迹？"

"自己刻意躲着监控，或者是有人精心策划把她带走了，再或者是神秘力量，比如外星人什么的。如果是前者，那有可能是离家出走或私奔，但现在这个年代不兴这个，小孩也没那么高的智商；如果是后者，可能是拐卖人口。"赵云今说，"如果是外星人就没办法了，那需要找 NASA 去交涉。"

林清执被她逗笑了，跟她解释："有人提过拐卖的可能，但女孩的年龄不符合人贩子的偏好。

"我翻过西河市近二十年来所有登记在档的贩卖人口的案例，被拐卖的女性要么是年龄小不懂事的孩子，方便路上控制，要么是刚好可以嫁人生子的女人。十一岁买回去当孩子养太大了，不容易养熟，当妻子又太小，买卖人口的地方大多是穷山恶水，买个十一岁的孩子回去多吃几年粮食显然不划算。

“在繁华的街区失踪，对方一定做好了充分的计划才能使监控上不留下蛛丝马迹，如果人贩子为了拐卖才做出这么详细的布置，那他们完全可以拐走一个性价比更高的女孩，三岁女童、十六岁少女都可以，十一岁这个年龄确实不太合适，为什么偏偏是她？”

赵云今想了想：“哥，你不觉得这个案子很奇怪吗，一般的人贩子再怎么蠢也不会去市中心绑架吧？”

“那是因为女孩每天只往返于家、学校和补习班之间，这三个地点都在市中心。”

赵云今说：“那要么就是熟人知晓她的习惯作案，要么就是这女孩有什么特别的地方，人贩子宁愿麻烦也要绑架她。我跟霍明泽在一起的时候听他说过，霍家三太就是十五六岁的时候被人贩子拐来的，霍明泽说有的男人就喜欢那种半大不小的女孩。这个案子失踪的女孩会不会也被人拐卖到那种地方去了？”

林清执神情一顿，赵云今问：“怎么了？”

“你刚才说什么？”

赵云今挠挠头：“她会不会被拐卖到那种地方去了？”

林清执摇摇头，他好像抓住了什么，但最近工作太累，脑子里千丝万缕乱作一团，没办法理出一条完整的思路。

赵云今说：“别想了，你眼睛都红了，歇一会儿吧。”

书桌上全是喝完的咖啡和能量饮料的罐子，赵云今帮他收了垃圾：“真把自己当超人了？别案子还没破，你自己先倒下了。”

林清执确实需要休息了，他合上画得一团乱的本子：“你的作业写完了吗？”

赵云今点头，他又问：“语文老师要求背诵的古文呢？”

赵云今生平最怕背书，露出一个沮丧的表情：“还差一点儿。”

林清执笑笑：“晚上再背吧，今天周末，带你出去玩。”

赵云今在家憋了一个月，每每想起都要悔恨当初不该招惹霍明泽，她听到这句话几乎快哭了：“我可以出去了？”

赵云今愉悦的心情在看见贺丰宝后没了一半，看见江易后又没了另一半。

原以为是自己和林清执两个人，没想到多了两个不长眼的钨丝灯泡，赵云今的笑容凝固在漂亮的脸蛋儿上。

“你怎么也来了？”她看着江易。

“我叫他来的。”林清执从车上拿下来几个滑板，花花绿绿的充满青春的朝气，他笑着说，“年轻人不要总在家里待着，适度运动一下对身体好。阿易，我教你玩滑板。”

江易看出了赵云今的不欢迎：“不用了，不是来和你玩的，只是想出来散步。”

暴雨过后的香溪又恢复了昔日的美丽，将汹涌的波涛藏在平静的水面之下。

橘黄色夕阳的余光温柔地洒落在粼粼微波上，江易躺在河边的青草地上，耳边传来贺丰宝的大嗓门儿。

“你小子真是不识好歹，当初在警校多少姑娘求着林清执教她们玩滑板他都没答应，白教你玩你还不稀罕。”

江易闭上眼睛，感受着秋日傍晚的夕阳。林清执问他要不要出来的时候，他正在兰子窑给老棍儿整理院子里的废品，答应几乎是一瞬间无须多想的事情。

他来了，看见了那女孩，就没别的念想了，安安静静地躺在这儿看晚霞就是最大的愿望。

林清执在广场教赵云今玩滑板，嬉闹声传入他的耳朵，和这风景一样叫人舒服。

不知过了多久，耳边有人踩草，身旁躺下来一个人，江易睁开眼，是赵云今。

“我哥跟贺丰宝跑酷去了，他们嫌我玩得烂不带我。”赵云今顺手从地上摘了根狗尾草将根茎咬在嘴里，和他聊天，“阿易，你听过香溪的鬼故事吗？”

“没有。”

赵云今给他科普：“香溪、缠山，还有油灯街是西河最产鬼故事的地方，其中香溪的鬼故事最多。都说香溪里面有很多死人，杀人犯杀了人懒得埋尸就直接丢到河里，每到傍晚太阳下山，那些死人就会变成水鬼从水里爬出来。”

香溪横贯西河，是省内最丰沛的水源，也是西河灵异传说最多的地方。

西河是大市，投河自尽的、失足落水的、凶杀抛尸的，每年总能在香溪打捞上几十具尸体，水属阴，天长日久，许多人就觉得这地方不吉利，加上傍晚是白天和夜晚的分界，更是忌讳，家里有老人的都不准小辈在太阳落山后去香溪玩。

江易神情淡然：“我住在油灯街，也是鬼吗？”

“油灯街有的是狐狸精呢。”赵云今半真半假、玩笑般说，“以后我哥去油灯街办案，你可要告诉我啊。”

江易没有回应，赵云今伸出手挡在眼前，遮天上的火烧云玩。

江易看着她的手腕问：“那是什么？”

“我哥送的，端午用来辟邪的小玩意儿。”女孩扯了扯那线绳，“小时候他亲手系在我手腕上，这么多年我一直没摘，可每次说起来他都不承认自己送过，非说是我记错了。我以前发过一场高烧，退烧以后忘记了很多事情。”

江易冷漠的面孔倏地绽开一条裂缝，他的眸子不再平静，混杂着许多说不清楚的情绪。

赵云今在家关了一个月没人跟她说话，被放出来后连看江易都觉得他眉清目秀的，一反常态同他说了很多话。

“我总是梦到小时候住过的孤儿院，还有哥哥，我们一起玩、一起闹，一起溜出孤儿院疯跑，像雾里看花一样，感觉很真实，但每张脸都模糊不清。我记得自己有一个哥哥，可养父母说，我的原生家庭只有我一个孩子，我在孤儿院里也没有朋友。”

她玩着线绳：“既然没有别的哥哥，就只能是他送的，是他忘记了。不管他记不记得，这对我很重要，后来他还送过我很多礼物，但我最喜欢这个。”

苍穹上灿烂的晚霞弥漫在天际，红得似西河随处可见的蔷薇花，有生命一般在无穷的天幕上燃烧。

“云云。”

赵云今身体一颤，转头看他：“你说什么？”

江易的脸上映着晚霞烂漫的光，看不清表情，他声音微哑："看那片云。"

赵云今放松下来，刚才听到那两个字的一瞬间，整个人像被弹起了某根弦，说不清楚，像触电一般。可能是她听错了，江易只是让她看云。

少年表情淡淡的，沉浸在这寂静的傍晚里。

赵云今被暖融融的阳光照着，倦意涌上来，陷入一个短暂又瑰丽的梦里。

梦中的她站在那面蔷薇盛放的墙壁前，怀里的玩具小马静静地趴着，那看不清面貌的男孩站在她的对面。

"你叫什么？"男孩酷酷地问。

"云今。"小云今回答，"爸爸妈妈都这么叫我。"

男孩抬眸看向她，眼睛如黑曜石般璀璨："云云，以后我叫你云云。"

赵云今的花店在一个月后开了起来，霍璋想买一个现成的送她，她拒绝了，自己选址、装修、进货，一点点装扮起来。

花店开在僻静的小街，周围没有住宅和商铺，只有几家茶庄和咖啡厅，安静闲适。赵云今没举行开业仪式，也没叫人捧场，甚至没给花店取名字，只挂了一张淡白色的木招牌在门上，特立独行，却也别出心裁。

昨天订的花陆陆续续地送到了，工人卸货，她坐在门口的木桌旁看书。有工人搬来两盆白茶花问她放哪儿，她指了指大门两侧："放那儿吧。"

卸货的工人走了，她继续坐在桌前看书，似乎入迷了，一动不动，只有偶尔翻页时动动手指。

街对面的马路边站着一个穿黑皮衣戴墨镜的男人，他站在树荫下抽烟，目不转睛地盯着赵云今和她身后的花店。男人留着平头，头发楂子硬硬的，刚剃过的胡子泛青，看上去不大好惹。男人摘了墨镜，一双眼睛锐利十足，他吸完一根烟，朝花店走过来。

赵云今面前的阳光被人挡住，她倦懒地眯了眯眼睛，视线从书页上挪开，抬头看向男人。

"买花？"

"探望你。"贺丰宝打量着她的花店，"前些日子听静汶说你的腿伤了，今天刚巧路过就顺道过来看看，这就是霍璋送你的花店？有点儿寒酸。"

"承蒙您关心。"赵云今说，"我一个月前去医院打了破伤风，现在已经完全康复了。"

贺丰宝挑眉："已经过去一个月了吗？"

他坐在赵云今对面的椅子上，熟络地拿起玻璃壶给自己倒了杯花茶："最近一直在加班，没察觉时间过得这么快。"

赵云今低下头继续看她的书，鼻子里轻轻发出"嗯"的一声软音。

"你跟霍璋多久了？"贺丰宝忽然问。

"两年，"赵云今淡淡地说，"还是三年？我记不清了，在松川的时候他身边女人很多，那段日子和他接触不多。"

"还要待多久？"

赵云今眉尾微微翘起，没有回答，贺丰宝屈指敲了敲桌子："东西给我。"

赵云今抬眸和他对视，贺丰宝说："它在你手里没用，我带回局里交给物证科的人，让警方……"

"我不信任。"

贺丰宝蹙眉道："赵云今，给我收收你那驴脾气，这件事让警方经手总比你一个人瞎撞来得强，既然是物证就要在它该在的地方。"

赵云今平静地从包里掏出木盒，倒出那枚钉子："贺警官，如果这东西真如你所说的这么重要，那它为什么会落在我手里？既然到了我这儿就没有还回去一说，你有空跟我扯皮，不如去好好查查警局内部到底出了什么问题。"

贺丰宝沉思片刻，凝视着她的眼睛："云今，我拿生命跟你保证，警方绝对没有问题。"

赵云今唇边泛起一个凉薄的笑："你的命值几个钱？"

贺丰宝蹙眉："……当年的事没你想的这么简单，警方一直在跟进，只不过证据不足才不敢贸然行动。霍家造下的孽迟早要还，事情很快就要收尾了，你相信我。"

赵云今的脸色出现一丝动容，她沉默良久，直到初春温暖的风吹拂到她发边，她才恍然从凝神中惊醒。

"我只相信自己，你别白费力气了。"她说，"上个月在医院碰到孟静汶，听她说快要和相亲对象结婚了，能过上平静安稳的生活是件很不容易的事。下次见面，替我跟她说声祝贺。"

"那你呢？霍家有多危险你不会不知道，你打算什么时候离开？"

赵云今笑了笑：“我已经赌上了所有，也没什么害怕失去的，既然回了西河，一切就从头清算吧。”

贺丰宝一个行事雷厉风行的人，在她面前却说不出话来，他看了看桌子上静静躺着的那枚钉子，眉宇间拧出一道褶。

赵云今低下头继续看书，四周花香四溢，叫人心情也跟着舒适起来。

他换了个话题，问：“看的什么书？”

赵云今翻开封皮给他看，是本色彩斑斓的繁体册子，书名大而瞩目。

“你从哪儿搞来的这种东西，这几年形势这么严峻，还有店敢卖这种书？”

她看书的神情过于认真和淡然，不知情的还以为她在看什么静心的哲学伦理。

“霍璋的司机帮我买的。”赵云今指了指脚边装书的袋子，“你想看吗？这里还有下册。”

贺丰宝敬谢不敏：“自个儿留着吧。”

他戴上墨镜：“早知道你犟，可我不信邪非要来试试，算了，懒得跟你扯，回去上班了，有需要找我。”

赵云今“嗯“了一声，不知是答应还是敷衍，连头都没抬，懒洋洋地窝着看她的书：“门侧那束玫瑰拿走。”

“不需要。”

“拿着吧。”她淡淡地道，“坐了半天不买东西，挺奇怪的。”

贺丰宝拿了玫瑰，赵云今说：“一共四十八元，付款码在桌上，谢谢惠顾。”

“……”

他走出马路回头望了一眼，赵云今穿着条浅蓝色的裙子安然坐在那儿，她蓬松的长发随着暖风温柔摇摆，一颔首一扬眉间不自知的风情无限，几乎同背后盛放的鲜花融为一体，叫人沉沦在这美好的春色里。

停车场里出来一个男人，小跑着朝花店过去，远远挥手喊道：“赵小姐！”

赵云今抬起头，贺丰宝转身走了。

双喜把新搜罗来的书献宝般摆在她面前：“赵小姐，你要的都在这儿了。我跑遍了西河所有的图书市场和二手书店，有几本还是从一个学生仔手里买来的，你看看对不对。”

“不会是抢的吧？”

双喜讪讪地笑：“哪能啊，现在给霍先生办事得注意影响，可不敢做那种事了。”

赵云今夸赞道：“没想到你能力还挺强，这么难找的书都能买到。”

双喜不好意思地说：“这点儿工作我还是能做好的……那我这算合格了？您不会去霍先生面前告我状了吧？”

赵云今给了他一个温柔的笑，双喜脸刹那间就红了。

“双喜。”赵云今手指漫不经心地翻着书页，如水的眸子凝望着他，“江易最近在做什么？”

江易跟霍璋请了假，已经一个礼拜不见人影了。

双喜说：“前两天倒春寒，他着凉感冒了总不见好，怕传染给你就一直待在家里，怎么了赵小姐，你问他干吗？”

“我自己的司机我还不能问问吗？”赵云今收下那袋书，“帮我个忙。”

双喜买到书后好奇地翻了翻，里面的内容让人脸红心跳不可描述。他不由得想，这女人是怎么能面不改色当着别人的面看这种东西的，又是出于什么样的心情看这种东西，难道霍璋满足不了她？双喜想了想霍璋那双残废的腿，心想也不是没可能。

他正遐想着，冷不防听见赵云今叫他。

赵云今的手腕纤细白净，递过来一瓶插好了正含苞待放的百合花：“替我把花送到这个地址，收货人叫秦卫国，钱他已经付过了。记着，这花娇贵，别磕了碰了，一定要亲自交到他手上。”

双喜道：“花店生意还不错啊，刚刚才开一单，现在就又有单子了。”

赵云今笑了笑，低下头继续看书。她一直坐到天黑，隔壁咖啡厅门前的小灯亮了起来，她才揉了揉酸痛的脖子，起身打烊。

夜幕苍茫，今晚无事可做，赵云今站在灯火辉煌的城市街头，一时不知该向哪儿走。

她想了想，拨了一个电话出去。铃声响了很久对面才接，江易那冷淡中还带点儿鼻音的声音响起：“有事？”

“感冒好了吗？”赵云今先是关切地问了句，随即又笑嘻嘻地说，“阿易，我想吃粥。”

“订外卖。”

“外卖送到就冷了，我要你给我买。”

江易说：“今天是休息日。”

“休息日就不能来陪陪我吗？”赵云今问，“你在干吗？听说你病了，我去陪陪你吧。”

“不必了。”江易沉默了片刻，开口道，“我在阿盈发廊。”

天空星光闪烁。江易挂了电话，赵云今握着手机怔在那儿。

……

双喜好不容易按照赵云今给的地址找到地方时，天已经完全黑了。他谨记赵云今的叮嘱，小心翼翼地托着花瓶底座爬上三楼，敲响一扇老旧的防盗门。

一张皱巴巴干瘦的老头儿脸出现在防盗的纱网后：“你找谁？”

“请问秦卫国在吗？”

老头儿说：“我就是。”

双喜举起手里的花瓶：“这是你订的花，签收一下吧。”

没等秦卫国说话，双喜就完成任务了一样撒欢儿跑了。

老头儿朝屋里喊了一声，他的老伴探出半个脑袋。

“你订花了？”

“没有啊，鲜花那么贵，我吃饱了撑的去买它？”

秦卫国狐疑地看着手里的花瓶：“那这是谁送的？”

……

油灯街。

江易挂了电话，把手机关机。他站在烂尾楼的顶层，朝下俯瞰整个油灯街的轮廓，不远处的矮楼在黑暗中落下一抹剪影。西河的夜热闹，唯独这里静悄悄的，楼里常年不见日光，墙壁裂缝里淌着前日的雨水，阴暗处生了许多簇集的苔藓。

他站在断了一面墙的水泥柱前，往下几厘米就是残垣，这里地砖松动倾斜，稍不留神就会掉下去。

远处的夜空漫上了绚烂的霓虹，油烟渐渐腾空。他在寂静中站了很久。

深夜十二点，江易戴上卫衣的兜帽，拎起脚下的工具包出了烂尾楼。

……

燕子站在小楼的走廊上抽烟，左右两旁房间的煤油灯都熄了。

小凤出来打水擦洗，疲惫地问了句："等谁呢？"

燕子回她："阿易一会儿要过来，你完事了？"

小凤啐骂道："那姓孙的成天跟我吹他外甥是大老板，大老板的舅舅就这副德行？猴急得跟没见过女人似的，还抠门儿得紧，我呸。"

……

江易插兜站在巷子阴森的角落里，他靠着墙，四下是荒芜的楼体，仅有的几户人家也已经熄灯入睡。他静静地站着，抬头看了看天上的月亮。

男人轻佻的口哨声和脚步声自巷口响起，他视线前方出现一条细长的影子，在月光的映照下白灿灿的，口哨声渐渐变重，不一会儿就走近了，听着像在耳边。

江易拉上口罩，从阴暗里走出来，抬手一记闷棍抡在那男人的后脑勺儿上。

……

房间的淋浴坏了，小凤在走廊擦完身子已经很晚了，四下的灯火都熄了，就连"做生意"的女人大多也关门睡觉了。她倒掉一盆脏水，眼瞅着楼下巷子口走来一个穿黑色卫衣的男人，帽檐宽大，遮住了眼睛，只能看清是道清瘦的身形。

燕子在屋里看肥皂剧，小凤朝她门口喊了声："燕儿，阿易来了……"

屋里传来懒怠的一声回应，燕子拉开房门，倚在门口等他。

男人拐上楼梯，小凤瞥了一眼，江易戴了只黑色口罩，她多嘴问了句："这是赶的什么时髦啊？那么帅的脸不露出来叫我们看看吗？"

"感冒了，怕传染给你。"江易咳了声，嗓子眼儿像卡了痰似的怪怪的。

小凤笑嘻嘻地说："是吗？那今晚流流汗，保准明儿一早就好了。"

燕子一双眸子水汪汪的，她勾着小指扯了扯江易的手腕："进来吧。"

小凤收拾完回屋，她刚躺下，隔壁已经开始有节奏地摇床了。

燕子的声音又娇又腻，猫爪子挠痒痒一样嗔骂。

男人喘息粗重，燕子的声音渐渐低下去，只剩下呜呜呀呀的哼唧。

小凤"扑哧"笑出了声，掏出耳塞塞上，拉灯睡觉。

孙玉斗醒来的时候眼前一片黑，眼睛和嘴都叫人贴了黑色胶带。他动了动，发现手脚被人用麻绳绑住，晕晕沉沉的脑袋好容易清醒了一点儿，他回过味来，自己现在正以一个小学生端正上课的姿势被人绑在一把木椅上。

凉飕飕的风顺着四周墙壁的残隙吹进来，落在他脸上还带着潮意，这是在室外，并且天还没亮。

孙玉斗"嗯"了一声，拼命挣扎，不远处传来一个经过变声器锐化、分不清男女的声音："旁边半米是悬空，跌下去摔成肉泥别怪我没提醒你。"

孙玉斗霎时不敢动了，后背骤然出了一层白毛汗，他嘴里"呜呜"叫，那人走了过来。

"坐稳了。"

那声音听不出音质，但孙玉斗却能感觉到那人语气的嘲讽和冷意，没等他反应过来这句话是什么意思，男人一拳照着他的脸砸下来。

江易转了转手上的骷髅指虎，淡漠地看着男人豁开一个口子的左脸。

黎明前的黑暗冷寂悄然，孙玉斗求生的欲望沸腾着，催动他稳住身体，他不敢朝两侧歪斜，哪怕脸被打得血流成河也岿然不动。

他嗓子里发出"呼哧呼哧"的声音，如果不是被黑胶带遮住眼睛，其间流露的目光一定惊恐又绝望。

江易一手拽住他额前的碎发，一手成拳，一下一下毫不留情地朝他的脸上和胸腹殴打。

时间一秒一秒地流失，孙玉斗却觉得无比漫长，他觉得自己的脸皮已经炸开，血和皮肉缠在一起，混成一团血肉模糊的湿血块子。

江易打到指骨泛麻，才停手撕下了他嘴上的胶带。

孙玉斗"哇"地吐了一口暗红色的血和几颗碎牙，他哆嗦着，用嘶哑不清的声音告饶："别打了，你想要什么？我是霍家大少爷的亲舅舅，你要什么我都能给你，一百万够不够……"他话音刚落，迎面而来的是一双冰凉的手。

江易拎住他的后领连人带椅子拖到角落里，当初这楼建了一半被迫烂尾，里面基础设施留下了不少。墙角原本是厕所，安装了一个浴缸，荒废多年已经落满灰尘脏得不像样子，前几天下雨，浴缸里面积了一汪黑乎乎的脏水。

他解下了绑在椅子上的绳子，将孙玉斗的头按进浴缸的水中，孙玉斗脑袋磕在浴缸壁上，发出“咚”的一声闷响。他扭动身体，膝盖蓦然挨了一脚，被踩得踉跄着跪倒在浴缸边上。他没有丝毫防备，口鼻都涌进了污水，挣扎得如一条躺在砧板上被片掉鳞甲的活鱼。

江易抬起那只空闲的手，静静地看着手表上的秒针，三十秒后，他卸掉力气，将孙玉斗捞起来。

男人颓然跪在地上，几乎把肺咳出来了。水里被人掺了辣椒，他的伤口浸了辣椒水，痛得快死了。

“我问，你答。”江易冷漠道，“第一个问题，视频在什么地方？”

孙玉斗像只落水狗，头发朝下滴答着脏水，他嘶哑着嗓子：“什么视频？”

等待他的是第二次入水，孙玉斗再次被人从水里捞出来时改了口：“……在……在我家书房电脑的硬盘里存着，我带你去拿。”

“钥匙。”

“没有钥匙，防盗门是密码锁，361792。”

江易静静地看着他，三秒后，他抓住孙玉斗的脑袋，再一次按入水中。

他重新计时，孙玉斗没料到这一下，气儿还没喘匀，死命地挣扎着。三十秒过去，江易无动于衷；四十五秒过去，孙玉斗动作缓了下去；五十秒过去，江易把他提出来，孙玉斗如瘫软的死尸般被甩在地上。江易一脚踩上男人的胸口，孙玉斗吐出一口脏水，艰难转醒。

他脸上的鲜血都融进了浴缸，浑身湿透，看上去落魄可笑。

江易道：“最后一次机会，密码。”

孙玉斗虚弱地咳嗽：“门是指纹识别，里面连着防盗系统，输入密码会自动报警。”

江易将脚挪开，冷眼看着他：“第二个问题，小东山里有什么？”

孙玉斗早前强奸女孩留存视频的事情不少人都知道，他常常在酒后跟人炫耀。他这些年没少仗着有霍璋当靠山作威作福，结下了不少仇家，因此面前这人问起视频的时候他一时找不到具体的怀疑对象。可当他提起小东山时，他的呼吸瞬间停滞，下意识地问道：“你是谁？”

他刚说完，那股因呛水窒息引发的恐惧卷土重来，他瑟缩了一下，说：“我不知道，这个我真不知道，小东山一直是乌玉媚的地盘，霍璋才刚接手不久什么都还没查出来。我除了知道它在缠山，其他的一概不知。”

江易没吭声，孙玉斗头皮发麻，生怕再受水刑，语无伦次地说：“霍璋也怀疑小东山有古怪，明明每年都是负盈利，乌玉媚却一直不肯放手，可她藏得太严实了，霍璋查了这些年还是一无所获。四年前我、老何，还有丁晨凯从松川来西河提货，丁晨凯就因为误打误撞进了小东山的研发楼，被三房的人寻了个由头弄死了，那天我在现场亲眼看见的……”

丁晨凯死的当天江易也在现场，他当然记得，他这辈子都不会忘记，那晚的惊雷、雨水，还有厂房内的斑斑血迹。

那晚孙玉斗和三房的人站在一块儿，指间夹着根纸烟卷笑着看热闹。他置身事外，仿佛在蓄意推波助澜：“你们尽管动手，这事霍璋不管，丁晨凯偷了东西，打死也活该。”

见江易不说话，孙玉斗继续说：“想知道小东山里的古怪你得去找三房的人，或者绑于水生的人来问，三房和于水生蛇鼠一窝，不知道滚一张床上睡了多少年，他肯定知道，说不准小东山的一切就是他在背后捣鬼。”

冰冷的机械声再次响起：“第三个问题。

“霍璋从于水生手里截走的礼是什么？”

孙玉斗表情一滞，想到了什么，他嘴角古怪地僵硬着：“是一颗肾，一颗于水生找来给老爷子做移植的肾。”

江易静了静，旋即问：“最后一个问题。”他蹲下身，将孙玉斗翻了个面，束缚在背后的双手朝上，“密码是用的哪根指头？”

孙玉斗全身僵直，咬着牙，一字一句地说：“你不能这样……”

江易从工具袋里掏出一把乡下果园子修剪树枝用的果树剪刀，尖锐的刀刃在他攥紧成拳的手指上划过：“拇指？食指？不说？”

他钳开男人的手指，粗厚的剪刀插进去，一刀按下去。

孙玉斗蓦地发出哀号，江易将他揪起来丢进浴缸，他张开的嘴里顿时涌入液体，惨叫的声音消寂。直到他一动不动了，江易才松开手，孙玉斗软趴趴地躺在地上，江易又拿起了剪刀……

孙玉斗生生疼醒，可他不敢再叫，蜷缩在地上发抖。

“我不介意拿你十根指头一一去试，等我拿到视频，多出来的指头就送去喂狗。”

孙玉斗的嘴唇直颤，声音细弱如蚊鸣：“左手食指……”他话音刚落，一棍子照头打下来，他眼前一黑，昏死过去。

赵云今昨夜没睡好，失眠加落枕，早晨起来时精神倦怠，黑眼圈也冒了出来。她原本想多睡一会儿，可想起花店还要开门迎客，便不再赖床。

她顶着蓬松的头发洗漱化妆，洗漱后又回卧室选了条墨绿色的吊带长裙换上。

楼下大门声响起，她知道是江易来了，这房子的钥匙除了江易就只有霍璋有，可霍璋是不会来的。霍璋自那年车祸后性子变得多疑，从不会在不熟悉的地方待上很久，也不准有人和他一起过夜，只有他叫赵云今过去，没有他上门一说。

赵云今赤脚下楼时，一碗打包好的粥放在客厅的茶几上，江易坐在沙发上沉思，他回头，看见赵云今。

女人漂亮的肩头裸露着，窄细的带子松松垮垮滑落到手臂，绿色的吊带更衬得她胸口肌肤如雪花瓷一样细腻通透。她斜斜地倚着楼梯下的墙壁，笑吟吟地打量着江易。

“我不想吃粥了。”她妩媚的眉梢轻挑，“过了想吃的时候，再可口的东西都没滋味了。”

江易淡淡地问：“你想吃什么？”

赵云今答非所问：“昨晚为什么不给我送？”

“说了昨天我休息。”

赵云今凝视他，江易的眼睛很漂亮，是一种锋利、张扬着锐气的漂亮。哪怕他此刻平静非常，但与他对视，还依稀能看到眉宇间残留不退的少年时的叛逆与桀骜。江易似乎也没睡好，脸色苍白，下巴上新生的胡楂儿青青。

“油灯街？”赵云今想起他昨晚的话。

江易不说话，赵云今当他默认，弯了弯唇角嘲讽道：“品位也不怎么样，没想到跟我分手后，你会去那种不入流的地方。

“去了哪一家？点了谁？”赵云今的笑灿烂到了极致，纠缠不休，“说来我听听，也好让我知道你离开我以后能不能爽到。”

江易静了静，抬眸看她："比你活儿好。"

赵云今精致的眉只蹙了一秒，旋即绽开一个旖旎的笑："怎么对我的印象还停留在四年前？人都会变的，说来也可惜，我现在活儿好了，可你享受不到。"

江易敛着眸子冷冷地看向她，赵云今伸指钩上肩带，无视他的目光，懒洋洋打了水去楼上浇花。

这两天日头正好，种在阳台的蔷薇开得娇艳，她一盆盆浇过去，春日的风拂面而过，她神情认真而专注，又拿喷壶认认真真将花枝清洗了一遍。

她换好衣服下楼时江易还在沙发上坐着，他手肘拄着膝盖，手握成拳撑住额头，看上去疲惫不堪。听见她的脚步声，他依旧没有睁眼，只是叫了她一声："赵云今。"

赵云今"嗯"了一声，江易从前恨极了她那永远漫不经心的模样，你爱她宠她，她甜蜜笑笑，你骂她毁她，她依然笑笑。可她的笑是不真切的，在唇角，在眉梢，却永远渗不进眼底，那是轻浮的假面，将其剖开，里面是颗凉薄至极的心脏，什么都伤不了她。

"为什么跟了霍璋？"

"他有钱，有脸，有修养。"赵云今说起这话时平静得像在和老朋友闲聊，"大三那年我给辰嵩投了份简历，霍璋点名要我。这样一个优秀的男人对我穷追猛打念念不忘，我为什么不接受？"

"霍家所有人都猜测霍璋在车祸后不行了，他身体情况到底如何，你不会不知道。"

"说得像你趴在他床底看见了一样。"赵云今说，"我是做他的情人，又不是做他的妻子，吃完青春饭卷铺盖找下家就好，就算不能生小孩又有什么要紧？"

"如果霍璋不行了，为什么他在松川的时候要找那么多女人？动动你的脑子。"

赵云今诚恳地说："我是花瓶，没有脑子。况且霍璋好得很，并不像你所说的不算个男人，我才是他的床上人，他厉不厉害难道你会比我更清楚吗？"

"……"

“怎么？”赵云今笑吟吟地说，“昨晚在油灯街没爽到？大清早跑来和我聊这种问题。”

她从桌子下掏出一个袋子，里面装着双喜昨天为她找来的书：“这个借给你看，处理好生理需求再来上班，免得你整天把心思放在我的床上。”

“你每次说谎，话都格外多。”江易没有因为她的话出现丝毫波动，他抬头看她，“霍嵩的身体快不行了，霍璋在这个节骨眼儿带你回西河，真的是因为他对你念念不忘？”

他露出一个嘲讽的笑：“花瓶至少活得漂亮，你把自己过成这个破烂样子，也配叫花瓶吗？”

赵云今静了静，笑道：“我的事与你无关，你总这样关心我，会让我觉得你对我余情未了。”

这一次江易没有冷嘲热讽，他只是拿他那双黝黑、清冷的眸子凝视着她。

赵云今坦荡地和他对视，读出他眼眸中蕴藏的情绪——他有话要说，可他最终没说，拿上钥匙起身去开车了。

早上新到的康乃馨水灵灵的，五色缤纷，清香淡雅。

赵云今一连几天早起看店，生意不多，困倦不少，一边打着哈欠一边修剪康乃馨的枝叶。她手边摆着一个窄口玻璃瓶，把修好的花枝插进去放好。

前几天温柔的阳光似乎到期了，这几天小雨绵绵，天空总有层云翳遮着。

这种天气赵云今懒得动，点了杯咖啡，窝在花店的摇椅上看书睡觉。她正迷糊着，门上的风铃响了，外面冰凉的雨丝和空气涌入屋里，一个穿着一次性塑料雨衣的人走进来，来人将雨衣的帽子一摘，露出一张苍老、憨厚的脸。

“姑娘，这是新丹街 36 号吗？”老人小心翼翼地问道，他鞋子在外面踩了水，见店内窗明几净，地砖都亮得反光，不好意思进来。

赵云今将书放到一边，起来泡了杯花茶：“是这儿，您进来说。”

“不进来了。”老人摊开手掌，上面放着张字条和五百元，“我是秦卫国，前几天有人去我家送花，那一整瓶百合都是花苞，我和我老伴还纳闷儿，我俩谁也没订花，怎么就白送上门了呢。”

秦卫国的表情看上去忧心忡忡：“今早百合开花了，里面掉出来这些东西，这字条上写着‘要想知道花是谁送的就来新丹街 36 号’。我原本觉得这事吓人不敢来，后来和人一打听，新丹街在挺繁华的地儿，就壮着胆子过来了。”

赵云今道：“既然都来了，坐下喝杯茶吧。”

秦卫国问：“钱和字条是你塞进来的吗？”

赵云今温柔地笑了：“是啊。”

“这钱还你，我不能要。”秦卫国说，“莫名其妙的东西我哪儿敢收啊。”

“当初那瓶百合送到你家的时候为什么不扔了？”

“……是我老伴不许扔，说那么好的花，扔掉太糟践了。”

“这就是了。”赵云今说，“一瓶花白白扔掉都可惜，有钱白白扔掉不赚岂不就是傻子了？”

她给他倒了一杯茶：“坐吧，我打听到您是西河有名的老师傅，在制钉厂工作了三十年。我有求于您，又不想亲自上门，才想办法请您过来。那钱不是莫名其妙，我有事请教，五百元只是定金，如果我得到了想要的答案，还会有重酬。”

秦卫国愣了愣：“你要问什么？”

赵云今掏出一个小盒子：“请您掌掌眼，这钉子一般用在什么地方？”

秦卫国脱了雨衣，在门口的垫子上蹭干净鞋，走过来小心地拿着钉子瞧：“……这尺寸不是我们平常用的啊，你从哪里弄的？”

“就是不知道才要问您。”赵云今笑着说，“钉面上的数字是什么意思？”

秦卫国这才注意到钉子上的 1998.02，平顶下面还印着“西”字，意味着是西河制造，他说：“这是出厂编号，这数字的意思是钉子是这厂子一九九八年第二批出厂的批次，现在很少会有钉子上面印这个了，用处不大又费时，早几年倒是有制钉厂这样做……让我想想，一九九八年西河印批次的厂子我印象里只有彦铭机械和永裕钉厂，我们厂不造这个型号的钉子，用处我确实是不知道，你得去原厂找人问。”

“原厂现在还开着吗？”

“永裕钉厂早就倒闭了，彦铭机械还经营着，不过现在也不造钉子，改造卷钉枪了。”

赵云今从桌下掏出一个封好的红包递过去，柔声说：“谢谢您了。”

秦卫国点了点里面的数额，足有两千元，他迟疑道：“我就说了几句话，也没做什么事情，这是不是太多了？”

“不多。”赵云今往刚刚插好的康乃馨瓶里坠入几束满天星，将花瓶包好送到秦卫国手上，“这个也送您，忘掉来过我这儿就好。”

秦卫国走到门口又折回来：“姑娘，刚才进来的时候就想跟你说了，你门口的匾额是白的，两边的门联是白的，下面摆的茶花也是白的，这在我们老家是很不吉利的，只有祭奠死人做白事的时候才会这么做，开门做生意图的是招财和喜庆，这样反而招丧，你趁早把它换了吧。”

赵云今笑了笑：“谢谢提醒，我会注意的。”

霍璋晚上庆生，叫了赵云今在家里吃饭。

他没大肆铺张，只是简单吃个家宴，赵云今早早就到了，饭菜上桌，就等孙玉斗来了。

时间过了八点，孙玉斗人还没到，霍璋发出去的消息也没人回复，他打电话过去，对面关机了。他蹙眉道：“这些年他一直陪我过生日，不会记不住日子。”

何通说：“霍先生，我三四天没看见孙哥了，不过之前他就这样，十天半个月不来公司都纯属正常，我也没多想。现在他人没影，又不接您电话，会不会是出什么事了？”

霍璋眸子暗了暗，何通会看人眼色，直接开车带人去了孙玉斗家。四十分钟后，他打回电话。

孙玉斗不在家，问了楼下物业，他已经三天没回家了。

桌上的菜已经没了热气，霍璋岿然坐着，一言不发。空调风吹得发凉，赵云今给他的腿上盖了毛毯，他摆了摆手，脸色阴沉。

何通问：“霍先生，怎么办？”

霍璋不说话，赵云今跟在他身边久了，知道他越不说话越是酝酿着极愤怒的情绪。孙玉斗是他至亲的舅舅，更是唯一的亲人，现在十有八九是出事了。平时虽然他为人豪横，但旁人都顾及霍璋的面子不敢招惹他，现在他失踪了，对方明摆着是不把霍璋放在眼里。

或者说，对方根本就是冲着霍璋去的。

霍璋不说话，何通没了主意，赵云今接过他手里的电话："报警吧。"

找到失踪的孙玉斗不难，甚至可以说易如反掌，警方在接到报案三小时后就找到了他。

监控显示，他三天前进了油灯街就没出来过，警方在油灯街的辖区内进行地毯式搜索，最终在一座废弃的高楼顶层找到了他。

发现孙玉斗的时候，他被人用麻绳结结实实绑在楼内的水泥柱上，三天不吃不喝几乎奄奄一息。

他咬牙切齿，但几天水米不进，声音嘶哑得厉害："霍璋，是江……"

警察贴近耳朵："你说什么？"

孙玉斗不知想到了什么，刚要脱口而出的话又憋回了嘴里，他脑袋一歪，再也撑不住，直接昏死了过去。

"你们来看这是什么？"不远处的女警喊道。

办案警察凑过去看，女警手里拿着一张身份证，照片上的少年英俊清冷，眼里满溢着冷漠和桀骜。

"江易。"办案警察说，"这名字好像在哪里听过。"

贺丰宝在单面玻璃外站了二十分钟，手里端着杯清凉去火的菊花茶，神色凝重地盯着坐在玻璃后的江易。

江易已经在里面坐了半小时，其间没有警察进去，这是审讯嫌疑人时常用的手段，等吊足了时间给人造成一定心理压力后再出现，往往能取得事半功倍的成效。

江易的坐姿从开始到现在就没变过，他懒散地靠着椅背，视线落在面前木桌深色的纹理上。他晚上在家睡觉时突然被带走，没有惊慌失措也没有为自己辩驳，甚至没有开口问一句为什么。他神色平静，仿佛这里不是警局的审讯室，而是自己家那样自然。

"半小时了，就这样坐着，没说过话，连眼神都没乱瞄过。"旁边的警员说。

贺丰宝放下茶杯："他跟那些愣头青不一样，十八岁以前他进来的次数就能把警局的门槛踩破，是个硬骨头。"

警员说："贺队，我跟你配合，我唱红脸你唱白脸，吓吓他，一会儿保准什么都说。"

"没用。"贺丰宝说，"对这种人什么手段都不能使，因为什么手段都没用。以前他听话是因为林清执在，林清执能制住他，现在没戏了。"

贺丰宝进了屋，江易看了一眼，神态自若地跟他打招呼："贺队，好久不见了。"

"是啊。"贺丰宝笑了笑，"四年多了，自从你和云今分手后，咱们已经很久没去香溪边上玩滑板了。"

江易漫不经心道："林清执呢，怎么没见他？"

贺丰宝眼神沉了沉，没说话。

警员拉开椅子坐下，准备笔录："别说无关的废话，我问你答，知道今天为什么叫你来吗？"

"不知道。"江易淡淡地说，"也可能知道，因为油灯街的事？"

贺丰宝和那警察同时一愣，警员问："你承认了？"

江易换了个坐姿，直起身子抻了抻肩膀端详着他："这有什么可否认的？你们盯着油灯街也不是一两天了，可这么多年过去也没见把那儿清理干净，我是去油灯街玩了，怎么，你们抓到现行了吗？"

贺丰宝蹙眉，那警员沉不住气，怒道："什么油灯街现不现行的？你别给我打岔，现在问你的是那个吗？！"他掏出江易的身份证拍在桌上，"看看这是什么！"

"我的身份证。"江易面不改色。

"知道我们在哪儿捡到的吗？在孙玉斗被绑架的现场。"警员问，"你老实交代，孙玉斗是不是你绑的？"

江易原本平静的眉梢听到这句话后微微挑了一下："我的身份证半个月前就遗失了，一个星期前我在油灯街辖区派出所申请补办了，你们应该能查到补办记录。"

贺丰宝跟警员对视了一眼，警员出门去查，屋里只剩下他和江易两个人。

贺丰宝换了一个随意的坐姿，手里转着根中性笔打量他："听说你去给霍璋做事了？云今也跟在霍璋身边，见过面了吗？"

贺丰宝笑着说："就当是闲聊，那妮子从前就漂亮，这些年过去更长开了，你就没后悔过当年跟她分手吗？”

江易忽然笑了：“在审讯室闲聊的事情林清执从前也干过，可他当初关了摄影机，贺队，在审讯过程中和嫌疑人聊桃色八卦这种事很不专业。”

“不专业又怎么样？”贺丰宝看上去在闲聊往事，实际上每一秒都没放弃观察他，“大不了被上司知道把我开回家，反正成天加班我也干够了，不如回去做点儿小买卖，周末约上你和云今去香溪玩一玩，晚上再一起去做个大保健。

“你别看我人模人样的，主要是受工作所限，要不是碍于这身警服，我也想去体验一下油灯街到底有什么魔力，在这么多年的整治下，‘生意’依然长盛不衰。”贺丰宝跟他胡天侃地，满嘴没几句人话，“江易，你对那儿熟悉，给推荐几个找乐子的地方？”

不等江易说话，那警员就推门进来了，他朝贺丰宝使了个眼色：“他一个星期前确实去派出所补办了身份证，现场找到的是旧的那张。”

贺丰宝“嗯”了一声，跷腿坐着，言归正传：“四月九日凌晨十二点到十二点半这段时间你在哪儿？做什么？”

江易说：“这谁记得？”

“不记得就去想。”贺丰宝说，“闲聊时间过了，现在正式开始问讯了。”

“在给赵云今买粥？那晚她矫情病犯了，大半夜让我去许记粥铺给她打包消夜。”江易想了想，“也可能是在油灯街的阿盈发廊洗头发，你们自己去查，我记不清了。”

“你在阿盈发廊的经历谁可以证明？”

“燕子。”江易面不改色地说，“我每次去都找她，那里其他的人也见过我。”

贺丰宝合上本子：“在这儿等着。”

他起身出门，江易忽然说：“其实你问讯的方式和他一点儿都不像。他是骨子里的慈悲，你是骨子里的暴躁。”

“我今天暴躁了？”

“没有。”江易用一种平静却能气死人的语气说道，“但还不如暴躁一下，你学他也学不像，世界上没有第二个林清执，就像天上没有第二个月亮。你用这种和善的语气跟我套近乎，反而让我浑身起鸡皮疙瘩。”

贺丰宝装了大半天，尾巴本来就夹不住了，经他这么一说更是恼火。

他把那警员推出房间，怒火朝天地指着江易的鼻子骂道："江易！再给我惹麻烦危害社会，当心老子扒了你的皮！"

……

贺丰宝从江易那儿出来没冷静多久，又迎来了第二波折磨。

小凤身穿一条宝蓝色的蕾丝裙，刚被警察从被窝儿里拎出来，头发还乱蓬蓬的。

她有气无力的，警员问一句，她要么"嗯"，要么点点头，要么敷衍两句，从头到尾没给一个正经回答。

"四月八日晚你在哪儿？"

"发廊。"

"和谁在一起？"

"发廊姐妹都在咯。"

"从孙玉斗离开到江易过去，这中间间隔了多久？"

小凤心不在焉地抠着指甲："五到十分钟吧？记不清了，反正是一前一后。"

贺丰宝问："你确定那晚看到的人是江易？"

小凤放下指甲，直勾勾地看着他："警官，我已经跟你说了三遍了，就算我认错燕子也不会认错，你还要我说多少遍啊。监控没拍到他的脸是因为他感冒了戴着口罩，他嗓子里都卡着痰，不想传染给别人这是有公德心。他那晚离开以后燕子还打了两天喷嚏呢，你要问就去问她啊，问我一个不相干的人干吗……"

在隔壁问燕子话的警察也传来回话，那女人更绝，一进警局就妖里妖气地笑，言语挑逗加眼神暧昧，嘴上说话都不带过滤颜色的，把刚毕业的实习警察臊得满脸通红。

女人妖艳地眯着眼睛："你们到底在怀疑什么呀？我又没瞎，人脸总不会认错的……

"就算我真的视力差到分不清人，别的地方也总能认得出来，只要睡过的男人我就不会忘。江易在我那儿待了一整晚，直到天亮才走。"

清晨，警局外的小店开张了，摆出蒸笼和粥桶卖起早点。江易买了一个糯米鸡，坐在店外的台阶上吃。

街上车辆川流不息，行人脚步匆匆。江易吃完早点，燕子和小凤从对面警局并肩出来了。

小凤看见江易，揶揄道：“哟，他这是在等你吧？”

燕子不动声色地说：“别瞎说。”

江易丢掉吃剩的垃圾走过来，小凤很有眼色地先离开了。燕子站在那儿，看着江易冷峻淡漠的脸，心里五味杂陈。

“谢了。”江易递给她一张银行卡，“密码六个零，拿上它离开，永远别回来。”

“我不是为了钱。”

江易道：“你可以不要，但我不能不给。‘让你离开’这句话一年前我就说过，你没听进去，这是我最后一次跟你说。如果不走，以后生死自负。”

燕子接过银行卡，眼睛红红的。

江易像没看到似的，转身离开，他走到街尽头的拐角，一个黑衣男人站在那儿，江易停下脚步。

“到手了？”他问。

男人裹在宽大的黑色卫衣里，身形略显消瘦，他点头，伸手递出一个U盘：“我不明白，为什么非要把身份证放在现场？以油灯街监控的稀疏程度，你不放身份证，警察未必找得到你，你这样做真的太冒险了。”

江易说：“被警察发现我还有辩驳的机会，被霍家人带走才是死路一条，我的问题太有针对性了，只要孙玉斗不傻，就一定会怀疑我。”

男人蹙眉：“你可以不叫他怀疑你，问出视频的下落不就行了？这样做风险太大，万一霍璋不相信警察的判断和你的不在场证明，你怎么办？”

江易点了根烟，用手掌挡风护住烟头上的一点儿橘色火光。

“听天由命。”他吐出烟圈，淡淡道，“有些答案我必须知道，有些事我也必须去做。”

霍璋在医院陪床一整晚，赵云今在陪他，中途她实在太困，靠在单人病房的沙发上睡了过去，醒来已经是早晨了。她身上披着霍璋的西装外套，霍璋只穿一件衬衫坐在床前，孙玉斗刚刚醒来，前来查体的医护络绎不绝。

赵云今是被医护人员的阵仗闹醒的，她起身安静地走到霍璋身后。

孙玉斗昨晚被解救后就昏过去了，睡着了还不觉得，今天一醒来从断指到脸都钻心地疼，他躺在病床上粗重地喘息，剩余的手指紧紧抠着身下柔软的被褥。

“断指离体时间太长，医生说已经没办法接回去了。”霍璋看上去脸色如常，只是声音冰凉，“不过不用担心，我会为你请最好的保姆和护工，保证以后的生活不受影响。”

孙玉斗一口气喘不匀，嘴里发出“嗬嗬”的声音：“绑我的人是江易，我可以肯定。”

霍璋望过去，他因为疼痛和愤怒脸涨得通红：“老子对他那么好，把他当兄弟推心置腹，他却把我的信任当泡屎，反过来咬我一口。”

一旁的何通问：“你看到他的脸了，还是听见他的声音了？”

“没有。”孙玉斗恨恨地说，“但我百分之百肯定就是那小子，那人开口闭口问的都是我跟江易提过的事，我给那丫头录的视频，还有你送老爷子的礼，昨儿警察在我不好说，一是怕他反咬我一口把视频交给警察，二是怕他进了局子我不能亲手弄死他……”

“舅舅。”霍璋打断他的话，“昨天你昏过去后，警方在现场发现了江易的身份证。”

孙玉斗怔住了：“他被警察带走了？”

霍璋凝重地点头：“今早放出来了，警方审讯了一整晚，发现江易有充分的不在场证明，他在审讯过程中也没有提起视频的事情。”

“……怎么可能。”孙玉斗不信，“我家里有没有人进去过？”

霍璋说：“找人去查了，江易我也着人叫来了，一会儿你亲自问他。”

孙玉斗的脸色阴晴不定，霍璋虽然看着平静，但心情也绝说不上多好。

赵云今给他削了一个雪梨，轻声问：“如果不是江易，还有谁会做这种事？”她这一问，倒是提醒了霍璋——江易和孙玉斗无冤无仇，为什么要对他下手？

病房的门被敲响，江易被两个黑衣保镖推进来，身上还穿着昨夜在警局没来得及换下的那套衣服。

孙玉斗目光中满是仇恨，江易倒没什么反应，和他打了个招呼。

赵云今眼波流转落在他身上，不知在想些什么。

霍璋淡淡道："坐。"

"不必了。"江易平静地说，"霍先生叫我来是为了昨晚的事？"

霍璋静了半晌，问他："是乌玉媚示意你这样做的？"

江易蹙眉："我昨晚被带到警局后才知道孙哥出了事，警察已经查了我的不在场证明，霍先生还在怀疑我？"

"不是他怀疑你，是我。"孙玉斗阴森森地说，"你那晚问了三个问题，还记得吗？刨去小东山里有什么不说，视频和寿礼的事我只跟你说过，除了你还有谁会问这种问题？"

"如果你说的是中学生那段视频，那知道的人未必只有我一个。"江易说，"双喜在车队工作，我前些天还听他说了一嘴，他也是从别人那里听来的。"

孙玉斗嗜酒，又爱结交朋友，偏偏他酒量和酒品都差，一喝高嘴上就没把门儿的，什么都爱往外说。他强奸未成年少女的事情知道的人远远不止江易，那些酒肉朋友大多都听到他有意无意把这事当作炫耀的资本提起过。

"至于小东山和寿礼的事，你虽然跟我提过，但我想知道答案直接去问九叔不是更快，何必大费周章去拷问你？"

孙玉斗说："现场的身份证总是你的吧？"

"是。"江易承认道，"但我不知道为什么丢失的身份证会出现在那里，如果真是我做的，又有几个绑匪会蠢到带着自己的身份证去犯案？"

他十分冷静，就连声音都几乎没有起伏波动："我和你无冤无仇，没有害你的动机。"

"可你是三房的人！"孙玉斗说，"是乌玉媚指使你干的！"

"我现在为霍先生做事就是二房的人，没有受三太指使一说。"江易说，"如果我受三太指使，那背靠三房的资源，我会做得更干净，更不留余地。"

孙玉斗没听懂，但霍璋听懂了。

如果三房是为了乌志的事来报复霍璋，那么哪怕等价对换，孙玉斗也不止只缺三根手指头。乌志从赌场出来，手指没了八根，两腿叫人生生拿斧头砍断，一副嗓子被折腾得再也说不出话来。按三房那位的性子，如果真是她找人做的，断断不可能放孙玉斗这样全乎地回来。

可要是脱离三房来看，江易确实没有害孙玉斗的理由。动机没有了，更别说他还有警察认可的不在场证明，这样看来，江易几乎是百分之百清白的。

“你是在为乌玉媚辩解吗？”霍璋问。

“不是。”江易说，“这件事也许是三太指使的，但我并不知情。如果三太真是幕后黑手，她也不会蠢到让我去做，好不容易把我派到霍先生身边，难道就是为了让我去做这个？这件事随便谁来都能处理，把我留在你身边用处不是更大吗？”

派去孙玉斗家里的人也传回了消息，小区监控显示，近几天出入孙玉斗那栋楼的人员除了本楼住户就只有外卖员和快递员，每个人都清晰地露着脸，其中没有江易。他们甚至查了整个小区七天内的监控，江易从头至尾就没有去过那里。

“我还有最后一个疑问。”霍璋眉梢舒展了一点儿，毕竟如果真是江易做的，放一个定时炸弹在身边谁都会不安，“虽说警察给出的监控记录显示，舅舅离开发廊没多久你就去了，但你完全可以先打晕他让你同伙带走，等你在发廊做好了不在场证明再赶过去找他。

“他中途晕倒，醒来后虽然知道是深夜，但未必就是四月八日的夜里，虽然击打头部造成的昏迷时间超过二十四小时的可能性很小，但不是没有。如果拷问他的事情发生在四月九日的晚上，你的不在场证明就不作数了。

“别怪我怀疑你，因为现在桩桩件件都指向你。”霍璋说，“我想不出来谁会这样大费周章地害你，现在听起来你洗清嫌疑的说辞无懈可击，但越是找不到漏洞往往越有问题。除非你能让我看到，四月九日的晚上，你也有铁一样的不在场证明。”

江易与他对视：“将我卷进去的事件未必是针对我，所有人都说我是三房安插在你身边的棋子，就像阿志的事一样，三太认为是你做的，你不承认，两方关系因此一直紧张着。现在有人想模仿阿志的事利用孙哥来挑拨二房和三房的关系也未可知，至于四月九日晚上……”

他拧了拧眉：“我没有……”

“四月九日晚上他没有时间去油灯街。”一直安静地坐在旁边的赵云今忽然开口了，她笑吟吟地说，“因为那一整晚，他都和我在一起。”

霍璋面无波澜，语调上扬“哦”了一声。

赵云今淡然一笑：“我给你准备了一份生日礼物，是座用一万根竹签搭起来的城堡，在那之前我已经做了一个礼拜，但我手太笨总也做不好。江易以前在木艺店打过下手，我就想请他来帮帮忙。

“你不会多想吧？”赵云今担忧地问，“原本是叫他白天来的，但工程量太大，怕赶不及在你生日当天送出去，才想着晚上赶工。”

霍璋没说话，牵起她白皙的手握在掌间。他低头，一个轻柔的吻落在她手背上：“有心了，谢谢你。”

江易垂下眼眸，以免自己眼中蕴藏的情绪表露出来。

赵云今笑得如玫瑰般娇艳，亲昵地反握住霍璋的手：“你喜欢就好，一点儿小礼物算不上什么。”

她抬头望向江易：“当然，这其中也有阿易的苦劳。”

霍璋“嗯”了一声，他一晚没睡，头有些痛，伸手揉了揉太阳穴。

病房的门再次被人敲响，这次门外站着的是三个警察：“孙玉斗在这里吗？”

孙玉斗不耐烦道：“我已经跟警察说了，不知道是谁绑了我，你们不要再来了！”

警察冷着脸，严肃地说：“现在事关另一件案子，请你跟我们走一趟。”

乌宅。

乌玉媚睡到晌午才起，外面日头晃眼。厨师做了她常吃的甜米粥和松仁糕，她洗了把脸，没动桌上的饭，套了件衣服去园子里散步。

于水生大清早就来了，在后园的菜地侍弄前些日子种下的小白菜。

“已经给媒体送去了。”于水生从桶里舀了一瓢水洒到菜垄上，“马上就有消息了，耐心等等，你今儿怎么起得这么晚？”

“昨晚没睡踏实，总想起那个信封。”乌玉媚弯下身摸了摸小白菜绿油油的叶子，“孙玉斗是霍璋的亲舅舅，做什么都有霍璋给他兜底，能找到他们的罪证很不容易。那信封里面装着孙玉斗的罪证被送到我家门口，很难不让人多想。

“阿九。”她轻声问，“你觉得会是谁？”

起风了，于水生帮她紧了紧衣襟：“霍璋在松川之所以年年效益拔尖，是因为他不知道使手段搞垮了多少同行，恨他的人一大把，也不差咱们两个，是谁都不要紧，要紧的是杀人的刀已经有人递过来了，借刀杀人，既不用费心也不用受怕，这么好的买卖就别胡思乱想了。”

乌玉媚“嗯”了声，于水生见她心忧，避开话题问道：“阿志怎么样了？”

“命保住了，但人是废了，每天躺在疗养院一句话也不说，就那么呆呆地盯着天花板，我在联系专家给他接个义肢，可他也没什么精神。”

“阿志打小儿就被他父母送到你身边，也算是你半个儿子。”于水生叹息，“他这次在赌场的事不是天灾，是人祸。

“他老早就提过想跟江易学牌，你嫌赌博损人心志不准他进我场子，他只能跑去恭老头儿的场子玩，江易跟着他去的。他在的时候那些人不敢耍花招，他才离开没多久，阿志就中了人家的招。

“两条腿，八根指头，他那嗓子今后估计也说不了话，这么下作的手段，恭老头儿能做出来，但做这行的不会无缘无故结仇家。我和他是老对头了，他废阿志是行规，但要说是他把牌插在阿志身上的，我却不太信。”于水生说，“阿志是你的侄子，他要真想冲我来，下手的对象也该是我的人。”

乌玉媚静静地听着他说话，于水生说：“他在霍璋回西河的前夕出事，未免也太巧了。霍璋不承认不代表他没做，他心思深，阴毒又计较，车祸的事他隐忍了这么多年，我可从没当他忘了。”

乌玉媚的眉宇间充满忧虑：“我最近常做噩梦，闭上眼就梦到阿志，他满嘴是血哭着怨我，说是我作孽太多才报应到他身上。我还梦到许多许多的死人，身上不是这里缺一点儿，就是那里少一块，血淋淋地围成圈找我索命，说是恶道太苦，要拉我下去做伴。”

于水生宽慰她：“你成天拜佛，佛经里怎么说因果？今生的因都是前世的果，那是他们的命，是他们上辈子欠你的。”

“佛经还说，善恶报应，祸福相承，身自当之，无谁代者。”乌玉媚笑得凄婉，“我迟早会下地狱的。”

于水生说：“是善是恶谁又说得好？娟娟，有我在你身边，报应我挡着，你怕什么？”

孙玉斗早前怀疑江易但不敢告诉警察，是因为他怕江易向警察供出视频的事。江易被警察传去问话丝毫没有提起这个，霍璋派去的人也没有在他家小区的监控里发现江易的身影，他那一颗跳到嗓子眼儿的心又好好地安放回胸腔。毕竟只要没有摆在明面上的证据，霍璋自会帮他擦好屁股，那女孩家里翻不起多大的浪。要是铁一般的事实摆出来，他想全身而退就难了。

原以为这事过去了，可他怎么也没料到，警方再次来找他，却是因为那段强奸的录像。

一小时前，各大媒体商量好一般联动发文，将一起发生在半年前的强奸案的热度推至舆论的风口。

那段视频在网络上疯传，受害女孩的脸和声音都经过模糊处理，孙玉斗的脸却未经任何处理，他犯案的过程以及事后对着镜头得意地发表感言，无比清晰。几乎是瞬间就引爆了热度，把网友的愤怒推至极点。

霍璋找人压热度，但收效甚微，背后似乎有双看不见的手在操控一切。孙玉斗被带走之后不久，他接到了来自霍嵩的电话。

……

薛美辰这些年发了福，但皮肤保养得极好，依稀还能看出年轻时漂亮的底子，她穿了身黑色套装，看上去雍容华贵。

霍璋进门时，她正坐在病床边削黄瓜，一片一片地往霍嵩干燥的嘴唇上贴。

霍嵩患尿毒症许多年了，苦于找不到适合配型的肾，早年每周都要做透析，后来霍璋从于水生手里弄来一颗肾，他移植后身体好些了，奈何适配度不高，后来的排异反应太强，因此，他还是要常年待在私人医院里治疗。

他平日喝不得水，嗓子总是沙沙的，开口叫霍璋过来坐后就没再说过话。

替他发声的人是薛美辰，她一双眸子不怒自威，直直盯着霍璋："我知道你心里在想什么。

"孙玉斗是你亲舅舅，你不会不管他，但事情闹成这样，你打算怎么管？

"已经有人扒出他和霍家的关系了，从一小时前，辰嵩的股价就一直在跌。霍璋，叫你来只是为了提醒你，你的身份到底是霍家人还是孙玉斗的外甥。"薛美辰冷笑道，"孙玉斗痞子出身，没文化，素质又低，从一开始我就反对他借霍家的名头作威作福，是你非要感念亲情留他在身边，现在闹出事来了吧？"

薛美辰劈头盖脸一顿训斥："他既然敢做出这种丑事，你也不必为他兜着。

"孙玉斗的亲外甥和霍家的大少爷，两者你只能选其一，做事前想想，一个孙玉斗值不值得。"

医院的豪华私人病房里窗明几净，洁白的墙壁映衬着床上霍嵩蜡黄老态的面孔，他伸出舌头舔了舔唇上湿润的黄瓜片，脸上早已没有了当年意气风发“霍生处处留情”的风流模样。他用一种嘶哑到几近病态的声音说：“这是你母亲的意思，也是我的意思。”

霍璋的脸隐匿在光影之后，虚虚的看不清神情。

……

霍璋去见霍嵩，赵云今自然不能陪同，她让江易送她到花店，今天虽然发生了很多事，但她全然没受影响似的，依然照常营业。

她拿着喷壶仔细地浇了一遍花，刚浇完，天上淅淅沥沥地下起小雨，她只得放下喷壶，把刚摆出去的盆栽重新搬回店里。

江易去为她买书了。他请假回来了，双喜的活计就落回了他身上。

赵云今用了足足半小时才把所有的盆子都搬完，雨越下越大，她身上已经淋得湿透。

她没有找毛巾擦拭，也没有进屋换衣服，而是愣愣地站在雨里，目光落在远处正蒙蒙升起的模糊雾气里。

书城里，江易在青春小说的区域逛了两圈，赵云今要的书连个影子都没看到。

对面就是所中学，午休时间到了，许多中学生头顶一本书踩着雨水跑回家吃饭，也有些小孩嫌雨天路滑不愿意回家，随便在外面的店里买了份盒饭，拿到书城边看漫画边吃饭。

江易左手边坐着一对情侣，两人亲昵地共享一盒饭，四周的人像司空见惯似的，谁都没有多落一分注意力。

江易烟瘾犯了，但店里禁止吸烟，他站在角落里找着赵云今给他的书名，眼前出现了一排摆着教辅的书架。

他的思绪忽然回到了那年。临近高考前，赵云今没日没夜地刷题，一个礼拜就能做完一份习题册，她每天午休时都会偷偷溜出来找家书店学习。

江易那时已经成年，找了个在建筑工地打零工的活儿，空闲不多，但为了见赵云今一面，他依然会顶着烈日骑几十分钟摩托车来见她。

哪怕见面的时间只有短短二十分钟，他也乐此不疲。

赵云今做题，他在旁边看着她，少女的侧脸精致，海藻般的长发松散地披在单薄的肩背上。她看上去娇贵十足，像朵他想要触碰却又让他小心翼翼自觉卑微到尘埃里的花。

赵云今做完题，偏头看他："你好沉默啊。"

"不想打扰你。"

"那你跑这么远过来，只是为了看着我发呆吗？"

当然不是，他怎么能只甘心看着她。

……

店员见江易一个人站着，走过来问："你要找什么书？"

江易从回忆里惊醒，他面不改色，用冷酷的音调说了一个书名。

店员打开收银台后的柜子，找出一本书递给他："以后买这种书直接来前台要，书架上没有。"

江易拎着赵云今的书下了车。

雨势未减，甚至比刚刚还大了许多，花店门口的杂物都收进屋里了，唯独留着那把遮阳伞和伞下的小桌。

赵云今坐在桌旁，鬓边湿透了，裙子紧紧贴在身上，发梢滴滴答答向下淌水。

遮阳伞有缝隙，雨水顺着缝隙流下来，"啪嗒"滴在桌面上汇成了一小摊。

江易从未见过赵云今如此狼狈的模样，店门上的白色匾额和门联在这样的雨天显得格外苍白，叫人觉得是种充满死寂的颜色。

一阵风刮来，吹走了赵云今放在桌上的一页纸，落到江易脚下，他瞥了一眼，上面写着"彦铭机械"的字样，后面还有一串联系方式。

赵云今静静地盯着木桌的花纹发呆，神情如水晶玻璃般清透易碎。

"他焚化的那天也下着小雨。"她忽然说。

多年前的那日也是这样的朦胧雨天，她穿着一条单薄的裙子站在焚化炉前，雨丝纷纷扬扬洒在脸上却感受不到凉意，因为脸已被凉风吹得麻木了。唐月华不吃不喝哭晕过去好几次，虚弱地在医院输液，林岳陪着她。

火化没有冗杂的仪式，赵云今看着那具已经辨不出身份的尸体被推进炉里，呆呆地站了两个小时。她就那样站在雨里，只有她自己。和今天一样的细雨如丝，一样的狼狈不堪。

两小时后，入殓师打开焚化炉，她在林清执那段未燃尽的腿骨里发现了一枚铁钉。一枚没有在验尸报告上写明，嵌在他的腿骨里，来历不明的钉子。

尸检报告上法医给出的死因是车祸，关于钉子的事只字未提。

他身上多处骨头被重物碾碎，一截一截裂开，看上去像被车轮轧过一样，可若是车祸致死，一枚钉子又是怎样钉进了坚硬的骨头里?

赵云今走到江易身前，弯腰捡起那张飘到他脚下记着“彦铭机械”信息的纸张，她将它对折撕碎：“你曾经说过，我对你而言无价，林清执也是。可是在他离开后，在我最需要你的时候，你在哪儿？”

江易嘴唇动了动，她离他近在咫尺，头发被雨水浸透，早没了往常的香味，透着堪堪破碎的美。江易喉结滚动，别开眼不敢迎上她的目光。

人人都说笑意盎然的赵云今是最可怕的，因为你不知道她哪一刻弯起的嘴角下藏着刀，可江易从不那样觉得。相比之下，脆弱不堪的赵云今才是他的死敌。

他要是再多看一眼，连心带肺，所有的一切都会被揉碎，他会控制不住把所有的一切和盘托出。但那真相无论对她，还是对他们，都无异于万丈深渊。

“对不起。”他嗓音沙哑，“我不知道他走了。”

赵云今闭上眼睛，不知是在喃喃自语还是在说给江易听：“我昨夜梦到他了，他面孔模糊，在水里挣扎得很痛苦，他说，香溪好冷啊。”

赵云今发烧了。

江易回来前她已经吹了很久的冷风，发烧也是意料之中，她到家时就开始发烧了，脸颊泛着不正常的红。

江易倾身解下她的安全带，赵云今刚刚淋雨时的一丁点儿真实感性被她收敛起来，现在又恢复了原样。

她侧过脸，温热的呼吸吐在江易脸上：“你好贴心啊。”她口中桃香味的气息吐在他脸上，软软痒痒的，让他的皮肤不由得战栗。

江易走到副驾门外撑开雨伞，赵云今下车，高跟鞋被车底水洼里的石子硌了一下，她浑身酸软，不由得前倾倒在江易怀里。

江易一手搂着她的腰，一手撑着宽大的黑色雨伞。

雨声哗哗，隔绝了远处的汽车的鸣笛声，天地刹那间寂静，仿佛只剩肌肤相贴的两人了。

江易的手在她腰上停留了很久，不像从前触电一样碰过即抽。

赵云今生性爱凉，还没到夏天，她就迫不及待地换上吊带裙，两条藕色的胳膊露在外头，男人的手掌贴上去，滚烫滚烫的。

他问："你发烧了？"

赵云今"嗯"了一声，就势软软地贴着他。江易说："我送你上去。"

这些天来，江易尽可能少跟她接触过密，怕她问起从前种种，但今天的赵云今情绪低迷，哪怕她现在缓过来了，他心底还是升起了一股不忍——他记忆中的赵云今明艳顽皮，从不会因为任何事为难自己，而此刻她所有的难过倘若从源头细算……

从前的事，他不愿意再想起。

江易送她上楼，一路上，她像只无骨的猫软趴趴地瘫着，把所有重量都交付在他身上。

她额头滚烫，好不容易上了二楼就一头栽到床上，而后拖过被子包住自己，缩在里面窸窸窣窣脱掉内衣，反手扔到床下的地毯上。

那内衣正好落在江易脚下，他蹙眉不语。

赵云今弯唇："我喜欢裸睡，你不会忘了吧？"

裙子是湿的，贴在身上湿漉漉的不舒服，她干脆一起脱了，把自己裹在软被里。

"楼下有洗衣房。"赵云今闭上眼睛，疲惫道，"我要睡觉，麻烦你帮我把衣服拿去洗了，洗完就回去吧，这里不管晚饭。"

江易弯腰捡起她的衣服。

床上的赵云今一动不动，她仰面朝天躺着，露出一颗毛茸茸的脑袋，要不是呼吸略有些粗重，胸口的薄被子起起伏伏，真像死了一般。

江易去了洗衣房，洗衣机里前几日洗好的衣服还没晾，放在里面久了，沤出点儿酸臜味。

赵云今是个挺爱干净的人，但她懒。

赵云今从小生活优渥，万事不用动手。她亲生父母早已实现了财务自由，嫌生活太过平淡无趣才开始探索极限运动，没想到在探索过程中出了事故命丧缠山，云今的姑姑们将她父母的财产搜刮干净后把她丢进了孤儿院。

她在孤儿院没待上几个月就被带回了林家，林家的生活也是极其富足的，事事都有阿姨操心，从来不用自己做家务，无论是简单的扫地、擦桌，还是复杂的洗衣、做饭，她连自己的袜子都不见得洗过几次，更别说洗衣服了，衣服在洗衣机里忘记收也是她能做出来的事情。

江易打开洗衣机，将她刚脱下的裙子连同早前的衣服全部重洗，把她的内衣、袜子丢进篓子里，等她病好了自己洗。

他在洗衣房点了根烟，就着一点儿微弱的火光，目光又瞥向赵云今的内衣，江易一根烟抽完没解烦躁，接二连三抽了好几根，等到烟盒里所有烟都抽完，他才把烟盒丢了，捡回她的内衣。

洗衣房内物品一应俱全，他打上内衣清洁剂认真清洗了一遍，想起上一次做这种事还是四年前。

四年前赵云今在他那破旧的小屋里过夏天，推开窗，眼底尽收的风景是油灯街密密匝匝的楼房。她在他的窗台种满鲜花，有山茶，有蔷薇，有杜鹃，还种了一盆小辣椒，她那时正清闲自在，每天躺在硬邦邦的床板上看漫画等他回家。

有些记忆始终不能忘记。

赵云今喜欢喝牛奶，江易每天打零工回来都会买上几盒放在冰箱里，她习惯用尖锐的牙齿咀嚼吸管，一盒奶喝完管子就皱巴巴不成样子了。

赵云今喜欢吃蜜桃，常常傍晚趴在他那狭小客厅的沙发上看电视，屏幕里红太狼一平底锅拍飞了灰太狼，她“咯咯”直笑，桃汁顺着唇边流出来，她伸手去揩，沾得手背也黏糊糊的。江易递过一张纸巾，她不要，偏要拉过他的 T 恤衫在上面乱蹭。

她皮肤牛奶似的白，脸颊嫩扑扑透着粉，就是蜜桃本身。

江易喉结滚动，极力忍耐，但这时只要赵云今再一个眼神瞄过来，他的所有克制就灰飞烟灭了。

“云云。”他曾无数次珍视地将她抱在怀里。半熟的蜜桃汁水鲜浓，是这辈子都难以忘掉的味道。

赵云今向来是会使唤人的。曾经很多个傍晚，油灯街灯火辉煌，那个旁人眼中冷酷孤傲的少年打满一盆清水蹲在走廊里搓洗她的内衣。

邻居路过，不敢招惹江易，只敢偷瞄。

后来街坊四邻传起了闲言碎语——听说那个打小儿就狠的坏坯子带回了一个明艳又漂亮的姑娘。

……

江易将衣服晾好，回了二楼。

赵云今叫他走，可她这人最爱口是心非，若她撒娇甜蜜地叫你留，未必是真心的，保不准是在勾引人；若她冷淡地叫你走，也未必是真心的，她只是不想把自己脆弱的一面让别人看到，尤其当那个人是江易的时候。

江易从医药箱里拿了把额温枪，撩开被子一个角，对准她光洁的额头打上去。

赵云今迷迷蒙蒙睁开眼，看见江易的背影，他转身递过来一杯水和一粒药："吃了。"

"不是叫你走吗？"赵云今挑着眉梢，将被子朝下拉了拉，"没穿衣服，你在这儿叫我怎么吃？"

江易把水和药放在床头柜上，背过身去。赵云今裹着被子，慢腾腾地爬起来。

天色已经黑透了，窗外万家灯火璀璨。

江易在玻璃的倒影中可以清晰地看到赵云今被子下露出的侧面曲线，精致又妖娆，满满的香艳。可他没有说，也没有挪开视线，心安理得地享受着窥来的一场视觉盛宴，盯着赵云今把药吃了下去。

赵云今倚着床头拢了拢被子，重新闭上眼睛。

江易站在窗前没动，过了会儿，听见她在背后幽幽开口："看起来假正经，实际上心里早就想把我生吃了吧。"

她这话一出口，江易心底蓦地腾起一股难言的愤怒。

她知道他在注视她，她是故意那么做的。勾引、诱惑，无论出于什么心思，她想让他失控，却没有考虑现在的他们是否承担得起失控的后果。

赵云今说："这几年过去，忍耐力见长，看来前些天在油灯街的体验还不错。"

没开灯的房间一片昏暗，外面一簇灯火光芒闪烁，江易面孔隐匿在看不清的暗处："别在这种时候惹我。"

赵云今病弱却不忘作妖，妩媚一笑，微红的脸色更添几分娇弱："惹了又怎样？

“我在霍璋面前给你做伪证，你不但不想怎样报答我，心里还在想着对我做什么，江易，做人不能这样。”

暴雨冲刷了城市的污垢，也带来了低压的沉闷，密闭的房间格外闷，压得人呼吸困难，浑身燥热。

江易觉得热。赵云今同样如此。

她拉下被子，抽出手臂，一半春光若隐若现，白里透着高烧时病态的粉。

“但我不介意听听，你想对我做什么。”

窗外大雨瓢泼，一时世界静寂下来。

赵云今正偏头看着远处灿烂的灯火，眼前忽然一暗。江易挡住了那束光，他挺拔的身体挡在她床前，挡在她目光所至的地方。

他一身烟草味，弯腰攥住她洁净的被角。不等她反应，他将被子整个撩起，不留一丝余地欺身压下来。

他凑在她耳边，重复说了那句每次受到招惹后都会吐出的话，声音粗哑，几乎快要不能自持：“赵云今，你是不是想死？”

借着床头灯冷白的光芒，赵云今看见江易胸口的文身。那是一朵用线条勾勒出的蔷薇，黑色轮廓，开在心口向上三分的位置，颜色寡淡，但形状恣意。

赵云今摸了上去，蔷薇表面有着凹凸不平的纹理感，她以前从未在江易身上见过这个文身。她笑着看向男人和他眼里的欲望，伸出手臂轻轻环住他的脖颈，送上红润的唇。

她浑身因为发烧而滚烫，江易一颤，放开钳着她手腕的手，俯身凑近，鼻尖触着她柔软的脸颊。

赵云今的温顺令他想要停止的念头一点点消退，心里某道栅栏不受控制轰然崩碎，他仰起头，用唇轻轻地、虔诚地吻了吻她滚烫的双眼。

赵云今开口：“我可以。

“几次都行。”不知是不是发烧的缘故，她的嗓音比平时低了些许，“作为交换，你要告诉我我想知道的答案。”

欲望如被一盆冷水浇灭般瞬间消退，江易僵硬在那儿，脸色冷得像块冰。

赵云今不以为意，细腻的手抚上他的胸膛："霍璋的舅舅是你绑架的？别这么看我，你的不在场证明很完美，可我了解你。"她笑着说，"如果不是你做的，你才不屑于为自己辩解，有些东西是生来就有的，刻在骨子里，想改也改不了。耐着性子和霍璋解释了那么多，才不是你江易。

"孙玉斗被绑的事件背后一定有鬼，我没说错吧？

"阿易。"见江易不言语，赵云今笑着说，"把你知道的事情告诉我，我们等价交易，好不好？"

她掰着手指："一次不行就两次，两次不行随你定好了，只要你在霍家一天，我随叫随到。"

江易没说一句话，他的目光沉下来，诡谲而危险。他沉默许久，久到赵云今吃下的药性上来，微微犯困了，他才冷然开口："你把自己当什么？"

赵云今体温越来越高，头晕目眩，她竭力抬起厚重的眼皮："女人。你既然能和油灯街的女人睡，和我有什么不行？我比油灯街的女人不知好上多少……"

江易抓起被子扔在她身上，动作中带着凛冽的怒意，他下床拿起 T 恤衫，头也不回地摔门离开了卧室。

赵云今没心没肺地"嗯"了一声，觉得房间太冷处处透风，她打开空调，裹紧被子睡起了退烧觉。

雨夜适合犯罪，因为雨水会冲刷掉所有痕迹，将罪恶掩盖。

照明恢复，短暂的黑暗被白炽灯浓烈的光芒驱散，江易背靠冰凉的机器，瞳孔涣散。

乌志活动着手腕，说道："反正他不肯交代存储卡的下落，死了也干净。"

旁边有人朝蹲在门外的孙玉斗努努嘴，他刚才看见血腥的一幕，正在抽烟缓神。那人说："丁晨凯给霍璋办事，如今他死了霍璋肯定不会善罢甘休，小东山的事万一叫他查出来……"

乌志冷笑："他舅舅看见咱们搞死丁晨凯连个屁都不放，还指着霍璋对他上心？一个员工而已，霍璋还能为了他跟三太撕破脸不成？他要动小东山是迟早的事，丁晨凯死不死都一样，倒是别叫警察查出什么，不过外边这么大的雨，连老天爷都帮着咱们。把这儿处理完再走，你和巴子把地上的血擦干净。老金，咱俩把尸体处理了，最好别叫人找到，查到三太这儿容易惹她心情不好……老金？”

金富源没应他，他正蹲在江易面前。

“知道九爷为什么从来都不重用你，只肯让你做些琐碎活儿吗？”他龇牙，对着江易露出满口烟熏的黄牙，“三岁看大，八岁看老，打小儿九爷就知道你是个什么东西。干我们这一行别的不需要，就俩条件——心狠、手辣。你从小手够狠，但就是多了点儿不需要的心软，看看你吓的这样，真丢人。”

金富源笑了两声，起来去和乌志抬地上的尸体。

何通和孙玉斗被三房的人扬着铁棍赶走了，风声似乎小了，有人抹掉血迹，有人收拾垃圾，力图还原最初废厂的模样，可这世上有些事情，不是擦干抹净就能掩盖过去的。

江易的头沉得像灌了铅，被雨水打湿的头发紧贴着脸。他耳朵嗡鸣，其他声音几乎听不见了，满世界只剩下男人临死前匆促地在他耳朵边重复的那一句：“小东山，451612。”

乌志粗暴地拽住男人的头发，金富源抬脚，一起朝外搬运尸体。

江易抬起头，看到男人的手臂软软地垂下，在那被鲜血浸透的手腕上，戴着一只黑色电子表。

……

江易从梦中惊醒，四年前的一幕幕电影般清晰地出现在梦境里。

他从沙发上坐起，后背出了一层冷汗。四月天本就将暖未暖，一场雨后更是凉意自脚底升起。江易去卫生间洗了把脸，灯光惨淡，他抬头看着镜子里的自己，几天没睡好，黑眼圈略深，上面嵌着一双阴沉的眼眸。

天边曙光将至，楼上的赵云今不知睡过几轮了。

江易拿起衣服准备离开，想起昨夜她下车时站都站不稳的样子，脚步又顿住了。这女人永远这样，她不需要多余的怜惜和同情，即便发着高烧，也能作到你火冒三丈，可冷静下来，脑海里反复出现的还是她的可怜模样。

江易上了楼，鱼肚白的天空洒下微弱的光亮，赵云今将自己包成了一个蚕蛹。

他摸了摸她的额头，已经降到了正常的温度，江易帮她把漏光的窗帘拉好，趁着天色熹微开车离开了。

他刚走，赵云今就睁开眼，看着天花板喃喃自语："走了啊……"

她口有些干，慢腾腾地翻身下床披着外套去一楼喝水，雨后的屋子湿气比平日重，木地板散着潮意。

赵云今烧了热水，坐在沙发上等水开，江易昨晚在那里睡过，上面还残留着一股清新的皂香。赵云今躺下，脸挨着那处蹭了蹭，料理间的水烧开了嗡嗡直响，她没听见，昨夜没睡安稳，躺着躺着又睡过去了。

再醒来是被门口的脚步声吵醒的，她揉着惺忪的睡眼朝门口望过去，离开的江易去而复返，手里拎着一碗她最爱吃的许记粥铺的生滚猪肝粥。

男人没说一句话，淡漠的神色也看不出情绪，他将那碗粥放到了她的面前。

江易接到了霍璋的电话，要他去霍宅一趟。

这个霍宅不是霍家本家的住所，而是霍璋自己的房产。他读中学时就离家独居，因为薛美辰坚持只有一家人才能整齐地坐在一张桌上吃饭，霍璋这个名不正言不顺的私生子不配。

霍璋的住处平时很少有人进，他疑心病重，光安保人员就请了十多个，院里还养了两只德国黑背，家里的阿姨更是用了十几年的。亲密如赵云今也从未在他家里过夜，每每陪他吃过饭后就派司机送她回去。他活得小心谨慎，或许也正得益于这小心谨慎，才让他活到现在。

江易到的时候，霍璋正坐在花园里晒太阳。

雨后初晴的泥土散发着葱郁的青草味，阳光温热，照在身上暖洋洋的又不刺眼，一切刚刚好。

霍璋示意江易坐，他的腿不能受寒，这种天气得格外慎重，上面搭了一条厚厚的毯子。

旁边的大理石小桌上摆着一个精美的生日蛋糕，是那晚他找人买来的，可惜他生日没过成，最后还失了亲舅舅。

可霍璋神色从容，他将这几天发生的事情说给江易听："……父亲要我放弃他，否则就把我从遗产继承的名单上除名。他是我亲舅舅，可这些年没少给我惹事，回回都是我给他擦屁股，哪怕这次不出事，以后也是一颗定时炸弹，为了他放弃几十亿的家产，我不认为这样做值得。

“我私下请人在监狱照顾他，希望他过得好一点儿。”霍璋问，“你会不会觉得我太没人情味了？”

江易说：“人情味对于成大事者只是累赘。”

霍璋笑了。

“这是九叔说的。”江易说，“他不喜欢我，觉得我心太软。”

霍璋眯着眼睛，想起往事：“小时候父亲也不喜欢我，他说我心思多，不像那个年纪的孩子该有的样子，可生活在那样的家庭里，不多点儿心思怎么活？江易，既然于水生不喜欢你，你为什么还要替他做事？”

“霍先生指什么？”江易蹙眉，“我从前给九叔看过赌场收过债，做过些杂活儿，除此之外没有其他的了。”

“那他叫你来我身边，是为了什么？”

江易说：“不管你信不信，他什么都没吩咐我。”

霍璋既然问出这样的问题，肯定是私下查过，因此，他没有在这件事上撒谎。

霍璋问：“于水生这么不信任你，你就没想过换一个地方？比如为我办事，你在他手下似乎连份稳定的收入都没有吧？”

“你相信我？”

霍璋又笑了，他扯掉系在蛋糕盒子上的彩绳，打开盒子，里面的蛋糕放了几天加之淋了雨水，早已变质了。

他拿起刀，在那腐败的蛋糕上斜斜切了几刀，将蛋糕分成五等份：“一块蛋糕五个人吃，终归还是不够分，父亲因为舅舅的事对我很失望，或许连这五分之一都没有。假定蛋糕总量不变，要让自己多吃一点儿呢，如果是你，会怎么做？”

霍璋用的是询问的语气，江易想了想说道：“想法子多分一块，或者让其他人闭嘴。”

霍璋盯着他，许久，他笑了：“开源节流。江易，你很聪明，别跟着于水生了，来为我做事吧。”

江易问：“为什么是我？”

“我身边的人过于文气，可在这样的家族生活，斯文是最要不得的，舅舅不在以后，我连个得力的人都没有。”霍璋解释说，“我查过你的资料，你骨子里有狠劲，也不受乌玉媚喜欢，于水生从小到大只让你挂个义子的名，却没把你当回事，听说你这几年过得不怎么顺利。

“你了解于水生，又不是他的心腹，我需要这样的人为我做事。于水生不看重你，把你当成可有可无的东西，可我不同，我一向礼遇人才，只要你诚心跟我，总不会比在三房过得差。”

“你相信我？”江易又把先前的问题问了一遍，“我不想一边为你办事，一边还被你处处提防。”

“不信，至少现在还不信。”霍璋诚恳地说，“但如果你诚心想来，就该想办法让我相信。”

山顶风凉，飕飗地吹过脸庞，圈在笼子里的两只半人高的黑背不知听到了什么，站起来朝着不远处的林子里狂吠，狗嘴包合的利齿边流下白沫状的涎水。

江易沉思了很久，抬眼凝视着霍璋：“你猜得没错，五年前你的那场车祸不是天灾，而是人祸。”

霍璋和缓的脸色刹那间变了：“是于水生还是乌玉媚？”

“主意是谁出的我不清楚，但于水生和乌玉媚的牵扯比你们想象中更深，他们两个是一体的，是谁都没有区别。”

霍璋漠然说道：“你这话相当于没说。”

江易平静地说：“别急，虽然不知道是谁，但当初在你车上动手脚的人是于水生的手下。他的名字，我可以告诉你。

“韩巴，一九七七年生，是九叔身边的老人了，他早年在汽修厂做工，对车子的部件和构造很了解。”江易说，“几年前我和他有过一段交情，偶然听他提起他曾经去松川出过公差，时间正好是霍先生出车祸前的几天。

“九叔在松川没有生意，不会无缘无故派人去出差，关于韩巴的信息你可以去查，车票班次、下榻酒店，以及到了松川后的行踪，这些对你而言不是难事，也好证明我说的话有没有假。”

霍璋问道：“这个韩巴和你有仇？”

“没有。”

霍璋挑眉：“那你倒是毫不手软，有过一段交情的朋友，几句话就把他卖了？”

江易冷笑："酒肉交情而已，算不上朋友。人不为己，天诛地灭，既然投诚就要拿出像样的诚意，这点我懂。我可以为你除掉这个人，但霍先生也要拿出你的诚意才行。"

"我已经招揽你了，还不够吗？"

"这不叫诚意，你的招揽是指什么？事成后继续给赵云今开车，还是拿钱打发我？"江易眼中没有波澜与欲望，像个假人，"说到底，我怕死，不会因为你一句招揽的话就去以身犯险，你得拿出更有吸引力的东西才行。"

霍璋问："你想要什么？"

江易冷漠地与他对视："地位，我给于水生做了这么多年的狗，不想再被人瞧不起了。"

霍璋思索片刻："给云今开车的确委屈你了，小东山我刚接手，许多地方打理起来还很吃力，原本打算让舅舅帮忙，可他现在出了事……如果你能让我看到你的诚意和能力，我让你进小东山做事。"

江易想了想："成交。"

赵云今退烧后休养了几天，花店暂时歇业，原因是她认为自己大病初愈脸色不好，不愿意出门让人看到她的憔悴模样。

再次见到屋外的太阳是霍明芸约她去逛街，“长公主”最喜欢的品牌店来了初夏新款的包包，她婉拒了店长要把新品亲自送上门让她挑选的好意，打扮得花枝招展出去招蜂引蝶。

赵云今兴致不高，试过几个包后就懒懒地坐在店内的沙发上打盹儿。

霍明芸背着个红色鳄鱼皮包臭美地在镜子前转了一圈，又转到赵云今面前：“这个怎么样？”

“像只烫了水的红皮大公鸡。”赵云今如是说。

霍明芸把包还给店员，坐到她身边：“心情不好？”

赵云今“嗯”了声，霍明芸说：“让我猜猜，该不会是因为霍璋吧？”

赵云今看了她一眼，霍明芸露出个狡黠的笑：“医生说如果没有合适的肾源，我爸的命最多还能续半年，当初霍璋弄来的那颗肾不算特别合适，但实在找不到更好的才被迫用上，我爸念他办事得力给了他松川的分厂。可现在他的命就快没了，当初那点儿感激也没剩多少，加上前阵子孙玉斗的事闹的，他对霍璋的成见大着呢。霍璋现在是泥菩萨过江自身难保，别说分多少遗产，老爷子愿不愿意给他都还不一定。

“说起来也搞笑，当初一个个拼命地给老爷子找肾，生怕他撑不住走了家产都落在我妈手里，现在地位稳了，一个个全都等他死。如果你是因为霍璋的事烦恼，那没什么大不了，霍璋不行了你大可以换下家。对了，我哥要回国了，你听说没有？”

“你哪个哥？”赵云今有些困顿，一时没想起来，反应过来后才淡淡地说，“哦，霍明泽啊。”

“他这些年都没谈过恋爱，不知道是还想着你呢，还是对女人有阴影了。”

赵云今笑道：“孩子时候的玩笑也能当真？他不谈恋爱是自己不想谈，跟我有什么关系。”

霍明芸直勾勾地看着她：“是吗？好好想想你当初骗他的时候是怎么说的，六年，你是从六年后穿越回来的！自己算算现在过去多久了，怎么我哥在国外待了这么些年，偏偏要这个时候回国呢？”

赵云今一怔，随即又用一抹妖娆的笑意掩盖：“那我真是受宠若惊，既然霍璋日薄西山了，以后说不定还要你多多费心把我重新介绍给霍明泽。”

“赵云今。”霍明芸一反常态，用一种极其严肃的语气说，“你游戏人间我不管，但你不能再戏耍我哥了。你可以不理他，躲着他，甚至直接跟他说明白你现在的身份，但是别再骗他了。他以前做过很多错事，可人都有年少轻狂的时候，他现在已经改好了。”

赵云今“嗯”了一声，她散漫惯了，霍明芸不信她，要求她：“你发誓。”

“别那么幼稚了。”赵云今眯着眼睛养神，“六年前我看不上他，六年后也一样。”

霍明芸忧虑道：“霍璋这人从小就很病态，他对霍明泽的感情又爱又恨，总是想方设法去弄到霍明泽得不到的东西，不知道他当初看上你是不是因为这个，我真担心他在霍明泽面前说什么又让他受刺激……”

她话说到一半，发现赵云今睡着了。青天白日，赵云今靠着沙发靠背的睡容安静，睡眠质量好到有人在旁边说话都听不见。

“……”

霍明芸重新去逛了一圈，结完账已经是傍晚了。江易站在门外等人，她摇了摇赵云今：“醒醒，你那个爹来了。”

赵云今揉揉眼睛，慢腾腾站起来。

霍明芸买了许多东西，她自己开车出来的，没有司机帮她拎东西，出了门很自然地把购物袋递给江易让他拎着。

江易送她到停车场："霍小姐，我可以送你回家。"

"不用了。"霍明芸在不熟的人面前一向孤傲，"我要去美容院，帮我把东西放车上。"

霍明芸走后，江易转身看到赵云今倚着车门端详他。

"你对长公主好殷勤啊。"她笑着问，"霍明芸有我漂亮吗？"

她那天夜里的种种言语和举动，过了这么久江易依然难以释怀，他冷着脸："没有，但比你像个人。"

赵云今忽略他的嘲讽，朝他发出邀请："今晚有空吗？霍璋没约我，我有一个晚上的空闲时间，打算试试昨天新买的烤箱，去我那儿，我做蛋糕给你吃。"

"我没空。"江易拒绝，"有空也不去，不想再听你说屁话。"

"又去油灯街啊？"

江易把钥匙丢给她："去喝酒，你自己开车回去吧。"他来去如风，显然忘了自己是个打工仔，而赵云今是他老板，走得洒脱又自由。

赵云今也没恼，她没有回家，开车跟上了江易搭乘的那辆出租车。

韩巴一晚上喝了一斤白酒，叹的气比喝的酒只多不少。

"咱俩好几年没一起喝过酒了，今晚要不是你叫我出来，我还在家闷着呢。"他一杯酒下肚，酒杯"砰"的一声磕在桌面，"从前阿志和老金总说九爷把你当条狗，没把你放心上所以不委以重任，我还跟着笑，现在轮到自己了，才明白这种不被人当回事的感觉有多难受。"

江易给他满上酒："都是暂时的。"

"暂时的？九爷对你的态度是暂时的吗？"韩巴摇了摇头，苦涩地说，"阿志以前从来不赌，是我带他玩了第一次他才上了瘾，他落得今天的下场有我的责任。我想起这事就难受得睡不好觉，三太迁怒于我，我也只能忍着。"

"照你这么说，那件事也有我的责任，最后一次赌场，他是和我一起去的。"

韩巴说："那是他求着你去的，干你什么事？再说了，你一直瞧人脸色早就习惯了。我呢？当初我把霍璋搞残，回来后九爷直接给我甩了张二十万的银行卡，那时候多爽啊，走哪儿都有人喊一声巴哥，现在……呵，这两个月我都不知道自己是怎么过来的，从天堂跌到地狱的滋味太不好受了，要是以后不能跟着九爷混了，也不知道我能干吗。”

江易蹙眉：“叹气有什么用？是个男人就该想办法弥补自己犯的错。”

“我能怎么弥补？”韩巴喝多了，一拍桌子吼道，“我能让阿志丢掉的腿长回来吗？能让他开口说话吗？说什么弥补都是虚的，只要三太不肯原谅我，老子也就离失业不远了。”

“阿志的腿确实回不来，但三太不是没办法讨好的。”

“讨好？怎么讨好？三太不缺吃不缺穿，我能给的她都有，她看得上我的东西？”

江易轻描淡写地说：“办法倒是有一个。”

韩巴凑近脸去问：“说给我听听。”

“以前我也想过做点儿什么让九叔刮目相看，让三太摒弃对我的成见，但想得太大，没胆子去干，说给你听也不怕丢人。要说这个世界上三太最恨的人，薛美辰肯定是其中之一，她早年在宴会上当众扇三太耳光，还当着老爷子的面让她帮自己洗脚……三太性子软忍下来了，但这不代表她心里不恨，要换成是我，我第一个报复薛美辰给三太出气。”

“这不现实，薛美辰最惜命，进出都有保镖，你怎么报复？”

江易说：“只是一个想法而已，薛美辰这儿行不通，大房还有别人。如果让我来，我会选霍明芸，这女人好控制，她性子急，不爱被人跟着，薛美辰也没派人过度保护她，平常只有一个司机接送，周一司机休息，她一个人去美容院，那天是最好的下手机会。”

“然后呢？”韩巴眼里露出了热切的神色。

“然后我会在郊外找一处隐蔽的废弃楼房，最好是在城南，因为三太已经把城南的经销商和铺子抵给了霍璋，万一事情败露，可以栽赃给霍璋洗脱自己的嫌疑。找好地方后我会去二手车市场租一辆面包车，车牌换成假的，用来混淆警方的视线，顺便隐藏自己的身份。最后，我会查清城南区没有监控的小路有哪些，绑走人以后车子一定不能走大路，不然以霍家的能力，很容易查到踪迹。”

韩巴说：“继续说。”

“说什么？”江易蹙眉，“这只是设想，做起来哪有那么容易？只要一个环节出了纰漏，整件事情都会败露。”

韩巴咂摸着他的话：“霍嵩死后，遗产不出意外是按人头分，要是把霍明芸弄死了，少一个分遗产的人，三太起码能多分十几亿。我如果把这事做成了，算不算大功一件？”

“我说了，这只是不成熟的设想，你想没想过谋杀霍明芸的成本有多高？”江易说，“绑走她杀杀大房的威风，这事被三太知道就足以让她重新审视你了。如果你把霍明芸弄死，不说手上多一条人命，光是大房就要不死不休，万一查到三房头上怎么办？”

“查到就查到，老子一口咬死不是三太指使的，她能怎么着。”

“谁会相信你？”江易反问，“你是九叔的人，就是三太的人。如果查到是你干的，人没事还好说，但凡霍明芸出了一点儿差错，三太就完了。如果你的出发点是为了三太好，就别做没脑子的事。”

韩巴不说话了，盯着桌上那盘花生米发呆。

“我劝你别想了。”江易饮尽杯底的酒，“哪怕只是绑架也犯法了，讨好三太的法子很多，自己动动脑子想想吧，没必要去铤而走险。”

韩巴将手里的酒一饮而尽，眼中闪烁着狠戾的光。他咂巴着沾满酒水的肥厚双唇，酒杯重重地拍在桌子上：“老子当然不会做这种蠢事！”

江易“嗯”了一声，重新给他满上酒。

……

赵云今将她那辆酷炫的红色跑车停在街角显眼的位置，她无意也不屑偷窥，正大光明地盯着对街的烧烤摊。

可江易的目光专注于桌面的酒和对面的男人，没有注意到她。

赵云今拿出手机对着他“咔嚓”拍了一张，而后扶上滑到鼻梁的墨镜，启动车子离开。

霍明芸失踪了。

她有周一去美容院的习惯，司机那天休息，因此她都是一个人开车去。

那晚她出了美容院后和薛美辰通过电话，在电话里说自己半小时后回家陪她看《晚间黄金档》。薛美辰在家等了两个小时，霍明芸依然没回来，电话拨回去对面提示无人接听，再拨就不在服务区了。

霍家对于“绑架”二字是十分敏感的，那牵扯到豪门隐痛的神经。一般人失踪要四十八小时才能立案，但霍明芸情况特殊，警方当即就查看了美容院附近的监控，视频显示，霍明芸在美容院旁的地下停车场被一个戴着口罩的男子敲晕后掳上了一辆挂着假车牌的灰色面包车。

面包车往城南驶去，进入小路后失去了踪迹。

薛美辰在确定霍明芸被人绑架后脸色煞白，但她没有失了仪态，冷静地对警察说：“霍家别的没有，就是钱多，将绑匪绳之以法事小，我女儿的安全事大。如果绑匪打电话来勒索，只要他们不伤害明芸，希望警方就不要过多干预。”

霍家来了许多警察，忙着在客厅里安装设备，只等绑匪的电话打过来用以定位。可绑匪没有打电话，二十四小时过去，一点儿消息都没有。

薛美辰不吃不喝等了一整天了，坐在沙发上冷幽幽地盯着警察：“要你们有什么用？一群废物，连辆车都查不到。”

她这话说得不客气，但警察出于职业素养忍着没说话。

用人端上来水果和茶水，被她臭骂了一顿，整个家里没人敢触她的霉头，气氛十分紧张。

薛美辰坐了二十四小时，硬撑着不睡，但精神已经紧张到极点。她身体疲惫，一切的事务都是霍璋在帮忙打点。

“小妹没什么仇家，这件事也许是冲着霍家来的。”

他配合完警方的问话，手机上打进来一通电话。

保镖将他的轮椅推到阳台，电话是江易打来的，他言简意赅，只说了七个字：“霍明芸在我这里。”

霍璋问：“你什么意思？”

“是霍先生说要开源节流，我在帮你。”江易问他，“还记得你的承诺吗？”

霍璋这一次思索了很久，半晌，他说：“我没想到你会去动霍明芸，她是我小妹，虽然没什么感情，但我目前还没想过把手伸到大房身上。不过你现在已经动手了，那就处理干净，别叫人找出痕迹。”

江易在电话那头笑了：“霍先生，你会错意了，我答应你的从来都不是杀人。开源节流，杀了霍明芸固然可以节一道，但我认为，对你而言她活着利用价值更大。城北福安区朗冠纺织园废弃的行政楼外，别通知警察，带上你的人过来。”

江易话音刚落，霍璋清晰地在听筒里听到一声女人尖锐的惨叫。

下一秒，江易挂了电话。

西河城北一处废弃楼房外。

江易背靠树干坐在楼侧榕树的高枝上，从他的位置看出去，正好可以通过墙上的缝隙观察楼内的情况。

霍明芸被布条缠住眼睛在角落里瑟缩发抖，韩巴坐在一边吸烟，从绑走这女人到现在他几乎没休息，只在夜里小小眯了一会儿。他刚睡过去没多久就打起了鼾，那边的霍明芸听见了，偷偷在背后碎了一截的水泥管上磨绳子。那管子年久失修，“丁零当啷”乱响把韩巴吵醒了。

韩巴发现她想逃跑，也不怜香惜玉，抓着地上的棍子一通抽。

霍明芸娇生惯养了二十多年，养出了一身细腻皮肉，几下就被打得皮开肉绽。她的惨叫声吵醒了在树杈上休息的江易。

江易平静得过于没有人味，他观察霍明芸挨打，确定她没有生命危险后动也不动。

他在树上待了一天一夜，连口水都没喝。从小在野外散养，爬树对他而言不是难事，少年时他常常爬树，那时西河市一中外有棵巨大的柳树，他常在周三午后爬到柳树最粗的一根枝杈上，从那儿望出去，刚好可以看到体育场内的场景。

赵云今总在下课后拎着一个白色油彩布袋慢悠悠走向更衣室，再出来时校服脱下，换了一身浅绿色热裤和短 T 恤衫，她和班上女孩玩排球，漂亮得刺目。

江易坐在柳树的枝杈上，目不转睛地看了一节课。

课后，赵云今两鬓沾着汗水，拿起自己提前放在场边的水。她仰头，脖颈纤细，发间滚动着细碎的水珠。

那短暂的一刻对于偷窥的少年而言，是春天、是日光、是暖风，是世间一切的欲念与炽热。

……

江易从短暂的思绪中挣脱出来，他看了一眼腕表，晚上九点半，从霍明芸失踪到现在刚好二十四小时。

韩巴揍了霍明芸一顿，排解掉多日来被三太无视的怨气，愤愤地坐在一旁的破藤椅上吃干粮。他眼神凶恶，却飘忽着没有目标，吃完干粮后起来转来转去，烦躁得一刻都停不下来。

江易虽然听不见韩巴那张合的嘴唇在嘀咕什么，但他基本可以猜到。

韩巴无亲无友，打小儿跟着于水生混，在道儿上摸爬滚打养成了急躁又要面子的性子。他打心眼儿里崇拜九爷，愿意为九爷肝脑涂地，也以能为九爷出生入死为荣。因为乌志的事情，他的地位一落千丈，九爷不待见他，这让他着急了。

江易那一番话换作旁人来听就只当笑话过耳，可听在没有脑子还害怕被人冷落的韩巴耳朵里就不是那么回事。

江易的设想听起来是天方夜谭，但句句在理，绑了霍明芸确实能杀大房的威风，还能让三太开心，三太开心了自然会原谅他从前的错处。霍明芸周一晚上一个人去美容院，只要小心谨慎，是完全可以做到的，能不能去做和敢不敢去做是两码事。

韩巴自认为天不怕地不怕，心狠胆子大，他一时脑热绑了霍明芸，现在落在手里却像个烫手山芋。

勒索钱财容易被警方抓到，霍明芸听过他的声音，放了她也容易被查出来。可要是他把人弄死，一方面如江易所说，万一事情败露，三太会跟着遭殃，另一方面，他又不太够胆。

他想了想，打算收拾东西离开。这里荒郊野外，要是警方无能，让霍明芸饿死冻死在这儿，人也算不上是他杀的。

韩巴走到门口，回头看了一眼，这一眼正好瞥在霍明芸衬衫下露出的白色肩带上。

他打消了直接离开的念头，在心里啐了自己一口，觉得这样太不男人了，总不能让自己白辛苦一趟，哪怕要走也得捞点儿好处才像样。

他扔下手提袋，直直朝霍明芸走过去。

……

夜色漆黑，凉风吹过榕树枝繁叶茂的树梢，江易的身形掩藏在葱翠的树叶背后，从外面看很难找出一丝痕迹，而在他的位置却可以看到楼里的韩巴正把霍明芸压在地上，手里拿了把尖锐的小刀去割她的上衣。

霍明芸拼命挣扎，依然难逃衣服被割成碎片的命运，她遮眼的黑布在撕扯间掉落了，韩巴那张狰狞油腻的脸映入眼帘。

韩巴发现自己的脸被看清了，先是一愣，随即露出一个阴狠的笑，原本他还存着几分忌惮不敢杀人，现在没有顾忌了。他去扒女人的裤子，嫌那尖叫声太过刺耳，伸手给了她一记耳光。霍明芸奄奄一息地在他身下啜泣，男人刚脱了裤子，突然挥来的一记砖头把他打晕在地。

霍明芸原本以为自己必死无疑，在韩巴倒下去后还愣了许久，直到身上被人扔了一件黑色外套，她才反应过来看清来人的脸。

那个神情淡漠、冷峻，她前些日子才刚见过，还嘲讽他是赵云今爹的男人。

她衣衫不整，惨白的脸上全是泪痕，刚才受到的惊吓太大，于是不分青红皂白地扑到江易身上一顿痛哭。

一小时后，霍璋赶到。

韩巴被人用一盆冰水泼醒，看了一眼四周知道自己逃不掉了。

霍璋坐在轮椅上静静打量着男人被捆起来的双手："这双手用处不小，玩得了车子，也玩得了女人。于水生给你钱卖命却没告诉过你，人这辈子最重要的是走正道，做正事，一旦走歪一次，就再也没有机会回头了。"

他身后的保镖劈头盖脸丢过来一堆资料，上面印的全是韩巴当年在松川的行踪记录。霍璋手下人的办事速度不容小觑，从前他没有一个明确的对象，因此没头苍蝇似的乱撞了好久，也找不到证据证明车祸的事是于水生干的，可江易告诉了他韩巴的名字，一切就易如反掌了。

韩巴虽然蠢笨急躁，但有副江湖心肠，他不求饶，硬对硬地说："你的腿是我废的，有种你杀了我。"

霍璋没有被他激怒，斯文地笑了。他回头看了一眼楼外，江易坐在台阶的边角抽烟。

救护车比大房的人先到，医生给霍明芸做了一个全身检查，她除了一些部位软组织擦伤和受到惊吓外没什么大事。霍明芸身上披着江易的外套，她从霍璋的房车上拿了两瓶热牛奶，坐到江易身边，递给他一瓶。

江易没理她，自顾自地抽着烟，他脚下的烟头散落了一地，手里的烟盒已经瘪了。

"谢谢你。"霍明芸说，"谢谢你救了我。"

夜里忽然凉下来，淅淅沥沥地下起小雨。面前来来往往的车子不停，有医生，有霍家人，但没有警察，显然霍璋没打算让警察插手这件事。

雨声越来越大，裹着春日寒风，吹到身上刺骨生凉，仿佛回到了那年一样。

江易手中的烟火光见底，只留一截冒着烟的尾蒂，他说："没什么可谢的。"没什么可谢的，他这话发自肺腑，可霍明芸不懂。

大小姐一生顺遂，遇事只能想到靠钱解决，她认真地说："江易，我会让我妈给你钱的。"

楼内，霍璋推着轮椅靠近被强制按跪在地上的男人："你是用左手碰的她，还是用右手？"

韩巴凛然地说："两只手都碰了。"

霍璋又问："那你又是用哪只手碰了我的车子？"

韩巴笑得发狠："也是两只手都用了，老子不仅用了手，还用了嘴，你车里连着刹车的那根引线的塑胶壳是我用牙咬断的。你是个野种，她是薛美辰生的，老子弄死你们又怎么样？"

保镖走上前踹了他一脚，转头问："霍先生，怎么处置他？"

霍璋随口道："既然舌头这么不干净，就别留了吧"

乌玉媚在大晚上被叫到霍家主宅，一进门就看到端坐在客厅的薛美辰和她身边脸色蜡黄的霍嵩。两人对面还坐着霍明芸和霍璋，阵仗十足，让她不禁蹙眉。

保镖拖上来一个昏死过去的人。薛美辰示意把他弄醒，乌玉媚一眼看过去，心脏快速跳了几下。

薛美辰穿着条修身的宝蓝色旗袍，两眼虽然已经生了细纹，但依然盖不住身上的富贵气质。她慢慢起身，指着地上那人："这个人你认得吗？"

乌玉媚点头："认得，他为阿九做事……"

她的话还没说完，薛美辰一个耳光扇过来，打得她脸颊朝一边歪斜，白皙的侧脸上瞬间就出现五个红色的指印。

"他绑架明芸，还试图强奸她，是不是你指使的？"薛美辰脸色阴沉，"不对，我不该这么问，他是于水生的人，针对的又是我的明芸，除了你，还有谁会指使他做这种事？”

地上的韩巴被人弄醒了，他艰难地睁开眼，环顾四周，看见乌玉媚站在客厅里。

他张嘴想要说话，但舌头已经叫人拔掉了，呜呜咽咽，嘴里艰难地发出四个模糊的字音，往仔细了听，分明是：“三太救我……”

乌玉媚脸上淡然的神色挂不住了，她抬起头，原本温柔的眸子渐渐变得凝重。

她看见薛美辰眼里真切的恨意和不远处老爷子脸上的怀疑，静了几秒后，反手甩了自己一个巴掌。

乌玉媚打自己毫不手软，几巴掌下去脸颊肿了一片。

她皮肤白，那片红落在脸上分外显眼，加之她神态柔弱，像受了委屈一样惹人怜爱，她辩解道：“老爷子，我没管教好手底下的人，这错我认，但绑架明芸不是我授意的，就算给我一百个胆子，我也不敢动自家人啊。”

薛美辰眼里的恨意几乎能迸发出来：“你当我和老爷子傻吗？谁不知道你最会装可怜，以为先下手扇自己几巴掌就能博得人同情了？”

薛美辰拽紧她盘在脑后的发髻，扬起手要再打，霍嵩开口：“行了，这么大岁数的人了，让外人看到像什么样子？”

薛美辰恨恨地放手，指着地上的韩巴：“你承认他是你的人了，他又对明芸做出这种事，还有什么可说的？他一个混混儿跟明芸八竿子挨不着边，无缘无故去为难她做什么？不是你还有谁？难不成是他跟别人联手谋害你？太可笑了。”

乌玉媚头上的发髻松散开，踉跄着后退，扶住沙发才得以站稳。她垂着眼眸压下眼底的暗色，抬眼瞥向霍璋，他正斯文地坐在轮椅上看热闹。

乌玉媚说出口的每一个字都像从牙缝里挤出来一般：“不是没有可能，我读书少，但不代表我没脑子，如果我真想对明芸下手，为什么不找一个跟我毫无关系的人去做？西河接这种生意的人不少，派身边的人去做也太蠢了点儿。

“何况警方一天一夜都没找到的人，就让霍璋给找到了？这也太快太巧合了。”

霍明芸冷笑：“什么叫派身边人去太蠢？这种事不派亲信去，难道还要大张旗鼓昭告天下吗？你做之前又不知道会被人发现，别拿这种说辞混淆视听。”

霍璋接过话头：“乌姨，你怀疑是我让韩巴栽赃你？

“城南的经销商你给了我，我在那片区域的员工多，早在明芸出事的时候就派人去查了，刚好问到有人看见韩巴开着那辆面包车朝纺织园的方向去了，算起来是我运气好才救了明芸，怎么到你嘴里就变成巧合了？”

他打开桌上的文件夹，推至薛美辰面前：“母亲，您看这个。”

那里面装的是韩巴当年在松川行事的证据，薛美辰一页一页翻完，反手把文件夹砸到乌玉媚头上。文件夹坚硬的边沿在乌玉媚光洁的额头上豁开一道血口，她捡起零散落在地面上的纸，脸色瞬间变了。

霍璋眼里尽是凛冽的寒意：“已经知道那年车祸出自韩巴的手笔，我还会跟他做交易？你也把我想得太大度了。”

韩巴嘴里满是血沫，他爬过来，呜呜着用两只胳膊夹住乌玉媚的裤腿，乌玉媚把他撇开：“你告诉老爷子，是不是我指使你的？”

霍明芸翻了个白眼：“他是你的人，当然不会咬出你，乌玉媚，你把大家当傻子耍呢？”

韩巴拼命摇头，乌玉媚说：“我亲侄子在赌场被人废了，他是被这个人带出来的赌瘾，所以这几个月来我一直迁怒于他。绑架事关重大，我就算要做，也不会找一个我不信任，甚至还可能对我心存怨怼的人，那是给自己挖火坑。老爷子，你可以去打听打听，问问看，他到底是不是我的心腹。”

“谁知道呢？”霍璋漫不经心地说，“说不准是你们合演一出苦肉计给别人看的。”

“霍璋！”乌玉媚眉头蹙起，怒意快要压不住了。

她知道自己叫人耍了，但韩巴确实是于水生的人，于水生和她又难分彼此，只这一点她就无从辩解，一定有人在背后操纵这一切，而最有可能的，就是眼前这个笑得斯文、心里却阴鸷狠毒的男人。

“韩巴鬼迷心窍做的事我没法解释，但真的跟我无关，你有什么证据说是我叫他做的？法律上都判疑罪从无，你空口白牙诬陷我凭什么？”乌玉媚发完火，忽然露出一丝笑，“说起来也怪，逮到人不交给警察，还不等审讯就把舌头割了，你是不是怕他嘴里说出什么对你不利的话？”

“心里有鬼的人才怕。”霍璋说，“我割他舌头是因为他嘴巴不干净，你可以问问明芸他说了什么。”

霍明芸被家里的暖风一吹，已经从惊吓中缓过来了，她披着条毛毯坐在沙发上，一双漂亮的眼睛死死盯着乌玉媚：“他那张臭嘴换我我也割。这个韩巴是于水生的人，你说不是你指使的，那就是于水生了？不过话说回来，你们俩私通这些年，是他还是你又有什么不一样？”

霍嵩平靠在他的躺椅上，原本已经是风烛残年的虚弱，听见霍明芸这话脸色又黄了一层。早有耳闻是一回事，被放到台面上说又是另一回事。

乌玉媚察觉到他难看的脸色，咬着嘴唇泫然若泣：“老爷子，我跟阿九的关系早几年前就跟你解释过，打他把我从那地方带出来，我就认他做了干哥，这些年是老爷子和阿九护着才有我的今天。我把他当亲哥，怎么敢做对不起你的事？”

“你这话哄谁啊？”霍明芸嗤笑道，“你把于水生当哥？那怎么我爸病了以后全是我妈照顾着，见都没见你来过，恐怕你在家忙着和好哥哥暗通款曲呢！”

乌玉媚酝酿了多时的眼泪一下就被她这句话逼出来了：“如果我真的跟他有什么，当初就直接跟他远走高飞了，为什么要留下来伺候你父亲？

“老爷子住进疗养院这些年我去过很多回，每次走到门口就被你妈连人带东西丢出来，偶尔放我进去也不准我在他面前多说，她还不准疗养院的医生跟老爷子说我去过，也不准我给老爷子打电话。阿九看我因为这事茶饭不思才常来宽慰我，怎么就成我和他私通了？

“你们说我和他私通，证据呢？他是去我家去得勤，那是因为我能力不行，老爷子又病着，他要帮忙打理小东山。当初老爷子建小东山的时候，阿九也出了力，小东山有他的股份，帮忙管理不是正常的事吗？好好的商量生意怎么就成了私通？”

只短短几句话，她的眼泪就溢出眼眶，流满整个脸颊，梨花带雨，睫毛挂水，扑闪扑闪地叫人心疼。

霍嵩对眼前这女人是有感情的，不然不会在听闻她那些不堪的过往后依然让她留在霍家，但这些年她总也不来探望他确实凉了他的心，加上薛美辰在旁吹耳边风，说乌玉媚白眼狼，他一片真心喂了狗，时间一长他也就半信半疑了。

现在听说了另一番说辞，他冷肃地问："她说的是真的？"

薛美辰柳眉倒竖，愤怒道："你少在老爷子面前挑拨，我什么时候不让你去见他了？"

乌玉媚站得直，但她脊背单薄，总有几分柔弱的味道："疗养院的医生护士都见过我，大门口的监控视频也能拍到我，每周五的傍晚，医院对面的唱片店都会放一首邓丽君的歌，老爷子你听过没有？"

霍嵩的窗口正对着那家店，每周听它放歌，印象是有的。

乌玉媚说："那是我叫人放的，从前你夸我唱邓丽君的歌唱得好听，她不让我去见你，我就放给你听。"

她一句话让霍嵩想起了从前，那时候的乌玉媚比现在还瘦弱，是一个畏畏缩缩的女孩，她穿着白色护工服来到他的病床前，做事放不开，总是束手束脚的。霍嵩生平什么样的女人没见过，唯独没见过这一款——像风中摇曳的凋零白花。

当初想玩也是真的想，后来爱上也是真的爱。如果不是真爱，他也不会顶着薛美辰的愤怒将乌玉媚带回家，更不会在听说了她和于水生的丑事后任她留在霍家。霍嵩病了这些年，一脚迈进死亡的门槛，行事早没了当年生意场上的杀伐果断，为着往生后少受点儿苦楚，心肠软了，看事也佛性了不少，许多事情睁只眼闭只眼就当不知道。就算一片真心喂了狗，但曾经的真心到底还是真心。

生病的日子其实很快乐，每逢傍晚日薄山间，乌玉媚都会捧一束山百合坐在他的窗边唱歌，歌曲有时是邓丽君的，有时是孟庭苇的。他夸她唱得好，女孩就笑笑，羞涩地不再唱了，暖橘色的夕阳映在她脸上，温柔无比。

霍嵩听说过她那些传言，但在他心里，自始至终，她都是那个一尘不染的姑娘。

现在的霍嵩老态龙钟，早已没了当初意气风发的模样，一堆家人在他耳边嗡嗡吵闹，你指责我，我怀疑你，从绑架吵到私通，他听得耳朵痛，思绪神游到多年前的傍晚听乌玉媚唱着情歌的时候。那时的日子温馨漫长，他徜徉在壮年的回忆里，再拔出来时只觉得物是人非、分外凄凉。

薛美辰端庄不再，气得满嘴喷沫，脸上皱纹挤出深深的沟壑："好啊，我就说那家店怎么天天放什么破歌，原来是你在搞事，见不着老爷子还不消停，隔着条街都能骚起来。”

“都住嘴！一家人你算计我我算计他，钩心斗角像什么样子！”霍嵩的声音里怒火喷涌，“别以为我不知道我这几年病着你们都干了些什么！”

他端详霍璋：“我早说过，要想避免富不过三代的惨剧就得老实经营，别走些邪门歪道，你找那个女人做情人、在松川找人试黑药差点儿把警察引过去的事以为我没有耳闻？你，小东山不明不白的，到现在还是一笔糊涂账，我也从来没找你算过，还有你！”

他的目光从乌玉媚挪到薛美辰身上：“这几年一直在转移资产，生怕我死后遗产外流，以为自己做得很干净？我憋着不说，你们都当我是瞎子吗？”

全屋寂静，鸦雀无声。所有人都提着一口气望向霍嵩。

“你们争来吵去，不就是为我这几百亿家产？”霍嵩嘶哑着喉咙，想吼却吼不出来，整个人被一股病态的苍凉笼罩着，“你们继续斗，前有乌志、孙玉斗，现在又闹出一个韩巴，斗他个你死我活，等我死了就把遗产全部捐了，一分也不留。”

他这话说得重极了，没一个人敢应声。客厅的挂钟嘀嗒嘀嗒淌着时间，霍嵩干瘪的胸膛一起一伏地喘着粗气。

先开口的是乌玉媚，她说：“老爷子，别动气。”

霍嵩一双浑浊的眼睛直勾勾地盯着她，没给她留一分余地：“查不清幕后主使就只能算你头上，好在明芸没事，她要是有点儿什么你死不足惜。我时间不多了，最后这段日子只想安安静静地过，有些事我睁一只眼闭一只眼不想去计较。

“你伺候我十几年也算尽心尽力，我这人念旧，只要你安分守己，我保你下半辈子安心享乐，但你如果再耍心眼儿让我听见什么风声，就别怪我不留情面。上次的事《西河晚报》的主编全告诉我了，别说那不是你做的。”

霍嵩指的是孙玉斗视频泄露的事，那事影响了辰嵩的股价，公司至少亏损了十几个亿。

霍嵩不是霍璋，他对孙玉斗没有感情，但事关家族荣辱，他不能不管。那件事背后是乌玉媚在操控舆论，他早就查到了，只是一直没说。

霍璋眼眸滑过一抹暗色，碍于家人在场，手指点了点轮椅的扶手，没有说话。

孙玉斗的视频乌玉媚没法辩解，但这次的事确实是吃了一个哑巴亏，霍嵩说保她下半辈子安心享乐听起来是恩惠，但心思通透如乌玉媚，一下就明白了他话语背后的含义——这次的事霍嵩算在了她头上，他动了真怒，不出意外，死后遗产的清算不会有她的份儿，但他会给她留足下半辈子生活的费用，这还是看在她伺候了他这么多年的分儿上。

薛美辰并不认为这是惩罚，只觉得霍嵩偏爱乌玉媚的心思都要溢出来了："老爷子，她差点儿害死我女儿，难道明芸在你心里的地位还比不过她吗？"

"韩巴死不承认，也没有证据证明就是她指使的，这事暂时没法定论，但我会找人查清楚给明芸一个交代。如果真是她做的，我不会包庇。"霍嵩虽身体虚弱，一开口还是能镇住场，他看向乌玉媚，不容她继续争辩，"我说的话，你听明白了？"

乌玉媚的脸色苍白得难看，但她知道辩解无用，轻声说："明白了。"

薛美辰的脸也白了，指着地上的韩巴问道："这人怎么处理？"

霍嵩已经很累了，声音喑哑："交给霍璋吧。"

赵云今坐在霍家庭院外的跑车上抠指甲，车窗半摇，露着天上一弯月牙。

江易站在车外抽烟，赵云今看看月亮，又看看他。

路边垃圾桶的顶盖上已经掐灭了一堆烟头，风吹过，熄灭了他劣质打火机喷出来的火苗，江易背对风，手掌挡着烟头点上火。

"烟瘾什么时候变得这么大？"

"一直都大。"

"霍璋和乌玉媚进去两个小时了，你不担心吗？"

江易蹙眉："担心什么？"

赵云今举起手机给他看，照片里的人是他和韩巴，两人正坐在一家夜宵摊外的塑料桌前喝酒。

"好巧。"赵云今露齿一笑，"刚好路过就拍下了这张照片，怎么霍明芸出事前夕，你会和绑匪在一张桌上喝酒呢？听说今天是你第一个找到霍明芸的，这里面会不会有什么不可告人的秘密呀？"

"你跟踪我？"江易眉梢冷冽。

赵云今笑意不减：“我说了，只是刚好路过。”

她的鬼话江易不信，他盯着她，一字一句道：“刚好路过需要拍照留念？我为霍璋办事，你拿这个威胁我没用，有种就去霍家老爷子跟前说。”

“那老爷子脾气古怪，因为霍明泽的事记恨我这么些年，看见我不得生吃了我？”赵云今一双眸子温润含情，“阿易，你误会了，我没有要揭发你的意思，如果想害你，上次孙玉斗出事的时候我就说了。照片是我故意拍的，但那也只是为了留存证据，免得你下次再找借口说去油灯街的阿盈发廊气我……

“我只是在想，你来霍璋身边，看似每天游手好闲地给我开车，实际许多事情都是在你出现以后发生的。孙玉斗事件的案发现场有你遗落的身份证，韩巴犯事前又跟你喝过酒，哦对了，听说乌志出事那天你也去过赌场，这样一看，你好像个灾星啊。”

她这话是用调笑的语气说的，可江易知道她一定是察觉到了什么。赵云今看似游戏人间，实则心思比谁都缜密。

“承你吉言。”江易冷冷地说，“我要是灾星，第一个克死的该是你。”

“怎么说？”

夜半星光璀璨，她的笑容比神秘的星空更魅惑。

江易磕落指尖的烟灰：“这次又想耍什么花招？去薛美辰面前说我认识韩巴，是我伙同他绑架了霍明芸，还是去跟乌玉媚说，这一系列的事情都是我在背后操纵，或者说你又要拿这些威胁我，跟我做交易？”

赵云今脸上的笑终于沉了下去，她一双黑白分明的眼眸看着他：“怎么你一个始乱终弃的人，倒比我这个被甩的人还要委屈？”

“我是玩你了，可你就没玩过我吗？”

赵云今笑着，唇齿间寒意凛凛：“四年前的暴雨夜，我在圣心福利院外等了你一晚上，你说忙完会赶来陪我过生日，可我等到的只有你的一条分手信息。我赵云今从来不吃回头草，一段感情过了无意纠缠，可是江易……”

她声音柔和却坚定：“你有事瞒我。”

“我是在玩你。”她的嗓音甜意十足，“在我查出事情真相之前，会一直玩下去。”

江易指间的那根烟燃烧过大半，几乎快要烧到手指了，他一口都没抽，按灭在一旁的垃圾桶盖上。

院里有脚步声传来，是霍明芸送霍璋出来，薛美辰跟在后头。

霍明芸指着江易说："就是他救了我。"

薛美辰投来一瞥，见是个英俊精神的年轻人，施舍般给了个笑脸："谢谢你救了明芸。"

霍明芸拉她衣角："妈，我是你亲女儿！一句谢谢就完了，我在你心里就这么不值钱吗？怎么你也得拿出点儿诚意吧。"

"江易，我这个人呢有恩必报，你救了我，我会好好感谢你的。"霍明芸眼里放光地望着他。

"说了别谢我。"江易刚从赵云今的一番话里脱身，神色冷漠，"如果不是霍先生要求，我不会无缘无故救你。"

霍明芸雀跃的心情又压了回去，小声说："果然是个爹。"

霍璋的轮椅行至车前，他和薛美辰道了别，拉过赵云今的手："今晚去我那儿过夜，让江易把你的车开回去。"

赵云今笑靥灿烂，回头看了垂着眼眸的江易一眼："好啊。"

她上了霍璋的车，江易的脸隐匿在晦暗的月亮影子里，低垂着眼眸看不清表情。

那边乌玉媚也出了大门，车在门外接她。

保镖下车来抬轮椅，霍璋摆了摆手，隔着茫茫夜色和她对望。

乌玉媚盯了他良久，开口说："霍璋，你好算计。"

"乌姨言重了，我没做什么，但有句话你应该听过。"霍璋淡淡道，"天作孽，犹可恕；自作孽，不可活。"

乌玉媚冷笑，转身上了车。她大晚上忽然被一通电话叫走，于水生放心不下跟着来了，他坐在后排的角落，见她神色疲惫，问道："怎么了？"

"是你派韩巴去绑霍明芸的？"

于水生蹙眉："我绑霍明芸做什么？"

乌玉媚沉默，于水生转头看她，她长舒一口气："我们都被霍璋给玩了。"

于水生听她说完前因后果，沉着脸："韩巴这人空有胆识，但行事鲁莽没什么脑子。当初派他去松川卸霍璋的车，我不放心，全程找人给他搭手，就怕他脾气急躁露出马脚。你说他一个人绑了霍明芸还能不被警察发现，这我不信，他背后一定有人策划。

“但要说那人是霍璋，我也不信。韩巴到最后都没反咬你，他不可能背叛我转投霍璋。至于霍璋这人，多疑又谨慎，更不会冰释前嫌跟韩巴合作。”

“那还能有谁？”

“我会把这件事查清楚。”于水生问，“韩巴人呢？”

乌玉媚望向窗外：“在霍璋手里，不知道能不能活过今夜。”

霍璋上了车并不说话，一直在想事情。

赵云今伸手帮他抚平眉上的褶皱：“总是爱皱眉，你也不怕老。”

“江易给你开了两个月的车，你觉得他怎么样？”霍璋忽然问。

赵云今说：“我跟他接触不多，他这人看起来挺没趣的，但办事还算可靠。”

“不是可靠。”霍璋转头看她，更正道，“是可怕。

“我虽然查出他和于水生关系紧张，但舅舅的事我依然怀疑他，所以才提出让他表示诚意。如果他真是乌玉媚的心腹，就绝对不会做出损害三房利益的事，可他不知使了什么手段让韩巴绑架霍明芸，又通知我去做救兵。”

霍璋顿了顿：“杀了大房的气焰，这是其一；让韩巴为当年车祸的事付出代价，这是其二；把这件事栽给三房，让父亲震怒，很可能会改变最后的家产划分，这是其三；前些日子母亲因为舅舅的事恼我，这下因为我救了明芸又对我热络起来，这是其四。

“一石四鸟，这手借刀杀人玩得妙。

“整件事我没出力，却是最大的受益者，乌玉媚怀疑我理所当然，就连我自己都觉得像在梦里一样。

“一个二十三岁的年轻人，心计深得可怕，就像一座冰山，露在水面的只是一角，藏在水下看不见的才是全貌。他有这样的心机和本领，怎么可能对于水生一个混子头头死心塌地？可如果他不是于水生的人，又为什么甘心一直留在他身边当条狗？”

霍璋眸光阴沉：“江易这个人，我倒是开始感兴趣了。”

油灯街的夜晚一如既往地喧嚣，江易在街口的米粉店点了碗消夜。

老板在锅子前煮粉，锅里沸腾着绵白的米水。他去冰柜拿了瓶啤酒，一口口灌进喉咙。

摊子前的招牌用了十几年，沾满脏黑的污渍，“米粉”二字后面标价钱的位置用白色胶布盖了好几层，由原先的两元一两涨到三元一两再涨到现今的五元一两，一层一层剥下来，是西河市发展年岁的见证。

小时候江滟柳总拿一两元打发江易一天的饭食，长身体的孩子一两米粉根本不够吃，饿得肚子咕咕叫，实在忍不了就动起偷吃的念头。

老板转身招待客人，小江易趴在灶台后，蹑手蹑脚地从装满米粉的大桶里朝自己碗里捞，可小孩动作生疏，才一次就叫人发现了，江滟柳给他吃饭用的那个大瓷缸从手里掉下来，“骨碌骨碌”滚到系着白色围裙的老板脚下。

那老板肥头大耳，一脚踩着江易的瓷缸，一脚踹在他的小腿肚上。

他拽着江易上江滟柳的屋前，扯着嗓门儿在门口号叫：“都来看一看江滟柳养的好儿子，一家子没个好东西，还敢来我摊上偷东西！知道油灯街女人赚钱的路子不干净，没听说过油灯街女人的儿子还兴手脚不干净。江滟柳，你儿子这是不是坏了规矩？”

江滟柳面露不屑：“一条破烂街子还有规矩了？谁定的？”

她睨着江易：“有娘生没爹养，不懂事偷了你几根粉也值得你瞎叫唤？你想要什么直说，犯不着拿这种事来嚷嚷。你偷了他几根？”

江易说：“我没吃。”的确是没吃，都被胖老板夺回去丢进泔水桶里了。

他话音刚落，迎面而来的是江滟柳的一个耳光：“问你偷了几根？”

肥老板咧出一口结石厚重的牙：“这几根起码得有二两，一两米粉两元，二两米粉四元，怎么算？”

江滟柳妩媚地笑：“老娘没钱给，但能给别的，想要就进，不要就滚。”

她说完，推开那扇破旧得掉漆的绿色木门进了屋。胖老板刚刚还一副不可一世的模样，听见她这话，连忙松了裤带跟进去。

小江易抱着那只沾满灰尘的瓷碗站在走廊里，耳边不堪的声音叠浪般钻进他耳朵，他像失去了知觉一样，一动不动。

后来江滟柳不再给他饭钱了，总叫他去巷口的米粉摊白吃。每每放学路过，那胖老板总是抬起那只油腻的手招呼他：“阿易，来吃粉，不要你钱。”

可江易再也没在那儿吃过。他去香溪扎猛子抓鱼，去缠山小坡下的草丛里捉蚂蚱，去爬高高的杨树捉还未蜕皮的知了，去圣心福利院门口追青蛙。

他吃一切能吃的食物，除了巷口那家米粉店的粉。

女孩出现在一个明媚的午后，天高云淡，万物静美。

江易面无表情地咀嚼着那只好不容易抓到的青蛙，女孩好奇地蹲在他旁边，仰着洁白的小脸问道：“你没放盐，好吃吗？”

江易对调料没有概念，食物能填饱肚子就够了。

女孩把怀里那只玩具小马朝他手上一塞，调皮地说：“你等等我。”她说完，顺着围墙上的狗洞钻回了福利院。

江易满手脏污，不经意间弄脏了她的小马，生平第一次拿着这么精巧昂贵的玩具，他犹疑不定该扔掉还是该放下。

十几分钟后，女孩回来了，手里拿着一小包白纸包起来的食盐和辣椒面，她的小裙子兜里还揣着两个从餐厅拿来的熟鸡蛋。

女孩将纸包打开，手指撮了点儿盐和辣椒面撒在青蛙上。她舔了舔嘴唇，友好地问他：“我还没有吃过青蛙肉，可以分我一点儿吗？”

小江易冷漠地说：“双槽蚴寄生虫，你会变成瞎子。”他说完，当着女孩的面，将那只可怜的青蛙吃得骨头都不剩，一口都没有分给她。

……

江易的酒喝完没多久，他的米粉端上了桌。

当年的胖老板搬走了，取而代之的摊主是个瘦高个儿，在这儿一卖就是十几年，口味用料都没变过。

一瓶啤酒对江易而言不算什么，但他吃完米粉上楼时却感觉到一股久违的、不真切的醉意。

房子是江滟柳住了小半辈子的，虽然她已经离世多年，但江易总觉得屋里有股说不出的风尘味。他换掉了江滟柳的床，拆掉了门口那扇掉漆的破绿门，但女人的影子依然无处不在。很多次午夜梦回脑子还未清醒时，他朝走廊那侧的窗外看去，总觉得女人还抱着她那只陶瓷大缸坐在门口唱着曲儿、吃着粉。

门边鞋柜的抽屉里静静地躺着那条坠子，黑色的坠绳是新换的，之前的被江易戴断了好几根。江易将坠子拿起来，脱鞋上床。

天花板上依旧满是干涸的黑色裂纹，江易举起坠子端详了一会儿，倾身将它放进床头柜的抽屉里。

双喜好些日子没来了，原本堆在床底杂物箱里的相框被江易重新翻出来架在床头。相片的背景是在香溪，背后是平静的水面，赵云今将下巴轻轻搭在他的肩膀上，右边坐着抱着滑板的林清执，他朝镜头比出一个土气的剪刀手，笑得十分灿烂。

相框前的花瓶里插了一束蔷薇花，一根枝上生了六朵花，其中三朵已经枯得不像样子落在柜面上了。江易没收走，任由它们躺在那儿落灰。他拿起剪刀，面无表情地剪掉了枝上开得正盛的一朵蔷薇，于是枝丫上就只剩孤零零的两朵花坠着了。

霍璋的电话打过来，江易靠着床头的木板，一手接电话，一手拿剪刀漫不经心地修剪花枝。

“这件事辛苦你了。”霍璋的声音一如往常般斯文，“我给你安排了一趟度假作为感谢，等你回来，就来协助我打理小东山吧。”

阿姨做过晚饭后就回房间休息了，霍璋把自己关在书房处理事务，赵云今在院里拿生牛肉喂狗。

霍璋临窗而坐，忽然听到两只狗一阵狂吠，吵得他注意力无法集中，他给赵云今发消息：狗明天让饲养员喂，你当心被伤到。

赵云今回了他一个“好”，半分钟后，犬吠声消失，可赵云今还没上来。

霍璋朝窗外瞥了一眼，她依旧在笼子边站着，只是那狗不再叫了，乖顺地吃着食盆里的东西。他略微诧异，两只黑背体型偏大，是品种里凶狠的一种，只有从小养着它的人它才认，其他人的东西一概不吃，赵云今不知道使了什么法子，竟然让狗乖乖听话。

看着赵云今的背影，他难以避免地想起了一个人，不过很快，就被他强制着驱逐出脑海。

十一点一过，霍璋关上电脑。赵云今在卧室看了一会儿书，听见轮椅的声音响起，便走进书房推他。

霍璋握着她的手，又说了一遍："今晚留下。"

赵云今眉梢带笑："好啊。"

她推霍璋去洗澡，护工不在，她帮他脱下衣裤，又将他抱到放满水的浴缸里。

霍璋腿上的肌肉虽然萎缩了，但一个大男人的底子还在，一百多斤的重量不算轻，赵云今多少有些吃力，忙了一阵额上出了层细汗。

霍璋坐在浴缸里，眼镜蒙了层白雾。赵云今朝浴缸里倒浴盐，霍璋看着她，说道："你这些年没怎么变，看上去还像十七八岁一样。"

"衣食无忧，又没有烦心事，人当然显得年轻了。"

霍璋说："护工问我晚上要不要洗澡，我让他回去了，虽然有些辛苦你，但我喜欢你帮我洗。"

赵云今拿浴花为他擦身，朝他笑道："我也喜欢。"

霍璋从水底伸出条沾满水珠的胳膊，屈指顶在她下巴上，强迫她抬头。赵云今原本在认真帮他擦洗，现在只得放下手头的事情注视着他。

"你跟我两年了，准确地说，是两年零四个月。"霍璋白净的脸被热水氤氲上一道红晕，苍白的脸色终于加持了点儿人气，他声音和缓，"在我的印象里，你似乎一直都是这副样子。"

赵云今不以为意："都说了，过得好才显年轻。"

"我不是指这个。"

霍璋端详着她说："公司忙，我平时很少陪你，你从来没怨我，我不送你礼物，你也从没要过。云今，你太清心寡欲了，无欲无求得不像活人，你跟在我身边是为了什么？"

赵云今面不改色，与他对视："为你的人。"

霍璋脸色暗下去，她偏着脑袋，一派纯真的模样："或许还有你的钱吧，放长线才能钓大鱼，一点儿礼物有什么要紧？为一点儿宠爱就叽叽歪歪的烦人得很，我要真是那样，你也不会留我在身边那么久，我说得对不对？"

她话说完，霍璋的表情才稍稍好看些。赵云今在他身边这么久，很了解他。

一个生性多疑、不懂爱为何物的男人是不会相信有人会爱他的，与之相比，爱他的钱更能让他产生长久持续的安全感。

赵云今帮他换水，问他还要不要泡。霍璋摇头，她拿来浴巾盖在他身上，抱他上了轮椅。

霍璋每晚都要做腰部下的按摩，一方面是有助于活血，防止肌肉坏死，一方面还抱着一线希望利于康复。

赵云今跟霍璋的护工学了手法，在房间的床上帮他按摩。

“算了。”他说，“按了这些年也没见有用，陪我躺会儿吧。”

赵云今只穿着一条单薄的吊带睡裙，帮霍璋盖好被子后上床躺在他身侧。

霍璋伸臂揽住她，赵云今卧在他胸口，听他“怦怦”的心跳声，呢喃着问：“今天怎么要我留下了？”

霍璋微微转过上身，手朝她大敞的领口伸进去。赵云今乖顺温柔，任他动作。霍璋生来理性自持，他们不像情人间亲昵，倒像例行公事。

赵云今侧身吻他，霍璋体寒，唇如清晨的大理石块一样滑凉。他没有享受其中，眼眸半睁，过了会儿，他推开赵云今。

赵云今躺回床上，很体贴地说：“你今天太累了，早点儿休息吧。”

霍璋半句没提刚才的事情，平静地告诉她：“江易现在为我做事。”

赵云今蹙眉：“总归他从前是于水生的人，你放心吗？”

“我没人可用了。”霍璋握着她的手，指腹在她掌心轻轻摩挲，“舅舅进去了，何通虽然开车不错，但性子太软担不了事。至于其他人，分不清谁是大房的眼线。江易不为于水生卖命，今晚的事就可以看出来，这点大可以放心，况且我也没打算完全信任他，他有他的用处。”

赵云今安静地听他说。

“云今，你觉得江易怎么样？”

这话早前他在车上问过，现在又拿来问了一遍，赵云今不懂他的意思，问：“哪方面？”

“他看你的眼神虽然掩藏得不错，但如果没有心思，需要掩藏什么？”霍璋说，“我见过两次，一次是在你陪我去乌宅那天的门外，一次是他和舅舅对峙的那天清晨，你说他整夜都和你在一起的时候。”

赵云今心里一震，看向霍璋，他面色如常：“没有几个男人跟你贴身相处那么久会不动心思，武双喜不是也夸下海口放过豪言吗？如果江易真的无欲无求，我反而不信他。欲望不是坏事，有欲望和所求才方便控制。”

赵云今很快收敛起眼里的惊讶，她早知道霍璋心思缜密，但不知道霍璋的观察力如此可怕。

他看上去病弱，平日不是在睡觉就是在休息，但不知什么时候就悄悄用那双看似温润的眼睛洞察了一切。他口中所说的两个瞬间，一个是她在车上和江易针锋相对后的尴尬间隙，一个是江易不知她会脱口而出为他做伪证时的诧异，在那些极其短暂的片刻，江易细微的情绪竟然也难逃他的眼睛。

“这几年你在我身边帮了我许多，也是你建议我买通父亲身边的人，让他多在父亲耳边提我在松川的作为，不然我还不知道哪一年才能回西河。你对我而言，不仅仅是外人口中的情人那么简单。”

霍璋温柔地搂着她：“这些年忙生意，忙着和三房钩心斗角，没能给你正常人的生活，委屈你了。”

赵云今说：“不委屈。”

“你总是这样说，可我捉摸不透你在想什么，又想要什么。越是捉摸不透越想去琢磨，一眨眼，两年就过去了。”霍璋语气轻缓，慢慢地说，“人生没有多少个两年可以挥霍，生在这样的家庭，比明天先来的也许是意外。你再等等，等父亲去世了，我一定会好好对你。”

赵云今问：“你今晚怎么突然感性了？”

霍璋附唇在她耳边：“江易有句话说得对，要多分一块蛋糕只有开源节流，乌玉媚现在不成气候了，但我依然觉得不够。大房难动，再节流已经不现实了，既然江易对你有感情……”

他没再说，嘴唇凑过来，吻了吻赵云今软薄的眼皮：“好云今，为我做件事。”

宏记面馆，贺丰宝吃完面条，大口喝着碗底的汤水，他吃东西豪迈，风风火火一阵下来连点儿汁都不剩。服务员应他要求给他上了一碟大蒜，他就着壶里剩下的茶水，一口一个，把盘中的大蒜嚼着吃了。

一条马路之隔的街道对面是所名叫“莲华”的私立医院，这所医院在西河市规模不小，哪怕已经傍晚四点依旧还有来来往往的病患。

贺丰宝吃完大蒜，又点了壶麦茶，边喝边盯着对面的风吹草动。

面馆门上挂着的风铃响了起来，冷不防对面桌旁坐了一个人。贺丰宝正在出任务，转头看见赵云今妆容精致的面孔差点儿吓死。

“贺警官，上次说有事随时找你，那话还算不算数？”

贺丰宝忙去捂她的嘴：“你小点儿声，别贺警官贺警官地叫，老子在盯梢呢。”

赵云今瞥了一眼对面的莲华医院：“盯谁？”

贺丰宝松开手：“警局的公务能随便跟你说吗？”

他满嘴蒜味，赵云今不失礼貌地拿餐巾纸遮了下鼻子，掏出一张字条递给他：“永裕钉厂建于一九八二年，倒闭于二〇〇五年。我原本打听到了倒闭前钉厂负责人的电话，但现在已经是空号联系不上了。你帮我查一下昌锦荣这个人，有消息随时联系我。”

贺丰宝看了一眼字条上“永裕钉厂”四个字，问她：“钉子的信息查到了？”

“还不确定，要再等等。”赵云今模棱两可地说，“你盯莲华医院做什么？‘万家馨失踪案’的风波还没过去吗？”

“人没找到，怎么算过去？”贺丰宝蹙眉，“当年‘万家馨失踪案’后西河陆陆续续又发生了许多起失踪案，上到六十岁老人，下到十几岁孩子，凭空消失连个影子都没有。因为作案手法高度相似，所以警方定性为同一个人或同一个组织所为，进行了并案侦查，可一直没什么头绪。”

他目光深沉地盯着医院主楼上鲜红的十字标志：“你哥哥走后失踪案停了几年，最近又开始冒出苗头了。”

赵云今问：“谁失踪了？”

“不能再跟你透露了。”贺丰宝倒了杯茶，问她，“霍家最近有什么动静？”

“你指什么？”

“任何事。”

赵云今把这几个月霍家发生的事跟他略略说了一遍，贺丰宝关注霍家有些年头了，诸如孙玉斗的强奸案、霍明芸的绑架案，他都有耳闻，唯独一件……

“小东山现在由霍璋经营？”

“嗯。”赵云今漫不经心地说道，“早在几个月前乌玉媚就被他赶出去了。”

贺丰宝沉思了一会儿，又抬头看着赵云今：“你晚上有事没？没事留下来再陪我吃点儿，一个人从中午到晚上坐在这儿盯梢有点儿怪，两个人正好，不引人注目。”

“公安局没警察了吗，要我演你搭档？我的加班费你付不起。”赵云今捋了一下新做的头发，拎包起身，“霍璋给我安排了度假，司机在等我，不奉陪了。”

赵云今的行李被何通搬上后备厢，她坐到后座，看见副驾驶上还有一个男人。

江易从后视镜里看见了她，他不知道赵云今要来，略微一怔。

何通上了车，见场面尴尬，笑着说：“霍先生叫你去度假，叫赵小姐去是帮霍先生打理二太的坟和遗物，各忙各的，不耽搁。”

赵云今倒没有丝毫诧异，问他：“我住哪儿？”

“霍先生在缠山有一套复古别墅，风景很好，定期派人打理着，您住那里。”

“他呢？”

何通“嘿嘿”一笑：“江易也住那儿。”

赵云今没再说话，傍晚日头渐渐落了，她有些困乏，倚着车窗睡起了觉。等她醒来时车已经停在缠山深处，夕阳落得没边，天空完全失了颜色，只剩一汪深邃的黑。

何通说的住处是座木质别墅，坐落在缠山山涧的密林中，四周没有人烟和村落，只有一个小湖泊和一片无垠的树林环绕。出门不远处是上山的栈道，这里不是缠山主峰，又山路曲折，因此平日来人不多。霍璋在这儿租了几十年地皮盖了幢别墅，不远处是安葬着他母亲的坟墓，他每年都会来这儿住上几天。

何通拿钥匙开了房门，迎面扑来一股带着蛛网的灰尘，被呛得直咳嗽。

“定期派人打理？这房子霍璋三四年没来了吧？”赵云今拨开门框上的蛛网，进去摸摸桌子，蹭了一手的灰。

屋里到处是灰，家具倒是一应俱全，门边放着霍璋早些时候派人送来的食材和生活用品，足够五个人生活半个月了。小屋里水电是有的，何通进门后就去卫生间洗拖把打扫房间。赵云今无所事事地坐在门外的台阶上看月亮。

今夜是十五，月亮从天上投下圆影映在离屋不远的湖面上，稍远处树林边的高地坐落着一座孤零零的坟茔。

江易靠车抽完烟，起身进屋，路过赵云今身边见她被晚风吹得瑟缩了一下。

她习惯穿单薄的连衣裙，淡紫色的裙子纸片似的拢不住胳膊，露一截白莹莹的手臂在外头。她仰头看他，模样楚楚可怜：“好冷，外套脱给我穿好不好？”

“进屋。”

“可我想看夜景。”

江易没理她。半小时后，赵云今冷得受不住，自己进屋了。

何通已经把沙发前的地毯打扫干净了，江易点燃老式壁炉里的柴，屋子渐渐温暖起来。赵云今抱着靠枕倚在沙发上吃零食，毫无参与劳动的意思。

直到夜很深了，两个男人才把房子收拾出来。何通端了三碗泡面上桌，赵云今丢掉手里的零食，嫣然笑笑："辛苦了。"

她散发魅力不分对象和场合，能耐得住她这样折腾的人不多，何通别过脸，没说什么。

西河春日多雨，傍晚时云霞瑰丽，才几个小时过去，团云就聚集在灰蒙蒙的天上，倾盆大雨浇下不过是片刻间的事。

小屋的木头涂了上好的防水材料，不会被水浸湿，但冷气是抵挡不住的，从门窗缝隙里钻进来。赵云今裹着毛毯喝完泡面的汤水，江易朝壁炉里填了满满一把柴，起身去烧热水。

何通坐在地毯上，面前铺了张地图："这附近风景还是不错的，白天可以去湖边钓鱼，晚上去散步看月亮。缠山生态环境一向很好，听说林子里还有野鹿和野兔，下套子捉一只兔子烤着吃也挺有趣的。如果你俩想走远点儿，可以沿着栈道去到对面的山头，那儿有缆车可以直接上缠山的主峰。"

赵云今听到"缆车"二字，笑了笑："这么晚了，你不走吗？"

"本来送完你们是要走的，双喜那小子手脚不利落，放他一个人给霍先生开车我也不放心，但是外边下雨了。"何通指了指窗外的凛冽风和瓢泼雨，有些不自然地说，"咱们刚才上山的路容易滑坡，下雨天很危险，我在这儿待一阵子，等天晴了再走。"

江易倒了杯热水放在桌上，赵云今接过来焐手，温柔道："谢谢，你好体贴。"

何通看了一眼他俩，又低下头继续琢磨地图。

屋外的风声呜呜作响，看样子今晚雨不会停，什么趁夜色看月亮都是想象中的事。

何通把地图卷起来，提议道："闲着也是闲着，打牌吗？"

赵云今眼眸水波荡漾："我以为你会说今天太晚了早点儿休息，没想到你精力这么旺盛，想玩牌也可以，打什么？"

何通讪笑着说都可以，江易根本不屑发表意见，赵云今随便定了个玩法，三人围在壁炉前坐着摸牌。

赵云今慵懒地靠在沙发边沿，心思不在牌上。她媚眼如丝，目光一直流连在江易冷硬的面孔间。

何通丢出去一张大王，压死了赵云今刚出的 2："赵小姐，干打多没意思，要不要玩点儿赌注？"

"玩什么？"

"真心话怎么样？"

赵云今道："我读中学的时候就不玩这么土的游戏了。"

何通挤眉弄眼道："中学生问来问去总是那么点儿话题，没意思，成年人玩起来就不一样，那能问的东西可多着呢。"

赵云今瞥了一眼江易，悠悠地说："好啊。"

话音刚落，她丢出四张炸弹，将何通炸死在家里。她赢了牌，自然地端起手臂问："你谈过几个女朋友？"

屋外雨声"哗哗"响，壁炉烧得正旺。何通输了牌端起杯子喝了口水，冷不防赵云今突然问这种问题，他臊得满脸通红，随口说了个数字。

赵云今笑笑："看不出来，你该不会骗我吧？"

"……"

她赢了牌，又看何通作茧自缚，明艳的脸上扬起一抹嘚瑟的笑意。

那笑落进江易眼里，他唇角勾了勾，动手洗牌。

赵云今今晚的牌运似乎被上天眷顾，好到极点，闭眼乱玩都能赢。而何通正好和她相反，把把都输，把把被赵云今问得面红耳赤。

"所有女朋友里最喜欢哪个？

"既然喜欢为什么不结婚呢？

"前女友和你分手是因为你不行吗？"

"……"

"你别误会。"赵云今很友善地笑着，"我只是听说，体型偏胖的人在那方面会差一点儿，很好奇才来问你。"

何通说："……不是。"

"那是为什么？"赵云今求知欲旺盛。

"一局只能问一个问题。"何通心态被赵云今搞崩了，满脑子都在后悔为什么要和她玩这种要命的游戏。

赵云今轻飘飘丢掉手里的牌："炸。"

何通快要崩溃了："为什么你每一把都有炸弹？"

赵云今看了一眼江易，笑得越发灿烂了："可能是我运气好吧。"

何通顶着她求知的目光，硬着头皮说："不是你想的原因，是因为她不喜欢我的工作。"

"做霍璋的专职司机，比很多高级白领赚得都要多，这有什么可挑剔的？"

"危险。"何通平静地说。

当年那场车祸，霍璋前任司机被撞得稀烂，霍璋坐在后座才保住一条命。何通的女朋友觉得他这份工作危险也不是没有道理。

赵云今问："还要继续吗？"

一晚上都在她问他答，江易永远拿副不好不坏的牌坐在一边，从头至尾没有说过一句话。

何通不想玩了，但此刻放弃又不甘心，他看了一眼散在地板上的牌，用手归拢起来："玩，我还不信这个邪了，我来洗牌。"

壁炉里的火柴燃烧过一轮，赵云今裹了下毯子，江易又朝壁炉里添了把柴。

赵云今温柔地望向他，什么话都没说，亮晶晶的眼睛里满含情意。江易不看她，这女人是只狡猾的狐狸，多看一眼都要被她迷惑住。

运气似乎随着换人洗牌重新换位了，何通虽然没赢，但也终于不是输家了。他吁了口气，看向连赢十二局的赵云今，而她在看江易。

江易输了，丢掉手里的剩牌，没有回看她。

男人虽然姿态是倚靠的，但腰身依然笔直如椽，他一脚屈着，一手朝壁炉里丢零碎的木块。

"阿易。"赵云今整个人呈现出一种十足放松的姿态，乖张地问，"想要我吗？"

江易手里松脆的木柴"咔嚓"断成两截，他眸子深沉，抬头凝视着她。

山间风大，卷得林中树叶"簌簌"响。

壁炉里的火光渐渐暗淡，江易不再朝里添柴，炉子里通红的柴块被火星炸得"噼里啪啦"响。

江易眸里的光随着火苗微弱而越来越淡，他静坐着，如一尊冰冷的石像。

赵云今抿了口水，目光短暂地从他身上游移开，复而又更热烈地盯住他。

女人的目光黏着，带有不明显的攻击意味，在这滂沱雨夜，和刺骨空气一样散发着令人难以忍受的潮湿感。

何通见气氛凝固了，知道江易不是能玩得开这种游戏的人。赵云今露骨的话对别人而言只是面红耳赤，对江易这种阴鸷狠辣的人来说，他不记仇还好，一旦记仇，说不定会把她攥在掌心里揉碎。

“算了。”他打圆场，“时间也不早了，雨夜天凉，咱们还是明天再玩吧。”

江易丢掉手里的牌，就在何通以为他要离开的时候，他翻开赵云今刚刚打出的牌，原本应该是四张K的炸弹里只有三张K，剩下一张是掺在里面的红桃3，江易将那张3抽出来，夹在指尖问：“这是什么？”

何通眨了眨眼，怀疑是打出的牌在牌堆里弄混了，他刚刚看到的似乎确实是四个K。但他马上又打消了那个念头，因为3是夹在K中间的，丢掉的牌没有被人动过，自始至终不可能有机会被打乱顺序，唯一的可能就是赵云今刚刚打出去的不是炸弹，而是掺了一张3的假炸弹。

他看向赵云今：“赵小姐，你也赢一晚上了，愿赌服输，何必打假牌呢？”

赵云今吟吟的笑意晾在了嘴角，她端详江易，细声说：“你动了什么手脚？”

“你高估我了。”江易面无表情的模样看起来冷静可信，“牌就在那儿，何通一直看着，我能做什么？”

他发了一晚上的牌，为着她唇角上扬的那点儿雀跃，一次又一次把好牌分到她手里，也一次又一次在牌局里让着她。可赵云今这人论起来是没有心的，她晓得别人的好，真真切切每一寸都晓得，可若让她回以同样的好，她就会变成没心没肺的豺狼虎豹。

当着别人的面问出这种问题，就连江易也难以揣摩她是怎样的心思。

他无法看透别人，却能知悉自己，当赵云今问出这句话的时候，他那压抑了多年的欲望澎湃难忍。

何通说：“这局不算，赵小姐耍赖就算输了，让阿易来问。”

何通知道以江易的性格问不出什么过分难堪的话，打算让他随便问问，今夜就此作罢。

可何通显然低估了江易此刻心中的怒火。

江易将心底复燃的那股邪火强压下来，以其人之道还治其人之身，用那冷酷嘲讽的语气问道："赵云今，你很缺男人吗？"

他话音刚落，赵云今就将水杯里剩的半杯温水泼在他脸上，她平日俏丽明艳的脸此刻完全冷下来，阴沉得没一丝表情，她缓缓提着裙摆从地上站起来。

何通道："江易，你胡说什么，这种玩笑是能随便开的吗？快跟赵小姐道歉。"

江易抬手抹掉沿头发滴落下来的水滴，漆黑的眼眸与赵云今对视，没有说话。

赵云今绝口不答江易的问题，对何通说："今天到此为止吧，我要休息了。"

何通连忙起身帮她引路："刚刚我和江易收拾了三间卧房，一间在二楼，两间在三楼，这种雨天下面的楼层会潮，你去睡三楼的山景房吧，风景好，推开阳台的门就能看到外面的小湖。"

随着赵云今回屋睡觉，一晚尴尬的游戏至此结束。

何通下楼时江易还坐在原地，他正用脱掉的 T 恤衫擦头发。他里面只穿着一件黑色背心，露出紧实的肌肉。何通忽然就想到四年前第一次见到他的那个雨夜，他也是这副湿漉漉的模样，脱了外衫漫不经心地擦拭自己。

窗外闪过一道惊雷，林子里狂风呼啸，"啪嗒"一声，屋里断电了。

何通去杂物间找蜡烛，分了江易两根："你上楼给赵小姐送去。

"别怪我说你。"何通蹙眉，"江易，你真是一点儿不懂人情世故，赵云今开你玩笑忍忍就是了，一个大男人还能少块肉吗？况且那是赵云今，不知道多少男人想被她占便宜，机会白送你你还不乐意，非要去抨她一句？这下好了，给姑奶奶惹生气了。"

他把蜡烛朝江易怀里一塞："拿着，给赵云今赔礼道歉去。"

"现在合适吗？"

何通说："这深山老林的你就别管什么避嫌了，你放心，我不跟霍先生说。听说女人晚上都要卸妆，现在断电了赵云今肯定没法卸，估计在上面也拉不下脸来叫人。你给她送去，再好好道个歉，顺便看看她素颜好看不好看。”

他说完，自个儿拎着两根蜡烛上楼睡觉了。

江易在客厅坐了会儿，看壁炉的柴火一点点压灭，最后融进炉底的白灰里。

何通留给他的两根粗蜡烛是鲜艳的大红色，艳俗且张扬，他把擦头发弄湿的 T 恤衫丢在沙发上，转身上楼。

三楼没有烧壁炉，温度远低于客厅，几间没人住的房间开着窗户，风雨扫进来，隐隐弥漫着凉意。

赵云今的房门虚掩着，江易一推就开。

那是间宽敞的主卧，正中间摆着一张松软的豪华大床，床的四周挂着红色帷幔，木墙上用油彩画着浓艳的凤凰花。

赵云今没有如何通所说在摸黑卸妆，她盖着条薄被，背朝江易，躺在床的一侧。

她身形偏瘦，只是身材好，常给人一种妖娆风情的假象。江易曾经也这样觉得，可当他真的抱上去的时候，才发现赵云今其实很轻，甚至有些单薄。此刻她躺在床上只露一个肩背，显得孤零又脆弱。江易眉头皱了皱，以他对赵云今的认知，刚才一副受到羞辱的表情朝他泼水已经是不可能发生在这女人身上的反应了，她现在一副弱小模样，不知道又是在装给谁看。

他敞着房门，把蜡烛放在桌上。赵云今轻声说：“把门关上。”

“把门关上。”没听见江易的动作，她又重复一遍。

江易关了门，她再一次开口：“阿易，你来。”

浓重的夜色自百叶窗的缝隙里涌进来，暗暗地投在床头淡红色的床单上。

赵云今听见“咔嗒”一声锁响，又听见脚步声逐渐清晰，她慢慢从床上爬起来，方才在楼下的愤怒一点儿不剩，脸颊上又洋溢着灿烂的笑意，和之前判若两人。

“你又在耍什么花样？”

赵云今避而不答，而是问他：“霍璋叫你来做什么？”

“度假。”

“别把他想得这么好心。”

赵云今抿了抿软薄的唇，夜里朦胧看不清颜色，但她只一个细微的动作，就让江易几乎忽略掉她的言语，满脑子只剩当前的情境。

深山雨夜，孤男寡女，密闭的空间里满是年月已久的木头的醇香，凑近了还能依稀闻到她发丝上山茶花精油的味道。

“如果他让你来度假，又叫我来做什么？

“霍璋打着请我代为祭奠他母亲的名头把我放来缠山，但事情远没那么简单。”赵云今没注意到江易的眼神，自顾自地说道，“何通不对劲，又是打牌又是送蜡烛，想方设法给我们创造相处的机会，这可不是他该做的事，如果不是霍璋授意，他敢吗？”

“你是霍璋的女人。”江易提醒，“别总想着找他行为里的破绽。”

“真情实意还是逢场作戏，你看不出来吗？”赵云今赤脚踩着木质地板，将蜡烛摆在正对窗的梳妆台上。

“打火机。”

她回身走向江易。男人屹立不动，漂亮的肌肉自上至下延伸，藏在黑色背心之下，半遮半掩的朦胧才最性感。赵云今靠得近了，隐约能闻到他呼吸间的烟草和薄荷糖的味道。

“你在戒烟？”赵云今想起了什么，半眯着眼，“当年你为我戒烟，买了整箱薄荷糖放在家里，烟瘾上来就拿它堵嘴。那时候屋子的衣柜里堆满我的衣服和漫画书，每天早晨街上叫卖豆浆前你就会出门，日头落了才会回来。你说油灯街太乱，你要攒钱买一间新房子，带我住进去。

“我都记得，你呢？你还记得吗？”赵云今双手攀上他腰身。

她的手指自他胸膛蜿蜒，钻进他裤子口袋，摸索到他装在里面的烟盒和打火机。

江易看似淡定，但呼吸已经重了，他的声音哑得不像话：“已经分手四年，别再旧事重提了。”

“不喜欢我提。”赵云今掏出打火机，指尖不小心隔着裤子刮了刮。

江易本就粗重的呼吸瞬间凌乱不堪，赵云今隔得近了才能听分明，她一双柔若无骨的手臂缠上他的脖子，在他耳边呢喃：“阿易……”

她偏着头，一对眼眸莹莹亮着，发丝轻盈地扫过他冷硬的脸颊。她没有再说一句话，两瓣柔软的红唇轻轻吻上了他。

赵云今掌心抵住江易的后腰，把他想要后退的身躯扼在原地。

“嘘。”平常用手做的嘘声动作，她用唇去贴，温热的呼吸洒在江易鼻尖，酥酥痒痒。

赵云今的唇软似樱桃，凉似冰糕。

雨声越来越大，几乎覆盖了天地间的一切——林中的鸟叫，湖边的虫鸣，就连路过的云翳也遮住月亮凄淡的冷光。

屋外走廊传来“咔嗒”一声响，赵云今呢喃着：“外面有人。”不需要她提醒，江易也听见了那轻微的脚步声。

鞋底压着疏松的木质地板发出怪响，在这幽深的山涧、滂沱的雨夜，带着一丝渗透皮肤的冷意，令人惊悚。

江易从刚刚的暧昧里回过神来，推开眼前的女人，他的目光盯着那扇木门：“你又是来做什么的？”

“我说过，祭奠霍璋的母亲。”赵云今没有理会屋外神秘的脚步声，朝他笑笑。

“祭奠一个死人，霍璋需要派人监视你的一举一动？”

“为什么不是来监视你的呢？”赵云今说，“毕竟你可是有夜里偷偷溜进大哥的女人家里，又在别人家的院里撩女人裙子的前科。霍璋不放心你和我住同一间房子也很正常吧，万一你兽性大发，我岂不是要吃亏了。”

她撇开江易，慵懒地靠着梳妆台：“晚上吃得少，现在还有点儿饿了。”

门闷闷地响了一声，赵云今眼眸明亮，问他：“想知道霍璋把我们送到这里来的真实目的吗？”

江易没说话，赵云今就当他回答了，她拿过桌上的陶瓷花瓶，在手里掂了掂：“我会收着力道，但你也要忍一忍。”

……

何通身形如同一只壁虎，死死贴在房门上，屋里开了窗，只能听见雨声，至于里面二人的谈话内容，他一句也听不清。

宁静的夜里骤然传来器物碎地的炸裂音，紧接着赵云今羞愤的声音响起：“滚出去……”

何通连忙撤身，蹑手蹑脚走到隔壁江易的屋前，抬起手装作要敲他房门的架势。

江易拉开门出来，何通转头朝屋里瞥了一眼，花瓶被赵云今砸碎在地，碎前肯定还有别的用途，因为江易正拿手捂着额头。

他摔上门，何通一副才来的样子，不明所以地问："我来找你有点儿事，这是怎么了？"

"以后这种事别叫我做。"江易松手，额头被赵云今打出一个肿块，他冷淡地说，"这是女人能干出来的事？"

何通跟着他下楼，从冰柜里掏了一个冰袋递给他："赵小姐的脾气确实不太好，刚刚你惹了她，她生你的气也是应该的，你得想个法子去赔礼道歉。女人心眼儿小，必须得在回去前把心结解开，不然等她跟霍先生告状，你吃不了兜着走。"

"道歉？"江易冷笑，拿冰袋敷上额头，"拿头道歉？"

"伏低做小，时不时在她眼前晃晃，女人嘛，心软，说几句好听的她就消气了。"何通站起来打了个哈欠，"如果明天天气好，我准备白天去湖边钓鱼，也算是给你创造个机会单独和她谈谈，你觉得可行吗？"

江易没吭声，何通自作主张："就这么定了，你好好把握机会，别再惹着她了。"

何通走后，江易一个人坐在客厅。挂钟敲响，十二点了，雨小了些，他起身去厨房煮了杯牛奶。

赵云今躺在床上听雨，雨丝打在春末翠绿的荷叶上"嗒嗒"地响。她白天劳累，但今夜却意外失眠了。

门外传来一阵没有丝毫掩饰的脚步声，是江易。他叩了两下房门，赵云今不想显得自己那样急切，等了一会儿才起身去开。

江易已经离开了，门口地上放了个托盘，上面摆着一杯热牛奶和一碗盖着荷包蛋的面条。

第二天赵云今睡到中午才起，下楼时何通刚做完午餐，他随口问了句："赵小姐昨晚起来喝牛奶了？"

赵云今听到这话愣了愣："你怎么知道？"

何通指了指大门口的垃圾袋，里面装着昨夜江易倒完的牛奶瓶。他用完厨房后简单收拾了一下，但昨夜雨大，垃圾没处丢，就随手放在了门口。

赵云今道："观察这么敏锐，不去当警察真是可惜了。"

何通垂下眼："警察那工作又累又危险，工资还不高，费力费神的，哪有霍先生这儿的待遇好啊。"

"你对霍璋倒是用心。"赵云今细嚼慢咽地吃着午饭，问他，"江易呢？"

"他去湖边散步了。"

暴雨早在破晓时分就停了，缠山半腰云雾缭绕，弥漫着雨后的纯白水汽，远远望去如画境一般美妙。

一晚暴雨过后，湖面水位上涨，上游水库的鱼虾被冲上岸边，在旱地上垂死蹦跶。江易围湖转了一圈，捉了两只青蛙拎回来。

何通递给他一杯水："我让你钓几条鱼当晚饭，你给我搞两只青蛙干什么？野生青蛙体内有很多寄生虫不能乱吃，算了算了，一会儿还是我自己去吧。"

江易接过水喝了，那水发苦，他蹙了下眉。

何通漫不经心地说："山里的水不干净，有股怪味，我也喝不惯。"

江易放下杯子，从客厅柜子里取出一个竹编篓子，他将两只青蛙装进篓子里，又把湖边捡到的卵石水草放入摆好，在小篓边插上一朵摘下来的荷花苞，最后盖上盖子，将这小而别致的青蛙篓子推到赵云今面前。

赵云今说："我不要。"

何通充当和事佬："江易很有心思啊，他既然诚心道歉，赵小姐就原谅他吧。"

赵云今挑眉冷笑，何通最会察言观色，知道这女人没那么容易对付。他也识相，笑了笑，拎上渔具打算出门钓鱼。

赵云今忽然开口，叮嘱他："我以前看过一部外国电影，几个朋友相约去林中小屋度假，结果到了夜里，小屋四周忽然出现各种各样的怪物，于是这些人接二连三地死去。最近天气不好，总是看不见太阳，怪阴森的，何通，你要注意安全啊。"

"谢谢。"何通不卑不亢地说，"那部电影我也看过，主人公被怪物杀死前在地下室里发现了写有秘密的本子，那一段演得还不错。这里没有地下室，但有阁楼，里面放了很多霍先生小时候的玩具和二太的遗物，赵小姐下午没事做可以去整理一下。"

等到他出了门身影越走越远，赵云今才站起来，拎着江易送她的青蛙篓子上了楼梯。

她走到拐角，回头看向江易，温柔地说："阿易，你来陪我吧。"

阁楼的门"嘎吱嘎吱"地响，赵云今一进门就被里面的灰尘呛到了。

阁楼不大，一眼望去摆满了稀奇古怪的东西——霍璋小学时穿过的校服，中学时骑过的脚踏车，还有婴儿时玩过的一些玩具。

赵云今蹲在角落的一个箱子前，江易在她身后进来，顺手关上阁楼的门。

那门"咔嗒"一声，年久失修像是坏了一样自动落上锁，江易再去按把手，从里面已经打不开了。

"锁上了。"他说。

赵云今没有理会门的问题，她抬开箱盖，里面装的全是书，还有霍璋母亲的大学毕业证。那个年代大学生的含金量不比现在，霍璋母亲在当时算得上是同龄人中的佼佼者了，可就是这样一个有文凭又漂亮的女人，遇见醉酒的霍嵩，被莫名其妙地毁了一生。

赵云今端详着毕业证书上女人的眉眼，霍璋的五官大部分遗传自她，十足阴柔。

"这里的东西还真不少。"

没人应声，赵云今回头，江易站在门口，被头顶架子投下来的影子遮住脸，她只能看见他垂在身侧的手臂，皮肤微微泛红。

赵云今将青蛙篓子放在了门口，江易打开盖子，两只碧绿的小青蛙瞅准时机跳出来，撞掉了篓子边别着的荷花苞，而后落到阁楼的地板上滚了一身灰。

江易盯着青蛙看了一会儿，他身体深处蔓延起一股从未有过的奇异感觉。

赵云今注意到他的反常，起身走到他身前，江易手里还拿着竹篓的盖子。她接过来，手指无意间触碰到他的手背，被烫得一颤。

"那杯水里有料。"江易神色平静，如果不是呼吸间喷洒的热气和皮肤的温度，几乎看不出异样。

赵云今神情凝滞了几秒，随即笑了："我知道霍璋的目的了，开源节流，他倒是打得一手好牌，能撑住吗？"

江易不答，赵云今晃动脚背，踢了他小腿一脚："问你话呢。"

江易抬起眼眸，因为药物的影响眼睛里面染了几丝暗红。

他扯过赵云今手里的盖子，那东西在两人手里翻来覆去地过了几轮，竹制的边缘也带上了她掌心的温度。青蛙蹦到柜子下藏了起来，他将盖子远远丢开，而后动作干净利落，抓着赵云今柔软的双臂将她按在背后的书架上。

书架上放置的是霍璋曾经读过的书，轻轻一撞就"扑簌扑簌"往下掉灰。

赵云今心疼自己才穿了一天的新衣服，正胡思乱想时，江易开口："我为什么要撑住？"

他嗓音很沉，每一个字说出口都像落在实处："这里没女人吗？"

赵云今抬眸，男人的神情很淡，但眼眸里的炙热出卖了他的内心。他眉如刀，眼如海，骨骼硬挺似山峰，一眼望去，就让人这辈子都难以忘掉。

江易额头上还有昨晚她拿花瓶砸下的包，他贴近，滚烫的唇在她纤细的脖颈上蹭："昨晚的事不需要说点儿什么？"

赵云今踮脚朝他额上吹了吹："对不住。"

"除了道歉，你还欠我什么？"

赵云今不说话，露出一分狡黠的笑看着他。

江易带着薄茧的手按住她微笑的嘴唇，下一秒，他低头，火热的吻不留一丝缝隙压下来。

江易的吻向来单调，他吻技的世界里没有花样，只有掠夺和攫取两样，和江易接吻，时间久了，赵云今总怀疑他会失控到把自己吞掉。

那是刻在骨子里的侵略本能，以前，不管赵云今怎样提起，江易都没有过要去练习温柔的吻这一想法，问起来他总是蹙着眉头看她："有什么必要？"

赵云今认真地说："接吻是两个人的事。"

"你不舒服？"

江易这样问，她总是无言。

舒服。可每当他凝视很久后吻上来，总令她有种末日将近、火红的太阳压满天空、无处可逃的毁灭感。

唇齿被交缠、被操控，身体酥软，言不由衷。江易总能做到由一个吻开始，调动她的脆弱感官。

许多年后，当他再次压上来的时候，赵云今不知怎的有种想要转头逃跑的逃避心理，可没有用。江易早已封锁了她所有去路，将她夹在自己的身体和书架之间，压成一块薄薄的夹心饼干。如果真是这样，江易想，那赵云今一定是块罂粟味的饼干，从头到脚都散发着惹人心瘾的诱惑。

她勾引他的时候嚣张无比，被他反过来制裁，只是短短一愣，随即反客为主，揽住他的脖子，激烈地回吻。

江易的身体滚烫，赵云今抬起腿，他顺势托住，将她挂在身上。书架受到震动，书本"扑通扑通"朝下掉。

赵云今唇舌被堵，被他压得几乎无法呼吸，她尖利的牙齿重重一口咬住江易的下唇，男人闷哼一声，松开了嘴。

他唇上渗出了血，眼里带着股狠劲打量她："你找死？"

赵云今只是笑，她探出薄薄的舌尖，勾着舔走那丝血珠："同样的话说一遍唬得住人，说多了就变成'狼来了'，放狠话还是真能做，谁知道呢？"

男人是受不得激的，目光逐渐变得阴沉，酝酿着暗黑的情绪。

赵云今能察觉到何通的那杯东西对他身体造成的影响，他连呼出的每一口气都是灼热的。

江易把她抱去书桌。赵云今轻声说："从昨天起我就一直在想，以霍璋多疑的性子怎么可能让我和别的男人一起在深山里待上一个星期，现在我想明白了。"

江易炽热的唇吻在她雪白的脖颈上，赵云今仰头，承受他近乎蛮横的亲吻，伸手安抚般摸他头顶蓬松的头发。

"阿易，霍璋想要你死。"

江易的眼神有些迷离。他怔住，强压了几秒，一切又恢复如初。

赵云今的额头与他相抵，她掏出他放在口袋里的手机。锁屏有密码，她输入自己的生日，毫无障碍地打开了手机，她愣了一下，看了一眼江易，随即驾轻就熟地翻他的浏览记录。她翻到最下面，在三个月前的记录里点开一条链接，选了其中一个视频。

江易被药性折磨得厉害，用尽全力才维持住理智，他喘息沉重："赵云今……”

赵云今伸出一根手指堵住他的唇：“嘘。”她站到椅子上推开阁楼的天窗，外面是棵很大的槐树，树尖比阁楼顶还要高出不少。

赵云今按开视频后把手机丢在一旁，里面传来极有节奏的撞击声和呻吟声。

她轻巧地攀着天窗的边沿爬出去，趴在屋顶朝江易伸手。江易仰头，女人娇美的面庞被早间日头灿烂的光衬着，比平日更显白亮，和他记忆里那年骄纵跋扈的少女没什么两样。

赵云今自小玩极限运动，父母徒手攀岩，她就在旁边的儿童岩道上系一条绳子爬上爬下，上房上树这种事对她而言是家常便饭，没什么难度。换在平时，这种高度江易也不需要她帮忙，但今日情况特殊，受药性的影响，他爬到屋外的槐树枝干上的时候脚步还有些虚浮。

赵云今坐在旁边的枝丫上笑着看他，笑容明媚，轻松自在得像刚才的事不曾发生过一样。她灵巧地向下攀爬，停在别墅三楼楼梯间的小窗前，指了指里面。江易望过去，明亮的玻璃后面，此刻应该在湖边钓鱼的何通正鬼鬼祟祟地趴在阁楼的门口，他耳朵贴在门上，摆弄着手机贴近去录音。

今日无雨，少了嘈杂的雨声，何通隐约能听见屋里不可言说的声音。

那声音听起来有些小，也有些奇怪，何通一时难以分清两人到底在里面做什么。小青蛙借着椅子跳到桌上，撞翻了半截悬空的书本，那书掉在地上发出声响。何通听见了清晰的动静，更努力地把耳朵朝门上贴。

楼梯传来轻微的脚步声，他警惕性十足，连忙回头，看见本该在阁楼里的赵云今和江易齐齐站在身后，吓得手机“啪嗒”一声掉到了地上。

赵云今笑吟吟地说：“顶着司机的名头，做着侦探的工作，老何，真是辛苦你了。”

何通颓然地坐在餐桌前，赵云今坐在桌子的另一边。

江易进了卫生间冲澡，里面水声哗哗。

“我真不明白，你们不是吵架了吗？”

“谁说吵架就不能重归于好了？”赵云今说，“况且有你那杯水，就算不和好也很难吧？”

何通额头冒汗，被赵云今用那种似笑非笑的眼神盯了很久，感到背后发毛。他眼珠子骨碌转了下，狡辩道：“我刚好钓鱼回来，想上去看看你俩整理好没有，结果那门坏了，敲门也没人应，所以我就想着听听看里面有没有动静……”

“听听有没有动静需要拿手机录音吗？”赵云今淡淡地问，“霍璋请你来监视我，给你开了多高的报酬？”

何通讪笑道：“赵小姐，你这是在说哪里的话，你和霍先生是情人，我一个外人能监视什么？”

赵云今说：“我能留在霍璋身边这么久，你该不会以为我靠的只是漂亮吧。”

“当然不会。”何通抽了张桌上的纸巾擦了擦汗，“霍先生上一个情人是被赵小姐使手段弄走的，这事我还是有所耳闻的。”

“本来都是情人，把霍璋伺候好就行，彼此之间也不分高低贵贱，可她处处给我使绊子，甚至还找人搞我，我当然要回敬她。”赵云今说，“上次听到她的消息还是一年前，听说当初和她偷情的男人被霍璋整得半死，她在松川的夜总会工作，似乎得了些治不好的病。

“是我找人做的。”她平静地说，“有恩未必偿，有仇一定报，这就是我赵云今做事的风格。”

何通的冷汗流下来。

赵云今问：“你给江易喝的水里有什么？”

“……那药虽然效果明显，但是对身体副作用很小，就算不解决几个小时后也就没事了。”何通知道自己露馅儿了，这时候撒谎没什么好下场，他从口袋里掏出那盒药，诚恳地说，“我还是有人性的，伤天害理的事不做。”

赵云今捏起那盒药，撕开花花绿绿的袋子，倒了一袋在面前的玻璃杯中。

“这样吧，只要你把它喝了，今天这事我就不追究了。”

何通强笑道：“你这不是为难我吗，这荒郊野岭的，我喝了上哪儿解决？”

“你没处解决，江易有？”赵云今托着下巴问，“整座山头就我一个女人，你让他喝这药什么目的？看你胆子也不大，应该不敢背着霍璋自己做主，难不成这事是霍璋指使你做的？一般人都想着怎样让自己的另一半和别的男人避嫌，他倒想把我送出去。如果不了解霍璋，我真要以为他是个大度的男人了。

“他是想测试我对他的忠诚度？”赵云今没给何通说话的机会，自问自答，“我看不见得，霍璋不会这么无聊，也不会把情情爱爱的放在心上，虽然他占有欲强，容不得自己的东西被人指染，但不会为此费心未雨绸缪，大不了出事了一丢了之。

“让我想想，霍璋的目的，该不会是制造机会让我和江易偷情吧？

“送自己的女人出去偷情，又是为了什么？”赵云今根本不用何通开口，一点儿一点儿就把事情捋顺了，“霍嵩死期将近，多一个人能多分一份遗产。霍璋想要一个孩子，但他没有能力做到，所以借江易的种和我的子宫为他赢得家产，这就是他口中的‘开源’，我没说错吧？”

“赵小姐……”何通结巴着说，“霍先生不是那种人，何况孩子生下来是不是他的，一验就验出来了，老爷子又不傻。”

“如果孩子生不下来呢？”赵云今笑意盎然，“亲子鉴定最早也要在怀孕十四周后才能做，霍嵩能活那么久？只要他一死，霍璋还会在意一个没出世的婴儿吗？他叫江易来度假，也是为着这个目的吧？

“江易原本就是三房的人，利用完后没有价值了一杀了之，手上沾血也不会愧疚。他这如意算盘打得真响。”

“不是这样的。”何通还在强撑，“如果他真这么想，应该留你们两个人在这儿，还要我干什么呢？不是多此一举吗？”

“我赵云今也不是随便的人，你不来，这药叫谁放进杯子里？”赵云今玩笑般说，“霍璋的为人我比你清楚，他既希望我能帮他夺到家产，又占有欲作祟不想我背叛他，他知道以我的性子肯定不愿意去做这件事，只能让我自己把持不住犯错。我跟他的这些年里没有过男人，寂寞空虚一时头脑发热也不是没有可能。你是来促成这事，同时也是来监视我的。不管我做与不做，下场都不会好到哪儿去。

“不做，等于没有完成霍璋的交代，就失去了利用价值；做了，等于背叛霍璋，霍嵩一死，我肚里的孩子、我、江易都会死无葬身之地。”

赵云今凑近，明亮的眸子望向他：“霍璋心思缜密，没有漏洞也没有人情，该怎么破局？何通，不如你来为我想个办法吧。”

她这话一出，何通坐不住了，拿她今早的话回敬："这么会推理，你怎么不去当警察？"

赵云今懒洋洋地说："何通，药是你下的，这件事你已经参与了，要么给我想法子解决，要么跟我一起遭殃。"

"赵小姐，我真不知道你在说什么，我给江易下药纯粹是因为看不惯他那张臭脸，所以想找个法子整他，这整件事跟霍先生一点儿关系都没有。"

赵云今看着他笑，何通被她笑得头皮发麻："看我干吗？"

"有件事你要搞清楚，现在的主动权在我手上。"赵云今悠悠道，"我刚刚所说的一切是建立在我知情的基础上。我知情却不遂霍璋的心意会惹怒他，失去利用价值，但如果我不知情，只是来缠山度个假清清白白回去，是不是你没有把事情做好呢？

"以霍璋从小受到的家教来看，如果他能做到把自己的龌龊心思当面宣之于口，就不会指使你来暗中促成这事了。霍璋厌恶没有能力的人，我不知情还有第二次机会，你没有。我回去后稍稍添油加醋把你给江易下药暴露的事乱说一通，倒霉的人是谁？

"霍璋要脸，他总不会承认这么下作的手段是经他授意，到时候替罪羊还不是你？"

桌上放着昨夜打剩的牌，赵云今听着浴室"哗哗"的水声，随手拿起扑克玩："我是个记仇的人，到了那时候再要搞你，方法多得是。

"世人慌慌张张，不过图碎银几两，你对霍璋忠心无非就是为了钱。我在霍璋身边这些年，手里也攒下不少，他能给你的，我一样能给。"她笑得恣意，"可如果你让我不开心了，别说钱，缠山这些年死的人不少，多你一个也不算多。"

何通蹙起眉峰："我以为赵小姐是霍先生身边的人，肯定事事为霍先生着想。"

"我是为他着想，前提是他不把那些诡秘心思用在我身上，人总要自保是不是？霍家水深，我相信霍璋有他的不得已，但如果他要利用的人是你，以后下场都还难说，你甘心做棋子为他铺路吗？"赵云今说，"霍璋没有心，何通，你跟着他没前途的。"

何通一句话憋在心里，想说又咽了回去。霍璋没有心，你有？

浴室水声停了，江易走出来，头发还湿漉漉地滴水。他头顶着一条白毛巾，神情阴沉，冲了十分钟冷水澡依然没用。显然，何通所说的药力强劲不是假话。

赵云今托腮看他，目光直白地扫过他的裤子。

江易走到桌前，瞟了一眼那杯掺了药的水，一旁桌上的盒子里还有几袋药，他一袋袋撕开，通通倒进杯子里。粉末难溶，白乎乎一片浮荡在水中。

江易看向何通，后者一个激灵："你想干吗？"

他直觉不妙起身想跑，还没离开桌子的范围就被江易拽住领子按到桌上。江易端起那杯掺了五六袋料的水朝他嘴里灌，何通死活不肯张嘴，别过脸去："江易，你冷静点儿！会出人命的！"

赵云今看戏一般置身事外，直到何通被灌下好几口药，她才慢慢开口："放开他。"

何通自觉今天要倒大霉，江易此人他没少听双喜提起过，最常听到双喜说的就是"江易看起来沉默不爱出声，其实是条疯狗，惹谁都不要惹他。你惹君子，人家要脸不屑报复；你惹小人，人家阴损背后算账；但你如果惹了疯狗，他当场就能龇牙咧嘴，把你撕得连碎片都不剩"。

江易就是一条疯狗，他这样的人，怎么可能因为一个女人的话停下？

可就在何通默默在心里计算连喝五袋会不会死人的时候，江易却听了赵云今的话松开手，他将杯子丢到一边，冷眼看着何通趴在桌上拼命咳嗽。

"……我没想害你。"何通虚弱地说，"这药真的不伤身。"

"我也没想害你。"江易淡淡回敬，"一口气喝五袋死不了人。"

药性很快上来了，何通神态逐渐恍惚。

赵云今起身："我在这儿似乎不太合适。"

她收走何通的手机和车钥匙，在他眼前晃了晃："包装上说药性过去至少要五个小时，你趁着现在头脑还清醒慢慢想，我等你的答案。"

她上楼了。电力早已恢复，但阴天光线依旧昏暗，她拉上厚重的窗帘，屋里就黑暗一片，几乎什么也看不见了。

江易昨晚拿来的蜡烛和打火机都还放在桌上，她点上蜡烛，坐在床边静静望着摇曳生辉的烛光把室内照得通亮。

门没关紧，外头传来脚步声。赵云今回头，江易头发湿漉漉地站在外面，她笑了笑："门是给你留的。"

江易走了进来。

赵云今问："你现在清醒吗？"

江易眼里理智尚在，虽然还是难受，可他没打算再去冲冷水澡，冷水作用不大，以他的性格，不会重复做无用功。

他问："赵云今，做错事不用负责吗？"

赵云今装傻："什么？"

大红的烛火温暖明亮，映在红纱帐上十分喜庆。此时房间因闭塞而憋闷，空气凝滞了，暧昧得叫人心慌。

江易走近，手指抚上她的嘴唇，指腹上的茧磨得她唇瓣隐隐作痛。

赵云今想起昨夜自己那没有缘由的一吻，没心没肺地一笑："都是成年人了，气氛到了接个吻而已，还要斤斤计较吗？我是亲了你，可那是为了让何通上套不得已而为之，你刚才在阁楼不也亲回来了，现在跟我讨要什么？"

"我从前帮九叔放贷，都是九出十三归，是谁告诉你欠了我的东西原物奉还就可以？"

赵云今想走，却被江易拽住手臂强行压在床上。他的手劲极大，赵云今被桎梏得没一丝动弹的余地。

她干脆不挣扎了："我跟何通说的话你听见没有？现在你管不住自己，就是给霍璋名正言顺除掉你的借口。"

"那又怎样？"

赵云今漆黑的眼睛盯着他："霍璋心狠手辣，他不会让你活着。"

"那又怎样？"江易重复这句话，眼里冷光沉沉，"我不在乎。"

他一字一句地说："赵云今，你惹出的火，要负责到底。"说罢，他低头吻了上去。

赵云今的唇舌被江易粗鲁地堵住，只有在他换气时才能得到一丝说话的空隙。她双手抵住他的肩膀，偏头喘着气笑："早前装得正人君子一样，怎么勾引都不肯上当，现在却借药劲抽风，你把我当什么了？你放开我。"

屋外的风轻轻叩击着木窗，在静夜里发出迷人的声响。江易难以用正常人的思维去衡量这个女人的心思。

赵云今既不同意，也不叫他出去，而是就着这个姿势侧躺，打量着江易因受折磨而颤动的眼皮。她伸出手，掌心安抚般摸了摸他的头发："阿易，想和我重新来过？"

江易不答，她又问："我陪你一晚，你能跟我说实话吗？"

江易依旧不答，她不气，反而笑笑："你看，从前总是你猜我在想什么，风水轮流转，现在也换成我来猜你的心思了。"

"想知道什么？"江易被蓄在一团浓烈的火焰之中炙烤，声音沙哑地问。

赵云今放开抵住他的手，温柔地触了触他光洁的额头："告诉我，你留在霍家的原因。"

江易闭着眼睛，忽然想起同她重逢那晚车载音乐里播放的那首老歌。

人生短短几个秋，如同寄于天地之蜉蝣，悲欢离合转瞬过，记忆也早晚会褪色。可赵云今像个顽固孩童，紧紧攥着手里的风筝线，线的那头，连接着事情的真相和她几年如一日的追寻。

"就非要执着一个答案？"他问。

"要。"

"真相未必会让你舒服。"

"那我也要。"赵云今说，"你留在霍家，和哥哥的死有没有关系？"

江易瞳孔骤缩。

"四年前你没有理由分手失联，我想过找你，但紧接而来的事情让我没有精力去探究你行为背后的动机是什么。当年他的尸体被水冲到香溪的河滩，法医遭人收买鉴定为车祸抛尸，葬礼过后妈妈心脏病发作，爸爸开车送她去医院的路上出了车祸，双双离世……

"如果不是他腿骨里的那枚钉子，我到现在都不会怀疑验尸报告上的说辞有假。

"江易，我哥没了，家也没了。"赵云今一字一句咬得清晰，"这些事情加起来，都不足以换你嘴里一句真话吗？"

江易沉默了，他脑海里走马灯般回放起某些残存的记忆。

那年的西河风平浪静，林清执的离去没有翻腾起多大浪花，外派绝密任务的警员资料不予公开，因此送去尸检时也只是说，那是一具香溪打捞上来的无名尸体。尸体漂上岸边那日，乌志混在现场的人群之中，尸体的面孔已毁看不清样貌，但乌志认出了尸体左腕戴的那只黑色手表。

“人都死了还阴魂不散。”乌志蹲在香溪嶙峋的礁石旁抽掉半盒烟，转过头对韩巴说，“刑侦支队的主检法医和三太有几分交情，你去打点一下，随便鉴定个意外死亡算了，别叫这事闹大，扰了三太的耳朵。”

一件看似不合理事件的背后总有许多琐碎的堆叠，任务的保密性、乌志收买法医、警方对家属的保护……曾经西河警界的天之骄子归于尘土几乎无人知晓，也有些同事在半年后听闻，林清执外派学习期间在一场车祸中葬身，唏嘘几声后，日子还是照旧过。

后来江易偶然路过年少时常进的局子，大门宽阔，警徽威严，似乎和从前没什么两样，只是警员面孔变动了很多。院里公告栏上没了那男人清俊的面孔，网络、档案能够搜索到的只有名字，连一张相片都没有。

太久不见的人，面孔会逐渐消失在记忆之中。江易去过一次公墓，大理石墓碑光洁冰冷，触感像极了那夜香溪的江水。

墓碑相片上的男人是副憨厚胖乎的长相，眼睛滚圆纯良，鼻尖生着片细小的雀斑，乍一看不习惯，看久了竟也挺顺眼的。

他在墓前站了很久，走前弯腰放下一束林清执生前最爱的红色蔷薇。

……

“哥哥死因不明，你分手失联，算起来是同一时间发生的事，而所有事件背后都逃不开霍家。这不是巧合，他的死，你知道什么？”

江易静了静，说：“不知道。”

“你知道什么？”

“别问了。”

江易不再说话，赵云今没再追问：“现在不说没关系，我早晚会知道。”

她拉过被子：“江易，有些事坦白与否会走向截然不同的结果，今晚我不逼你，但事关我哥，你想清楚后好好答复我。”

一场煎熬的心理较量胜过最冰的冷水澡，药劲没过，但刚才的心情已然不在了。山涧又落起小雨，没人监视的夜晚柔和寂静，簌簌的冷雨拍打着窗户。

赵云今鼾声轻微，转眼入睡，江易躺在床的另一侧，做不到她这样没心没肺。江易于静夜里起身，借着雨夜微弱的月光，端详她的面庞。

过往未明，前路未知，身旁还有虎视眈眈的男人在，可在她心里似乎都不重要，她睡得无比香甜，是赵云今惯有的作风。

夜里的时间缓缓流淌，直到赵云今点燃的红烛燃烧至最后一截，天边才抹过一丝鱼肚白。

江易在她房间坐了一夜。一夜未眠。

雨后初晴的空气里泛着泥土清新的味道，江易出门时，何通正坐在湖边垂钓。他线上没挂饵，桶里没有鱼，在那儿坐了一上午，除了寂寞什么都没钓到。

江易站在他身边，眺望远处湖景。

何通脸色煞白，不知是不是虚耗过度，本来就白的肤色显出几分病弱。

“你跟赵云今都是狠人。”他说，“我一小喽啰，不敢得罪。”话中之意很明确，显然昨天的谈话让他已经和赵云今达成了一致意见。

江易站了会儿，从衣兜里掏出药粉的包装丢到他面前，何通垂眼去看。

“味苦，建议混在口味重的酒水中饮用。”江易说，“既然是霍璋放心的人，不会蠢到连这么大的字都看不到。”

“人总有看走眼的时候，难不成我还能故意露馅儿叫你拿到把柄吗？”何通漫不经心地说，“你和赵云今是旧相识？别看我，听双喜说她几年前划过你的车。难怪她不待见你，宴会那天就刁难你擦鞋，昨晚又泼你一脸水，看来霍先生这次的算盘打错了。”

昨天赵云今说出那番话，江易不动声色，但心有余悸。

霍璋这一手安排就连他都没想到，那男人足够阴狠，就连身边最亲密的人都能算计利用。

何通看起来作茧自缚，但如果没有那袋药，江易和赵云今未必不会中霍璋的圈套。

霍璋身体有恙，赵云今这些年没有过男人，深山老林道路不通，孤男寡女又是旧相识，这样的条件下，两人擦枪走火也不是难事。何通在明知道他和赵云今从前有几分交情的情况下，依旧用了那袋喝下去就会被发现的药，这怎么想都不会是霍璋心腹能做出来的事情。

太蠢了。蠢得好像故意告诉别人这里面有阴谋一样。

江易看向何通，何通这几年又长了些斤两，原本就白胖，此时更显憨厚了，江易想起四年前他那张懦弱讨好的脸，和现在悠闲垂钓的模样大相径庭。

何通没再继续这个话题，望着远处层叠的山峦：“江易，你听过缠山的故事吗？”

缠山是一片绵延的山脉的统称，其中海拔四千三百米的缠谷峰是西河市的最高峰，缠山几座高峰的山顶终年积雪，冬天几场雪过后满山皑皑。

早些年常有人去爬山赏雪，但山峭路滑，年年都有人在山上出事，不知怎的就传成雪山有不干净的东西吞人，描述的人绘声绘色，听故事的人津津有味，越是诡异越有人想去探险。可缠山就像真有不干净的东西一样，登山失踪的人越来越多，政府不得不出来干预，久而久之，灵异故事传得沸沸扬扬。

“听过。”

“你信鬼神之说吗？”

不等江易回答，何通就自顾自地说：“我以前不信，但现在年纪大了，遇事总会没来由地往那方面想。最近几个月发生了许多事，乌志、老孙、韩巴，接二连三出事，都没落得好下场。这些人里有三房的心腹，也有二房的亲信，乍一看没什么联系，但仔细想想，四年前那晚，他们全都在场。”

何通用他那双温良的眼睛看向江易：“你说，是不是丁晨凯的冤魂没走，找他们算账来了？这回是他们，下回又是谁？是你，还是我？”

雨后潮湿的空气黏腻着鼻子，痒痒黏黏，连呼吸都透着股凉气。

江易昨夜没睡，神态疲惫，他的目光凝固在远方山峦那处未褪的雪线之上。冰冷、清寂，几十年如一日堆叠着落雪的孤光。

过了好久，江易开口：“人在做，满天神佛都看着呢。”

何通唇角露出一个讥讽的笑，意有所指：“是啊，满天神佛都看着，就算真有冤魂索命，该怕的人也不是我。”

霍宅。

霍璋手边放着一只小铁桶，里面装着新鲜带血的生牛肉，他拿铁夹夹起一块肉丢进面前的笼子里，黑背喉咙里发出凶狠的呜呼声，低头抢肉。

保镖从地下室上来，袖口沾着血水，将一张皱巴巴的白纸展开放到霍璋眼前。那纸拿去时还是干净的，此刻被血和涎水浸透，发出一股腥臊的怪味。

上面字迹歪歪扭扭，韩巴用牙齿叼笔写下两个大字——“去死”。

“嘴硬，什么都问不出来。”

霍璋放下铁夹，静静地凝视着恶狗吞肉：“问不出才正常，他知道我不会放过他，把小东山的秘密说出来，既讨好不了我，还会惹怒乌玉媚，得不偿失，咬死不说我可能留他条命慢慢盘问。乌玉媚对小东山的事讳莫如深，会想方设法把他救出去也不一定。”

“听说他家里还有父母，要不要我去……”保镖的声音戛然降低，后半句轻轻吐在他耳边。

霍璋又朝笼子里丢了块肉：“声势做大点儿，才好叫乌玉媚知道韩巴现在还活着。小东山的秘密离我近在咫尺，她一定会自乱阵脚，无论怎么看，这都是件令人愉快的事。”

保镖得令离开，他静坐了会儿，听见远处道路上驶来汽车的声音。一星期过去，何通把赵云今送到家后一个人回来了。

霍璋神情淡然，听他汇报这几天发生的事。

"第一天晚上打牌，赵小姐就和江易发生矛盾了。她那脾气您知道，当场就泼了江易一头水，江易也是个倔的，一礼拜下来，两人一句话都没说，我就是想创造机会也没处下手……

"赵小姐一直在打理二太的遗物，坟前都清扫干净了，纸也烧了，其余时间就躲在屋子里睡觉。"

何通观察着霍璋的表情，并没有因为他办事不力加以责怪，那神情玄妙，仿佛提着的一口气倏然间放松了。

他心里"咯噔"一下，心想真叫赵云今说对了，霍璋这人心思诡谲，要真如他所愿和江易有什么苟且，那对霍璋而言无异于背叛，她的下场恐怕不会好到哪儿去。

霍璋没有作声。

何通接着说："其实这种事何必非要赵小姐来，以她的性子和她对您的情意肯定是做不出来的，换个别的女人……"

霍璋说："在这种敏感时期找个不相干的女人备孕，大房会信？"

当年车祸后霍璋下肢瘫痪，霍家怀疑过他是否一道失去了生育能力，霍璋买通医生作假，又在松川找无数女人作陪，但那只是用以证明自己身体无恙的幌子。别说知道霍璋身体状况如何，那些女人就连霍璋的家门都未能踏进。

唯一的例外是赵云今，霍璋离开松川之前遣散了所有女人，只留了她一个。

霍璋留赵云今在身边，在何通看来不是什么难以理解的事。赵云今无论容貌、手段都很拔尖，她还具备别的女人所没有的优点——她曾经玩弄过霍明泽，大房对她避如蛇蝎，不可能和她有所牵扯，她是个可以为霍璋保守住秘密的人。

在今天之前，何通一直认为霍璋对赵云今的感情只是利用，也许那利用中还掺杂了一些对花瓶美貌的欣赏。但现下看霍璋不经意间流露出的一丝放松，他忽然觉得，除了利用和欣赏，或许还掺杂了一些其他的，就连霍璋自己都未必说得出来的情愫。

"江易呢？"

"江易一直在钓鱼，偶尔去山里走走，没什么异常。"

霍璋"嗯"了一声，没有对他这次失败的任务表态。

何通犹豫着说："先不论赵小姐的意愿怎样，就算真的怀上了，大房那位也肯定不会相信孩子是您的，老爷子对您的身体状态也一直半信半疑，他大可以找律师立遗嘱，等孩子出生验过血缘后再做遗产划分，所以这法子未必行得通。"

"没什么人是钱不能收买的，做了可能不会成功，但不做就没有可能，这么简单的道理你还不懂吗？"

"我是担心一旦败露，薛美辰会揪住不放为难您。"

霍璋冷笑道："她为难我的日子还少了？不过你说得也有道理，大房不是好糊弄的，我一个人应付起来确实吃力。"

他思量片刻，眯了眯眼睛："听说明泽要回国了，是为了云今吗？"他自言自语，屈指揉了揉眉心。

何通站在一边，开始没懂霍璋话里的意思，反应过来后，后背出了一层冷汗。

……

江易在回油灯街的路上下了车，一个礼拜的假期说长不长，说短也绝对不短。

那晚过后，赵云今再没有主动和他说过话，只是在他下车时轻飘飘撂下一句："七天过去了，还没想好吗？"

她等了一会儿没听到江易的回答，也没再逼问，摇上车窗离开了。

晚高峰是西河最嘈杂的时候，街上的车流，步履匆匆的行人，还有推车叫卖的小贩拥挤错落，熙熙攘攘倒也热闹。还未走到巷口，远远看着，油灯街的炊烟就已经袅袅腾空了。

霍明芸将豪车停在隔壁大厦的停车场，跟着手机导航走到了尽头，可眼前却还是片差不多的楼，绕来绕去差点儿困在小巷里。路边米粉摊零星落座了几个客人，老板坐在烧锅前玩手机。

她走过去，嘴里嚼着口香糖："江易住这儿吗？"

老板看了她一眼，漂黄的长发上戴顶棒球帽，牛仔裤、露脐 T 恤衫，很潮的打扮，看起来不像油灯街的女人。

"不认识。"他在这儿卖了十几年米粉，当然知道江易是什么人，但是来找他的少有善茬儿，他不想惹麻烦。

霍明芸败兴而归，走出街道时却一抬眼就看见江易的身影，她瞬间活络起来，招手喊道："哎，江易，这儿呢！"

江易没给她什么反应，径直路过她身边。霍明芸拉住他手臂，自来熟地问："我叫你呢，听说霍璋让你去度假了，玩得开心吗？"

她拦在路前，江易停下来，拿冰冷的眸子直视她："放开。"

霍明芸松开手："我找你有事，今晚我朋友组局，大家都带了男伴，就我没有，你要不要陪我去玩？"

"不去。"

"交个朋友而已，别这么拘谨嘛，玩一玩总会熟的，你去外面问问，我霍明芸最喜欢交朋友了。"长公主拿她那独有的、充满优越感的骄矜笑意望向他，"我上个月刚和那玩乐队的软饭男分手，现在空窗期。之前的事我知恩图报，可以以身相许，让你当我下一任男友。"

她笑得甜美十足，仿佛"霍明芸男友"这一头衔是多么尊贵的东西。

可江易显然没把这东西当回事，冷淡地说："你要知恩图报就挪一下，别挡我回家上厕所的路。"

"……"

魅力还不如一个茅坑大。

"真不当？"霍明芸没气馁，"你可别后悔！"

"救你是霍璋的要求，你的感谢别用错人了。"

"无论是谁的要求，你把我从韩巴手上救下都是事实。你嘴上说是因为霍璋，但即便没有他的命令，我相信你也不会见死不救。"

江易挑眉："知道油灯街什么人最多吗？惯偷、混混儿、瘾君子和逃犯。等天一黑，像你这种家境好又没脑子的女人就是最好的猎物，如果你非要把我塑造成善良的圣父，那你大可以在这儿待一个晚上，看看这次你被人打晕带走，我还会不会救你。"

他嘴里吐出的话字字凉薄："经过上次的事后，我以为你多少会长点儿脑子。"

霍明芸眉间一凛："你骂谁？"

"刚出过事，还敢晚上独自来油灯街这种地方，这不是没脑子？"江易冷笑，"霍明芸，我不是什么好东西，收起你那小女生心思，别来招惹我。"

他丝毫不留情面，霍明芸面子上过不去，也生气了："谁稀罕招惹你！我算个狗屁的长公主，没见过哪家长公主上赶着用热脸去贴人冷屁股的。这事怪我，忘记您是爹了。您是易爹，我是芸芸，算我不开眼惹了您，我走行吧？"

她话音刚落，发现江易用冰凉的眼神看着她。他眼里的光冷冽，盯得她浑身起鸡皮疙瘩，她的愤怒下意识地压了回去："……看我干吗？芸芸是我的小名，我生气骂个人发泄一下都不行吗？"

江易没再说一句话，转身走了。

赵云今外出的这段日子，家里的花草一直都是双喜照料的。

她回到家里，双喜刚给她阳台的蔷薇浇完水，正在院子里给她种的小葱松土施肥。

他殷勤无非是为两点，一是希望赵云今大人有大量忘记早前的冒犯，二是盼着赵云今能在霍璋面前美言几句，给他谋个更好的职位。

赵云今每每见他辛苦地跑前跑后总是对他大加夸赞，然后嘴上许诺一定会提拔他。她空头支票开得不少，却从没见兑现，也就是双喜人傻，换别人早撂挑子不干了。

"赵小姐，这是前几天送来的信。"双喜递给她一个信封。

赵云今笑眯眯地说："你好细心啊，这都记得帮我收着。"她随口夸人毫不费力，双喜倒挺受用，美滋滋地笑了半天。

赵云今打开信封，里面装着张白纸，纸上写着一串电话号码。她将纸折起来，明白这是贺丰宝给她查到的永裕钉厂老板的电话。

"双喜。"赵云今在院子里坐了一会儿，忽然叫他，"你跟江易是不是很熟？"

双喜刨地刨得满头大汗，随手擦了擦，点头道："对啊。"

"我有件事想问问你。"她笑靥如花，看起来单纯无邪，"江易这几年都在做什么？怎么好端端的于水生的干儿子不做，跑来给二房办事呢？"

双喜尴尬地笑了笑："这还用问吗？是个明眼人都能看出来，阿易是九爷派来打探消息的卧底啊。"

赵云今"扑哧"一声笑出来："现在卧底的门槛这么低吗？打探消息？

什么消息？”

“我也不知道。”双喜老实地说，“来之前九爷也没说明白到底打探什么，就说老老实实在二房做事，顺便盯着霍璋，有风吹草动就向他汇报。可具体是哪方面的风吹草动，他没说，阿易也没问，这都来好几个月了，也没见他主动找过阿易。

“至于阿易，他这几年倒也没做什么，打打零工，看看场子，就这么稀里糊涂过了。”

“他一直这样打零工？”

“那倒也不是。”双喜说，“四五年前吧，有一阵子他打了鸡血似的同时做了很多份工，他说是因为谈了个姑娘，想攒钱买房。但他嘴巴紧藏得严，那姑娘长什么样子谁都没见过，私下里大家全都在猜到底是何方神圣能让他收心。那阵子阿易挺不一样的，看着几乎像个正经人了。”

赵云今托着下巴，饶有兴趣地问：“那后来呢？”

“后来分了呗，他不肯说，但肯定是人家把他甩了，毕竟我们这样的混混儿，有几个好人家的姑娘看得上？阿易还因为这个消沉了好一段时间呢。”双喜扒拉着手指头数了数，“我记起来了，是四年前的‘五一’假，他原本要去约会，九爷却临时给他安排了一个油水挺多的活儿。他为了赚钱就去了，结果半夜淋着雨回来，衣服全湿透了，眼神直直的，问他什么都不说，把自己关了整整半个月。

“我猜是为了给九爷办事迟到，所以姑娘生气跟他分了，毕竟那天下着那么大的雨，是谁被放鸽子都受不了啊。”

他一席话说完，赵云今嘴角那抹似有似无的笑凝固了。

西河的春末炎热非常，赵云今的蔷薇花被高温烤得打蔫儿。

她嫌热懒得去阳台浇水，花店也没再开门，在家无所事事待了几天后，想起那张纸上的号码。她拨过去，“嘟”过两声，对方接了电话。

昌锦荣的声音听起来上了年纪，说一口地道的西河话，得知赵云今的来意后给了她一个地址，叫她带着钉子过来。

赵云今顶着太阳下了车，徒步走进兰子窑错综复杂的小巷里。这地方她几年前来过，是江易带她来看老棍儿，那个院落还在，门上拴着把生了锈的黄铜小锁，满院的破烂儿都不在了，木门上贴着转租的白纸，但这些年过去也没见租出去过。

她又绕了几条街，走到昌锦荣的住所，说那是住所也不尽然，看起来更像一个家庭作坊。

漆黑的木门里是座逼仄的小院，院子里处处堆积着扎好的花圈和纸人，一阵风刮过，几个金纸包的元宝滚到赵云今脚下。她抬起头，不远处坐在马扎上包元宝的男人也正回过头看她。

昌锦荣坐在元宝堆里，被金纸映衬得皮肤锃亮，但从脸上横生的皱纹和疲态不难看出他此时的生活状态。不上不下，勉强过活。

他随手指了指旁边的马扎示意她坐："是你给我打的电话？钉子拿给我看看。"

赵云今递过去，他看了一眼顶部的数字，说："这钉子是永裕制的没错，一九九八年出厂，有些年头了。"

"上面印的编号是一九九八年第二批次，你手头还有没有留存的资料能查到买走它的人是谁？"

昌锦荣蹙眉，望着她："你打听这些干吗？"

赵云今唇角噙着笑，在他手边的矮桌上放了一个封好的红包："是我跟你打听，不是你问我，不管有没有用，把你知道的告诉我。"

"资料早就没了。"昌锦荣拆开红包的封口瞄了一眼，数目不小，他想了想，"当年钉厂倒闭后，资料连同厂子一起转给人家了。我以前只管行政和业务，车间里的钉子品种我心里没谱，但是你拿来的这个型号挺特别，我找找以前的车间工人，估计能问到。"

他说完这句，就不吭声了。

赵云今明白他的意思，这人油滑，比老实巴交的秦卫国难缠，但她没有再掏钱出去，而是伸手钩走他手里的红包。

昌锦荣没料到她会把递出去的钱收回，愣了下，又听女人用甜腻的语气说："你看我像缺钱的人吗？好歹也是当过厂长的人，何必这么抠搜。"

这话不是好话，但经由她的嘴一说，却带了几分调情的蜜意。她双眸含情脉脉地一望，昌锦荣全身骨头都酥了。

老男人色起来倒还是有几分理智在，他的态度没之前那么强硬了，但依然不松口："你就直说吧，我给你打听出这钉子的用途，你给我多少钱。"

赵云今放了这么久的电，等的就是他这句话。小鬼难缠，能一次谈好就省得再三扯皮，搞得两方都烦。她拢上滑到鼻梁的墨镜，比了个数字。

昌锦荣拍了照片进屋去打电话，五分钟后走了出来："我就说刚才看这钉子这么眼熟呢，没想到遇上我本家了。"

他告诉赵云今："这钉子是用来钉棺材的。

"我们厂以前的进货商很多，棺材厂确实有几家，具体有哪些，过去这么些年了我也不记得了。这种钉子除了棺材厂进货，还有个人进货商，有的做二道贩子转卖给棺材厂，有的卖到手工棺材铺去了。"

赵云今出了兰子窑，手里拎着两袋从昌锦荣那儿拿来的白色纸花。

江易被霍璋调去小东山了，从今往后，双喜是她的专职司机。

双喜嘴巴大，哪怕何通叮嘱他无数遍不要随便问老板的隐私也依然记不住。他看着赵云今手里的纸花，问道："哟，这是祭奠用的吧？"

赵云今靠在车子后座养神，"嗯"了一声，双喜又问："你家死人了？"

"不太熟络的长辈前几天去世了，买点儿祭品表达心意。"赵云今面不改色地撒谎，"老人观念守旧，想着死后土葬，但家里人不让，嫌土葬过时还不环保，光是置办棺材墓地这些就要费不少工夫。"

双喜道："那你可得劝劝他们，别搞什么土葬了，墓地棺材倒不麻烦，几块板子钉一钉就成。麻烦的是办丧事的礼，要是土葬，棺材得在家里放过头七呢，现在天气热了，尸体腐败那臭味不好闻，家人还要煮大锅饭摆宴席，光这些就要操心死。"

"老人死前的遗愿，当子女的也没办法。双喜，我这几年待在松川，对西河不熟了，你知不知道西河哪里的棺材做得好？"

双喜说："十几年前西河市还有几家棺材厂开着，现在城里都兴火化倒闭了不少，剩下还在营业的也成不了什么规模，基本都是些高端的手工棺材铺，专供有钱人用的。你要是需要，我帮着打听打听。"

赵云今又夸了他一句"周到"，双喜喜欢听夸，眉眼间掩藏着小孩样的雀跃："咱回家吗？"

"不了。"赵云今淡淡地说，"去趟公墓吧。"

……

林清执的墓前放着一束红蔷薇，蔷薇上还沾着新鲜的露水，显示着不久前有人来过。

赵云今蹲在墓前，见石碑的缝隙里生了朵紫色小花，顶着春末和煦的风左右摇摆，杂草很久没清理过了，遍地丛生。

赵云今放下手里的纸花，从包里掏出一小包花种，随手撒在脚下的泥土中。

“生日快乐。”她凝视着相片上的陌生面孔，片刻后戴上墨镜离开了。

江易离开墓地，开车去了乌宅。

乌玉媚这些日子总是恹恹地提不起精神，于水生想法子逗她开心，买了一堆猫猫狗狗在家里养着。

桌上散乱地放着一些照片，距离远画质也模糊，明显是跟踪偷拍的。其中几张相片上男人的脸江易见过，是霍璋的保镖。

于水生坐在桌边抽旱烟，手指点了点照片示意江易看：“这老头儿是韩巴的亲爹，霍璋这时候派人把他绑走，说明人还活着，他要从韩巴嘴里问话。”

他问：“以你这些日子跟在霍璋身边对他的了解，他会把韩巴藏在哪儿？”

江易道：“我说不好，霍璋不算信任我，重要的事情不会和我说。”

“不算信任会叫你进小东山做事？”乌玉媚坐在窗边的矮炕上绣花，她对光纫针，试了几次都没穿过去，“卖自己人来换取霍璋的青睐，江易，你晚上睡觉不会做噩梦吗？”

乌玉媚说这话不奇怪，那事过后她不会甘心认栽，找人去查是情理之中的事，而霍明芸恨不得把江易救了她的事昭告天下，只要稍稍打听一下就能知道当初第一个救下霍明芸的人是谁。可乌玉媚只知道是江易救了霍明芸，至于现场的琐碎细节，没人会告诉她。

江易拧眉，早有说辞：“绑匪是韩巴我也是进入现场后才知道的。

“当时情况复杂，我虽然是第一个进现场的人，但霍璋的人紧跟在后，韩巴肯定跑不了，况且霍明芸已经看到他的脸了，就算我放他走，早晚也能查到您和九叔头上。与其让霍璋的人揽功不如让我动手，现在大房对我有好感，霍璋对我也没以前那么戒备，有得必有失，往后行事更方便，也算一种补偿了。”

乌玉媚理得清其中的利害，于她而言韩巴确实算不上什么，但江易的做法确实叫人胆寒。

自己人说动手就动手，这样的心机和手段，就连她都不敢领教。

于水生却不以为然："从前总说你心慈手软成不了大器，长了这些年，这倒还像点儿我干儿子该有的样子。霍璋拿小东山作为你救下霍明芸的奖赏？"

江易答："是。"

"那晚从大房出来，霍璋的保镖把韩巴押上车，先去了趟小东山，又开回霍璋的宅子。到现在半个月了，霍璋的宅子里再没有车开出去过，韩巴无非在这两个地方。我给你两天时间，查清楚他到底在哪儿。"

江易应了，于水生朝烟斗里塞了撮烟叶："韩巴是个有血性的爷们儿，但架不住霍璋手段卑鄙拿他老爹要挟他，不能再等了，在霍璋达到目的之前，得想法子把韩巴弄出来。既然他是你抓的，这事就交给你做，将功补过。"

"这不可能。"江易说，"不管是小东山还是霍璋家，安保都是一等一的严，别说一个活人，就是只苍蝇，只要霍璋不想，它就飞不出去。"

于水生满不在意地道："能让飞不出去的苍蝇飞走，这才是你的本事。

"记着，我要活的，一个人不会无缘无故去做超出自己能力范围的事，是谁在背后挑唆，我一定要知道。"

深夜，从缠山带回来的小青蛙趴在景观鱼缸里鼓着嘴巴，时不时发出"咕嘟"一声叫，蹦跶着蹿来蹿去，最后钻到水草底下睡觉去了。

赵云今淋浴后披着湿漉漉的头发坐在梳妆台前，目不转睛地看着桌面上一张铺展开的地图。

地图正中央被她用红线画出一道的是香溪，江水源头是西河上游的一座巨型水库。她动笔在香溪沿岸某处画了个圈，那是当年发现林清执尸体的地方。

桌子散落的纸张上写满了公式——水库暴雨时的泄洪量、香溪的水流速度、河水摩擦力，以及尸体漂流的估算时间。

赵云今算了好一会儿，最后提笔在香溪的上游某处圈出一个大概的范围。

她侧身从一旁的书架上抽出一份年代已久的西河市详细地图，借着梳妆台冷白的亮光，仔细辨认上面的标志和文字，在上面写写画画。

从发现尸体的地点往上游追溯，能查到记录的棺材厂只有两家。

两家棺材厂都已在多年前倒闭，由于位置偏僻，棺材又寓意不吉，因此这些年厂房一直是废弃的。

赵云今采集了很多数据，推算几次后锁定了其中一家叫“庆祥棺厂”的厂子。另外一家虽然也在她画出的那片区域之内，但距离尸体发现的地点过远，即便那几天暴雨泄洪，水流速度变快，依旧无法使尸体在短短几天内漂到香溪的中游。

最为重要的一点是，庆祥棺厂距离小东山的直线距离只有七公里。

赵云今订了一份许记的鱼片粥，坐在客厅吃消夜。她细嚼慢咽，猫咪般优雅地小口小口抿着。

挂钟敲了十二下，西河街上的灯火已歇，她撂下碗里剩的半碗粥，回楼上换了一身不显眼的衣服，从车库里开出一辆黑色轿车。

她架好导航，启动车子缓缓开向位于西河南郊的“庆祥棺厂”。

今夜是个阴天，月亮被乌云遮得不漏一点儿光亮。郊区没有路灯，两旁道路一片漆黑，前后无车，高耸的桦树枝叶摇摆，风一吹扑棱棱地响。

赵云今按开音乐，音响自动播放起她上回开车时听到一半的歌。

“害怕悲剧重演，我的命中命中，越美丽的东西我越不可碰……其实我再去爱惜你又有何用，难道这次我抱紧你未必落空……”

车程一个半小时，导航结束，前头出现一座几乎快要隐匿在黑夜里的厂区。赵云今停了车，没有急着下去，她关掉车内所有的灯，静坐了一会儿。

她从车座下掏出一个皮夹，里面装着一张幼年时和林清执在蔷薇藤蔓下拍的相片，多年前，这张相片一直被林清执装在贴身的皮夹里。

那年林清执十六岁，成绩优异，年少俊朗，风华正茂，他的温柔过于耀眼，堪比夜晚天穹皎洁的月亮。

那时的小云今只能仰望哥哥，他在身边，仿佛参天巨树一样，如盖如笼，郁郁葱葱，稍稍张开枝蔓就能将女孩护在自己的羽翼之下。

“什么我都有预感，然后睁不开两眼，看命运光临，然后天空又再涌起密云……”

赵云今将相片装在贴身衣兜，下车从后备厢取出一个小型手提箱。

天边团聚的乌云被晚风吹散，月亮露出一处光亮的边角，黄澄澄的月光洒在她肩膀上。

厂房的大门上了锁，赵云今嘴里叼着手电筒，从手提箱里掏出一根铁丝。

除了极限运动，她的亲生母亲还喜欢钻研些稀奇古怪的东西，比如搞些没有用处的小发明、制作点儿手工小玩意儿、兑些稀奇古怪的溶液。

小时候，别的小孩还在街上玩方便面里的卡牌时，赵云今已经坐在母亲身边给她打下手了。

溜门撬锁这本事也是那时候学的，起因是某天家里储藏室的钥匙弄丢了，母亲正好空闲，一时兴起买了市面上所有能买到的锁来研究构造。她做事严谨，每款锁都动手画了一张内部结构图，手把手教小云今撬着玩。

锁眼发出“咔嗒”一声，门开了。她踏进院子，扑鼻而来的是一股年月已久的腐朽味。

院里种了许多树，十几年来无人问津，落叶铺得满地，落叶的脚感松软，一脚踩上去接触不到水泥地砖。院子不大，左右两个厂房，一个做车间，一个做仓库，赵云今打着手电筒，忽略脚下窸窣的小虫和到处乱窜的耗子，走进漆黑的车间。

车间里有一条完整的流水线，一连串的机器有序摆放着，十几年不用已经生了黄锈。

厂房伸手不见五指，好在有点儿手电筒的光亮，赵云今走了一圈，在尽头的角落里发现了一个空雪碧瓶子。她捡起来，查看生产日期是五年前的二月份。

一座十年前就荒废的工厂里出现一个五年前生产的饮料瓶，她心脏“突突”地跳起来，知道自己八成是找对了地方。

半封闭的空间里满是灰尘的味道，到处结着蛛网，她用手电筒扫过不远处的机床，看见上面有处地方颜色格外深。

赵云今关掉手电筒，戴上白手套，从包里掏出一瓶鲁米诺试剂，对着机床上那处深色喷洒上去。几秒钟后，那机床的表面发出鬼火般幽蓝色的光，大概过了半分钟，蓝光消失。赵云今怔在原地，看向眼前这台体型巨大的机器。

机器上连着一个打钉口，圆圆的，钉口生锈，像只张着嘴的怪兽。

宏记面馆里，赵云今推出一个黑色小盒。

“我可能找到第一案发现场了，但还需要核实。”对于在棺材厂看到的事赵云今不想多提，鲁米诺试剂喷洒出去后的成片成片的蓝光足以令她做上好几晚噩梦。她不敢细想四年前那里究竟发生了什么，稍稍一动念头，心里某处就像被钢针刺过一样生疼。

“这里是血迹和指纹采样，我身边一直有霍璋的人跟着，不方便找私人机构鉴定。”

贺丰宝接过盒子，说：“你该退出了。”

赵云今端起茶抿了口：“既然都走到这儿了，就没有回头的必要了。血迹对比结果出来后记得告诉我，至于指纹，霍家上下几万名员工，一一比对不现实，缩小核查范围有些麻烦，但我会想办法，下周给你名单。”

“你怎么搞到名单？”贺丰宝蹙眉，“我让你留在霍家是因为没有涉及你的人身安危，事情发展到这一步，剩下的工作该交给警方了。”

“我相信你，不代表我信任警方，事关他的死因，我一定要亲自弄明白。”

贺丰宝说：“我知道你因为尸检报告的事对警方存疑，但当年知晓林清执外派任务的人屈指可数，且都是警方高层，这些人亲自派他出去执行任务，绝不可能泄密搬起石头砸自己的脚，就连我也是事发后才知道林清执的任务性质。你提出尸检报告有问题时尸体已经焚化，无法证明法医鉴定有误，我信你，但警方办案需要的是证据，而不是交情甚笃的信任。我们至今也无法得知主检法医究竟是失误、受贿，还是霍家的走狗，隐忍不查是为了避免打草惊蛇。就算当年案件的主检法医真有问题，他也已经在两年前调离西河，现在的西河警方是可以信任的。”

“如你所说。”赵云今淡淡道，“如果问题不是出自警局内部，那哥哥的死怎么解释？我相信以他的能力，不会蠢到连霍家的罪行都没有搜集到一二就自己露出马脚。你有你的考量，我也有我的坚持，他的死因至今未明，意外还是暴露没人清楚，所以我只信自己。从前你总说我不行，但这么多年过去，我不是也快要接近事情的真相了吗？警方规矩多，哪怕没有问题也不是我想合作的对象，你不用再劝我了。”

贺丰宝哑口无言："不要警方插手，查到了当年的真相你要怎样？"

赵云今端详着他刚毅的面庞，温柔地笑了笑："你说呢？"她不想聊这个，牙齿轻咬着果汁的吸管，随口换了一个话题，"最近工作还顺利吗？"

贺丰宝脸色不佳，足见他的工作并非那么顺利，他沉声说："在你去缠山度假的期间又发生了几起失踪案，但除了第一起失踪案和莲华医院有千丝万缕的联系外，后面几起则完全找不到关联。短短半个月内，二十多个流浪汉失踪，和四年前的情形一模一样。

"当年西河市禁药案和失踪案我们一致认为和霍家在松川的药厂有关，因为禁药的源头来自松川，霍璋管理的松川药厂又是莲华医院最大的供货商，现在看来未必是这样。霍璋最近没有异常，相反倒是霍家三房接二连三出现变故，失踪案再冒苗头又刚好在这时候，事出反常必有妖，这一切太巧了。我最近一直在想，为什么林清执当年请愿去松川调查霍璋，最后却死在了西河，四年前的西河不是霍璋的势力范围，这中间发生了什么？

"也许是我们一开始的路就走错了，案件的重点未必在霍璋身上。"

赵云今嘴里的吸管"嘎吱"一下被咬碎了，她松了嘴，脸色平静地说："禁药案和失踪案不在我的关心范畴内，我只在乎谁要为他的死负责。四年前，霍家三房杀死一个丁晨凯，无论年龄、大概相貌，还是遇害时间都能对得上。如果他是哥哥，那乌玉媚一定要为她做下的事付出代价，至于霍璋，他也绝不无辜。"

贺丰宝望向她的眸光深邃而坚定，赵云今的话也正是他心中所想。

林清执不仅是赵云今的哥哥，也是他同校同宿出来、曾说好要一辈子并肩作战的好兄弟。

"警方迫于没有证据隐忍了这么多年，现在风波又起，是时候收网了。"他目光深沉，凝视着桌上的黑盒，"虽然还没有致命的把柄指向哪一方，但既然火已经烧起来了，我也就不介意添把柴，让这堆火烧得更旺一点儿。"

霍明泽的回国在霍家内部引起不小的风波。

当年他高中毕业后远赴欧洲读书，这些年以学业繁重为借口，只偶尔在春节回来过一两趟。薛美辰虽然想他，但也不敢逆着儿子的心意，毕竟家族里乌烟瘴气的，能避开也是好的，加上当年霍明泽为情所伤，离家远点儿对他精神状态也有不小的好处。

霍明泽是在初夏的某天回来的，他拖着皮箱走出机场时，等候已久的霍明芸激动地扑上去。

虽然她同赵云今聊天八卦时总一口一个傻子叫着，但毕竟是血浓于水的亲哥，比起霍璋那虚假的关怀，看见霍明泽不知要亲切多少倍。

霍明泽这些年出落得更英俊了，举止也没了从前富二代的跋扈之气，一举一动透露着良好家教才能培养出的优雅。

回家路上，霍明芸有一搭没一搭地跟他讲这几年家里发生的事，却闭口不提赵云今已成为霍璋的情人。

霍明泽笑着问："听你说了一路乌玉媚和霍璋，你自己呢？还没找个男朋友稳定下来？"

霍明芸做作地翻白眼："我是想稳定啊，可人家看不上我，不仅不想当我男朋友，反而想给我当爹呢。"

霍明泽诧异，霍明芸打小儿就是被捧在掌心的公主，总一副游戏人间的态度，换男友比买包还勤，当年有人评价霍家兄妹这两位活宝——充分继承了他们父亲的多情基因，在爱情上没个定性，但霍明泽被赵云今耍过以后就消寂了，留霍明芸一个人浪荡情场。

"还有人能让我妹妹收心？是谁，说给我听听。"

霍明芸如实相告："一个混混儿，不过这都是从前的事了，现在他有正经工作。"

霍明芸处过的男友上到四十岁精英，下到年轻弟弟，中间还穿插着各地下摇滚歌手、餐厅服务生、写字楼保安……

当年霍明芸要死要活爱上了自家保镖，说什么天长地久此生挚爱，结果三个星期不到就转脸不认挚爱把人甩到天边了。以她的行事作风，这回爱上一个混混儿，霍明泽不觉得多惊讶，他讶异的点在霍明芸的神情。

这女人能和赵云今玩成一片不是没理由的，向来视爱情如粪土，哪怕得不到手，也只会笑笑骂一句是你没眼光。

可现在她却垂着眼一副失落相："他是霍璋情人的司机。"

霍明泽被这关系绕晕了："霍璋情人的司机跟你有什么关系？"

霍明芸不敢跟他多提赵云今的事，含混不清地说："早前见过几次，第一眼就觉得帅，不过他性格有点儿坏，我先是作罢了，后来发生了点儿事……这男人挺不一样，身上有股劲，虽说没钱也没地位，但他那眼……"

她想了想，形容道："冷着看我一眼，我就一句话不敢说了，但是他看完了，我又忍不住回看他。"

"既然喜欢就去追，结婚前多玩玩也不算什么事，别动真感情就好。"霍明泽说，"玩玩可以，但你要真把一个混混儿带回家，妈肯定不会同意。"

"动不动感情哪是自己说了算的，这你不是最懂吗？"

霍明泽没再说话，目光投向窗外的街景。

霍明芸察觉到气氛不对，自觉说错了话，主动把这话题揭过了："你这次回来该接手公司了吧？妈都给你安排好了，把家里餐饮那块的子公司交给你，先从底层做起，慢慢再把你提上去。"

"我下个月就走。"霍明泽说，"学校还有课程没学完，我回来陪陪父亲。"

霍明芸"哦"了一声，虽然不太舍得，但还是放松了不少。霍明泽在家待不了几天，也不用她费心演戏瞒着赵云今的事，皆大欢喜。

……

家里好些年没这样团聚了，气氛很是融洽。

霍明泽生性活脱，每天变着法子哄薛美辰开心，家里总能听见笑声，就连垂危的霍嵩气色都好了不少。

乌玉媚知道他回国后登门了一次，借着探望霍明泽的由头来见霍嵩。薛美辰太懂她那套了，也太了解男人的软肋了，好不容易才有今天的局面，叫她见了霍嵩哭哭啼啼梨花带雨一通还得了？于是门都没让进，就派人连辱带骂地把乌玉媚打发走了。

这天吃过晚饭，霍明泽在客厅陪薛美辰看伦理剧时接到一个电话。

薛美辰随口问了句："谁呀？"

"一个高中同学，在酒吧摆了局，叫我去玩。"霍明泽起身穿衣服。

薛美辰没放在心上，只是叮嘱他少喝点儿酒。

朋友是假，霍明泽在半路打发了保镖，离开家后直接开车到了霍璋的宅子。虽然薛美辰不喜欢霍璋，但霍明泽对他这位哥哥一直是尊敬的。

孩子没有大人那些花花肠子，在霍明泽的童年记忆里，小时候的日子是很孤独的，没有邻居，放了学连一个玩伴都找不到。那时霍明芸被寄养在奶奶家，整个庄园就他一个孩子，用人怕他磕着碰着，哪怕陪他玩也不敢太随意，唯一带他疯的就是霍璋。

那时霍璋正值年少，会带他去爬山、游泳、踢足球，教他一些好玩儿有趣的运动。

霍明泽不喜欢家教，每天缠着霍璋给他补习功课，尽管薛美辰说过很多次不要单独和霍璋出去，但小孩心思单纯，从不把母亲的告诫放在心上，几年如一日地跟着少年身后喊着“大哥”。

霍璋对这位弟弟确实还算不错，多年后霍明泽依然记得。霍明泽撂下钥匙，管家替他停好车。

霍璋坐在庭院等他，霍明泽看见霍璋笑了笑：“大哥，怎么现在做事神神秘秘的，还不让我告诉母亲要来你这儿？”

黑背嗅到陌生人的气味躁动不安，爪子拼命抠擦着脚下的笼子。

“母亲不喜欢你跟我接触，叫她知道了又要生气。”霍璋示意他来推轮椅，“这些年在国外还好吧？你看起来稳重了不少，我准备了些吃的，好久没见，陪我聊会儿天，顺便讲讲你在国外过得怎么样。”

“我吃过饭了，但可以陪大哥再吃一顿。”霍明泽推着轮椅进了餐厅。

料理台前有个穿着围裙的女人在清洗刀具，一旁摆着她刚切好的水果。

霍明泽看了一眼，问道：“大哥有女朋友了？”

霍璋笑了笑，按停轮椅：“云今，不跟我弟弟打个招呼吗？”

霍明泽放松的笑容凝固在脸上，他蓦然抬头。

赵云今摘下围裙撩了下头发，朝他笑笑：“好久不见。”她一笑，瞬间让霍明泽回到了从前。

不得不说赵云今确实是妖精，六年后再度出现在他眼前，不仅没有失了少女时的俏丽，反而比从前更娇美、更艳丽，令人心弦跟着颤动。可偏偏她的神情云淡风轻极了，仿佛站在面前的男人不是她从前玩弄过的猎物，而真是她从未见过面的小叔。

她端着果盘走过来，温柔地问他：“明泽，吃水果吗？”

赵云今身穿一条酒红色的连衣裙，翩翩如花丛中的蝴蝶，经过身边散发出清幽的香味。她坐到霍璋身边，拈了颗葡萄喂到他嘴边。

霍明泽从愣怔中缓过来，心里五味杂陈，他回想起几天前霍明芸在车上说过的话——她喜欢的男人是霍璋情人的司机。

他蹙眉道："大哥？"

没等他问出口，霍璋先笑笑："云今跟我两年了，我不在意你们从前的关系，坐吧。"

赵云今为自己倒了杯花茶，漫不经心地看着透明杯子里漂浮的玫瑰花瓣："霍璋知道你要回国开心了很久，他也知道我们很多年没见了，特意叫我过来聚一聚。明泽，你看上去成熟了很多，不会还在为当年的事记恨我吧？"

霍明泽像失语了一样，张着嘴却说不出话来，霍璋问道："你这次回来是为了父亲的病吗？"

霍明泽回过神，"嗯"了一声："国内的事我有耳闻，乌玉媚做事太离谱了，父亲身体不好，这段日子母亲和芸芸一定很难过，我回来她们心里也有底。"

"别小看你母亲。"霍璋面上带笑，"她是个厉害的女人，乌玉媚翻不出什么浪花。"

他在谈论家事，霍明泽的精力却难以集中，满脑子都是赵云今刚刚转身的那一刻以及霍璋嘴里的"跟我两年了"的冲击。

那对他而言无异于一颗炸弹，炸得他脑子里乱成一团。

霍明泽和赵云今在一起的日子算起来不过两个月，但这女人身上有股奇异的魔力，妖娆美丽又若即若离，不知道令人着迷的源头在哪里。曾经沧海难为水，经她以后，别人再明艳动人也始终不及她一个笑脸。

霍明泽在经历过那年的痛苦和折磨后不会还愚蠢地去招惹她，他也不会再一厢情愿傻傻地自欺，相信她当年的谎话是有不得已的苦衷，更不会认为一段短暂恋情过去多年后自己依然打心里深爱她。

当年的爱情所剩无几，但即使这样，突然再见时，心里某处依然不争气地颤动着。

霍璋见他沉默不语，适时开口："我去看看厨房饭菜准备得怎么样了，明泽，一会儿我们好好喝两杯。"

霍璋离开后，赵云今依旧坐在那儿，嘴角噙着笑看向他："一直不回答，看来还记恨着我。”

“你在给霍璋当情人？”霍明泽开口时，声音是他自己都未曾料到的沙哑。

“是啊。”赵云今轻描淡写地说。

那一刻，霍明泽忽然感受到了一股前所未有的羞辱，他的眼睛因为激烈的情绪涌满血丝：“当年我哭着求你别离开，你一口拒绝，现在给霍璋当情人？你放着我的正牌女友不做，却去给他当情人？”

他咬字重心不在“情人”二字上，而在于那个“他”字。

赵云今抬眸看他：“霍璋总说你是霍家唯一真心对他的人，我看不见得。你如果痛恨我的所作所为，就该冲我来，而不是捎带上霍璋。你认为我给霍璋做情人是在侮辱你，难道你心里也看不起他？”

“我没有！”

“那你是什么意思？”

她伶牙俐齿，霍明泽辩不过她，听她满嘴都在维护霍璋，怒意更甚。

“明泽。”赵云今云淡风轻，她轻声说，“霍璋才是你大哥，我只是个外人，别失了分寸。”

霍璋看了饭菜回来，赵云今像什么都没发生过一样，起身收掉桌上多余的餐具。

兄弟间喝酒谈心，她自觉避开：“你们很久没见，一定有很多话说，我先上楼休息了。”

霍璋欣然同意，他慢条斯理地牵过赵云今纤白的手，轻轻吻了吻她的手背。霍明泽垂在桌侧的手捏紧成拳，眼底悄然翻起一片暗红色。

赵云今站在二楼的角落朝下看，楼下酒局正喝到兴起。

早听霍明芸说过霍璋对霍明泽的忌恨心理，因此不难想象今天霍璋叫她来是做什么，这注定是一场尴尬的会面。但她必须来，因为今晚是难得的机会——一次可以独自进入霍璋书房的机会。

霍璋书房的电脑连接着辰嵩的内网，可以查到她要的东西。霍璋从不准别人进他书房，赵云今来这儿的机会不多，且来这儿一趟时时刻刻都要陪在他身边，无暇他顾。如果不是今天特殊，她绝对没有摸到霍璋电脑的机会。

楼下霍明泽正身对着二楼的走廊，正一口一口喝着闷酒。

赵云今脱掉笨重的拖鞋，趁霍明泽低头倒酒的空隙，轻手轻脚从霍璋背后的过道走到走廊尽头的书房。

书房的门是老式锁芯，钥匙霍璋随身携带，赵云今拿出备好的铁丝，跪在地上摆弄锁眼。不到半分钟，锁芯弹开，她进房掩上房门。

电脑没关，显示着待机状态。赵云今动了下鼠标，屏幕亮起，要求输入六位密码。

赵云今跟在霍璋身边两年，对他的性子再了解不过。

一般人会用生日或者有纪念意义的日子做密码，可对于霍璋而言，人生中没什么日子要纪念，需要铭记的只有恨意。

他手机上的密码是那年车祸的日期，虽然身为情人没有翻霍璋手机查岗的必要，但他放心给她看，密码直接告诉了她。因为手机只是他拿来消遣的工具，里面没有秘密。

霍璋做事，从不会给人留下任何把柄。

赵云今在密码栏里输入霍璋母亲去世的日子，密码显示错误。她又输入霍璋进霍家的日子，依然错误，车祸的日期也不对。她想了想，输入霍明泽的出生日期，毕竟霍璋被薛美辰厌弃的根源是霍明泽的出生，他对弟弟带有恨意也是应该的。

红色叉号再一次出现，系统提示只剩一次机会了。

赵云今耳朵里传来楼下霍明泽磕落酒杯的声音，不难从他大力的动作里听出他此刻的心境。

她忽然想起在松川时，有一年的平安夜，霍璋也这样没有节制地喝过酒，那晚他喝醉后躺在床上抱着她狂乱亲吻，仪态全失粗鲁得可怕。赵云今以为他那样的状态下至少要发生点儿什么，可吻到最后霍璋什么也没有做，只是颓然地推开她。

窗外细雪纷纷扬扬，白光映入室内清透明亮。

他平躺在床上，酒意渐醒，理智回笼，淡漠地说给她听："薛美辰带我去改名那天，也是一个下着雪的平安夜。"

他余下的话没有说出口，但赵云今能感受到他平静外表下隐匿的痛苦。被人强迫改去了霍家子女里应有的"明"字，事后还被父亲以嫉妒弟弟为由头抽了一顿皮带，这种屈辱在少年身上打下的烙印不浅。对霍璋这种自尊心异常的人而言，他心里所承受的痛苦，更不是常人所能想象的。

霍璋说完一句话后就没有再说，合上眼睛安静地睡了过去。

霍璋改名的事情发生在他初中二年级的平安夜，赵云今赌上了最后一次机会，利落地输入六位数密码，屏幕显示正确，电脑打开了。

她连上辰嵩的内网，点进财务系统。辰嵩作为家族企业，哪怕分给好几房管理，依旧能够通过总部网络查询各个分公司的财务状况。

当初法医鉴定，林清执的死亡时间在四年前的五月四日到六日，赵云今却对此存疑。因为五月二日是她生日，每年林清执总会在零点准时发来生日祝福，那年却没有，要么当时林清执已经离世，要么他受人控制无法使用电话。

尸体在鉴定为车祸死亡后进行了焚化，他真实的死亡时间已无迹可寻，但鉴于腿骨出现的那枚钉子，赵云今执着地认为法医的话未必可信。而往前推导，四月三十日晚，林清执曾和家人通过一次电话，第二天是五月一日，江易和她分手以及双喜听说他接到于水生的外派任务也恰好是那天。

赵云今强烈地预感到，五月一日绝对不是一个普通的日期，林清执的真实死亡时间多半是在四月三十日晚到五月二日凌晨之间。

霍家这种大企业在节假日一定会按规定支付三倍工资，她搜索了松川药厂那年五月一日的加班费支出，在罗列的详细条目及人员名单里看到了几个熟悉的名字。

何通、孙玉斗、丁晨凯，加班事由是前往西河市小东山研发基地提货。

赵云今的心脏“怦怦”狂跳，又搜索同天小东山的加班记录，页面出来几十个名字，加班事由大多是值班。

她用最短的时间速记下这些人名，关上内网，清除浏览记录后打开霍璋电脑的监控系统，那里连着书房的摄像头，如果不处理掉，那么她今晚所做的一切都会暴露在霍璋的眼皮子底下。就在她刚要删掉这十几分钟的监控记录时，走廊的电梯“叮”地响了一声。

轮椅轱辘的滚动声传进耳朵，好端端在餐厅喝酒的人不知怎的突然上来了。

电梯离书房极近，赵云今根本来不及躲藏，被霍璋发现她撬锁进门偷用电脑不是小事，以他多疑的性子，搞不好会把她的身世家底从头查一遍。

分秒之间，书房的门就被推开了。站在门口的人是霍明泽，他宽阔的背挡住了身后霍璋的目光。

赵云今侧身躲在书柜之后，刚好卡在霍明泽目之所及的范围，但那地方却是霍璋的视线死角。她伸手抵在唇上，做了一个“嘘”的动作，示意他别出声。

霍明泽和她对视了两秒，这两秒钟对于赵云今而言无异于半个世纪般漫长。两秒过后，霍明泽转过头对霍璋说：“里面没有人。”

霍璋静了静：“是我忘记锁门了。”他将钥匙递给霍明泽，淡淡地说，“帮我锁上吧。”

霍璋很少喝酒，色令智昏，酒也是。他冷静地坐在桌子的一头，看霍明泽一杯杯朝肚里灌酒。

“明泽，你在怨我。”

霍明泽颓然地说：“她选择和你在一起是她的自由，这么多年过去，我早就走出来了。”

“那你在难过什么？”

霍明泽笑笑掩饰道：“我没有。”他在为自己保留最后一丝自尊，霍璋没再追问，继续给他倒酒。

霍明泽从小到大都生活在别人的夸赞和天之骄子的光环里，从没体会过失意和失败的滋味。

早年间赵云今的戏弄对他而言并不全部是失恋的痛苦，凌驾于痛苦之上的是霍明泽生平第一次对自己的魅力产生了怀疑。他堂堂霍家小少爷，为一个女人放下身段不惜一切，得来的却是那样的结局。而此刻，当年拒绝了他的女人，和他的哥哥在一起。

并非霍明泽看不起霍璋，只是从小到大被薛美辰灌输的观念一直是，他才是未来霍家的继承人，霍家所有的一切都是他的。

赵云今放弃他，要么意味着她清高孤傲视钱财如粪土，要么意味着他本人实在恶劣，恶劣到那个女人宁愿放弃百亿家产都不愿和他在一起。

霍明泽心烦不已，一会儿就将桌上度数不高的洋酒喝到空瓶，他还意犹未尽。霍璋不便行走，打电话给赵云今叫她拿酒下来，可拨了三个电话过去，赵云今都没接。他抬头看了一眼楼上，卧室房门紧闭，不知道她在里面做什么。

“我去拿酒。”

霍明泽起身：“还是我去吧。”

“你找不到。”霍璋坚持亲自去拿，霍明泽只得推着霍璋的轮椅进了电梯。

书房的门离电梯不远，一个转眼的距离，霍璋的目光无意间瞥过门锁，脸色瞬间变了。

书房门的锁芯上有一个插钥匙的狭长小孔，门锁着时那道小孔是竖着的，没锁时是横着的。他但凡出门一定会锁门，而现在门上锁眼的缝隙却是横起来的。有人在他离开后进了书房。

霍明泽见他凝神盯着那扇门，问道：“怎么了？”

霍璋滚着轮椅到书房门口：“开门，看看谁在书房。”

霍明泽去开门，朝里瞥了一眼，他顿了顿，说：“里面没有人。”

……

霍明泽重新锁好门，霍璋蹙眉望向走廊另一端的卧室方向，他扶着轮椅前去敲门，没人应声。

他耐心地等了一分钟，刚要开门，门把手从里面拧开，赵云今裹着浴袍出现在门口。

她头发湿漉漉地滴着水，领口大敞，锁骨雪白，一道引人遐想的沟壑若隐若现，疑惑地看着霍璋和他背后的霍明泽。

霍明泽像见鬼了一样眼睛圆睁，他完全无法理解，为什么赵云今半分钟前还在书房，半分钟后却瞬移般出现在了卧室。

“你没接电话。”霍璋平静地说。

赵云今“啊”了一声，回头看着放在床上的手机：“抱歉，我在洗澡没听到声音，有什么事吗？”

霍璋伸手替她拉好衣服，盖住那块让人遐想非非的肌肤：“想请你帮忙找瓶酒。”

赵云今道：“好啊，等我几分钟，我擦干头发。”

霍璋笑了笑，回头对霍明泽说：“永远不要相信女人嘴里的几分钟。你慢慢打扮。明泽，你推我去储藏室，我自己找。”

赵云今关上房门，低头看了一眼自己藏在门后的脚。

刚刚从外墙爬过来，脚底板沾满了尘土，排水管接口处的铁丝锋利，将她脚背划出一条很深的血口子，淌下来的血和灰尘混在一起，搞得整只脚脏兮兮的。

她拿起手机看了一眼，霍璋刚刚给她打了三个电话，她的裙子没有口袋，嫌手机碍事没有装在身上，没想到差点儿因为这个被霍璋发现。

霍宅到处都是监控，她刚刚从楼外侧爬过来的一幕绝对不会逃过监控的记录。赵云今去浴室清洗了下脚上的伤口，回到窗边，目光望向大门口的保安室。

赵云今穿戴整齐，从冷库里取出切好的鲜牛肉朝外走。

经过客厅时，霍璋叫住她："黑背太凶，喂食辛苦，还是留给饲养员明天喂吧。"

赵云今弯腰搂住他的脖子，在他耳边撒娇："你每次都不准我喂，说不定狗就是因为吃不到肉，才每回看见我就要咬。"

"不是不让你喂，是怕吓到你。"

"我胆子哪有这么小？"赵云今蹭他脸颊，"刚刚明泽过来的时候黑背闻到了陌生人的气味，现在躁动了，叫个不停。饲养员已经下班了，今天就让我去试试吧，不然它们那么吵，你们也喝不尽兴。"

当着霍明泽的面，霍璋对她的亲昵举止很受用，"嗯"了一声。

赵云今起身，视线如羽毛般轻轻掠过霍明泽身上，后者正用一种复杂的目光凝视她，赵云今笑了笑。她出了门，犬吠清晰入耳，黑背依旧不认她，对她丢进笼子的肉视若无睹。

赵云今捡了一片尖锐的石头，朝着体型稍大些的那只狗的前爪砸过去。狗吃痛，先是"呜呜"一声，随即叫得更凶了。

夜里风凉，赵云今裹了裹披肩，将被风拂乱的碎发别在耳后。庭院橘黄色的路灯映照着脚下的鹅卵石小路，她走向保安室。

霍宅的安保系统很完善，保安的职责只是守着监控室兼开关大门，平日工作不忙，基本不是在打盹儿就是在玩手机。

时候不早了，保安看书看得困了，刚放下手中的《故事会》就听见有人敲玻璃。他回头，乍一眼看见赵云今站在外面吓了一跳，反应过来后连忙起来开门。

赵云今瞥了一眼他工牌上的名字，嗓音甜腻："吴哥，我刚刚路过狗笼看见黑背好像不太对劲，大晚上的饲养员回家了，我不好打扰霍先生和明泽喝酒的兴致，能不能请您去打个手电筒看看狗，如果生病了也好赶快联系兽医。"

她的长发故意不扎，被晚风吹得蓬松凌乱，隐隐有几分楚楚动人的可怜姿态。

"不敢当不敢当，叫我名字就行了。"那一声吴哥虽然听得心里舒服，但他担不起赵云今这样称呼。

美人的小小请求没理由拒绝，更别说那狗是霍璋的心头肉，听说是他一个过世的好友送的，他很珍视。这宅子里很多人的地位在他心里都没狗重要。

保安从柜子里翻出手电筒："我去瞅瞅就是了，赵小姐，这天儿凉，您进屋坐吧。"

赵云今说："那我在这儿帮您看着，您快去快回。"

保安前脚离开，她后脚就调出电脑上的监控。

她刚才像壁虎一样攀在楼房侧壁，从书房爬到卧室的举动果然全被监控录了下来，裙子红得刺眼，要不是刚刚保安分心在低头看《故事会》，现在霍璋恐怕已经收到消息了。

赵云今动手删掉了那一分钟内摄像头的监控记录，而后将键盘推回原位，坐在桌前翻看着保安的《故事会》。

过了几分钟，保安打着手电筒回来："我看过了，大狗的前爪受伤流血了，估计是和小的那只打架咬的，不碍事。我已经给饲养员打过电话了，他说一会儿就联系兽医过来。"

赵云今慢悠悠起身，笑得十足真诚："谢了。"

两辆黑色吉普车停在路边的林子里，林子前方一公里开外是霍璋的宅子。

一辆车内的大灯开着，副驾驶的座椅背放下，一张摊开的地图摆在上面，江易拿着笔在上面圈了几处。

"我在小东山这些日子没有发现韩巴的踪迹，倒是前天霍璋的保镖从药厂带回几包绷带和止血药。如果是霍宅的人受伤去医院包扎就好，没必要特意把药买回来，所以我猜，霍璋一定把韩巴关在了家里，这是霍宅的构造图。”

旁边男人穿着件迷彩背心，脖子上戴着条大金链，正讥笑地盯着他手里的地图：“霍璋家里的构造图，怎么能被你弄到？”

江易不动声色：“这是我的事，你不需要知道。九叔让你配合我行动，你不服也没用，把你的链子摘下来，那太显眼了。”

金富源将金链子扯掉，咧嘴一笑：“真以为九爷让你负责这事就是看重你？不过是因为你对霍璋和霍宅比我熟悉罢了，多掂量一下自己的斤两。你要真那么厉害，自己去办不就行了，何必请九爷派我来协助你？”

金富源那干柴般枯瘦的脸色有几分倨傲，他向来不把江易放在眼里，江易没理他的阴阳怪气，继续说正事：“霍宅不大，一座主楼，一座地窖，前后两个花园。这样的构造有利有弊，利在院子小，我们救到人后能以最快的速度离开；弊在不好隐藏，一旦被发现，就很难在霍璋保镖的围堵下冲出去。

“霍宅的安保放在整个西河都算顶尖的，其中内宅和庭院是两个独立的系统，围墙周边布满红外线探测和电网，直接穿进去的可能性为零，唯一的办法就是潜入保安室切断庭院的供电系统。这里是主楼的结构图，我查过了，里面没有地下室，我相信霍璋也不会愿意把韩巴藏在家里，所以后院的地窖是我们这次的主要目标。”江易圈出一处小建筑，“这是最有可能藏匿韩巴的地方。

“宅子里平时大概有十二个保镖负责各方面的安保工作，其中四人守在霍璋身边，院子里轮班人数共八人，夜里十一点是交班时间，会有十到二十分钟的真空期，这时候断掉庭院的安保系统是最不容易被发现的。记住，真空期一过，霍璋的人一定会发现有人潜入院子，所以我们的时间只有十分钟。”

金富源蹙眉：“这哪够？我们俩跑一个来回就要十分钟，开锁救人还要时间，如果韩巴缺胳膊断腿了，带着他跑会更费时。”

“不够也得够，今天霍璋难得请霍明泽做客，他喝了酒，是下手的最好机会。”江易拿起马克笔在地窖西南方的围墙圈了一笔，“记着，这里有棵大榆树，爬高点儿可以直接跳过围墙，是离开霍宅的最快路线。我会在墙外停一辆车，一旦失败，你从这儿带韩巴离开，我原路返回引开保镖。”

金富源诧异地问道：“你自己不跑？”

江易淡淡地说：“九叔的交代重要。”

金富源思考了一会儿，问：“院子里的狗怎么办？”

江易从后备厢的行李箱中掏出一把麻醉枪和一个袋子：“时间有限，如果枪打不中，试试这个。”

金富源狐疑地接过袋子，打开看了看，被一股臭气熏天的味熏得差点儿晕过去：“这是什么玩意儿？”

“狗改不了吃屎，霍璋当宝贝养大的两条狗，想必没吃过这种好东西。”江易叼上一根烟，冷漠地说。

金富源差点儿给恶心吐了，但也得承认这招说不定真的有用，他把袋子收好：“行，就按你说的来，但分工得换，如果被人发现，你带韩巴从后墙跑，我去引开保镖。如果实在拖累就把韩巴丢下，但一定得动手处理干净，不能再留活口了。”

江易望向他，男人露出嘲讽的神情：“别多想，老子也不想这么干。但要把你安全带回去，这是九爷交代的。”

霍明泽喝得酩酊大醉，趴在桌子上醒酒，霍璋叫了他几声，霍明泽还有些神志在，咕哝一声：“别叫了，我今晚就睡在这儿。”

“这怎么行，你不回家，母亲知道要怪我了。”霍璋说，“我让云今送你回去。”

赵云今很自然地接受了送霍明泽回去的任务，也不问霍璋为什么有司机不用却要她送。毕竟霍璋的心思她早在缠山的时候就知道了，今晚的酒局说不定都是特意为了“修复”她和霍明泽的感情而设下的。

她不会忤逆霍璋的意思，更别说她也需要时间和霍明泽独处。

书房的事被他撞见了，至少要编个谎话和他解释清楚，不然等他告诉霍璋，她一定会有麻烦。

保镖把霍明泽架上汽车后座，帮他系好安全带，赵云今才开着车子缓缓驶出霍宅。

霍璋的轮椅立在料峭的风口，保镖侧身为他挡住冷风：“霍先生，您要回去休息吗？”

霍璋低头看了一眼腕表，夜里十点四十分，他唇边弯起一抹凉薄的笑：“别急，好戏才刚开场。”

金富源正抽着烟，一辆红色跑车飞驰着从他面前的道路上驶过。

“听说霍璋很宠她，如果这次的事办不成，九爷打算绑了她跟霍璋做交易，换巴子出来。”他磕落烟灰，看着那跑车远去的影子，不怀好意地笑，“以九爷的手段，这女人到时候肯定不会还他，就是不知道能不能分给兄弟几个玩玩。”

江易一言不发，眸色深暗。十一点，他戴上帽子和口罩，朝着灯光寂灭的霍宅走去。

夜深人静，霍宅灯火熄了大半。

打晕保安、破坏安保系统、放倒黑背，一路顺利得不可思议，哪怕常年刀口舔血的金富源都不得不在心里感叹一句“今晚运气太好”，竟然没有遇到丝毫阻力。

霍宅种了许多湘妃竹，郁郁葱葱的，在这伸手不见五指的夜里是最好的遮掩。

金富源猫腰穿过庭院到达后院的地窖，此时霍宅只有主楼二层霍璋的书房里亮着灯。他撬开地窖的门，门里面是一道向下的水泥楼梯，直直地通入地底。

地窖内长期不通风，空气污浊，一股粪便混杂着鲜血的腥臭味扑鼻而来。金富源闻着这味就知道地方找对了，庭院电网全被切断，伸手不见五指，他打开手电筒向下摸索，江易沉默地跟在他身后。

“霍宅也没传说中那么难进嘛。”韩巴近在咫尺，离完成九爷的交代只差一步距离，金富源事没做完，人已经半放松下来，他嘲笑道，“你在九爷面前把这宅子的安保吹得天花乱坠，别以为我不知道你什么心思。只有让九爷觉得这事难办，你才能得到更多好处。”

黑夜里看不见江易的表情，只能听见他冷峻的嗓音：“等你把人带出去了，再说这话也不迟。”

走了几十级楼梯就到了地底，地窖分为两间，外间摆着许多杂物。别人送给霍璋的酒水被堆放在墙边的架子上，那些酒够不上摆进家里收藏的档次，就通通在这儿堆着。

金富源在黑暗中摸索，双手碰到了一堵墙，墙侧开着小门，门里面就是地窖的内室。

他扭开没挂锁的门，一抬眼就看见正对面有座大狗笼，奄奄一息的韩巴被关在笼子里。韩巴身上的衣服大半个月没换了，隔着一段距离也能闻到一股酸臭味。

韩巴趴在地上，油腻的头发遮住面孔看不清模样，死狗般一动不动。

金富源叫了一声："巴子？"

韩巴不应，金富源跑进内室敲笼子："是我，老金，我来带你出去。"

趴着的"韩巴"动了动，将压在身下的胳膊抽出来。

金富源瞄见他手掌全乎，瞳孔骤缩，混迹多年的本能让他感觉这事不对，他拽着江易转身就跑，可事不遂人愿，刚跑到外室，地窖的大门被人"砰"的一声关上，几个保镖拿着钢管沿台阶下来。

前后的路都被堵死，彻底成了瓮中之鳖。吊顶灯泡亮起来，灯光黄幽幽的，室内依然十分昏暗。

地上的"韩巴"爬起来，他摘掉油腻的假发，露出一张陌生的脸。

保镖推着霍璋从内室走出来，手里拖麻袋一样提着半死不活的韩巴。

韩巴身上的衣服全不见了，皮肤没一处是好的，血迹干涸、再流、再干涸，在身上结了厚厚一层硬痂，离远了看不像活人，只是团血色的东西。

霍璋脸上依旧戴着一副温和的假面，笑得斯文极了。

金富源戴着口罩，自觉霍璋认不出来，但只要对上那男人的眼睛，就觉得自己被看穿了一样无所遁形。他此刻心里明白过来，早前的顺利只不过是霍璋诱他深入的局，但凭他的脑子一时想不出来今晚计划的纰漏到底出在哪里。

"夜里加班辛苦了。"霍璋示意保镖把韩巴丢出去，"我招待他这么久也浪费了不少精力，你们想带他回去说一声就行，何必大费周章呢。"

韩巴伏在地上，发出痛苦的呻吟，金富源咧嘴一笑："既然这样，让我把韩巴带走吧。"

霍璋两手交叠放在腿上，好整以暇："可以是可以，嘴硬的人我不喜欢，还你就是，但作为报偿，你们要留下来陪我喝杯茶。"

金富源眼里精光四射："你要觉得一个人住这么大房子寂寞早说啊，

也好叫我收拾好东西再过来，这匆匆忙忙的什么都没带，留下来也太打扰了。”

“不打扰。”霍璋笑了笑，“我很愿意招待乌姨的朋友。”

几个保镖把前后的路堵得死死的，目的不言而喻，是怎么都要把他和江易留下来了。

金富源知道这时候说什么都没用，能不能脱困全看个人本事，他环顾四周，眼睛瞄到墙边装酒的架子，计上心头。他趁保镖没防备奔上前去一脚踹翻酒架，酒瓶碎了满地，高浓度的白酒瞬时流满了整个地窖。

金富源手里攥着一瓶酒，从口袋里掏出打火机，按着举到脸前。他戴着口罩，说话声闷闷的：“霍二，你真以为我来这儿就没一点儿准备？我话撂这儿，韩巴今晚我也不要了，要么你放我俩走，要么咱们一起死在这儿。”

地窖每日通风，有足够的氧气令酒精燃烧，一旦高温令酒精蒸发爆炸，后果不堪设想。

霍璋活到今天这个地位，足够惜命，哪怕金富源点燃酒精保镖也能保护他，困死在这儿的概率并不大，但他依然不会以身涉险。有更好的底牌，谁会拿自己赌命呢？

金富源咽了口吐沫，攥得打火机越发紧了。

灯光的影子映得霍璋俊美的脸颊泛黄，他微笑道：“好，我放你走。”

金富源挡在江易前边：“你先走。”

江易没动。

金富源气急败坏，用只有两人能听到的音量骂道：“你傻愣着干吗？要不是九爷吩咐，老子真想把你留下来当垫背的。”

江易抬眸，对上远处的霍璋，男人似笑非笑，正用一种审视的目光打量他。按约定，他将金富源诱进霍宅，霍璋瓮中捉鳖。

金富源是跟了于水生多年的心腹，于水生做的脏事许多都由他经手，他知道的比韩巴只多不少，小东山的秘密从韩巴嘴里问不出来，可以换个人折腾。

而江易这些年没少被金富源打压，也能借此出口恶气，怎么看这都是件双赢的事。

江易明白霍璋的意思，此时他站在金富源背后，出其不意抢掉他手中的打火机是最好的法子，但江易脑海中蓦然闪过刚才在外面抽烟时金富源的那句话——

“如果这次的事办不成，九爷打算绑了她跟霍璋做交易，换巴子出来。”

金富源的话很大程度上代表了于水生的意思。韩巴现在出不来了，如果金富源再栽到霍璋手里，于水生多半要狗急跳墙，拿赵云今开刀在情理之中。如果金富源逃出去了，于水生依然可能拿赵云今开刀，但心腹没落在霍璋手里，至少还有回旋的余地。

如果于水生真的绑了赵云今，以霍璋的为人，江易不认为他会拿韩巴换人。

此刻不管怎么考虑，让金富源逃出生天都是最好的选择，电光石火之间，江易脑子冒出、划掉又冒出许许多多念头。

他在短暂的几秒时间中清理选择，最后留下他认为最可靠、但要付出代价最大的一个选项。

他装作没读懂霍璋的意思，转身冲出地窖。

金富源举着打火机勒令霍璋的人退后，眼里杀机暗涌，某一瞬间发狠想直接点火把霍璋烧死在这儿，但他身上也溅了酒，一个不小心容易把自己也烧了。况且点火需要时间，霍璋现在让他走是出于自身安全还可控，若是真的危及生命，他的保镖会拼死上来抢打火机也不一定。

金富源不敢赌，他和霍璋同样惜命。他一步步退出地窖，将手里的酒瓶摔碎在门口，用打火机点燃酒精隔出一道火线，而后转头没命似的狂奔。

扑灭火线费了点儿工夫，保镖冲出去的时候金富源已经不见踪影了。

原本好好的算计却因为江易突然反水而失败，霍璋眉头紧蹙着。

保镖请示他的意思：“霍先生，韩巴怎么办？”

霍璋垂眼看向自己没有知觉的腿，眼里尽是冷光：“我没让他死，他就得好好活着。”

搜寻金富源和江易的工作一直持续到深夜，直到庭院里所有的声音都消寂下去，江易才从垃圾桶里钻出来。

他离开后没有逃走，而是在宅子里的某处潜伏着，这连霍璋都没想到。江易撬开门锁返回地窖，站在笼子前。

韩巴听见声音，费力地睁开眼，经过这些天的残酷折磨，他进气已经不多了。

江易摘下口罩，垂死之人看到了得救的希望，挣扎着爬到铁栏杆前，伸出那两只没有手指的胳膊去钩江易的裤腿。

江易蹲下："小东山的事你告诉霍璋了吗？"

韩巴死命摇头，缺了舌头的嘴呜呜不清，但依稀能辨出他说的是："没有，救我。"

"是九爷让我来的。"江易将手伸进笼子，安抚般轻轻地触摸着他的后脑勺儿，"他说你做得很好。"

韩巴指了指笼子上的铁锁，示意他打开，冷不防脖颈一凉。他低头去看，江易不知什么时候将一根铁丝套在了他的脖子上，他竟然毫无察觉。

"你……"韩巴瞪大了眼睛。

江易攥紧铁丝的末端，手掌被勒出一道清晰的血痕。他面容冷峻，声音冷酷："但有些事做得太好，会挡别人的路。所以，得请你去死一死。"

他的声音犹如恶鬼的低喃。

死神临近的那一刹那，活下去的渴望在韩巴脑海里疯狂蔓延，他残破的身体迸发出惊人的求生欲，趁江易没有拉拢铁丝，他的手腕伸进铁丝的缝隙，用力朝外撑开，将头从铁丝的缝隙里钻了出去，他满脸涨紫，跌坐在地，不停地喘息。

江易站在囚牢外，平静且沉默，他脸上没有多余的神情。他把铁丝一圈一圈缠在手腕，用尖端对准门上的锁眼，准备撬锁进来。

意识到他的杀意没有消失，韩巴惊恐地爬起来，死神迫近，唯一的求生出口在墙上——那里有个通风口，连通隔壁的屋子。他试图跳起来攀爬，但失去了手掌的手臂难以使力，很快，他"嘭"的一声摔了下来，后脑先着地。

江易手上的动作停了。暗红的血从韩巴的后脑流出，沿着肮脏的地面四散开来。地下室的地面嵌入了铁钩与钉子，是为了固定锁链用以囚禁被关起来的人，但此时，上面没有锁链，只剩尖锐的铁钉插入韩巴的后脑。他瘫在地上，像一条疲软的死虫，甚至来不及发出最后一点儿声音。

江易静静地看了一会儿，直到韩巴的胸口再没有起伏，才转身离开。

凌晨，霍璋坐在书房，盯着实时监控。

此时被金富源切断的安保系统已经恢复，十几个摄像头每个死角都不放过，将庭院内的画面一一照出。

霍璋一动不动地在桌前坐了一个小时，不知在思索什么。

左上角的摄像头忽然闪过一抹黑色，霍璋放大镜头，只见一个黑衣黑帽的人影飞速跑到院墙角落的榆树下。

身后的保镖见此情景连忙掏出对讲机要院子里的人去追。霍璋转身用指纹打开椅子后的保险柜，从里面掏出一把长柄猎枪。保镖将他推到窗边，在他身下垫了两个软垫使得高度适中。

霍璋架好枪时，那人已经爬到了榆树的高枝上，他按动扳机，朝枝繁叶茂的树间开了一枪。

树叶“扑簌扑簌“响，几秒后，一个重物“砰”地落到了围墙外面。

保镖不用他说，转身朝外跑去。十分钟后，他回来报告：“墙外的人已经跑了，但在墙底下发现了一摊血迹。”

霍明泽醉酒晕车，在归途吐得一塌糊涂。

赵云今没有半点儿良善之心这件事，除了江易没多少人领会得透彻。霍明泽呕吐前嚷嚷着难受要停车，可她置若罔闻，不仅没有丝毫停车的意思，反而一脚油门踩到底。反正霍明泽在后座有安全带拴着，上身直挺，不会被呕吐物噎着。

霍明泽强忍到她停车，解开安全带冲下去就吐。

赵云今锁上车门，倚在车上看他。

“这是哪儿？”

“我家。”

霍明泽干呕后嗓子沙沙的：“带我来你家干什么？”

“忘记你爸当年说过的话了？”赵云今淡然地说，“你现在这副样子，我把你带回家，你那心狠手辣的爹不得弄死我。”

她说完进屋，霍明泽不想再跟她有牵扯了，迈动沉重的双腿要去外面找车，可他四肢被酒精麻痹得不协调了，加上夜里天黑找不着方向，绕来绕去竟然走到了房门口。

赵云今坐在客厅，霍明泽口干，鬼使神差走进去倒了杯水。

他晕晕乎乎的，屁股挨上沙发就不想起来了。赵云今烧水煮茶：“为什么不告诉霍璋？”

霍明泽反应半天才明白过来她在说什么，他怔怔地盯着手里的杯子：“我不知道。”

他确实不知道自己为什么对霍璋撒谎，只是当时赵云今示意他不要出声，他本能地就照做了。

赵云今转头望向他，笑了笑：“你会告诉他吗？”

她身上有股清幽的香气，暖融融扑进霍明泽的鼻子里。他别过脸，避免了那香味的侵袭：“别想勾引我，我不吃你这套了。”

赵云今没再说话，手下熟练地洗茶。

霍明泽坐在陌生的沙发上有些不自在，比陌生环境更令他不自在的是赵云今平静的态度，他问：“为什么要进大哥的书房？”

“明泽，如果霍璋算计你，把你作为他夺取家产的筹码，你还会把他当大哥吗？”

“他不会这么做。”霍明泽满嘴酒气，头又开始犯晕。

赵云今递过来一杯醒酒茶，没有人接，霍明泽倚着沙发睡过去了。

霍璋的酒后劲十足，赵云今叫不醒他，只好从他的衣兜取出手机，随手扯过他的手指解锁，给薛美辰发了一条今晚不回的消息。

她发完短信后上楼抱下药箱，脱掉鞋袜给自己的脚掌上药。伤口没有及时处理，蹭得袜子和鞋底都是血迹，她拿湿巾擦净，涂上碘酒后随便用绷带缠了缠。

霍明泽胃里还有积液，睡得很不安稳，在沙发上翻来覆去，嘴里喃喃地说着听不清的梦话。

赵云今没去管他，打开电视放了一部老电影看，寂静的屋子被人声一盖，顿时不那么冷清了。

夜色深邃无边，凌晨时刮起一阵大风，吹得门檐上的风铃发出清脆的声音。电影里上演至温情的一幕，赵云今的目光却不在那儿。

她坐在地毯上，茶几上摆着一张白纸，她拿笔一个一个默写下晚上在霍璋电脑里看到的名字。

五月一日小东山的值班人员不少，一串下来三十多个，乍一看没什么不对劲，但有几个名字格外眼熟。赵云今揉了揉眉心，提笔圈出了乌志和韩巴两个名字，又对照回松川的名单，圈出了孙玉斗。

乌志残废、孙玉斗入狱、韩巴被霍璋整得生不如死都是短短几个月内发生的事，直觉告诉她这中间一定有什么联系，但她一时还无法捋顺。

防盗铁门忽然发出一阵巨响，有东西砸到了上面。

赵云今分神瞥了一眼，只当是风吹的，没有起身。

狂风肆虐得更加剧烈了，看起来是要下雨的前奏，空气中充满潮湿的水汽。

院子里传来脚步声，撞倒了堆积的杂物，乒乒乓乓一阵乱响。

天空猛地炸起一道惊雷，把正在酣睡的霍明泽吵醒了，他坐起身来，揉了揉惺忪的睡眼。

……

江易走到屋前，体力耗尽，用尽最后一丝力气撞在门上。

门檐的灯亮起，赵云今拉开门。

江易浑身是血，扶着门框才勉强站稳，狂风呼啸，但大半都被他挡住，没能吹到赵云今身上。他平日挺拔的身躯斜斜弯着，像被风吹折了一样。

门口光线不好，赵云今没能第一时间看到他身上的血，只是闻到一股刺鼻的血腥味。

她蹙眉，还未开口，江易越过她的肩膀看见酒醒的霍明泽从沙发上露出一个头。他的衣服刚才在沙发上蹭乱了，衣领歪歪的只遮住半个锁骨，在这夜深人静的凌晨，孤男寡女共处一室，很难不让人多想。

“……打扰了。”江易面无表情。他转身朝外走，却因为失血过多，四肢无力，顺着台阶滚到砖石地上。

赵云今走到院子，借着微弱的灯光看清了江易脸上的血渍，他衣服全湿，摸上去黏黏糊糊的。

霍明泽不知什么时候走出来站在她身后，看见赵云今手上的血吓了一跳，本能地想掏手机报警。

江易还剩最后一丝力气，伸手扼住赵云今的手腕。

霍明泽那点儿酒意此刻全吓没了，跌跌撞撞跑进屋子找手机。

赵云今慢悠悠起身，跟在他身后进去。霍明泽刚拨出一个1，听见赵云今在身后叫他：“明泽。”他刚一回头，直接被赵云今用桌上的茶壶砸晕了过去。

静言诊所，孟静汶睡得正熟，被一阵急促的敲门声吵醒。

诊所在夜里十一点就歇业了，以前也常有人深夜来看病，但这种情况她都拒绝出诊。一是因为夜里的急诊多半不是小诊所能治的，开了也白开，最后还是要转到医院；二是因为她一个女人守诊所，万一来者不善，安全得不到保障。

她今晚也不打算起来开门，就在她戴上降噪耳塞要继续睡时，窗口的玻璃上忽然映出一个人影，被路灯的光亮一照，白惨惨的瘆人。

孟静汶猛地坐起来，心脏快要跳出嗓子眼儿了，她抓着手机输入报警号码，走到窗前拉开帘子，看到窗外站着一个女人。

她先是吓了一跳，随即舒了口气，打开窗子："云今，你这么晚来做什么？"

赵云今穿着条单薄的红裙，裸露在外的手臂和脖子上全是血，孟静汶连忙披上衣服去前厅开门。

赵云今说："静汶姐，我车上有个伤患，帮忙抬进来。"

孟静汶看她一身的血，蹙眉道："这么大的失血量诊所治不了，我帮你联系 120 送去医院，我在急诊科有朋友。"

"不能送。"赵云今按住她要拨电话的手，神色严肃，"阿易受的是枪伤。"

……

孟静汶帮赵云今把江易抬到病床上时他已经半昏迷了，肩膀上的血不流了，但衣服还在淌血水。

趁孟静汶检查伤情的工夫，赵云今又出去了一趟，回来时拖着一个人。

霍明泽经过这一路颠簸和拖行差不多醒了，头被赵云今殴打后泛着撕裂般的疼痛。

赵云今从办公桌后拖出椅子，把他甩在上面，又翻箱倒柜找出胶布和绷带把他绑缠得死死的。

孟静汶看了一眼霍明泽，没有多问，等赵云今绑完人，验伤结果出来了。

"伤处在肩膀，穿透性枪伤，子弹还留在里面。云今，阿易的伤很棘手，我建议你立即送他去医院。"孟静汶认真地说，"我的诊所治疗条件有限，如果你非要在这里取出子弹，我可以做到，但很难保证不留下后遗症。”

床上江易的手指动了动，刚才夜色深沉还看不出来，此刻被灯光明晃晃地照着，只觉得他整张脸都失了血色，以往很难在江易脸上看到这样被动的脆弱，今晚是头一遭。

他神志清醒，只是失血过多身体虚弱，赵云今从头至尾没有问他是怎么受的伤，就如同孟静汶没有问她一样。

这样严重的伤势，还是枪伤，如果能让外人知道，江易早就该在医院了，而不是在半夜无处可去敲响她的房门。

赵云今没考虑多久：“就在这儿取子弹，他的伤很麻烦，到了医院解释不清。”

孟静汶进屋准备手术需要的工具，赵云今坐在病床边看着江易刚毅的面孔。

他平日的冷峻全都不见，此时苍白得如同一个弱小的孩子。

赵云今将手搭在他的手背上，那里冰凉到几乎快要失去温度。

霍明泽醒了，正好看到这一幕。

赵云今面无表情，那神态衬在她绝美的面容上有种说不出的孤寂。她红裙带血，妖冶里又自带一丝阴冷，像开在黑森林里诱人来采撷的暗夜之花，散发着迷人的魅力。

他的头一阵剧痛，酒彻底醒了，慢慢回想起方才赵云今那一下敲击。再向前，他又记起赵云今出现在霍璋书房和她瞬移般回到卧房的一幕。

这女人比六年前更加扑朔迷离了，身上笼罩着一层看不清的迷雾。

赵云今抬眸望向他。霍明泽没来由地打了一个冷战，她眼里的神情既不是六年前那种天真烂漫，也不是重逢时那样的妩媚妖娆，而是种淡漠到了极致的冷静，不带任何感情，只是静静地盯着他。

霍明泽嘴里堵着一团纱布，无法发出声音，他也很识趣地没有发声。他目光瞥向床上的那人，隐约觉得眼熟，似乎从前在哪儿见过。

孟静汶准备好手术工具，赵云今起身让出地方，她拿起手机看了一眼时间，凌晨两点。

手机上有一条贺丰宝在十一点钟发来的她还没来得及查看的消息。

她点开来看，整个人如受雷击般愣住。

指纹检测结果出来了一部分。

她第一眼先看到这句，蹙了蹙眉头，不敢相信警方的效率会如此之高。

其他二十几枚指纹还没有比对出结果，但其中三枚指纹的主人曾经在警局做过备案。

赵云今清冷的眸子下瞥，看到最后一行。

那三枚指纹，是江易的。

孟静汶正准备为江易注射麻药，赵云今夺走她手里的针筒。她弯下腰，温柔地摸了摸江易的额头："阿易，能听到我说话吗？"

江易微不可闻地"嗯"了一声，费力地睁开双眼。

她嘴角扬起一抹若有似无的笑，问道："你为什么会去庆祥棺厂？"

江易的瞳孔骤然缩紧，这一抹细微的神色被赵云今捕捉到了，她耐心地等待他的答案。

可江易没有说话，重新闭上眼睛，要将沉默坚持到底。

江易拒绝配合激起了赵云今的愤怒，当年莫名其妙的分手，林清执扑朔迷离的死因，他待在霍家的动机，在今日看来，每件事情背后都有更深层的原因，可他却什么都不肯说。

她指尖落到他肩膀的伤处，按住那块模糊的血肉朝下挤压，江易的额头瞬间疼出冷汗，喉咙间难以抑制地低吼了一声。

孟静汶道："云今……"

江易的伤口再次崩裂开来，鲜血齐齐地朝外涌，浸湿了身下的白床单。

赵云今无视那滚烫的热血，手下的力又加了三分："告诉我，当年的事，你到底知道什么？"

"嗯……"一旁的霍明泽从小娇生惯养，哪里见过这种场面，吓得双目圆瞪。

今晚的一切就像一场噩梦，笼罩在眼前这女人身上的那团迷雾更重了，她如同从地狱里爬出的艳丽恶鬼，没有半点儿他当初爱上的那个清丽女孩的影子。

赵云今全部的注意力集中在江易的身上，手指毫不留情地插入他的伤口之中。

江易嘴唇苍白，痛得浑身抽搐，因为剧痛死咬牙关不小心弄破了舌头，偏头吐出一口血沫。

从前觉得她有猫性的慵懒，又有狐性的狡猾，但现在想来都不是，相比之下，她骨子里更多的是股自私、狠辣的兽性。

江易望向赵云今，蓦地笑了，嗓音嘶哑，却叫人听得分明。

他一字一顿道：“母、螳、螂。”

Best Time

白马时光

星河蜉蝣 著

—中—

春日失格

百花洲文艺出版社
BAIHUAZHOU LITERATURE AND ART PRESS

小东山

目录

绑架案的面包车

第十二章 跟踪

六年前。

闹铃“嗡嗡”响，吵得人心烦，赵云今从被子里伸出手臂关上闹钟。她醒了会儿盹儿才起床收拾，放着房间的卫生间不用，抱着牙缸跑到了楼下。

林清执刚值完夜班回来，正坐在餐厅吃早点，他口味淡，不喜油腻，早餐只吃了一碗素面配普洱茶。

赵云今踩着拖鞋“吧嗒吧嗒”地从他旁边经过，困得直打哈欠。

林清执问：“早啊，你昨晚没睡好吗？”

赵云今“嗯”了一声，然后进了卫生间，一边刷牙一边朝外偷瞄。

林清执吃完饭在看《晨间新闻》，目光专注地落在电视上。赵云今洗漱好出来，坐到林清执身边：“哥，我失眠了一晚上，头有些疼，你帮我揉揉吧。”

林清执的注意力从新闻上收回来，拇指按在她的太阳穴上：“这里吗？”

赵云今闭着眼睛“嗯”了一声，像只慵懒的猫咪，感受着林清执轻柔的呼吸喷洒在脸上，她唇角露出一丝奸计得逞后调皮的笑意。

林清执停了动作，笑着问：“头疼？”

赵云今点头，林清执说：“那还笑得出来？”

赵云今撒娇道：“被林警官的手指按了几下，比止疼药还要管用呢，哥，你再揉揉嘛。”

林清执看出她并不是真的头疼，松开手催她：“别闹了，上学要迟到了。”

赵云今这才慢吞吞地坐在桌前吃早饭。

林清执说：“最近西河发生了好几起晚自习放学后袭击女学生的案子，香溪高中已经有人中招了，西河一中暂时还没听说，但为了保险起见，你放学后不要乱跑，早点儿回家。”

赵云今满口答应，吃完饭朝他扮了个鬼脸，拿起书包出门了。

近些天，变态袭击女学生的事在城市里传得沸沸扬扬，学校里也不例外。十六七岁的年轻人对这种恐怖的社会事件既害怕又痴迷，下了课就聚在一起讨论。

“那变态作案的时候喜欢穿一身黑衣服，还戴着鸭舌帽和口罩，就跟电影里演的一样。”

“学校和警方怕引起恐慌，造成不好的社会影响，不敢公布真实数据，实际的情况比通报出来的更严重呢！我朋友就在香溪高中念书，她说香溪高中被袭击的女生已经有十多个了。”

“被袭击的女生都长什么样子啊？”男生显然对女孩的容貌问题更感兴趣。

有朋友在香溪高中念书的那位女生一惊一乍地说：“当然是那些长得漂亮、身材又好还没家长接送的呀！香溪高中学生的家境都很好，女生手里零花钱多，不管是穿衣打扮，还是颜值，都比其他学校高出一截，被心怀鬼胎的人盯上不是没有道理的。经过这件事后，香溪高中的家长们不敢放孩子单独回家，每天晚上都开车来接送呢。”

男生听见“颜值高出一截”这个形容，有些不以为然，他瞄了一眼坐在后边靠窗位置的赵云今，压了压声音说：“那倒未必吧。”

他的声音不大，赵云今却不知怎的感应到了他的注视，从习题本上抬起头，给了他一个温柔的笑。

男生的脸倏然红了。

赵云今在西河一中是名声响当当的人物，学习一直保持年级前十，谦逊有礼，最绝的是有一张漂亮的脸蛋儿，想不引人注目都难。可这样耀眼的女孩在学校里却没什么朋友，并非没人喜欢她，实在是她太淡漠了，对谁都一样。

有人和她告白，她礼貌地笑笑，情书收下，礼物退还。有人申请和她做朋友，礼貌地笑笑，当时答应，事后还是一个人行动。

她像朵可望而不可即的高岭之花，永远和人保持着足够疏远的距离。而距离恰巧又是最为神秘的东西，班上至今没人知道赵云今到底是什么样性格，家境如何，喜欢什么，爱吃什么，也没人见过她生气、开心的样子。她永远一副事不关己的淡然，校服、发型从不凌乱，美好到不真实。

赵云今看上去对同学们热议的事毫不关心，有女生大着胆子来问她："云今，你是不是也没人接送啊？最近的事情你应该也听说了，我们班部分同学家里没车，打算晚上结伴回家，也好有个照应，你要和我们一起吗？"

赵云今放下手里的习题："最近发生了什么事啊？"

同学两年，很少见赵云今主动询问，女孩眼睛扑闪扑闪的，被她明亮的眸子盯得有些害羞，她说："就是变态袭击女生的事啊，香溪高中的女生已经有了防范意识，他没处下手，说不定会盯上我们学校呢。"

赵云今又问："那些被他袭击的女生最后怎样了？"

"这人袭击前会先用带药的毛巾把女生迷晕，然后把她的衣服脱光。"女生说到这儿面红耳赤，"其他的我就不知道了，但是变态能做出什么好事啊。你这么漂亮，一个人回家说不定会被袭击的，你要跟我们一起吗？"

赵云今婉拒："不了，但是谢谢你的好意。"

第四节晚自习下课，赵云今收拾好书包，慢腾腾地走出教室。

香溪高中袭击事件确实引起了不小的轰动，平日寂静的校门口此时人头攒动，有来接孩子的家长，还有许多来招揽生意的出租车司机。没人接的学生没有一股脑儿涌出去，而是有序地在校门口聚成团，以家庭片区为单位，分了十几个小队伍，每个队伍里都配有至少两个男孩，充当护花使者送女孩们回家。

白天找赵云今说话的女孩见她一个人朝校外走，急忙过来拉住她："云今，你要一个人回去吗？还是跟大家一起走吧。"

她过于热情，赵云今很难推托，被她安排得妥妥当当，分配到其中一个小队里。

男孩们正值青春躁动的年纪，对充当护花使者在女孩面前逞英雄这件事，兴趣高涨得不得了，都围在旁边看热闹。见赵云今进来了，有四五个男孩自告奋勇护送这组，一行七八个人就这样浩浩荡荡出了校门。

有男生主动上前为赵云今拿书包，她没有拒绝，友好地道过谢，而后和女生们肩并肩走在一起，时不时接一下女生们递来的闲话头。

楹花路小区是西河市很有名的高档住宅区，赵云今不喜炫耀，因此当同学问及她家庭住址时也只是说了一下大概的区域，没有说具体。

一路上的气氛十分融洽，男孩女孩们借着护送的机会在路上玩，有说有笑也不觉得路程辛苦。

回家的路要经过油灯街，有男生认出了油灯街的巷口，故意逗女生们："你们知道这是什么地方吗？"

女生们不认得，毕竟油灯街并不是官方的地名，路上没有路标，家长又对此讳莫如深，哪怕平日对此有所耳闻也不知道具体位置。男生对自己知道这个地方略显得意，他说出答案后，女生们不约而同地"咦"了一声，脸上尽是嫌弃的表情，见有男生出于好奇探头探脑地朝里面张望，女生们连忙拉住他们的袖子催着他们快走，仿佛这里有什么见不得人的脏东西一样。

男生为自己的行为辩解道："不是我对这里感兴趣，是因为我妈说过油灯街里住的都不是什么好人，你们说那个变态会不会就是油灯街里的人啊？"

平日喜欢看悬疑小说的几个同学饶有兴趣地跟着推理："还真说不准呢，手段那么下作，跟这地方的气质倒是挺搭的。我叔叔在公安局有朋友，听说警察推断这男人的年龄在二十岁到四十岁之间，体力不错，但生活不算如意，如果生活条件好，估计也不会对路上的女孩见色起意吧。"

立马有人赞同他，兴冲冲提议道："反正咱们人多，要不要进油灯街看看？说不定能找到罪犯为民除害呢！"

光凭几句话就把犯人锁定在油灯街，这想法挺无厘头的，但一群学生正值年少，热血十足又喜欢刺激，一听此提议纷纷举手赞同，嚷着要去探索一下在西河大名鼎鼎的地方。

见赵云今没吭声，有男生上前邀请她一起，她摇头："你们去吧，我要按时回家的。”

她没有说出口的是，在连续袭击了十多个女孩后依然没有留下蛛丝马迹，这样的手法和心机，犯人大概率不会落魄到住在油灯街这样的地方。

学生们的热情已经被点燃了，见她不愿意去也没有打消念头。有个男生不放心，想跟着送她回家，但又舍不得这边的刺激，赵云今看出他的纠结，善解人意地说：“去吧，我去前面路口打车回家就好，你们也要注意安全。”

男生笑道：“那我明天再送你。”说完，一群人咋咋呼呼朝那往日的禁地里探索去了。

……

江易吃完消夜坐在店门旁抽烟，眼前路过一群平日绝不会出现在这种地方的学生，有男有女，说说笑笑的，生怕不能引起别人注意一样，大声商量着抓罪犯的事。

江易看到学生身上西河一中的校服，问双喜：“最近发生什么事了？”

“他们说的应该是香溪高中那件事吧，你一直在老棍儿那儿学牌，两耳不闻窗外事，所以还不知道，最近西河出现一个专门袭击女生的黑衣人，见一个剥一个，现在念中学的女生人人自危，生怕下一个轮到自己遭殃。”

江易没放在心上，却听那路过的学生担忧地说：“赵云今自己回家会不会出事啊？”

“不会吧，她说了会去路口打车的，总不可能那么巧，碰到的司机也是变态吧？”

“可是这街子外头的车不多，万一打不到车怎么办啊？早知道刚刚应该跟着她的，万一出了什么事，我心里过意不去。”

“别想那么多了，你现在回去她也走远了，估计连人影都没了，如果你当时意志坚定点儿送她，说不定人家还会感激你，回去放马后炮人家也未必领情啊。”

“也是……”

江易朝学生们过来的方向望去，起身离开了。

双喜的消夜还没吃完，在后边喊了声：“哎，阿易，你不付钱的啊？”

路上的车确实不多，赵云今在路边等了十分钟也没见出租车，只好一个人朝家的方向边走边打车。

她的手机上有林清执安装的定位系统，发生突发情况只要点一下按键就会自动发送定位给他，因此她对自己的安全倒不是很担心。西河很大，刚好在此时此刻此条路上遇见坏人的概率小到可以忽略不计，换句话说，如果连林队长的妹妹都安危不保，那西河的治安确实已经差到需要重新整治的地步了。

夜里十点半，通往楹花路小区有处路段的路灯坏了，一个星期了都还没人来修，比起平日更加僻静阴森。

冷风吹拂到赵云今制服裙下的小腿上，隐约有些凉意，她背着单肩包，步履轻慢。月亮被云层遮盖住，只微微落下一点儿光华，将她狭长的影子映在小路青色的石砖上，身后传来轻微的脚步声，隐约有另一道影子覆盖上来。

赵云今快，那影子也快，赵云今慢，那影子也慢，紧紧跟着她。她用手机给林清执发了定位，伸手进包里掏出一个小瓶子。

她故意在道路分岔口走入拐角，身后那人急匆匆跑来，刚一拐弯，赵云今手里的防狼喷雾对着他的脸就喷了上去，那人捂住眼睛。赵云今用林清执以前教她的格斗技巧，绕到他身后，一脚踩在他的膝盖骨上，压着他的肩膀摁跪在地上。

男人全程没有挣扎，顺势倒下去，赵云今将他两臂拉直别在身后，坐在他背上。

她屁股弹性十足，软绵绵地压着他的脊背，令人心猿意马。

“你有权保持缄默，但你说的每句话将成为呈堂证供。”她笑吟吟的，“电视剧里那句话是这么说的吧？”

身下的人没有反应，她掰过他的脸去看，只见江易眼睛红红的，因为刺痛只能勉强半眯着望向她。

赵云今不可思议道：“不是吧江易，原来你就是那个袭击女学生的变态啊！”

……

江易打了半小时喷嚏，泪流不止，直到林清执给他用清水冲洗过眼睛，眼泪才勉强止住。

赵云今遵循林清执的嘱咐去药店买了药回来，手里还拎了三份消夜。

江易身上自带着一股惹人生气的冷，有种把人好意不当回事的狼心狗肺。

可赵云今不在意，论狼心狗肺没人是她的对手："生我气呀？

"防范意识强也是我的错吗？好在今晚我身后跟的是你，要真换成变态，我不喷这一下人都不知道被拖哪儿去了。"她托着腮，一脸天真，"我还没问你呢，为什么要跟踪我？"

江易淡淡地说："路过。"

赵云今"哦"了一声，音调上扬，显然不信他的话。

林清执拆开食物的包装，留他们在办公室吃消夜，江易有自知之明，知道赵云今并不欢迎他，消夜也只是出于歉意顺手买回来的，所以没有动筷。他的眼睛差不多恢复了，刚站起来要走，林清执就叫住他："你去哪儿？"

江易没说话，林清执推过去一份煎饺："有件事想拜托你帮忙，你现在走我倒不好意思说了。"

林清执笑着说："我今晚要加班，你留下吃点儿东西，吃完帮我把云今送回家。"

江易说："可以，摩托车钥匙还我。"

"那不行。"林清执值了一晚上班早就饿了，在两人面前也不顾形象，捏起饺子塞进嘴里，他晃了晃沾油的食指，"男人说话要算话，摩托车钥匙不能还，不过滑板倒是可以借你玩。"

江易对林清执的品位实难恭维，明明平日穿衣打扮挺正常甚至还很英俊一男人，非要把自己的滑板贴上花花绿绿的贴纸，幼稚又凌乱，要他玩那样的滑板，还不如不玩。

林清执从办公桌下掏出滑板："我最近加班忙没时间玩，在家放久了车轱辘会钝，你有空带它出去遛遛，谢了。"

"……"

别人都是遛猫遛狗，他把滑板当狗遛。

江易嘴里被强行塞了几个饺子，剩下两盒被林清执一扫而空。

赵云今一贯养生，闻闻味道却没有下口的打算。

江易看了她一眼，林清执却早已见惯不惯了："别理她，小女孩一个，天天嚷嚷着减肥，也不知道到底哪儿胖了，有什么可减的。”

赵云今纠正他：“我不是小女孩，我已经念高三了。”

林清执说：“刚来的时候就比我的办公桌高一点儿，虽然现在长高了，但在我心里也还是个小孩。”

赵云今不喜欢林清执说她小，一脸不开心，自己跑到门口生闷气去了。

过了会儿，江易抱着林清执的滑板出来，见赵云今正坐在台阶上背书。他没读过高中，就连初中也念得稀里糊涂，在教室的时间还没有翘课的时候多。从普通中学被开除后转到末流学校，毕业后又去读了中专，对读书毫无兴趣，他完全无法理解每次见面赵云今都捧着本书的学习热情是从哪里来的。

赵云今听到他的脚步声，把古文背好才抬头，像能猜透江易内心所想一般，她开口道：“养父母都是高级知识分子，他们对我哥要求很严格，对我虽然嘴上不说，但我知道该怎么讨他们喜欢。毕竟不是亲生女儿，相对而言容忍度也会低许多，我一定要足够优秀，才能讨好他们，在家里站稳脚跟，这你应该懂吧？”

她笑着问：“你不是那种乖乖听话的人，讨好我哥有什么企图？”

江易反问：“我是哪种人？”

赵云今看出江易不想作答，她聪明剔透，知道没有问下去的必要，起身装好书本朝家的方向走去。

深夜路上车子不多，但坚持打车还是能打到的，可赵云今却想吹吹晚风。她跟江易要了滑板，一脚踩着，一脚在地上摩擦借力，慢悠悠地朝家的方向滑行。

光看林清执平日整洁板正的警服和办案时的雷霆手腕，很难想象他私下的爱好如此少年气。他喜欢玩滑板、踢足球、拼乐高，假期更是常常窝在房间看动漫，兴致来了还会收集一堆手办，他喜欢看小视频，每逢消夜时刻，土味吃播是他必不可少的下饭栏目。

以前林清执不忙的时候常带赵云今去玩滑板，赵云今受亲生父母玩极限运动的影响，对简单的滑行兴趣不大，倒是喜欢高难度的跑酷，林清执却觉得女孩玩那个太危险，不准她参与，因此每次她只能羡慕地坐在旁边看他和贺丰宝炫技。

赵云今天性里有恣意妄为的基因，那是父母留在骨子里的东西，她敢于尝试一切新鲜的事物。

前方几米处有台阶，平时林清执不准她玩，现在滑板在手，他又不在旁边啰唆，赵云今后退了几步，加速前行，模拟林清执平日的姿势向下俯冲。

她重心控制得很稳，平衡力掌握得精妙，那是小时候玩攀岩留下的经验，如果不是马路边突然蹿出的醉汉，她几乎能完美复刻林清执曾经的动作。醉汉摇晃着朝台阶上走，赵云今为了闪避他，重心骤然失控，身体歪斜着朝一边倒去。

可是没有预想中的摔到冰冷的水泥地上，她的手臂被人紧紧拽住，落入一个坚硬的怀抱。

滑板远远飞出去，醉汉丝毫不知发生了什么，仰头灌了口酒继续走自己的路。

赵云今比江易矮大半个头，额头正好贴在他肩膀上。她还算明白知恩图报的道理，用温柔到甜腻的语气说："谢谢你。"

怀里是温软的身躯，瞬间让江易想起被她屁股压住的触感，软绵绵又富有弹性，像极了小时候吃过的弹牙的玉米软糖。他用上全部的自制力，才迫使自己松开手。赵云今眼睛弯成一弯清亮的月牙，真诚十足地望向他。

"真的记不起来？"江易没头没脑地问了一句话。

赵云今不知道他指的是什么。

江易没有再问，走过去捡起林清执的滑板。滑板刚才摔飞出去十几米，江易捡回来时轱辘摔掉了一个，板面上裂开一道长痕。

赵云今愣了："……质量有点儿差啊！"她咬着嘴唇，鬼精灵鬼精灵的眸子望向江易，"阿易，商量个事怎么样？"

江易不知怎的，在这一刻很出奇地跟她心意相通，直接回绝："不可能。"

清晨，林清执值了整晚夜班后终于吃到了警局外只有清晨才摆出来的豆花饭，他续了碗豆浆，神清气爽地边喝边看《晨间新闻》。对面凳子上坐了一个人，他抬头看见是江易，笑了笑："不用上学的人也起这么早吗？"

江易神色严肃："我还欠你多少钱？"

"没算，"林清执说，"都说了那钱不用急，有了再还，你别再进局子就是现阶段对我最好的回报了。"

江易从手提袋里掏出他的滑板。

昨夜赵云今摔了滑板后忧心忡忡，照她的话说，弄坏了林清执的滑板就相当于弄坏了二次元宅男的珍藏手办，是杀人老婆的天大罪过，况且这滑板他从高中起就用着，已经有感情了，她可不能当这个罪人。于是江易只好把滑板拿回去修，但他手工实在不怎么样，轱辘虽然装上了，但一动就吱嘎吱嘎响，中间缺的口子被他用 502 胶水粘住，上面粘的薄木板是从家里衣柜门上削下来的，原本滑板的配色在他看来就很滑稽，现在更加不伦不类了。

"昨晚玩的时候不小心摔了。"江易给赵云今打遮掩，"买个新的吧，算在我欠你的账上。"

林清执却没有想象中愤怒，只是瞥了一眼："不用换，这样挺漂亮的。"

"你不用担心赖账，钱我一定会还你的，只是早晚的事。"

"不是钱的问题，我确实觉得很漂亮，虽然性能不如从前了，但填补的这块木头很有巧思，可以拿来收藏。"林清执解释说，"滑板本身不贵，几千元而已，是我恋旧才用了这么多年，那轱辘早就钝了，如果不是你帮我摔坏，我还下不了决心换新的。况且是我拜托你帮我遛的，一切风险和后果当然自己承担，求人办事还要反过来问责，哪有这样的道理？"

林清执接过滑板，笑了笑："你真的很用心，谢谢你了，阿易。"

要不是赵云今说她在家里是没有地位的外来小可怜，惹养兄生气后果很严重，说不准会被赶出家门，江易绝对不会揽下这事。

现在看来，他很肯定自己被赵云今骗了，林清执不是能做出这种事的人，相反赵云今倒是可能为了维护自己在哥哥面前的完美形象而找他当替罪羊。反正他在林清执心里前科累累，摔坏个滑板也算不上事。

正说着话，林清执的手机响起来，他接过电话，脸色凝重："知道了。"

他去摊位前付钱，顺便给江易点了碗热乎的豆花饭："我回去加班，你吃完早饭就回去上学，逃学半年再不去就离开除不远了，是学生就该有点儿学生的样子，别到处乱跑。”

江易没搭理他，林清执走出去又折回来，按住江易拿勺子的手：“去上学，听见没？”

那豆花饭挺香的，江易“哦”了一声，注意力全在饭上。

“‘哦’是什么意思？”

“知道了。”江易面无表情地说，“我去上。”

赵云今早上来到学校，班级比平日空旷了许多，从她一进门起就有人用奇怪的目光注视她，就在她放下书包准备早自习的课本时，教导主任把她叫了出去。主任身后跟着两个警察，赵云今都眼熟，她去给林清执送饭时见过。

女警问：“赵云今，有同学看见你昨晚跟韩小禾他们一起结伴回家了，是吗？”

韩小禾就是昨夜邀请她结伴的女孩，在回家的路上还送了她一朵纸叠的玫瑰花，赵云今点了点头。

“你们在哪里分开的？”

赵云今想了想：“油灯街的路口。”

一旁教导主任的脸色阴沉得吓人，她问：“怎么了？”

警察说：“昨晚你们八个人结伴同行，但最后只有你一个人安全到家了，其他人在和你分开后全部失踪了，到现在已经失联超过十个小时了。”

赵云今瞳孔缩紧，不可避免地流露出一丝诧异。

警察说：“麻烦你跟我们走一趟。”

“香溪高中女生袭击案”没几天后，“一中学生失踪案”迅速成为街头巷尾茶余饭后的谈资。

一晚上，七个学生失踪在油灯街内，给本就声名狼藉的街子更添了一抹离奇色彩。

油灯街范围很大，是横亘在西河市多年的毒瘤，房产商拆不动，警方整治见效甚微，住户人均痞子加流氓。

若是问油灯街里的住户谁可能和七个学生的失踪有关，似乎没几个人嫌疑小。

当晚韩小禾一行人和赵云今分开后从主街进入油灯街的辖区，最后看见他们的人是某栋楼上做生意的妖艳女人，据她说，当时几个学生仔在她楼下说笑，声音太大吵着了客人，被她几句脏话骂走了。那几个学生离去的方向是油灯街南方几乎没人居住的荒废地带，而那一片正好是监控管辖不到的地方，这给警方的侦破工作带来了很大难度。

赵云今将那天分开前发生的种种事无巨细地跟警方讲了一遍，但是可用信息并不多，除了学生们进油灯街的动机是寻找罪犯外一无所获。香溪高中袭击事件虽然没有抓获嫌疑人，但是无论是受害者的描述还是作案现场的痕迹都表明，犯人是一人作案，而一个人同时控制住七个年轻人基本没有可能，最为关键的是，两起案件的手法也不一致，一个是迷晕猥亵后离开，一个是将受害者带离现场，因此，暂时排除是同一人所为的可能性。

案子陷入僵局，虽然事后市政工程在油灯街各个出入口都安装了监控，但已经于事无补了，警方当前能做的只是调查已有的监控记录，对部分路口当晚进出的人员及车辆进行仔细的排查。

前有中学女生万家馨市中心失踪案，后有香溪高中女生袭击案，现在又闹出一个社会影响如此恶劣的高中生人间蒸发案，西河市一时之间人心惶惶，就连学校都停了几天课，复课后要么要求学生住校，要么要求每天早晚必须有家长亲自来接送。

中学的紧张氛围也波及了江易的学校。

这是江易复学的第三天，那天他答应了林清执回去上学，恰巧当天没事做，一时头脑发热竟然真的回学校感受了一下学生时代的生活，谁知道刚进学校就闹出失踪案，他的学校本来也是半寄宿制，这下直接安排全部学生必须住校，严禁封校期间一切理由的外出。

江易被锁在学校里出不去了，充电器都没带，现在用的还是花了五十块钱从无良小卖部里买来的，充电时不仅断断续续还烫得要命，像随时要爆炸似的。

晚自修要上到八点，到了七点班上就有人坐不住了，杂乱的教室里没有老师，前排还坐着几个认真看书的学生，后排几个男生已经开始围在一起打牌了。

江易半年多没来读书，班里几乎没人认识他了。他趴在桌上睡了一会儿，被邻桌几个男生打牌的声音吵醒，那些人是江易的舍友，还算脸熟，他们打牌缺人，踢江易的桌腿问他要不要一起打。

江易说："我只打钱。"

男生都不像缺钱的样，扬着眉："打钱可以，五块一张，你玩得起吗？"

江易坐了过去。但凡千技高超的人赌技都不会太差，江易面对这些稚嫩的牌场新手甚至都没出老千，一小时就赢了一千多。

输得最多的男生先绷不住，看了眼时间快下课了，他起身找借口："不玩了不玩了，我要去接女朋友放学了，她是市四中的，现在闹得人心惶惶的，她一个人回家我不放心。"

旁边人问："接女朋友放学？你怎么出校啊？"

"后门墙边的树可以爬出去，我十一点就回来，查宿记得帮我打个掩护。"

走了一个人，剩下的局也打不起来，晚自习下课，江易正要离开教室，却被人堵住了。

刚刚输钱的那几个男生痞里痞气地站在他面前，伸出手搓了搓手指。为首的男生蛮横地说："把钱拿出来！"

江易没说话，淡漠地看着他。

"你别装傻，真以为钱进了你的口袋就是你的了？赢了这么多说走就走，也要问问我们几个同不同意。"男生打着赤膊，他只穿一件宽松的墨绿色迷彩背心，领口大敞着，露出锁骨上的一个黑色十字架文身，是学校里公认最不好惹的那类人。

"钱进了我的口袋不是我的，难道是你的？"江易冷淡地说，"愿赌服输，滚远点儿。"

那男生阴邪地一笑，捏着拳头靠近，他刚要动手，身后人提醒他有老师过来了，他只得作罢，但眼神依旧盯着江易："走着瞧！"

江易混社会的资历不知比他老多少，压根儿没把学校里这些小打小闹放在心上。

他坐在篮球场边抽烟，目光望向场上打篮球的少年和在身后为他们加油的女孩，年轻人充满青春张扬的活力，他坐在这儿格格不入，再向远望，是城市夜里的通明灯火，璀璨耀眼却有种说不出的孤独，相比起来，外面的世界才是他该在的地方。

他一根烟抽完，起身朝刚才那男生说的后门走去，绕过教学楼就看到了那棵树，他毫不费力地爬了出去。

街对面有家门面漂亮的服装店，门口有几个衣着性感的女孩在跳舞，江易去隔壁的便利店买啤酒，无意间朝店里瞥了一眼。

那店铺装修得美轮美奂，挂在墙上的衣服不多，但每一件都是华丽漂亮的小裙子，裙摆蓬松，或绘的或绣的，全是娇艳热烈的颜色。橱窗的模特颈部绑着一条饰品，黑色布面上绣着暗红色的蔷薇，在花朵的正中心，点缀着一颗黑色的蕊。

刹那间，江易不知怎的想起赵云今了，她那明艳皮骨之下扑朔的冷漠，像极了暗夜里独自盛开的蔷薇花。

也许是他在橱窗前站得太久了，店员上来礼貌地询问他要不要买点儿什么。他指了指那条颈饰，店员为他打包。

蔷薇中间的花蕊是产自泰国的小粒黑宝石，只是一点儿就价格不菲，刚好花光了江易刚刚打牌赢来的钱。精美的礼品盒被他拿在手上，忽然就有种送出去的欲望。

“去西河一中。”在回家路上，他要求出租车司机临时改道。

便利店要撑到学生下晚自习后才打烊，阿财早已退学，每天帮父母打理店铺。江易进来时，他一如既往地坐在柜台后打游戏，抬眼看到来人是江易，他那白弱的脸上露出一丝罕见的笑意：“你好久没来了。”

“还盼着我来？”

阿财拿饮料给他：“你总不来，口香糖快过期了也卖不掉。”

到了九点钟，学校的铃声准时打响。

校门口人群簇拥着，女孩出现在江易的视野里，她一身规矩的学生打扮，上身的白衬衣外套着米色的针织马甲，下身穿着及膝的深蓝格子裙，看起来乖巧清纯。

赵云今没有急着回家，站在路边等人。

阿财注意到他的目光，问了句：“赵云今？”

江易没有回应，他说：“一中公认的校花，都说她为人很傲，但我不觉得，她每次来店里买东西，都很有礼貌。

“你喜欢她？”

阿财在江易毫无防备之下忽然抛出一个问题，他是个聪明的人，看江易那一瞬间的眼神就明白了，他笑笑："据说是有钱人家的小姐，很难看得上我们这种人吧。"

"不是我们这种人。"江易淡淡说，"是我这种人。"

多年后再见，孤儿院的小女孩已经长成了天之骄女般耀眼的存在，容貌皎皎，成绩优异，同龄中最出类拔萃的男生也得不到她。而他，比起孩童时更加不堪了，没有工作、没有存款、没有念书的兴趣，进局子如同家常便饭，唯一值得夸耀的是他那手出神入化的千术，可若将这个作为赖以为生的手段，和刀尖舔血也没什么两样。他像只阴沟里见不得天日的虫豸，做着青天白日的大梦，暗中窥视花园里那朵漂亮的蔷薇。

江易无法想象这样的两个人能产生怎样的交集，如果不是林清执一心想拉他走回正道，他与赵云今完全就是世界的两个极端。

便利店人流多起来，学生挤挤攘攘涌进来买零食和文具。江易拿着一罐能量饮料坐在窗边，顶灯投落下来，在他英俊的侧脸打出一道明亮的光斑，他穿着一件纯色黑 T 恤衫，衬得他人沉定安稳，不言不语时，静得如一座冷漠的石塑。

校门口的学生陆陆续续散去，只有为数不多的学生还在原地等待家长。

赵云今也是其中之一。她掏出手机拨出一个电话，放到耳边没多久后又自己挂断，她朝道路的另一头望了望，而后一个人朝家的方向走回去。

江易能猜到也许是林清执忙于工作忘记来接她了，他也知道以赵云今的性子不愿意打扰哥哥工作。

店里人不多了，阿财看了眼赵云今的背影："她胆子也太大了，这种时候还敢自己回去。"

江易把喝光的饮料瓶丢进垃圾桶，跟了出去。

赵云今在一家奶茶店外停留了片刻，盯着门口招牌上的水果茶发呆，她摸了摸口袋，没能掏出一块钱来。

江易站在街道的拐角，把赵云今脸上那点儿小失落一丝不漏地看在眼里。

赵云今继续朝家走，他插着兜在后面慢悠悠跟着，蔷薇颈饰还放在口袋里，细长的盒子紧紧贴着腿根，他买了，跟了，却没有上前去送。

赵云今进了家门，二楼一间屋子的灯光亮起，轻薄的窗帘上映出一个影子。

女孩坐在窗边的书桌前，坐姿笔挺端正，削薄的肩膀和纤细的手臂映出来的剪影清透漂亮。

江易站在楼下，仰头望着那道身影。时间缓缓流淌，他却不觉得难熬，晚风拂过脸，深夜寂静美好。

半夜，赵云今清理了桌子，起身去隔壁的浴室洗澡。

比起房间的柔光，浴室的光泛着焦深的黄，窗户上贴了玻璃纸，这次没有影子落上，但窗户被蒙上一层水雾。不难想象赵云今在里面做什么，江易的嗓子忽然没来由地发干，那个礼品盒也泛着莫须有的滚烫，他喉结滚动，将目光挪到天边的流云之上。

云彩散漫地飘过天穹，一口吞吃掉夜幕上正悬着的那枚月亮。

江易坐在赵云今的楼下抽了半宿的香烟，直至夜深人静，四下再没有一点儿灯光，他才起身离开。

下午第二节是体操课，秋天凉爽，但一节课下来还是出了汗。

校内没有商店卖冷饮，学生三三两两去水龙头下打凉水喝，更衣室里女生爆满，赵云今没有急着换回校服，而是穿着鹅黄色的运动短裤和短 T 恤衫回了教室。她两条笔直修长的腿白晃晃地露着，稍微抻抻胳膊就露出软薄的腰肢和漂亮的肚脐。

教室里没有人，但不知谁在她那张靠窗的座位上放了一杯水果茶——元气西柚，是她昨晚在奶茶店外看见想喝却没有买成的那杯。

赵云今拿起饮料，下意识地朝门口望了望，门外走廊上一个人都没有。

……

少年背靠柳树粗壮的枝干，一脚屈起，一脚下垂，静静感受午后燥热的风吹拂过侧脸。

从他的角度望去，少女肌肤雪白，乌发如浪，被汗水打湿的两鬓有碎发粘连，依稀能看到汗渍，却不让人觉得烦腻。

他以前从不相信什么世间美好，可当望向她嘴角那抹不经意的笑时，却觉得宁静秋日天高云淡，就连风也温柔了。

江易从没觉得自己是个坦荡的人，出老千如是，借护送的名义跟踪赵云今亦如是。可有些事做多了会上瘾，有些人也如罂粟一样令人食髓知味。

赵云今喜欢奶茶店的元气西柚水，喜欢便利店卖的金枪鱼饭团，喜欢水果店冰柜里鲜切的白色椰肉，喜欢放学回家必经之路上那棵火红的枫树。

她还喜欢傍晚时天边绚烂的云霞，总是在吃过晚饭后一个人站在后窗看天。

她不喜欢吃食堂油腻的饭菜，中午自带家里阿姨做好的便当，青菜居多，豆制品其次，米饭和肉类最少，傍晚只吃一点儿水果。

她喜欢学校那条开满紫藤花的长廊，总在午休时一个人抱着书坐在紫藤花的阴凉里看，微风拂过，书页翻动，她柔顺的发丝也跟着扬起，虽然闻不清晰，但花香肯定比不过她的发香。

她喜欢洗很久的澡，水温一定是很热的，因为玻璃上会缀满水雾，灯光也总要亮上很久才熄灭，洗澡后她会回到书桌前看书，也可能在写日记，坐姿和她那一本正经的哥哥一样端正。

少年的心思未必没有少女细腻，江易常常爬到一中墙边那棵柳树上，一坐就是一下午。他看赵云今上课、休息，看她读书、吃饭，看她在体育课上运动，头发飘开时露出的一截莹白脖颈格外细腻，很衬他买的那条颈饰，可礼物终究没有送出去。

有时在树梢上坐得无聊，少年脑子里会滑过许多奇怪的念头。

——例如以后房子买在哪儿。

香溪沿岸不错，傍晚落日映在水面自成绝色，但临水泛潮，蚊虫也多。

缠山脚下也不错，风景秀美，寂静空幽，但离市区太远，生活不便。

市中心的别墅区是很好的选择，但他未必买得起。

——再例如以后的孩子叫什么。

赵云今喜欢喝西柚水，喜欢吃金枪鱼饭团，以后生了女孩可以叫江西柚，生了男孩就叫赵金枪。

那些事过了脑子没有停留，紧接着被江易挥乱打散，他意识到自己的想法有多离谱儿，若是他们从孩童时一起长大，倒是不用担心感情问题，但现在赵云今是赵云今，他是他。

一个天上，一个地下。

八年前他对赵云今的最后印象停留在一个滂沱的雨天，一辆黑色轿车停在孤儿院门口，嬷嬷撑一把宽大的彩虹雨伞，牵着赵云今的手将她带出来，小云今已经知道自己要被带到新家了，也看见了站在车前温柔笑着的林岳和唐月华。

她漂亮的眸子里溢满水盈盈的泪花，望向更远处。

那里，小江易左手拎着水桶，右手拎着自己的凉鞋，赤脚站在雨中。

前天答应了要带她出去捉青蛙，他昨晚兴奋得一夜没睡，从早起就开始准备，可来到孤儿院前看到的却是这样的画面。

他静静地看着眼前这应该温情的一幕，没有上前——他没资格让女孩留下，更没资格阻止她前往美满的新家。

小云今疯了一样挣脱开嬷嬷的手朝江易奔来，她被大雨淋得彻底，裙子浸湿了，头发贴紧白皙脸颊，死拽着江易不放。

“哥哥。”小云今泪眼婆娑，“跟我一起走。”

身后大人追上来，分开两个小孩。嬷嬷抱着女孩安抚她：“云今听话，爸爸妈妈会带你去一个新家，那里很大，你的房间很漂亮，花园里还种了很多花。”

小云今耳朵里听不见别的话，用尽最后一丝力气攥住江易的手指。男孩抬头，看见那对衣着不凡的夫妻走过来，主动撒开了女孩的手。

“云云乖。”他说，“我会去找你的，你要记得我。”

……

江易对女孩撒了谎，别提一个小孩根本没有能力在偌大的西河找寻一个人。哪怕他能，也不会去找，他明白有一个安定幸福的家庭是多么难的事情，女孩好不容易才摆脱了孤儿院的寂寞过上了优渥的日子，怎么可能还让她跑出来和他捉青蛙?

那天小江易一个人去了香溪边的水草丛里，那是他本来想带她去的地方。正是青蛙抱对的时节，他却一只都没有捉到，赤脚在淤泥里走了又走，最后躺在河滩的沙石上发呆，他晚上回到家时满身沙土，脚底板全是石子刮出来的血痕。

分开前他对女孩只有一个要求——你要记得我。

可赵云今因为淋雨发起高烧，最终还是把他忘记了。

赵云今最近总收到一些奇怪的礼物。

有她忘记带钱买不起的西柚水，有她喜欢吃但永远赶不到营业时间去买的椰子肉，有她在放学路上多看了一眼的红色枫叶，还有她忙着做题没来得及吃晚饭时桌角出现的一个金枪鱼饭团。

这些东西来历神秘，问遍全班都没人知道是谁送的，每当赵云今从外面回来时，它们就已经在那里了。赵云今为了弄清这些东西的来处，特意选了一天半途杀回教室，结果那天桌面空空如也，直到晚上都没有东西出现，仿佛那人时时刻刻在背后观察着她，知晓她的心思一样。

……

周末一起吃晚饭时，她和林清执提起这件事："我好像被人跟踪了。"

林清执问："每天都有？"

赵云今点头："如果只是送东西倒没什么，但那人每天送的东西刚好是我放学回家路上留意过的，昨晚我特意在地下通道玩了会儿猫贩子卖的小猫，今天中午桌上就出现了这个。"

她拿出一个陶瓷小猫的摆件给他看："我找学校查过了，走廊有监控，如果从正门进班一定会有记录，但监控却什么都没拍到。我觉得不会是学校里的同学做的，会是袭击女孩的那个人吗？"

"可没听那些女孩说过有人给她们送礼物。"

"我漂亮，变态对我格外关照也不一定。"赵云今无时无刻不忘自恋。

"这样吧，为了以防万一，从下周起我接你放学，遇上值班的话就让贺丰宝替我。"

贺丰宝正在同一张桌上吃饭，对此颇有意见："不去，学校那种地方不适合我这种奔三的老男人，我也不想去那儿回忆逝去的青春时光，让小刘去接咱妹妹吧，加班费我来付。"

"有没有人接送倒无所谓，哥，你不觉得这是个好机会吗？"赵云今眨眨眼，"你们一直头疼抓不住那个变态，既然现在有人跟踪我，说不定就是他呢？要不就拿我当诱饵引他出来吧。"

林清执责备："你脑子里在想什么？一个女孩子当诱饵放到哪里都不会有人同意，又不是没警察了。"

"我觉得这倒不失为一个办法，"贺丰宝敲了敲面盘，"之前开会不是也讨论过让女警假扮学生吗？但是局里女同事都是文职，没有符合条件的，加上嫌疑人鸡贼，警察假扮未必上当。你妹就不一样了，货真价实的一中校花，是再好不过的人选，你就当奉献妹妹为社会做贡献了。”

赵云今巴不得为林清执排忧解难，连忙说：“可以！我可以！”

“你说话注意点儿，”林清执按下她跃跃欲试的脑袋，“为社会做贡献怎么不让你妹上？”

贺丰宝十分厚脸皮：“只要我有，别说妹妹了，就算是个弟弟我也把他男扮女装送过去。这几个月西河不知道发生了多少事，没有一件是不棘手的，到现在为止一个案子都没破，你身为队长顶着多大的压力我清楚，不说上级的训斥，再不交出点儿答卷，光是群众的唾沫星子都能把你淹死。

“我们做警察的，职责是护一方安康，这是肩上的担子，也是头顶的使命。如果现在告诉我有机会可以抓住犯人，那我拼尽一切也会去做，哪怕赌上男人的尊严。”贺丰宝话锋一转，“你当我不想亲自扮女学生引蛇出洞吗？我在会上提出这个想法，局长当场给我否了，还笑我五大三粗扮了也不像。

“又要保证演得像，又要保证扮演者的安全，事事都要保证，事事都要考虑周全，犯人什么时候能抓到？抛开其他不提，云今确实是最好的人选，她本来就是学生，在一中也有名气，犯人专盯女高中生下手，不可能没有注意她。况且现在已经有不明人在跟踪她了，这难道不是绝好的机会吗？

“这事全权交给我安排，我跟你保证，我贺丰宝拼尽全力也会保护她的安全，绝对不会让她受一点儿伤，她要伤一点儿，我命给你都行。”

贺丰宝当年读警校时就不按常理行事。

分组演习搭救被绑架的人质时，看到解救无望，他不顾人质安全就把“绑匪”击毙，事后被老师训斥还振振有词，反正都救不了，拉个垫背的也不亏。上审讯课时，为了从“嫌疑人”嘴里问话，直接把人绑在椅子上拿鸡毛掸子挠痒痒，变着法儿地“刑讯逼供”。实习期间调查黑出租宰客事件时扮演路人钓鱼执法……

在警校几年把纪律触犯了个遍，林清执总说他破案太不考虑后果，遇到雨天要遭雷劈。话虽这么说，可贺丰宝的雷霆手段确实管用，当初两人被誉为警校那一届的双子星，论总破案率贺丰宝还要略高于林清执，但领导觉得他性情急躁，办事总不按章程，所以安排稳重周全的林清执做正队。

赵云今插嘴：“哥，贺丰宝说得对，就让我去吧。”

“别听他忽悠，他的命又不值几个钱。”林清执说，“警察家属不等于警察，她一个小女孩万一出点儿事你担得起责任吗？”

赵云今又不开心了：“我不是小女孩！”

贺丰宝嚼着菜，浑不吝地说：“法子我提到了，行不行您说了算，不行就算了，要是行，我肝脑涂地也给您办成了。”

“演学生演得像要么是女人，要么是身材纤细的少年，而扮演者必须足够聪明谨慎，还得具备一定的自保能力，警局没有合适的人选，找外援也不是不行。”林清执思考了一会儿，抬起头，“但让云今去做诱饵你想都别想，我这里有一个更合适的人选。”

第十三章

乔装

西河市职业技术学院。

江易被校方一个电话叫回学校，他课逃多了对这种电话本不想理会，但老师态度强硬，要求他必须回来，不然直接开除学籍。他对记过处分无所谓，但开除学籍这道线还是不想触碰的，每年几千元的学费交着就是为了拿一张毕业证，这是九叔对他的要求。

江易被老师带到教务处，那天和他打牌的几个男生坐在沙发上，办公桌上摆了一台电脑，两部手机，还有几块手表。

老师指着那堆东西，面色严厉道：“江易，你怎么解释？”

男生们收敛起平日的吊儿郎当，在老师面前一副乖顺模样。

江易一眼看过去就大概猜出发生了什么，但他懒得辩解，只说了一句：“不知道。”

“你半年多没回学校，一回学校室友就丢失了将近两万元的财物，还是在你柜子里找到的，你说你不知道？”

“在我柜子里发现的就是我偷的？”江易掏出手机朝桌面一丢，“我的手机出现在办公室的桌子上，又是谁偷的？”

老师一愣：“那是你自己丢的，跟我们有什么关系？”

他打量着江易嘲讽的表情，明白了他的意思：“你是想说，他们自己把东西放进柜子里诬陷你？理由呢？你逃学这么久和室友又没什么接触，他们平白无故为什么要这样做？”

江易似笑非笑，盯着那天跟他要钱的男生。

男生眼里的阴狠一抹即过，恶人先告状：“那天江易无聊让我们陪他打牌，我们赢了他的钱，散局后他不认账，非要我们把钱还回去，我们没给，所以他心怀恨意偷我们的东西，一是为了泄愤，二是为了偷出去卖钱填补输牌的亏空，我猜是因为这个。”

“你赢我的钱？”江易脸上那丝嘲讽更浓了。

比起长期不在学校的刺头学生，老师显然更偏袒熟悉的人，加上江易神情太傲，他不喜欢，所以指着他说：“你还觉得别人冤枉你？我去油灯街打听过了，街坊邻里都说你从小不学好，小时候偷鸡摸狗，长大了偷室友的手机电脑也不是做不出来。东西是在你柜子里发现的，今天你不给出个合理的解释，学校一定会给你处分。”

他提起小时候的事，江易就什么都不想说了。

如果一开始就戴着有色眼镜去看人，那再多的解释都难以擦干净上面的颜色。

为首的男生讥笑：“怪不得，原来小时候家教就不好，所以手脚不干净。”

有人附和：“住在油灯街那种鬼地方，家教能好到哪儿去？”

男生半遮半掩地说：“听说他妈是……”

江易眸子渐渐变冷，阴鸷地盯着他，他垂在身侧的手慢慢攥紧，虽然没有言语，但已经流露出了明显的暴怒情绪。

男生话没说完，办公室的门被敲响了。

保安领着一个人站在门口，是穿着警服的林清执，他出示警官证，笑笑：“市公安局刑侦第二支队林清执，我有事找贵校领导。”

老师问那男生：“你报警了？”

“没有啊……”

教导主任起身倒茶，林清执跟他寒暄了一会儿，自然地坐在沙发上：“我的事不着急，一会儿再说，倒是这里好像挺热闹的。”他拿起茶杯抿了口，刚才在门口听了一耳朵，大概能猜出发生了什么事。

几个男生刚刚还理直气壮，现在见到警察进来气焰先消了一半。

林清执笑着看那几个男生：“听说这里有人偷东西？刚巧我在，帮你们处理处理？”

校领导为着学校面子不想把事情闹大，嘴上连忙说着“不用麻烦了”，林清执也明白他的心思，当然不会让他难做：“我是警察，办案是我的职责，查出事情真相后你们学校自己处置就好，该开除开除，该处罚处罚，不用闹到局里去。”

校领导这才跟他说明了事情的前因后果，林清执听了一会儿，起身从身边打印机里抽出几张纸，分给男生们一人一张，几个男生脸上都带着困惑。

林清执说：“这事现在归我管了，我说你们写，坐开一点儿，别抄答案。”

“第一个问题，”他神情冷淡，“发现东西不见的日期是哪一天，各自丢了些什么。”

男生们面面相觑，林清执仪态从容地喝了口茶，像教导小学生一样说：“写好了举手示意。”

有一个男生几乎没多想就写下了答案，剩下的几个眼神缥缈，抓耳挠腮了半天咬着笔头写了一个日期。

“第二个问题，校长说除了这些东西，你们每人还丢了很多钱，把数字写下来。”

他瞄了一眼中间那男生的白纸，上面大笔一挥写了五千元。

“最后一个问题，把你们在江易衣柜发现遗失物品的经过写下来。时间、地点、人物，简要的对话，是谁提议去搜江易柜子的，是谁把东西从柜子里拿出来的，又是谁提议上报学校的。都读过小学，流水账总会写吧？

“不会写的话我给你们做个示范，听好了。”林清执面带微笑，明明脸庞英俊，看起来却像极了一只披着绵羊皮的狡猾狐狸。

他嗓音清朗道：“今天是 11 月 15 日，天气晴，早晨起床发现手机不见了，心情十分沮丧，这时我的室友小明说他的 iPad 也不见了，室友小华也说他前两天丢了一块手表，于是舍友小白提议在宿舍找找看，这时我注意到那个常年不在宿舍的室友的柜子诡异地关着，小明说也许是这个室友拿的，让我们打开柜子看看吧，我们三个人欣然表示赞同，异口同声地说好呀……”

林清执叨叨说了半天，像枚威力极强的炮弹，朝外吐的每一个字都啰里啰嗦扰人思路。

所有人都目光复杂地看过来，但只敢怒不敢言。

林清执没有半点儿自觉，还疑惑地问了句："写你们的，看我干吗，我脸上有字啊？"

"闭嘴吧。"还是江易冷漠地开口，"你的小学生日记再念下去，他们就一个字都编不出来了。"

一个混混儿敢公然叫板警察，所有人的目光又惊诧地挪到江易身上。男生们一脸看好戏的表情，视线反复在他和林清执之间游移，期待他现在就被警察收拾一顿，以解他们心头之恨。

可林清执只是淡淡说了句："哦。"

他理了理领子，坐得跟小学生一样板正，语气十分委屈："闭嘴就闭嘴，干吗凶我啊？"

趁男生们埋头写答卷的工夫，林清执转头打量江易。

少年穿着一身简单 T 恤衫和与时节不符的七分裤，露在外面的小腿上贴了几个创可贴，旁边还有几道没有遮住的划痕。

林清执朝他吹了个口哨，声音发到一半反应过来这里是学校，口哨声太过于流氓，于是临时改了调。

"嘬——"

江易没理他，可林清执一个劲儿朝他"嘬"，逗猫一样非要引他注意："嘬嘬嘬，嘬嘬——"

江易不想再感受屋里众人的注目礼，强忍着没回头，林清执大大咧咧说："叫你呢！"

男生们纷纷抬头，又被林清执一个清冷的目光瞪回去，他看着江易的腿："树枝刮的？"

江易面不改色："摔的。"

林清执出的考卷只有三道题，却足足给了他们十分钟，收卷后男生们脸色都不大好看。

林清执的注意力从江易身上收回，瞥了几眼纸上的内容，眉梢蹙起，他懒得一个个记名，不顾男生们抗议，直接给他们编上甲乙丙丁的序号。

"甲，你丢电脑的日期是三天前，乙丢手机的日期是两天前，丙的三块手表是今早发现不见的，丁不记得自己的手机是哪一天丢的了。校长，您觉得他们的答案有什么问题？”

面对林清执突然抛过来的问句，校长没反应过来。

林清执笑笑：“甲的专业是动漫设计与制作，无论是日常上课还是写作业，都需要使用电脑，电脑不见了为什么不及时上报？乙同样，丢手机后两天才向学校反映，现代社会没有手机你能活过一天吗？还有丙，家里矿多大啊在手腕上戴三块表？

“丢东西的时间不一致，说明偷东西的人不是同一天进来偷的，江易这几天都不在学校，为着偷你们那点儿东西还要三番两次进来？就算是他偷的，他既然可以进来这么多次不被发现，为什么不顺手把东西带出去变卖了，难道锁在衣柜里能下崽？”

为首的甲男脸色一变：“我记错了，东西是昨天丢的。”

他说完，剩下的几个男生连忙跟他改了时间，林清执语气平和：“怪不得都说人以群分，看来你们宿舍的记性都不太好。”

他看向第二条：“两千、八百、五千、一千五，现在已经月中了，你们的生活费还真不少，是觉得涉案金额越大，处罚越重吗？”

甲男说：“不是，我确实丢了五千块，我爸妈刚给我打了这个月的生活费，就全被他偷走了。”

林清执说：“这种问题最好别对警察撒谎，就算父母偏袒你替你说话，我也能去银行查到流水。”

男生到底年纪还小，没想到这层，连忙改口：“我说错了，他们给的是现金。”

“哦？”林清执换了个舒服的姿势坐着，“如果我没看错，你衣服上的阿迪达斯字母顺序是反的，鞋上的 N 字翘了个尖。月生活费五千块，需要你穿着地下通道卖的几十块一件的仿牌吗？”

“我就喜欢穿仿的。”男生被揭穿用假货，面子上有些挂不住，“你们警察管得也太宽了吧？”

林清执瞥了眼答案各异的第三题，脸上的笑意一点点敛回，他一改刚才闲散的温柔，将纸甩到桌上：“糊弄警察是吗？”

男生刚刚还蛮横着，被他这一吼瞬间噤若寒蝉，不敢出声。

林清执声音冷厉：“是学校老师把你们教成这样，还是父母惯出来的毛病，在警察面前还敢满嘴谎话？别仗着未成年就为所欲为，我经手过的未成年罪犯不少，在我眼皮子底下竟敢污蔑同学欺骗老师，也不看看自己几斤几两！”

三个男生心虚地望了眼为首的男生，那男生还算硬气，死咬着不放：“警官，我不知道你什么意思，反正我们丢东西了，东西是在他柜子里找到的，这是事实。我们几个记性不好，记错了也不是没有可能，而且刚才我和老师说过了，江易有作案的动机，他对我们赢他钱的事怀恨在心。”

“你们赢江易的钱？”林清执从茶几下抽出一副扑克牌丢到桌上，“你们打几把试试。”

“什么意思？”

“我的意思是，你们今天要能从江易手里赢到一毛钱，我就用头顶地走出这间办公室。”

江易在赌场那种人精扎堆的地方都能出千赢走二十万，那夜在警局，他顺走桌上摩托车锁的钥匙手速之快，障眼法之高明，让林青执至今都想不明白他是怎样在自己眼皮子底下拿走东西的。但可以肯定的是，在千界，江易肯定是一等一的好手，和一群学生打牌绝不可能失手。

江易没有想动手打牌的意思，林清执推了他几下他才动。

简单打了五局，男生们五局全输，几个人面面相觑，心理素质差的已经开始额头冒冷汗了。

林清执从兜里掏出手套戴上，拿起桌上的电脑：“不想打了？那也好办，我辛苦点儿把这些东西带回局里检测，既然是江易偷的，上面总该有他的指纹吧？不过这样得辛苦你们几个跟我走一趟。”

校长说：“林警官，刚刚不是说好了不闹大吗？”

林清执说：“这不也是为了贵校学生的财务安全着想？要是真有小偷得及时处理才能避免出现更大的损失，同理，要是有人栽赃同学，彼此之间口供都没串好，马脚频出还死不承认，也得及时制止才能维护贵校的管理秩序，您说是吗？”

他看向男生们，咧嘴露出一个邪恶的笑：“你们今天的所作所为，往重里说走一趟少管所也不是难事，少管所的狱警和我是老交情，最好别在我面前耍花样。”

这话的精髓是跟贺丰宝学的，从前一起办案时总听他用这招威胁耍滑头的嫌疑人。

那时贺丰宝一脚踩住椅子，手掌搭在翘起的膝盖上，他粗犷的面目狰狞，在审讯室昏暗的灯光下阴森可怖："老子告诉你，市看守所的狱警是我兄弟，你今天老实交代了说不准还有活路，再敢扯谎，老子先把你丢进去关两天！"

这种话虽然离经叛道，但威力十足，加上贺丰宝凶相毕露确实唬人，往往几个回合下来，嫌疑人就会承受不住心理压力招供。

林清执将贺丰宝的绝招信手拈来："把我惹火了，自己想想接下来的日子会不会好过。"

这下没人敢嘴硬了，林清执把杯里的茶喝完："东西是谁拿的？"

其中一个胆子不大的男生脸色发白："其实我们也没看见是江易偷的，是别人拿的放在柜子里诬陷他也说不准。"

"哦？"林清执淡淡地问，"那要不要我继续帮你们查查小偷是谁呢？"

"不用了。"男生急忙说。

林清执知道点到为止，也给了校长一个面子，不当场揭穿他们栽赃江易的事，只是问："冤枉了别人要说什么？"

男生们你看看我，我看看你，咬着牙道歉："对不起。"

江易没吭声，依旧沉着脸。

林清执问："一句对不起就完了？"

他站起来，理好警服："跟着我做。"

他说完，朝江易鞠了一躬："爸爸，对不起。"

"……"

"不做吗？"他眯了眯眼睛，"少管所的狱警和我是老交情……"

男生们连忙高矮不一地鞠躬，不情不愿地道歉："爸爸，对不起。"

林清执再鞠躬："爸爸，我错了。"

"……爸爸，我错了。"

"爸爸，你好帅。"

"……爸爸，你好帅。"

"爸爸……"

江易脸色极其精彩，起身离开办公室。

林清执理了理警服的领口，跟在他身后，校长问：“林警官，你还没说找我什么事？”

林清执拍了拍脑袋，“哦”了一声：“校长，我是来找您借人的。”他笑得阳光灿烂，“江易，警方在侦破工作上遇到了困难，需要请他协助破案，人我带走了，回头如果案子顺利，我找人给您送一面锦旗过来。”

……

江易刚点上烟，就被身后走来的林清执拿走了，他随手将烟掐灭扔进垃圾桶：“在学校就要有点儿学生的样子。”

“这是中专。”江易冷淡地说。

“中专也一样，成年了吗就学大人抽烟？”

江易又从烟盒里抽了一根，林清执顺手将他的打火机拿过来一起扔了，江易终于把目光转过来对着他。

男人无害地弯起唇角：“体谅下我吧，年龄大了还成天加班本来就容易猝死，让我少吸点儿二手烟多活几年吧。”

江易蹙眉：“你来学校有事？”

“我来找你。”林清执问，“刚才为什么不辩解？像他们那种鬼话连篇的人，但凡对质一下就能露出破绽，你什么都不说，怎么证明自己的清白？”

“一个前科累累的惯偷要清白有什么用？”

林清执说：“我信你。”

江易看过来，林清执笑了笑：“那天在油灯街我们算是初识吧？你捡了我的钱包，反正当时又没人看见，你大可以不还我，但你物归原主了，惯偷可不会做这种事。因为觉得自己不被信任就不屑解释，果然还是小孩。可现实是，对就是对，错就是错，没做就是没做，你什么都不说，怎么让别人了解你？”

“不需要。”江易神色冷硬，“林清执，别自以为了解我，说实话，我对你的好意并不感冒，下次再自作多情……”

“你就怎么样呢？”林清执问。

江易说：“被一群不知道是什么的东西误解我不在乎，但你用头走路我倒是很想看，下次再自作多情，我不会配合你。”

“想看我用头走路我就走给你看，这还不简单吗？但作为交换，你得帮我个忙。”

“不帮。”

“不帮是吧。”林清执说，“罪名给你洗刷了，躬也鞠了，甚至连爸爸我都叫你了，江易你占我这么大便宜，不能忘恩负义连脸都不要。”

江易说：“那是你自愿的。”

“我不管。”林清执躺在台阶上耍赖，“要么帮忙，要么把三声爸爸叫回来。”

少年满脸的戾气，林清执知道他虽然嘴上说不在乎，但心里未必如此，哪怕是问题少年也绝不会愿意平白被人当成小偷。

他不在意江易心绪低沉时抛出的疏离和冷漠，生气代表还会在乎，还分得清是非对错，如果江易完全不在乎自己被冤枉是贼，那反而不是件好事。

林清执只把他当个孩子，而他又恰恰了解少年人别扭的心理，他装作无奈地叹了口气：“实在不愿意就算了，我是警察，路见不平仗义出手是应该的，也不好逼迫你还我的情，既然你不做那我只好让云今去办了，唉，她一个小女孩，也不知道会不会有什么危险。”

林清执起身装作要走，江易叫住他：“等等。”

男人转过头，那狡黠清澈的眸子仿佛能看透一切：“有事快说，我还要回局里加班，别耽误我时间。”

江易问：“你让我做什么？”

林清执蹲下来，英俊的脸凑到他跟前，伸出一根指头戳他：“你有问题。”

江易一脸疑惑。

林清执说：“霍璋把云今带走，你第一时间就来告诉我。叫你去香溪玩你说没空，我说云今也去，你当场改口又说不算很忙。前几天那丫头已经跟我坦白滑板是她摔坏的，你却愿意为她顶锅。刚才百般不情愿给我办事，一提云今马上就变脸了……”

不得不承认，林清执在这样的年纪能做到这个位置上不是没有原因的。他眯起那双漂亮的眼，笃定地说：“江易，你小子是不是看上我们云今了？”

贺丰宝递过来的袋子里装着一套女生校服，裙摆上用白色线绣着“赵云今”三个字，校服下面还放了一顶逼真的假发，无论是从颜色还是长度来看，都和赵云今的差不多。

贺丰宝捏着自己的粗腰比了比：“女孩的东西就是精致，腰才有我半个宽，你穿得上吗？”

江易的身材在少年里偏瘦，肌肉集中在腹部、上臂和大腿，穿上校服一遮，露在外的小腿和下臂都算纤细，夜里天黑，稍作伪装并不容易被人发现异常。

江易冷着脸，也是刚刚才知道自己被林清执坑了：“我答应帮林清执的忙，但没答应他扮女人。”

贺丰宝从后视镜里看他：“妇女能顶半边天，你是看不起女人还是怎么着？穿女装是你的荣幸，懂？虽然我也怀疑林清执是故意不把要穿女装的事告诉你，那犊子看起来正经，实际肚子里坏水一箩筐……但既来之则安之，所有事都安排好了，这个时候撒手不干想都别想。还有，一会儿见到赵云今别把这话当她面说，那小妮子脾气暴躁得很，听到什么不顺心的话说不准会跳起来扇你一大嘴巴子……”

“你还真是跟林清执一起待久了。”

“你是在夸我吗？”贺丰宝对着镜子捋了捋头发，臭美道，“近朱者赤，我是不是变得跟他一样帅了？”

“一样啰唆。”

江易拎着袋子下车，他身穿一中男生的制服，肩上背的黑色斜挎包里装着贺丰宝给他准备的东西。

此刻正是学生入学的早高峰，江易混在学生堆里并不扎眼，穿过校门时也没有被保安阻拦。赵云今坐在校门旁的凉亭边等他，合上书本朝他挥了挥手。

江易从前只在树的高枝上窥见过一中的全貌，真正进来感觉是不一样的。教学楼、树木花草离得近了，多了许多平日闻不到的书卷气和芳香，总隔着一道窗户望着的女孩也不只有一个精致的侧脸，她一如既往地美好明艳，每一根头发丝都光泽十足，润浸在秋日的风里，散发着令人着迷的山茶香味。

赵云今看着他手里的袋子：“这是前天新订的校服，比我的要大一码，贺丰宝已经把安排告诉你了吧？我带你去体育器材室。”

考虑到避免引起恐慌，江易扮演女生这件事警方很低调，并没有在学校宣扬。同时为了尽可能逼真，一切细节都不能出错，所以贺丰宝要求江易一早就扮成学生入校，晚上再乔装出去，而体育器材室平日没有人去，他在里面待上一天也不会被人发现。

赵云今一副慵懒的模样，在别人面前她多少还会给点儿笑脸，而对着江易，她连装都懒得装。

一路无话。

站在体育器材室前，赵云今从兜里掏出一个小卡子，这副架势江易在她撬武大东房门时见过，掏兜、开锁，整个过程不过半分钟，不像个生活优渥的富家小姐，倒像个手法娴熟的贼。

门开了，迎面扑过来一蓬灰。

“喏，就是这儿。”赵云今用手掌扇走灰尘，扬起下巴，“这地方一般不会有人来，一会儿离开后我会在外面把门锁上，如果你要出去，那边有窗户。”

江易将挎包朝地上摞得高高的软垫上一丢，双手一撑坐了上去，一句话都没和她说。

少女眼里带起了笑意，眸子眯眯如两弯清亮的月牙，虽然漂亮但不真诚：“阿易，谢谢你啊，哥哥已经跟我说过了，你为我牺牲太大了。”

“我从来没说过是为了你。”江易冷漠地说。

那天当林清执用开玩笑的语气问出那句话时，江易只是淡淡地看了他一眼，他眉眼没有任何波动，静得如一汪沉静的死水。

赵云今仰头，细细看他脸上的表情：“那是为了什么，你该不会是想和我抢哥哥吧？”

她这话不是无的放矢，针对性极强，像宣示主权要把外来侵略者赶出家园的小孩：“我哥这个人呢是出了名的善良，他对你好可能只是同情你，并没有什么别的意思，你可不要因为小时候缺爱就迷恋我哥给你的温暖，把它当成一种珍贵的亲情从而上赶着在他面前表现，你别忘了，我才是林清执的妹妹。”

江易没说话，赵云今凉薄的唇弯了弯：“听见了吗？”

“赵云今，你的嘴巴非要这么刻薄？”

仓库的顶棚封得不严，阳光从缝隙中倾漏出来，如一道金色的屏障隔在两人中间。

赵云今拍了拍衬衫上落着的灰尘，给了江易一个娇气的眼神："我嘴一直挺坏，但在别人面前不好表现出来，在家要讨父母和哥哥喜欢，在校要讨老师喜欢，平日装模作样已经很累了，在你面前为什么还要装？

"我走了，晚上再来，你好好待着吧。"女孩离开器材室，大门"咔嗒"一声上锁。

江易背靠墙壁，从脚下的小窗口里看见了赵云今的背影，她没有急着走，而是弯腰从门口花坛里捻了一朵洋甘菊。

她吹了吹嫩黄色的花瓣，回头看了眼器材室的大门。

江易坐在她看不见的高处，从那位置望下去，女孩白皙的下巴抵在整洁的衬衫上，唇薄而红，如盛放在纯洁冰原上的一朵红色雪莲，在耀眼的阳光下美艳不可方物。

江易脑子里想的都是她，她的一颦一笑，一言一行，一个高傲的眼神都鲜活无比。

江易唇角弯了弯，那才是真正的赵云今，比任何人眼里的她都要真。

夜晚，赵云今如期而至时，江易正躺在软垫上，枕着手臂望向窗口发呆。

这会儿正是学生上晚自习的时候，赵云今却背着书包，注意到江易的眼神，说道：

"我和老师请假说我胃疼，要回家吃药，换作别人老师肯定是不会同意的，但我可以，你知道为什么吗？"

不等江易回答，她又自得地说："因为我漂亮、听话，成绩还好，我是老师眼中的天之骄女，和其他什么阿猫阿狗的不一样。"

江易起身跳下来，淡淡地问："老师见过你这副自恋的德行吗？"

"……"

她听到江易这话，扬扬得意的脸蛋儿一下拉了下来，掏出一块三明治丢到江易身上："你这人真不会说话。"

江易接住："比起你还差点儿。"

三明治是赵云今带给江易的晚饭，不管赵云今嘴上再怎么刻薄，心里对他愿意帮忙还是很感激的。

江易打开三明治的盒子："给我的？"

赵云今此时还在生气，但她不想在他面前屈居下风，于是依然保持着良好的仪态，微笑着说："不是，我哥最近在喂流浪狗，可他今天加班没空，所以拜托我帮忙喂，这不是给你吃的，是用来喂狗的。当然，你要吃也可以。"

她明亮亮的眼睛盯着他，看在她这样说后，他要怎么把这块三明治吃下去。

器材室没有开灯，用于照明的只有天窗上透进来的一点儿微光，江易的脸原本就英俊，在这样暗色的密闭空间里，更多了一分立体的神秘。

江易跳下软垫，拿出三明治，一手卡住赵云今的左右脸颊朝中间挤，在她完全没反应过来的时候将半个三明治塞进她嘴里。

赵云今从未被如此对待过，她从小优雅到大，是别人眼里可望而不可即、生在高枝上的一朵蔷薇花，哪怕小时候在孤儿院饿得前胸贴后背时，都没有过吃相如此不雅的时候，她被江易这突如其来的一下搞蒙了，张着嘴上下牙齿咬了三明治十几秒都没动作。

十几秒之后，她反应过来，要把三明治从嘴里拿出来。她伸左臂，江易把她左臂别住摁在身后的垫子上，她伸右臂，江易把她右臂一起别住，他一只手轻松地将她两只胳膊抓到一起制住。

赵云今嘴里塞着三明治，手被摁住，动弹不得，人生第一次这样狼狈。她呜呜两声，努力张大嘴要把三明治吐出来。

江易动作轻缓，从容不迫，手指顶着将三明治朝里推了半截，就这半截，直接卡到了她的嗓子眼儿。

"赵云今。"他语气轻慢，坏意十足，"嘴巴刻薄是要付出代价的，你在林家八年，你那善良的哥哥没有教过你这个道理吗？"他拿起手机，将她的脸挪到光下，对着她"咔嚓"拍了一张。

江易放开手，赵云今抽出那个鸡肉三明治，扬手要朝他丢，江易反过屏幕，给她看刚刚拍下的照片。

再美的人摆出那样的姿势都不会优雅到哪儿去，更别说女孩刚刚气得横眉瞪眼，那样子就差把江易吃了。

这张相片绝对是赵云今十七年人生中最大的耻辱和污点，没有之一。

江易平静地说："我有林清执的联系方式，不想自己的丑照被他看见，就想清楚再动手。"

"……"

江易当着她的面对她进行了挑衅、羞辱、威胁、恐吓等一系列行为，赵云今这亏吃大发了，气得要死却毫无还手之力。

她嘴角沾着三明治里的沙拉酱和一点儿生菜的绿色边角，刚要用手背揩掉，江易又拿捏住她的手腕，那在他看来，细得一握就能折断。

赵云今侧腿坐在软垫上，江易挪过去，以膝盖压住她短裙的底边。

裙摆散开，露出她一截莹白的大腿，江易在体育课上见过，在晴朗的天气里被包裹进色彩鲜艳的运动短裤下，带着少女独有的青春活力。

他也在游泳课上见过她穿泳装坐在泳池边玩水，秋风、落叶、清爽的云与并不毒辣的日光，明明是深秋，却让他感觉到一股难以抑制的燥热，就如同现在一样。

赵云今警觉："你想做什么？"

夜里深黑一片，漏光的那点儿顶棚缝隙也被暗色的穹顶堵住，仓库里没有一丝光亮。

只有江易的眸子，泛着幽幽的冷光。

"林清执没能教好你做人的基本礼貌，不如你叫我声哥哥，我来教。"他声音低沉，如隐藏在黑夜丛林里的猎食者，目光死死盯在她身上。

赵云今的神情一贯骄傲，哪怕被人压制得动弹不得，依旧能勉强露出一个微笑："当我哥哥，你配吗？"

她话音刚落，江易就抓住了她的手腕，恶狠狠地咬了一口。赵云今痛得嘶气，手腕上留下了江易两排清晰的牙印。

"我说过，嘴巴刻薄是要付出代价的。"他缓缓放开她，声音听不出喜怒，"赵云今，你这种人，就欠收拾。"

赵云今的回应是扬起手，无论是动作还是神情，都明确表示她接下来要扇江易一个耳光。

江易不躲，平静如常："林清执今晚请我吃消夜。"

"那又怎样？"赵云今挑眉，"他是我哥，知道你欺负我难道不向着我反倒偏袒你吗？"

"我会告诉他，我们接吻了。"

他一句话就让赵云今陷入了静默，她那双漂亮的眸子定在他身上：“放屁，那分明是咬。”

女孩咬牙切齿的模样有几分可爱：“你属狗的吧？咬完还要恶人先告状？”

江易凝视她，忽然笑了：“赵云今，以前怎么没发现你这么不自量力。”

她不解，少年敛住眸子里隐藏的暗色情绪，轻慢地说道：“不自量力，想去摘月亮。”

女孩反应了一会儿才明白他话里的意思。

别人总说林清执一颗赤子心，澄澈如月亮，她对林清执抱有的那点儿少女心思并没有刻意隐藏，但凡细心的人都会发觉，本以为林清执会最先知道，再不济也是成日待在一起鬼混的贺丰宝，可她怎么都没想到，第一个戳破她心思的人竟然是江易。

她心中此刻的复杂并非源于怕人知道，而是那点儿滋味不爽。

——最好的年纪，最真挚的感情，在少女心中唯美得不可估量，可知晓她心思的人不是心心念念的林清执，而是一个占她便宜的混混儿。

赵云今蹙眉。

“我是混混儿、是流氓、是没教养的社会败类，跟你那清风明月的哥哥不一样。”像能猜透她的心思一样，江易说，“所以赵云今，以后少把你那大小姐的刻薄劲儿用在我身上，我脾气不好，会咬人的。”

他站起来，倒出包里贺丰宝装进来的工具：“你是来这里和我耍嘴皮子的吗？帮我。”

赵云今没动，坐在垫子上仰头看他：“不许你乱说。”

江易拿校服裙的手一顿，女孩又强调了一遍：“你不许告诉林清执，听见没有？”

少年嘴角噙起一抹冷意：“理由。”

赵云今很懂进退，她瞥见江易的神情，刚才那副骄横的模样收敛回去，笑得温柔乖巧：“阿易，到处散播别人的隐私可不是男子汉该做的事，你刚刚对我的冒犯我可以不计较，同样，我喜欢林清执这事你也要保密，时机到了我会亲口对他说，不需要别人代为转达。”

江易的脸颊隐在器材投下的暗影里，黢黑得看不清表情。

他脱掉上衣，月光顺着顶棚某道缝隙倾泻进来，落在他赤裸的胸膛上，映出一片充满力量感且清晰好看的肌肉。

“衣服。”他开口。

赵云今将衬衫递过去，他穿上打好领口的黑色领结，平日穿的T恤衫宽松看不出身材，此刻被衬衫一勾，腰身挺拔，一副冷峻的少年模样。

赵云今这人脾气善变，气说消就消，她直勾勾地盯着江易俊挺的身体，欣赏这幅赏心悦目的画面：“身材不错，腹肌虽然比起我哥还差点儿，但你比例很好，腰细、屁股也翘，如果坚持锻炼，到他那个岁数说不准比他还帅。”

江易换好衣服转头看她，赵云今却没领悟他的意思，大咧咧地坐在那儿。

少年盯了她几秒，伸手解开制服的皮带扣子，金属撞击发出清脆的声响，赵云今愣了愣，江易却没给她反应的机会，松手褪掉长裤，他两条腿笔直修长，腿毛稀疏，平日待在赌场少见日光，皮肤是男生中少有的光洁细腻。

他穿条黑色的四角内裤，屁股如赵云今所说的那样翘。

“裙子。”

赵云今不失礼貌地收回目光，递去裙子。

裙子的拉链似乎出了问题，江易扯了两下，没拽动。

赵云今伸手：“忘了说，裙子拿回来的时候拉链出了些问题，但腰上做了一个暗扣，可以别住，我帮你。”

她手指动了动，在裙边内侧摸到扣子，抽出手时不经意间触到了江易平滑的腰线。赵云今面不改色，掏出包里的化妆袋。

“我这几天一直穿内增高，尽量拉小视觉上的身高差，但和你的高度还是差了点儿，没办法，剩下的只能从装扮上弥补了。”

江易皮肤没有赵云今白，好在晚上也看不出来，女孩拿粉底简单盖了下他手臂和腿上的肤色：“你肩膀比我宽，所以我今早来的时候特意戴了披肩和口罩，披肩遮肩膀，口罩遮脸，这样看起来就几乎没什么差别了。”

她和江易面对面站着，除了江易身型轮廓要略大一号外看不出分别，而这点区别还是在赵云今站在身旁做对比时才能发现的，如果两人不同时出现，基本可以以假乱真了。

离下晚自习还有一会儿，赵云今无所事事，倚着垫子仰头从顶棚的破口里看月亮，她手里拿着一朵红色的纸叠玫瑰，捻在指间翻来覆去地玩。

“这是韩小禾送我的。”赵云今感受到江易的注视，淡淡开口说，“就是在油灯街失踪的女生之一，那晚她很热情地拉我一起走，其实班上的女孩私下里都很喜欢我，时不时就会找借口和我玩。那天韩小禾一直找我聊天，还送我一朵她亲手叠的玫瑰花，漂亮吧？”

赵云今望向玫瑰的眼神渐渐深邃：“他们临走前还在担心我的安全，是一群很善良的小孩，那天我想早点儿回家所以没有跟去，可没想到，那竟然是见他们的最后一面。江易，你对油灯街最熟悉，你觉得那里有什么东西，能让七个年轻人消失得无影无踪？总不会真像传说里的那样，有狐狸精吃人吧？”

江易说：“狐狸精的谣言都是无稽之谈，这你也信？”

“说说而已，油灯街只是一条普通街子，有几个穷凶极恶的亡命徒也属正常，说不准就有人对这群学生下手。其实我不认为跟踪我的人和袭击香溪高中女生、绑走韩小禾他们的是同一伙人，相比之下，那人更像我的一个狂热迷恋者，跟踪、偷窥、观察、笼络，如果他是那两起案件的犯人，做事怎么可能这样张扬？”赵云今鼻头皱了皱，难得地流露出一丝小女孩娇俏的可爱。

“话虽这么说，但那人也确实有点儿……要么心理阴暗，要么变态，正常人谁会做这种事？”

江易投来不咸不淡的目光，她问：“你也这样觉得，对吧？”

护送被她说成跟踪，留意她的喜好被说成偷窥，送礼物被说成笼络，这女人嘴巴不仅刻薄，还很毒。

江易并不这样觉得，但他的表现很平淡，仿佛她口中心理阴暗的变态与自己全然无关，他问：“既然觉得不是同一个人，为什么还要诱他出来？”

“万一呢。”赵云今举起那朵红纸玫瑰，“万一真是同一伙人，说不定就能找到韩小禾他们的下落，跟踪我没什么，我不在乎，可他们失踪还不到一个礼拜，很有可能都还活着，如果能救他们，哪怕有一丝希望我也会去试。”

"你跟她关系很好？"

"只是普通同学。"赵云今摇摇头，盯着那朵玫瑰发呆，她脑子里忽然浮现出韩小禾的模样。

那女孩并不十分漂亮，却很耐看，一张白净的脸蛋儿，鼻头坠着几颗可爱的雀斑，和她说话时眼睛一眨一眨的，时不时还会脸红，一副小女孩的娇憨状。

"江易。"她静了一会儿，忽然叫他，"不管能不能找到他们，我都要谢谢你。"

"不想扇我了？"

"那记耳光暂时记账，跟这是两码事。"赵云今望着他，眼眸明亮有光，"我哥说你读中专办联欢晚会时，有人曾起哄让你反串女人，被你当场揍进了医院，这事还在警局留下了案底，曾经这么抗拒现在却能为了救他们穿女装，江易，你很善良。"

江易嘴角滑过一抹嘲讽的笑："善良？"他看了眼时间，马上就要下晚自习了，他起身戴上假发，"别把这词用在我身上。"

赵云今问："那你是为了什么？"

江易戴上通信器，将小小的一个仪器藏进假发里，他淡淡地说："私欲。"

天空云翳厚重，盖住夜里星月的清辉，火红的枫叶开在道路两旁，叶子轻柔摇曳在晚风里，路边的花坛里种着簇簇野蔷薇，现在过了花期，但在温暖的西河依旧枝繁叶茂。

车子徐徐行驶，贺丰宝坐在副驾驶座上调试设备："江易，能听到吗？"

对讲机的另一边传来轻微的一声"嗯"。

高挑的"少女"一个人行走在夜里的深巷中，肩上的披风、背上的背包都是和昨天一样的，她最近有些感冒，常在放学路上咳嗽，因此脸上戴了只黑色口罩，柔顺的发丝被风拂过，像有生命一样飘浮摆动。

"在你前方五十米处有家便利店，你进去买点儿东西转一会儿，现在时间太早，路上还有人，那人不会轻易露面的。"

江易依言进店买了点儿小女孩喜欢的花花绿绿的玩意儿，出来时已经十点半了，街上没什么行人了，警方的车子不敢跟得太近，隔在远远的拐角。

他转身走进黑暗里。

车上。

“目前没有发现可疑人员。”警员汇报，“贺队，这已经是最近距离了，再跟近就容易被人发现了，都快十一点了还没有可疑人员出现，会不会……”

贺丰宝点了根烟，烟雾缭绕看不清他的面孔，警员看了眼后座的赵云今：“这几天都没人再送东西给云今，难道是走漏了什么风声？”

贺丰宝说：“警局内部行动、细节都是今早才敲定的，犯人就算手眼通天也不可能知道。”

这个案子他接管时跟林清执打了包票要把人逮着，可目前情形并不乐观，贺丰宝心烦意乱，打开通信器：“江易，这条路还是太亮，前面不远是油灯街的入口，当初韩小禾他们就是在那里失踪的，香溪高中的女生也是在小路上被袭击的，一会儿你拐进去试试。”

警员迟疑：“这样会不会太危险？”

贺丰宝没说话，猛吸了一口烟，打开车窗通风。

赵云今说：“那人跟踪我的时候，我从没进过油灯街这种暗巷。”

“非常时刻用非常方法，今夜这种行动没有第二次机会，除非那人不跟，只要他跟了，就一定要把人引出来。”

警员说：“贺队，前方路太窄了，车开不进去。”

“就停在路口。”贺丰宝把烟蒂捻灭，关上车窗，“油灯街这种地方，车开进去太扎眼了。”

赵云今蹙眉：“警察不跟，江易的安全怎么保证？”

“你以为警察为什么要找江易来做饵？”贺丰宝眉眼粗犷，面相看起来凶狠，行事风格也是如此，“他长在油灯街，七岁就会打架，从小到大不知进过多少次局子，哪怕打得再凶再狠，每次身上挂彩的也都是别人，长到十八岁从来没有让自己吃亏的时候，他不是那些手无缚鸡之力的女学生，他有自保能力。林清执既然觉得他合适，他就不会去送死，就算你不相信我，也该相信你哥。”

贺丰宝关了车灯，车厢内一时陷入黑暗寂静之中。

“江易，有情况随时汇报。”

少年声音低沉：“他不会来。”

跟踪赵云今的家伙当然不会出现，这点他比谁都要心知肚明。那天答应林清执的要求一是因为那男人撒泼打滚儿，让他无法拒绝；二是为了他接近赵云今的私欲，但走了一路都没有人出现，再这样下去也是浪费警力物力，他出言暗示警察。

贺丰宝说：“别管他，你走你的。”

通信器忽然发出一阵沙沙声，像被人含在嘴里一样充满杂音，呜咽得又好似风声刮过。

贺丰宝叫了声：“江易？”

对方没有应答。

赵云今原本闲散地倚在后座上，忽然感觉到了什么，身体绷直前倾，看向贺丰宝。

“江易，说话。”

江易没有说话，通信器的另一头传来一个轻微的声音：“嘘。”

——嘘，不要说话。

“定位。”贺丰宝立即指挥警员。

他摇下车窗，抬眼望向窗外，乌云遮住了月亮最后一个弯弯的边角，天空没有一丝亮光。

“在油灯街中部，周围都是荒废的楼房。”警员很快找到了位置。

贺丰宝开门下车，同一瞬间，通信器的对面发出了一阵巨大的噪声，伴随而来的，是一声分辨不出属于谁的男人的惨叫。

江易看到了那人的影子，细长的一条，在他拐过巷角时飞速从身后闪过，他装作没看见，镇定地朝前走。

那人鞋底软，脚步轻慢，走路几乎没有声音，他很善于在黑暗里跟踪，就连影子也小心地隐藏了起来。

油灯街的小巷错综复杂，每一条都不算长，兜兜转转无数个拐角，那人的跟踪很有技巧，不会和江易同时走在一条巷子里，如果不是江易的注意力一直分散在四周，也很难发现他。

油灯街分两片，一片是住户区，另一片是数不清多少幢常年荒废的烂尾楼，常有些无处可去的流浪汉在秋冬时节来这里暂住，比起外面的风雨如注，烂尾楼好歹有片能遮雨的瓦顶，可那些流浪汉神出鬼没，因此，这儿在夜里仍然一片空寂，没有人声。

路边的荒草长到了半人高，草里隐约传来窸窣的虫鸣和野猫的叫声。

江易刻意放慢步子，眼睛瞥到一旁的黄泥小路上冒出一个脑袋尖的影子轮廓。

那人不再隐藏，一点点逼近，江易快走，他也跟着快。脚步声越来越近，人影几乎贴近他后背，江易闻到一股极浓烈的乙醚味道。他不再向前走，突然丢了书包转身回扑，那人正要拿毛巾从背后捂他口鼻，江易猛地转身让他猝不及防，手还半扬在空中。

那是一个身形瘦小的男人，戴着帽檐宽大的棒球帽和口罩。

江易一手拽住他的手腕，一手摘了口罩和假发，露出一副少年面孔。

男人眼里露出惊慌的神色，听到江易用冰冷的声音问："你是袭击香溪高中女生的人？"

"不是，不是我……"男人用力想抽回手，但江易的手劲儿很大，像把坚硬的钳子似的死死卡着他。

江易伸手掀了他脸上的遮挡，露出一张再普通不过、几乎没有任何记忆点的脸。

男人神情猥琐，挣扎不过就拼命后退，江易手下又用了几分力，他疼得"哇"的一声叫出来。

江易蹙眉，他怎么也没想到袭击女生的犯人竟然是这样一个瑟缩懦弱的人，就在他晃神的工夫，那人背在身后的手从衣袖里掏出一把尖刀朝江易直直刺过来。

江易从小打架，经历过的凶险不知道有多少，他闪身躲过男人的刀，一脚踩在他腿骨上。

男人的刀脱手，江易将他甩在地上，用膝盖顶住他的后腰。男人哭爹喊娘地求饶了几声，感受到冰冷的刀子抵在他脖子上，又瞬间收声。

"我问，你答，别说废话。"

"你是什么人？"男人缩着脖子，下意识地问了句废话。

江易的手向下一按，刀子扎在他手臂上戳了一个血窟窿。

男人发出撕心裂肺的惨叫声，手指直直戳进地面的泥土里，双手因为疼痛而哆嗦着。

“袭击香溪高中女生的人是你？”

“……是……是我。”

“为什么要袭击她们？”

“赚钱。”男人声音颤抖，“有人花钱买片，我只负责迷晕她们再拍几段视频放到网上赚点儿外快，你是警察吗？放了我吧，我没碰她们，真的没有，你们验伤也能验出来的啊……”

“韩小禾也是你绑走的？”

“韩小禾是谁？我下手前又不知道她们的名字，只看脸和身材，长得好看就尾随，长得不好看的我看都不看。”

江易冷笑：“就是你在油灯街绑走的那七个学生。”

男人先是愣了下，随即头摇成拨浪鼓：“没有，不是我，这是我第一次来油灯街作案，那些学生失踪跟我没有关系！”

江易又一刀扎在他另一只手臂上，男人尖锐的惨叫再次响起：“真的不是我——”

“有话留去跟警察说吧。”通信器刚才随假发一起被摘掉了，江易伸手去够地上的假发。

男人的脸被压在地上的尘土里，忽然急喘起来，他断断续续、虚弱地说：“我……我有哮喘……”他面色涨得绯红，乞求，“药在外套的里兜，拿给我吃一口，就一口……”

江易手狠，那两刀插得不浅，男人流了满地的血，现场看上去血腥可怖。

“油灯街的事是不是你做的？”

“真的不是我，真的……这地上有灰，我不能吸入粉尘，求……求你了……”

江易盯了他一会儿，男人满头大汗脸色煞白，不像说谎的样子，他满脸都沾着尘土，脸颊上全是汗和泥土交杂的黑水，呼吸越来越微弱，几乎快要背过气去。估摸着警察也快到了，江易稍稍松开了力道，把手伸进他衣兜里摸药。

“在……在左边兜里……”

江易伸手过去，冷不防男人回光返照般用尽全力一个翻身将他从身上推了下去，他将外套猛地一扬，从兜里撒出一把不知名的白色粉末，江易防备不及，被粉末蒙了两眼，瞬间就头晕目眩看不见东西了。

男人哮喘的样子消失无踪，踉跄着爬起来捡起刀，他对着江易比画了两下，想刺又没胆下手，江易半眯眼睛冷冷地看着他，男人听见远处有急促的脚步声传来，狠狠剁了下脚，甩了刀子捂着胳膊跑了。

贺丰宝赶到现场，江易被那药粉糊得眼睛不能视物，他坐在原地没动，伸手指了指男人逃走的方向。

贺丰宝带警员去追，留他一个人待在冰凉的泥土路上。

月色如银，可他却无法看见，只觉得周围孤寂冷清。当目不能视的时候，耳朵就变得格外灵敏，草丛里的虫声清晰无比，他甚至能听到稍远处野猫跳上房檐拨弄瓦片的声音，扑棱扑棱，像在寂静的夜里挠痒痒一样。

小路上传来噔噔的脚步声，不急不躁停至他身前。

他先闻到那股熟悉的山茶香，又由那声音联想到今天赵云今脚上穿的那双贵气的黑色小皮鞋，走起路来也是噔噔响。

女孩蹲在他面前，摆正他的脸，细腻的指腹在他眼皮上抹了抹："别动。"

她将他眼周的粉末放在鼻子下嗅了嗅，事不关己般说："这东西是一种生活在热带雨林里罕见的毒蛾翅膀上的粉末，含有很多有害物质，会对视网膜造成不可逆的伤害，不出意外，你的眼睛是废了。"

江易没吭声，她又重复一遍："你以后很难再看见了。"

他这才轻轻"嗯"了一声，女孩在他看不见的地方露出一个狡黠的笑，故意问："你就一点儿都不怕？"

她从包里掏出一张湿纸巾，擦了擦他眼角四周的秽物："只是普通的致盲粉，你的眼睛会不舒服一阵子，但不要紧，过几天就可以视物了。我哥以前办案时也被人撒过这种药粉，现在还是好好的。我说你要瞎了，你为什么还那么平静？"

"不平静给谁看？"他问，"谁会在乎？"

"林清执会。"赵云今的手停顿了一下，继续擦拭，"他心肠软，会因为你受伤而愧疚。"

"你呢？"他嗓音低哑，"如果我为你变成瞎子，你会在乎吗？"

江易如此一问，赵云今没有回答，手上动作却不停。少年伸手扼住她的手腕，细细软软的，掂起来几乎没有分量。

她抽手，江易却把她攥得更紧，女孩凝视他，虽然没有说话，但目光里却仿佛有种无形的温度照拂过来，令江易清晰地知道她在看着他。赵云今没有回答，气氛死寂沉默，过了很久，他放开手："够了，已经擦干净了。"

赵云今随手将纸巾一丢："一会儿我陪你去医院洗眼睛。"

她没话找话："今晚我坐在贺丰宝车上看了你一路，你扮演的人是我，需要我在后面指点配合。"

江易闭着眼睛，她又说："你扮女孩还挺像，原本我没抱希望，没想到真的把犯人引出来了。你看到他的脸了吗？我很想知道跟踪我的变态到底长什么样子，要是长得丑，那可太侮辱我了。"

江易的嘴巴一旦闭上就很难张开，赵云今乖巧地坐在他身边，哪怕知道他此刻看不见，依旧乖乖的没有任何小动作。

她自言自语了一会儿，又把嘴巴闭上，再开口时淡淡地说："我会，不涉及私人情感，你愿意牺牲自己做这种危险的事，就值得被尊敬。

"哪怕涉及私人情感，我也会。"赵云今说，"毕竟也事关我自己的安全，良心总是要有的，我不喜欢欠别人情。江易，今天的事算我欠你个人情，我以后会还你的。"

说话间，去追人的警察陆续回来了，贺丰宝脸色不太好看："人跑了，江易，刚刚发生了什么？"

赵云今提醒他："人都跑了，问话也不急在这一时半会儿，叫医生送医院会不会？没看见他受伤流了满地血吗？"

江易说："血不是我的。"

"沿路有血迹，我们一路追过去，那人在前面的街口偷电动车跑了，可惜油灯街的巷子太窄，车开不进来，不然这次就把他逮住了。"贺丰宝看了眼地上沾血的刀子和乙醚手帕，"你是自卫？"

江易丝毫没想掩饰："我是故意的。"

贺丰宝蹙眉："江易，抓住犯人审讯是警察的事，你只需要配合警方的抓捕工作，这种事不需要你代劳。"

虽说这次行动是协助警方，但江易骨子里充满狠辣。他捅那两刀一是为了真相，他不是警察，不需要受规矩的拘束，想做什么做什么；二是为了保险起见留存证据，当时警察离得还远，万一出意外让犯人跑了留下血样也方便以后比对 DNA，事实证明他这一做法是正确的，可他向来懒于解释，只是不咸不淡地说了句："你抓我好了。"

贺丰宝说："我没这个意思，只是告诉你什么事不该做。"

旁边的警员忍不住问："你刚才明明都制住他了，在原地等待警察过来就行了，为什么还会被他掏出致盲粉？"

江易不想回答这个问题，反问："到底他是犯人还是我是犯人？人跑了就去抓，我只答应协助你们工作，没答应你们把人缉拿归案吧？"

警员还想问，江易已经不想配合了。

他说："叫林清执来问我。"

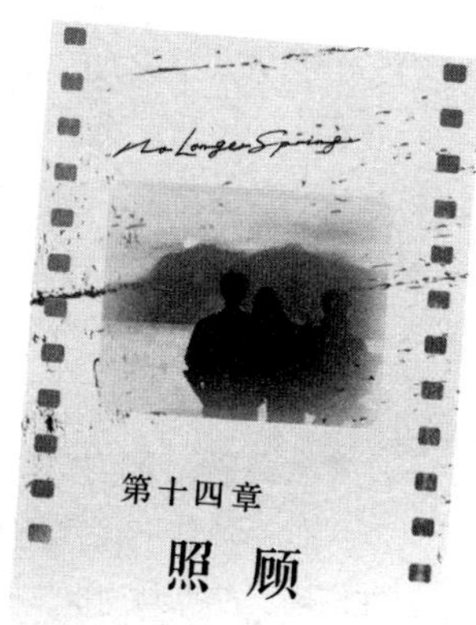

第十四章 照顾

清晨曙光灿烂，可在江易眼里和黑夜没什么两样，他刚从医院冲完眼睛回来，眼球还有些轻微的灼烧感，上面缠着一层白纱布不能见光。

医生开了药水叮嘱他天天滴眼，两三天后就可以视物了。

江易一夜没睡，正准备上床休息，敲门声响起。

来人是林清执，他手里拎着早饭和水果。

“你怎么知道我住这儿？”

“上次斗殴进局子的时候留了家庭住址，你忘了？”林清执扶他坐到桌边，“医生建议你住院休养，一切费用警局承担，为什么要回来？”

江易说：“住不习惯。”

林清执今天没穿警服，一身日常休闲衫，他也不客气，端起水壶给自己倒了杯水：“昨晚的大概经过我已经了解了，来找你是问问具体细节。关于贺丰宝放你一个人进油灯街的事我严肃批评过他了，他这人就这样，做事不计后果，但他已经意识到自己昨晚的行为非常欠妥，这是他写给你的检讨书……哦，忘了你现在看不见，我念给你听。

“检讨书，11月25日晚，我在侦破一起社会影响恶劣的案件中犯了十分严重的思想错误……”

“我看见犯人的脸了。”江易打断他。

江易昨晚什么都没对警察说，因此林清执所知的也只是抓捕失败，还以为这次行动是做了无用功，他听到这话精神一振：“你看见了？”

“男人，平头，四十岁左右，身高较矮，一米六五上下，鼻尖左边有一颗很大的黑痣，除此之外长相并不特别，但是让我再看一次，我一定能认出来。”江易想了想，“还有，他手上的茧子很厚，所从事的工作应该是体力劳动。他承认香溪高中女生袭击案是他的手笔，但不承认韩小禾等人的失踪和他有关。”

“那跟踪云今呢？”

江易停顿一下，模棱两可地说：“应该也是他做的。”

“他不承认不代表没有做过，香溪高中袭击案的女孩们都没有受到实质性伤害，就算判刑也不会过重，但韩小禾他们的案件性质就不一样了，过去这么久还没音信，生还概率非常低。”林清执抚了抚额头，“这事怪我，如果昨晚我在场就好了，说不定能抓到他。”

“贺丰宝没做错。”江易冷静地说，“在当时的条件下他做出的决定就是最优的，油灯街路窄车少，如果真的开车进来或派警察在后面保护我，以犯人的警惕程度根本就不会出现。事发后他们也第一时间赶到了，就算你在场也一样，改变不了什么。

“还有，我认为那人没有撒谎，他确实不是绑架学生的人。”

林清执说：“就因为他说那是他第一次进油灯街吗？一个人绑架七个学生确实有困难，但也不是没有可能。那天学生们是进油灯街找犯人的，如果他们中途分开搜寻，然后被他一一用乙醚手帕迷晕后带走呢？”

“我眼睛不能视物后他想捡刀捅我，但犹豫了半天没胆子下手，最后弃刀跑了，这很符合他迷晕女生又不敢进行实质性伤害的㞞包心态。但如果说韩小禾一行人是他绑走的那就矛盾了，以他当时表现出的那种胆量做不出这样的事。”江易淡淡分析道。

“中途我捅了他两刀，就是为了恐吓他逼问答案，芝麻大的胆子在那样的情况下都不承认跟自己有关，我觉得不是他干的。”

林清执陷入了沉思，但还不忘打开早饭推到江易面前：“你先吃饭。”

江易的房间几天没收拾过，屋里凌乱不堪，桌上吃剩的饭盒、饮料瓶丢得到处都是。

林清执随手打扫了下，打算一会儿带出去扔掉，他正清理着垃圾，忽然看见桌角的纸抽下面压了几个揉成球的纸质小票。

他拆开来看，眼神变了变，看向江易。

少年眼上的纱布厚实，看不见林清执在做什么，他拿勺子喝了口粥："间隔不长，失踪者都是学生，西河一中的学生又是因为寻找犯人进油灯街才出事的，乍一看似乎有千丝万缕的联系，但我始终觉得这是两起不同的案子。学生们进油灯街只是一时兴起，失踪会不会也是小概率的偶然事件？比如目击了发生在街内的一些事情，被人出于防止秘密外泄的考虑带走。油灯街鱼龙混杂，这不是没有可能。"

"警方考虑过这一点，但如果是目睹了犯罪分子的犯案现场，与其费尽力气将他们带走，原地灭口不是更快吗？"林清执顺着往下捋。

"可警察搜遍整个油灯街都没有发现尸体和血迹，不是吗？所以还有另一种可能。"江易的眉微不可察地皱了下，"对凶手而言，比起当场灭口，把人带走更加方便，或者说把人带走对他而言价值更大。而同时要把七个人带走，最小也需要一辆中型的货运面包车。"

林清执说："油灯街大部分路口监控缺失，就目前能查到的结果来看，并没有这样的车子。"

江易提醒："找不找得到不重要，重要的是这样的运货车来油灯街做什么？运家具？运货物？如果是普通运货，那和学生无冤无仇为什么要下毒手？贩毒提货？就我所知，油灯街虽然有人嗑药吸毒，但这里色情业繁荣，警察时不时就会来扫一下，从没听过毒贩敢在这里接头的。"

论起对油灯街的了解，没人会比江易更熟。

"杀人运尸。"林清执沉默片刻，沉声说。

江易的脸转向林清执，虽然没有眼神，但能从动作间看出他的赞同："所以破案的关键还是要从油灯街入手，这里住户散乱，许多外来务工人员独居，失踪十几天没人报警也属正常，如果有人在最近失踪，那么查清他的社会关系后，说不定可以破了这起案子。"

林清执盯了他一会儿，忽然笑了："江易，你思维这么敏捷，有没有考虑过做警察？"

江易刚刚还滔滔不绝，忽然就不说话了。

"我说认真的，你念完中专后去念大专，再申请专升本去读警察学校，就算考不上警校也可以从辅警做起慢慢考编制，这么好的苗子不当警察可惜了。"

江易冷淡地说："我对读书没兴趣。"

林清执很善解人意："随你吧，你刚刚提的意见我会认真考虑，警方后续也会从这个方面着手去查，你先吃饭吧，有需要随时给我打电话，我回去上班了。"

他走到门口，脚步又停下："阿易，有件事我想了想，还是要跟你说一下。"

江易不解。

林清执沉吟："一中围墙外那几棵树挺高的，爬上爬下不安全，下次还是小心点儿为好。"

"你在说什么？"江易内心翻江倒海，表面却平静无波，故作淡定。

林清执眼神瞄向他短裤下的小腿，上次在学校见面时就看见他腿肚上有几道明显的划痕，现在还没有完全愈合，江易说是摔的，但他做了这么多年警察，知道摔是很难摔出这样的痕迹。

"云今一直疑惑，为什么监控拍不到给她送东西的人，同学也从来没有见到过，但只要她离开教室，东西就会出现在她桌面上。我去给她开过几次家长会，她的班级我去过，窗口那棵树的树龄有一百多年了，树枝完全可以支撑一个人爬过来，腿上的伤是爬树刮的吧？"

"你怀疑跟踪赵云今的人是我？"江易蹙眉，"就凭我腿上的几道划痕？"

"也不全是。"林清执将刚刚在桌上捡到的小票掏出来念，"元气西柚水，少冰少糖，二十八元一杯；金枪鱼饭团，十二元一个，便利店加热费一元；陶瓷小猫玩偶……"

"……"

"你够嚣张的。"林清执说，"我当警察这么多年，第一次见敢跟踪刑侦支队队长的妹妹，跟踪完还装作若无其事地协助警方破案，事后警察到家来问话，犯案痕迹都不处理干净，还敢振振有词叫嚣着警察为什么要怀疑他的人。"

林清执的定语太长，听得江易头昏脑涨，他状似平静地说："不是嚣张，是忘记扔了。"

屋里没人说话，一时安静下来。

先开口的是江易，他解释道："虽然做了看起来很像跟踪的事，但那不是我的本意。"

"我知道。"林清执轻松地说，"你喜欢我们云今嘛，我早就猜到了。"

江易放在桌上的手不由自主地攥了攥，想反驳，但从林清执的语气里听出诙谐的意味，明白这事在他心里已经板上钉钉不可挽回了，江易想了想，说："别跟她说。"

"别气馁。"林清执拍了拍他肩膀，"喜欢我们云今的小男孩多了去了，但也没见她搭理过谁，你有机会。"

江易心想：是啊，那还不是因为赵云今喜欢的人是你。

"比起那些黄毛小子，我私心里更希望她和你在一起，当然，一切的前提是她自己愿意。"男人捏他肩膀的手重了重，"不过丑话说在前面，喜欢可以，护送回家也可以，但是类似于爬树偷窥、暗地里送东西吓人这种事不准再做了，听见没？"

"你不反对？"

"云今快成年了，如果她也喜欢你，这有什么可反对的？"

林清执笑着说："财富、权力、家境、地位，这都是世俗加注于人身上的负累，如果要嫁的是自己妹妹，比起钱和地位，我更看重对方内心的品质。不喜欢读书没什么，但江易，男人要有上进心，如果有一天云今跟了你，你还让她跟你住油灯街，我可是会揍人的。"

他松开手，在江易看不见的地方眨眨眼："云今那里我会为你保密，你喜欢就去追，要不要我帮忙？"

江易说："不用。"

林清执笑笑走了。

江易并不平静，脑子里翻来覆去都是他临走前说的那番话。

江易昨夜出了许多汗，身上黏糊糊的，他吃完早饭，慢慢走到浴室冲凉，干净的衣服没带进来，洗完澡后只穿了条内裤就出来了。

门锁里传来钥匙插进来的声音，江易没多管，他家的钥匙一直放在窗台外的花盆底下，双喜知道，也会经常不经允许就拿钥匙开门，江易已经习惯了。

脚下太多杂物，他走路不便，干脆站在屋子中间，等双喜进屋。

听见脚步声离得近了，他伸手："扶我到床边。"

来人在门口站了一会儿，才慢腾腾走过来踢开脚下摆放的东西，将他扶回床上。

“短裤在床头柜，拿给我。”

那人拉开抽屉，找了条裤子给他。

江易弯腰穿上裤子，忽然觉得往日聒噪的双喜今天过于沉默，他问：“你来干什么？”

“哦。”一个完全不属于双喜的甜美声音在耳畔响起，“今天周六我放假，我哥说你一个人在家不方便，叫我来照顾你，是他告诉我钥匙放在窗台外的花盆底下的，他还说你看不见东西，我自己动手就成，别劳烦你来开门。

“江易，你在家只穿短裤吗？要不要我帮你找件上衣？”

“……”

也许是他下半张脸的表情过于僵硬，赵云今挠了挠头，适当地补救了一句：“我不是故意看的，谁让你站在客厅中央秀身材？不过你也别不好意思，身材好是优点，优点不怕人看。”

赵云今美其名曰“照顾”，但一整天都趴在江易的书桌前做作业。

江易很困，躺在床上却无法入睡。

江滟柳留给他的屋子只是一个带厕所的小单间，严格来说不分卧室和客厅，因为挂了道布帘隔起来才有了功能上的区分。

可那一道帘子实在没什么作用，他耳朵里灌满了赵云今在旁边嚼薯片的声音。

——嘎吱嘎吱，一口一片，吃完了薯片又吃林清执刚才带来的冬枣和龙眼。

敲门声响起，平日冷清的小屋今天格外热闹。赵云今去开门，江易竖起耳朵听，是她订的果茶到了。

门关上，椅子拖动，吸管插孔，笔下“唰唰”的写字声和她用力吮吸椰果的“噗噗”声一起入耳，彻底把江易最后一丝睡意也驱走了。

他撩开被子起身，赵云今听见声响，伸出一只手拂开帘子：“你要起来？”

这一下就把江易的动作逼回了被子里，他全身上下只穿着一条内裤，睡衣放在墙边的衣柜里。

赵云今看了眼时间，已经下午三点半了，她问：“饿了吗？医生说你要注意饮食，忌荤腥、忌辛辣，吃点儿面怎么样？我来煮。”

她声音轻松，像早前的事情没发生一样，丝毫不觉得尴尬。

“你出去。”江易要解开眼上的纱布，赵云今走过来摁住他的手。

她刚吃过水果，指尖还沾着一点儿甜甜的龙眼味，掠过江易脸颊时，味道不可避免地钻入他鼻间。

“医生说你的眼睛今天还不能见光，想摘要等到明天才行。”她温柔地说，“我也不会走，反正这两天空闲正好留下来还你人情，我去给你下面。”

她走回客厅，角落里的架子上堆了一扎不知放了多久的挂面，全都发霉了，上面沾了一层灰尘，碰一碰就从里面钻出几只小虫子。

赵云今那精致的眉头蹙了蹙，她挽起袖子拿过簸箕：“还是待会儿再吃吧。”

……

江易想上厕所，但厕所的木板门是坏的，只能虚掩，发出点儿声音外面都能听到，所以一直忍着。

房间凌乱不堪，赵云今对自己来照顾江易这件事很是兢兢业业，不仅照顾他的人，连带着他的家也一起照顾了。

她将屋里的垃圾和变质的食物通通丢出去，墙壁上的灰拿鸡毛掸子扫掉，地擦干拖净，物品归纳整齐，就连浴室的墙砖都拿刷子认真刷了一遍。

做完这一切已经是两小时后了，窗子外的天穹挂上一丝暮色。

江易靠着床头一动不动，赵云今打开窗子通风，见他表情平静得不像话，只以为自己辛苦劳动的成果得到了他的认可，丝毫没意识到他正在努力憋尿。

她拍了拍手，问：“你家既没有锅也没有调料，这么多年你是怎么活下来的？我出去买饭，想吃什么？”

“随便。”江易想了想，又怕她去巷口买米粉，一来一回才不过五分钟，于是他改口，“隔壁街上卖的云吞，我要吃那个。”

赵云今很少有照顾人的时候，偶尔一次觉得自己挺了不起，她笑了笑：“等着，我去给你买。”

听到她离开的关门声，江易从床上起来，摸索着去柜子里找了件衣服套上。

他走到卫生间，刚要脱裤子，赵云今去而复返。

“江易。”她撩开帘子，发现人不在，回身朝卫生间看。

江易挺直地站着，手正搭在裤子边沿，如果不是眼睛被蒙着，此刻眼神里一定是他惯有的漠然。

赵云今说：“你要上厕所？我来帮你吧。”

“不需要。”江易一口回绝，“你回来干什么？”

“想问问你吃什么馅儿的云吞。”赵云今盯着他，“真的不需要我吗？你眼睛又看不见，弄到外边怎么办？”

“我不会弄到外面的。”江易蹙眉。

“哦？”赵云今语气里明显不信，“你现在已经站歪了，朝左边挪一点儿，再挪，哎呀，挪过了……”

“赵云今！”

女孩听见江易语调变重，脸上扬起一抹捉弄得逞的笑容，她见好就收：“好吧，那我走了，马桶我刚刷过，你别弄脏了，回来我要检查的。”

江易的太阳穴直突突，也不知道自己家的马桶她检查个什么劲儿，他在原地站了好一会儿，确定人真的离开了才拉开裤链解决，赵云今给他留下的阴影太大，总觉得下一秒她又要开门进来。

他上完按水冲厕所，耳畔又循环播放起赵云今的话：

“马桶我刚刷过，你别弄脏了，回来我要检查的。”

江易打小一身反骨，从不怕挨打和责骂，从上小学起面对老师检查作业就是种无所谓的态度，赵云今这句话按理来说对他压根儿没什么威胁作用，可他古怪心理作祟，不想被女孩看见自己尿在马桶边上，于是撕了长长一段卫生纸，弯腰将马桶圈认认真真擦了一遍。

这是赵云今第二次来油灯街。

上一次来见识了这里灯红酒绿、莺歌燕语的夜晚和干净澄明的清晨，这一次见到的是暮色苍茫的黄昏。

如果不是臭名远扬，油灯街该是很有味道的。

二十世纪的低矮建筑交错纵横，杂乱地交错着，这里一栋，那里一幢，全是些掉漆破皮的残旧小楼，白天看起来藏污纳垢的很不养眼，可到了晚上油灯初上，整片街子浸在一股莫名的旖旎里，就变得十分有情调了。

天刚黑，已经有女人站在巷子里了。

赵云今经过她们身边，或妖艳浓妆，或短裙傍身，一水露胳膊露腿，白白深深的沟壑袒露着，倚在墙边盯着来来往往的男人。

她去江易说的小店买了云吞，回来时见几个男人坐在街口的店铺里吃饭抽烟。

老板端上菜，眼睛笑得眯眯弯："你们是第一次来油灯街吧？来早咯，这个时候人都还没出来全呢，再等个二十分钟，那条路上全是，你一路走一路挑，看顺眼就问价，合适就跟着上楼。"

男人问："不会被查吧？我有老婆有孩子，闹到局子可不好看。"

"放心吧，街子开了这些年，也没听说过谁被警察抓了，就算抓走了，叫你朋友交个几百块的保证金也就给你放出来了，出来找乐子就别害怕，开心最要紧。"

赵云今停下来买了两瓶汽水，她今天穿得休闲随性，并不惹眼，但店里的男人们还是多看了她几眼。

赵云今感受到了注视，随手撩了下头发，朝他们笑了笑。她接过老板递来的零钱，走进油灯街的巷子，男人们跟了上去。

"美女。"

赵云今走着，后边一个男人追上来，他打量着她和她手里的两碗云吞："晚上吃这个也太没营养了，我请你吃饭吧。"

"哦？"赵云今玩心大起，慵懒地靠着后墙，两片形状漂亮的唇上下一碰，问他，"请我吃什么？"

前方不远处的女人们纷纷回头看，其中一个红裙女人脸色阴沉，十分难看。身边的女人推她："哪儿来的不要脸的，自立门户还敢坏街上的规矩，去啊燕子，今天是你轮街，可不能叫她抢客。"

她们口中的轮街是这一片的行话，从前女人们扎堆在街上揽生意很容易打起来，今天你抢我的客，明天我截和你的生意，几句话言语不合就揪头发扇耳光，常常闹得很不体面。

后来大家都觉得这样闹下去不是事，开门做生意重要的是和气，于是约着定了规矩，每晚轮流守街。

守街，顾名思义就是守在街口，来客最先看见的就是你，能不能拉到全凭本事，如果客人定了你，那回去路上其他人都不准抢客。

这法子确实管用，谁不遵守就被集体唾弃，因此油灯街的女人们和平了很久。

可谁都没想到，大家一致认可的规矩，今晚被一个从没见过的女人给破了，说女人或许不准确，应该说是一个女孩。

赵云今的破洞牛仔裤和浅绿色雪纺衫规规矩矩，在这里并不打眼，可她身上那股气质，说乖不乖，说骚不骚，是种轻蔑傲慢，却又妩媚温柔，让人着迷又不敢接近的冷艳贵气。

燕子踱步过来，她一袭飘飘红裙，长相在街子里算是拔尖的，皮肤像水一样细腻，不用上艳妆就已经很漂亮了。

“老板。”她钩了钩男人的裤腰带，“有话进去说，街口风大，别着凉了。”

男人看都没看她，目光色眯眯地盯在赵云今身上。

赵云今感受到了女人不友好的注视，知道自己挡人财路了，于是玩心收了收：“我想吃的你付不起。”

“你不说怎么知道我付不起？”男人挡住她的路，比出三根手指，“按油灯街的均价，快餐二百，正餐八百，我吃你这顿大餐三千够不够？”

燕子先被无视，又听男人开出这样高的价钱，下意识地觉得是赵云今抢了自己的生意，目光更加怨毒了。

赵云今别开男人伸过来的手：“我说了，你付不起。”

她朝江易家的方向走去，男人还是有几分风度的，没有纠缠，倒是燕子踩着高跟鞋“啪嗒啪嗒”地追上来。赵云今听见身后的动静停了脚步，她刚一转头，一个巴掌迎面朝她扇过来。

赵云今反应很快，抬手捏住女人的手腕，声音不带温度：“干什么？”

“你从哪儿来的，连规矩都不懂？”燕子柳眉倒竖，一脸怒容，“今天我轮街，你抢了我的客就这么走了？”

赵云今很无所谓地笑：“不是还你了吗？”她回头看，男人根本没理燕子的招揽，已经离开了。

燕子说：“看见没有，客人被你搅了兴致，这钱我还怎么赚？”

“姐姐，这也不能怪我呀！”赵云今无辜地眨了眨眼，“我一没开口二没勾引，他主动上来问也是我的错吗？你刚才可是在他面前露脸了，如果真是你的客人或者他真看得上你，那就该和你问价而不是我了。”

她笑得人畜无害：“可我都拒绝了，也没见他回过头找你，可能是因为你不值这个价吧。”

“你……”燕子抽手还想打她，可赵云今看起来漂亮瘦弱，手劲儿却大得出奇。

“你放开我！”

“放开让你打我吗？”赵云今姿态从容，“我又不傻。”

赵云今觉得她有些眼熟，似乎从前在哪儿见过，但想不起来了。

她笑笑：“放你可以，你老老实实回去揽你的客，我安安分分回我的家，我们互不干涉，做得到吗？”

燕子被人制得无计可施，狠狠地瞪了她一眼：“松开。”

屋里漆黑，赵云今放下云吞，打开客厅的顶灯。

少年一声不吭，坐在桌边等她带吃的回来，这乖顺的样子和平日冷硬的他截然相反，赵云今忽然觉得这样的江易有种说不出的可爱。

她打开云吞的盒盖推过去，开玩笑地问：“要不要我喂你？”

“不必。”江易拿起勺子，“现在几点了？”

“七点过一点儿。”

“天黑了，你吃完就回去。”

“为什么？”赵云今问，“我走了你怎么办？今天林清执值班不回家，我养父母也不怎么管我，我说今晚睡在同学家，他们叫我明天再回去。”

“这里没地方给你睡。”

“你睡沙发啊。”赵云今理所当然地说，“我都留下来照顾你了，难道还要让我睡沙发吗？”

江易喝了口汤：“孤男寡女睡一间屋子，难道你不害怕？”

“要说以前的你我确实有点儿怕。”赵云今笑笑，“但现在你瞎了连路都看不清，地上有个板凳都能绊倒，我怕什么？你也别想多，留在你家不是对你有想法，是我哥交代要我照顾你，加上我还人情的话都撂下了，半途而废实在不像样。你要真想让我离开就快点儿好起来，这还是我长这么大第一次照顾人呢，说实话我还有点儿不太习惯。”

赵云今吃着云吞，忽然想起了什么，跑去厕所看了看。

“江易，你弄到马桶圈上了。”

“我没有。”江易蹙眉。

“我都看见了，这里有痕迹。”

“都说了我没有，”江易的脸微微泛红，“都擦过好几遍了怎么可能有？”

他这话刚说完就后悔了，果然，赵云今不怀好意地笑出了声：“原来你真擦了啊？”

江易没再搭理她，低头沉默地吃着云吞，赵云今说：“其实你这样也挺可爱的，不要总冷着脸，偶尔有点儿人气儿多好。”

“你也是。”江易回敬她，“不要总对陌生人假笑，偶尔真诚一点儿也不错。”

赵云今对他这话深表赞同，但不打算改：“真诚的我没人想看，大家喜欢的是乖巧懂事又讲礼貌的小孩。”

她吃完饭看了会儿电视，看到十点多掏出本子继续写作业。

江易无所事事地躺在沙发上，不知是睡觉还是养神。

夜深沉寂静，只有赵云今的笔尖发出“唰唰”的声响。

“这里隔音效果还不错，”赵云今忽然说，“都说油灯街家家做生意，怎么这么晚了我也没听见什么动静？”

江易没睡，接了她的话茬儿：“这层的单间租出去了，住户都是有正经工作的，做生意的人住在后边巷子里。”

赵云今“哦”了一声，继续低头苦干，她打算今晚把周末作业写完，明天好空出一天休息。

凌晨一点，她放下笔揉揉酸痛的眼睛，轻轻起身将椅子推回去，沙发上的江易动了动。

“你还没睡？”

他“嗯”了一声，赵云今就坐在一旁，虽然看不见她的模样，但能感受到她的气息，他不仅睡不着，相反还精神十足。

赵云今问：“要不要吃消夜？现在还有外卖送。”

江易摇头，赵云今向来也没有加餐的习惯，收拾一下东西就要去睡觉，她刚撩开江易卧室的帘子，外面空旷安静的街子忽然传来一声女人的尖叫。

“啊——救命——”

赵云今推开窗子去看，外面一片漆黑，做生意的女人们大多也都休息了，只有路灯和月亮散发着微弱的光芒。

“把窗户关上。”江易像司空见惯了似的，“这是油灯街，喊打喊杀叫救命的人多了去了，但在这种夜里，你出去凑热闹就是找死。”

赵云今皱眉，又听他说：“因为谈不拢价钱和客人打起来的情况经常发生，算不上什么大事，我见过很多次了。”

她将信将疑地正要关窗，那女人的呼救声再次响起，这一次比上一次更加凄惨，她转头看着江易：“这可不像打架的声音。”

“报警，把窗户关上。”江易淡漠得不近人情。

他是不爱凑热闹的性子，除非闹到家门口或是他心情非常好，否则他不会轻易管闲事。

诚如他和赵云今说的那样，这是油灯街，住的都不知道是些什么人，仗义出手也要看自己是否有那个能力，否则你这一秒去帮了人家，下一秒就可能冲出来一堆流氓将你打进医院。

江易不怕进医院，但现在赵云今和他待在同一个屋檐下，他眼睛又看不见，出了事很难护住她。

——不是怕惹事，只是怕她受伤。

赵云今打了报警电话，就在她要关窗户的那一刻，一个红裙女人从隔街的小巷子里跌跌撞撞跑出来。

她边跑边叫，声音里满满的无助和凄惨，后面四个黑衣男人追着她，其中一人拽住她手臂，另一个一脚踢在她后背，将她踹飞出去，重重跌在地上。

燕子抬头四望，周围明明都有住户，但没有一个人敢开门制止。

整栋楼只有一户的窗户亮着，女孩静静站在窗口看着眼前上演的一出惨剧，她神情平静，但眉头是蹙着的。

燕子伸手，朝那扇窗户的方向伸过去：“救救我……”

黑衣男人朝燕子围过去，其中一人在女人肚子上狠狠踩了一脚：“你跑啊，你再跑啊！”

女人奄奄一息，疼得再也叫不出声。赵云今盯着地上犹如死狗一样一动不动的女人。

男人们身着整齐统一的黑色服装，他们弯腰将燕子抬起来，动作麻利而迅速，燕子眼睛半眯，带着一丝绝望的意味望向赵云今。

赵云今脑子里忽然闪过韩小禾七人进油灯街前的模样——少男少女们脸上写满了对未知的好奇和对冒险的兴奋，叽叽喳喳比麻雀还闹腾。

在巷尾角落里停着一辆加长的银灰色面包车，从赵云今的角度望出去，车窗糊得死死的，车前没有牌照。

她心里猛地产生一种奇异的直觉——燕子今晚如果被他们带走，一定会和韩小禾一样从世界上凭空消失，而警方也很难查到这辆没有牌照的面包车的任何踪迹。

说不清为什么，只是一种强烈的直觉。

她关上窗子，从江易桌上拿起一把水果刀别在腰后："警察很快就到了。"

江易听见开门声，叫道："赵云今？"没人回应他。

窗户大开着，清晰地传来楼下女孩散漫的声音："哥哥，你们要带她去哪儿啊？"

江易起身冲了出去："赵云今！"

漆黑的夜里，女孩的忽然出现，令男人们的动作停了下来。

四个男人身上的黑衣是同一款式，无一例外都用口罩帽子把脸挡得严严实实，只露一双阴森的眼睛凝视着赵云今。

赵云今笑笑："放了我姐姐吧，现在天冷，她不接活儿，不如我跟你们去吧，我比她漂亮。"

少女的笑充满娇气，带着一分自得、一分自信，举手投足里满是迷人的魅力。

燕子抬头，用尽最后一丝力气挣扎着朝赵云今爬去。

……

江易解开缠眼的纱布，眼前依然一片模糊，他跌跌撞撞下楼，匆忙间撞翻了邻居摆在走廊上的东西。

他扶着楼梯把手，脚步顿了顿，又折身返回走廊，掏出打火机把邻居门口他刚撞翻的纸箱点燃，而后随手朝走廊一丢。

等火势蔓延起来，他站在走廊中间，喊道：“着火了，别睡了——”

楼上的住户早在刚才就听到了女人的惨叫，但没人敢开门，此刻一听着火了都开门朝外探头。

焦煳味弥漫散开，越来越多的人出来救火，楼下的男人们脸色铁青，互相对视一眼，知道今夜很难带走燕子了，为首的男人恶狠狠地瞪了赵云今一眼，转身离开。

赵云今扶起燕子，她身上都是外伤，但没有触及要害。

走廊上的微弱火势很快被扑灭了，人们并没有理会，也不想知道刚才的惨叫声是谁发出的，纷纷关上门睡觉。

赵云今抬头，江易站在楼上，虽然目不能视，但视线依然向下，像在努力看清些什么。

明明那双眸子木然没有神采，但直觉告诉她，他在看她。

“赵云今？”

他头顶月光，背后是缭绕的黑烟，也许是月色和烟雾弱化了他身上的某些特质，从前总见他一张冷漠桀骜的脸，现在看起来，却是再普通不过的十七八岁的少年模样。

女孩在他看不见的地方笑了笑：“我没事。”

江易刚刚跑出来时，小腿撞到了门口柜子的尖角，破开一条长长的口子。

赵云今从邻居家借来药箱，坐在沙发上为他涂药，江易的腿她昨天见到时就觉得印象深刻，腿毛不多，细腻得不像男人。

他屈膝倚着沙发的靠背，眼皮紧闭，又恢复了那冷硬的样子。

赵云今涂完碘酒，拿绷带包住他的伤口，抬眼望见他这副模样，心血来潮抬手在他眼前晃了晃，见江易没反应，她问：“你还是看不到吗？”

他“嗯”了一声，赵云今确认：“一点儿都看不到？”

江易睁开眼，往日那双阴深如潭水的眸子此刻全然没有光彩，赵云今没一点儿同情心，反而暗自笑了笑。

她伸了伸胳膊，端正地坐了一天来写作业，腰板略微有些酸痛，反正江易看不见，干脆站起来在他面前做了一套自创的五禽戏广播操。

“今天买饭回来的时候那女人在街口揽客，当时觉得眼熟但没想起来在哪儿见过她，刚才在楼下，我忽然记起来了。”赵云今坐回江易身边，

“那晚林清执让我们在油灯街放宣传歌，她就是那个骂了你、被你烧了衣服的女人，还记得吗？”

江易生平跟人起的冲突太多，对这种小事没有放在心上过，他问：“你刚才为什么要出去？”

如果平日赵云今这样做他或许能应付，但今晚他却因为赵云今离开家门后背出了一层冷汗。

赵云今说：“我想起韩小禾了，虽然目前并没有证据，仅仅是女人的直觉，但我就是觉得不对劲儿。那些男人从上到下的衣服都是统一的，如果只是地痞流氓，作案还要配备队服吗？那个叫燕子的女人跟警察离开前说自己不认识那群男人，也没有与人结怨。今晚她刚送客离开，出去丢个垃圾的工夫，回来就看到自家的窗户里站着个人影，她转身跑了那些人才追上来，如果她没有出去丢垃圾而是在屋子里睡觉，那今晚会发生什么？

“恐怕会和韩小禾他们一样，凭空消失，连个影子都找不到。”赵云今说，“我觉得今晚那些人跟韩小禾的失踪有关系。”

“那也不是你冲出去的理由，如果他们真是带走韩小禾的人，你知道有多危险吗？”

“对不起啊。”赵云今声音甜美，却没什么诚意，“虽然危险，但你不是出来保护我了吗？知道喊救命没用，就干脆让大家不得不出来救火。阿易，你比我聪明。”

也比我狠。剩下的半截话被她咽回了肚子里。

已经凌晨两点了，赵云今却睡意全无，她和江易聊了一会儿，就躺在他的床上看着天花板发呆。

窗外的油灯街和她傍晚所见的是两副全然不同的模样，灯火寂灭，一幢幢矮小古怪的建筑凄森孤冷，破烂的入口被月色照着，像无数只开口吞噬行人的巨兽。

月亮爬至天空的另一边，沙发上的江易没有一点儿声响，赵云今困意袭来，迷迷糊糊入睡了。

半梦半醒间，她听到了一些奇怪的声响。

高跟鞋踏过油灯街石板的“嗒嗒”声、女人惊恐的喘息声、小屋的木门被“砰砰”敲响的击打声。

赵云今以为是一场梦，直到她感觉到耳边有窸窣的动静，温热的呼吸喷洒在她脸颊时，才一下清醒过来。

江易蹲在床边，伸手捂住她的嘴，他覆在她耳畔：“嘘。”

在这样寂静的夜里，屋外的敲门声显得格外可怖。急促、沉闷，伴随着女人低声的絮语，每一下都像砸在人的鼓膜上，震得嗡嗡作响。

“我知道你们住这里，快开门。”

赵云今拿起床头的手机，凌晨三点半，窗外还是一片苍茫的夜色。她听出声音是刚才的那个女人的，于是从床上坐了起来。

江易以唇示意：“别出声。”

这个时间她应该刚从警局回来，深夜不回家却来敲别人的房门，哪怕江易不说，赵云今也觉得惊悚，并没有要开门的打算。

下一秒，女人停止敲门，带着哭腔说了一句让人毛骨悚然的话：

“求求你们了，他们还在我家。”

屋里只开一盏台灯，光线昏暗。

燕子坐在桌子的另一边，她红裙残破，进来半小时了依旧惊魂未定。

她一开口身体就不由得哆嗦：“我去警局前回了趟家，在门缝里夹了张卫生纸，刚刚警察送我到巷口就离开了，我走到家门口，发现纸落在了门外，他们从那走了之后一定还去过我家，或者他们现在就在屋里，我不敢进去。”

“所以你就找到这儿来了？”赵云今倒了杯水递过去，“你不怕把危险带给我们？”

燕子看了眼江易：“我知道他，听说他是九爷的干儿子，一般人不会有胆子找上门的。”

“你也说了是一般人，敢无视周围那么多住户直接进来绑人，还追了你好几条街，这样的行为是一般人做得出来的吗？你口中的九爷充其量只是个大混混儿头子，你怎么知道他们会买九爷的面子？”

“对不起。”燕子被折腾了一晚，又惧又累，“我没想那么多，只是刚才那个情况我实在害怕，就算报警警察过来也需要时间，我不想再来第二次了。”

“既然刚才没想到，现在就好好想想，有没有跟人结怨，他们为什么要抓你？”

“这些话我已经跟警察说过了，真的没有。”

“明面上的矛盾没有，隐性的矛盾呢？比如你哪位客人在妻子孕期出来找乐子，妻子发现后找娘家人报复你，诸如此类的。”

“我从不打听客人隐私。”燕子捂着头，“我开门做生意，又没插足破坏人家庭，就算真有，也犯不着这样兴师动众吧？警察觉得他们是找错人了，但我清楚地听见他们刚刚叫了我的名字。”

“闹出那么大的动静把警察都引来了，他们还敢进你家蹲点，姐姐，怎么看你都很厉害啊！”

燕子抬眼看她，赵云今笑笑：“要么你是结了天大的怨，要么你是对他们有什么天大的用处，不然也不会费这么大力气来绑你。”

燕子自嘲地笑：“我能有什么用处？”

赵云今看了一眼江易，他从燕子进门起就一直沉默着没有说话，她戳了戳他：“在想什么？”

江易抬起木然的眸子：“前一阵子有个中学女生在市中心神秘失踪了，还记得吗？”

赵云今当初和林清执讨论过这件事，印象深刻：“你说的是‘万家馨失踪案’？这案子的社会影响很恶劣，只不过最近发生的事情太多，人们已经快把这件事忘记了，我哥那边倒是一直在跟进，只是没什么线索。”

江易简单地说：“很像。”

燕子没明白他话里的含义，赵云今却听懂了，他的意思是万家馨失踪案和燕子的遭遇很像。

万家馨失踪在市中心，当初警察也一度疑惑为什么犯人非要在市中心犯案，后来发现万家馨的活动范围只有三点一线，总是脱不开市中心的范围，因此犯人的目标一定是万家馨这个人，可排除社会关系后又没发现谁有作案动机，案子一时陷入了僵局。

同样的没有与人结怨，同样的在不适合绑架的区域不惜一切也要将人带走。

这两起案子看似独立，但其中却有隐秘的关联，江易不说，赵云今都还没发现。

“你平时都去些什么地方？”赵云今问。

“我这人不喜欢动，最远也就去菜市场买个菜。”

“怪不得他们要在油灯街绑你，这不就是万家馨二号吗？”赵云今思索了一会儿，说，“事情越来越有意思了。”

女孩脸上没有惧怕，反而充满了兴趣。她端着手臂靠在椅子上，回头看了看窗外的月亮，突发奇想道：“反正现在还没天亮，不如我们来玩游戏吧，警方查不到的犯人和动机，就让游戏之神告诉我们好了。”

燕子的鸡皮疙瘩瞬间就起来了：“不要，大半夜的谁要和你玩这种东西。”

赵云今嘴角噙着微笑：“警察肯定没办法在几天之内就查到害你的人，你总不能一直住这儿吧？早点儿搞明白事情的真相对你没有坏处。”

燕子也不是个好脾气的：“看着你毛都长齐了，实际上却蠢得跟猪一样，这种游戏都是骗人的，你傻不傻呀还信这个？”

赵云今依旧摆着那副不甚真诚的微笑模样，反唇相讥：“你既然觉得是骗人的，玩玩又能怎么样？就当是消遣了。”

她慢条斯理地从书包里掏出白纸和笔：“我们说了都不算，问问主人吧。”

江易没有发表意见，懒散地靠在椅背上，从烟盒里掏出一根烟叼在嘴里。

他按动打火机点烟，点了几下找不到位置，赵云今接过打火机，倾身为他点烟。火光摇曳，微弱的光芒映在江易英俊的脸上，给他镀上一层温暖的色泽。

她手心滚烫，接过打火机无意相触时江易的手不易察觉地颤了颤。

香烟底部燃起的烟雾缭绕，笼罩着女孩精美的面庞，她贴得极近，吐气带着甜味：“你说呢？”

江易吐了口烟圈，磕掉一截燃烧殆尽的烟灰。

“按照惯例，不否认就是同意了。”赵云今拉开与他的距离，坐直回椅子上，“来吧。”

她瞥了燕子一眼：“不用怕，从小算命的就说我命硬，就算真有什么鬼神也克不死我，出事了我担着，让那些东西来找我吧。”

燕子虽然心里不愿意，但江易都没说什么，她也不好张嘴拒绝，毕竟寄人篱下，还是怕人家把自己扫地出门。

赵云今关上灯点了几根蜡烛，燕子握住那根笔，赵云今的手搭在她的上面，另一只手牵起看不见的江易的手握在自己手上。

江易嘴里的烟烧至一半，他却忘了再磕烟灰，酷酷的一根咬在齿间。

赵云今将笔竖起来，念叨几句，手按着笔绕了几圈：“你们有什么要问的？”

燕子既不信又害怕，抿着唇不说话，赵云今一时兴起，江易只是陪着，他没有好奇的事情。

“既然你们都不问，那我问咯。”赵云今嘴里念念有词，“神仙神仙告诉我，林清执什么时候会娶我？”

“……”

江易忽然觉得这一切都是她的预谋。

燕子忍不住问：“不是问凶手吗？”

赵云今淡淡道：“先热热场子。”

三人手里的笔不动如山，蜡烛的火焰平静地燃烧。

江易面无表情，本就爱冷脸，此刻也看不出喜怒，别人无法知晓他内心的波澜。

燕子说：“没反应啊。”

赵云今姿态慵懒，似乎并不在意：“你也说了，都是骗小孩的。”

她无聊地胡侃：“燕子姐姐，你有没有喜欢的男人啊？趁今天机会难得，要不要一起问了？”

燕子的注意力都在手里的笔上，一颗心半吊着，抽空瞪了她一眼：“老娘要有喜欢的男人还做这一行？姐姐今天看你年纪轻提醒你一句，男人这种东西最靠不住，对你好的时候满嘴鬼话，对你不好的时候绝情得看都不会看你一眼，你可别陷进去了。”

她声音刚落，桌面上的蜡烛忽然闪了一下，她本来就怕，吓得“哇”一声叫出来：“来了来了！蜡烛动了！”

赵云今回头看向窗户，安抚她：“别害怕，是窗子漏风，没有人来。”

蜡烛的火苗左右摆动，似乎比刚才跃动得更厉害了，在恐惧的状态下，看什么都不对劲儿。

燕子直勾勾地盯着那团火，不知是心理作用还是确实如此，她觉得火苗变白了一点儿。

“赵……赵云今，你看那蜡烛有些不对劲儿啊……”

赵云今嘴角咧出一个邪恶的笑："姐姐，你现在是不是好多了？"

"什……什么……"

"还怕守在家里的男人吗？"

燕子脑子迟钝了一下，刚要说话，三人握笔的那只手忽然被一股神秘的力量推着动了起来，人在一般恐惧时还可以叫出口，但在极端的畏惧下会连声音都发不出来。

"……你你……是你在动？"

赵云今刚才平静的表情收了收，她坐直，看了眼四周："没有。"

燕子又问江易："你动了？"

江易神色清冷，她问出这话后又觉得没有可能，他看起来就不像是会开这种玩笑的人。

那股力量推动着笔在纸上画，赵云今反而放松下来了："来都来了，那就看看答案是什么吧。"

寂静的夜里，写字声虽然细微，但集中注意力却依旧能听得清清楚楚。

笔停，赵云今朝那纸上看去，两个歪歪扭扭的字呈现在眼前——做梦。

"……"

燕子吞咽唾沫，小声说："不会真有神仙吧？"

赵云今含糊不清地说："或许吧。"

"那我也问一个。"女人想了想，"是谁想害我？"

这次过了好久都没有动静，燕子又问："他们现在还在我家吗？

"那些人跟我结了什么仇？为什么一定要抓我？"

依然没有动静。

赵云今笑笑："看来这神仙的功力不行啊，好像只能算到感情呢。"

她转头："阿易，不如你来问一个吧。"

"我没有要问的。"

"那我帮你问。"赵云今想了想，"江易有喜欢的女孩吗？叫什么名字？"

"赵云今。"江易平静地说，"想知道这个问题的答案，直接问我。"

"怕你不答，也怕你骗我。"赵云今又问，"江易喜欢的人，是不是我啊？”

燕子不明所以地望向他俩。

江易脸上的表情凝固了一秒，他松开搭在最外层的手。赵云今将自己的手抽回，放在眼前看了看：“刚刚是你在操控笔吧？”

“我没有。”江易冷淡地说。

她打开手机刚刚的搜索记录给他看，里面空空如也，最早的一条记录是昨天的：“你的意思是笔自己在动咯？可我都没有查游戏的玩法，就连咒语都是胡乱编的，它为什么会自己动呢？就像燕子姐姐说的，世界上哪儿有鬼神，这你也信了？”

燕子语塞，气愤地问：“你骗我的？为什么要这样做？”

赵云今说：“你刚才进来的时候怕成那样，满脑子都是那些男人，所以我就找点儿事情分散你的注意力嘛，现在是不是感觉好多了？”

燕子确实已经快把家里有人这件事给忘了，但被鬼神吓到这事也不比被人吓到好多少，她刚要开口骂赵云今是不是有毛病，江易站起来：“我要睡了。”

赵云今眼里带着笑意，提醒他：“你还没有回答问题呢！”

“再说一句废话就从我家滚出去。”

“你好凶啊！”赵云今当然不会滚，她起身吹灭蜡烛，撩开帘子躺回江易床上，“这么晚让我滚出去，就不怕我遇到危险吗？”

深夜外出当然会有危险，但倘若和赵云今狭路相逢，犯罪分子才是需要担心人身安全的那一个，对此江易深信不疑。

一个晚上，一个游戏，把屋里的两个人都气得七窍生烟，自己还能没心没肺地继续睡觉，这种事情普天之下除了赵云今没人做得出来。

经过赵云今这一折腾，燕子的心脏仿佛坐过山车一样上上下下轮了一遭，累得没力气害怕了，她静静地趴在餐厅的桌上等待天亮。

家里有陌生人在，江易不会睡觉，他从小如此，对任何事任何人都抱有不信任的距离感。

一帘之隔的赵云今呼吸渐渐沉了。

江易从沙发上坐起来，惊醒了今晚异常敏感的燕子，她吓了一跳：“你干什么？”

江易没有说话，后半夜露重天凉，他披了件外套去了走廊抽烟。

烟盒里只剩下几根烟了，他靠在栏杆上一根根抽完，直到远处天边出现一抹他看不见的曙光，他才回屋。

屋里的赵云今翻了个身，嘴里喃喃地喊："哥哥。"

江易刚好听见她这句呢喃，他关门的手停顿了一下，随即恢复自然。

她口中的哥哥，除了林清执外，没有别人。

第十五章

面包

赵云今又梦见小时候住过的孤儿院，那像场连续剧，隔一阵子就会在梦里出现。

梦里的她是第三人的视角，仿佛一双从天空中生出来的巨眼，安静地俯瞰着大地上发生的一切。

梦里的云今小小的一只，因为总是不做礼拜偷跑出去玩而被嬷嬷勒令在庭院罚跪，小云今心气高，不肯跪，年长的女人便摁着她的肩膀狠狠地将她压在地上，嬷嬷将她双手提高，让她端着一盆水顶在头上。

从傍晚到深夜，她胳膊酸麻，趁庭院里没有人看着，偷偷把水盆放下来休息。夜晚的露水打湿了她的裙子，她冷得直颤。

远处的路上有车子开来，车灯照进院内，强光穿透了院子两旁梧桐树新生的绿叶。

福利院来了些以前她从没见过的人，车子停入后院，下来七八个男人，或青年衣冠楚楚，或中年大腹便便，手里拎着零食和女孩穿的新衣服。

嬷嬷笑容满面地出来迎接，全然忘了小云今还在院里罚跪。小云今躲在梧桐树的阴影里，看见嬷嬷带男人们进去才偷偷溜出来，她一回头，看见一个瘦小的身影正攀在围墙边沿朝里爬，那身影她有印象，是前几天在外面吃青蛙的男孩。

男孩轻车熟路地溜进小厨房，看样子不是第一次偷跑进来了。

他从没锁的窗户里翻进去，在厨房找到了一碗晚上孩子们吃剩下的米饭，出来时正好撞到赵云今。

女孩膝盖瘀青，皱巴着眉："我也饿了。"

小江易在看到人的第一时间就做出防备的架势，他甚至想好了，要是这小丫头敢大吼捉小偷，他就甩身把她撂倒，用手里的米饭扣她满头。

可女孩只是瞪着圆润润的眼睛问他："这次可以分我一点儿了吧？"

油灯街没什么孩子，江易也没什么朋友，江滟柳被人看不起，她的儿子同样也被同龄人看不起，他在学校就孤僻，从没想过要同谁做朋友。因此今晚把饭递给赵云今只是为了堵上她的嘴，避免她叫出声来，他其实并没有一丝一毫的善意。

女孩咽了口凉米饭，嘟囔道："真难吃。"

她抹了抹嘴巴，带着一丝孩童的天真问他："你很会偷东西吗？"

小江易冷着脸，她指了指男人们离去的方向："他们刚刚带了许多零食进去，有巧克力派、奶油蛋糕，还有面包房才有的杏仁草莓饼。我今天挨罚，嬷嬷肯定不会给我吃，我认识里面的路，给你画条路线，你进去拿点儿出来吧。"

"你自己怎么不去？"

小云今苦巴巴地指着自己的膝盖："我跪了一晚上跑不快，如果被抓到了，嬷嬷会用戒尺打我的脚心，很疼的。"

她蹲在地上捡起一根小树枝在泥土上画给他看："从这里进去左拐上楼梯，再右拐走到尽头是会客室，一般有大人来领养或者探望小孩，嬷嬷都会在这里接待他们，你去找找吧。"

她说完俏皮地一笑："说好了，偷到吃的要分我一半。"

江易虽然心性比别的小孩成熟一点儿，但到底是个八岁的孩子，甜点和零食从前只见别的小孩吃过，那是他从小到大都可望而不可即的东西，他不由自主地舔了舔嘴唇，披着夜色朝小云今说的地方跑去。

建筑里传来欢声笑语，嬷嬷急匆匆跑出来，小云今听见动静连忙回到原地跪好。

"你这孩子，怎么还在这儿跪着？"嬷嬷拉她起来，语气带着责怪，"快点儿跟我回去换衣服，有叔叔来看你了。"

男孩按小云今画的路线进了房子，刚好碰到一个西装革履的中年人从厕所出来。对方以为他是福利院的小孩，看了眼他破破烂烂的衣裳，给了他一个凉薄的眼神，目不斜视地从他面前经过。

小江易站在走廊的角落，低头看了眼自己那双已经脏成黑色的白胶鞋。

男人走进二楼尽头的房间，江易记得小云今说那里放着零食，便跟着悄悄溜过去，躲在一旁茂密的盆栽后面。

会客室里烟味弥漫，男人低沉的声音传出来："孩子们我都看过了，底子好的没几个。"

嬷嬷赔笑："送到这里来的大多是些弃婴，能漂亮到哪里去呢？"

她好像忽然想起来什么，问道："云今在哪儿？"

福利院的老师在一旁提醒她："还在院里跪着呢。"

嬷嬷拍了下脑袋，拎起长袍的两角"噔噔"跑去院里寻人。另外一个老师朝男人说："王总，先去楼上看馨馨吧。"

会议室的人陆续离开了，江易溜进去翻零食，满桌的薯片甜点散发着诱人的香味。他伸出脏兮兮的小手，抓了一块松饼塞进嘴里，那一刻甜香的滋味溢满味蕾，男孩狼吞虎咽，差点儿噎着。他吃了一会儿，警惕心起，把嘴里的东西咽下，拎起袋子出去。

走至楼梯口，他忽然听见楼上传来憋闷的哭声，声音不大，却很痛苦，似乎是距离太远被阻隔了一部分，又像是有人正捂着发出哭声的那人的嘴，如果不是像江易这样竖着耳朵注意周围动静的，很难听到。

江易正要离开，前面走过两个女老师。

"嬷嬷去找云今了，那丫头跟馨馨她们可不一样，她是过惯了好日子的，不会被几块蛋糕饼干哄住的。"

"哄不住就算了，一个小女孩能掀起什么浪花？"

"你知道王总这次带人来给嬷嬷包了多少红包吗？我刚才看见好厚一沓，也不知道嬷嬷分我们多少。"

"小点儿声，也不怕叫人听见。"

两个女老师像全然听不见那哭声似的，有说有笑地走过。

江易仰头朝三楼望，只能看到回旋的木楼梯和建筑的圆拱形房顶，吊灯的光明晃晃的，刺痛了他的眼。

他站了一会儿，田鼠藏食般将手里的零食塞到墙边堆放的扫把后面，而后蹑手蹑脚地走上三楼。传来哭声的房间房门紧闭，但窗户是推拉式的，江易踮脚趴上窗台轻轻推开一条小缝，黢黑的眼珠子朝里面望去。

一间孩子住的六人房，上下床，小书桌，满屋桃粉色壁纸。房间中央铺着块垫子，有个男人在那儿。女孩哭得撕心裂肺，只差把心肝脾肺一起吼出来。

小江易想起江滟柳平日在家里的所作所为，一阵反胃。

嬷嬷牵着小云今回来，将她安置在二楼的换衣间："瞧你这一身脏兮兮的，快把裙子换了，楼上有叔叔要请你吃蛋糕呢，嬷嬷去打水给你洗脸，一会儿就回来。"

小云今不明白，为什么下午还凶相毕露的嬷嬷一下子变得这么温柔，但能穿上新裙子能吃到好吃的蛋糕是一件开心事，她站在镜子前边哼歌边试裙子，四周寂静，她也听见了楼上的哭声。

她天性里充满对世界的好奇和探知欲，于是将新裙子放到一边，轻轻走上楼。

小江易脸色冷漠，关上了窗户，小云今低声问："谁在哭？"

"一个女孩，叫馨馨。"

"馨馨为什么哭？"

"有个胖子在对她做恶心的事情。"

"什么是恶心的事情？"小云今求知欲爆棚。

小江易神色不耐，蹙起稚嫩的眉头，他不知道怎么描述，于是说："他脱了衣服，在打馨馨的屁股。"

小云今的汗毛一下子竖起来了，江易接下来说的话让她鸡皮疙瘩也跟着起来了："他一会儿还要打你，老太婆把你找回来就是为了给他打的。"

小云今那张漂亮的脸蛋儿一下子变得皱皱巴巴的，像只生在蔓上还未成熟的苦瓜："我不想挨打。

"馨馨哭得好痛苦，她一定很疼，我们去把馨馨救出来吧，或者叫那人不要打她了。"

女孩想，嬷嬷已经罚她跪了一晚上，现在还要打她，这真是太说不过去了。她咬了咬软薄的小唇，气愤地骂："那个老坏蛋早就看我不顺眼了，可我就是不想待在这儿，也不想听她的话，老师们对我不好，食堂的饭也不好吃，我想爸爸妈妈了。”

江易生在油灯街，对这种事情见怪不怪，但年龄使然，使他无法明白屋里正在发生的事情背后的真正含义。在他的认知里，这就是挨打。

江滟柳就是如此，她“挨打”时也会痛苦呻吟，有时还会满嘴告饶大喊救命。

从前小江易被她勒令待在门口写作业，听见她的求救声冲进去抄起扫把朝那男人身上挥。男人惊慌失措地跳起来，骂骂咧咧地抱着衣服离开，江滟柳卖力一晚上没挣到钱，把气全撒在江易身上，扯过他狠狠扇了几个耳光才罢休。

自此，江易明白了一个道理，别人“挨打”时是不可以随便打扰的。

“要去自己去。”江易摸了摸口袋，确认兜里的蛋糕还在，他冷淡地说，“我没空陪你。”

“好吧。”赵云今若有所思地看着他，“但你说过蛋糕要分我一块的，拿来吧。”

“那是你自己说的。”小江易掏出蛋糕，一边吃一边下楼，看样子是要事后赖账。

他刚走到楼梯口，二楼传来嬷嬷的声音：“云今？云今去哪儿了？”

嬷嬷在二楼转了转，扭头朝三楼走来。

江易连忙躲进一旁的小杂物间，小云今跟着爬进来。男孩语气恶劣地说：“滚开，别挤我。”

女孩冷静地说：“我们现在是一根绳上的蚂蚱，你不要吵了，再敢凶我，我就大吼这里有小偷，我因为撞破了你偷东西，所以被你绑架到杂物间来。反正我也是要挨打的，拉一个人做垫背也不亏。”

她思路明确，条理清晰，江易一时无言以对。

女孩满脸悠然，扬着精致的小下巴：“让开一点儿，你踩到我的裙子了。”

小江易有气无处发，朝旁边缩了缩身子。两个小孩挤在一起，皮肤相贴，在这潮冷的夜晚暖洋洋的。小云今伸手去够江易的口袋，手指伸到一半被他攥住，男孩恶狠狠地说：“敢偷我的蛋糕试试看。”

小云今指头被他捏疼了，一声不吭地缩回手，气鼓鼓地噘着嘴。她娇小可爱的鼻头动了动，闻到一股浓重的汗味，小江易敏感地察觉出女孩的想法，恶狼扑食似的目光盯着她，就等她说出来好找她麻烦。好在小云今家教很好，最终没能把那句“你好臭”说出口。

狭小的空间令她觉得眼前的男孩柔和了些，没有那么冷漠和不可接近。

她小声问：“你叫什么啊？”

江易不答，她又问：“我八岁，应该比你小，我可以叫你哥哥吗？”

“闭嘴。”男孩冷酷得不近人情。

小云今乖乖闭上了嘴。

嬷嬷找遍了所有房间都不见小云今的踪迹，把屋里的男人引出来了。

“我没见过什么小女孩。”胖男人气喘吁吁，不耐烦地说，“倒是刚才在楼下看见了一个小男孩，浑身脏兮兮的，一脸苦大仇深地盯着我，像我撬了他家祖坟似的。”

嬷嬷愣在原地，一脸见了鬼的表情：“我们福利院哪儿有什么小男孩啊？”

嬷嬷和老师们去院子里寻人了，整个三楼只有男人和馨馨还在，江易心心念念着他藏在二楼的零食，推开一条门缝，悄摸溜出去。

小云今也跟着爬出杂物间，裙子蹭满了灰尘，小脸也像花猫一样弄了好几道脏污。

馨馨哭得更痛苦了，她想去帮帮她，小云今站在楼梯口思考了几秒钟，一回头看见走廊的地上摆着许多花盆。

楼上“砰”的一声巨响，江易飞速掏出藏匿的零食朝楼下奔去，在嬷嬷们带着老师跑回来前翻窗跳了出去。他沿着来路爬墙离开孤儿院，双手刚攀到墙头，裤腿突然被人拉住，他回头一看，是满手沾血的小云今。

“放开。”

“我杀人了。”女孩的声音发着颤，但面容还算平静，“哥哥，你带我一起走吧。”

“放开。”

“这墙太高了，我腿短爬不上去，你拉我一下。”

“叫你放开。”江易蹬了蹬腿，但还是没能踹掉女孩的手，他冷漠地说，“我裤子要被你扯掉了。”

……

江易腿长，在前面走得飞快，小云今吧嗒着小腿紧紧跟在身后，生怕被他落下了。

“别跟着我。”男孩满脸不耐烦。

“可我没有地方去。”小云今跟得更快了，“哥哥，你家离得近吗？可不可以让我去睡一晚？”

哪里来的黏人精，小江易头疼，心想她怎么丝毫不知道脸皮和害怕为何物，第二次见面就敢跟人回家。他这样想，但在小云今眼里，他只是个穿得破破烂烂臭烘烘的小男孩，虽然凶了点儿，但还没到令人害怕的地步。

刚刚为了拉她上墙，江易不小心把手里的零食掉进了墙内，远处有人正在朝这边走，想跳进去拿已经来不及了。在他心里，十个女孩也比不过一包零食的分量。

女孩的眼泪“啪嗒啪嗒”地掉下来：“爸爸说后脑是人身上的要害，那里受伤很容易死人，所以我打的是他头顶，可他还是流了好多血，馨馨也吓晕了。怎么办，我杀了人，警察叔叔一定会把我关起来的。”

她这话倒提醒了江易，他问：“他死了？”

“我不知道。”

江滟柳经常在晚饭时看法治节目，小江易偶尔也会听一耳朵。社会上存在着许多无法侦破的重案要案，这时候警方会发布悬赏，向广大群众征集破案线索，一般会对提供有效线索的人奖励几万到十几万不等的人民币。

这女孩杀了人，又没地方去，正好落在自己手里，可以拿她去换钱。哪怕只是几万块，也够他和江滟柳吃很久了。

小江易心里为自己这灵机一动沾沾自喜，面上却不动声色：“我家没床给你睡，但我可以给你找个地方住。”

油灯街别的不多，无人居住的烂尾楼倒是成片。

江易对这里再熟悉不过，他找了一栋僻静的荒楼，将小云今安置在里面。女孩蔫头耷脑的，不知是累了还是困了，全然没有刚才的精神劲儿，她窝在避风的角落里，靠墙休息。

“这几天你就待在这儿。”小江易故作老成，提醒她，“警察一定在满世界找你，你别偷跑出去，当心被抓到。”

女孩不说话，他走过去踢了踢她的鞋子：“喂！”

“哥哥，我好冷。”小云今费劲地睁开眼睛，虚弱地“嗯”了一声。

他弯腰摸了摸她的额头，温度高得烫手。她昨晚在凉风里跪了一夜，又受了惊吓，发起了高烧。

“我的玩具小马还在福利院。”

“死了这条心。”男孩绝情地说，“我不会回去拿的。”

女孩没有要他回去拿给自己，只是用极重的鼻音呢喃着：“那是妈妈送我的。”

江易怔了怔，过了会儿，他离开烂尾楼。

深夜的油灯街上一个人影都没有，一眼望过去，还有许多户人家门檐上挂着燃烧的油灯。江滟柳房门前的油灯也亮着，表示她今晚还没接到客人，而她接不到客是不会睡觉的，江易打消了回家的念头。

他在楼下逛了一圈，顺走了不知谁晾在外面的毛毯。

他一路走回小云今栖身的烂尾楼，忽然看见远处巷口那家二十四小时营业的药房还开着门。

小江易蹲在巷口的路灯下玩了会儿石子，嘴里嘟囔道：“死了就死了，关我什么事？”

手里的石子没有握住，“啪嗒”一下滚进一旁的水沟。女孩因为高烧而泛着红晕的脸颊反复出现在他的脑海里，稚嫩的声线反复回响在他耳边。

“哥哥，我好冷。”

“我的玩具小马还在福利院。”

“那是妈妈送我的。”

江易已经迈上了回去的路，又停下来回头看。

他眉间满是纠结和烦躁，最后咬了咬牙走向药房。放在平时他才不会管她的死活，就像路边捡到小猫小狗一样，不会为它浪费一点儿心思，但现在的女孩是摇钱树，是他要捧在手心里的宝贝，要是她烧死了，他就一分钱都拿不到了。

我是为了钱，只是为了钱。小江易反复在脑海里这样告诉自己。

……

门上的风铃响了，药房店员抬起头，看向面前这个衣衫破烂、满脸寒色的小男孩。

“我妹妹发烧了，妈妈叫我来买药。”他神情沉稳，冷静地说道。

“几岁？”

“八岁。”

“吃儿童退烧药吧，三十七块五。”员工拿了一盒药递给他。

江易黑漆漆的小手接过药，瞥了几眼药盒，确认这是用来退烧的。

“三十七块五。”店员不耐烦地重复了一遍，“现金还是刷医保卡？”她话音刚落，男孩抓起药盒，又抄起架子上放的矿泉水，转身就跑。

等店员反应过来追出去的时候，男孩已经跑入了油灯街深邃的黑暗之中。

“兔崽子！”女人气愤地大喊，“敢偷东西，别让我逮着你！”

江易回到烂尾楼时，女孩全身滚烫，皮肤因高热散发着不正常的粉。她蜷缩成一团卧在角落，嘴里说着胡话：“妈妈……”

“……喂，”江易踢了她一脚，“起来吃药。”

小云今没有反应，像是做了噩梦极不安稳，江易将毯子丢在她身上，蹲下来拍了拍她的手臂，手臂的温度烫得他眉头一蹙。

小云今被拍醒了，挣扎着爬起来，江易递给她药，她浑身酸软，双手无力，手一哆嗦把水洒了一身。江易很烦，但出于优待“俘虏”的考量，还是强忍着扶她起来，他将药塞进她嘴里，矿泉水瓶口对上她的嘴：“张嘴。”

女孩脸颊干净细腻，戳上去像棉花糖一样松软，离得近了，闻到她身上有股淡淡的奶味，七八岁的年纪已经开始懂得一些男女有别的道理，江易略微有些不自然，手没拿稳，水瓶放歪，一不小心倒进了小云今的鼻孔里。

小云今咳嗽了几声，她生病了还被人这样对待，纤细的眉毛皱了皱，努力把药片吞了下去。

江易用毛毯把她包起来，裹成一个小蚕蛹丢到地上：“睡觉。”

“哥哥，我头疼。”

“你闭上嘴，头就不会疼了。”

江易倚着墙壁，虽然比小云今高不出多少，却显出一种少年老成的模样。他不言不语，望着断壁残垣外天空中的一轮明月发呆。

小云今一拱一拱的，像只小毛毛虫一样蠕动到江易腿边，她丝毫不见外，将小脑袋搭在江易腿上睡觉。江易要抽腿，她死死压住："给我枕枕……"

女孩低低地呢喃："头好晕。"

脸皮真厚，江易心想。

小云今吃了退烧药，高烧在夜里退了。

第二天一早江易睡醒，伸手摸了摸她的额头，确认已经恢复正常温度了，起身离开。他一晚没回家，进门时江滟柳正在吃早饭，一杯豆浆两根油条，旁边剩了半根是留给他的。

"我今天去烫个头发，午饭你去巷口米粉店吃，我跟老板打过招呼了。"江滟柳丝毫不关心儿子昨夜的去处，吃完饭坐到梳妆台前描眉画眼的，她注意力全在自己脸上，漫不经心地说，"你白天老老实实待在家里，晚上回来我要检查你的作业。"

她化完妆就拎着手包出门了，江易压根儿没把她的话放在心上，他翻箱倒柜找了半天，只在抽屉里翻出两个五角钢镚儿，他将钱揣进兜里，叼上半根油条出门了。

他回到福利院打探动静。

天空湛蓝无垠，院外的蔷薇花开得绚烂。福利院十分平静，往日还能听见女孩们在院子里打闹的动静，今天却什么声音都听不见，天地静悄悄的，只有风吹蔷薇花叶的簌簌响声。

江易转了一圈没有任何发现，只好回到油灯街。

女孩烧已经退了，她正坐在烂尾楼里吃油桃，江易一无所获有些烦躁，没给女孩什么好脸色。

小云今从墙边掏出几个桃子递过去："外面的荒地上有棵果树，我爬上去摘的，给你吃，吃完别不开心了。"

江易抬眼，看见女孩明艳娇嫩的脸蛋儿，美好的东西是能治愈人的。

他没那么烦了，接过桃子，心想就再包庇她两天，两天后就把这小杀人犯送给警察换钱。

"桃子不顶饱，好饿。"小云今摸了摸扁巴巴的肚子，她从昨晚起就没吃过饭，小病初愈嘴里寡淡想吃点儿有滋味的食物，于是问道，“你家里有没有吃的呀？”

“没有。”

“我只吃一点点米饭拌辣椒酱就可以了。”

“没有。”小江易不为所动，“我家穷，什么都没有。”

小云今若有所思地盯着地上的药盒和毛毯：“你家什么都没有，这些东西从哪里来的？”

她狐疑地看着他：“不会是你偷的吧？”

“……”

“偷东西不好，要被老师和妈妈骂的。”小云今窥他表情，就知道这东西来路不正，她苦口婆心地教导他，“以后不要做这种事了，可以吗？”

江易反问：“我偷药是为了谁？”

小云今十分礼貌地说：“是为了我，谢谢你。”

江易无言以对了，女孩灵动漂亮，和学校里那些脏兮兮的鼻涕虫不一样。幼年的江易言语匮乏，还无法形容哪里不一样，只觉得她像个黏人精，但黏得并不让人讨厌。她说话做事自带着一股说不出的贵气，一看就是有钱人家出来的小孩。

“哥哥，你不上学吗？”

“不上。”

“为什么不上学？”

“不喜欢。”

“我很喜欢上学。”小云今托着下巴看他，“可我已经很久没有去过学校了，都是福利院的老师教我念书，讲得好没意思。我想回以前的学校，那里可以用电脑玩小游戏、可以弹钢琴，还可以学英语，你学过英语吗？”

江易没吭声。

“我教你吧。”小云今坐正，看着江易，“跟我念，bread，不——瑞——德，你知道 bread 是什么意思吗？”

“是面包，香喷喷的面包。”小云今咂摸下嘴，鬼精灵鬼精灵的眸子眨了眨，“好想吃面包啊。”

“……”

他兜里还剩下昨天舍不得吃完的半块蛋糕，是打算留作今天的午饭的。

“好饿。”小云今朝后一仰，倒在毛毯上打滚儿，她的上衣翻卷，露出一个白乎乎的肚皮。

半点儿女孩的矜持都没有，江易想。女孩将脸埋在手臂间朝他的口袋偷瞄。

人质要养肥一点儿才好卖，他默默地告诉自己，而后掏出了口袋里的半块蛋糕递过去。蛋糕放了一晚上有些变质，加上没有包装直接塞在兜里，弄掉了许多碎渣，脏兮兮的。

女孩小脸上满是嫌弃：“算了。”

她说完又有些不甘心，一脸天真地说：“你知道吗？楹花路有家苗苗面包房，里面卖的巧克力面包最好吃了，我妈妈以前常常买给我，我每次生病以后都会吃那个。”

江易眼皮子突突跳，又听她一本正经地说：“哥哥，这次你不要再去偷了。”

“我什么时候说要买给你了？！”

……

“那边有个空瓶子，去捡。”

小云今跟在江易身后，屁颠屁颠地跑过去捡起水沟里的矿泉水瓶。

江易手里拖着一个破麻袋，里面装了满满一袋塑料瓶，是两人捡了一天的成果。

天色擦黑，远处天边露出一抹晚霞的艳色。江易掂了掂袋子，弯腰捡了两块石头塞进袋子里。

小云今拉住他的手：“不行。”

“你还要不要吃面包？”

小云今点头，又说：“但我不想你为我骗人。”

她把石块拿出来：“今天不够明天再捡，我晚一天吃就是了。”

男孩比她高半个头，她仰头凝视，他脸庞稍显稚嫩，却也已经有了英俊的雏形。他虽然冷言冷语，但嘴巴毒不妨碍他很努力地捡空瓶子，从昨晚喂她吃药到今天想办法给她买面包。小云今觉得男孩并没有看上去那样冷漠。

“哥哥，你真好。”她甜甜地说。

江易一脸不吃她这套的冷淡表情，酷酷地说：“去废品厂。”

……

楹花路的傍晚是很好看的。傍晚靛蓝的天幕散着幽幽的清光，绯色的晚霞还剩最后一点儿头角，像朵生在夜晚水面上的红莲，招摇着浓艳的姿态。暗色与霞光交织在一起不分你我，于是天空变成了绚烂的画板。

两个小小的人影一前一后走在天光未尽的小路上，两边绿树匆匆，如油画入景。

个子矮一点儿的女孩一蹦一跳，沿着花坛的小窄边走平衡木，她两条白净的胳膊平伸着，快乐得像只小鸟。

苗苗面包房灯火明亮，小云今开心地跑进去，趴在橱窗上选面包。

江易跟在后面，低头看了看自己一身脏兮兮的衣服，和这明亮昂贵的面包房格格不入。

小云今捡了一天瓶子，身上不见得比他干净多少，但她脸色是坦然的，回头朝他招手：“你快来。”

她指着里面一块巴掌大的小面包：“就是这个。”

江易攥着手里卖瓶子得来的五块钱去结账，店员将面包包好，温柔地笑笑：“十五块钱。”

江易愣了愣，没想到看起来不起眼儿的一个小面包竟然这么贵，他的钱连买上半块都不够。小云今也愣了，但她很快缓过神来，拉了拉江易的衣角：“算了，明天再来买吧。”

江易望着女孩失落的神情，眼珠子转了转，他回头看了眼四周，确定店员要绕一圈才能走出柜台出来捉他后，把小黑手伸到面包的包装盒上。他一手抓着袋子一手扯着女孩，像昨晚一样故技重施，转身就跑。

可这次没能成功，他才跑出两步就被在隔壁橱窗前选蛋糕的客人拦住了。

那是个戴着棒球帽的少年。他拽着江易的胳膊，屈指弹了下他的脑袋：“小弟弟，你还没付钱呢。”

江易目光凶狠，盯着他：“放开。”

他伸出脚去踢那少年，却轻轻松松被制住，少年将他的手臂反压在身后，掀开帽子露出一张清俊的脸：“哟，还挺凶。”

一旁的小云今咬着嘴唇："你不要打他，是我想要吃面包的，要打就打我好了。"

少年笑了笑："吃东西要付钱的，拿了就跑可不好。"他掏出二十块钱放在柜台上，"我请你们吃。"

江易揉着发痛的手臂，并不领情，小云今怔了怔说："谢谢。"

少年背着双肩包，一副高中生模样，他买好自己的东西，挥挥手离开。

小云今望着他远去的背影，对江易说："那个哥哥人真好。"

男孩刚才被钳制得没有一点儿反抗的能力，一个八岁男孩的尊严被那少年摁在脚下踩得粉碎，加上小云今又在旁边说这样的话，他出奇地愤怒了："你刚才还说我真好，到底谁是你哥哥？！"

"……"

江易人不大气性不小，一个人坐在烂尾楼破损的边缘生闷气。

小云今坐在他身边，两条小腿垂在空中一晃一晃的，看起来十分自在。她拆开面包的包装盒，江易闻到一股扑鼻的香味，但他还在气头上，一言不发。

女孩将面包一掰两半，将大的一半递过去："喏。"

江易闹别扭："我不吃他买的东西。"

"你太瘦了，要多吃一点儿才能长高长大，只有长大了，你才能打得过他呀！"

江易转过来："我问你，我好还是他好？"

"当然是你好。"小云今想也不想，"你会带我离开孤儿院，会为我偷药，会带我去捡瓶子，还会抢面包给我吃，你是最好的。"

江易脸上的愠色消了消，心想这个小马屁精还算会说话，就让你再逍遥两天，等过几天，你就会被关进监狱，再也不能拍马屁了。

他和小云今一起分吃了面包，两个小脑袋挤在一起，头顶是清澄透亮的月光。

小云今吃了想吃的东西，心满意足地拍了拍肚皮。她仰躺着望向天上皎洁的月亮，平静安详，好像昨夜的事情没有发生过一样。

"你不怕吗？"江易忽然问道。

小云今歪着脑袋想了想："如果警察叔叔找到我，他们一定会把我枪毙的，做了错事本来就应该受到惩罚，我不害怕，说不定死了以后还能见到爸爸妈妈呢。”

男孩看她一眼，问：“那你为什么要跑？”

“因为还没有吃到想吃的东西，还没有喝到想喝的饮料，还没有玩够，等把想做的事情都做一遍，我会去向警察叔叔自首的。”小云今淡定地说。

那怎么行。小江易暗暗想，你要自首了，我的钱怎么办？

两个小孩坐在绝美的月光之下，依偎着看了会儿月亮。后半夜女孩困了，昏昏沉沉地睡了过去。她又做梦了，嘴里呢喃着喊着“妈妈”。江易没有睡着，听着在晚风吹拂下草丛的沙沙声和微弱的虫鸣。

江易听着女孩的梦话，翻来覆去怎么也睡不着。他坐起来，就着月色端详女孩安详的面庞。就当是送她一场最后的美梦，男孩不知第几遍这样想。

江易溜回了福利院。

女孩们住在三楼的集体宿舍，他一间间摸过去，在一张没人睡的小床上看见了小云今的玩具小马。他夹在腋下，又要悄没声儿地溜走，走到二楼时，他听见走廊尽头的会议室里传来男人的低语，那声音有些耳熟，他走近去听。

“人还没找到吗？”

“还没有。”

“那丫头会不会说出去？”

“王总放心，馨馨已经安抚好了，就算云今那丫头出去乱说，我们也肯定有办法堵住她的嘴。”

小江易躲在暗处，看见应该死在昨夜的男人，头上缠着一圈纱布走出来。

男孩面如死灰站在原地。他望向手中那找来逗“俘虏”开心的玩具小马，想起了昨天爬墙时为了拉小云今而弄掉的零食，想起了深夜冲进药店抢走的矿泉水和退烧药，想起了自己白天顶着烈日在太阳下辛苦地捡着矿泉水瓶，想起了在苗苗面包房伸手去够柜台上的面包……

他在女孩最后的时光里尽可能地给她带去欢愉，并不是出于善意，是因为他要拿女孩去换钱，不对她好点儿怕她跑了，而女孩能换到钱是因为她杀了人，但此刻，她“杀死”的那个人活生生地站在他的面前，他那即将到手的钱就这样打了水漂！

想起自己这一天一夜的辛苦，小江易的天，轰然崩塌了！

到底还是小孩，短短时间内经历了人生的大起大落，在这一刻，男孩的眼睛竟然微微湿润了起来。

油灯街的荒地在别人看来破破烂烂，但在被福利院禁锢久了的小云今眼里却处处充满生机和乐趣。她早起不见江易，也不吵闹，自己去昨天的果树旁转了转找了点儿吃的，又去一旁的草丛里扑蝴蝶，玩得不亦乐乎。

她玩泥巴玩累了，天空中太阳升至中间了，江易却还没回来。她肚子饿了，拿上昨天的麻袋，学着江易教她的出去捡矿泉水瓶了。

小江易回到了家，江滟柳还在床上睡觉，他拿上书包坐到门口写作业。

书本翻开，他却一个字都看不进去，脑子里全是女孩的身影，按理说那男人没死，女孩对他就没有用处了，丢在烂尾楼自生自灭好了，他又不是菩萨，没必要去帮助不相干的人，可他心里却说不出的烦躁。

他一直磨到黄昏才把作业写完，江滟柳给了他一块钱叫他去吃晚饭，叮嘱他不到半夜不准回家。

小江易揣着一块钱漫无目的地上街晃荡了，时而踢踢路上的石子，时而踩死一两只小虫，错综复杂的巷子像迷宫一样绕人，他不知走到哪个出口，一抬眼看见在脑海里晃了一天的女孩正在前方不远处跟人说话。

女孩很有礼貌，踮起脚在自己头上比了比：“阿姨，您见过一个小哥哥吗？大概这么高。”

她一连问了几个路人都没有得到想要的答案，神色失落地坐在花坛边。一整天没吃东西，她饿得有气无力。正在小云今难过的时候，视野里出现了一双穿着破旧凉鞋的脚。她一抬头，看见了江易，苦巴巴的小脸一下又焕发了活力。

“你去哪儿了？”女孩像只欢乐的小鸟，跳起来绕着他转，“一整天都没回来，我还以为你被警察带走了。”

“我为什么会被警察带走？”

“因为你包庇我。”女孩想了想，“我赖在你身边不走，会给你添麻烦吗？要不你把我交给警察吧，说不定还能换钱买面包吃。”

江易说：“好啊。”

女孩抿了抿嘴唇，从口袋里掏出两块钱递给他，江易漂亮的眉蹙了蹙，女孩说：“我今天只捡了两块钱的瓶子，都给你买冰激凌吃。”

江易没接，问她：“你今天吃了什么？”

小云今摇摇头，她的肚子很应景地“咕”了一声。江易握住她的手，将她摊开的手掌合拢。

女孩眼睫上翘，疑惑地看着他。

“留着，攒够了拿去买面包。”男孩言辞清冷，但脸上出现了一抹罕见的忍耐和温柔。

他问：“你饿吗？”

女孩点点头，他牵起女孩的手，从兜里掏出江滟柳刚刚给他的一块钱和昨天在家里翻出的两个五角钢镚儿：“带你去吃米粉。”

两块钱只能买一两米粉，还不够江易一个人塞牙缝的，他将碗推到女孩面前。

“你不吃吗？”

江易起身离开，朝家的方向跑去。

五分钟后，气喘吁吁的男孩回来了，手里抱着昨夜溜进福利院拿出来的毛绒玩具。

小云今惊喜：“你怎么会有这个？”

江易将玩偶递到她怀里：“这是你妈妈送的，收好了，别再弄丢了。”

女孩的眼圈有些红了，桌上的米粉一口没动，她从旁边拿来一个空碗，夹了一半进去：“一人一半。”

她的眼睛大而明亮，瞳孔漆黑如点墨，水盈盈的让人身陷其中，江易心里某处忽而变得柔软了。

或许是因为女孩的干净漂亮，或许是因为女孩的乖巧动人，或许是因为她失落地和路人打听他的消息，或许是因为她将捡了一天空瓶子攒下的钱递给了他，再或许是因为她昨晚分他的一半面包和今天分他的一半米粉。

人生第一遭，小江易感受到了被人需要、被人关心的滋味。江滟柳没能给他的东西，他竟然在一个只认识了两天的女孩身上感受到了。

他拿起筷子，将自己碗里的米粉夹了些回去，又端起女孩的碗给自己倒进来许多汤水。

“哥哥……”

“吃饭时别说话。”小江易端起碗，将那清汤寡水的东西喝得一点儿不剩。

“你想回福利院吗？”喝完了汤，他开口问。

女孩不明白他话里的意思，也不知晓他刚刚心里翻涌起了怎样的浪花，她以为江易是嫌她麻烦，想了想，小心翼翼地说：“那个人没死的话我就回去好了，不麻烦你照顾我了，如果他死了，你可以多留我几天吗？等我玩够了会去自首的。”

“他死了。”小江易面无表情地撒谎，“你别想回去。”

他紧接着跟了一句：“我也不会把你交给警察。

“你叫什么名字？”

女孩轻轻抚摩着她的玩具小马：“爸爸妈妈都叫我云今。”

“云云。”江易望向她，“以后我叫你云云。”

“可是以前没人这样叫过我。”

男孩淡淡地说：“那我就当第一个。”

那段短暂的时光是江易人生中为数不多的美好记忆。

他白天上学，放学后小云今会跑去校门口等他。他会把午饭的牛奶和鸡蛋省下来留给女孩，而后带她去他的秘密基地玩耍。

或是去缠山摘果子、掏鸟蛋，去看漫山遍野的鲜花成片开放，两个孩子牵手在花海里疯跑疯玩。

或是带她去西河市废旧的铁轨旁看日落，晚霞铺满天边，将天空染成凤仙花的火红，会有小贩沿着铁轨叫卖，筐子里装有新生的猫崽，有小孩爱吃的丁丁糖，有用白线穿起来挂在脖子上做装饰的栀子和茉莉。

小云今和江易肩并肩坐在一起吃从缠山采来的果子，女孩的视线一直停留在小贩手里的茉莉上。江易跑过去向小贩要了一根白线，又去铁轨旁的荒地上采来不知名的野花，而后编成一串花环戴在云今纤细的脖子上。

女孩欣喜地笑，男孩脸上虽然没有表情，但低头望向她时眼里总是满溢着温柔。

他带她去香溪边玩水，江易水性好，脱掉鞋袜一个猛子扎进水里摸鱼，小云今则捧着一束他摘来的花在河边唱歌，四周盛放着春日里娇艳的野蔷薇，男孩憋足了气沉下去很久，直到小云今着急地站起来喊他的名字，他才调皮地从水里冒出一个湿漉漉的脑袋。

江易经常能捉到鱼，他在河边的石滩上架上柴火，用树枝穿起来烤给女孩吃。等到晚霞消散，两个孩子手牵手回到城里。

苗苗面包房正在处理当天没卖完的面包，员工将面包揉碎了扔掉，江易去翻那垃圾桶，扒出一些装在袋子里干净的面包碎渣当晚饭带走。油灯街外的炸鸡店夜里半价，两个孩子会攒上一周的废品钱，去买两个小鸡腿坐在烂尾楼里分食，肉不多，但滋味鲜美。

江易会在江滟柳去做头发的时候偷偷将小云今带回家，女孩在浴室洗澡，他在门外搓洗她换下来的衣服，翻出自己的短裤和 T 恤衫给她穿，又在江滟柳回来之前溜走。女孩头发未干，散发着洗发水柔软的甜味，走着走着就习惯性地将脑袋歪在他的肩膀上。

小江易故意跟她拉开一点儿距离，女孩忙不迭地又贴上来。

“你是女孩。”

小云今撇嘴：“你是我哥哥。”

男孩的嘴角在她看不见的地方弯了弯，他把肩膀摊平，让她更舒服地靠着。

白天江易上学时，小云今会出去捡瓶子，等到夜深两人玩累了就在烂尾楼休息。江易做作业，云今看星星，她偶尔翻身端详着江易和他的作业本，女孩天生聪明，哪怕不上学只看课本也能自己琢磨出意思，有时江易不想写作业，她就接过笔帮他写，或者端起书教他念英语。

江滟柳接客的晚上，江易回去也是睡走廊，他常和小云今裹在一张毛毯里相拥而眠。小孩还不懂什么，只觉得温暖的皮肤相触十分舒服，女孩像只软乎乎的小猫趴在江易怀里，她不再做梦喊妈妈了，更多的时候，是一夜香甜地睡到天亮。

偶尔江易放学时云今不在校外，被油灯街的小痞子拦住欺负，江易回来时见到总会把书包一丢冲上去厮打，对方都是半大的孩子，他一个人讨不到好，直到把他揍得鼻青脸肿，打人的孩子们才骂骂咧咧地离开。

小云今虽然害怕，但不哭也不叫，她扶江易起来，柔软的指头抚上他嘴角的伤口。

“不疼。”江易安慰她。

女孩心疼的眼神令人心碎，她凑过去，懵懂地吻了吻他肿起的脸颊。江易怔住，别扭地别开脸。

那晚小云今没有睡着，她偷偷溜出去，跑到那几个男孩的住处，她手里拎着一个大纸箱，用发卡撬开门锁，挨家挨户放进刚刚抓来的小耗子。女孩拍拍手离开，嘴角扬起一个小小的邪恶的微笑，一回头看见江易站在身后。

那抹笑被她压回去，又恢复成那人畜无害的天真模样。她以为江易会骂她，会问她为什么会撬锁，可江易只是朝她勾了勾手指头，她走过去牵起他的手。月亮正圆，他什么都没问，也什么都没说，一路握紧她的手回到了烂尾楼。

……

晚风凉爽。两个小孩刚从缠山下来，小云今脚底磨破，趴在江易的背上让他背着走。

她玩了很久，疯得口干舌燥，轻声对他撒娇：“我渴了。”

离油灯街还有很远的距离，前面是富人区，成片带花园的小洋楼，江易看见一家院子里种着葡萄，上面已经结了果子。他将云今放下来，跟她商量：“我去给你摘葡萄好不好？只摘几颗给你解渴，不算偷。”

小云今也看见了那家的葡萄，长得又大又圆，她实在渴得要命，点了点头。

江易顺着墙头爬进去，攀住葡萄架摘了一串晶莹剔透的紫葡萄，他刚要原路返回，木架“咔嚓”一声断了，他掉进庭院里。

屋里人听见动静开门来看。那人江易眼熟，是两个月前在面包房见过的少年。

少年腋下夹着足球，看样子是打算到院里练球，他跟江易四目相对，愣了愣。江易本能使然，抓起葡萄转身就跑，可他上一次就没能逃出少年的魔爪，这一次依旧没能，被少年拎着后领拽了回来。

他自觉要倒大霉，将葡萄朝墙外一扔，吼道：“云云快跑！”

少年饶有兴趣，拎他比拎一只小鸡崽还要轻松，他对墙外的女孩开着玩笑：“你朋友已经被我抓到了，想要他活命就乖乖进来。”

片刻后，一个抱着玩具小马的漂亮女孩出现在了门口，她神色警惕地盯着少年，故作凶狠地说：“放开我哥哥！”

小云今坐在沙发上，手捧一杯热牛奶，小口小口抿着。

江易一脸戒备，少年递来一包薯片，他视而不见：“谁知道有没有毒。”

小云今一听，连忙放下牛奶，抹抹沾着白沫的嘴巴。

少年笑笑：“我为什么要下毒，就因为你摘了一串还没熟的葡萄？放心喝吧，天已经黑了，在外闲逛不安全，喝完我送你们回去。”

“用不着，”江易冷冷地说，“我们自己会走。”

他见云今把牛奶喝得差不多了，牵起她的手离开房子，小云今乖乖地跟着他，她今天穿了件江易的黄色 T 恤衫，像只跟在母鸭身后毛茸茸的小黄鸭。少年没有在意江易的冷言冷语，悠然地跟在后面，一边享受清爽的晚风，一边送两个孩子回家。

尽管女孩嘴里叫着男孩哥哥，他却不认为这是一对兄妹，两人的着装、气质天差地别，完全不像在同一个家庭里熏陶过的孩子。男孩是只獠牙外露的小狼，处处提防、试探着世界，女孩是只看似柔软却暗藏利爪的小猫，神态言语里自带一抹从容和优雅。

两个小孩停在一个小区门口，男孩不耐烦，像要迫不及待地甩掉什么麻烦：“我们到家了。”

少年蹲在女孩面前，拉过她的手，掏出两张粉色钞票放在她掌心：“告诉你哥哥，以后不要偷东西了。”

他压了压棒球帽的帽檐，看了眼小江易，男孩还是一脸拒人于千里之外的冷漠，生硬地说：“云云，还给他。”

不等女孩将钱还回来，少年摆摆手，头也不回地离开了。

小云今将钱递给江易，他接过来折好，放进女孩的口袋：“这是他给你的，留着吧。”

女孩灿烂地笑：“有了这些钱，以后可以吃二两米粉了，明天我们去香溪捉几条鱼带给刚才的哥哥吧，就当还他的钱了。”

江易面色严肃，刮了刮她的鼻尖：“不要轻易相信别人，没有人会无缘无故对你好，以后我不在你的身边要多长些心眼儿，他要送你回家，你千万不要傻傻地真带他回去，知道吗？”

女孩俏皮地说：“你不就是无缘无故对我好吗？”

江易抬头看了看面前高档小区通亮的灯火，拉着女孩的手朝油灯街的方向走。

两个小孩有说有笑，你追我赶，彼此依偎着活在这世上，再远的路都不觉得长，再难也不觉得辛苦。

临近油灯街的路口有座公厕，江易进去上厕所，小云今坐在路边等他。深夜路上没什么人了，偶尔有车辆飞驰而过。小江易解完手提裤子，忽然听见寂静的夜里传来女孩的喊叫声，他连忙跑出去，只见路边停着一辆黑色轿车，小云今没了影子。

在车子的副驾驶座上，坐着圣心福利院那个穿长袍的嬷嬷。小江易追过去，汽车绝尘而去，喷了他满脸尾气。

小云今被毒打一顿后关了起来。

一楼禁闭室专门用来关不听话的小孩，窗上设了防盗网，门从外面用一把黄铜大锁扣着，彻底断绝了小云今撬锁溜出来的可能性。她趴在地板的垫子上，因为疼痛缩成一团。

月光越过窗子洒进室内，给这漆黑的屋里照进一点儿亮光。

窗玻璃“咚咚”响了两声，小云今费劲地抬起头，看见江易满脸焦急地站在窗外，她爬起来。

才一个小时不见，女孩身上遍布着大大小小的伤痕和瘀青，她皮肤白，衬得那些附着的颜色显眼无比。

江易的眼睛瞬时红了，他推开窗户，尝试从铁栅栏间钻进来，但栅栏太窄，试了半天都徒劳无功。他握着窗户上的铝合金条，手指攥得通红，死死盯着女孩身上的伤：“是死老太婆打的？”

小云今虚弱地点头，江易从地上捡了一块砖头转身就走，女孩抿抿嘴唇叫他：“哥哥，你别去，福利院有很多老师，你一个人打不过她们的。”

江易心里压抑着怒火，他把石块丢了，偏过半张冷峻的侧脸：“你等我，我现在去报警。”

少年正在院里练习足球，忽然听见大门外传来一阵急促的脚步声。

不久前才光临此处的男孩回来了，他衣裳被汗水浸透，气喘吁吁地跑进来："帮我个忙。"

"进来慢慢说。"

"没时间了，她们把云云关起来了，你能帮我救她出来吗？"

"谁把她关起来了？"

"福利院的老太婆，警察说老师教育小孩不归他们管。"

男孩上气不接下气，将事情的经过简单说了一遍。少年问："云云是从福利院偷跑出来的？既然她跟你在一起待了两个月，你又知道福利院的地址，为什么不送她回去？"

江易刚才从福利院一路跑到警局，在被警察拒绝后又一口气跑到这里，头发湿得像刚冲过澡一样，一绺一绺粘在脸侧，虽然面容狼狈，可他的眼神丝毫不像一个八岁的孩子，冰冷得没有一丝温度："我不想送她回去，福利院的老师会罚她跪院子，还会带男人进来——"他顿了顿，"脱衣服，对她做不好的事情。"

少年俊挺的眉峰渐渐蹙起："你说什么？"

封闭的房间没人送饭，也没有人进来。女孩又饿又渴，身体上的疼痛使她睡不好觉，迷迷糊糊中觉得时间流逝得十分缓慢，她觉得至少过了一个礼拜，可当大门打开来人把她抱出去的时候，她才发现，距离她被关进来，只过去了三天。

短短三天，圣心福利院的老师全部被换了，嬷嬷依旧穿着长袍，只不过兜帽下变成了一张稍老、慈祥的脸。

小云今不知道发生了什么事，被带到医院检查时朝新来的老师问："我哥哥呢？"

新老师温柔十足，摸摸她的脑袋："再过几天哥哥就来接你回家了。"

小云今不疑有他，安心在医院养伤，一周后她回了福利院，每天期盼着江易来接她。

福利院的生活太过枯燥，念书、吃饭、祈祷，与之相比，虽然食不果腹，但她更想和江易在外面无垠的天地里疯跑，想吃他爬树摘来的果子，吃他从水库里捞上的鱼，想和他手牵手去捡空瓶子卖废品，和他一起走在璀璨的星空下。

和江易在一起的一天，抵得过在福利院行尸走肉般的一年。

总之，和他在一起，做什么都是好的。

福利院外的蔷薇花今年开得格外艳，茂密的藤蔓爬了满墙，枝叶与花朵严丝合缝，翠绿与深红色交相混杂，让这初夏时节美得像幅画。

江易站在那堵蔷薇花墙下，那是他第一次见小云今的地方，可花朵的娇艳也盖不住他脸上的冷色，在这炎炎夏天靠近他身边，空气仿佛都冰冻了几分。

少年站在他身边，没戴棒球帽，露出一张俊美的脸，他的目光望向福利院内正在和嬷嬷交谈的一对中年夫妇，两人一身得体的衣着，聊完天又去陪孩子玩，小云今抱着球从一旁经过，女人招手叫她过来，她站好，乖巧地叫了声“阿姨好”。

少年收回注意力，说：“在我念小学的时候，我妈怀过一个妹妹，可惜她身体弱没能保住，要是那个孩子平安出生，现在也该这么大了，我父母一直想再要个女儿。”

少年蹲下身看着江易：“他们会对云今好的。”

江易眼里写满怨恨：“为什么是她？孤儿院里那么多小孩，你们为什么非要领养她？”

少年将他的情绪尽收眼底，笑了笑：“你希不希望她过得好？”

少年的父亲有些人脉，不费什么力气就揭露了福利院的肮脏勾当。事后夫妻二人看了孩子们的相簿，花裙子、白袜边，只看一眼，漂亮灵动的女孩就撞在少年母亲的心上，她泪眼蒙眬道：“这就是我梦里的女儿。”

少年说：“云今以后会住在我家，她可以去念书、去学英语、去弹钢琴，随时都能吃到花园里的葡萄和苗苗面包房里新鲜的面包，她可以去做一切她喜欢的事，再也不会有人打她，她也不用饥一顿饱一顿地在外面流浪，你不想让她过上这样的生活吗？”

江易眼睛里的光暗淡了，可当他望向院里小云今脸上天真的笑容时，又变得柔和了。

“你可以常常来看她，我们一家人都会欢迎你的。”

江易一言不发，转头走了。

小云今洗完澡，抱着小盆从浴室出来。

夜里的风裹挟着墙外蔷薇花的香味，拂面而来一阵清爽，女孩踏着石板路走回宿舍，忽然听到有人在叫她的名字。她抬头，看见小江易攀在墙头，连忙丢下盆子跑过去。

许多天没见，江易瘦了点儿，眼窝里锁着一丝不易察觉的忧伤。小云今踩着花坛上的砖块，踮起脚刚好可以够到江易的手。

小云今攒了一肚子话要和他说，有福利院的嬷嬷换新人了，新嬷嬷很慈祥，从不打人，还有她前些天在医院吃到了好吃的蛋糕，她偷偷给江易留了一块，但他总也不来，最后放到变质了，她还提起今天来看她的叔叔阿姨。

“他们好温柔啊！”女孩说，“给我带了很多娃娃和裙子。”

江易不作声，女孩手掌伸到他面前晃了晃，他才晃过神来。

“哥哥。”女孩小脸上绽开一个比蜜糖还甜的微笑，“我想你了。”

傍晚时分下过雨，空气里浸满泥土的潮味。到了夜里，乌云散开，露出满天灿烂的繁星。

“明天能出来吗？刚下过雨，缠山的水库里可以捉青蛙了，你以前总说要我带你去，还记得吗？”

女孩的笑容更甜了：“好啊。”

江易眉眼温柔，从兜里掏出一条编好的五色线绳。

端午将近，为了赚些零用，江滟柳和她的一群油灯街的姐妹编了手环拿到街口去卖，说这东西辟邪，家家端午都要给小孩编一条。女人编的时候，江易就在旁边捡了她用剩的彩绳，给云今也编了一条，他手法生疏，许多地方都打成了死结，编好的成品并不好看。

可女孩依然如获至宝。

“真漂亮。”她小心翼翼地戴在手上。

江易帮她调整松紧：“这里有一个扣子，等你长大手腕变粗了扯一扯，就不会勒到你了。”

女孩望着他：“等我手腕变粗，你再送我一条就好了。”

天穹上熠熠闪烁的群星映衬在她身后，她趴在墙头上朝他笑，清辉胜过头顶的亿万星光。

他小心地扶着她的胳膊：“当心，别摔下去了。”

她脸上被嬷嬷打出的瘀青几乎看不见了，江易触碰上去，肿也消了，他心底忽然涌起一股从未有过的柔软。他鬼使神差地低下头，学着女孩曾经亲吻他伤口的模样，一个克制的亲吻印在她脸颊上。

黑夜里女孩的眼睛格外有神，她怔了下，没有说话。

“说好了。”男孩记不清多久没有这样笑过了，他摸了摸她耳边的鬓发，“明天带你捉青蛙。”

天地静谧无声，万物温柔可亲。

蔷薇、虫鸣、晚风，所有的一切在这一刻敛然收声，陷入沉睡，只剩一抹亘古存在的星辰，皎皎光辉映照着穹顶之下两个依旧清醒的孩子。

江易没有再说话，想说的话风儿都懂，他只是凝望着她。

今时今夜，女孩的柔软与笑容，时过多年，他依旧清晰地记得。

第十六章 绑架

赵云今的梦做了有一个世纪般漫长，醒来时脑袋昏昏沉沉，她靠着床头醒盹儿，回忆起昨夜的梦来。

现在已经记不清梦境的全貌，只有一些稀疏的碎片，但和从前一样，梦里依旧有一个看不清面貌的男孩，一直挡在身前守护她。

她揉了揉因为睡得过久而钝痛的太阳穴，视线忽然落在腕间的线绳上。

在梦里，这是男孩系在她腕上的，与其同样印象深刻的，还有满天璀璨的星斗。赵云今早已习惯了这样的梦境，就算再怎么追寻也找不到答案，她没有多想，拉开帘子下床。

已经上午九点了，燕子还待在江易家。

正对着走廊的窗户大开，窗台上摆了几盆养得半死不活的蟹爪兰。

女人双手合十，双眸紧闭，对着其中一盆念念有词："……昨晚是赵云今非要请您来，有怨报怨，有仇报仇，要缠就缠她，千万别来找我。"

她太过虔诚，就连赵云今起床的声音都没听到，少女站在她身后，很不给面子地笑出了声："姐姐，你不是不信这些吗？"

燕子被吓了一跳，手忙脚乱地后退，不留神撞翻了放在窗边的老式木匣子，里面的东西撒了一地。她脸上过不去，辩驳道："举头三尺有神明，这种事宁可信其有，不可信其无。"

赵云今没顾上揶揄她，注意力被那匣子里落出来的东西吸引了。

她弯腰捡起夹杂在里面的一条彩色线绳，编织方法和她手上的相差无几，都是很复杂的络子打法，她这些年从来没在别处见过。她将那条线绳搭在手腕上对比，彩线的颜色也一样，只不过一条戴了快十年，已经磨损得不像样子，另一条还崭新如初。

楼下推着小车走街串巷卖豆花的小贩来了，江易一夜没睡，正坐在门口抽烟。一夜过去，他的眼睛隐约能看见点儿东西形状了，但还有些模糊。

他听见车前挂的喇叭里传来“卖豆花”的声音，掐烟起身朝楼下喊了声。

不一会儿，小贩拎着两人份的早饭上楼，江易付了钱，进屋时正好听到燕子和赵云今的对话。

“还不走？”他的音调很平静，但从他冷峻的神情和手里提着的两份早饭足以看出，哪怕过了一晚，他依然不欢迎屋里的生人。

昨夜要不是赵云今两度出手帮忙，以江易的性子绝对不会多管闲事。燕子很有自知之明，她心直口快，虽然嘴上处处不饶人，但对赵云今很是感激。

至于对江易，打从少年一个烟头烧穿她十几条裙子后，她就在心里种下了惧意。

虽然他眼睛看不见，少了那刀锋般锋利的眼神，但站在他面前，她依旧有些拘谨。

“我一个人不敢回，你们能不能抽空陪我回去一趟？”

江易将一份早饭推给赵云今，面无表情地咀嚼着油条：“找警察。”

“昨晚报过警了，警察也去家里看了，可屋里连个人影都没有。”燕子崩溃地说，“我有种预感，那些人就在暗处监视我，如果我和警察一起回去，他们一定不会出现，等警察一走，我一个人的时候他们肯定会再冒头的。”

江易冷漠：“我不为你的预感埋单，就算他们再出现，跟我有什么关系？”

“前后街就五分钟的路，我回去把银行卡和身份证带上，今天就去找住处，绝对不麻烦你们了。”

赵云今坐在一旁，手里把玩着那条捡来的线绳，若有所思。

燕子望向她，语气恳求：“云今……”

赵云今不动声色地将线绳收进衣兜，漫不经心地说：“好啊，他不方便，我陪你去。”

她刚要站起来，手腕被江易攥住：“坐下。”他把豆花朝她面前推了推，“先把饭吃了。”

白天人多，赵云今陪燕子回了家。

一路上遇到熟人唠了几句，燕子情绪稳定了不少。

她昨天离开得仓促，房门都没来得及锁，直接开门进去。家里布置简单，一览无余，根本没地方藏人。

燕子从床下翻出行李箱，朝里丢衣服，又从衣柜的冬衣口袋里翻出存折和金项链。

赵云今打趣：“燕子姐姐，你金库不小嘛！”

燕子颇为自得地笑了笑：“正经人看不起我们，但我跟你说句实话，我赚的钱不知道比那些正经人多多少。只要不伤害别人，能赚钱的活儿我都愿意干。这钱是给我弟弟攒的，留着给他念大学娶媳妇用，这几年房价涨得比火箭还快，从现在起就得打算着了。”

赵云今的目光落在餐桌上一个四四方方的小铁盒上，盒子是纯黑色的，金属感厚重，看起来不便宜，跟燕子花哨廉价的装饰喜好不太相适。她拿起来看了眼：“这是什么？”

燕子接过来：“这不是我的呀，谁放这儿的？”

她说完好像意识到了什么，脸色一下变得凝重，像是有预感一样颤抖着手打开盒子，里面是一张白纸，她捏起来，纸下放了一截雪白的断指。指头很小，不像成人的尺寸，指节部分有一道黑色胎记。

燕子的眼泪“唰”的一下就流了出来，手里沉重的盒子再也没握住，“啪嗒”一声掉到了地上。

赵云今接过她手里的纸，上面只有寥寥几行打印出来的字迹。

沈佳燕，想要你弟弟活命，就在今天傍晚五点前来纸上这个地址，晚一个小时剁你弟一根手指头，记着，要是敢报警，你弟命就没了。

燕子泪眼蒙眬，抓起纸就往外冲，赵云今拦住她，女人眼睛通红：

“让开！”

“报警。”赵云今冷静地说。

“报警我弟就没了！”燕子情绪失控，朝她嘶吼，“那些人多狠心你不是没看到，他们已经剁了我弟弟一根手指头，小旭才十岁，没有手指让他以后怎么念书，怎么做人？”

“不报警他就能活了？”赵云今挑起纤细的眉峰，平静得不近人情，“绑匪要的不是钱不是物，是你的人。虽然不知道他们要做什么，但你一去肯定凶多吉少。能做出这种事的人，你觉得他们会放了你弟弟？

“还不知道换人地点是不是那里，放回你弟弟给警察传消息和把你弟弟一起清理掉，对一群穷凶极恶的绑匪而言，你认为他们会选哪一种？”少女笑得残忍，“是我就选后一种，杀一个也是杀，杀两个也不过是顺手而已。

“这种时候不选择相信警察，却去指望绑匪能善心大发，姐姐，你年纪也不小了，怎么还这么天真啊？”

燕子身体抖个不停，哭着问：“那怎么办？”

赵云今掏出手机，帮她拨了报警电话。

这一天一夜的事已经耗尽了赵云今平时一年才能发出的善心，她没打算继续跟燕子纠缠下去，报完警后就回了江易家。

听完她的叙述，江易没什么激烈的反应，只是随口问了一句：“不继续帮她？”

“就算想帮也要考虑自己能不能做到，绑架这种事明显超出我的能力范围了，心有余而力不足，帮她报警已经是最大的举手之劳了。”

“昨晚的事算在你能力范围内？”

“那是例外，”赵云今眨了眨眼，才想起江易看不到，“不是跟你解释过了？”

“你也说过，韩小禾只是普通同学，既然关系并不亲密，为什么要对她的事这么上心？”

赵云今托着下巴：“因为心情好啊。”

刚才燕子催她一起回家，她的豆花只吃了几口，还剩下半碗，丢掉怪可惜的。她捏起勺子准备再吃点儿，却觉得碗里的豆花少了点儿。

“你吃我豆花了？”

江易正闭目养神，听闻这话眉梢扬了扬：“没有。”

“豆花少了。”

“你记错了。”他波澜不惊。

赵云今嘴角噙着笑意盯了他一会儿，掏出那条彩色线绳放在他掌心：“这东西是刚刚从你匣子里掉出来的，和我这条长得很像，几乎是一模一样，颜色、大小，就连上面编错的结扣都差不多。”

江易手掌握了握，又松开，将线绳随意丢在桌上：“这种东西街上到处都能买到，有什么稀奇？”

“可我从来没见过。”

“你走路注意过四周吗？”少年淡淡地说，“下巴一直扬着，眼睛长在头顶上。”

能把赵云今的骄傲劲儿损得这么委婉，江易也算得上嘴毒，可赵云今却丝毫不在意，问道：“你在哪里买的？”

“不记得了。”他淡淡地回答。

那年端午，同样的线绳他编了两条一模一样的，漂亮的送给赵云今，残次品自己留着。

他这些年保存在匣子里从未戴过，没想到有一天会被赵云今亲手翻出来。

赵云今遗憾地说：“可惜了，还以为能找到什么线索，总觉得忘记了很重要的事，却怎么也想不起来。”她呢喃着，“是什么呢……”

江易的眼睫颤了颤。

赵云今被林家收养后他去过很多次，但都没有进门，只是趴在墙头上朝里看。

女孩生了一场大病，一个月没出房门，病好后就变得不爱说话了，只喜欢坐在庭院里盯着院墙发呆。小江易趴在墙头上朝她挥手，她视线挪过来，与男孩对上时却没有从前的欣喜炙热，有的只是平静和冷漠。

她目光淡淡地掠过江易，扭头进了屋子。

小江易愣在原地，女孩这样的态度让他无法接受，他趁家里大人外出时按响门铃。

女孩接起门上的电话，声音清冷：“你好，找谁？”

江易叫了她的名字，对面的人半天没有回应，再开口时说的话几乎把他的心都弄碎了，她冷冰冰地说：“我不认识你。”

小江易游魂一般回了油灯街，又忍不住再次游回来。他趴在墙头上，看着屋里一家四口其乐融融，女孩脸上终于带了丝笑容，他看着少年将院里草坪上的球门拔掉，扎上一架小秋千，又将墙上的葡萄架铲除，栽上蔷薇藤。

女孩脸上的笑容一天多过一天，大病后消瘦的身形也一天天恢复，她又恢复到从前快乐的样子，但眼里的光芒没有一寸是和他有关的。

打那之后，江易很久没有去过林家的宅院，后来再去看时，院子里空空荡荡，女孩已经搬家了。

那犹如心脏剥离般的痛楚让小江易消沉了很久，都说小孩不记事，但年少时回忆里的一点儿甜，他记了整整十年。

原以为是女孩到了新家过上了优渥的日子后，不愿再和从前的他有所牵扯，直到十年后他才知道，当初她淋雨后发起的那场高烧带走了什么。可现在再叫他站在赵云今面前，坦荡地牵起她的手，叫她一声“云云”，他却做不到了。

时光能雕磨的东西太多了。

十年，曾睡在油灯街烂尾楼里的女孩已长得亭亭玉立，是富贵人家一朵娇艳的蔷薇花。

十年，晃荡在油灯街的男孩却依旧如初，是阴沟里不敢窥见天日的暗虫。

美好的东西只有封存起来才能永远保鲜，一旦拆开，很快就会腐烂变质。

天差地别，云泥之隔。

江易不想再提起什么。

赵云今伸了个懒腰，伸手在他面前晃了晃：“想什么呢？”

江易的眼睛早上就开始好转了，恢复了一会儿，视野中能看清的东西越来越多。

他刚要把赵云今的手拍开，少女朝后一靠，歪歪斜斜半倚在椅子上。她在江易家待了很久，睡觉休息都穿这一身衣服，内衣钢圈勒得难受。

她想起江易眼睛又看不见，不穿胸衣也没关系，于是将手伸到背后，隔着外衣解开内衣扣。

仗着江易"眼瞎"，她十分放肆，当着他的面将内衣的肩带从短袖的袖口抽出来，而后将手伸进领口轻轻一扯，胸衣就顺着揪了出来。她将内衣带缠在手上甩了甩，又耍杂技般绕了几个圈，最后一手揪着一边对着窗外照进来的光线欣赏。

一套动作做完，赵云今心满意足地将胸衣卷好塞进了书包，她刚拉上拉链，就听见江易平静地开口。

"赵云今，你不适合黑色。"

"……"

"不太好吧。"赵云今只是愣了一下随即就恢复了自然，她脸上丝毫没有尴尬，抽起桌布蒙在江易头上，把刚脱下还热乎的胸衣原封不动穿回去，"想看就直说，兴许我心情好就满足你的愿望了呢，装瞎多下流啊！"

江易等她穿好衣服才把脸上的桌布拿下来："彼此。"

要不是他语气冷淡，说出的话一定会让人误以为他是在性骚扰："下次想看男人的身材也知会一声，没必要假装双喜，兴许听到是你，我还能调整到最好的状态，让你一次看个够。"

赵云今一时语塞，可论起这事的源头，还真是在她，她无话可说，天道有轮回，不管有心还是无意，欠下的债终究是要还的。

她不想再纠结谁先看谁的话题，收拾好书包："既然你好了，我也该走了。"

她走到门口，回头看了江易一眼："我照顾你这么久，不说点儿什么？比如谢谢之类的。"

"到底谁该说谢谢？"少年反问。

赵云今只是在他家待了一天，为他买了碗馄饨。

而他，在这一天一夜里为了扮演她受伤失明、为她放火烧楼、为她收留被恐怖分子追杀的女人、陪她半夜三点玩游戏、为她睡沙发，还差点儿因为她被卷入一起新的绑架案，就连早起都还要为她叫早餐上来，不管怎么看，赵云今都不是留下来照顾他的，她是来讨债的还差不多。

赵云今又改变主意了，她将书包随手丢在椅子上，坐到桌前托腮看着江易："你知道吗，刚刚陪沈佳燕回家的时候，我看见纸条上绑匪要她去的地址了，是市中心的银座商城。"

江易隐约有不好的预感，果然，赵云今下一句就问他：“阿易，眼睛复明了，想不想去看看外面的太阳？”

“不是力不能及吗？”

她笑得人畜无害：“我心情又好了。”

赵云今在油灯街外的十元店买了两副墨镜，一副给江易戴着挡光，一副自己戴着挡脸。

两人换了身颜色相近的宽松衣服，并肩走在一起像对小情侣似的。

赵云今的气质远比面孔更有杀伤力，哪怕穿着休闲装散步，她的腰肩依然笔挺着，直直如松。

不怪江易说她走路从不注意四周，她目不斜视，只盯着面前要走的路，从上到下散发着一股没把四周的一切放在眼里的高傲。

周末人多，来往的年轻人也不少。

江易第一次跟她这样走在街上，才发现赵云今的魅力到底多大，他在身边跟着，有些异性尚且还控制不住偷看她，如果没有他在，那目光还不一定怎样火热和直白。

少女却很平静，是见惯风浪的人，她甚至转头给一直盯着她的青年一个莞尔的笑，那人脸红了红，面上害臊，加快步子走了。

江易冷声：“不是要跟我扮情侣？”

“是啊。”赵云今抻了抻衣袖，抖了抖特意选的和江易一样颜色的衣服，“都穿一样的衣服了，当然要扮情侣了。”

“那就把眼睛放在我身上。”

赵云今怔了下，随即没心没肺地笑：“明白，我们阿易吃醋了。”

江易面无表情，走到她前面去了。

到达银座时还不到一点，赵云今在二楼点了杯咖啡边喝边等。周末商场的人摩肩接踵，她有些不解：“绑匪为什么要把地点选在这儿？”

“这里一定不是最后的交易地点，银座是西河最大的商城，人多眼杂，选在这儿只是为了甩开警察的眼线。”江易喝着赵云今给他点的红茶，望向楼下大门口。沈佳燕与她弟弟的生死他不在乎，只是赵云今想来，他就作陪了，仅此而已。

赵云今明白江易说得有理，但她不甘心承认自己没想到这点，故意说："可是万家馨也是在市中心失踪的，那怎么说？说不定绑匪有任意门，就擅长在闹市区绑人呢。"

"万家馨失踪时有警察介入吗？"

江易一句话说完，忽然注意到少女脸上的小表情。她鼻头翘了翘，极不情愿地"哦"了一声。

他忽然明白了她内心的傲娇，改口说："不过我说得也未必对，世界上确实存在许多科学难以解释的事情，比如你高烧失忆，这种事以前只在电视里看到过。"

"……"

从前只觉得江易不会说话，现在发现并不是，不管什么好话还是坏话，经由他冷漠的口气说出来，听起来总是那么别扭。与话无关，与人有关。

她放弃和他交流，一转头看见燕子从商场大门口进来了。

燕子刚进来电话就响了，赵云今和江易几乎是同一时间朝外看，想在四周纷杂的人群里找到正在打电话的人，可银座的人实在太多了，绑匪可能在任何一层的任何一家店里朝下窥探，正赶上月底促销活动，光是趴在二楼玻璃栏杆上朝下看的人就有十几个，这样漫无目的地寻找简直像大海捞针。

燕子挂了电话后乘电梯上二楼，进了一家女装店。不多会儿，她换了身行头出来，秋装的外套不翼而飞，全身只剩下一条单薄的吊带裙，刚刚还松散披着的头发被她高高束起，露出了脸颊和耳朵。

赵云今说："衣服多容易藏东西，披头散发的话耳朵里可能戴着蓝牙耳机和警察联系，所以绑匪就让她换了身衣服，智商倒是还行。按照你的说法，接下来绑匪该叫她甩开警察了吧？"

话音刚落，站在女装店门口的燕子又接了一个电话，她脸上的神情渐渐凝重起来，左右看了看，最后迟疑着挂上电话，走到大厅中央的垃圾桶旁，在桶盖的缝隙里抽出一张纸条。

"看她现在身上也藏不了什么东西了，她一定已经跟警方断了联系，一旦绑匪用话术威胁，她那么在意弟弟的性命，保不准就头脑发热做傻事了。虽说便衣警察肯定在附近跟着，但绑匪继续这样下去，这女人迟早反水，本来报警也不是心甘情愿的，比起自己的命她更想让她弟弟活着，真想甩掉警察也不是什么难事。”

燕子在原地愣了很久，神情已经开始犹豫了。

“所以跟着她没用，绑匪在暗处，并且不知道有几个人，以他们的智商，警察跟得太紧很容易暴露。”江易眼神锋利，望向来来往往的人群，“警方现在一定也在找绑匪。”

“这里起码几千人，怎么找？又不是拍影视剧，现实里发生绑架案有几个能把人质救出来的？真救出来的都在电视上放着呢，没救出来死了的不知道有多少。”

“警察找不到是因为他们顾虑太多，其实法子很简单。”江易平静地说。

赵云今与他对视，一下就明白了他的意思。少年沉稳如磐石，总是默不作声地将一切都剖析透彻，他很聪明，比她见过的所有同龄人都要聪明，这不是体现在书本和成绩上，而是一种观察力和反应力，江易最绝的一点是他敢想、敢说、敢做，恰巧赵云今也是如此。

因此，聪明人和聪明人的相处总是自如的。少女的脸上露出一个俏皮的笑：“编个剧本还是临场发挥？”

“随你。”

“那直接来吧，我念高二的时候可是学校话剧社的骨干，演技一流。”赵云今朝他眨眨眼。

她拿起桌上的咖啡，脸上一秒换上一副怒意，快步走了出去。

江易跟在她身后，拉她手臂：“云云——”

赵云今停在二楼和燕子所在方向正相反的玻璃栏杆边，朝下瞥了眼，正下方的空地没人，赵云今将满杯的咖啡丢了下去，咖啡炸开在一楼的瓷砖上，“砰”的一声，褐色的液体溅得到处都是，行人纷纷仰头朝楼上看。

江易追上了赵云今：“你听我说……”

赵云今反手给了他一记耳光，声音洪亮，让上上下下的人都听得清楚：“听你说什么？听你说你怎么和别的女人上床？怎么把人家肚子搞大？我才回老家半个月，你就带了七八个女人回家，穿我的衣服，用我的护肤品，睡我的床，抽屉里的保险套少了十几个，劈腿劈到西天去，你怎么还没精尽人亡？

“你以为自己做得神不知鬼不觉了？真当左邻右舍和楼下物业眼睛

都瞎吗？我十五岁就辍学跟了你，辛辛苦苦做前台赚钱给你念中专，你倒好，拿我的钱给小三买香水，还拿我的钱去给别的女人打胎，欠了十几万网贷还不起，就想让我替你还钱，你怎么还不去死啊？”

“云……”

江易的话只说了半截，脸上又挨了赵云今一巴掌，她下手是真抽，打得他脸上火辣辣地疼。他有充分理由怀疑，赵云今是在借题发挥，公报私仇。

“别跟我说话，我觉得恶心。”赵云今生怕不能吸引人的注意，又在这场狗血的“分手”戏码中加了剂猛料，“乱搞得了传染病，小三嫌弃你就把你甩了，你没钱花才想起我来，我是你的提款机吗？离我远点儿，别把病传染给我。”

“……”

原本还热闹的商场一下子变得安静了，周围看热闹的人听到“传染病”三个字脚步不由得朝后退了退。

江易抬眼四顾，赵云今吸引了大部分人的注意，但还有少部分不爱凑热闹的人没有看过来。

他低头，望见女孩红润的唇和她逼真的怒容，被她打过的脸越发疼了。

他用舌头舔了舔牙尖，眼神里有股邪气，忽然反手就将她压在玻璃栏杆上，用力地抱了上去。

赵云今没料到他还有这样的临场发挥，瞳孔骤缩，但下一秒身为“演员”的素养就体现出来了，她一脸愤怒挣扎着去推江易，可少年缠得更紧了。

江易很懂分寸，禁锢着赵云今的力气很大，让她无法挣脱，可只有短短几秒，几秒后他就卸掉力道，装作被她推开，朝后踉跄了两步。

赵云今一脸受了羞辱的表情，转身朝栏杆外大吼：“救命啊，有变态——”

这下，哪怕不关心八卦的人也被呼救声吸引了视线。

江易抬头，快速浏览了一下楼上楼下从栏杆后探出脑袋的人，在一堆望向赵云今的人群中，二楼角落里，一个身穿白衣服戴黑帽子的人格外显眼。

——那人的目光从始至终望向的都是站在一楼相反方向的燕子，如上了强力粘贴剂，死死盯着那个失去了弟弟的无助女人。

燕子匆促地混在人堆里离开商场，她一出门就打了辆出租车去往西河市最大的超市，随后在人来人往的超市里反复绕圈，最后从小门溜了出去，她换了辆车，头也不回地去往绑匪给她的地址。

赵云今的咖啡全泼了出去，又回到咖啡店点了杯新的。

一场闹剧谢幕，绿帽女与人渣男重归于好，让四周的看客十分不满。

可赵云今却很悠然，她慵懒地靠着椅背，一双漆黑灵透的眸子轻盈地落在江易身上："你谈过几次恋爱？"

赵云今讲理，知道自己那两巴掌分量不轻，江易报复回来也是应该的。

江易与她对视，扬起眉梢。

"别多想，"她笑笑，"只是看你抱得那么熟练，所以好奇。凭你这长相和身材，谈过的女友没有十个，八个总有吧？"

她清水般澄澈的眼睛眯成一道弯弯的月牙："跟她们比起来，是不是抱我的感觉更棒？"

"你是说抱一块木头？"

"我是木头，那其他女人算什么？"少女搅动着咖啡，颇有几分自得，"我长这么大，还没被哪个女人比下去过。对了，刚才你叫我云云？赵云云，像我念小学时校外小卖部两块钱一本的言情小说女主名，也太土了。"

"哪里土？"

"就是土，"赵云今鼻头翕动，皱皱眉，"以前从没人这么叫过我。"

这一句话，瞬间把江易拉回小时候，那天小云今坐在米粉摊前，小脸因为捡瓶子弄得脏兮兮的，像花猫一样。她仰起头，也说了相似的一句话："可是以前没人这样叫过我。"

那天他是怎么回答的呢？哪怕时隔十年，那些记忆依旧清晰。

他说："那我就当第一个。"

赵云今给了他一个温柔的眼神，不知是戏谑还是意有所指："阿易，我喜欢林清执，这你知道吧？"她说得云淡风轻，如翩跹于花丛间的蝴蝶，半真半假道，"你千万别爱上我。"

说起林清执，她掏出手机："沈佳燕离开了，警方估计也正伤脑筋呢，林清执在我手机上装了定位系统，两个账户之间的位置可以共享，让我看看他在哪儿。"

少女手指滑动了几下，纤细的眉抻了抻："缠山，是沈佳燕去缠山了？"

发现疑似绑匪的人后，赵云今匿名给警局打了举报电话，她只负责提供自己认为对的信息，至于能不能辨别真伪是警察的事情。

距离燕子离开银座已经过去很久了，早前林清执的定位还在市区，几小时过去，又去到远在几十千米外的缠山脚下了。

在今天这种日子出这么远的外勤，只可能是为了沈佳燕。

赵云今的电话响了，打电话的是唐月华，她问："云今，晚上想吃什么？"

"随便，妈妈做什么我都爱吃。"

"别随便，"女人语气带着责怪，"你和你爸爸都是随便，你哥又说不回来吃饭，一家人就没几次一起吃饭的时候。"

"哥哥给你打过电话了？"

"才打过，"唐月华埋怨地说，"好像今天查案出了什么意外，他正带队在缠山找人呢。"

赵云今心里忽然有种不好的预感："找什么人？"

"他也没说明白。"唐月华叹了口气，"你一会儿回家来给你哥带点儿饭去办公室，总吃泡面一点儿营养都没有，我听他声音似乎心情不太好，你记得安慰安慰他，别让他一个人待着。"

秋风凛冽，女人衣裳单薄被冻得直抖，她拨开脚下丛生的野草，不顾被荆棘刮破的裙子和流血的小腿，边跑边回头望，生怕警察在身后跟着。

前方树木渐渐稀疏，走到分岔口，她掏出手机给绑匪拨了过去。

"你带警察了。"对面的男声低沉，冰冷得没有丝毫感情，"不想要你弟弟活命了？"

燕子攥紧电话，紧张得满头大汗："没有，我已经把警察甩掉了，求求你们别再伤害小旭了，求你们了——"

早前在银座，她在绑匪电话里听到弟弟凄厉的惨叫，不得不照着他们的话做甩掉警察，绑匪却依然不信任她。

“我身上的定位器已经和外套一起丢掉了，不信一会儿你们搜身，如果我身上还有什么东西，你们就杀了我好了，求求你们放了我弟弟吧。”

远处天边飘来沉厚的云霭，黑压压地罩着山上的草木，树木老态的残枝上有孤鸦飞过，发出凄凉的“呱呱”声。

绑匪骤然发出几声阴森的冷笑，燕子的心脏提到了嗓子眼儿，试探地问：“我现在已经到了你说的岔路口，接下来该往哪里走？”

空气陷入凝滞般的沉闷，每一秒都像一个世纪般漫长无望。

男人于瘆人的寂静中开口，用一种近乎残忍的语气说道：“不用来了，你弟弟的命，我收走了。”

燕子头晕目眩，像被千万斤的重锤当头砸下，踉跄着后退了几步才稳住身体，再想说话时电话已经挂断了，她拨回去，对面却关机了。

她抬起头，天地一片灰蒙蒙的，茂密的草木、展翅的群鸟在一瞬间茫然失色，她再也支撑不住，软软地倒在了地上。

江易在车行租了辆摩托，按照赵云今手机上的定位一路骑到缠山脚下。

天色已黑透，两人离定位点越来越近，不远处传来手电筒的光亮。

江易在路边熄火，赵云今摘了头盔下车，看见前方停了几辆警车和救护车。

搜寻队上山很久了，留了一个警员和医生们守在车旁，手里拿着无线电对讲机，警员回身朝黢黑的缠山望了眼，忽然听见从林里传来脚步声和警犬呜呜的叫声。

“林队他们下来了，快！”

警察和医生跑过去，接过林清执身上背的燕子。

女人经过一路颠簸，已经转醒，她晃了会儿神，神志才完全清醒过来，而后疯了般推开医生，转身朝缠山奔回去。

警察拦住她：“沈佳燕，你干什么？”

“我要去找小旭，小旭还在绑匪手里，我不能丢下他不管。”

林清执眉宇间泛着凄哀，他递过来一个物证袋，里面装着一个染满血的蓝色书包：“这是在你昏倒地点不远处的草丛里发现的。”

燕子接过那只书包，眼眶逐渐被泪水溢满，她努力想要逼回去，却没能控制住，她将那只书包抱在怀里，跪坐在地上放声大哭。

“节哀。”林清执蹲在她身边，“你弟弟很可能已经不在了。”

燕子猛然抬起头，用一种怨恨到近乎歹毒的目光盯住他：“你们不是警察吗？报警时你们答应过要帮我找回小旭的，去找啊！小旭还在山上，他还在绑匪手里，那些人还不知道会怎么折磨他，你们还在这里做什么？”

她被愤怒冲昏了头脑，竟然一个耳光朝离得最近的林清执脸上打去，男人不闪不避，挨了她这重重的一巴掌。

赵云今脸色一变，刚要动，一旁的警员先一步上来拉住燕子：“你疯了吗？你再这样我告你袭警啊，没人说不帮你找弟弟，你拿我们林队撒什么气？他为了你的事一天没吃没喝，要不是你丢了定位器、卸载了手机里的监听系统，警察会这么被动吗？不相信警察反而被绑匪摆布，你记着，你弟要是出了什么事，有一半是你这当姐的责任！”

林清执抬手示意他别说了，他望着坐在地上号啕嘶吼的女人，蹲在她面前说：“沈佳燕，警察会尽全力帮你找到小旭，就算他真有什么不测，我也会把他的尸体带回来给你，只要我还活着，就一定会做到，我保证。”

燕子哭得几乎昏死过去，她死死地抱着怀里那个小书包，肩膀耸动，力气用光，只剩下细微的抽咽声。

公安局外。

赵云今一直等到深夜才等到林清执下班，江易坐在路边抽烟，他没有回去，也没有明说留下来做什么，只是一直陪着她。

林清执出来时看见他俩，笑了笑：“两个小孩，明天不用上课吗？”

赵云今看了眼表：“才十一点，哥，我饿了，陪我去吃个消夜吧。”

她看出林清执没有胃口，但他一天没吃东西了，身体受不住，不说自己饿了他肯定不会去。

林清执的目光落在江易身前的摩托上，后者一下就领会到他的用意：“租来的，我明早会还。”

林清执从他手里接过钥匙：“上来，请你们吃东西。”

摩托的车座够坐三人，赵云今坐到林清执身后搂住他的腰，江易犹豫了一下，随即坐到最后，手抓着后座上的铝合金杆子来维持平衡。

林清执一路骑到城南的小巷才停车："这条巷子有很多小吃，我读书时就喜欢来这儿吃消夜，老许粥铺很不错，既香又清淡，今天带你们尝尝。"

他脸色平和温柔，赵云今无法通过他的言语和表情判断他的心情，乖乖地跟在他身后要了一碗生滚猪肝粥，江易点了碗牛肉青菜粥，林清执吃得最淡，只要了碗清火的白粥。

"阿易的眼睛没事了？"林清执问，"果然年轻人身体底子好，不像我，现在奔三了，受伤后康复就没你这么快。"

"你才二十六，算什么奔三。"赵云今撇撇嘴，又吸吸鼻子，"这粥好香啊。"

林清执眉眼间倦意很深，和他们聊聊天，不一会儿就把粥吃完了。

赵云今问："沈佳燕的弟弟到底怎么回事？绑匪要的人还没得手，怎么就把他撕票了？"

"不知道，"林清执说，"她出了银座就把警察甩了，现在拒绝和警察交谈，这中间发生了什么没人知道。其间警方接到匿名电话举报了在商场内监视沈佳燕的绑匪，我派了一队人盯着他，沈佳燕离开银座后，那人没有跟着去往下一个目的地，直接回家了。"

"回家了？"赵云今惊讶，想起自己和江易在商场里做的种种，郁闷地问，"难道他不是绑匪？"

"可以说是，也可以说不是，准确来说，他只是一个接外包活计的混混儿。警方害怕打草惊蛇，一直蹲守在他家周围没有抓捕，直到傍晚沈佳燕还没有消息，才把他带回了公安局。"林清执蹙眉，"贺丰宝审过，他承认自己在银座监视沈佳燕换衣服、丢掉定位器的事，但其他一概不知，就连给沈佳燕打电话的人都不是他，绑匪没有亲自到场，只是花钱请人代为监视。"

赵云今第一次听说监视还可以请人代劳，又问："那警方是怎么找到缠山的？"

"那人和绑匪经由电话往来，我找通信公司查了他们最后一次通话时对方的 IP 地址，IP 显示在缠山水库附近，去搜山也是出于无奈，毕竟这么久没有消息，沈佳燕很可能已经遇害了。"

赵云今又想起刚刚她打林清执那一巴掌，冷笑：“那女人命倒还不错，可惜不知道什么是感激。”

林清执不说话了，女孩问：“哥，你困了吗？”

他摇摇头：“我吃完了，出去抽根烟。”

附近的商店已经打烊了，林清执买不到烟。他回到粥铺，没有进去，坐在门口的台阶上吹冷风。

这时他身旁坐下个人，伸手递来一根烟，林清执接过：“谢了，我没有烟瘾，只是偶尔心烦的时候抽几根，所以身上一般不装这东西。”

江易没说话，点了根陪他一起抽，林清执抽完一根没有停下，又接二连三地续上。

天空倒悬着一弯明月，城市璀璨的灯火穿透了枝叶繁茂的梧桐。

林清执吐出一圈烟雾，抽烟的动作像一个优雅的痞子：“我做警察这些年，从来没有过这么挫败的时候。从小顺风顺水，读书时毫不费力，就连长大了工作也走得比一般人平坦许多，从前一直以为是自己能力强，现在看起来，那只不过是幸运。

“最近发生的事太多了，万家馨案，香溪高中袭击案，油灯街失踪案，再加上今天的绑架案，一件比一件蹊跷，一件比一件没有头绪，而我什么都没能解决，那种看着受害者家属在面前崩溃却无能为力的感觉，让我觉得自己不配做警察。”

江易弹了弹烟灰，破天荒地笑了笑：“无所不能的林警官，这是遇到挫折了？”

“我也是凡人，是人就会遇到挫折，哪有你说的那样无所不能？”

“既然是凡人，你还烦恼什么？如果每一件案子都能查出结果，每一个人的困局都能解决，那就不是人了，是神。‘警察’这两个字听起来带有光环，但说到底只是一份普通职业。如果老师尽力了却没能教好后进生，他就不配做老师吗？医生尽力了却没有治好病患，他就不配做医生吗？警察同理，只要没有愧对这份工作，就没有什么配与不配。

“况且我实在想不出。”江易把烟盒里的最后一根烟递给他，“如果你都不配了，还有谁能做警察。”

林清执笑笑：“书没念几本，说起话来道理倒是一套一套的。”

“道理如何跟读书多少无关，这些事就连小孩都懂，你是太正经了，强加给自己许多不必要的责任，才会压力这么大。”

林清执接过最后一根烟，放在手里却不抽：“本意是带你们来吃消夜的，最后却要你来安慰我。”

江易说：“我并不觉得你需要安慰，就算没有我说的这些话你也会自愈，我只是出来跟你聊聊天，顺便抽根烟的。”

“谢了。”林清执说，“把心里的烦躁说出来，现在感觉好多了，案子确实难办，可我当初选择做刑警就已经知道了要面对的困难，我这人不愿意认输，越是不行越要去试，越有难度才越有挑战。”

“我没做什么，不用谢我。”

“谢你陪我聊了会儿天，有工作上的烦心事不好带回家倒苦水，偶尔有个人能听我唠叨，我还是很放松的。”

江易见林清执不抽那根烟，想拿回来，林清执却把手一抬，高举过头顶。

江易提醒他：“这是我的。”

“未成年不能吸烟，现在是我的了，想要就来抢啊。”林清执精神恢复了，笑得像个孩子。

江易静了静，一副嫌幼稚、不屑跟他玩的表情，他盯着脚下的青石板发呆，眼睛的余光瞄见男人放松了警惕，忽然转过身伸手去夺。林清执没料到他这一手，身体后倾，带着江易两个人叠在一起从台阶上滚了下去。

赵云今闻声走出来，看着抱成一团摔得狼狈的两人：“你们干吗？”

江易一手拽着林清执的衣领，一手抻直了去够他拿烟的那只手，姿势属实算不上雅观，赵云今狐疑地蹙眉：“江易，你该不会看上我哥了吧？”

“……”

“……”

林清执站起来，不着痕迹地将烟丢进一旁的垃圾桶：“闹着玩，小丫头脑子里都在想什么不健康的东西？”

江易因为赵云今的话神情略微僵硬，林清执却以为少年是因为他丢掉香烟而生气，上前拍拍他的肩膀：“我请你吃冰激凌，算是补偿那根烟，别气了。”

江易瞥他一眼：“不吃，我又不是小孩。”

林清执笑着说："在我眼里你们都是小孩。"

回程的路三人没有再骑摩托，林清执买了三个甜筒，一人一个沿香溪旁的步道散步回去。

赵云今一个人走在前面看香溪夜景，两个男人并肩在后面走。

林清执说："阿易，喜欢的女孩是要靠追的，总在后面看着可不行。"

"你追过？"

"没追过就没有发言权了吗？"男人抬手，佯装要敲他的脑门儿，"你抬起头看看，我，林清执，从中学起就被不知道多少女孩疯狂追求过，在这方面哪怕我没吃过猪肉，也有见过猪跑的发言权。总是把所有的话都憋在心里，她怎么知道你在想什么？看着看着就成别人的了，到时候可别后悔。"

江易不喜甜，手里的甜筒只吃了几口，剩下的融化成一汪奶油水，顺着脆皮流下来淌了满手，他路过垃圾桶，顺手扔了进去："已经是了。"

林清执停下脚步，静静看着他："小子，这种事情不能剃头挑子一头热，总得两方都愿意才算是。"

他的目光太过澄澈，没有丝毫掩饰，坦荡地让江易去看他的眼睛："云今八岁的时候来到我们家里，那时小小的一个才只到我的腰，不管她现在长成什么样子，在我心里永远是那个小女孩。她是我妹妹，是亲人，不会发展成其他任何关系，现在不会，以后也不会。"

他如此坦然坚定，让江易微微诧异："你知道她对你的感情？"

"那丫头一点儿都不收敛，傻子才看不出来。"

"那你为什么装不知道？"

深夜寂静，沿江公路上已经不见行人和车辆了，偶尔一阵凉风从江面吹来，刮得路边的树叶沙沙作响。

林清执望着不远处女孩纤秀的背影，笑道："本来就不是属于我的东西，怎么能占为己有？"

他踢了踢脚下的石子，望向江对岸的璀璨灯火："云今未必是喜欢我，或许只是把对另一个人的感情转嫁到我身上了，你见过她手上戴的线绳了吧？她一直说是哥哥送的，那不是我送的，她的哥哥另有其人。

"云今初到家里因为淋雨和伤心过度发过一场高烧，醒来后忘记了一些事情。她在福利院时的确有过一个哥哥，和她差不多大，但自从她被我父母接回来后，那男孩就失踪了，再也没有来过。后来我们搬家了，我临走前特意在门口的信箱里留下了新家的地址，父亲也尝试着去找过他，可这么多年过去了，一无所获。

“云今性子犟，母亲担心她知道真相后又会伤心过度病倒，所以这些年一直不准我们对她提，她问起来就说是记错了。可真正发生过的事是瞒不住的，云今自己也不信那个哥哥是她臆造出来的，久而久之，就认为是我把小时候做过的事情给忘了。

“明明什么都没做，如果还心安理得地享受着她对另一个人的惦念和感情，这和小偷有什么区别？”

林清执手里的甜筒快融化了，他两三口塞进嘴里，拍了拍手上的蛋卷残渣：“我能理解那男孩的做法，好不容易才有一个家，他不想再让云今过回以前的生活了，你没见过云今大病初愈时的模样，整个人呆呆的，几个月没主动说过话。如果他那时出现了，云今说不定真的会跟他离开。说起来那孩子跟你有点儿像。”

“是吗？”江易眨了眨眼。

“长相我已经不记得了，但那孩子身上的那股劲儿过了这么些年我依然没忘，从第一次见你时我就这样觉得。”林清执拍拍他肩膀，“所以阿易，喜欢就坦诚地说出来，不接受就想方设法去追，你是我认可的小孩，不会差到哪儿去。”

赵云今越走越远，前方有座石桥，她在桥头蹲了下来，不知在看些什么。

两人走过去，发现她面前是一个坐着马扎的算命老头儿。

女孩笑吟吟地说：“走了这么久也挺累的，来算个命吧。”

林清执说：“我不信这个，你们算。”

赵云今挽着他的胳膊，拉他过去：“算嘛，就当是玩玩了。”

老头儿戴了个古董一样的黑色眼镜，头上戴了顶小圆帽。

赵云今看了眼摊子上标的价钱，五十一个人，她嘴甜地跟他讲价：“爷爷，我们三个人，就算一百好吗？”

老头和蔼地笑了：“也快十二点了，就当给第二天开张了，说吧，算什么？”

赵云今眼珠转了转："爱情。"

少女心思充满了许多的粉红泡泡，她自以为神不知鬼不觉地看了眼林清执，其实一举一动都没瞒过面前两人的眼睛，她说："算算我的爱情顺不顺利。"

老头要了她的生辰八字，掐了一会儿，微笑着说："结果是好的。"

"只说结果，意思是过程会很曲折了？"

"好事多磨。"他笑道，"小姑娘未来的路还很长，磨一磨怕什么？"

赵云今又指指江易："算算他吧，阿易，你要算什么？"

"随便。"

还是他一贯的风格，赵云今满不在意："爷爷，那您随便给他掐一掐。"

老头儿摘下墨镜，露出一张完整的脸来，他的眉毛与头发一样斑白，有几分沧桑的老态，但眼睛透着一股睿智的亮色。

光看那双眼，赵云今就觉得这老头儿肚子里有点儿东西，况且快凌晨了还在香溪边游荡算命，这种事一般江湖骗子也干不出来。

老头很好说话，真就问了姓名八字随便掐了掐。他一双温厚的眼盯着江易："小伙子，你的前半生多坎坷，没有这姑娘命好。"

赵云今听到夸自己，忍不住笑了笑，又听他说："那是因为你祖上的孽力压着你，冤亲债主太多，缠不住该缠的人就来压你，压得你没法儿翻身才能出口恶气，所以说你这命里蕴含凶险，或成或败，难以把握。不过不要紧，等该走的人走光了，你的运势就会转好的。"

江易安静地听他说，没有表态。

"什么叫该走的人？"林清执虽不信，但当故事听也觉得津津有味，"是父母还是更往上的长辈？您这相当于什么都没说啊，转好是转到多好，又是什么时候转好，总得给个日子提前准备下。"

老头儿却闭嘴不言，讳莫如深，他慈祥地笑了笑："人的命哪能一算一个准儿？这人啊，在每一个岔路口的选择都会影响最后的归宿，我也只能看到一个大概。只知道你人生里有一个大坎儿，过去了以后就能福寿圆满，过不去……"

他顿了顿，及时转移了话题，问林清执："这位小伙子算什么？"

林清执刚要说不算，赵云今按住他："爷爷，帮他算算爱情，什么家庭啊，子女啊，几岁结婚，对方姓什么叫什么都算算吧，如果难算，我可以加钱的。”

“别胡闹了，”林清执哭笑不得，“这么多老人家哪儿算得过来？”

“那你挑一个。”

林清执沉思了下：“事业吧。”

老头儿像刚才一样要了生辰，拿树枝代笔在脚下的泥地上画了几下。他看看林清执，又看看那些数字，忽然用脚把写出的笔画全都抹掉，小树枝朝地上一扔：“你这命我算不了。”他把收来的一百块钱还给赵云今，“你们请回吧。”

赵云今愣了，问道：“为什么？”

老头儿不答。

她很较真，追问：“爷爷，话别说一半，他命到底怎么样，是好是坏，您总得给个答案啊。”

林清执的手机这时响了，他走去一边接电话。

老头儿复杂地看了他一眼：“他这命到哪儿看都算不上好。”

赵云今蹙眉：“我哥不管家境还是相貌都是一等一的，能力也很强，年纪轻轻就大有作为，前途更是一片光明，命怎么会不好？”

老头儿摆摆手，避而不答：“回吧回吧，这里风吹得太冷，我也要收摊了。”

林清执挂了电话回来，拉住还想追问的赵云今：“十二点了，你该回家睡觉了，明早还要上学呢。”

他将老头儿还回来的钱又递还回去：“这钱您收着，算了两个人的也不能白叫您辛苦，今晚谢谢了，早点儿回家歇着吧。”

赵云今说：“可是……”

“可是什么？”林清执满不在乎，“信则有，不信则无，你也说了我命好，那还纠结什么？”

赵云今闷闷地用鞋尖搓着脚下的泥，总是不够安心：“刚才谁给你打电话？”

“贺丰宝，沈佳燕的案子有进展了，让阿易送你回家吧，我要回局里一趟。”

“又加班……”她小声嘟囔，“你住警局得了。”

三人站在路边拦出租车，身后的老头儿忽然叫了一声："小伙子，你是做什么的？"

林清执笑笑："我是警察。"

老头儿手里还攥着那一百块钱，他目光十分复杂，想了想，凝重地开口："你这一年要想保命，最好别去西边。"

第十七章 莲华

林清执回到警局，贺丰宝递来一份资料：“终于查到一点儿有用的东西了，看这个，万家馨和沈佳燕两个毫无关联的人，在出事前一个礼拜都曾去过莲华医院，并且在那儿做了全套体检。”

贺丰宝冲了两杯速溶咖啡：“莲华是私人医院，按常理说，一般学校或用人单位组织体检都会去公立三甲医院做，很少会安排私立医院。我问过万家馨的父母，他们说那次体检并不是学校组织的，只是社区提供的免费体检券，说是医院正在为扩大影响力做宣传，他们一家三口一起去的。”

“医院做宣传提供免费体检？”

“问题就在这儿。”贺丰宝将咖啡递过去，杯子里热气氤氲，“莲华并不是新医院，在西河也算有名，需要做宣传吗？就算要做，也不该以这种方式，我能理解在广告牌或公交车的车身上贴广告，一般不孕不育医院都这么干，但发放免费体检券这种事也太离谱儿了，完全会影响到医院原有的秩序。

“我找街道办的人问过，免费体检券被当作居民福利，光是一个街道就下发了七八个社区，哪怕其中有人不去，医院每天的免费体检量也足以达到一个惊人的数量。用这种方式来做宣传，莲华医院是想倒闭吗？”

林清执沉思片刻，问：“沈佳燕呢？”

“从医院处理完伤口后一个人回家了。她现在对警方十分抵触，不接电话，我打算天亮后去趟她家。”

“我跟你一起去。”林清执喝了口咖啡，“如果真跟莲华医院有关，那这背后的牵扯可能远比我们想象的要大。油灯街的事查得怎么样了？”

“这几天我带人一户户去走访了，并没有登记在册的人员失踪或死亡。”

林清执蹙眉，贺丰宝指指审讯室：“但在调查过程中有重要发现。”

林清执走到玻璃前，看见角落里蹲了一个衣衫褴褛的流浪汉。

“这人是从油灯街带回来的。”贺丰宝说，“警察发现他时，他正鬼鬼祟祟地在一座烂尾楼旁的臭水沟里捡吃的，一边捡嘴里还一边嘟囔，说什么以后再也没人跟他抢地盘了，他们觉得他形迹可疑就把他带回来了，现在正在问，但是这人智力好像有些问题。”

警员提着外卖进了房间，流浪汉从进来起就缄默不语，瑟瑟缩缩躲在角落发抖，直到闻见炸鸡的香味，直勾勾的眼珠子才焕发出生机。

他朝那袋食物扑过去，两个警员上前摁住他，指着桌前的椅子：“坐下，你坐下我才给你吃。”

流浪汉的眼珠子放光，循着警员手指的方向坐在了椅子上。

警员掏出食物在他面前晃了晃：“我问，你答，答对了才有吃的。”

那警员刚毕业不久，还有些孩子心性，捏起块炸鸡放在自己嘴边：“要是隐瞒不说，我就自己吃了，啊——”

流浪汉连忙摆手，惊慌地摇头：“不要吃不要吃——”

“你之前说没人跟你抢地盘，这话是什么意思？”

流浪汉像小学生一样端正地坐着：“我占了一个好楼，他们就打我，把我赶出去自己睡，不过他们现在再也不能跟我抢了。”

“他们是谁？”

流浪汉支吾着说不出来，警员指指自己，问：“是和我一样的人吗？”

他摇头，警员问：“和你一样？”

他歪着脑袋想了一会儿，点点头，警员们交换了一个眼神，又问：“他们为什么不能跟你抢了？”

“他们没了，”流浪汉露出一个恶毒的笑，黄渍渍的牙龇在外面，“被关在笼子里了。”

根据流浪汉断断续续、小孩画图一样的描述，警方大致还原了那天夜里的经过。

暂居在烂尾楼附近的流浪汉大概有二十个，他们白天出去捡吃的，晚上躲在楼里睡觉。

他只是流浪大军中的一员，因为身材矮小总是被其他人欺负，哪怕睡了好楼也会被赶到其他地方去。

那晚他被几个新来的流浪汉打了一顿，抢了栖身之地，他只得卷着破棉被去一边的小房子睡觉。

睡到半夜被尿憋醒，出去上了个厕所，回来时看见路边停了四辆面包车，原本平静的楼里传来撕扯的动静。

他不敢回去，于是趴在草丛里偷看，只见七八个黑衣人把流浪汉全都赶了出来，一个一个弄晕了后绑起来，像摞牲口一样丢进了车里。

林清执打断正在说话的人："这人说话可靠吗？七八个人是怎么制伏二十多个流浪汉的？"

警员说："按照他的说法，那些人手里拿着几根黑色的管子，我猜是枪。"

林清执听到"枪"字，蹙起了眉。

警员接着说："他后面提到，黑衣人绑到一半的时候，前面巷子来了几个我们这样的人。他语言能力差，我和小丁分析了一下，他指的应该就是穿着正常的普通人，年龄不大，有男有女。黑衣人拿管子指着，那些人就一动不敢动，被他们一起弄晕绑上车了。"

"时间呢？他还记得吗？"

"他只记得当时自己趴在草丛里不敢动，抬头可以看见天上的满月，韩小禾他们失踪那天正好是农历十六，是月亮最圆的时候。目前基本可以判定他的话是真的，而后来的那些人应该就是学生，他们因为看到了犯人手里的枪和犯案现场，被一起带走了。"

案件的过程和江易推测得差不多，是因为学生目击了犯罪现场才被带走，但事情却比所有人想象的都要震撼。

如果流浪汉的话属实，一次绑走近三十人，又涉及枪支，这已经是相当严重的大案，需要上报成立专案组了。

贺丰宝问："他对车子还有没有什么别的印象？"

警员指指脑袋："他这里有点儿问题，能说出这些已经不容易了，车子的颜色和车牌他都说不上来，不过有一点他记得，那四辆车子长得一样。"

"黑衣服，面包车。"林清执沉思了一会儿，"把沈佳燕被拖行那晚做的笔录调出来我看看。"

警员调出笔录，上面赫然显示要绑她的人开着一辆不起眼儿的银灰色面包车，身上也是清一色的黑衣服。

"香溪高中袭击案基本确定是单人作案，作案手法和犯人服装都和这起案子完全不同，万家馨案、沈佳燕案还有学生失踪案这三起案件关联太大了，明天我给局长交个报告，申请成立专案组进行并案侦查。今晚大家都辛苦了，先回去休息吧。"

除了值班警察外，其他人都陆陆续续离开了，只剩贺丰宝还留在办公室里。

林清执喝了咖啡并不困，反而异常清醒，靠着椅背跟贺丰宝有一搭没一搭地闲聊。

"还记得以前念警校时给我们上课的那位宋教授吗？"

"嗯，"贺丰宝笑笑，"喜欢蓄着山羊胡的那个老头儿，上课很有意思，我记得他。"

"他有一堂课说了一句话让我至今印象深刻。

"如果一个社会治安败坏、污垢丛生，不要急于否定它，因为只有烂到了根里才好彻底根除。同样，一个社会风平浪静也未必是真的安宁，因为你不知道平静的湖面下蓄着怎样汹涌的暗潮。西河不就是这样吗？"

贺丰宝说："十几年前的西河确实很乱，色情业、博彩业、人口贩卖业产业链又大又长，关系网层层分级，就连警察都拿他们没办法，人们从来不敢深夜上街。那时候我念中学，晚上在游戏厅玩到八点回家都会挨我妈一顿扫帚。直到后来中央派专门的督查组来协助治理才彻底整治干净，与十几年前相比，现在的西河真是平静得不像样子。"

"谁又知道是不是真的平静？"林清执起身站在窗口，望向楼下院里那棵白杨树，"世界上哪有什么绝对的干净。"

那棵树是他跟贺丰宝刚进警队时栽的，那时正赶上植树节，局里想把绿化带里病恹恹的树给换了。

两个大男孩同窗同宿四年，感情好得像亲兄弟，私下一合计，亲手在那儿栽了棵白杨。

杨树挺拔，永远直立，无论风雨都保持着如一的姿态，像极了他们刚进警队时宣誓的样子。

“我有预感。”外面的世界一片黢黑，林清执的身影被灯光模糊地投到玻璃上。

他眸光比平日更加宁静：“这汪水里的浪潮越翻越高，湖面已经要压不住了。”

江易很久没去老棍儿那里了。

兰子窑还是一幅残碎破败的景象，路过的住户衣衫朴素，面容麻木，一脸被生活摧残的凄苦模样。

少年信守承诺，带足烟酒和食物，进到院里时，老棍儿正躺在那张破烂的躺椅上晒着正午的太阳。

江易放下东西去给他收拾院子，几天没来，院里的破烂儿已经乱七八糟堆成山了。

他用了足足两个小时才清理出来，然后装上车载去附近的废品回收站卖了。废品卖了八十五块，江易又添了十五块，递给老棍儿一张一百块的整钞。

老棍儿收废品有些年头了，自己收来的东西能卖几个钱他心里有数，看一眼就知道江易多给钱了，但他不吱声，默默收进兜里，支使他去拿扑克。

江易一周来两趟，每次学一下午，原以为自己的千术很厉害，直到遇见老棍儿才发现真正的“赌神”和一般的老千完全不能同日而语，千术玩的不仅是技术，更是谋略和心理战，光有技术没有脑子，再厉害也是白搭。

江易觉得自己这师拜得够值。

“以前的事我听双喜讲了一些，你被整成这副样子后还有人花大价钱请你去了趟公海，据说那是你最后一次出现在赌桌上。”

“双喜那小子脑瓜不行，消息倒灵通。”老棍儿懒懒地举着烟斗，“是又怎么样？不过有一点他说错了，那不叫请，是绑。绑我的人来头很大，要求也很霸道，一局千万的豪赌，只准赢不准输，要是输了，就把我和我妻子丢进海里喂鲨鱼。”

“你教我的所有千术都要靠一双手的配合才能完成，那时候你只剩两根手指了，是怎么赢下那场赌局的？”

“这些年不少人对我最后那场赌局很感兴趣，想方设法去弄明白我是怎么在众目睽睽下出千，用的又是什么手法，可过了这么多年，一群蠢货还是没有找到答案。怎么，你现在也想知道了？”

“想，”江易毫不掩饰，“这些天该学的我已经学得差不多了，但只对你的最后一局感兴趣。”

老棍儿眯了眯残眼，忽然一烟斗敲在江易的脑壳上，震出一把烟灰：“小子，大言不惭！还敢说自己都学会了？我能教你的东西还多着呢，慢慢来，你学的日子还长着呢！”

“教会徒弟饿死师父，你是怕我出师了就不给你养老了？”江易拍掉头上的灰。

“人心叵测，是得防着点儿。”老棍儿笑眯眯地说。

江易站起来：“走了。”

“这就生气了？”

“没，到时间了，我有事要做。”

“什么事？”

“去趟西河一中。”

赵云今礼拜一的下午有节体育课，江易已经习惯坐在树的高枝上边吹风边看她。现在回去，刚好可以赶上体育课的一个尾巴。

老棍儿是个人精，看他神情就知道里面的猫腻，他笑得像只拔了毛的老狐狸：“跟你九叔一样，是个情种，不过我得叮嘱你一句，男人要想成大事，最不能被这些儿女私情绊住脚。”

“你认识九叔？”江易忽然记起兰子窑淹水那夜，老棍儿在体育场避难时也提起过于水生。

“他跟乌玉媚那事，但凡有点儿人脉的谁不知道？我早些年和他打过些交道，虽然是混混儿出身，但是龙是虫一眼就能看出来，要不是被女人耽搁了，他哪止现在这样？你也不愧是于水生的干儿子，连痴情这档子事都能遗传。”

“我不清楚九叔以前的事，他从没对我说过。”

“那也要说得出口，于水生没发家之前一直混社会打零工，曾经在帝王宫做过几年保安，不过那都是老一辈的事情了，他哪儿好意思对小辈提。”

江易说：“我从没听说过西河有这样的地方。”

“西河整治那一年，那地方就被警察一锅端了。‘天上蟠桃园，地下帝王宫’，都说那儿是男人的天堂。我手脚双全的时候被人请去玩过，没待半小时就出来了。”老棍儿脸上露出了一种难以形容的神情，“把人当牲口糟蹋，这不是造孽是什么？

“都是被人贩子拐来的好人家姑娘，里面就有霍家那位三太。”

江易以前只听说乌玉媚身世凄惨，具体怎么个凄惨法他还是第一次知道，他眉峰拧起：“你去过那种地方，为什么不报警？”

老棍儿笑了笑，拍拍他的肩膀：“小子，你得知道，如果一件事明眼人都能看出它的不合理，但它依然存在，甚至红火，那这背后一定有它存在的原因。报警，命不要了？”

油灯街。

林清执叩响房门，里面半天无人应声，他正要离开，屋里传来“咣当”一声碎响。

贺丰宝不耐烦地抬手敲了敲：“沈佳燕，开门，我知道你在里面！”

过了一会儿，依旧没人来开门，一股黄色的液体顺着脚下的门缝流出来，空气里隐约还有煤气泄漏的味道，林清执同贺丰宝对视了一眼，一起把门撞开。

燕子喝得如一摊烂泥瘫软在床上，手上的酒瓶拿不稳，将酒洒得满床都是，有些喝了一半的酒瓶零散地倒在地上，门缝里的酒水就是从那里漏出来的。

燕子弯腰去够床下的酒瓶，被贺丰宝先一步拿开，他顺手拧上没关好的煤气：“煤气阀都不关，就那么想死吗？”

“你还我酒。”她话音刚落，就打了一个充满酒味的醉嗝儿。

“别喝了，起来穿好衣服，问你点儿事。”

燕子醉眼蒙眬，低胸吊带的领口大敞着，故意做出一个妖娆的姿态：

“警官，我不是提供咨询服务的，我的屋子不接待穿衣服的男人，你那皮带系得这么紧不勒吗？不如脱了来床上问吧。”

她醉得神志不清，伸手去碰贺丰宝的皮带，而刚巧，这男人不解风情在整个西河警界都出名，他一把攥住她的手腕，像制伏犯人一样把她拽下来摁在墙上：“老实点儿，我是看你刚失去亲人才不叫你去警局的，再这样我直接给你拷回去，给我坐好！”

他将女人甩在椅子上，问道：“大概一个礼拜前，你去莲华医院做了套全身体检，是吗？”

燕子跷起腿，开衩的裙摆下露出纤白的大腿，她揉了揉被他抓得发痛的手臂，瞄来一个轻蔑的眼神，嗓子嘶哑道：“这跟案子有关系？如果你们今天来是为了我的案子，那就请回吧，小旭已经没了，要杀就让他们来杀好了，老娘不在乎。”

林清执问：“你不想找到绑架小旭的人吗？”

燕子半眯的眼睛动了动：“如果你们警察有用，早在人死之前就找到了，现在再找有什么用？”

贺丰宝不咸不淡地“哦”了一声，拍了拍林清执的肩膀：“你不想找那太好了，就以家属自愿放弃为由结案，正好以后不用加班了。既然这么不信任警察，再出什么事记得请私人侦探解决。什么名侦探柯南啊，神探狄仁杰啊，这些人的破案率是百分之百，可比警察有用多了，我们走。”

贺丰宝治这种难缠的人最有一套，林清执跟在他后面出了屋子，刚走没几步，燕子追出来：“等等。”她扶着门框，犹豫地问，“为什么要问莲华医院的事？”

贺丰宝一本正经，气人地说：“这跟你没关系，现在已经结案了，哪儿凉快哪儿待着吧。”

燕子说：“……我叫你等等。”

女人一路追了出去，出于职业本能还想去扯贺丰宝的皮带，被他一巴掌拍开：“你给我放尊重点儿！当心老子告你骚扰。”

“我配合你们调查，你是不是真能查出绑架小旭的人？”

“你怎么不嘚瑟了？以为警察是你孙子啊，得处处供着你？爱说就说，不说拉倒，破不了案子我失去的只是年终奖，而你失去的却是亲弟弟。”贺丰宝冷笑，“看谁更难受。”

林清执给了贺丰宝一个眼神，示意他适可而止。

经过这一折腾，燕子酒意也醒了大半，她疲惫地说："回屋说吧。"

"我是去过莲华医院体检，做我们这一行的很容易有健康问题，刚好客人给了张免费体检券，我就拿着去了。"

"什么客人？"

"就是一个普通的熟客，他们单位发的福利券，因为他上个月刚体检过，没什么用处，就随手给我了。"

"你在莲华医院体检的时候都做了哪些项目？"

"这我哪儿记得？就普通体检该有的那些检查。"沈佳燕说道，"等我找找体检单。"

她翻箱倒柜找了半天一无所获，拍了拍前额："想起来了，当时体检完两天后才出结果，我去拿的时候门诊医生给我看了检查表，说我身体没什么问题，就把检查表收回了，那东西没在我手上。"

"你在检查的过程中有没有做什么平日不常见的体检项目，让你印象深刻的？"

"也没什么……真要说的话，那医生说我腰不好，让我去做了个B超，"燕子按了按后腰上的某个位置，"但是没查出什么。除此之外没别的了。"

"好，我再跟你确认一遍，那晚来抓你的男人，他们的衣服和车子分别是什么颜色？"

"黑色衣服，银灰色的面包车，我记得很清楚。"

"我明白了。"林清执合上本子，"今天打扰了，有需要我们还会再来，你最近注意点儿安全，最好别一个人独居。"

"小旭都没了，我还怕什么呢？"燕子全然没有刚才的咄咄逼人，失了魂一样坐在椅子上，"我把他从老家带出来，攒钱给他读书落户口，从不敢叫他进油灯街这种地方，所以特意在学校附近给他租了一个小房子。小旭从小就懂事，他很独立，也很聪明，自己就能照顾自己。我们家没人读过书，都把希望寄托在了他身上……现在什么都没了，我也没有攒钱的动力了，活着给谁看？"

林清执看不了这样的人间悲剧，安慰了一句"节哀"，转身出去了。相比之下，贺丰宝的心肠就像是铁石做的，跟出去揽过他肩膀嬉皮笑脸道："咱做的是警察，又不是情感疏导，查案子才是本分，至于受害者家属的心情，那不是我们的职责范围。下次你别来了，我自己治她。"

林清执笑了笑。两人走出巷子，坐进警车里。

林清执回头望了一眼油灯街羊肠般弯绕的小巷，摇下车窗："刚刚沈佳燕说的 B 超位置有点儿怪。"

"腰子嘛！"贺丰宝点了根烟，"做这行的肾不好正常。"

林清执脑子里有个念头一闪而过，问："莲华医院那边的情况查出来没有？"

"莲华医院是中外合资的，美国人控股占大头，西河霍家也是股东之一，其中霍家在松川的制药分厂是莲华医院最大的药品供货商。你也知道，这种外资企业很难搞，我去调查的时候，工作人员说最近体检单太多没地方放，又怕泄露病人信息，所以集中销毁了。"

林清执嘴唇勾了勾："回收体检单本来就不合理，回收后还要集中销毁给自己找麻烦，怎么看都有猫腻啊！"

"我也这么觉得。"贺丰宝笑着说，"咱俩在案子上的第六感总是这么一致。问是肯定问不出什么，不过我有法子，如果他们真的私留了病人的体检单，而体检单上又有不可告人的秘密，那我掘地三尺也要给它挖出来。"

林清执问："你想干什么？"

"交给我就行，你别管。"贺丰宝桀骜地扬眉，"我叛逆惯了，领导也知道我是个什么货色，没有人比我更适合做这种事了。"

西河一中，操场。

赵云今穿着运动服和班上的女生玩排球，全然不知自己的一举一动都被人盯在眼里。

秋末树上的叶子落得七七八八，几乎快遮不住江易的身形了，他平摊着一条腿，手里拿了罐可乐。

一节课四十分钟说长也长，说短也不过一眨眼的事，下课铃响，男生们负责把球抬回器材室，女生们结伴走回教室。

教导主任忽然从楼上下来，叫住她们。

隔着远远的距离，江易听不清他说了什么，但见他指着女孩们的头发，神色严肃。女生们纷纷点头后鞠躬离开，只剩下赵云今站在原地听他训话，他伸手拨了拨少女蓬松如海藻般的大波浪，又指了指校门口。江易望去，马路对面不远处正好有家理发店。

他跳下树干。

……

西河一中规矩很严，对学生的头发长度有要求，男生不可以刘海儿遮眉，女生不可以烫发染发，过长要剪。

今天是礼拜一，教导主任按照惯例检查发型，赵云今那一头扎眼的长发被抓了典型。

她在晚饭时离开学校，去了门口的理发店剪头发，刚进门就看见洗完头正要理发的江易。

“来找阿财，顺便剪个头发。”江易从镜子里看到她，不等她问就先开口，往往越是主动就越证明心里有鬼。

理发师问他要剪成什么样子，他简单地说：“剃短。”

赵云今进去洗头，不一会儿就包着毛巾湿漉漉地出来了，她人好看，哪怕没有头发的衬托依旧有种旁人难以直视的美。

理发师同她说话，声音都温柔了：“你要剪多长？”

赵云今伸手比了比，两手中间的空隙大概半个手指长短。

理发师笑笑：“这么短可不合格，与其一遍一遍重来，不如一次给你剪短点儿，省得以后麻烦。”

“哥哥，就剪这么长，你拿卷发棒给我卷个内扣，视觉上看起来短一点儿，我好回去交差，只要一次过了老师不会一直盯着我的。”

女孩撒起娇来又甜又腻，理发师脸一红，按照她说的长度剪了。

赵云今无聊，从镜子里盯着旁边的江易。

他过去头发偏长，有种少年的清爽感，现在剪了利落的发型，又有几分介于少年和青年之间的成熟，他侧脸的轮廓立体清晰，像尊有棱有角冰冷嶙峋的石头，从里到外散发着疏远和漠然的气息。

赵云今望向江易的嘴唇，忽然想起那天在银座被他抱住的情景。

人那么冷淡，怀抱倒是滚烫。很奇怪，这些年除了林清执，她对其他男生的示好都无动于衷，就连无意间的肢体接触都觉得难以忍受，但江易却是个例外，她不反感他的触碰。

他身上香皂的味道很好闻，隐约有些熟悉，她却不记得自己从前在哪里闻过。

“看什么？”她盯了他很久，江易注意到她的目光，淡淡地问。

赵云今的头发剪完吹干，站起来拍了拍身上的发楂儿，在镜子前晃了晃，问道：“我美吗？”

江易看了眼她那因为内扣而更蓬松的头发，平静地说：“像只爹毛狗。”

暮色爬上了树梢，白昼渐短，出理发店时不到五点，但天色已经暗了下来。

阿财便利店的灯箱早早就打开了，下课的学生三三两两结伴来买零食和汽水，碳酸饮料开瓶的“吱吱”声里透着初冬独有的凉爽。

江易泡了碗面当作晚饭，赵云今坐在一旁吃棒棒糖。阿财看他们俩之间气氛古怪，不敢上前。

赵云今对着玻璃的倒影欣赏自己的新发型，懒懒地说：“很辛苦吧？欣赏能力有限，嘴巴还这么毒，像你这种人，一定没有女孩喜欢。”

阿财在柜台后忍不住笑了，插了句嘴：“喜欢他的女孩不少，倒也没你想的那么辛苦。”

江易喝了口面汤：“你欣赏能力无限，嘴巴不毒，追你的人排队的话能绕香溪一圈，那又怎么样，你喜欢的男人还不是把你当小孩？”

打蛇打七寸，要击溃赵云今别的法子没用，但只要提起林清执把她当小孩这档子事，少女就会打心底涌起一股无能的狂怒。

赵云今不动声色，但眼里的阴云已经蓄起来了。

她牙下用了暗劲儿，将那颗棒棒糖球当成江易去咬，直到觉得解气了才松开嘴，她刚要说话，嘴里传来轻微的“啪嗒”声，她满脸的怒容瞬间就消失得无影无踪了，转为一脸不敢置信的惊愕。

江易看着她，觉得她神色太过古怪：“怎么？”

赵云今嘴巴张了又合，合了再张，最后拿手捂住嘴巴，用一种生无可恋的语调说道：

“我牙掉了。”

临近下班，牙科医生给赵云今做了个检查：“要做根管治疗，做完才能补牙，不过今天快下班了，明天再来吧。”

赵云今病恹恹地站起来，江易靠在一旁墙壁上玩手机，直起身：“送你回学校？”

“我不去。”少女满脸写着抗拒，“全校第一赵云今，西中校花赵云今，掉了半颗牙回去上课，这像话吗？”

“那送你回家。”

“不行！”赵云今更抗拒了。

江易盯了她片刻，慢条斯理地说：“怕林清执听到你嘴里的风声？”

赵云今快被他气死了，又不好发作，因为大发雷霆有损她美女的形象，她瞪他一眼，转身走下楼梯。

江易慢慢跟在后面，有些好笑地盯着少女纤细的背影，赵云今刚走到拐角，端庄的样子便不翼而飞，像看见了什么恐怖的东西，慌乱十足地转身向他跑回来。

“林清执在下面。”少女匆匆跑上楼，惯性使然撞进江易怀里，“坐电梯吧。”

江易下意识将她扶稳：“有什么必要，同住一个屋檐下，早晚还不是要被他发现？”

“你不懂，我在他面前一直是个精致到头发丝里的小美女，这么多年从没蓬头垢面在他面前出现过，更别说掉了一半牙，这太丢脸了。”

“被同学看到丢脸，被林清执看到也丢脸，那我呢？”

赵云今从他怀里抬起头，江易的问题让她一时失语了。

江易见过她在赌场对他生死漠然的样子，也听过她在油灯街掷地有声的威胁，知道她装小白花戏耍霍明泽的秘密，也明白她在别人面前的优雅只是伪装。

他见过一切真实的、不真实的她，相识才几个月，甚至见遍了连相处这么些年的林清执都没见过的模样。

不想还好，一想到这儿思绪就难以停止，不知不觉，她和江易之间似乎多了些理不透说不明的联系。

江易短发精神，俊美的面孔有一丝含蓄的、说不清的温柔，那一瞬间，赵云今忽然有种奇异的错觉。她直起身：“我上辈子不会和你有什么关系吧？怎么好像认识了很久一样？”

“可能是冤家。”江易面不改色。

少女笑吟吟地说：“也许是恋人呢？说实话，你长得挺帅的，如果没有林清执，我说不定真会考虑一下你。”

江易淡淡地说：“说实话，说话漏风的女人，我不会考虑。”

“……”

江易盯着她，想看她到什么程度才会松开面上那无懈可击的微笑和优雅，但赵云今的承受力比他想象中的要强得多，她给了他一个礼貌的假笑，错身走进刚好停下的电梯。

江易有些好笑，不知道平日对一切都不上心的自己在这儿和她置什么气，跟两个小孩似的。

他跟在后面进了电梯，见里面拥挤，而她身后又站了好几个男人，因此自然地上前一步插在中间，隔开她和那些男人，他身材英挺，像位刻薄又英俊的骑士，在她看不见的地方低下头，盯着她头顶那个小小的发旋。

电梯“叮”了一声，停在下一楼层，门缓缓打开，林清执站在门外。

赵云今抬头看见他，愣了一下，下意识地捂住自己的嘴。

林清执左臂绑着绷带：“你们怎么在医院？”

“……陪江易来看牙。”赵云今将自己的嘴堵得严严实实，问他，“你的手怎么了？”

“追小蟊贼受了点儿伤，过来包扎一下。”林清执打量她，“为什么一直捂着嘴？”

少女怕他真的听见风声，含糊不清地说：“电梯里有股味道，闻着不舒服。”

她怕离得太近被林清执看出端倪，于是朝江易身边挤了挤，只是一个细微的动作，江易却为此心情大好，他故意朝电梯边靠去离她远了点儿，赵云今又像小鸡崽一样紧跟了过来。

“别躲。”她小声说。

电梯后面一个半大的小青年正在拿手机刷视频，一边看一边跟同伴说：“现在真是什么人都有，你看这个。”

他手机里传出一阵嘈杂的声音，只听一个女声泫然泪下地嘶吼道：

“我十五岁就辍学跟了你，辛辛苦苦做前台赚钱给你念中专，你倒好，拿我的钱给小三买香水，还拿我的钱去给别的女人打胎，欠了十几万网贷还不起，就想让我替你还钱……”

小青年说：“就前两天在银座发生的事，小情侣闹分手，在楼梯边扇来扇去的，被人拍了发在网上。十五岁辍学谈恋爱就算了，还劈腿欠网贷，看这女的长得这么好看，脑子装的都是水吗？哟，还得了传染病，真会玩。”

林清执怎么听都觉得那声音耳熟，偏过脸凑过去：“让我看看。”

赵云今反应迅速，出手如电，将他的头大力地朝自己的方向掰过来，双手死死捂住他耳朵。

小青年说：“天哪，这就抱上了？刚扇完巴掌还能这么玩吗？真是什么垃圾都有人要。”

林清执疑惑地问：“干什么？”

赵云今无辜地摇摇头：“没事啊。”

林清执说：“你的牙……”

赵云今连忙又去捂林清执的眼睛，崩溃地说：“什么都没有，你别问了！”

那边小青年的视频放完了，她刚松了口气，又听他朋友说：“再放一遍，最后那段挺带劲儿的，我还想看！”

青年拍了拍林清执的肩膀，十分热情：“哥们儿，你刚才说想看？给你。”

他话刚说完，忽然注意到林清执身后的江易和赵云今，怎么看那两人都和他视频里的人长得一样，少女用一种冰冷的目光凝视他，少年倒是没什么反应，一脸木然看戏的表情。

他被赵云今盯得发瘆，递手机的手抖了又抖，正好电梯门开了，他也不管到没到楼层，拉着朋友就匆匆离开了。

赵云今松开手，林清执揉了下被她按得有些痛的耳朵：“干吗呀？”

少女眨了眨眼睛，用手将嘴巴堵得密不透风，誓死不让林清执再看到她的残牙：“在背后对人家评头论足多没礼貌啊，听他们说话都会脏耳朵的，你什么时候对这种劈腿吵架的八卦感兴趣了？”

“我不感兴趣，只是觉得那女孩的声音有点儿像你。”

赵云今仿佛受了极大的侮辱，一脸怒容：“哥，我在你心里就是这种人吗？什么阿猫阿狗都像我？你是看着我长大的，我的为人你不清楚吗？

辍学谈恋爱还养渣男，这种人跟我有什么关系啊？”

林清执没想到一句话把她惹生气了，连忙道歉：“对不起，我不是这个意思，我只是想看看声音像你的女孩长什么样子。”

江易在旁边看赵云今演戏，很给面子地没有戳穿她。

赵云今被他哄了几句，心情大好，又抱着他手臂撒娇：“那周末带我去吃汉堡王，弥补我心灵受到的伤害。”

林清执笑着应了，无奈地看了眼江易：“看我这妹妹，又爱生气又不讲理，最近我没空管她，她是不是给你添了很多麻烦？”

“没有。”

“有你也不会说，刚好今晚没事，我请你们吃晚饭吧。”

赵云今想到自己的半颗牙，拒绝了：“改天吧，我学校还有事呢。”她把这关糊弄过了，倏然松了口气。

出了电梯，迎面走来一个穿白大褂的女医生，在大厅熙熙攘攘的人群里十分扎眼，她棕栗色的头发绑成一个低马尾束在脑后，鹅蛋脸白净清秀，算不上令人惊艳的美人，但气质却十分独特，如空谷幽兰，自带一股清冷的优雅。

她拿着一沓资料要进电梯，一抬眼看见刚出来的林清执。

林清执先是一愣，随即很快反应过来，他将自己的手臂从赵云今手里抽出来，笑了笑，温和而俊朗：“静汶学姐，好久不见。”

孟静汶倒是怔了很久，她侧身给后面的人让路，垂眼想了想：“好巧，没想到能在这里遇见你，从高中到现在，七八年没见了吧。”

她笑着说：“我上半年因为工作调动回了西河，以后也会一直在这边发展。你呢，现在怎么样？”

“在警局工作。”

“这是你女朋友？”孟静汶看了眼他身边的赵云今。

“是妹妹。你要下班了吗？这么久没见，有没有空一起吃个晚饭？”

女孩的心思是最细腻敏感的，不需要多余的言语和表达，就能感觉到两人之间不一样的氛围。

赵云今很好地将自己的敌意隐藏起来，只是用隐晦的目光将女人全身上下打量了一遍，姣好的容貌、不错的身材，还有清幽的气质，胸口挂的胸牌上写着外科医生，确实是个完美的女人，哪怕以同性的挑剔眼光，赵云今也找不出她什么毛病。

孟静汶温柔地说："好啊，妹妹要不要一起去？"

林清执说："她晚上有课。"

赵云今脸上扬起一个明艳的笑容，乖巧地叫："姐姐好。"

林清执没有看她，注意力全落在孟静汶的身上。

再早熟在这一刻也不过是个暗恋兄长的小女孩，小女孩就会有喜怒悲欢和抑制不住的情绪，在某一瞬间，她觉得自己被全世界抛弃了，低头掩饰住眼里的失落，不言不语用鞋底去磨着地面的瓷砖。

脑袋上忽然落了一只温热的手，她仰起头，是江易。

他什么都没说，就连目光都像往常一样冷淡。但就是他抬手的那一下，赵云今忽然觉得自己好点儿了。

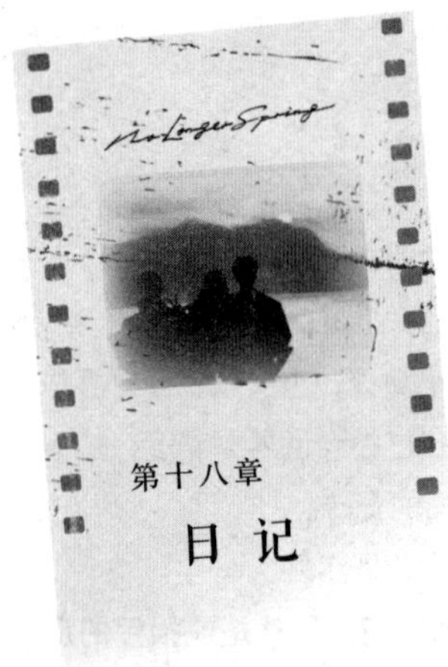

第十八章 日记

赵云今翘了晚自习，一个人漫无目的地走在灯火辉煌的大街上。

夜晚的繁华才刚露出一点儿隐约的样貌，她走过油烟腾腾、遍地小吃的闹市，路边耍杂技的艺人牵猴跳火圈，引来路人一阵围观喝彩。女孩对此毫无兴趣，从人群后经过，没吃晚饭肚子也不觉得饿，她离开喧哗的街区，来到了香溪生满野草的堤坝旁。

月亮在水里投下一个镰刀般纤细的影儿，泛着浅白的光亮，香溪水面升起清凉的水雾。

赵云今凝视着浮在波纹上的月影，看它随着风卷浪花左摇右晃。

小时候林清执也带她在庭院里看过月亮。

少年坐在台阶上，仰头指着天空，告诉她月亮东升西落，在夜晚的某时某刻会躲在哪片天空，他教她认北斗七星，时而星月被乌云遮住，少年总温柔地笑着说："他们在玩躲猫猫，云今，你也躲吧，我来找你。"

无论是少年时代还是青年时代，他总是那副一尘不染的模样，白衬衫熨帖地束在身上，腰杆如椽般笔直，像株挺拔的白杨。

从小到大他教给她的东西很多，给予的关心也是，赵云今记忆中的点滴温情，其中都有林清执的身影。

小学教她骑脚踏车，他跟在后面小跑，怕她摔着一直用手扶着车座。初中时有男生纠缠，一连几个月，他都会准时出现在校门外接送她放学。高中时他工作渐渐忙起来，即使如此，依然会每周抽空带她出去散心，陪她吃她最爱的餐馆的饭菜。

旧家庭院的蔷薇被他移了过来，翠绿的藤蔓再次舒展着爬了满墙。院子里的秋千和跷跷板他也一起带了过来，那时赵云今已经长大了，不再玩小孩的游戏，但林清执执意将那些东西置在院里，说是赵云今看见了就能想起小时候，而童年正是人一生中最无忧的日子，他希望她永远快乐。

风裹着水雾拂在脸上，赵云今清醒了些，她又想起了医院见到的那个女人。

“她比我漂亮吗？”听见江易的脚步声从不远处传来，她问。

“没有。”

“比我有气质？”

江易递过来一个白色塑料袋，赵云今低头，里面装了一瓶西柚水和苗苗面包房的巧克力面包，她才想起自己还没吃晚饭。

“每个人都是独一无二的。”

“那你呢？更喜欢我这样的，还是她那样的？”

没有哪一个词能完全形容出赵云今的气质。

明艳活泼是她，虚与委蛇也是她，娇俏顽皮是她，冷静理智也是她，笑不是笑，一半笑里夹着蜜，一半笑里藏着刀。非要形容，她是她自己，世界上仅此一个的赵云今。

见江易不说话，赵云今轻飘飘地说：“不用这么为难，她确实很好，是我也会喜欢的。”

她接过江易手里的东西，捏了一块巧克力面包塞进嘴里，细嚼了一会儿，朝他笑了笑：“谢谢你啊阿易，这面包有小时候的味道。”

少年陷入一贯的沉默，只有轻微的呼吸声证明着他的存在。

背后的世界喧哗吵闹，可在这一片天地下，万籁俱寂，有种静默无声的美好。

“我可是赵云今啊。”女孩面向月光下闪着粼粼波光的香溪，扬起一个矜傲的笑，“不喜欢就算了，难道我还会求他吗？”

林清执很晚才回家。

房间暖气开得大，赵云今只穿一条吊带睡裙也不觉得冷，她听见楼下轻手轻脚的关门声，趴在桌上的身体直了起来。

林清执进厨房泡了碗面，坐在餐厅吃消夜。赵云今按开餐厅的大灯，将冰箱里她没吃完的面包找出来推了过去。

林清执抬起头，女孩酒红色的睡裙衬得她皮肤白皙，傍晚做的头发还蓬松地卷着，披在肩膀上如一弯翻卷的浪，她站在灯光下，神态慵懒，整个人多了几分平日没有的性感和妩媚。

“还没睡？”林清执不着痕迹地收回目光。

赵云今用鼻音轻轻“嗯”了一声：“你们一直吃到现在吗？”

她见林清执盯着她缺了一块的牙齿看，平静地解释道：“吃棒棒糖咬碎了，我约了医生明天去补。”

“用不用我陪你？”

“不用。”

林清执回答她刚才的话：“七点就吃完了，又去看了场电影，散场后在香溪边散了会儿步。”他咬了口面包，“好吃，在哪里买的？”

“这是小时候你带我去的那家苗苗面包房里卖的巧克力面包，你忘了吗？”

“我没有带你去过那里。”

“你有，”少女皱了皱鼻子，不满地说，“你经常在晚上带我去买特价面包，我最喜欢吃的就是巧克力味的，你一直都知道。”

“云今。”林清执笑了笑，“那时我念高中，每天晚自习要上到十点，怎么会有空在晚上带你买面包呢？”

“你总这么说。”赵云今沉默了一会儿，望向他的眼睛，“哥……”

“对了，”林清执忽然说，“今天遇到的那位医生是高我一届的学姐，高中时认识的，读书三年一直是年级第一，会弹钢琴，会跳舞，奥数常常拿到省级比赛的名次，是个很不错的女孩。”

“这些我也可以的。”

“我知道，我们云今也很优秀。”

“我和学姐读书时有过一些接触，也约会过几次，后来她搬家去了外地，所以断了联系，没想到还能再遇见。”

赵云今涩涩地问：“是前女友吗？”

林清执想了想，笑意温柔：“不算。”

以林清执的性格，不是就是不是，“不算”这两个字在赵云今眼里已经说明了很多东西。

桌角放着林清执刚刚换衣服时掉出来的电影票，是部爱情片，赵云今看过，讲男女主人公久别重逢，在桐花下相爱的故事，淡淡日系的滤镜，色调唯美又清新，一般电影院都是卖情侣座。

赵云今原本想说的话很多，现在却一句都说不出口了。

林清执太聪明，从她坐下的那一刻起就知道她要做什么，于是将她所有的话都堵死在口中。她原以为林清执不解风情，直到这一刻才恍然，他这么聪明的人，怎么会不知道呢？

赵云今没有因为他的话失态，嘴角扬起一个明艳的笑：“那哥哥得加把劲儿，学生时代喜欢的人过了这么久还能再遇见，是很难得的缘分，祝你早点儿追到，你已经二十六岁了，该找嫂子了。”

女孩从冰箱拿了杯果汁，像无事发生一样，回了楼上。

唐月华从卫生间出来，责怪地说：“你干吗呀？！”

林清执埋头吃面。

“云今这孩子你又不是不知道，心里藏的事从来不对大人说，她看着没心没肺，心里不知道要难过成什么样子呢。我们这些年是看着她长大的，都知道她的心思，我和你爸爸也聊过，就算以后你们真在一起也没什么不好，咱们早就是一家人了。”

林清执放下筷子，淡淡道：“妈，云今又不是童养媳。”

“又没人强迫她，如果一切顺其自然，是她自己愿意呢？两个年轻人互相喜欢有什么不可以？反正我觉得云今挺好的，我已经习惯她做我女儿了，再加个儿媳妇的头衔也没关系。”

“那男孩你不是没见过，云今记忆里把她照顾得无微不至的哥哥不是我。”

“你没有关心过她吗？我和你爸工作忙，这些年在她身边照顾的人还不是你？自己养了这么多年的白菜，送到嘴边了都不吃，将来还不知道要被哪头猪拱掉，你甘心啊？”

“我没把她当白菜，”林清执无奈，“我二十六岁了，她马上要十八岁，听上去没那么背德，但换作十年前，一个十六岁的少年对一个八岁的女孩动心思，这就是两码事了。有些念头早点儿断了，对我对她都好。”

唐月华狐疑地盯着他：“这么一个亭亭玉立的女孩，这些年你就没对她动过一点儿念头？”

“我要是没给她开过家长会，没帮她买过卫生巾，没去参加过她的毕业典礼，说不准真会，可我是看着她长大的。”林清执利落地清理了泡面盒，将桌上的电影票收回口袋，他关上灯，“妈，你也早点儿睡吧。”

台灯微弱的光投在书桌上，赵云今静静坐着，手下压着几本厚厚的日记。再怎么不爱写，十年来也用掉了四个本子，内容满满，字迹娟秀。

少女的侧脸被光镀上一层橘黄的光泽，看上去暖融融的。她随手翻了几页，读了读自己小时候写下的天真而幼稚的话，忍不住笑了。

日记的内容大多是记录生活琐事，她一直精心保管着，其中许多地方都记录了这些年她和林清执间的种种。

哥哥上学回来给我带了一只小猫。

今天生日，哥哥买了苗苗面包房的草莓蛋糕，他说以后也会一直陪我吹蜡烛。

他带我去香溪边放风筝了，我的风筝飞得比他的高，他说云今将来一定会过得比他好，我不想过得多好，只想有他陪在身旁。

……

虽然暗恋了林清执十年，但少女心里依旧有着属于自己的骄傲。

她是赵云今，向来只有赵云今不想要的，没有她求不得的，哪怕那个人是林清执也一样。

女孩没有因为失恋而流露出过多颓废的神情，她神色平静得如往常一样，从抽屉里掏出剪刀，将那四个本子展开，一点点剪碎掉。

江易送赵云今回来后没有离开。

小区的街道上游荡着几只脏兮兮的流浪猫，在如水的月色下仔细地舔着前爪的毛，有猫凑过来蹭他的脚踝讨食，江易将手里剩的面包撕碎了丢在地上。猫疯抢着吃完面包，摆摆尾巴离开了，没有一点儿心肝。

就像赵云今一样，江易想。他点上一根烟，注视着楼上那依然亮着灯的房间。

初冬夜里的风有些刺骨，只靠一点儿缭绕的烟气汲取暖意，江易吐掉烟圈，嘴里的热气一起飘了出来。

他记不清自己抽了多少根烟，赵云今房间的灯终于灭了，已经凌晨一点了，他起身回家。他走出不远，身后的大门响了一声，女孩穿着睡裙出来，手里拎着一包鼓鼓的垃圾，半夜出来丢垃圾本来就奇怪，她还在垃圾桶前站了好久，才回到家里。

江易走到垃圾桶旁，拨开桶盖，看到女孩丢进去的剪碎的日记本。

油灯街的喧哗随着夜深渐渐消寂。桌子上堆满了碎纸屑，江易点着灯，将日记一张张拼回原样。赵云今决绝粉碎的不仅是自己对林清执的爱恋，还有她这些年经历的时光。

小时候考试得了全校第一名，养父母奖励她一架钢琴。

中学暑假全家去国外旅行，她在日记里记录着旅途中的点滴风景。

这十年里她身体一直很健康，只是小时候长蛀牙吃尽了牙医的苦头，"像要把脑浆都凿出来了"，小云今在日记里这样描述拔牙的感受。

升了初中，女孩经常收到男孩的爱慕之情和礼物。送的礼物她从来不看，出门就丢进垃圾桶，送情书的则会根据那人的成绩来决定要不要拆开，遇到语文不错、情书也写得好的男生，她会将那情书读上几遍，然后照样子临摹一份，只是把自己的名字替换成林清执，假想那是自己要送出去的，玩上几天再遗憾地丢掉。

……

江易拼了一晚上，将大多数的纸张恢复成原状，剪刀剪过的痕迹容易复原，上面的文字他全部读了一遍。虽然不在她身旁，却也好像亲自参与了她这些年的成长。

最后一页纸拼完，江易的目光凝住，盯着那上面的字迹，平静的眸子里泛出一点儿波动。

12 月 5 日，阴。

江易是个挺坏的人，对女孩一点儿也不绅士，从来不像其他男生那样捧着我。

但他也挺好。会放我离开不被霍明泽逮到，会在别人扔酒瓶的时候护住我，会穿我的衣服去扮女生抓犯人，会因为我的任性胡来放火烧楼，会因为我一句话骑车几十公里带我去缠山下找哥哥，还会因为我的心血来潮站在大庭广众之下让我扇耳光。

怎么看都不像是个会被人乖乖扇巴掌却不还手的人啊。

这个人有时像头撕肉生吞的狮子，有时像只沉默但对猎物势在必得的鹰，有时又像一丛生命力顽强的野草。明明是有爪子和棱角的，但每次和他在一起，总觉得他收敛了许多锋芒，变得有些温柔了。

女孩的日记在这里画了几个省略号，再向下看去，见她字迹端正地写道：

如果没有林清执，他也还不错。

虽然对最后一句话有些不喜，但江易还是把这张纸仔细地折好。

赵云今也不是全然看不见别人的好，江易心想，心肝这种东西，她虽然不多，但多少还是有点儿的。

一场初雪带走了秋末最后一丝温暖，西河陷入冬日的寒肃之中，天空阴云不散，整座城市被层灰蒙蒙的色彩笼罩着。

年关将近，家家户户忙着置办年货，林父的朋友送了许多热带水果，家里吃不完就分给亲戚朋友。

林清执从储物室里搬出几箱水果，赵云今已经放寒假了，正坐在沙发上吃薯片看剧，她问："你要送朋友吗？"

"学姐喜欢吃莲雾，我一会儿送过去。榴梿是留给贺丰宝的，他就好这口。"

"这一箱呢？"赵云今指指地上的车厘子。

林清执说："这箱送给阿易吧，也不知道他爱不爱吃，你找时间给他送去。"

赵云今说："好久没看见贺丰宝了，他最近干吗去了？"

"去外地出差了。"林清执抱着两箱水果，走到门口回过头说，"我晚上不回来吃饭，和爸妈说一声。"

他这些日子加班不多，但每天回来都很晚，他不说，赵云今也能猜出来他是去约会了。

“玩得开心。”她低下头继续吃水果。

“你的牙怎么样了？”

女孩笑笑，咧开嘴用手指敲了敲新补的牙：“好着呢！”

“少吃点儿酸橘子，对牙齿不好。”

女孩懒懒地点头，等林清执走后，她慢吞吞地站起来穿外套，抱着那箱给江易的车厘子出门了。

贺丰宝“出外勤”一个多月，人瘦了一圈，好不容易休年假在家休息，没睡多久就被林清执敲醒了，顶着一头鸡窝来开门。独居男人的家里东西乱七八糟的，林清执进来一时没处落脚，贺丰宝把沙发上的衣服丢到一边，示意他坐。

已经中午了，他才睡醒，徒手拨开林清执带来的榴梿，跷脚坐在沙发上把它当饭吃。

林清执不失礼貌地捂了下鼻子：“说说吧，请假一个多月，干吗去了？”

“老子这次亏大发了。”贺丰宝三两口吃完榴梿，舔舔手指，从茶几下掏出一份牛皮纸装的文件，“为了这玩意儿缺勤这么久，年终奖都没了，还在莲华医院扫了一个月厕所，它最好有用。”

林清执打开文件袋，里面装着几份体检报告单：“怎么弄出来的？”

“别提了，”贺丰宝一脸颓废，对自己这一个月的经历闭口不提，他摆摆手，“你先看看吧。”

体检报告单并不是原件，而是用手机拍下来打印出来的复印件，一份是沈佳燕的，一份是万家馨的，还有几份的名字从没听过。

“从这单子上看，都是正常的体检项目，也看不出什么。”

“得找专业人士看，我这事是瞒着局里做的，没法儿回局里找人，你有没有关系好的医生朋友？”

林清执笑笑：“交给我吧，不过有一点得说明，你用这种手段取得的证据没用，哪怕最后证实与莲华医院有关，也没你的苦劳。”

“用不着，我做警察又不是为了那点儿功勋。”贺丰宝换了个舒服的姿势倚着沙发，开玩笑说，“说实话，当警察又苦又累，限制还多，哪有外人看上去那么光鲜伟大啊。从小的理想到现在也消耗得差不多了，真没意思。”

“嘴上说着没意思的是你，真不让干了闹得最凶的也是你。”

“我是说真的，等这案子过去，我想辞职。”

贺丰宝伸了个懒腰，嬉皮笑脸地说：“辞职做个私人侦探，以后你有什么不好办的案子尽管来找我，坏事我来干。要是你也想辞职，就来我事务所里当门面，不用被人管，也能实现小时候的梦想，多自在。

“咱俩每天在办公室养养花喝喝茶，来案子就接，不来案子就一起喝酒打游戏，不比现在舒服？”

“你就先想着吧，等我退休了说不定会和你一起去养花。”林清执笑笑，他扬了扬那份文件，“我拿走了，出结果告诉你。”

孟静汶在料理台前洗水果。

林清执坐在客厅沙发上：“学姐，不用这么麻烦，东西已经送到了，我坐一会儿就走。”

“是麻烦你来一趟才对，还破费这么多。”

孟静汶端来水果，她在家只穿了件米色的针织衫，头发松散地梳在脑后，脸侧的碎发软软地垂着，气质温柔。

“都是朋友送的，吃不完也浪费。”林清执问，“学姐过年一个人待在西河吗？”

“医院离不开人，以防有急诊病人，得一直守着。”孟静汶泡了杯果茶递到他面前，“警局也一定很忙吧？”

“如果只是值班也算不上忙，不过最近家里人生病住院，两边就有点儿难兼顾了。”

孟静汶职业使然，问了句：“是什么病？如果在市一院的话我可以帮忙照顾。”

“在莲华医院。”因为复印件太显眼，林清执给她看的是手机上贺丰宝当初拍下的照片，特意隐去了日期，“刚体检完，医生还没给答复。”

孟静汶看了眼上面女人的名字和年龄，问道：“沈佳燕，是你女朋友吗？”

“怎么会？”林清执笑着解释，“是远房表妹，因为要治病，所以来西河暂住我家。”

孟静汶浏览了一遍检查单，问道："你表妹最近是不是要做器官移植？"

林清执愣住，孟静汶指给他看："看这儿，淋巴细胞毒交叉配合，这是只有做器官移植前才会检查的项目。"

林清执神情短暂地一滞，随即恢复自然："我跟她许多年没见了，平时说不上几句话，她具体生了什么病我也不清楚，都是我妈在张罗。"

"林警官对家人也太不上心了，如果真要移植，那算是大手术了。"孟静汶笑道，"莲华是私人医院，比起公立三甲医院还是有差别的，如果方便的话可以考虑下让她转院，我能帮忙联系到市一院有经验的医生。"

林清执强压着心底的惊涛骇浪，几口就把果茶喝完了。

孟静汶疑惑地问："不烫吗？"

他这才惊醒过来，那泡茶的水是滚烫的，嘴唇后知后觉地麻了起来。

孟静汶倒了杯凉开水递给他，林清执捂着嘴半天说不出话。

"你真是和高中的时候不太一样了。"

林清执抬眸，目光里蕴含着的笑意清澄："可能是职业病吧，性子确实比以前急了。"

"这样挺好。"

"好？"

"那时候虽然优秀，待人也真诚，但总觉得太过完美，多了些距离感，现在真实多了。"

孟静汶在高中时是天之骄女，因为优秀得耀眼让人觉得难以接近，哪怕暗恋者众多，也少有人敢当面表白。

林清执笑着说："原来学姐的想法和我是一样的。"

油灯街冷清了许多，女人们攒够了一年的钱舒舒服服回家过年，在外务工的租客也打包了行囊，踏上北上的火车，只剩少数的本地居民还留在这儿过年。

双喜一早就来了，他好些日子没出现不知道去哪儿鬼混了，一出现就从头到脚换了身行头——锃亮的宝蓝色大棉袄，破洞牛仔裤，脚下踩着一双崭新的耐克运动鞋。

他将脚朝江易面前一伸，牛哄哄地说："看，刚买的，这可不是假货，货真价实从银座里买来的，三百八一双呢！”

“哪儿来的钱？”

“不告诉你，”双喜神秘兮兮的，“楼下还有东西，下来一起抬。”

双喜历来恨极了武大东，要不是因为他，自己小时候根本不用受那些罪，平日里住在一起已经是极大的痛苦了，过年还跟他一起过，双喜是死也不干的。往年他也会跑来和江易一起过年，但都是充当吃白饭的角色，今年不知怎么变阔绰了，上门还客气地买了一堆东西。

腊月二十八，离过年还有几天，他就已经把年货置办齐了，水果、肉类、瓜子糖果、对联灯笼和挂鞭样样不落。

双喜戴着个不知从哪里淘来的小墨镜，掐着腰在楼下抽烟，吆五喝六：“快搬上去，地上那么凉，水果不能冻，一冻味就不好了。”

果然钱能带给人自信，都敢支使江易了。可江易没动，看了眼他买来的肋排和老母鸡：“退了吧。”

“这怎么能退？这是留着过年吃的呀！”

“我这儿没锅也没气，拿回去孝敬武大东吧。”

“我呸！”双喜不乐意了，摘下墨镜啐了口，“让我把这些拿给他吃，我还不如喂狗呢！没锅……我想想办法，去买一个也不合算，你一年到头都不开火，纯属浪费，要不你去跟邻居借一个，反正他们过年都回家了，又用不上。”

“不借。”

江易上楼了，双喜拎着东西追上去：“那你过年吃什么？街上没馆子开门，还能总吃泡面啊。大过年的，能不能改善一下伙食？”

他把水果和对联放在屋里，让步了：“算了，我今年可不想再吃泡面了，还是回去跟武大东凑合凑合吧，拿点儿年货，他说不定能给我个好脸色。肉我拿走了，水果给你留这儿了啊。我最近赚了点儿钱，总吃你的也不好意思。”

……

以往过年还有双喜在耳边叽叽喳喳吵个不停，显得没那么冷清，今年他不在，屋子里有些静，靠在窗前，窗棂都仿佛浸着月亮清冷寒凉的影子。

江易在床上躺了会儿，听见走廊传来脚步声。紧接着，赵云今的声音响起：“江易，来帮我拎东西。”

江易猛地跳下床，走到门口脚步慢了下来，他不想显得太急切，停了两秒才拉开门。

女孩穿了件白色外衣，抱着一个大泡沫箱，手里还拎着几大袋东西，她刚爬了楼梯，白皙的脸蛋儿泛红，嘴里呼出的热气氤氲向上遮住了漂亮的眼睛：“好重啊！”

江易接过她手里的东西，和双喜拿来的差不多，都是一些肉和青菜。

“林清执让我来给你送水果，走到半路想起今天是腊月二十八。”赵云今笑得甜而无害，“你也知道，我最近在尽可能地避免和他接触，所以过年不想待在家里。也不是没在你家睡过，再收留我几天怎么样？作为回报，我买了些食材来做饭。”

“进来吧。”

赵云今早前剪的头发恢复到了原来的长度，坐在电炉边烤火时，发丝松散地顺着一侧倾泻下来。她今天化了淡妆，本就明艳的面孔更媚了。

她嫌热脱了外套，里面只穿了一件低领的黑色紧身衫，领口露出一片雪白的锁骨，被黑衣一衬，干净得如同雪地里钻出来的白色花苗。

她暖和过来，抬头笑笑：“饿了。”

江易站在桌前理食材，又多又全，显然赵云今是做好了打持久战的准备。

女孩温柔地托着腮：“我煮饭给你吃，好不好？”

江易披上外套出去了。

赵云今在他屋子里转了转，这里和上次来时没什么两样，只是临近新年，江易做了打扫，屋里干净了许多。

她把自己买来的食材拿出来清理，在房间里到处找刀和砧板，可江易家里东西不多，一眼就能看得清清楚楚，别说这些，就连锅碗瓢盆都没有。

床边有张小柜子，柜面上放了张纸。赵云今找东西时无意瞥见，顺带着看了眼，就是那一眼，她愣住了。那不是别的，是她那夜剪碎了扔掉的日记本其中的一页，被江易从垃圾桶里捡回来拼好了放在家里。

……

夜深，江易叩响了面前那扇门。

燕子衣着不整地来开门，今年弟弟出事了，她没脸回家，就一个人待在西河过年。

“有锅吗？”江易问。

“有。”

“借我用用，还有调料和碗盘。”

大晚上来借这些东西，燕子觉得他莫名其妙，但还是回头找给他了。

大冷天，江易穿得单薄，背心外套着件秋天的格子衫，使硬朗的少年身材更加挺拔。

“你自己做饭啊？”她抛了个媚眼，“我也还没吃呢，如果方便的话……”

“不方便。”江易拿上东西转身离开了。

“……”

江易回到家，看到桌上的食材被翻得乱七八糟，赵云今却不在桌前。

她站在他的床边，见他回来，扬了扬手里的日记纸。几百张日记里，他只留下了记载了他的那一页。

女孩没有为偷看别人的隐私而感到一丝羞耻和抱歉，她笑得狡猾，笑里还带着点儿抓住别人小尾巴的幸灾乐祸，她甜美而温柔地说：“阿易，原来你也这么不自量力，想去摘月亮啊？”

少年英俊的眉梢微扬，他半边脸被昏暗的吊灯映得蒙蒙亮，半边脸隐匿在赵云今看不见的暗色里。

狭小的屋内，灯晃晃，电烤炉被烧得通红，窗户紧闭密不透风，空气流不出去，只好在有限的空间里反复交融，晦暗的光影制造出了奇怪的错觉，两人截然不同的情绪摩擦、触碰，产生了十足的暧昧。

江易脱掉外套丢在一旁，背心下笼着结实漂亮的肌肉，力量感充盈却不叫人觉得虬结恐怖。

少年的目光掠过少女盈盈的笑意，又掠向她衣衫里包裹的雪白的肌肤和玲珑有致的身材，眉眼里划过一抹放肆和狠意。

“我何止想摘月亮。”他开口，冷淡的嗓音因欲望而变得低哑，“我还想把她拴起来，再也不让别人看见。”

很难将赵云今形容成一盏月亮，分明是和她哥哥截然不同的人。

与之相比，她更像藏匿在银河深处的一颗变幻莫测的行星，星球周围缭绕着玫瑰色的星云，上一秒还弥漫着撩人的绚丽色彩，下一秒又不知会酝酿出怎样或温柔或狂乱的星际风暴。

赵云今听完他那句话，脸色平静如常。

江易静等她反应，想从她脸上看到哪怕一丝或轻或重的波动。可都没有。

她将日记纸放回床头柜，走回餐桌前，经过江易身边时，他伸手攥住了她的手腕。

少年的眸子清冷，其中夹杂着模糊不明的暗色情绪。

女孩弯唇："阿易，你不放开我，我怎么做饭给你吃？"

她撇开江易的手，拿食材煮了一碗面，白面上卧着一颗沾满葱花的荷包蛋，她将碗端到江易面前："这是今晚的住宿费。"

江易不吃，看着她："我要的住宿费不是这个。"

赵云今脸上凝起笑意，明知故问："那你要什么？"

她看了眼手机上的日期："明天就是腊月二十九了，江易，给你个机会，陪我去爬缠山吧。"

赵云今惯会利用别人的爱意，一旦发现他人不可言说的心思，就顺理成章地将自己摆在高高的位置上。

腊月二十九去爬缠山，一般人很难做出这种事，她能提出这样的要求，不过是仗着江易的喜欢。

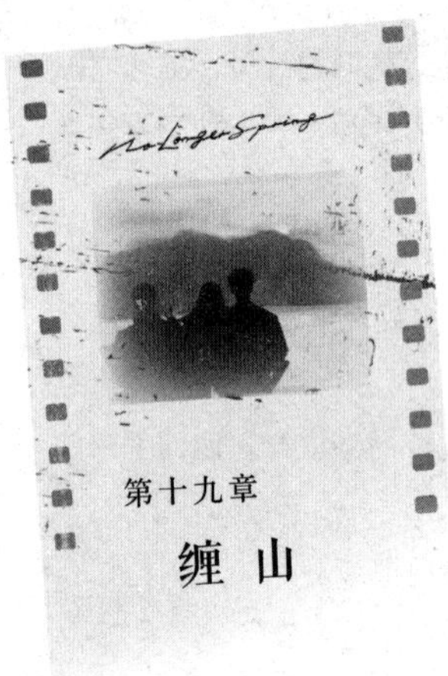

第十九章

缠山

天寒，站在山半腰的村子遥望，山顶积了厚厚一层雪，白皑皑地团簇在主峰之上。

到达村子时是下午，开上山的摆渡车已经不接去客了，两人在农家乐开了房，打算明早再上山。

临近年关，来旅游观光的游客不少，店里只剩一间双床房，赵云今没有对和江易睡一间房表示出什么异议，自然地进了房间，倚在靠窗的沙发上玩手机。

夜幕降临，小村庄处处升起做饭的烟火，赵云今肚子饿，拉江易出去觅食。

她路过一家羊肉馆，闻到里面氤氲着满堂的香味，于是进去坐下。

老板摆上火锅和新鲜的肉块，锅子里的沸水腾腾翻涌，她端详对面的江易，他穿着一件黑色外套，英俊的脸在热气的蒸腾里有几分神秘。

他依旧寡言，一路走来也没说上几句话，唯一明显的情绪是在赵云今订了一间房时转头看了下她。

“明早几点上山？”

“五点起来坐车，或许能在天黑前爬上去。”

羊肉来自高原黑山羊，滋味鲜美，可赵云今历来养生，晚上吃得少，江易吃得也不多，一顿结束，锅里还剩许多肉块。

想起刚才在路上看到一个乞讨的老人，赵云今跟店家要了盒子将剩菜打包，离开饭店时刚好乞讨的老人坐在门口休息。她将剩菜递了过去，老人一身破烂，眉须皆白，抬起颤巍巍的布满粗茧的手说了声“谢谢”。

赵云今笑笑，山腰的海拔也有两千米，夜风吹在身上一阵寒凉。她裹了裹外套，顶风朝宾馆走去。

江易跟在她后面，两人间的气氛安静又诡秘。

走着走着，少女回过头看他，她伸展出手臂，转了一个圈：“我穿这件衣服好看吗？”

江易目光轻飘飘朝她望去，越是明艳的颜色越适合她，她一身正红色的棉衣，走在遍地积雪的路中间，耀眼得如一朵开在冰原上的红莲。

没听见江易的回答，她狡黠地问：“阿易，你从什么时候开始喜欢我的？”

江易挑眉：“我没说过喜欢你。”

“那你放在家里的日记是什么意思？”

“见色起意而已。”他说这话时神色平静，那一脸漠然仿佛说出的话和他无关。

“有多色？”赵云今依旧不改笑容，“跟你睡一间房会有危险吗？”

“如果你还不闭嘴，会有。”

赵云今扑哧笑出了声音，放肆地放下豪言：“我想看看。”

……

赵云今进了浴室洗澡，江易坐在窗边抽烟，窗户开了一道缝隙，他顺着缝隙将烟灰磕落出去。

玻璃是磨砂的，隐约能从浴室灯光的映照里看到女孩的影子，赵云今洗澡很慢，她仰头，淋浴头的水流轻柔喷洒，水滴浸润她的发丝，又沿身体流下。

赵云今一个热水澡洗了半小时，裹着自带的浴袍从屋里出来，她头发未全擦干，滴滴答答朝下淌着水。

江易半盒烟抽完，室内还弥漫着烟味。他关上窗，屋外天冷，窗户上不一会儿就弥漫上水汽。

江易幽深的眸子望向她，赵云今却丝毫没有被人窥视的不自在，坐在床边按开床头的小灯。

那灯光橘黄，将她姣美的面容镀上一层温暖的颜色，浴室里洗发露的香味飘出来，轻盈地在鼻尖萦绕。

赵云今擦着头发，问："你不洗吗？"

江易脱掉上衣，露出一片硬实的胸肌，他拿着毛巾走进浴室。

几分钟后，他出来了，赤裸的上半身挂着水珠，一滴一滴沿腹肌的纹路朝下流，性感撩人。

赵云今毫不避讳欣赏的目光："阿易，夜这么黑，孤男寡女共处一室，你会不会对我下手？"

少年神情淡淡，反问："想试试？"

少女面色波澜不惊，和衣躺在了床上。

外面飘起了小雪，赵云今侧躺着，看着窗外的雪花，脸上出现了罕见的呆滞神情。

江易关了灯，雪花没了灯光的衬托，变得不那么明显了。

"在西河，只有缠山才会经常下这样的雪，每年冬天，海拔三千米以上的山峰都会被雪盖住。"赵云今声音低低的，"缠山的南坡是游客登山的路线，北坡陡峭，是探险爱好者的圣地，我父母就是其中之一。夏天的缠山他们已经爬过几次，但冬天的还没有尝试过。

"十年前的腊月二十八，他们从北坡登山，于二十九日夜间失联，从此失踪，连尸骨都没有找到。

"他们离开那天西河市区也下了小雪，我妈妈离家前站在门口说一定会回来陪我过年，可没想到，那是最后一面。"

"每年冬天你都会来缠山？"江易静了静，问道。

"这是第一次。"半山腰的夜晚寒冷，劣质空调无法制热，赵云今裹了裹被子，"我一个人来，他们在天上看到会不放心，以前想让林清执陪我，可他总是很忙。阿易，谢谢你能陪我来一趟。"

少女发出如梦呓般的轻吟，嘴上戏谑，入睡却很快。

江易在床上辗转，没法儿入眠，脑海里翻来覆去的都是临睡前赵云今那番看似平静的话。

雪越下越大，夜半，女孩忽然抱着枕头下床站到他床边，仿佛梦游一样。

"阿易，屋里很冷。"

少年火力旺，并没有感受到夜里的凉，可当女孩伸手触在他额头的瞬间，他才发现女孩的手冷得像冰一样。

“我和你睡，好不好？”

“不怕我对你下手？”

“随你。”女孩笑笑，撩开被子的一角，钻了进去。她体凉，遇到江易滚烫的体温，就像身边放了个炭盆。

“这么冷的天气，着凉的话明天就不能上山了。”赵云今一时暖了过来，还懂几分男女有别的道理，朝床边缩了缩，“十年才来一次，我一定要去，让他们能看看我，如果你的被窝要收费，做你想对我做的事也可以。”

“恶毒的女人。”

赵云今翻过身，亮莹莹的眼睛看着他：“我怎么就恶毒了？”

江易难得地开起了玩笑：“你是那种会让人平白欺负的女人吗？有仇不报可不是你赵云今的做事风格，诱惑我今晚碰你，明天上山后再把我从山顶推下去也不是没有可能。”

“那你不会碰我了？”赵云今的眼睛眯成一弯明媚的月牙，“谢谢了阿易，有你这句话，今晚我就能睡个好觉了。”

女孩在床上滚来滚去，找到一个舒服的姿势，很快睡着了。江易听着她轻微的呼吸声，却无法入睡了。

月亮渐渐移到天空的西边，雪也停了。

江易侧了下身，手臂伸到女孩头下，让她枕着。

赵云今身上有股清淡的香味，能让人放下所有的疲惫和心防，江易感受到久违的温暖袭来，他不知什么时候慢慢睡着了。

赵云今醒来时被子里还是热乎的，伸手一摸旁边没人，她腰上感觉酥酥麻麻的，昨晚似乎有东西压在上面，但醒来后却什么都没有。

像算准了一样，她刚穿好衣服，门外就传来动静。

上缠山观光的游客一般都要起早，所以早点铺清晨就营业了，江易拎了两碗素面回来，还冒着热气。

赵云今嫌冷，不愿离开被窝，靠在床头懒懒地看着他：“你起得好早。”

“如果枕边人睡姿太差、流口水、说梦话、磨牙，想睡懒觉也很难。”

赵云今摸了摸脸："从来没人说过我有说梦话的习惯。"

"你还跟谁睡过？"江易修长的手指解开袋子的系扣，看似漫不经心地将面碗掏出来。

"想知道？"赵云今撩开被子下床，故意将纤细白净的小腿从浴袍下露出来，"偏不告诉你。"

江易没有表露出想听的意愿，也不想继续这个话题，像变魔术一样掏出一束白色刺毛杜鹃花，赵云今疑惑地看他。

"我摘的，"他淡淡说，"今天是你父母的忌日，送给你了。"

缠山连绵数百里，重峦的影子落下几乎可以遮蔽日光。

赵云今仰头，前方的路一眼望不到头，两侧青松葱郁，脚下是修给旅人用的栈道，从这里上去，还要跨越两千米的海拔才能爬到山顶。

她甩了甩背包，回头看了眼："走吧。"

腊月二十九，登山客不多，只遇到零星的几个人，延绵不尽的还是眼前茫茫的积雪和耳边松林间清幽的鸟鸣。山腰处昨夜的雪已经化了，只有松叶上还坠着残雪，一路上山，路边的雪越来越厚，爬到三千米，栈道上也开始有了积雪。

赵云今停在栈道旁休息。越往上走，阳光越灼热，她体力耗了大半，汗顺着脸颊两侧流下来，脸蛋儿红扑扑的。

江易递给她一瓶水："累了？"

赵云今体力虽好，但总归是女孩，她接过水喝了半瓶："还能走。"

虽然是南坡，但海拔三千米以上的路依然陡峭，江易收起地图，伸出手，不容她拒绝："包。"

赵云今说："我没那么弱。"

江易将手搭在她的包带上，赵云今刚要躲，牢固的带子却瞬间被他解开了。

"不愧是玩牌的手。"她若有所思地盯着他灵活的手指。

江易用不咸不淡的目光睨她，赵云今忽然站起来，伸手捏他的脸，江易鲜少和人这样接触，下意识地后退一步，女孩看起来柔软，手劲儿却大，像个钳子似的箍着他，将他捏成一个鸡嘴。

江易没再躲，面无表情地盯着她。

"脸是热的，"赵云今松开手，朝下摸了摸他的心口，"心也是热的，怎么偏就喜欢用一双冷眼看人呢？”

少女的指尖顶着他别过去的脸：“前天还大言不惭地要把我拴起来，今天却连看都不敢看了。”

她手下没轻重，把江易当成一个没脾气的娃娃戳，下一秒就被江易攥住手指，他蹙眉：“别作死，荒郊野外，我要做点儿什么也没人看见。”

“要做早做了，昨晚睡一张床也没见你敢动手动脚。”

少女牙尖嘴利，恣意的模样忽然间让他感觉很不顺眼。

江易将包从肩膀上缓慢脱下来，随手丢在栈道上，就在赵云今愣神的瞬间，他回手拽住她，压着扑在地上。

路边虽然积了一层松针，但有厚雪压着也不觉得扎人。

赵云今被扬起的雪花溅了满脸，刚要伸手去擦，江易先一步压住她的手腕摁在头顶。

不知是不是错觉，那一瞬间，她看见江易眼里有些许错落的温柔。

江易抬手拂掉她脸上的雪片，凑近她耳边，喘息潮湿而温热：“我说了，别作死。”

赵云今耳朵发痒，忍不住躲。

“惹我这么多次，真以为我没有脾气？”

“阿易……”赵云今表面装得再无畏，也终究是个小姑娘，她推了推江易沉硬的身体。

少年侧过脸，眸子里有束炽热又幽深的光芒，赵云今鼻端的热气喷洒在他脸上，给他冷硬的棱角镀了层柔和的白气。

“我爸妈在天上看着，这样不好吧。”少女用温润如小鹿般的眸子望着他，极其无害的外表下隐藏着谁也看不透的内心。

她指了指天色，笑得明艳乖张：“阿易，我们先上山吧。”

缠谷峰是缠山的最高峰，海拔在四千米以上，哪怕是相对平坦的南坡，徒步上去依旧不好受。

高原上烈日格外灼热，随着海拔越来越高，两人明显感觉到离太阳更近了，身上的棉衣已经不适用了，赵云今脱了外套只穿着一件羊绒衣才不觉得热。

越向上，栈道修葺得就越简陋，不知多久没维护过了，残破难走，大多时候走的还是压满积雪的山路。

爬到缠山峰顶已经是傍晚了，今天是腊月二十九，明天就过年了，这时候还能耐着性子来爬雪山的人实在没几个，朝四周峰顶望去，除了江易和赵云今外空无一人。

站在山顶四顾，周围的小峰簇拥着中间的主峰，即使在深冬，山体也翠绿得充满生机。

天幕开始暗下来，但依然能看出原本湛蓝的底色，与之相比，云倒不多，大多都缠绕在山腰了。

赵云今踩着积雪走到峰顶的崖边，很少有人能爬上山顶，因此这里也没什么安全栏，只有一排木质的栅栏，这些年过去，和栈道一样残破不堪。

她沉默了好一会儿，目光从山峰移到天边又移到脚下的积雪，不知在想些什么。

江易没有打扰她，静静地站在她身后。

许久后，赵云今蹲下，从包里掏出那朵江易送给她的白色杜鹃花。她将花插在泥土里，堆上积雪说："爸，妈，我来了。"

少女眼圈泛红，但没有哭出来，只是声音听起来有些异样："这些年我过得不错，养父母对我很好，林清执也是，要不是还有照片在，我已经快要忘记你们的模样了。

"十年前你们抛下我离开，十年后我来看你们了。"

她的目光徘徊于脚下的重重山峦，似乎在找到底哪一座才是她父母的埋骨地，可缠山山脉实在太大了，绵延数百里，放眼望去根本望不到边际，她放弃了寻找，站了起来。

那朵刺毛杜鹃孤独地摇曳在山顶的冷风里，透着几分单薄和柔弱。

赵云今说："外婆还在世时，我夏天都会去乡下过暑假，她总是带我去爬村后的小山，她说只要站在山顶把心愿朝大山说出来，山神就会听见，然后帮你实现愿望，我听她的话许了很多奇怪的愿望，希望不要长蛀牙，希望每天都能吃到巧克力蛋糕，希望爸妈能让我养小花猫……愿望许了很多，实现的却没几个。"

她笑了笑："或许是小时候的我太贪心了吧。"

赵云今两手比成喇叭状放在嘴前："爸——妈——你们回来吧——"

她一句喊完，声音低了低，“哪怕让我收回遗骨也好。”

江易望着她，忽然有股上前抱住她的冲动，但他知道赵云今不会愿意他这样做的。

——她是赵云今，赵云今永远不会在人前示弱。

“还有，”少女喃喃自语，“我再也不喜欢林清执了。”

“这是你的愿望？”

“不，是我不喜欢他了。”

“真正的不喜欢，不需要再三挂在嘴边。”

赵云今满不在乎地笑笑：“怎么你倒像我肚子里的蛔虫似的，比我自己还要了解我？”

江易没理会她的调侃，平静地说：“赵云今，你没了父母，没了林清执，但你还有我。”

赵云今笑着问：“你是我的什么？”

远处的天上云层翻涌，卷起乌黑的浪，看样子是酝酿一场暴风雪的前奏，山头的风凛冽起来，在山谷间呜咽着穿过，吹得脸上生疼。

山顶是有缆车上下的，缆车处开设在三千五百米的位置，晚上七点就停止运行了，现在六点刚过，爬下去刚好能赶上最晚一班车。

江易没有正面回答她的问题，拿他那双漆黑的眸子看她。

赵云今也没有想要他的答案，她望向远处的天色：“暴风雪要来了，我们下山吧。”

……

天色已经全黑了，摸着黑实在难行，下山的路走得磕磕绊绊，偶尔还要提防林子里不知名的野兽。

缆车处建了两间小木屋，一间收费，一间用作管理员的休息室。

今天是年前缠山最后一天开放了，迎完这拨客人，管理员就要回家过年了，临近假期人也变得懒散了，他裹着棉袄坐在炉子边烤红薯，见两人下来了，才慢腾腾地起身去打票。

“山上没别人了吧？送完你们俩我也快到下班点了。”不知是不是天气太冷，管理员慢走了几步就累得脸色惨白，捎带着气喘吁吁，“冬天山上温差大，白天还好，晚上冻死个人，哈口气都能结冰，也不知道有什么好逛的，那游客成天成天往山上跑。”

江易一贯地面无表情，比缠山的冬夜还冷，赵云今则低头看着脚尖。没人回应，管理员落得个没趣，嘴里不知嘟囔些什么去开缆车的电闸了。

缆车是全封闭的，四侧都是玻璃，从山上到山下五分钟的路程，能将雪山美景一览无余。

车身不稳，赵云今上车时磕绊了一下，江易从后揽住她的腰，手一伸上去就再没有放下来的打算，直到管理员关上车门，他依旧搂着她。

"哐当"一声，缆车启动，缓缓朝山下驶去。云层的颜色更深了，阴郁郁地笼罩下来。

赵云今那白天嫌热的薄棉袄此刻不顶什么用了，根本压不住山夜的寒气，在这茫茫雪夜里，离她最近的热源就是江易，她无意识地朝他靠了靠，江易的手臂缩紧，将她抱在怀里。

脚下是一望无际的山脉，皑皑白雪盖在山尖，压住寒松硬挺的枝干，向远处望，依稀能瞥见山腰处村子的点点灯火，但置于更辽阔的景色之中，这些就不算什么了。

世界是寂静的，缆车内的小世界也是寂静的，偌大的天地间仿佛只剩下两个人了。

赵云今听得到江易低微的呼吸声，也能感受到他鼻息洋洋洒在头顶的热气。

缆车忽然发出"吱——"的一阵尖锐的声音，车身也跟着剧烈摇晃，在三千多米的高空中如一叶浮萍般脆弱。

意外突发，两人没有站稳，被晃动的缆车带倒，一齐摔在厢底。

晃动也好，摔倒也罢，江易一直没松开赵云今，两人都是冷静的人，不习惯将自己的情绪外泄，整个过程下来并没有慌乱叫出声，哪怕在很多个瞬间，他们都觉得车身会从高空坠落，掉到脚下茫茫的丛林里，摔得支离破碎。

直到晃动停止，赵云今半个脑袋才从江易的肩膀处探出来。缆车停了，也不向前走了，就这样一动不动地悬挂在半空。

刚刚意外突发来不及反应，赵云今垫在下面摔了下去，哪怕江易用手臂隔绝了落地时大半的撞击力，但她依然摔得七荤八素。

江易问："你受伤了吗？"

赵云今摇头，试图爬起来，但刚一动，缆车就受力不均朝一侧摆动起来。

江易抬头，见连接在缆车顶部的缆绳是完好的，索道上的钢丝也没问题，他回头望向远处的售票小屋，距离不近，依稀只能看见灯还亮着。

现在已经过了七点了，按管理员的说法，他很快就要下班了，而下班前的例行检查是少不了的，两人没有如期到达山下，另一边的管理员应该也会很快发现异常，不管是什么原因造成的缆车事故，只要缆车本身没坏，就一切都好说。

赵云今也注意到了小屋亮着的灯，蹙眉："不是停电。"

"不管怎么样，等人来救吧。"江易看着手机上空格的信号，缠山这一边大多地方是没有信号的，求救电话根本打不出去。

他让赵云今慢慢起身，两人坐在缆车对角线的一角，这样可以最大限度地维持平衡，现在还不知道是不是车身故障，但谨慎点儿总是没错的。

原本就静的夜现下更静了，早前还觉得景色如画的山涧丛林和脚下的积雪，此刻也没什么味道了，毕竟性命悬在一根钢丝上的时候，没人会有心思再去注意周围的风景。

车厢四壁挡不住多少寒气，高空中的风到了夜里疯狂地肆虐起来，从每个边角缝隙渗透进来，吹得赵云今脸色苍白，她试图找个避风的地方，可车厢里的温度早就降下来了，没一处是温暖的。

江易脱了外衣丢到她腿上，他里面只穿了一件很薄的 T 恤衫，把外套给了她，他根本撑不过这样的寒夜。

"我不要。"赵云今的身体素质并没有这么差，只是刚好赶上她生理期，白天又运动过量爬了一天的山，才显得虚弱。

江易忽然直起身来，他一动缆车就跟着动，而他丝毫不管车身怎么摇晃，一手拽着赵云今的手臂，一手将外套拢在她身上，他拉上拉链，低头时见女孩正用一双柔软的眸子看他。

赵云今没再拒绝那件衣服，忽然问了句："阿易，你想做我什么？"

"你是我的什么？"

她在山顶问这话时江易没答，因为这个问句没有答案，他不是她的任何身份，甚至连朋友都算不上。

"你想做我什么？"

江易依旧没答，并不是没有答案，而是那答案在他心里明镜儿似的，如果非要让他说出口，那绝不是一个词就可以概括的。

想做她世界里的最重要，想做她男女之情上的唯一，想做那个可以和她说最亲密的话做最亲密的事、可以每天清晨在同一张床上醒来的人。

想到这儿，江易那桀骜的眉梢上翘，目光里融进了恶狠狠的兽性。

赵云今极有眼色，没有逼他回答，她莞尔一笑，白雾状的热气从唇边泄出来："这次要能活着回去，我给你个机会。"

悬在几千米的高空中享受雪景，是一辈子都很难得的体验，赵云今转过头去看雪。

她呼出的热气刚在玻璃上凝成水雾，身后的江易就覆了上来。他的外衣给了她，身上的热气已经不在了，但他胸膛贴上来那一瞬间，赵云今依旧感觉到一股难以言明的炽热。

缆车轻轻摆起来。赵云今说："当心。"

"活着回去，给我个机会；不能活着回去，也不算太亏。"江易偏头，"有你这句话，死也值了。"

"你想做什么？"

江易嗓音低沉，轻声问："赵云今，我可以吻你吗？"

赵云今笑了。

两人在这满天飞雪的寂静里接起长久而浪漫的吻。

直到雪片将缆车四周的玻璃糊上了一层白雾，江易才停下。

他从赵云今眼睛里看到许多狡黠，他忽然记起这女孩生性摸不透，一句没有凭证的话说变就变了，此刻是在生命攸关的情境下，她只有他可以依靠，倘若换作温暖的空调房里，她还会认刚才的话吗?

虽然心里这么想，但以江易的性子是不会要她指天对地地发誓和承诺的，没等他说话，赵云今先笑吟吟地问："我如果要你，会怎么样？"

江易眼睛微眯，攥她下巴："你最好反悔。"

江易这人喜酒嗜烟，重欲也重荤腥，不良习性他全沾染，好的习惯一个不占，在他面前扯皮撒谎，他有一百种法子收拾你。

赵云今不难从江易那双眼里看出，如果失信的人是自己，他一定不会用对付社会杂碎那些法子对付她，至于他会怎样，不难想象。

江易是一团熊熊燃烧的烈焰，但在她面前从来都是压着的一簇火苗。他不是一个乖顺的人，以前压抑着是有顾忌，现在顾忌没了，他能将她灼骨成灰。

“我巴不得你现在就反悔。”江易有些轻浮地笑，“好给我个当畜生的机会。”

江易没有问出口的是，赵云今给的这个机会究竟有几分是出于对他的喜欢，又有几分是出于想要借新欢忘掉旧爱。他也不想问，此刻赵云今在他身边就够了，其他都不重要。

赵云今依偎在他身边，像是一对相爱了许多年的情侣一样。

她手里举着一块通体碧绿的翡翠，对着窗外映进来的雪光端详：“这是我妈妈留给我的东西，原本是一对儿，一块上面雕着凤，一块上面雕着凰，玉料名贵，年岁也长，是家里的长辈特意找匠人打磨的，就这两块。十年前我妈离家时把另一块带在了身上，这一块放在家里，这些年我一直收着。”

赵云今眉宇里有些许倦意：“缠山说大也大，说小，从北坡登山的路就那么几条，哪怕失足坠崖也总能在山谷里找到尸体，可为什么无论警方怎么搜索，都找不到当初的登山队呢？我有时候觉得我爸妈没死，只是去了另一个地方生活，就像电视里演的那样，说不定缠山有什么时空裂缝把他们吞进去了，他们还活着，只是不在这里了。我经常会梦到他们，在一片很深很深的林子里，他们背对着我跑，我怎么追都追不上。”

江易安静地听着。

赵云今并不完全说给他听，更像是一个人喃喃自语：“我现在一点儿都不害怕，怎么说都是我父母葬身的地方，他们在天上也会保佑我的，我命硬，没那么容易死。况且就算死也没什么不好，这些年在林家，虽然林清执把我当成他的亲妹妹，但养父母对我的期望很高，我有时候也会觉得很累，如果能去见爸妈也挺好的。

“我很想他们。”

“赵云今……”

“又要说我还有你了？”

“你很想找到父母的遗体吗？”

“按老一辈的想法，人总是要入土为安的。”

“我帮你。”

这三个字从江易嘴里说出来语气没什么变化，听在赵云今耳朵里却不亚于一道惊雷。

江易这人话少，可一旦说出的话应下的事必定做到，他当初为了阿财一句话将人重伤差点儿断送自己的将来，那件事她至今记得。

“缠山很大。”

“我知道。”

“山路难走。”

“我知道。”

“这么多年过去，痕迹早就被磨掉了，山里兴许还有野兽。”

“我知道。”江易淡淡地说，“我会尽力。”

“你是在讨好我吗？”赵云今的嘴巴刻薄惯了，哪怕言笑灿烂也掩盖不了恶劣的本质。

可江易一笑，毫不在意：“我需要吗？”

江易抬头，从堆着薄薄积雪的顶盖里看了眼天光，月亮只从云翳里露出一点儿边角料般的光亮，不多会儿又被堵得严严实实了。

他揽着赵云今：“睡吧，睡醒救援队就来了。”

赵云今靠着他睡了过去，中途醒过来一次，扯了棉衣的一角给江易盖上。

赵云今做了许多梦，梦里有童年时在父母身边无忧无虑的日子，有孤儿院满墙的红色蔷薇，有新家里林清执为她在院里扎下的秋千架，还有一个牵着她手的男孩背影，半梦半醒间，她似乎听到耳边有人在叫“云云”，她梦呓般地回应：“哥哥。”

江易目光一刻都没从她身上抽离，仿佛闭眼后眼前这一切就会涣散成一场梦境，听到女孩无意识的呢喃，他没说话，只是把她搂得更紧了。

缆车是在后半夜动起来的。

救援队在事发后两个小时就赶到了现场，但空中状况不明，所以不敢贸然解救，加上景区设施老化，机器都是许多年前购入的，启动缆车的开关只有山上的管理室才有，救援人员又花了三个小时登上山顶，所以耽误了很多时间。

在车身摇晃的那一刻，赵云今就醒了，她还没完全从梦里清醒过来，迷糊着问了句：“要死了吗？”

缆车一路平稳下行，不多久就停到了山下，车厢打开，救援人员将两人带出去。

赵云今身上有衣服，虽然也冻得不轻，但情况算不上太糟。至于江易，身上冰冷，唇色发乌，四肢已经僵得不能动了，他被抬到室内缓了好一会儿才恢复知觉，先冷后热的后遗症也跟着来了，身上每一处皮肤都发痒。

赵云今抱着杯热水坐在他旁边：“医生还要一会儿才能到。”

“没事。”江易嗓子沙哑。

赵云今递水给他：“喝点儿热水。”

江易病恹恹的软弱样子实在难见，他脸色苍白地摩挲她的脸，目光忽然落在她身后。

林清执不知什么时候来了，一直站在门口，他头顶的灯光晦暗，落在脸上看不清表情，他似乎站在那儿很久了，也看了很久，但一直没出声。

“哥？”赵云今看到他也有些讶异。

“你们是刷身份证买票的，所以出事后景区第一时间就联系了家属，我早就到了，一直看着他们救援，只要人没事就好。”

“家属？”

“景区也联系于水生了，但他没来。”

江易挑眉，这是早该想到的事情，他并没把于水生来不来这件事放在心上。

景区负责人跟在林清执身后，进门就道歉：“实在抱歉，我们景区的缆车系统没有任何问题，只是管理员突发脑梗，晕倒的时候撞了下缆车开关，这才半空刹车了，还好发现得及时，不然冻一晚上出了什么事我们真承担不了这个责任。”

赵云今问：“他人没事吧？”

负责人摇摇头：“山路太难走了，救援队爬山用了好几个小时，等到上去时人已经不行了。”

赵云今没再说话，屋外的寒风和暴雪一刻未歇，刮在人耳朵里，似乎是在为这个夜晚奠下凄凉的基调。

江易僵硬的四肢恢复得差不多了，他的衣服还在赵云今身上，只穿着件单薄的里衣，林清执脱了外套递过去。

男人今夜话很少，也没有平日里温柔的笑，从刚才看见他站在门口的那一刻，江易似乎从他眼睛里看到了些情绪，但只是一闪而过，快到他都没能分辨出那是什么。

林清执拍拍他肩膀：“谢了，阿易。”

林清执话出口的那一瞬间，仿佛又变回那个温柔的男人了。他握着江易上臂的手用了些力道，江易与他对视，这回从他眼里看到了许多情绪，有欣慰，有感激，有真诚，还有些说不明的东西，但不管是好的还是坏的，无一不坦荡。

“谢了”。从他嘴里说出这两个字，江易一时不知道他在谢什么，但一定不全是因为他今晚护着赵云今。

林清执放开手，转身出去了。

回程的路坐着林清执的车，黎明前的天色如一汪乌黑的墨，公路两旁荒无人烟，路灯也暗，一路上悄寂无声。

赵云今在后排枕着江易的肩膀睡着了，她累了一天又冻了一夜，什么声音也闹不醒她，江易没睡，目光若有所思地看着林清执。

“缠山好玩儿吗？”林清执问。

江易心不在焉地“嗯”了声：“她是来祭奠父母的。”

“知道，”林清执打方向盘，“以前也嚷着要我陪她来，可我工作忙总是抽不出时间，这么多年了，她应该很失望吧。”

“十年前她父母失踪案的卷宗，我想看。”

“不行，警局内部的资料是不能随便给外人看的。”

“她要看也不行吗？”江易说，“我答应过她，会尽力帮她找回父母的遗骨。”

“我看过那案件的卷宗，当初这件事闹得沸沸扬扬，警方出动了很多人，几乎把缠山外围的山翻了个遍也没有找到失踪者的下落，最后只能猜测他们走到了缠山的腹地，那里几乎没人进去过，条件恶劣到连路都没有，这么多人都找不到，你一个人怎么找？”

“重点不在于找不找得到，而在于‘尽力’两个字，不管怎么样，我都要试试。”

林清执静了静：“好，我来想办法。”

到达西河时天已经蒙蒙亮了，林清执将车停在油灯街的街口。

江易动了下胳膊赵云今就醒了，她慵懒地将脑袋从他的肩膀挪至靠背上："你到家了？"

"嗯。"

江易下了车，赵云今突然从车窗里探出脑袋："阿易。"

少年回头，女孩刚睡醒眼睛还迷蒙着，她趴在车窗沿上朝他笑："下雪了，新年快乐。"

车子缓缓启动，赵云今朝他挥手，亲眼看着他消失在油灯街的巷子里才回车里坐好。

离家还有一段距离，林清执按开车载音乐放了首歌："吃早饭吗？"

赵云今摇头："哥，你今天话好少，是不是怪我给你添麻烦了？"

"怎么会？意外又不是你能左右的，我是你哥，这种事不麻烦我难道还要去麻烦别人？"

"你会告诉爸妈吗？"

林清执明白她指的是和江易的事情："不会，你什么时候想说了就自己告诉他们。"

林清执爱听粤语老歌，歌单里翻来覆去就那么几首。

"曾多么想多么想贴近，你的心和眼，口和耳亦没缘分，我都捉不紧……"

"……我的命中命中，越美丽的东西我越不可碰……没理由相恋可以没有暗涌，其实我再去爱惜你又有何用……"

赵云今说："这首歌每次坐你车都能听到，这么多年了也不知道换换。"

林清执笑了笑："我念旧。"

和赵云今一样，多年前，林清执也在西河一中念过书。

每逢晚饭后的社团时间，油画教室前总是围着许多女生，三五成群地朝里张望。

西中的学生社团很多，但像油画社这样的社团一般不轻易招人，能进社的都是从前有些美术功底的学生，因此社团活动室很大，但人却很少，屋里显得空空荡荡的。

饭后陆续有社员回来，那些女生收敛了点儿不再叽叽喳喳了，但依然没走，目光聚集在靠着后窗的一块画板上。

有女生说："我看林清执朝图书馆的方向去了，他今天好像不来了。"

话音刚落，就有女生失望地"啊"了一声，紧接着又提议道："既然他不来，我们去看看他画板上画着什么吧。"

林清执的画板蒙着层布，有胆大的女生上前撩开，见平白的画布上内容很简单，只有一堵布满鲜花的砖墙，中间空着一块，似乎在给什么东西留地方，迟迟没能上色，而围绕四周的花朵妖娆艳丽，仿佛真的一样。

"咦，是蔷薇。"女孩呢喃着，"真好看哪！"

……

西中图书馆共五层，一楼到四楼放着各种门类的新书，五楼则是更新换代后没人看的旧书，常年堆在书架上落灰。因为书旧，平时也没什么人来，是整座楼里最清静的地方。

林清执随手从书架上拿了本书，坐到最角落的书桌上。

这些天总有人围在门口看他，他都知道，在那样的环境下没法儿专心作画，所以他已经好几天没去油画社了，饭后只喜欢一个人来图书馆待着。

他来这儿不是为了看书，而是为了清净，所以也没留意自己拿了什么书，坐下后才发现是本言情小说，他都坐下了也懒得动，索性就拿着那本书翻了起来。

离他最近的书架后面突然传来一声轻微的笑，像阵清脆的银铃声，不难听出是个女孩，林清执回过头，看见孟静汶站在身后。

孟静汶和他一样，都是学校里的风云人物，无论是成绩、特长，还是相貌，都是同龄人中的佼佼者，学校里追求孟静汶的男生不在少数，林清执在课后也经常听到男孩们对她的议论——并不是没品的评头论足，而是一种真诚的仰慕，男孩们把她当作女神去努力追赶。

林清执对她的优秀有所耳闻，但差着一个年级，平时并没什么交集。

孟静汶身高一米七，手脚修长，哪怕只是穿着普通的运动服，也有种纤细的美。她留着头乌黑的及腰长发，肤色冷白，皮肤细腻光泽，乍一看并不是美人，但她耐看，身上有种淡淡回甘的气质。

"林清执。"孟静汶准确地念出他的名字，"二年级实验班的尖子生，上个月刚拿到了奥数国奖和全国高中生空手道联赛的冠军。”

她笑笑：“是我朋友告诉我的，她平时很关注你，你喜欢这本书？”

林清执无奈地合上那本小说，不等他解释，孟静汶已经在他对面坐下了，她手里抱着一本人体解剖图册，很难想象她这样的女孩会看这种书。

“学姐也经常来五楼？”

孟静汶低头安静地浏览着书上的图片：“在此之前，你现在的位置我已经坐了一年。”

“怪不得这么巧，原来是我抢了你的位置。”

“没关系，位子没写名字，谁坐到就是谁的。”

孟静汶看书很专注，一米之隔的窗外是株银杏树，叶子被秋风染成浅薄的黄色，静静地朝下落。

林清执心思没在书上，转头去看落叶，他身上的白衬衫昨天才被家里的阿姨熨过，领子平直地立着，衬着他笔挺的肩膀，有种令人心惊的少年感。

孟静汶抬起头看了他一眼：“如果你对这种书感兴趣，我可以叫朋友帮忙推荐。”

“谢了。”林清执回头，露出一个齿白的笑。

……

那日图书馆偶遇后，没有多余的言语，但两人之间形成了某种奇妙的默契，每当林清执不想去油画社时，总会避开人来图书馆的五楼清净一下。

不得不说孟静汶坐了一年的位子确实不错，那张桌子在书架的最后，有的学生或许会到五楼，但很少有人能走到里面来。

孟静汶似乎每天都要来图书馆坐坐，只要林清执来，她总是在的，手里要么捧着一本解剖图册，要么捧着一本英文书。

两人分坐在桌子的两端，很少说话，也从不打扰对方，只是孟静汶经常会在桌角摆上一本言情小说，等林清执来了推到他面前，说是自己朋友推荐的。

林清执虽然不看那书，但会把它收进包里放好，带回家后过几天再带来。

有一天，孟静汶终于开口问他：“你真的喜欢我给你的书吗？”

“那是带给我妹妹的，她才读小学，最近不知道怎么喜欢上看小说了。”

“小孩看这种书，你这当哥哥的也不管管吗？”

林清执不知想起什么，笑得温柔：“她哪是个听话的？既然管不住，就只能顺着她了。”

夜里下起了瓢泼大雨。晚自习下课的铃声刚响，学生们就一拥而出匆匆离开了。

林清执撑起一把黑伞，一个人朝油画教室走去，社团明天就要交作业了，他那幅画还差最后一部分没有完成。

风雨太大，伞也有遮不到的地方，林清执的衬衫湿透了半边，湿漉漉地黏在身上。

本该没人的教室里却亮着灯，孟静汶的伞尖朝下滴着水，她站在林清执的画板前，似乎早知道他要来赶工，见他出现在门口时也没有过多的惊讶。

那张画布已经被填满，盛开着蔷薇花的红墙下立着一个俏生生的女孩，哪怕画里难以表现出她十分之一的可爱，但依旧叫人觉得美好。

公主裙、小皮鞋、怀里的玩偶、白软软的脸蛋儿、甜甜的笑、唇红齿白，童话世界里的小精灵也不过如此。

“这是你妹妹？”孟静汶目光长久地望着那幅画，“很可爱，你一定很爱她。”

“她叫云今。”林清执笑笑，将伞挂在门边。

他换上干燥的鞋子坐到那幅画前，早前觉得自己没将小云今那双眼画好，回去想了想又过来重新着笔。

孟静汶静静地看他画，一直到他放下笔，画布上的女孩出现了一对灵动的眸子，她才开口：“我父母工作调动去外地，我要转学了。”

林清执问：“什么时候走？”

孟静汶扬了扬手里刚办好的手续：“明天就不来了，下午两点的火车，你会去送我吗？”

林清执想了想：“好。”

孟静汶走到门口，又突然停下脚步：“林清执，你很优秀，无论什么事都能做到最好，但你有一个很大的缺点，知道是什么吗？”

林清执哑然，距离第一次图书馆相遇已经过去几个月了，虽然认识的时间不短，但他和孟静汶依旧只是保持在互相欣赏的阶段，并没有深入了解，像现在这样认真地聊天还是头一遭。

他问：“什么？”

“你从来不留意别人的心思，除了你妹妹，谁能让你的脸上泛起点儿波澜吗？”

林清执怔住。

孟静汶莞尔：“我这个人性子淡不爱吵，课余时间只喜欢一个人待着。我没有朋友。”

……

离开西河的那天下午，孟静汶在火车站等了很久。她从十二点一直等到火车的鸣笛声响起，才等来林清执的一条短信。

抱歉学姐，我妹妹生病了，我要带她去看医生，有机会再见。

西河一中的天之骄女站在人来人往的月台上盯着手机看了很久，而后头也不回地拎着箱子离开了。

此后七年，再也没见。

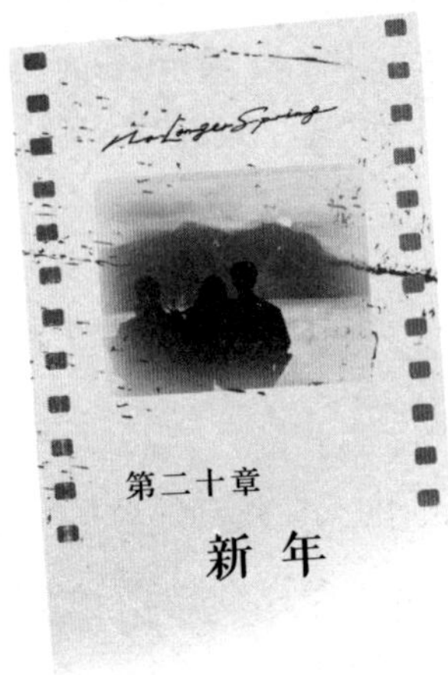

第二十章 新年

除夕。

唐月华收拾屋子时翻出一张林清执高中时画的画，画上的人是赵云今，他当初找人裱了起来，却没送出去，这些年一直压在储藏室落灰。

唐月华把画拿到客厅，林清执正在看电视："您怎么把它找出来了？"

"这么好看的画不拿出来，放在那儿落灰多可惜啊。"唐月华将画框上的灰尘擦掉，"当初你嫌画得不好不肯送给云今，要我看就挺好的，我儿子的画就算拿出去卖都是很值钱的呀！说到云今，这大过年的，她跑去哪里了？"

"去找朋友了。"

"是昨天和她去雪山的朋友吗？"

林清执"嗯"了声，注意力放在电视节目上。

唐月华放下画坐到他旁边："这大过年的还能陪她去雪山疯，不是普通朋友吧？从小你爸就说你这性格像他，说好听点儿是正经，说不好听了就是木，死脑筋一个，又犟又固执，认准的事就不会转弯，这下你满意了？"

林清执没吭声，唐月华循着他的目光去看电视，上面播的是春晚后台的花絮，已经循环播放三遍了，不知道有什么好看的。

"把她往外推的时候没想到会这么难受吧？"

林清执和她对视，唐月华得意地扬着眉毛："我什么不知道啊？我可是你妈！”

林清执去拿水果的手顿了顿：“都是过去的事了。”

“云今现在已经长大了。”

“我说过，这些年我从来都只把她当妹妹。”

唐月华说：“可只要你一句话……”

“爱惜一朵花最好的方式，是让它开在适宜的季节里，和同龄的蝴蝶蜜蜂玩耍。”林清执朝嘴里塞了瓣橘子，“我这些年为它浇水、施肥、培土，是为了看它在未来自由盛开的样子有多美，不是为了折下它插在花瓶里的。

“过去的就让它过去吧，那男孩很好，不像我，把大部分的精力放在了工作上，留给生活的就不多了。”

他温柔地笑了笑：“橘子挺甜，云今爱吃这个，下次多买点儿吧。”

江易从缠山回来后生了一场重感冒，越是平时强壮的人越是病来如山倒，回途的路上觉得头晕目眩，到家后倒在床上直接就起不来了。

他这觉一直睡到天黑，睁开眼时头疼欲裂，鼻子也堵得透不过气来。

屋里黑漆漆的，手机没电不知道几点了，他爬起来给手机充上电，开机后显示十几个未接电话，都是赵云今打来的。

江易回拨过去，铃声却在门外响起来。

赵云今穿了件黑色的羽绒服趴在门口的栏杆上看雪。

今晚没有月亮，越发显得路灯的光明亮，细雪在无风的夜里轻悠悠飘下来，像绕着路灯飞旋的夜蛾，这样的夜里，万物静谧而美好。

少女伸手去够，雪片落在她掌心，没一会儿就融化了。

“什么时候来的？”

“没多久，”她拍了拍手上的雪水，脸颊冻得红红的，“我猜到你会头痛，所以带了药来，这里有些吃的，是商场关门前我去买的。今天是除夕，我们一起守岁吧。”

赵云今第一个电话是在下午五点打的，距离现在已经过去两个小时了，她敲门没人应，打电话也没人接，猜出江易大概率在睡觉，就一直在外面等。

江易不是会轻易将情绪流露在脸上的人，但他确实没想到赵云今会在除夕夜从家里偷跑出来陪他，那一瞬间的惊讶是装不出来的，哪怕很快就恢复了往常的平静，但赵云今依然从他眼里看到了惊喜。

“你来这里家人知道吗？”

“不知道，不过没关系，他们一家三口其乐融融，少我一个虽然会少了点儿热闹，但还不至于没有年味。”女孩笑着说，“倒是你这里，如果我不来，不知道得多冷清。”

江易把东西拎进去，早前他去燕子家借的锅碗瓢盆都还在，晚饭倒是不成问题。

屋里很冷，江易打开电烤炉取暖，赵云今把吃的拿出来加热：“你今天不用去于水生那儿吗？”

“他和三太一起过年。”江易一天没喝水了，嗓子发干，“三太不愿意看见我。”

赵云今和霍明泽在一起的时候听他提起过霍家的琐事，知道他口中的三太是哪号人物，当初这位能够傍上霍嵩，其中也少不了于水生的苦劳，可当时谁又能预见到后来的事——在霍嵩眼皮子底下，这两人还敢不知收敛地胡闹。

“你又不是于水生的亲儿子，她有什么可不待见的？”

“于水生最落魄的时候成日在油灯街鬼混，我妈和他好过一阵子，没有哪个女人愿意看到自己男人老相好的儿子成天在眼皮子底下晃，她能容我到现在……”江易话音顿了顿，嘲讽地说，“没准儿是于水生还念我妈点儿旧情。”

话虽这么说，却没看出于水生哪里念旧来。

让江易住在油灯街这样的腌臜地方，连套好点儿的房子都舍不得给，让江易去看歌舞厅，动辄抡钢管镇场子，力出了不少，钱却没给几个，让江易去死敌恭叔那里砸场子，差点儿不能全乎回来……

江易这些年过得算不上好，常常吃了上顿没下顿，他自己倒锦衣玉食逍遥自在，嘴上说江易是他的干儿子，实际和双喜那便宜老爸武大东一样，都没把人当人，不过是养着条狗看门罢了。

赵云今挺看不上于水生这样的做派：“你为什么还跟着他？”

“还他人情，”江易说，“没他我早饿死了，我不喜欢欠别人的。”

“几顿饭的人情你要还多久？”

“他养了我六年。”

从他九岁那年被于水生带回家，一直到十五岁自己想法子谋生，这六年的开销都是于水生承担的，虽说过得没多好，但至少有口饭吃、有间教室读书，江易并不是个重感情的人，相反他算得清清楚楚，人情一还就撇清关系，绝不逗留。

赵云今漫不经心：“不就几顿饭？换成钱折给他就是了。”

她去洗手，冷不防水龙头里出来的水是冰的，她触电般缩回手。电烤炉的温度还没蔓及屋里，不光是水，整个屋都是阴冷的。

江易说：“床上不冷，我刚躺过还有热气，我没想对你怎么着，别用那种眼神看我。”

赵云今收回那似笑非笑的目光，“哦”了一声，似乎对他的话很不相信似的。

江易接过她手里的菜：“我来吧。”

赵云今是当惯了大小姐的，洗菜做饭这活儿原本也不适合她，江易这么说，她就很自然地松开手，跑去烤炉边取暖了。

两人一个准备晚饭，一个安静地烤火，谁也没有再开口。

赵云今抬眼四顾，看了看小屋泛黑的墙壁和年久失修有些发霉的家具，热好的饭菜飘来浓浓的油香味，窗口透进来微弱的雪光，映在江易英俊的脸上。

她忽然有种置身二十世纪居民楼里的错觉，一切都是旧的，但旧中却有种温馨的味道。

赵云今端详江易，从认识起就觉得奇怪，一个社会败类、无良痞子，换作平时她绝不会和这样的人有什么接触，更不可能让他白白占便宜，可他是江易，一切就发生得顺理成章，无论他怎么在嘴上刻薄她，举止上冒犯她，赵云今从没有真的为此生过气。

——就算是个痞子，也是个不让人讨厌的痞子。

赵云今偶尔会产生一种奇异的感觉，她觉得江易很熟悉，无论是他的冷漠还是他的炽热，都似乎在哪儿见过，明明相识不久，却好像上辈子就认识了一样。

“我脸上有东西？”江易看似在摆盘，却把她的一切动作都收入眼底。

赵云今笑笑，没有接话，起身去烧热水。

江易热好饭菜时，赵云今已经把他晚上要吃的药泡好了，药用宽口的玻璃杯装着，颜色像可乐，她给自己倒了杯牛奶，坐在桌子对面。

江易家没有电视，只有一台很久没用的老式收音机，他按开，一段沙沙的杂音过后，播音员那字正腔圆的声音传出来。

“各位听众朋友大家好，今天是除夕夜，在农历新年到来之际，我在此向各位送去衷心的祝福……”

西河禁放烟花，夜幕已经深垂了，街上却依旧安静，除了落雪和灯光，看不见别的影子，也听不见别的声音。

“今晚为什么过来？”

“和你一样，我也不喜欢欠别人的，你陪我去缠山，我陪你守岁，不是很公平吗？”赵云今抿了口牛奶，唇上沾着奶沫儿，“你以为我为什么来？不会自恋到觉得是因为我想你了吧？”

江易没理会她调笑的话，起身从柜子里翻出一条五色线绳，是赵云今之前无意发现的那条。

除了新旧不同外，和她手上的那条几乎一模一样。

“送你了。”

赵云今摩挲着手腕上旧得不像样子的线绳，线已经松了，再戴些日子说不准会断掉。她接过江易那条：“真的一样，连彩线的顺序都不差。”

“凑巧吧，”江易淡淡地说，“到处都有卖的，不值什么钱。”

赵云今摘下旧的放好：“这算新年礼物？那我也要回礼，你想要什么？”

江易只是想将那东西送她，并没指望她回送什么，她这样一问，他一时也不知道要什么，他忽然想起去阿财那儿的时候看到便利店里卖的挂坠，挺廉价的不锈钢料子，但却是学校里当下最时兴的礼物。

“那个有什么好？”赵云今嘀咕，“等开学了给你买一条。”

……

一顿饭吃了很久，收音机里的女声开始新年倒计时。

赵云今举杯：“新年快乐。”

江易和她碰杯，喝下了那杯苦味的感冒药。

虽然看不见画面，但春晚的声音依旧热闹，赵云今关掉收音机，小屋里只剩下江易洗碗的水声。

这是赵云今过得最安静的一个新年，也是最自在的一个，没有林家亲戚上门拜访，也不用穿得正式地待在客厅里陪客人聊天，想躺就躺，想坐就坐。

一切都收拾好后，江易将暖和的热水袋塞进被子里，忽然说了句："要换张结实的床。"

赵云今不好好坐椅子，手臂搭在椅背上，支着下巴故作纯情地看他："多结实？"

"至少不能晃。"

赵云今摁了摁，那床"吱嘎吱嘎"晃了两下，她撩开床垫，见下面是几块木板垫在箱子上拼起来的，勉强能算是个床。

她脱掉外衣钻进被子里："老规矩，你睡沙发，但今天你生病了，如果实在难受，我睡沙发也行。"

屋外"砰"的一声，不知谁在偷偷放烟花，炸亮了半边天空。

在那短暂的光亮之中，江易吻了吻她鬓角的头发："那天在山上，你说给我个机会，是什么意思？"

赵云今面朝他，一双澄亮的眸子弯弯的，笑得没心没肺："意思就是看我心情，心情好了，你可以做很多事情，心情不好，你就什么都不是。"

江易握住她的手，与她十指相扣，赵云今没有抽回手。

他笑了笑。

大年初一的清晨，江易是被一阵敲门声吵醒的，又急又快，像上赶着投胎一样，除了双喜没人能敲出这种频率。

赵云今已经不见了，但桌上的水杯余温还在，显然没走多久，他昨夜吃了药睡得太沉，不知道她什么时候离开的。

江易去开门，昨晚的雪下得大，地面一眼望去是片茫茫的白色，雪虽然堆得不深，但在温暖的西河，冬季也很难看到这样的景象。

双喜嘿嘿一笑："没想到我这么早就来了吧？昨晚上和武大东看着春晚吵起来了，索性我就回来睡了，一早就爬起来给你拜年，你堵着门干什么？不想让我进去啊？"

江易错开身："你来的时候看见人了吗？"

双喜茫然："什么人啊？"

他今儿又换了套新衣服，新年新气象，整个人打扮得人模狗样的，一进屋就跟江易说武大东坏话："……就我那天穿来的宝蓝色羽绒服你还记得吗？昨晚我穿去武大东家，那老犊子看上眼了直接就抢走了，这要放以前我肯定不让，现在给他就给他了。"

他悄悄地靠近江易，压低声音："老子现在有的是钱。"

上次他来这儿就一副大款的派头，大摇大摆拎了许多东西，那天江易没仔细问，今天他又提起，江易来了点儿兴趣："你哪儿来的钱？"

双喜笑得神秘兮兮的："我今天就是来跟你说这事的，年前兄弟给我介绍了个活儿，简单好做，最重要的是价好，我做一个月就拿了六千块钱。"

双喜的能力江易心里还是有数的，要说他能找到一个月赚六千块的正经活计，那全民踏入小康都指日可待了。

"你干什么了？"江易第一反应是他做了违法的事，被林清执浸染这么久，别的不行，最基本的公民觉悟他还是有的。

双喜从衣兜里掏出个小白瓶，倒出两颗胶囊："你看这个。

"知道这是什么吗？你是不是以为我贩毒呢？我武双喜还不至于去干那种丧尽天良的事。我跟你说，这就是一瓶普通的感冒药，我兄弟家有人在制药厂上班，那边研发出的新药在招志愿者试药，他就拉我报了个名。

"报名流程很简单，只要身体健康都能过，然后给你发几个疗程的药和一张表，你要先想法子给自己弄感冒了，再按剂量吃他的药，吃的时候录个视频，吃完填表，写写你吃药后的感受，有没有什么不适，几天能好，每天用不了十分钟，一个月下来就给我六千多。"

江易蹙眉："什么制药公司？"

"私下试黑药是违法的，那哪儿能透露给咱啊，你管他什么公司呢，能给钱就行了。"双喜说，"我兄弟说年后还有一批新药出厂，试药名额有限，我一听就赶紧来告诉你了，机会这么难得，当然得好好捞他一笔。"

"年后试的是什么药？"

"不过就是些感冒咳嗽的家用药，又吃不死人。"双喜满不在乎地说，"你别犹豫了，再犹豫名额就没了。"

江易看了一眼屋里破旧的木板床，淡淡地说："你先把药拿给我看看。"

"好的！"双喜答应得爽快，"你要实在不放心，我就再吃一个月，要是没出什么问题，下次来新药我再叫你。”

江易“嗯”了声，眼睛瞥到卫生间的洗手台上放着部手机，他忽然意识到赵云今可能没走远。

双喜说了一通，跑去翻他桌上昨晚剩下的吃食：“烤鸡、云腿，还有酱牛肉，你伙食不错啊，正好我还没吃早饭，就在你这儿解决了。”

江易说：“这儿没你吃的。”

“这儿明明就有。”双喜眯着眼睛，“你不对劲儿啊，以前我来这儿待一天你都不说啥，怎么现在我来一次你赶一次，是不是家里藏什么人了？”

他去厕所转了转，又撩江易的床帘，屋里什么人也没有。

江易把饭菜简单打包丢给他：“回你自己家。”

双喜拎上饭菜盒走了，五分钟后又突击检查般冲回来朝屋里看。

江易问：“干什么？”

“你屋里藏女人了？”双喜的脑袋瓜在他的人生中第一次散发出了智慧的光芒，“为什么不敢让我看，难道是油灯街的女人，怕我知道笑话你？”

江易投过去一个眼神，双喜下意识地就把嘴闭上了，他挥了挥手，关上门跑了。

屋里闷得慌，江易去走廊透气，赵云今穿着双棉拖倚在门外的墙上看他：“他是不是傻啊？”

“有点儿。”

门口的垃圾不见了，显然她早晨是出去倒垃圾了，回来的时候看见双喜在里面才一直没进来。

“你宁肯受冻也要待在外面是怕他看见？”

“我有什么可怕的？”赵云今不屑地笑笑，“我是担心他看直了眼，万一再被我的美貌迷惑，对我情根深种不能自拔，会破坏你们兄弟间的感情。你知道，太美有时候也是种罪过，像我这种姿色的，在以前怎么也得是祸国妖姬的级别，很不好惹。”

不知道从什么时候起，江易挺喜欢听她说屁话的，能说屁话代表心情不错，而他喜欢她心情好。

“昨晚睡得怎么样？”虽然喜欢，但还是受不住她这样自恋，江易转移了话题。

赵云今看了眼屋里的木板“床”，很不满意地说：“是该换一张了。”

吃过早饭后，巷子口有车在嘀嘀响，赵云今从楼上探头看了眼，停在那儿的是林清执的车。

他摇下车窗，朝她挥了挥手机，赵云今这才发现他不久前发了条消息，要她和江易收拾一下，带他们去泡温泉。

林清执一年到头没几天假期，好不容易过年挤出几天可怜巴巴的休息时间，就想起带他们去玩了。

年初一都忙着走亲访友，外出玩的人不多，加上江易感冒，泡温泉对他身体好，林清执就把地方选在了城郊的天然温泉馆。

他提前订好了一个小汤，修在竹林深处，环境清幽。

温泉馆有卖泳衣的，各色款式随便挑。

赵云今随手选了自己的，又裹着浴袍帮江易挑，纯色的嫌没特点，格子的又嫌太老气，刚好林清执穿着条绿底红花的泳裤从她面前经过，赵云今灵机一动，问：“你们这儿有没有什么有特色的泳裤？越有特色的越好。”

售货员愣了下，而后意味深长地笑了笑：“有的，您稍等。”

更衣室里。

江易眉梢上扬：“你确定要我穿这个？”

赵云今拿的时候没注意这么露，现在也觉得不太好。江易面无表情，冷冷地说：“穿可以，后果你负。”

赵云今接过泳裤，麻利地出去给他换了条。

温泉汤在竹林里，四周围着假山石，昨夜下的雪还没融化，一路踩雪经过小木桥进到汤里，说不出的美好。

赵云今将头发绾了起来，靠在池边假寐，温泉氤氲的热气将她的脸蛋儿浸得粉红，林清执递给她和江易一人一杯酒：“这是附近村民酿的葡萄酒，我来的路上买的，小孩平时不能喝，但今天过年，喝点儿不碍事，尤其是阿易，通通鼻子，比你吃药管用。”

江易接了酒：“昨天问你的事怎么样了？”

“我已经托同事去办了，等年假收了就能给你答复，别急。”

赵云今问："你们背着我说什么呢？"

林清执说："小孩不需要知道。"

赵云今伸手泼了他一头温泉水，林清执回泼，笑道："小丫头长本事了，啊？"

赵云今朝江易身边躲，刚好他喝完酒，手里杯子空着，舀了水就朝林清执头上倒去。林清执头发全湿了，抹了把脸："一起对付我是吧？

"来啊！来啊来啊！"他笑得灿烂又嚣张，"我倒要看看俩兔崽子能厉害到什么程度，要连你们俩都收拾不了，我这几年警察白当了！"

温泉水被当作武器泼来泼去，原本该安静的汤池内吵吵闹闹的。

外边的人只能听见女孩银铃般的声音喊"泼他泼他"和男人不屑的"来呀来呀"，明明三个人却只有两个声音，另外一个进去的少年像个哑巴，从头到尾一言不发。

江易没说话，他在专心地往林清执头上泼水。

许久后，汤池内的声音渐渐消寂，三人都没了力气。

话放得最狠的林清执被泼得狼狈不堪，靠着池边直喘气，早不见了刚才的气势："不玩了，你们二打一，我太吃亏了。"

他望着头顶无垠的星空，享受着这难得的宁静："城里灯光太亮，好久没见过这么漂亮的星星了。"

赵云今也玩累了，趴在池边喝林清执买来的葡萄酒，她皮肤雪白，穿浅蓝色泳衣很漂亮，浮在清澈的温泉水里像条小美人鱼一样。

林清执看了她一眼，收回视线时发现江易也正在看她，他的目光比自己的还要专注，还要炽热，带着少年人满腔纯真的爱意。

身后是还未消融的积雪，仰头是皎月弯弯，繁星灿灿，夜色无比曼妙。温泉地气暖，该在四月里开的花二月就红了，蔷薇藤爬在石头缝里，花骨朵上缀着落雪。

赵云今肚子饿，上岸去拿吃的了。

林清执忽然在水下踹了江易一脚，江易回头，见男人温柔地朝他笑："小子，我把最爱的妹妹交给你了。

"你得对她好，要是敢欺负她，就算以后跑到天边，我也会把你捉回来，往死里揍。"

那年的春天，无论在谁的记忆里都算得上美好。

沉睡了一冬的西河重新焕发生机，青草地，小野花，微风和煦，白日里柔软的阳光，夜里璀璨的夜空，低吟的虫声，无一不美好。

蛰伏了一冬的人们钻出城市，朝香溪边、朝缠山上、朝市郊一切有风景的地方去春游，万物复苏，天地清明，这才是春天该有的模样。

林清执常常带江易和云今出去放风。

有时是夜里的公园。

林清执之前的滑板被赵云今摔坏了，他又买了个新的，照例刷上花花绿绿的油彩，蹬踩着在左摇右摆的广场舞大妈中穿梭，大妈们见他帅，微笑着朝他挥手。

赵云今跟在后面飞速滑过，虽然学得晚，但她技术纯熟，快到只能看见一抹影子。

江易慢腾腾地留在最后，他对玩滑板并不感冒，是被林清执强压着来的，七扭八歪地乱滑，撞散了大妈们整齐的队形。

等玩到深夜，再收了滑板一起去城南的许记粥铺喝粥。头次去，江易像个坏人一样强逼着要下班的老板给赵云今煮粥，自那以后，他回回去人家都害怕。

有时是傍晚的香溪边。

林清执带他们放风筝，春天的风总是柔和地朝着一个方向刮，只要将风筝送到天上，就可以不用操心它怎样飞了。

赵云今躺在草坪上，将风筝的滚轴放在身边江易的肚皮上，她眯着眼睛望着那只孔雀风筝飘在湛蓝的天际，在香溪清澄的水面留下模糊的影子。

林清执坐在一旁，手里线的那头连着一只仙鹤，他不停地放线，风筝被风送往更遥远的天边，线突然从他手里断开了。

风筝断线在西河的民俗里不是好预兆，赵云今提议去找，可林清执是坚定的唯物主义者，不信这种说法。

于是江易和赵云今一起扯断风筝线，三只风筝越飘越远，最终消失在视野里。

林清执问："做什么？"

赵云今慵懒地枕着手臂："阿易的意思是，既然风筝找不到了，那就陪你一块儿不吉利吧。”

林清执无奈：“小小年纪这么迷信。”

“不是迷信，”赵云今笑笑，“因为是重要的人才会这样做，不管对我还是对阿易，都是。”

林清执看了眼江易，少年嘴里叼着根青草根，在仰头看云，听见这话也没什么反应。

“他脸皮薄，”赵云今说，“不会承认的。”

江易成年后第一件事就是去考了摩托车驾驶证，林清执言而有信，在他拿到证后第二天就把摩托还给他了。

江易去警局大院接回自己半年没见的爱车那天，正好是个雨天，小雨淅淅沥沥的，空气中湿气缠绵，像极了老天在落泪，也像极了他此刻的心情。

原本酷炫、充满了男人阳刚气的黑灰色摩托，此刻车身被人涂上花花绿绿的油彩，左侧画了个蜡笔小新，右侧画了个樱桃小丸子，每一寸幼稚的图案都仿佛在得意地告诉别人，这不是一个不良少年的座驾，而是个走在路上都会扶老奶奶过马路的乖乖仔的代步工具。

江易面无表情，但语气有几分咬牙切齿：“谁干的？”

其实不用问也知道，如此鲜明的特色，如此独特的品位，还有和他那恶俗的滑板如出一辙的幼儿园审美，除了那个男人，不会有别人这样丧心病狂对待一辆无辜的车子。

林清执站在一旁，托着下巴评头论足：“我觉得挺好啊，之前云今刮的那块漆也补上了，又时尚又亮丽，还充满年轻人的朝气，多骑骑它，说不定你的性子都能变开朗了。最关键的是，这漆和我滑板上那漆是一个桶里出来的，一家人就要整整齐齐的，你觉得呢？”

江易目光瞄向旁边另一辆帅气的黑色机车，林清执说：“这是我新提回来的车，等我休假可以一起出去兜风。”

“时尚亮丽的留给你，我要这辆。”

“那不行，”林清执想也不想就拒绝，“这辆车不适合你，它是留给真正的男人骑的。”

江易的眼神越发凌厉了。

林清执觍着脸说："你还是个小男孩呢！"

……

年后不久，江易拿到了赵云今父母失踪案卷宗的部分复印件，他将自己关了几天，几天过后，一个人背着双肩包离开了油灯街。

他这一走就是半个月，其间双喜来过几次，敲门没人应，他给江易打电话，可总是一个冰冷的女音提示该用户不在服务区，他虽然着急，但也只是干着急，压根儿没想过报警，因为在他心里没有什么麻烦是江易解决不了的，他兴许只是跑到哪个犄角旮旯的山沟里玩了，这种事以前也发生过。

第二个发现江易不见的人是赵云今。

开学后高三的课程更紧张了，平日晚上十一点才放学，周末也只休息半天，以往夜里江易都会守在校门口送她回家，茂密草丛里虫鸣阵阵，房顶的野猫扑棱着砖瓦。

江易已经很久没有来接她了，起初赵云今并不很在意，可当他连续半个月都没出现后，她也有些好奇了。

阿财便利店里，一整面墙上挂的都是饰品，除夕夜答应江易送他的挂坠还没买，赵云今挑挑拣拣总没有满意的，嫌那些样式太土。

学生走得七七八八，便利店也要打烊了，阿财拿着拖把在打扫卫生，见赵云今犹豫不决，指着中间一款心形的挂坠说："这个卖得最好，我妈已经补了好几次货了，这料子又亮又不会生锈，中间打开还可以在里面放大头贴，学生都很喜欢。"

赵云今拿着他推荐的那条坠子去付款，不经意地问："最近跟江易联系过吗？"

阿财摇头："他只有缺钱才会来这儿，不过上次从局子出来后也很少来了。"

赵云今带着那坠子去了油灯街，有了见面的借口，她走得昂首挺胸，甚至还带着点儿兴师问罪的气势汹汹，但她不会在江易面前表现出来，因此敲门时还是一副很随性的模样，仿佛自己真的只是忽然想起这件事，夜半十二点上门来送个礼物。

屋里没人回应，敲门声倒是把邻居闹醒了。

"你认识江易？"邻居指着他门上的水电费缴费表，"让他赶紧回来交电费，居委会都来找好几次了，还有他那屋里不知道什么东西臭了，熏死个人，你让他赶紧回来收收。”

门上贴的缴费单是十天前留的，江易已经十天没回过家了。赵云今打他电话，对方已关机。

她从窗台的花盆下掏出钥匙进门，屋里发出臭味的是坏掉的鸡蛋，桌子上散乱地放着许多纸，她拿起来看，怔了很久。

在缆车上，江易说过会尽力帮她查清当年父母失踪的真相，但她以为他只是一说，连警察都办不到的事情他怎么可能做到？那样说无非只是为了讨她欢心，也许他做做样子去找，但也只不过是走走当年警方走过的路，最后依然会一无所获。

她没有想到，江易竟然真的将这件事放在了心上。

小屋已经十天没人来了，赵云今心里弥漫起一阵阴冷，那感觉和父母出事前如出一辙，如果江易沿着她父母当初走过的路进了缠山，一直失联到现在……

赵云今不敢想这半个月时间会发生什么，她转身冲出屋子。

走廊的尽头传来脚步声，很慢，却很踏实，赵云今停下步子，抬头却看见了江易。

他一身泥垢，身上的衣服又脏又臭。半月没见，他头发长了，脸颊也瘦了，漂亮的眼睛被刘海儿半遮着，像从哪个泥沟里钻出来的野人。

江易慢慢走过来，正对着小楼的天幕上升起一轮圆月亮，将两人的脸庞映亮。

赵云今问：“你去哪里了？”

江易进了家门：“缠山。”

他脱掉上衣，衣服被山里的草木刮得破破烂烂沾满泥浆，江易直接把它丢进了垃圾桶。

他去浴室洗澡，赵云今翻他的背包，里面装了一张地图和一个写满字的本子，除此之外就只有一把仿制的瑞士军刀、一个打火机、一部没电的手机、一个坏了半边的指南针和半瓶混浊的山泉水。

浴室里水声哗哗，江易站在喷头下冲澡，风餐露宿这些天，身上积了不少灰，流下来的水都是黑色的。

他的眼睛漫不经心地望向门外，磨砂的玻璃上能隐约映出少女的身形。

江易洗澡出来，赵云今已经煮好了一碗素面放在桌上，他好多天没正经吃过饭了，几分钟就将那一大碗面吃得连汤都不剩。

赵云今不问他这些天发生了什么，他也不打算说，只是在吃完面时说了一句："今晚没力气送你回家，留下来睡。"

少女偏着脑袋看他："不睡，你床晃。"

江易盯了她片刻，起身从柜子里翻出工具箱，拿上锤头和钉子走进床帘后面，赵云今只能听见咚咚响，她探头望，发现江易把床板钉死在了床下的木箱上。

真奇怪，没力气送她回家，却有力气在那儿一下又一下抡锤子。江易钉完床，把锤头扔在一边："现在不晃了。"

赵云今去浴室洗漱。江易靠着窗台抽烟，他带的烟早在去缠山的第二天就抽完了，半个月没闻见烟草味，喉咙都干了。

窗户大开，他一根烟快抽完，赵云今才出来。她见江易指尖捏着的烟还剩个尾巴，走过来坐在他对面。

"给我尝尝。"

江易抬手，烟递到唇边吸走最后一口，而后随手把烟蒂捻灭在窗台上。

"教你抽烟，林清执知道了得弄死我。"

赵云今淡淡地说："他要弄死你，也不在抽烟这一件事上。"

江易端详她，从那双骄傲的眸子到那张总说刻薄话却又柔软至极的嘴巴，再向下到她白皙的手掌。他牵起她的手，就着窗外的月光看她掌心的纹路。

老棍儿会点儿手相，也曾经这样给他看过手相，他说江易的手适合玩牌，但手线不好，爱情线从中间劈了一段又再接上，说明他这辈子总得在感情上栽点儿跟头。

赵云今的手线很清晰，按理说命该很好，可偏偏爱情线和江易一样从中截断，落得个不完美。

"在看什么？"

"手相。"

"我手相怎么样？"

“都是骗人的。”

赵云今乐了：“你这么仔细看了半天，就看出这个？”

老棍儿神神道道的，放在以前江易或许还半信半疑地听上两句，可放到赵云今的手上他宁愿把这些话当成放屁。

要是按老棍儿的说法，赵云今的感情多有波折，但事在人为，这波折能不能翻起什么浪花，成事在他。

以江易的性子，已经落在手心的东西说什么也不可能叫它飞了，所以他不信。

赵云今的手很小的一只，但软、热，他轻轻拿捏着。

她望了眼窗外的如银月色，拿起桌上散落的纸张，言归正传：“这趟怎么去了那么久？”

“迷路了。”江易把手机充上电，“不过倒是有点儿收获。”

缠山腹地很少有人进去过，那里是一片无边的原始森林，除了毒虫走兽，还有许多未知的危险，就连最专业的探险者都不敢在里面久待，江易在那里迷路了，虽然只是轻飘飘一句话带过，但赵云今不由得蹙起眉。

在那种地方迷路，无水无食，森林蔽日，不知道他是怎么撑过这半个月的，其中的艰难辛苦绝对不是一句“有点儿收获”就能换回来的。

江易理出几张纸给她看：“我去查了卷宗上的这家‘勇敢者之旅’探险社，它是十年前西河一家很有名气的探险俱乐部，你父母当初就是和俱乐部里的十个同伴一起去的缠山。在警方的卷宗里记录着，他们出发前定好的路线是从缠山外围徒步进入腹地，从山谷处绕一圈再从北坡攀登至山顶。

“我沿着他们留下的路线走了一趟。”江易平静地说。

“路难走不假，但那只针对普通人，你父母是很有经验的探险者，按理说不会出什么意外。从这张地图上看，他们水平方向上的目的地离最近的村寨有一百二十千米，垂直方向的目的地距离海平面四千三百米，这个范围我试过，哪怕手机没有信号，但无线电依然可以和外界沟通。从你父母进到缠山到失联，这中间十天，没有人收到过他们的无线电消息，要么是他们临时更改了路线，进了缠山的更深处，那里连无线电都失去作用了；要么是发生了什么重大事故，他们根本来不及向外界传信。”

赵云今低头看那张地图，静静地听他说。

“一路上没有大的断崖、湖泊，也没有大型山洞，就算有野兽出没，伤人后也总会留下点儿痕迹，可警方并没有搜寻到野兽的踪迹。那年冬天西河多雨，警方搜寻无果，把失踪理由归结为山体滑坡，但是缠山……”

“植被茂密，很难发生山体滑坡。”赵云今接上他的话，“这个结果我不相信，可警方已经尽力了。”

“排除天灾，什么情况能让十二个人同时失去行动能力，竟连一个用无线电求救的机会都没有？”江易说，“除了玄学和人为，我想不出第三种可能。”

“都说缠山上有吃人的东西。”赵云今把头压得很低，漂亮的眸子里神采黯然。

“有时候，人比传说中的鬼神更可怕，还记得油灯街失踪的七个学生吗？”

赵云今沉默了一会儿：“谢谢你了，阿易。这事到此为止吧。”

“不找你父母了？”

“怎么找？警方总不可能把十年前的旧案再翻一遍，缠山那么大，哪怕曾经留下过痕迹现在也早没了。”

“这不像赵云今的做事风格。”

“赵云今做事什么风格？”女孩仰头看他。

少年背抵着窗外的月光，冷峻的脸上罕见地多了丝温柔：“以牙还牙，心狠手辣。”

“谬赞了。”她淡淡地说。

“我会抽空再去一趟缠山，兴许能找到别的线索。”

“你这次能活着回来是运气，再有下次就说不准了。”赵云今说，“那天在缆车上的话你把它忘了吧，我是很想带他们回家，但那是我的事，你这样出生入死地实在让我良心不安。”

江易嘴角扬起一抹笑：“你还有良心？”

“……我不明白，你到底为什么对我的事这么上心？难道是作为我给你个机会的交换，还是说你真的爱上我了？”

江易漆黑的眼眸带了些危险的意味，赵云今端量那里面的每一分情绪，忽然笑出了声：“不是吧，江易。”她点点他心口，玩味地问，“不是一时兴起，不是见色起意，你爱我？什么时候的事？”

很久很久以前的事了，久到赵云今已经全然没有了那段记忆，久到江易自己都快要记不清了。

“我以为我们只是玩玩。”少女语气无辜，却能把人气死。

“或许我们两个在一些问题上的看法还没来得及达成一致，如果以前有没说清楚的地方，我现在重新纠正。”江易声音冷酷，两只带茧的手指像拎幼猫一样捏住她的后颈，强迫她仰头看他，“你所谓的机会在我这儿屁都不是，我不会为了一个女人的调情巴巴地去做蠢事。”

他说：“我只看实实在在发生的。”

“我们之间的事，或许在你看来只是一些无伤大雅的玩笑，但在我眼里……”江易嗓音低了低，灼热的目光盯着她，让她无处可逃，“我虽然名声不好，但家也不是什么人都能随便住的。

“我帮你完成心愿，有什么问题？”江易顿了顿，问，“还是说你刚才的话只是因为担心我，你怕我在缠山遇到危险？”

赵云今蓦然笑了，江易却没打算让她这样轻松混过去，手下的力又用了两分，让她忍不住痛叫出声。

赵云今能屈能伸地承认：“我是担心你。”

江易松开手，她皮肤容易留痕，掐一下整片都红了，她伸手去揉，目光幽怨地瞥了他一眼。

“你今晚来干什么？”

赵云今从口袋里掏出那条坠子：“来送你这个。”

江易接过来，手指啪嗒按开边上的暗锁，打开了中间的盖子。

赵云今见状，后退一步半坐在餐桌上，她左摇右摆，摆出一个极其妩媚的姿势，笑靥灿烂地看向江易。

江易一脸不解。

“阿财说这里面是用来装照片的，来拍吧。”赵云今见他不动，以为他不满意，于是换了个姿势，“这样，还是这样？”

江易依然不动，赵云今危险地眯起眼睛：“你该不会没想要放我的照片吧？”她咬字重音落在那个“我”上，幽幽地问，“那你要放谁的？”

这一刻爆发出的醋劲儿，和刚才嬉笑着说玩玩的仿佛两个人。江易没搭理她，去床头柜的小匣子里翻出一撮被打成蝴蝶结的头发丝。

赵云今问：“这是什么？”

江易平静地回答："爹毛狗的毛。"

那一年的春天对江易而言，既是快乐，又是折磨。

赵云今乐意了，能把满肚子糖浆毫不吝啬地洒给你，让你如梦似幻，人世间也成了天堂；她不高兴了，糖浆收回，洒出去的就只剩坏水了。

赵云今的坏，不是大罪大恶，也不让人郁气难耐，那是一种指甲钳磨肉的滋味，说疼也疼，可痛感一过，又让人反复回味。

她喜欢去江易的小屋待着，也喜欢被江易护送着上下学，可她总爱时不时调侃，拿"玩玩"两个字在江易心口上剜刀。

她也喜欢招惹江易，逼他用冷淡的音调把"收拾"两个字说出口，而后又去乖乖讨好。

她是生来克他的妖精，能将人与人之间的分寸拿捏得刚刚好，再浅一分不到火候，再深一分就逃不出魔爪，总是折磨得江易吊着一口气，咽不下去又泄不出来，每当要找她算账时，她就摆出一副无辜的表情让人不忍心拿她怎么样，像只翩跹飞过花丛的蝴蝶，身上连点儿香味都不沾。

江易忽然就能理解霍明泽的精神失常了，只纯粹是玩心重都让人这么难熬，要是赵云今真的有心做坏事，是个人都会被她逼疯。

可痛归痛，折磨归折磨，他心甘情愿地照单全收。

赵云今此人，最是双标。她折腾别人可以，别人反过来折腾她不行。

江易天天深夜在校门外等她，早引起了西中学生的注意，他身材挺拔，面容英俊，这都是其次，他身上那股生人勿近的冷气和在社会上摸爬滚打多年后沉淀的气场，才是对这个年龄段的女孩最具致命吸引力的东西。

开始只是有女孩偷看他，后来女孩们渐渐开始议论他，再后来有女孩大着胆子上来要联系方式。

江易嘴里叼根烟，右手正按着打火机点火，一抬眼望见赵云今正从校门走出来。他接过女孩手里的纸笔，留了自己的 QQ 号。

这一切全收入赵云今的眼底，她走过来，瞥瞥那女孩，又瞥瞥江易。她把手里拿的英语书放回书包，酸里酸气地开口："What are you doing？"

女孩见气氛不妙，连忙溜了，江易倚在墙上，一口烟喷在她脸上："没长眼？"

赵云今扭头就走，江易慢悠悠地在后面跟着，临到家门口一把将她拉回来。

少女眉眼里少了平日的嬉笑，有股冷气，江易却不在乎，他挑眉：“和我不是玩玩？也值得你这么生气？”

赵云今笑着问：“我为什么要生气？”

“那要问你自己。”江易贴近，赵云今把头偏到一边。

他笑了：“你玩可以，我玩不行？”

赵云今想挣脱，却动也动不得，江易掏出手机，当着她的面把用了多年的QQ号注销了。他喑哑的声音在她耳畔响起：“现在行了吗？”

赵云今对上江易漆黑的眼眸，里面有她能一一细数出的炽热爱意，她一秒变回那个温柔可人的女孩：“行了。”

江易闭上眼。这辈子是否像老棍儿说的那样栽在感情上还很难说，但栽在赵云今身上，已成定局了。

学校在夏天刚来时就早早地发下了毕业证，有证在手，更给了江易不去上学的理由，可他也没闲着，找了许多闲工。不在乎是什么工作，也不在乎辛苦与否，只要钱够多，他都去做。

双喜的人脉广，道上“哥们儿”多，许多工作都是经他手介绍给江易的，工地上捣水泥、搬钢筋，港口卸货，殡仪馆值夜班，这些活儿累不说，还吓人，大晚上守着一群死人，哪怕给再多的钱双喜也不干。

微风和煦，天空湛蓝。江易在楼下擦车，双喜站在一旁看着他花花绿绿的车，神色复杂：“你这车该不会是那女的给你整的吧？”

江易心想，赵云今的品位还不至于这么奇葩。

“我是真不明白，养女人有那么费钱吗？你这几个月打工也赚了不少，够你一个人过得舒舒服服了，怎么还这么缺钱？”

江易这些日子是赚了不少，拿到钱第一件事就是先把家里的床换了，剩下的都攒起来了。他说：“我打算开个修车厂，不过钱不够，先开个修车店也行。”

他的专业是汽修，虽然没好好念书，但男孩生来就有这方面的天分，修车对他而言也算不上什么难事。

“修车？”双喜不理解，“又脏又有味儿，你做那干啥？跟老棍儿学了那么久千术，随便出去赌一桌都够你用半年了。”

江易想起前些日子带赵云今去兰子窑，老棍儿对他说的话。那日老棍儿靠在院里的躺椅上晒太阳，江易为他的烟斗里添烟草。

“那丫头可不是个简单货色。我这一辈子见的人形形色色，到老了相人也有七八分准。”他眯着眼，脸上皱纹堆叠在一起，打量着在菜畦里给野花浇水的赵云今，“她没过过苦日子，在我们老家，都叫这样的姑娘是凤凰儿，那是得捧在手心呵护的富贵花，让她跟你受穷，去过数着柴米油盐等天黑的日子——”他摆摆手，“——不可能。

“小子，要想把这种女人拴住，感情重要，钱也不能少。”老棍儿笑笑，“就算她愿意跟你睡油灯街，你放心吗？你现在小，能靠点儿少年皮貌把别人压下去，等你岁数大了呢？她随便往街上一走，屁股后面跟的男人就不知道有多少，都虎视眈眈地盯着你，到时候你拿什么跟人家争？拿你油灯街那间破屋子，还是拿你那压根儿没几个零的存折？”

虽是实话，但老棍儿描述的赵云今身后跟着一群男人的场面让江易有点儿不爽，他伸手堵住了烟斗的出气孔，顶上来的烟差点儿熏了老棍儿一跟头。

老棍儿呛得直咳嗽，扬起烟斗砸他脑袋：“你这阴险的小子！”

江易对他刚才的话满不在乎，抬手在他眼前晃了晃：“我还有你教出来的手。”

“要出老千养人家，也得看人家愿不愿意。”老棍儿靠回躺椅，“我看这丫头心性不低，不是能让你去赚这种赃钱的主儿。”他回头瞥江易，“你可得想仔细了。”

……

不得不说老棍儿看人的眼光确实毒辣，以江易对赵云今的了解，她绝不会用他出千赢来的钱。双喜给他推的活儿虽然累、脏，但好在钱的来历干净。

他擦完车，把抹布朝地上一丢，骑上摩托车：“上次的药如果还有名额，跟我说一声。”

“你终于想通了。”双喜欣慰，见他把头盔戴上了，问，“去哪儿啊？”

“上班。”

江易发动车子，朝市郊的殡仪馆开去。

严格来说，殡仪馆的工作不只是值夜班，还包括搬死尸、扫炉灰、陪化妆师给死人上妆，每晚在阴森森的冷柜里走上一遭，如果不是个胆大心狠的，吓都得吓死。

好在工钱给得够多，上班时间也都是夜里，没事的时候打个盹儿休息一下，白天起来还能再做另一份工。

夜里打起了雷，江易被雨声吵醒，值班室的窗户没关，雨丝已经扫进屋里了。

他起来关窗，整座殡仪馆除了他连个人影都没有，在这样深沉的夜里，风雨雷电劈头砸过来，给这本来就恐怖的地方又添了几分阴森。

已经凌晨三点了，他醒了就很难睡着，深邃的目光盯着窗外的暴雨。

赵云今睡觉也很轻，这样的天气她一定也从梦里惊醒了，江易待了没多久，赵云今的电话就打进来了。

“睡不着，”她说，“今晚家里没人，你来陪我吧。”

这样的雨夜让人出门，换旁人一定会觉得折磨，可她是对江易说的。如果江易此刻在家，一句话都不会多说，披上衣服就能出门。

他与赵云今，一个愿受，一个能作，在一起也不愧对“天造地设”这四个字了。

“我在上班，明早陪你。”

他夜里值班赵云今是知道的，不然她也不会这个时间打电话来，她说：“那你陪我睡。”

江易说：“好。”

电话一直通着，他没再说话，听着对面的呼吸声慢慢变弱，再慢慢变得绵长均匀。直到清晨他手机没电了，那通电话才挂断。

清晨六点。赵云今出门上课，小区的拐角处停着一辆扎眼的摩托，江易站在电线杆旁抽烟。

他一晚没睡，脸上有些许倦色，眼睛下也泛着乌黑。

赵云今昨晚睡得不错，已经把半夜梦醒时说的话忘得差不多了，她问：“你怎么在这儿？”

“陪你。”江易掐了烟，言简意赅。

“你五点半下班，殡仪馆离这儿的路程不止半小时吧？”

江易“嗯”了声：“早退了十分钟。”他拍拍后座，“我送你。”

赵云今欣然坐上了他的摩托后座，江易半天没发动车，就在她疑惑时，只听他淡淡地说："搂着。"赵云今莞尔，搂上了他的腰，将脸抵在他后背。

江易身上有股很特殊的气场，可以称它为安全感，却又不太一样，每当赵云今和他在一起时，总觉得他像一座山岳般巍峨，他说出的话、做下的事，桩桩件件，永远都掷地有声，哪怕别人忘了，他也依然记得。

从前笑他是混混儿，可现今觉得，哪怕是混混儿，也是里面拔尖的存在。

赵云今偶尔会疑惑，这样的少年很难不叫人心动，按理说他身边的女人应该不会少，为什么这么多年来他一直独自一人，从没沾染过花花草草。

赵云今乱想了很多种可能，唯独忘却了一点——这样的江易，不是谁都能看见的。

江易昨晚没睡，白天抽了半包烟才吊起点儿精神。

今天工地活儿不多，他捣完水泥靠在车边睡了会儿，到了正中午，烈日灼得人没法儿干活儿，工人们停下来歇息，三五成群地去周边吃快餐了。

江易被太阳晒醒，去旁边小旅馆开了间十元一小时的钟点房，把一身泥垢洗干净换了身衣裳。

午休只有两小时，他饭也没吃，就直接骑车去了西河一中。

到那里时已经放学了，江易在学校对面的书吧找到正在看书的赵云今。

午餐时间没什么人，她一个人坐在那儿做数学练习册。书吧是允许吃东西的，江易去阿财店里买了两盒热便当，回到书吧陪她。

赵云今一道题做了二十分钟才放下笔，她揉了揉酸痛的脖子，朝江易笑："谢了。"

练习册上的数字明明每个都认识，符号也都见过，但结合在一起却像天书一样难懂。江易只看了一眼，就不愿意再继续难为自己了，他把便当推到她面前："还有多久高考？"

"还有一个月。"赵云今把饭盒里的肉挑给他，自己只吃蔬菜和豆腐。

江易挺佩服赵云今的，虽然口口声声是为了讨养父母欢心，但一天做一本练习册的毅力也不是谁都有的。

江易刚洗过澡，用的是小旅馆提供的免费洗发露，发梢有股廉价香精的味道，浓郁呛鼻，可赵云今喜欢。

这味道使她沉浸在了某些不可言说的幻想里，直到江易抬手在她眼前晃了晃，赵云今才缓过神：“你说什么？”

江易重复刚才的问题：“高考结束就要走？”

西河没有像样的大学，外出读书是必然的，赵云今想了想：“我小时候的心愿是读警校，想着以后像我哥一样做个警察，可现在长大了，又不想当警察了。”

她笑了笑：“如果不读警校，省内像样的大学也不少。”

她没有解释自己话里的意思，也没有提及为什么突然不想做警察了，以江易的性格不会去问，两个人安静地吃着饭。

“阿易。”赵云今忽然叫道。

江易抬起头，少女笑吟吟地看着他：“想让我离西河近点儿吗？”

他静了静：“随你。”简单无情的两个字，像极了他的脾气。

赵云今刚要说“那我选个远远的大学去读气死你好了”，江易又补充上后半句：“反正我哪儿都能去。”

她怔愣了片刻，随即温柔地说：“你真好。”

“别用这种眼神看我。”江易脸上惯有的冷色并没有因为她的赞美而有所融化，反而更冰了。江易知道那是赵云今装出来的温柔假象，但他抵挡不了，赵云今再用那甜腻的目光看他一眼，他能溺死在她身上。

书吧的门被人推开，一个西中的男生跑进来：“赵云今，你快回学校吧，教导主任到处找你！”

他气喘吁吁地说：“你哥出事了！”

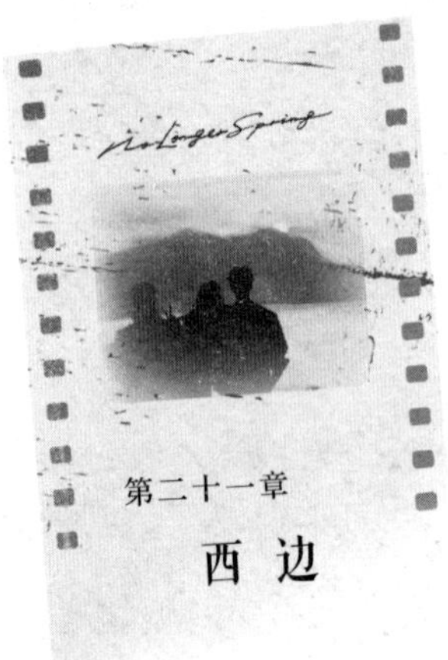

第二十一章

西边

医院走廊里弥漫着刺鼻的药味，穿着白衣服的护士和穿着蓝色病号服的病人来来往往，药车的轱辘骨碌碌滑过洁白的地砖，那声音听得人心烦。

江易去摸烟，还没等他掏出来，不远处走来个护士：“哎！病房外不能抽烟，要抽去花园抽！”

江易那烟到底没能摸出来，他靠着走廊的瓷砖墙，面无表情地听着病房里贺丰宝的大嗓门儿嚷嚷。

“城南九爷手底下的一混混儿，前阵子打群架把人打成重伤，警察找他很久了，今天刚好在他家门口碰见他回去。那小子跑得挺快，你哥去追，在纠缠过程中被他从二楼推下去了，还好没伤到头，不然有的受了。”

赵云今问：“他人呢？”

贺丰宝说：“跑了。”

林清执手臂打着石膏，从二楼跌下来那一下把他摔骨折了，腿上也有大片的瘀青和擦伤，虽然不算重伤，但也绝对不轻。他脸色惨白，却还不忘跟她开玩笑：“运气还算好，掉在楼下的水果摊上只压碎了几个西瓜。要是运气不好，旁边半米就是榴梿摊了。”

贺丰宝说：“那就不是能摆摊卖水果的地儿！也不知道城管大队怎么干活儿的，连点儿市容市貌都管不好，要真扎榴梿上，他们能给我们支队赔个队长吗？”

他说罢就要打电话给城管投诉，林清执说："算了吧，做生意也不容易，你这电话打过去不是断人财路吗？我还没赔人家水果钱呢。"

贺丰宝阴恻恻地说："关你屁事，等抓着那孙子让他把钱给掏了。"

林清执问："阿易呢？怎么还没回来？"

江易刚才说出去抽根烟，半天了也不见人影，赵云今出去看时，走廊上已经没人了。

林岳和唐月华上个礼拜出国旅行了，林清执受伤没人照顾，赵云今特意请了半天假在医院陪他。她走前把书都拿来了，安静地守在林清执的窗边做题。

如果不是受伤，林清执很难在工作日这样清闲地躺着休息，他想睡觉，可伤处疼得睡不着。听见他"哼"了一声，赵云今起身过来："要不要我叫医生来？"

林清执摇头，靠着床背坐起来，赵云今在他身后垫了个软垫，床头柜上有贺丰宝买来的水果，她坐在床边给他剥橘子。

"你和阿易还好吗？"林清执忽然问。

本来只是一句普通的关怀，赵云今却不知怎么脸红了，这在林清执眼里难得一见，他体贴地没再问。

"阿易很好，"赵云今忽然抬头朝他笑了笑，"我们也很好。"

门开了，赵云今以为是江易回来了，却没想到进来的人是孟静汶，她一身白大褂，听说他受伤了连衣服都没换就赶过来了。

赵云今识趣地放下剥了一半的橘子："我去找江易。"

林清执头发有些长了，垂下来遮着眼睛："学姐坐。"

孟静汶说："不坐了，一会儿还有台手术。我就在这家医院上班，你受伤了怎么也不告诉我，担心我打扰你养病？"

林清执说："怎么会，是怕影响你工作，也怕你担心。"

孟静汶静了静："刚刚在楼下遇到你同事了，是他告诉我你在这儿住院。"

自从那日在医院重逢，这半年来两人以朋友的身份约会过几次，无非是吃饭、看电影、喝咖啡，活动正常得不能再正常，他和孟静汶性格使然，聊天也聊不出什么花样，无非是工作和生活上的趣事。

两人这样相处还算舒服，可在一次吃饭时偶然遇见了贺丰宝，从那以后他天天在警队里宣扬，说林队当了二十六年清心寡欲的和尚，好不容易交上女朋友了，以后每天必须让林队第一个走，谁叫林队值班就是跟他贺丰宝过不去。

自此，林队有女朋友的事在队里闹得沸沸扬扬。

贺丰宝不仅到处散播谣言，还身体力行地要给林清执安排个媳妇，所以才在孟静汶面前表现得那么积极。

孟静汶和他聊了几句，护士进来换药，两人又没话说了。护士走后，孟静汶的手术时间也要到了，她想了想，说："第一次见面太匆忙，没看仔细，刚刚好好看了一眼，你妹妹很漂亮。"

"她从小就漂亮，也很乖。"提起赵云今，林清执笑了笑。

"林清执，"孟静汶忽然很认真地看着他，"等你伤好以后，请我吃顿饭吧，就当是那年火车站你欠我的。"

"请你吃饭当然没问题，但七年前那顿我们见面第一天不是就还了吗？学姐还记恨着我那年没去送你的事啊？"

"不记恨，吃饭只是个借口。"孟静汶撩了下头发，"我有话对你说。"

赵云今没找着江易，他不在花园抽烟，可能是回工地上班了。

她在外面转了很久，直到晚饭时才回去，孟静汶已经走了，剩下林清执一个人靠在床头看书。赵云今从食堂买好了饭，帮他放下桌板，布置碗筷。

林清执问："阿易还没回来？"

"你总问他干什么？"

他笑笑："怕你在这儿照顾我，他不开心。"

"他才不会，"赵云今说，"江易很在乎你，虽然他嘴上不说，但心里都记着你的好。"

"他说的？"

"我猜的。"

"我不是为了他记着我的好才照顾他，我只是把他当成弟弟，不想看他走歪路。"

正吃着饭，病房的门"砰"的一声被人撞开。赵云今和林清执双双抬头，只见消失了一下午的江易被人推进来，他面上满是冷漠与不耐，挥着胳膊把身后的人甩开。

赵云今的目光落到江易身上那一刹那就凝固了。

——他脸上、身上泥泞不堪，白色 T 恤衫的胸口已经被染成锈红色了，他伸手揩了下唇，从开裂的嘴角蹭下来一手背的血。

赵云今缓缓站起来。

林清执问："发生什么事了？"

贺丰宝跟在后面进来，一脸冷色指着江易："你让他自己说！"

以江易的性格当然不可能应贺丰宝的要求将自己做的事"娓娓道来"，他一语不发，盯着窗外正在落幕的晚霞。

贺丰宝气不打一处来，嗓门儿大到隔条过道的另一边病房都能听得清清楚楚："四层楼高，半截身子都推到栏杆外了，要不是警察去得及时，他今天能把人给杀了！他多大气性啊，打架斗殴随手就来，杀人也能随手就来？"

江易脸上有多处撕扯时留下的伤，有的瘀青，有的渗血。他舔了舔嘴角的血丝，一脸麻木，浑然没把贺丰宝的话听进去。

林清执问："谁？"

贺丰宝没好气地说："推你下楼那兔崽子。"

林清执脸色古怪起来，江易冷淡地说："和你无关，是我自己看他不顺眼。"

他不喜欢医院里的药味，也受不了一身黏腻的脏血衣贴着皮肤，那人被他打得半死，浑身都是伤，他衣服上的血没几滴是自己的。

贺丰宝说："就算是为了你自己，暴力也不是解决问题的办法。人和动物最大的区别在于，人处理问题的时候会用文明、用道德、用法律，你看看自己现在这样子，还像个人吗？"

"他不配！"江易平静地说，"贺警官，如果你不打算逮捕的话，我先走了。"

"等等。"林清执叫他，少年却没回头，离开了病房。

"你不知道那场景多吓人，差一点儿，就差一点儿，民警再晚到一步，他后半辈子就要在牢房里过了。

"我当警察这么些年，见过穷凶极恶的犯人不少，但像他这样的还是第一次见。书读得少，又一身反骨，法律在他脑子里就是几张废纸，道德伦理更是屁用没有，得有东西拴着他让他走正道。要是没有，”贺丰宝说，“那就不是人了，是野兽。

“林清执，江易这人我看不清，谁都不知道他将来会长成什么样，但如果有一天他真走到那一步了，你就是拴他的那根绳，”贺丰宝说，“你可得把他拉住了。”

天边的晚霞绚烂地铺下来，如一盆红色的颜料，泼洒了西河半张天空，高楼的玻璃墙在霞光的照耀下泛着橘粉色的光亮，为城市添上柔和的色彩。

江易坐在花园的台阶上抽烟，初夏晚风燥热，将他身上的血衣吹干了，来往的人没少将视线投过来，但他满头是血的模样如森罗殿恶鬼，那些人只敢看上几眼，又连忙转头去做自己的事了。

赵云今从住院楼出来，远远地就看见了江易。他一个人坐在那儿，被霞光映着，像个孤零零的小孩。

赵云今坐到他身边，掏出湿纸巾为他擦脸，他脸上血糊得太多，看不清哪里有伤口，她才碰了一下，江易的嘴角就疼得抽动。

赵云今没管，手下依然用着同样的力度，捧着他的脸把上面的血污全部擦掉。

江易疼，但一直忍着没吭声。

“有胆子打架，就得有胆子忍着疼。”赵云今将脏掉的湿巾丢进垃圾桶里，“你可真笨。”

江易回头，见少女脸上挂着不明显的笑意，又带着些狡黠：“你无缘无故把自己人给打了，到头来九爷还不是要怪在你头上？我要是你，才不会用这么笨的法子惹人注意，暗地里收拾人的法子很多，下次别犯蠢了。”

不知怎的，江易忽然想起小时候的事来。

幼年时的赵云今看起来温顺可爱，实际上无害的外表下藏着许多弯弯绕绕的心肠。

每当几个大孩子围在一起痛殴江易时，她帮不上什么忙，只能在旁边束手站着，小脸惨白，是任谁看了都会心疼的模样，可等夜里所有人都睡下了，女孩的小邪恶就开始悄悄生长了。

她会撬锁，溜进孩子们的家里塞老鼠和虫子不是难事，她还会将他们晒在走廊上的衣服通通拿剪刀剪碎，养在外面的花花草草拿热水浇死……

这种不流于表面的狠毒最是难防，但在江易眼里，只要是她，不管做了什么事，他都能无条件地容忍与包庇。

“以后做坏事的时候叫上我，”赵云今捏了捏他冷硬的脸颊，“不想再看你受伤了。”

年后，油灯街失踪案发现了关键线索。

由于油灯街出入口没有监控，采证困难，所以警方把排查范围再次放大，以油灯街为中心，将案发当晚方圆五千米内所有路口的监控全部调查了一遍，最后根据那流浪汉的口供，成功锁定了四辆面包车。

值得一提的是，那面包车的车身和绑架沈佳燕的黑衣人开来的车一样，都是银灰色的。

那四辆车子并没有同行，而是以油灯街为中心，分散着开向不同的方向。

警方一路追踪，最后发现它们最终都开往了松川市，在进入松川后不久就沿小路甩开监控不见了踪影。四辆车，开往同一个地方，同样走小路消失在监控中。

这给了警方一个很明显的信号，那些车子上一定有猫腻，极有可能就载着失踪的流浪汉和韩小禾一行人。

线索在松川断了，哪怕和松川警方联合调查也依然没什么进展，就在警方一筹莫展的时候，西河黑市上流出的黑药引起了警方的注意。

先是试吃感冒药、消食片以及些无关痛痒的皮炎药膏，以高额报酬来吸引一些底层无业游民，后来又流出一种名为“肌肉增强剂”的针剂，许多人吃了早几期的药平安无事，没有任何不适反应，放心地注射了针剂，事故就在这时发生了。

相当一部分人注射针剂后出现手脚酸胀、肌肉麻痹的症状，被连夜送往医院，一部分人抢救后没有大碍，但依然有不少人因为“肌肉增强剂”留下了严重的后遗症，这辈子都无法正常行走了。

就在警察成立专案组着手调查时，黑市上推行黑药的人却消失得干干净净，一点儿线索都没有。

松川市比西河市更早出现这种药，那边警方已经追查了很久，最终将嫌疑锁定在了松川市内的一家制药厂上，可苦于没有证据，因此案子一直悬着。

“松川，松川，还是松川！”贺丰宝将一沓资料丢在桌上，“为什么发生在西河的案子，最后都得跟松川沾上边？”

林清执是个待不住的人，住院没几天就吊着胳膊回去工作了。他整理了下贺丰宝丢来的资料，忽然说道：“我记得松川这家药厂是西河霍家的产业吧？老贺，你记不记得之前我们调查莲华医院的时候也有一条和霍家有关的信息？”

他不说倒没留意，这一提贺丰宝立即就想起来了：“对！我记得！霍家在松川的药厂是莲华医院最大的药品供货商。”

“你早前在莲华医院弄出来的体检表我找静汶看过，她说上面的体检项目很怪，明明沈佳燕没有需求，为什么医院却要给她做只有器官移植病人才要做的检查？”

贺丰宝眼睛眯了眯：“还不只她一个人，所有人的免费体检表上都有这个项目，包括之前失踪的万家馨。”

“这么多事件指向霍家在松川的药厂，背后一定有什么关联。”林清执沉思了一会儿，给江易打了个电话。虽然怀疑，但警方贸然上门调查多有不便，也容易打草惊蛇。

江易不同，他从小在于水生身边长大，于水生和霍家又有千丝万缕的关系，想知道一些内情不是难事。

江易那边很快给了答案：“霍嵩肾不好，去年刚做了肾移植。”

林清执问：“正常来源的肾在医院都会有记录，但我没有查到霍嵩是在哪家公立医院做的肾移植，他哪里来的肾？”

霍家很大，许多事本来也不是什么秘密，江易对这事有所耳闻：“不知道霍璋从哪里弄来的。”

林清执挂了电话，陷入了长时间的思考。他拿了张白纸，把已知的所有要素都写下来：“目前指向松川药厂的事件有二。

“一、松川警方查出的黑药案可能与它有关，但目前没有证据。

“二、松川药厂是莲华医院的供货商，两家关系非同一般，而莲华医院又在万家馨失踪案和沈佳燕的案子上有嫌疑，体检单上的器官移植检测根本不符合一般体检的项目要求，现在知道霍家老爷子去年刚换过新肾，有没有可能莲华医院的免费体检项目就是霍家为了老爷子的病而故意撒的网？做上个几千上万份的体检，说不定就能遇到合适的肾源。”

贺丰宝说：“松川警方的调查显示，黑药不是近期才有的，早在年前就在松川黑市上流出了，当时没有在西河掀起风波是因为市面上流通的都是些普通感冒药，没出过事，这次闹大也是因为那个增强肌肉的注射剂给试药人的身体带来了不可逆转的损伤。”

“肌肉增强剂？如果我没记错，霍家二房的霍璋去年刚出过车祸，双腿废了，一直用轮椅代步。这也是松川警方怀疑黑药案和他有关的重要原因之一，这种事情很难不引起联想。”

“如果这样解释，一切都顺理成章了。万家馨和沈佳燕被绑架的地点都是在市中心，之前找不到绑匪这样做的理由，现在看来，也许绑匪需要的正好就是她们身上的某个器官，别人无法代替，而她们日常的活动范围只有那么一片区域，所以不得不铤而走险。”

“绑匪很需要沈佳燕，所以在第一次行动失败后不惜冒险绑架她弟弟，要她亲自来换人，至于中途撕票……沈佳燕去换人那天已经把警方甩开了，按理说不应该是因为警察介入而撕票，我更倾向于是绑匪发现了她亲弟弟的器官更适合移植，又或者是等待移植的人不需要器官了，无非就这两种可能。”

在某些问题的思路上，林清执跟贺丰宝有着高度一致的默契。

“所以学生们在油灯街失踪只是一个意外，他们目睹了绑匪带走流浪汉的经过，所以不得不把他们‘灭口’。而带去松川的流浪汉和学生，最后很有可能是被松川的药厂拿去做人体实验，又或者是流入器官黑市了。”

林清执同贺丰宝对视，彼此眼里都没有思路捋顺后的欢喜，有的只是震撼。

西河市闹得沸沸扬扬的几桩大案被他们用这样一种匪夷所思的关联给串起来了，竟然思路和逻辑都对得上，而推导出的结果恐怖得惊人，就连身经百案的两人都心脏发麻。

贺丰宝说：“没有用，这只是我们基于目前已知状况的推测罢了，没有任何证据能证明是霍璋干的。”

别说没有具体证据，就连指向性证据都没有，可疑是可疑，但一切都只是存在于脑子里的推测和联想。

尽管如此，林清执眉宇间神色依然坚毅，过去这么久，好不容易有了一个可以追查的方向，他不会轻易放弃。

他起身走到窗边，今夜的月儿明亮，笼罩着警局大院里那株青葱的白杨树，不知是不是错觉，沉浸在月色里的树干仿佛比平日更加挺拔和沉静了。

“黑药、莲华医院、绑架案的面包车，桩桩件件都指向松川，如果说和松川药厂没有一点儿关系，我不信。”林清执笑了笑，看似随性，目光却带着执着，“如果这些事真是霍璋做的，证据一定会有的。

“哪怕他掩饰得再完美、再狡猾，我都会把他揪出来，绳之以法。”

赵云今考期将近，几乎不出门，就连假期也待在房里学习，林清执怕她闷坏了，在一个风和日丽的周末把她从家里拎出来了。

他和江易一人骑一辆摩托车，载赵云今环香溪兜风。

五月末的天气很妙，没有夏季灼热的太阳，却又温暖得刚刚好。草坪上开了许多不知名的野花，风一吹过，连着茎叶簌簌晃动。

天高江阔，眼睛所及的每一寸都是无法言说的美好。空气里青草的甜，野花的香，还有日光暴晒尘螨的味道，轻呼一口气，整个人都陶醉在这样温柔的景色里了。

赵云今躺在香溪堤坝的草地上晒太阳，舒服得像一只猫。

林清执嘴里叼了根草茎，摘了几束野花编花环攥在手里，几下就捣鼓出一个五颜六色的手工小玩意儿，他递给赵云今，女孩转身戴在江易的头上。

“我明天要出公差。”林清执忽然说。

他出差不是稀罕事，一年总要走那么几次，赵云今并没当回事。林清执紧接着说：“为期一年。去德国的警察学校培训交流，接近全封闭的军事化管理，用手机的机会可能不多、所以趁我还没走多看看我，有什么话想对我说的尽快说，不然以后没机会了。”

赵云今先是一愣，随即坐起来认真地看着他：“不准去。”

她一脸严肃：“德国是西方国家，西方就是西面，算命的说你这一年别去西边，你忘了吗？”

林清执压根儿没把这事放在心上，反应了半天才回忆起来是有这样一回事。他无奈地一笑：“你的小脑袋瓜里一天到晚都在想什么？同样是学习科学和唯物主义知识长大的，就你最迷信。”

“宁可信其有，你可以不去出这趟差吗？贺丰宝不是总嚷嚷长这么大还没出过国吗？你把机会让给他，让他去好了。”

“这是能随便让的吗？”林清执吐出嘴里的草，“你这满脑子封建迷信的想法必须得清理下，等我学成归来，再给你好好做做思想工作。”

江易在旁没说话，林清执问：“你没话对我说吗？”

“一路顺风。”江易想了想，又补充了一句，“注意安全。”

赵云今劝说无果，还被林清执扣了一顶封建迷信的大帽子，气得一个人去溪边打水漂了。

林清执端详江易，他脸上的伤早就好了，但林清执仍记得那天他浑身是血被贺丰宝推进病房时的模样。

“以后遇事别再那么冲动了，”他笑着说，“我现在不是在以一个警察的身份说教，你就当我是以一个哥哥的身份在关心你吧，总和别人打架，万一受伤的是你，云今那丫头嘴上不说，心里一定会难过。为我一个啰唆又絮叨的老男人去冒这样的风险，不值得。”

江易那黑白分明的眸子盯着他，片刻，用低而稳的声音说道：“是你，就值得。”

林清执愣住，他第一次听江易说这种煽情的话，倒有点儿难为情。

“那天贺丰宝说的话我在门外都听到了，他说你是能拴我的一根绳。”江易平静地问，“林清执，你想我成为一个什么样的人？”

少年提出的问题突然得令他毫无准备，林清执与江易对视，他眸子里平日的淡漠和叛逆消失不见，乖得像个十三四岁的小男生。

林清执笑道：“我说，你会照做吗？”

江易说：“尽我所能。”

林清执拍拍他肩膀：“阿易，要成为什么样的人，不是别人说了算的，这是你该自己考虑的问题。如果真想知道自己该成为什么样的人，就去好好思考吧，等我明年回来，愿意听你说说你为自己找到的答案。”

夕阳的余晖倾洒在江水之上，赵云今投出的石子在水面上激起一道道金色的涟漪。

江易递给林清执一个盒子：“你生日快到了，送你的。”盒子里装了块黑色电子表。

林清执自己也有表，但出任务时总是摔坏，他已经很久没戴了。

林清执将表戴在手腕上："我去培训不能带手机，正好需要手表看时间，听云今说你做了很多份工，这是用工资买的？"他笑着晃了晃手腕，"那我可得好好戴它，一定不能弄坏了。"

"正好，我也有东西送你。"林清执递来一张纸，是一张西河市基层派出所的辅警报名表，他笑着说，"我早就说过你适合当警察，你没在意，现在不是以前了，再考虑考虑吧。"

这次江易没有直接拒绝他，接过了他手里的纸。

赵云今玩累了，脱了鞋子在浅水滩上踩水，林清执问："你还要瞒她多久？"

江易静了静，脸色复杂："你怎么知道的？"

林清执狡黠地看他："小子，我是警察啊，什么事是警察不知道的？第一次见面我就觉得在哪儿见过你，直到前些天云今给我看了你新送她的线绳，我才想起，原来很早之前就认识你了。你可以啊，把我骗得团团转，那天我和你说了那么多云今的过去，你却一个字都不透露。"

"别告诉她。"江易轻声说。

"那段记忆对云今很重要，你对她也很重要，从前不说是怕她知道了却找不到人白白难过，现在人就在眼前了，为什么不说？"

江易沉默。从前的江易是小云今全心全意信赖的哥哥，是带她逃离苦难的英雄，是她世界里金光闪闪的天神，现在的江易对她而言是什么，恐怕只有她自己心里明白了。

但江易清楚的是，这些年他的路走歪了，哪怕林清执出现后将他拉回了正道，但他和赵云今之间的鸿沟依然是难以逾越的。

现在的他，已经不是小云今记忆里那个无所不能的哥哥了，与其打碎她的美梦，倒不如什么都不说，让她的哥哥依旧在回忆里美好地存在着。

"当初答应你会好好保护她，我做到了，守了云今这么多年，是时候把她还给哥哥了。"

"不，"江易说，"你才是她哥哥。"

将黑未黑之时，穹顶是一片沉静的靛蓝色，如一汪神秘的深海，黑压压地遮下来。

城市华灯初上，香溪对岸闪烁着一片灯火的光亮，有人在江边卖孔明灯。林清执路过停下脚步，他买了三盏灯，对赵云今说："快高考了，许个愿吧。"

赵云今用油性笔在灯面一笔一画写上"平安喜乐"四个字，又转身去看江易的灯。

江易拿手挡着，神色不自然。越是这样赵云今越要看，江易只得给她，她见了江易灯面上的字后忍不住笑起来。

江易想写"赚钱"，却忘了"赚"字怎么写，写了画掉，画掉再写，灯面上抹得黑黢黢的，最后他烦了，干脆直接把"赚"字的拼音写上去。

"赚钱做什么？"

"给你买床。"

"床不是已经买了？"

"再买套房。"江易说。

油灯街不是一个能久居的地方，他一个人时无所谓，现在有赵云今了，不能带她一起住。

那边林清执的灯笼已经飞起来了，赵云今踮脚去够，只摸到灯的底边。

林清执的孔明灯越飞越高，橘红色的光芒在视线里变得模糊，像一颗星星飘到天际，飞回了属于自己的那片宇宙。

"写了什么？"江易问。

林清执仰头望着那远得只剩一只萤火虫般的光亮："我的理想。"

卖孔明灯的是个年轻人，他看三人说说笑笑将灯放上了天，从包里掏出一个拍立得："我给你们拍张照吧。"

素昧平生，只是觉得这样美的皮囊配上香溪傍晚的景色太妙，忍不住手痒。

赵云今将下巴搭在江易肩膀上，自然而亲昵，林清执想了想，伸手比了个"耶"。

照片洗出来，赵云今不太满意："背光显得我的脸好暗，哥你姿势好傻，阿易倒是好看。"她抬头看了眼江易，他五官深邃，鼻骨高挺，这样绝佳的骨相，怎么拍都不会难看。

林清执接过相片，赵云今说："你随身带着，想我们了就拿出来看看。”

他确实有带走的想法，但只是看了看，又把它递回江易手里：“先替我保管，等我回来再给我吧。”

落日燃尽最后一丝孱弱的生命力，坠入缠山的两峰之间。夜色弥漫上来，吹拂到脸上的风带着香溪潮湿的水汽。

赵云今不明白他话里的意思，林清执没有解释，摸了摸她的头。

夜，十点。

孟静汶等在警局门口，初夏的夜里风还有些凉，她连衣裙单薄，露在外的肌肤冷得像块冰。

林清执在路边停了车：“学姐，你怎么在这儿？”

孟静汶说：“我刚刚下班，想起贺丰宝说你每晚都会留下来加班，就顺道过来看看。”

林清执将机车锁在院里，请她去接待室坐。

除了值班警察外没什么人在，大楼里安静得只能听见时钟“滴嗒”的走针声。

“听说你要外派交流一年？”

林清执苦笑：“又是贺丰宝说的？他上次跟我要你微信，就知道他没打什么好主意。”

“他不说我还不知道呢。”孟静汶撩了下头发，“林警官，欠我的那顿饭又要等下次再还吗？”

林清执哑然，连忙跟她道歉：“出院后一直想请你吃饭，但工作太忙了，实在抽不出时间。”

若说吃个便饭的琐碎时间也是有的，但林清执对七年前的事抱有歉意，总觉得孟静汶这顿饭不能随便应付过去，一直想找个休息日好好坐下来请她吃个饭，可他难得休息一天，带赵云今和江易出去玩了趟，回来天又黑了。

“知道你忙，”孟静汶嗓音温柔，“我也不是为了你一顿饭来的。”

她这样一说，林清执忽然愧疚起来，读书时孟静汶就总是在等他，图书馆、油画社，还有那天的火车站，现在这么多年过去了，他依旧死性不改，让女人半夜等在寒风里，承诺好的事情也迟迟没有兑现，这不应该。

坦白说，和孟静汶相处过，很难不对她产生好感。用贺丰宝的话说，这样的外形，这样的学历，这样的谈吐和教养，哪怕林清执配她都算得上高攀。

毕竟在贺丰宝眼里，林清执除了长了张好看的脸外，在感情方面就是块榆木疙瘩，没人看得上。

贺丰宝只觉得孟静汶有一点不好——对人总是淡淡的。

可林清执知道，在他面前，她那点儿淡淡的压根儿不在。她温柔，会笑，会和他聊当下流行的话题，也会像小孩一样专门去吃冷饮店新出的口味的冰激凌。

林清执只是没有在感情方面花心思，但他不傻，孟静汶的心思他很早就明白。

“静汶。”他叫了她的名字，而不是学姐。

男人笑了笑，俊朗如月亮：“爱情之于我是锦上添花，有它当然好，但它也只是锦上的一朵花，没有也无妨。

“都说男人到了一定年龄要成家立业，但如果为了成家而成家，去消耗一个女孩子最美的年华是不负责任的。

“我喜欢我的工作，但这份工作的性质决定了我没办法给予我的另一半太多陪伴，所以和我在一起，是件很不划算的事。”

这话如果从别人嘴里说出来，或许会让人觉得是拒绝，但从林清执嘴里说出来，却能让人感受到那是他真正的想法。坦诚、直白，将利弊一一摊开。

他说：“你看，我说话很直，真的很不会讨女孩欢心。”

孟静汶却笑了：“我这周一共做了四台手术，门诊坐班五天，接待了几百个病人，晚上十点下班都是早的，你为什么觉得我会需要你陪呢？

“很巧，”她说，“爱情之于我也是锦上添花，只是刚好那朵花我喜欢上了，就会想要把它摘下来。能不能时时守在它身边，又或是能不能时时让它陪着我，我都无所谓。”

林清执说：“我明天就要走了，外派期间很难和外界联系，也许一年，也许更长。”

孟静汶问：“长得过七年吗？我等就是了。”

林清执怔住，不可否认他对孟静汶是有好感的，只不过一个人的精力有限，过去的他实在没有时间去将这份好感细化。而现在孟静汶就站在面前，态度坚决地要他一个答案，他无法再将她的感情置之不理了。

男人思考了许久，孟静汶固执地望着他。

许久后，林清执站起来，笑得温柔无比："孟静汶小姐，等我出差回来，不知道有没有请你吃晚饭的荣幸？许多话现在说起来太仓促，以后我们会有时间慢慢说。也许那时候，我会学着怎么去讨女孩的欢心。"

深夜的警局灯光寂寥。

林清执在办公桌前收拾东西，他的警官证、电脑、文件夹、保温杯，还有每逢吃夜宵看视频都要用到的手机支架。毕业后在西河做了这么多年警察，桌上的东西却没多少，一个纸箱就可以全部装完。

光线昏暗的办公室里，贺丰宝站在他身后没说话，沉默地看着他。

林清执收拾完东西抬头，忽然看见墙上挂着一幅省内地图，白天赵云今说的话回响在耳畔。

"德国是西方国家，西方就是西面，算命的说你这一年别去西边，你忘了吗？"

德国离着西河十万八千里的距离，要说西边……西河的正西方，是松川市。

林清执看得太过入神，贺丰宝问："看什么呢？"

贺丰宝本就浓眉大眼的长相在这样漆黑的夜里更显出种大刀阔斧的霸气，林清执望着眼前这个和自己并称为"西河警界双子星"的男人，不由得笑了笑："没什么，只是想起一个算命先生的话。"

"算命的？他说你什么？"

"都是些没有根据的东西，作不得数。"

"我就在这儿等你回来。"贺丰宝上前抱他，重重几拳砸在他后背上，"等你回来了，再一起去大院里种白杨。"

林清执的外派像阵迅疾的雷雨，来势猛烈，又急又快，没等人反应过来，他已经离开了西河。他走的那天没要人送，一个人，一个包，上了开往机场的出租车。

樟树的叶子绿了，赵云今再也不用做练习册了。走出考场的下午，天空蓝得刺眼。

她一个人回到教室收拾东西，原本该是三十七人参加高考，到最后却只剩下三十张桌子，失踪的学生们到底在哪里，恐怕只有绑匪和天知道。

赵云今指尖捏着那晚韩小禾送她的纸折玫瑰，在教室的后窗前站了很久。

远处天高云阔，一望无垠，仿佛是学子们前路开阔的远大前程，但韩小禾的前路在哪里，赵云今不知道。临走时她将那朵玫瑰留在了教室，日头移到了教学楼的另一侧，纸玫瑰静静躺在沾满灰尘昏暗的窗台上，泛着死寂的色泽。

学校里一片庆祝高考结束的氛围，无数的试卷、纸张从楼上扔到操场。赵云今抱着书经过，天上像下起雪片一样，碎纸纷纷扬扬落在她头上。

江易和他的摩托在校门外等她，不知为什么，明明在学校里度过了三年的春秋，却觉得自己根本不属于这里，没什么舍不得的东西，也没有要好的朋友，走得毫无留恋，倒是见到江易那一瞬间，有了些熟悉的归属感。

江易拂去她头上的纸屑："带你去个地方。"他口中所说的地方是林清执总带他们去玩滑板、放风筝的香溪堤坝。

夏季的野草疯狂地生长，趴在草里只能露出一个脑袋尖。

赵云今坐在野草中央，蓬软的长发随晚风轻摆，和草叶纠缠在一起，绿油油的草叶贴着她的小腿，毛刺扎在皮肤上微微有些痒。

江易车上载着一箱啤酒，他搬酒下车时，天刚擦黑，月亮在远处缠山上露出一个尖儿。

"要跟我喝酒？"

"怕了，还是不敢喝？"

赵云今挑眉，似乎对"怕"这个字不屑至极，她启开盖子抿了口，被啤酒的酸涩味呛得一窒："……难喝。"

江易接过她手里的酒瓶，仰头将整瓶酒都灌下去，他喝酒喝得太快，没来得及咽下去的液体顺着唇角漫出来，途经凸起的喉结和他脖颈上的挂坠，最后顺着胸膛流进衣服里。

天气炎热，他只穿了件黑色无袖背心，手臂肌肉露在外，紧实漂亮。

"酒有好喝的？"

“那为什么要喝？”

江易凝视她：“有人叫你去喝酒，你迟疑了。”

赵云今漂亮的眼睛眯着，回想起刚才出校时确实有一个同班男生叫她一起去参加毕业聚餐，为了让她参加，他绘声绘色地描述了今晚的局有多大，特意定做了三层蛋糕，还买了好几箱果酒。

赵云今失神了一下，并不是因为心动于那场聚餐，而是她刚巧看见了校门外的江易。

他倚着摩托点烟，锋锐的眼半眯，少了平日的淡漠与凌厉，多了随性和懒散，烟雾像有生命一般缠在他指尖，又向上笼住他英俊的面孔，那一幅画面性感无比，让赵云今恍惚了片刻，而这看在江易眼里，却是她对异性邀约的迟疑。

“与其跟他们喝，不如跟我喝。”

江易又开了一瓶酒，就在赵云今以为他要再次一饮而尽时，他捏着赵云今的下巴将酒送了过去。

傍晚的风里还残留着白日的温度，吹拂而过让人身上止不住地燥热。

江易身上有汗，指尖黏黏的，唇舌也热，使赵云今仿佛浸在一屉巨大的蒸笼里。

他送上酒味浓郁的唇，邪气地笑：“我帮你试试酒量。”

那晚喝了多少赵云今已经不记得了，只隐约记得离开江边时箱里一滴酒也没了，剩的全是空瓶，被江易随手送给了拾荒的老人。

她是被江易背回去的，因为已经醉到坐在车后座也抱不紧他的腰了。

上天对每一个人都是公平的，给了她姣好的皮囊，却没给她像样的酒量。回家的路凉爽却漫长，赵云今晕乎乎地攀着江易的脖子，听他说了许多话。

“赵云今，你真沉。”

她想反驳他毫无道理的话，但溢出口的只剩无意识的呢喃。

“前面就是楹花路，你叫我声哥哥，我给你买苗苗面包房的巧克力面包。”

总觉得这话在哪里听过，但此刻她混沌的脑子不容许她去思考。

“今晚跟我睡吧。”

江易停下脚步，赵云今费力地抬头，眼前是林家的别墅，不是油灯街的小屋。今晚家中无人，江易把她背上了楼，落在床上那一瞬间，赵云今清醒了些。

这是江易第一次进她房间，装潢不似赵云今本人那样妩媚的风格，只是间普普通通的这个年龄的女孩该有的卧房模样。

江易流了许多汗，额前的头发湿漉漉地贴着，赵云今指着浴室："那里洗澡。"

他冲完澡出来时，女孩已经把睡裙换上了，纯黑色的吊带上钩着蕾丝边，本来就白的皮肤更衬得雪花瓷般透亮。她闭眼枕着手臂，呼吸绵长，看似睡着了。

江易边擦头发边走到床边，他蹲下身，看着女孩安静的睡颜。

赵云今最勾人的是一双会说话的眼，当她用盈盈似水的眸子望着你时的风情万种，意志再坚定的男人也难忍心潮。此刻她双眸紧闭，面容又安详得像个稚嫩孩童了，纯洁、天真，让人碰都不忍碰。

可贺丰宝也说了，江易在一定程度上不能算人，他体内藏着一半的野兽。少年眸里的光越发深邃，他拿玩牌玩出细茧的指腹抵住女孩柔软的嘴唇，没有规律地揉。

赵云今的唇快要被他揉破了，她醉酒后神志还没完全清醒，眼神迷蒙涣散。

女孩被他吻住，呼吸渐渐紊乱，将醒未醒之时下意识地抱住江易，犹如落水的旅人抱住一块海上的浮木。可那浮木太热，热到滚烫，几乎要把她烧坏掉。

女孩呢喃着："哥，别走……"

比一盆冷水当头浇下更叫人清醒，江易停下动作，阴鸷地问："你把我当谁？"

赵云今不再出声了，仿佛刚才那句只是无意识间说出的梦话，她神志恢复了些，不耐烦地推他："下去，你压疼我了。"

江易满身淋漓的汗在这一刻凉透，他起身走到窗边，点上了烟。

屋外的夜万籁俱寂，小区正在维修电缆，路灯不亮，只有远处天边孤零零洒下一点儿微弱的星光。

江易烟盒里只剩两根烟了，全部抽完也解不了燥，比身体更难以忍受的是心里的滋味，他说不出来，但叫人胆胃一起往上泛着酸水。

相比之下，赵云今倒睡得自在。

路上樟树树荫如盖，阴沉沉地在地面落下影子，但那影子再黑，也黑不过少年此刻的眼眸，像蒙了一层暗色的布条，让人猜不透他心里所想。

江易将烟盒揉成团丢到窗外，转身回了床边。

对她再好，爱她再深，在她心里依然抵不过一个林清执，甚至连抹去他的痕迹都难以做到。

她心心念念的人是林清执，醉酒后喊的人也是林清执。那他呢？她甚至从没有过一个明确的表态——她到底把他当成什么？

江易突然不想让她睡得那么香了，他撩开空调被，赵云今猛地被暴露在微凉的空气里，忍不住蜷缩起身体。

“赵云今，你到底有没有心？”他强行将她从睡梦中弄醒，逼她睁眼看自己，“林清执对你好，我对你不好？林清执守着你长大，可这些年我也一直在想你。既然你那么喜欢林清执，不如跟他去德国一直待在他身边，为什么跟我在一起？”

他今夜喝了不少酒，虽然没醉，但多少受到些酒精的影响，平时不会说的话现在却脱口而出。最重要的是，他以为赵云今喝醉了。

可就在他话音刚落的一刹那，女孩眼里蒙眬的醉色消失不见，取而代之的是一抹深彻的狡黠。

“我有没有心很难说，”赵云今弯唇，笑里仿佛有妩媚花香，“但你醋意满满的样子，我总算见到了。”

寂静的夜里，江易没有出声，他维持着压住她的姿势不动，只是身体微微僵硬，半眯的眼睛里有一丝危险的气息。

“不是装得很无所谓吗？不是不在乎我心里有林清执吗？”少女的指尖在他胸口蜿蜒挑逗，像条不知死活的小蛇，“不是哪怕看我待在林清执身边，也能面不改色吗？”

她笑得生怕惹不起江易的怒气似的：“阿易，刚才的话再说一遍，我还想听。”

少年沉默了很久，一把攥住胸口那根手指：“你找死是吗？”

女孩的笑容越发灿烂，她手臂弯弯，揽住少年的颈将他压下来：“阿易，我知道是你，一直都知道。”

少年人的情爱哪有什么定性，今日为你伤心落泪，明日也能为他喜笑颜开。

对他的爱究竟是哪一刻来的，赵云今也说不很清，她只知道他是江易，而江易承受得住她的激情、她的冷冽、她的一切，他能给她所有的情绪以反馈，无论是好是坏，是嘲讽她几句又或是一个霸道的吻印上去，只要她需要时，他总在。

赵云今被少年的体温烫热了，呼吸也变得轻缓起来。她握住他的手，摩挲他指尖的茧痕，带它落在自己身体上："我知道你想做什么。"

那一刻，江易的呼吸几乎停滞，身上发出细汗。

骄纵的大小姐没给他回答的机会，双手死死揽住她英俊的痞子，热烈而烂漫地吻向他。

她用温软的唇去磨他的鼻尖，感受他呼吸时喷洒出的烟草味落在脸颊，用一种近乎找死的甜腻语调在他耳边呢喃。

月色央央，万物滚烫。

林清执当年在院墙边随手撒下的花种，现在已生得葱郁繁茂了。

夏初炎热，蔷薇凋零了大半，只剩几朵残花纤弱地缀在爬墙的藤蔓上，晚风一拂，那被男人照料了多年的花连着茎叶都在微微晃荡。

赵云今正如一尾浮在浪尖上的小舟，被江易操纵着。风雨袭来，水花翻涌，开始尚能摇动舵桨迎击海浪，但时间一长，她就麻痹得动弹不得，只能任凭浪花将她一次又一次腾到风口上。

可那是她挑起的火苗，无论怎样的颠簸，她都得受着。

她要逃离，只能寄希望于江易善心大发，可他从来不是什么好善的角色，他将她丢在旋涡的中心，看她身不由己，看她眸光迷离。

关了灯的房间昏暗，她看不清江易的神情，但她能感受到他此时灵魂深处正汹涌的波涛。

"阿易……"少女藕色的臂纠缠住少年的脖颈，尝试讨好，"你不是最喜欢我了？喜欢就该对我好点儿。"

可她完全没意识到，自己每用那甜腻的语气多说上一句，都只会让江易这簇火苗烧得更高。她在自寻死路。

少年吻住她，将她最后一丝声音堵回去，他用唇轻轻抚摩她的耳垂："赵云今。"他嗓音嘶哑得厉害，"既然敢招惹我，就该有点儿骨气，别告饶。"

夜长梦浅，赵云今又梦见了那年开满蔷薇花的孤儿院。

男孩拎着小桶静静地站在花下，桶里装着他为她捉来的青蛙，小云今开心地朝他跑去。

“云云。”他望着她，冷淡的脸上罕见地绽出了笑意，“我还是找到你了。”

夜半，赵云今想要翻身，却被身后的江易搂得死死的，她瘫软得一动不能动，感觉他在轻轻吻她鬓边的头发。

“云云。”少年在她耳边亲昵地叫，“记住酒量多少了吗？”

赵云今满脑子只剩他嘴里呢喃的“云云”二字和他炙热的身体。

他叫她云云。从小到大，所有人都叫她云今，云云这个名字除了江易，她只在梦里那男孩的嘴里听到过。

“跟别人喝酒时记好了。”江易舔她耳朵，温柔得几乎不像他了，“是五瓶。”

一整个夏天，赵云今都和江易待在一起，初尝爱情滋味的少年恨不得分分秒秒都黏在对方身上，连家也不回。

白天江易外出，用一切他能找到的法子赚钱，夜里回到油灯街的小屋，到夜深人静时和深沉的月色一起入睡。每当战鼓平息，赵云今凝视着江易桀骜的面孔，总觉得他和刚刚野兽般的模样判若两人。

这样温柔的江易是她从没见过的，他会吻去她的汗渍，会半夜骑车几公里只为给她买一碗热粥，会陪她看上一整晚的月亮，会去完成她一切不合理甚至无理取闹的要求，会在她面前乖得像只摇尾巴的狼狗。

赵云今春天撒在楼下的一把蔷薇种，在夏天时抽出了芽，细细的藤蔓缠住了楼下老人家的晾衣绳，一个劲儿朝上蹿。

六月，赵云今在江易的桌上发现了早前双喜送来的黑药，瓶子还未开封，她问江易，他将来历和用处如实说了，赵云今随手把它扔进了垃圾桶。虽然一句话都没说，但江易明白她的意思——她不需要江易做这种事赚钱养她。

七月，赵云今的录取通知书到了，填报志愿是她一个人完成的，江易没过问。她是在油灯街收到的快件，那时江易正在屋里学煮汤，她将通知书递过来，他淡淡地瞥了一眼，没有发表意见。

赵云今分数很高，足以去首都上顶尖的大学，但最终她却把学校选在了松川。

“不是为了你。”赵云今坐在窗台上，一腿搭着，伸出雪白的脚指头逗弄江易养的盆栽。

“松川的山很美，水很美，城市也很漂亮，我喜欢松川的夜景，比西河繁华。”

江易假装信了，神色平静，只不过没压住心里的快意，手一不当心，往锅里多放了三勺盐。

八月，西河的天气快要把人热化了。

老棍儿在这样难熬的天气里旧疾复发，曾经声名赫赫的西河赌神生命走到了尽头，他一生传奇无数，三十岁靠一手出神入化的千术发家，名利双收，四十岁在公海叫人砍腿剁手，妻离子散家破人亡，人活到六十岁，除了兰子窑一间小土房和一辆破三轮外，什么都没有。

好在去年收了江易做徒弟，不然人到暮年还无人送终，才是可怜可悲。

老棍儿咽气那天脸上满是安详，看着江易的眼里也没了平日老态的污浊，变得澄澈了许多：“我被人搞成残废那年，老婆被活活气死，一双儿女也被亲戚带去外地避难，我已经十多年没见过他们了，真没想到最后还能有人给我送终。

“阿易，”他问，“你不是总问我，公海上那最后一局是怎么出的千吗？”

他人已迟暮，笑起来都有几分困难，却还勉强着抬起手招呼他：“来……你来……”

江易附耳贴近，老棍儿几句话说完，就撒手断了气。

他的后事是江易操持的，葬礼、墓地、花圈，都是他能力范围内最好的，也算是对得起当初的承诺了。

九月，赵云今开学，江易送她去松川，他出发回西河前的夜里两人在校外的小旅馆待了一整晚。

事后，女孩靠在床头学他抽烟，她身上存着很玄妙的气质，在富丽堂皇的酒店，她一举一动优雅得几乎像个公主，没人可以从她身上挑出缺点，在逼仄肮脏的小旅馆的床上，她懒散地躺着，又奢靡俗艳，仿佛任谁都可以摆弄的破布娃娃。

她看似和环境完美地相容了，但江易知道，那只是假象。

赵云今生来就该享受最好的，她无所谓，不去要，不代表别人不想将美好的东西捧来送她。

江易想换套房子，小一点儿也没关系，但绝不能继续住在油灯街这样三教九流齐聚、成日被警察清查的地方了。殡仪馆和建筑工地这些地方来钱还是太慢，他想过用从老棍儿那儿学来的千术去赌上几次，但那年香溪发大水时他对老棍儿的承诺还在耳畔，同时响起的还有老棍儿在世时对他说的话：

“这丫头心性不低，不是能让你去赚这种赃钱的主儿。你可得想仔细了。”

江易最终没去赌，他辞掉殡仪馆的工作，回到了于水生身边。

于水生新开的赌场需要人坐镇，这人要有经验、要狠、要精通赌技、要豁得出命去、要镇得住场子。没人比江易更适合，于水生心里门儿清，因此当江易站在他面前和他还价时，他没有直接拒绝。

手下的人都说江易是九爷养的一条好狗，九爷这些年那样对他，但他依然忠心。

其实难怪别人背后议论江易，于水生手底下之所以能掌着这么多人，一个重要的原因是他对人大方，也护短，忠心跟着他混的人能得着不少好处，可偏偏江易是个例外。

算起来，他跟九爷的时间比谁都长，办事牢靠，可九爷却偏像和他有仇似的，尽给他脸色看。连九爷都不待见的人，手下那群拜高踩低的东西更不会拿他当回事，经常私下里调侃，说江易是不是上辈子挖了九爷家祖坟这辈子才这么招他讨厌。

于水生穿一身黑色唐装，坐在太师椅上抽烟，他眯眼吐出一圈缭绕的烟雾来：“听双喜说，你谈了个女朋友。”

“是，”江易没遮掩，“我要养女人，所以需要钱。”

于水生半天没说话，一直抽着闷烟，他偶尔抬头瞥瞥江易，当初那个只到他腰的男孩现在已经长成能独当一面的少年了。就在底下人以为他要痛骂江易没有良心不知好歹时，他竟然难得一次脾气好，没说什么重话：“新开的场子交给你，我放心。钱不是问题。”

于水生那张刻薄沧桑的脸上罕见地流露出一丝温情："阿易，九叔老了，既然是你认定了的女人，有空就带她过来，让九叔瞧瞧。"

江易当然不会把赵云今带到他面前，于水生手下人多，是非更多，他不会让她接触这些，因此就连双喜都一直瞒着，从没和他透露过一丝一毫。

赵云今在松川上学，每逢周五，江易会坐四个小时的车去松川陪她过周末，周日晚上再坐四个小时的夜车回西河。

陪赵云今吃饭、陪赵云今逛街、陪赵云今上课，两人走遍了松川大大小小的角落，看电影，接吻，听赵云今喜欢的歌。

十八岁前的江易，没有任何一年过着那个年纪该有的生活，但和赵云今在一起的日子却把他的人生拉回了正轨。

虽然在西河看场子时还和从前别无二致，冷漠、暴力，每日见的都是人性里的黑与恶，但在赵云今的身边，他却过上了真正的十八岁。

十八岁，有这个年纪该有的一切。

他以为可以一直和赵云今这样走下去，过春夏、过秋冬，度过所有值得又或不值得纪念的日子。

但有些事，只是他以为。

油灯街，江易刚下了从松川回来的夜班车，踩着凌晨潮湿的石板路朝家走。

清寂的夜里没有人影，却在隐蔽的角落里传来低微的呜咽声，一切奇怪的动静在油灯街这样的地方都算不上什么，江易没理，直到那声音越来越大，明显被什么堵住的哭音里夹杂着丝凄厉，他才停下脚步。

和赵云今在一起的一年里，他性子变了很多，也许是被爱关照过，没有从前那么自私冷漠了，放在以前，他绝不会多管闲事。

女人的哭声越来越大，还伴随着男人的喘息和笑声。江易朝声音传来的方向望去，见月亮照不到的角落里站着几个人影，而被其中一个男人压在墙上的女人有几分眼熟。

他随手捡了不知谁放在楼下的花盆，朝着男人砸过去。安静的夜晚，瓦盆碎裂在墙壁上的声音吓得正在侵犯女人的男人一个激灵，他一回头，看见个眼神淡漠的少年。燕子失去桎梏，瘫软般倒在地上，血渍顺着洁白的腿根从裙底流出。

“小子，别管闲事。”男人们五大三粗，衣服脏兮兮的。

燕子嘴唇发抖，眼泪止不住朝外流，嘴唇开开合合，却难以说出一句让江易救她的话。

她知道江易这人没那么多的善心，哪怕有，刚才那一下也已经用掉大半了，指望他来救，她不抱希望。

男人们身上的酒气浓郁，见江易只有一个人，压根儿没当回事，几个醉汉抄起地上的砖头朝他冲过去。燕子闭上眼不敢看，一阵激烈的厮打和惨叫声过后，巷子重归寂静。她再睁眼，见那群男人已经抱头鼠窜分头四散了，只剩江易一个人站在原地，他的额头淌着血，已经覆满了半张脸。

她挣扎着朝他跑过去，少年却转身就走。

“江易！”

他停了脚步，语气淡得和从前没什么分别，仿佛被开了瓢的人不是他一样，丝毫感觉不到疼：“这么晚就别出来拉客了。”

燕子眼睛通红，捂着身上被撕破的裙子：“我是接客没错，但我又不找虐，这种败类放在平时我也不会接。不管你信不信，今天我只是回家晚了，刚好路过这里碰见他们几个。”

“不用跟我解释，”江易脱了T恤衫，捂住流血的额头，“油灯街不是你一个女人能待的，你早该走了。”

“我不回家！”燕子的眼泪忽地就控制不住了，“我弟弟的事还没结果，林清执说他会帮我查清事情的真相，在没有为小旭讨回公道之前，我死都不会走！”

少年冷漠地说：“随你。”

女人忽然疯了似的冲上来抱住他：“江易，你说得对，油灯街不是我一个女人能待的。

“我这几年不知道受了多少欺辱，警察把我当眼中钉，客人把我当玩物，客人的老婆把我当成没有尊严的鸡，那些强奸犯更没把我当个人，还有我根本都不知道是谁的人，他们要绑架我，还带走了小旭。这个地方让我恶心，我一刻都待不下去了。

“可我必须守在这儿，我要等林清执给我一个答案，哪怕他告诉我小旭已经死了，我也要知道是谁杀了他。

“江易……”女人泪流满面，今夜受了摧残，腿并不拢也站不直，身体缓缓滑下去，只能勉强扯住江易的裤腿。

“你帮帮我。”她满脸泪花，“我知道你能帮我在油灯街活下去，除了这里我哪儿都去不了，除了这一行我也什么都不会干，只要你能帮我，让我做什么都行……我知道你有女人，可她在外地念书，不能每时每刻在你身边。”

燕子眼神凄哀：“我真的什么都能做！”女人的意思已经昭然若揭，可江易还是一言不发。他的冷漠让燕子的心渐渐下沉，早已知道他是什么样的人，可偏偏就是不死心。

江易不负她所望，抽开裤腿径直从她身边路过，什么都没说。

“江易！”她拼死抓住最后一根稻草，质问道，“你既然不想从我身上得到什么，今晚为什么要救我？别告诉我你是个有同情心的人，我不信！”

当初他也曾这样问过赵云今，为什么要从黑衣人手里救下燕子，赵云今的回答让他觉得敷衍，但现在燕子又这样问他，他却明白了那天赵云今的心情。

不是同情心，也不是善心大发，是刚刚分开前和赵云今的温存让他还处在一种温柔的情绪里。

现在的他不是油灯街的痞子江易，也不是赌场里的混混儿江易，而是那个十八岁正当青春的少年江易。

十八岁的江易，是有心的。

他说：“心情好。”

第二十二章

交锋

五年后，在乌宅，于水生坐在红木椅上，脸色阴沉。

他手中握着烟斗的长颈，却一口未抽，斗里的烟叶都快要烧干了，但他依然一动不动。

金富源跟了于水生许多年，很会察言观色，他不难从于水生那张脸上看出他此刻的心情。

金富源虽然平日在下面那群人里跋扈嚣张，但对上正在发怒的于水生，却连个屁都不敢放。

他恭敬地站在一旁，估摸着时间觉得于水生的怒意快消下去了，才低声开口："九爷，江易那小子绝对有问题。

"去救韩巴的事只有您、我、江易三个人知道，我俩一路没有打草惊蛇，为什么霍璋却知道今晚我们要去，还刚好等在地下室里守株待兔？这些年我对九爷一直忠心，倒是江易……他这段时间一直和霍璋接触，说不准已经把您过去的恩情给忘了，我早就说狼崽子是养不熟的，这么些年了，您应该也能看出来江易和我们不是一条心的，今晚的事肯定是他和霍璋一起下的套。"

于水生用阴恻恻的眼神盯着他："他为什么要和霍璋一起对付我？"

金富源说："江易是跟在您身边长大的，他什么性子您比我更清楚，别人伤他一分他能十分还回来，这种睚眦必报的小人，您这些年对他的轻视和怠慢，难道他就不会忌恨吗？如果有机会，那肯定得千百倍地还回来！”

“睚眦必报的小人。”于水生眸光泛灰，缓缓地从椅子上站起来，“你跟江易有过节？”

金富源说：“没有，但我看不惯他，您也看不惯他，他今天落在霍璋手里，也算给我老金、给九爷出了口恶气。”

于水生烟斗里的火光快灭了，但斗身还留有滚烫的温度，他扬手，一烟斗重重抽在金富源的左脸上。

那一下特别狠，将男人整个脸抽得偏了过去，身子也没稳住，踉跄着后退了几步。金富源的一颗牙直接被打掉了，他嘴里弥漫起血腥味，不可置信地瞪大了眼：“九爷……”

于水生敲开他捂着脸的手，将烟斗最烫的地方烙在他脸上。金富源被烫得一哆嗦，但动也不敢动，硬生生忍下来了。直到闻到一股生肉烫熟的味道，于水生才松手：“我用得着你给我出口恶气？”

他混浊的眼球翻出点儿暗色的情绪，直勾勾地盯着他：“临走前我叫你把江易安全带回来，你没记住，和江易之间的小恩小怨倒是记得很清楚，事没办好，丢了江易不说，还跟我找借口反咬自己人，金富源，你很好！”

金富源浑身一个激灵，不明白江易什么时候在九爷心里的地位这么高了，又听于水生说：“找不到江易，你也别回来了，要是他有什么闪失，你得给他抵命。”

入夜，暴雨倾盆而下。

诊所的小院里种了几株美人蕉，雨珠滚落在芭蕉叶上的声音“滴答”入耳，惊扰了夜里的宁静。

江易额上汗渍滚滚，伤口里翻搅的手指几乎把他的血肉挖出来。他的呼吸顿顿停停，忍痛时咬破了口腔，嘴角有血流出来：“是，我去过。”

赵云今静静地站着，神色平静得像一个假人。

“你怀疑他的死和我有关？”江易合上眼皮，忽然笑了，“赵云今，你干脆弄死我算了。”

其实江易笑起来很好看，有股子坏人在善恶的边缘游走却又一心向好的邪气，可此时此刻，赵云今在他脸上看见的却不是从前的笑。

——血气、污浊、荒凉而绝望。

他能把人的心笑碎掉。

寂静蔓延，小小的诊室内鸦雀无声，霍明泽在这难挨的寂静中也不敢乱动，老老实实坐在椅子上，出了一头冷汗。

他望着赵云今，怎么看都没有任何瑕疵与死角的一张脸，此刻挂上这样冷漠的表情，让人心惊。

她和她那两根纤细的手指，第一次让霍明泽对一个女人产生了“怕”这样的情绪——她能这样对待别人，当然也能这样对待自己。

霍明泽英俊的眉拧成了麻花结，偏过头去，不敢再出声。

赵云今抬起手，指尖沾着江易的血和伤口破碎的皮肉。

“你去庆祥棺厂做什么？”

江易没有回答，他昏死了过去。

后半夜，暴雨停了，房檐滴滴答答朝下滴水。

赵云今坐在窗边的藤椅上，静静注视着窗口一张张翠绿的芭蕉叶，残存的雨水顺着叶子的纹路流下，汇入地面的泥土中。

她点了根女士香烟，烟雾全吐到窗外潮湿的空气里。

贺丰宝发给她的信息不止一条，她一一略过，唯独将其中一条回看了几遍。

这段日子，你给我把霍璋稳住了。

“诊所禁烟。”孟静汶瞥她一眼。

赵云今捻熄快要燃尽的烟头，目光望向一旁的霍明泽。

他被捆成了个粽子，整夜维持着同一个姿势动也不动了，此刻又困又累，正打着瞌睡，不知怎么感受到赵云今的注视，猛地睁开了眼。那一瞬间，他似乎看见了女人眼里的冷光。

孟静汶处理好江易的伤口，在一旁整理手术的用具：“这个人你尽快带走，帮你救江易是看在你哥的情分上，但非法囚禁这种事我不想担干系。”

“放心，”赵云今说，“不会叫你为难。”

她又点了一根烟，直到橘黄色的光点在指尖缓缓燃烧起来，才起身朝霍明泽走去。

霍明泽瞪圆了眼，下意识地绷直脊背，后脑被赵云今用花瓶砸过的地方还在隐隐作痛，他不知道这女人想要做什么，但总归不会是什么好事。

赵云今跷腿坐在他面前的圆木凳上，用一双盈盈似水的眸子凝视他："明泽，刚刚打疼你了，可别怪我。"

她伸手去抚摩霍明泽后脑的肿块，但男人迅速将头扭到一边，像面对什么恐怖东西般唯恐避之不及。

赵云今的手停在半空，漂亮的眼睛眯了眯。

贺丰宝要她稳住霍璋，放在以前倒是简单，但现在霍嵩身体状况每况愈下，家产争夺刻不容缓，要稳住霍璋并不是一件容易的事。

霍璋想要一个孩子，这是他多分家产的希望，而作为他唯一公开在外的女人，赵云今躲不开也逃不掉。

跟了他这么些年，就算是只猫狗都会有感情，霍璋对她，并不完全将她当成一个花瓶，偶尔流露出的些许感情会有，但要说能抵过家产在他心中的位置，赵云今不会信。

这个孩子她不生，以霍璋有限的耐心总有别的女人可以替代她，到那时候，她在霍璋身边的地位就会变得岌岌可危了。

好在霍璋害怕大房起疑，暂时还没有找别的女人生孩子的打算。

上次缠山度假，她已经通过何通把霍璋的计划搅乱了一次，霍璋的耐心能不能容忍她再来上一次很难说。

这么多年都忍耐下来了，她绝不会在这个时候功亏一篑。

赵云今身体前倾，手中燃烧的香烟贴近霍明泽的皮肤，他感受到烟上的温度，身体僵硬得像一块石头。

这女人分明在笑，可他却感受不到一点儿温柔，脑子里全是刚刚她将手插进江易伤口的画面，他垂下眼，她指甲上还残留着没有洗净的血迹，快要抵到他脸上的香烟让他后背发凉。

他以为赵云今手里的烟头要烫在他脸上，不安地挣扎起来。

赵云今看起来纤弱，力气却比他想象中的要大，一只手牢牢按住他抖动的肩膀，另一只手摘下了他嘴里塞的纱布。她将烟递到他唇边。

霍明泽受了一晚上惊吓，那点不值一提的醉意早就醒了，闻到烟草味下意识地含住吸了一口，颤抖的身体才渐渐平复。

“明泽，你在霍璋的书房里帮了我的大忙，我怎么会害你呢？”

如果没有后脑时不时传来的剧痛，她的话还勉强有几分可信，但此时此刻，她在霍明泽的眼里就是一个戴着温柔假面的妖精，哪怕声音软软，眼神真诚，也一个字都信不得。

“明芸说你这次回国有一部分原因是为了我，是还记恨着从前我骗你的事？”霍明泽闭口不言，赵云今笑着看他，“还是说，你不是为了报复我回国，只是对我旧情难忘，想回来看看我？”

霍明泽抬眸，终于说了今夜第一句话：“谁会对你这种女人旧情难忘？”

“我这种女人？我这种女人不也让你这么多年来念念不忘吗？少不更事时谁都犯过错，那件事在我心里已经翻篇了。”她收敛起玩笑的态度，“老实说，久别重逢还来不及激动，今天请你来坐坐，是有更重要的事要和你说。”

“你是想让我帮你瞒着大哥书房里发生的事，还是想让我假装没看见他肩膀上的枪伤？或者你根本就想让我忘记今晚发生的一切？”霍明泽望着床上昏迷的江易，冷笑，“要是从前的赵云今我或许会考虑，但现在，你凭什么？”

“我是有求于你，但不是这些。”赵云今像全然没听见霍明泽抗拒的话语一样，笑得更媚了，“今晚霍璋书房的监控记录我没来得及删掉，一旦被霍璋发现，我会很危险，所以明泽……”

她吐气里有股淡淡的香甜气，两人贴得过近，一不留神又会被她把魂儿勾走，霍明泽僵硬地偏过头去。

赵云今屈指勾了勾他英俊的下巴：“我必须重回霍璋的书房，而你，要帮我。”

难以想象，这种时候她还提得出这样的要求。

霍明泽生硬地说：“你的死活跟我有什么关系？霍璋是我大哥，昨晚在书房我一时脑热才着了你的道，要再来一次，我绝对不会为了你骗他。”

“你把霍璋当大哥，他却不见得把你当弟弟，薛美辰从小就叮嘱你们要防着霍璋，都是一个妈生的，怎么你就比明芸傻那么多？”

“就算这样，霍璋和我至少有血缘亲情在，你呢？你又是我什么？”

他态度坚决，今夜种种掺杂上早年的怨气，说动他并不是一件容易的事。

赵云今却毫不在意，反而问他："你想我是你什么？"

女人无论是蓬松的长发、弯弯的眉眼，还是跷起的小腿上纤细的线条，都太从容，也太媚惑。

她薄唇轻轻开合："这些年在霍璋身边我并没有外人看起来那么快乐，我常常想起从前的事，那些日子我到现在都记得，虽然短暂，却是我一生中最好的时候。"

该是自己眼瞎，霍明泽在心里把自己从头到脚唾骂了个遍，他竟然从这女人的神情里看出一丝哀伤，而任他嘴上再怎么强硬，心里的某处竟还是不争气地跳动了一下。

他也回想起了曾经的种种，都说年少时不能遇见太惊艳的人，否则这一生都很难遗忘。

那年春天在西中操场，少女举花的天真模样在他心上刻下了浓重的一抹，时隔这么多年，他依旧记得。那是赵云今在他身上留下的不可磨灭的印记，也是他这些年来又爱又恨的噩梦。

"我们一起去爬香溪高中后山，木棉花开到把整座山都染红了，你给我采了许多花，还说那是你第一次为女孩做这种事……"

"那是我蠢，没看清你的真面目。"

"真面目？"赵云今笑吟吟地问，"你所说的真面目是指我玩弄你的感情，还是指我并不是你想象中的乖女孩？霍明泽，你想过没有，让你爱彻心扉的到底是哪一个赵云今？如果我真是那个对你言听计从、眼里装满了你的女孩，你还会像现在这样对我咬牙切齿到念念不忘吗？

"男人都是贱坯子，你也不例外。"

霍明泽无法反驳，从来只有他玩女人，直到遇见赵云今他才第一次被女人玩弄于股掌，既是锥心的痛，又是难言的新鲜感，他从来没有体会过那样的感觉，如上瘾一样令人又恨又痴迷，如果赵云今不给他一个解释，他兴许一辈子都难走出来了。

"明泽，"像能读懂他内心所想，再开口时，赵云今的一句话直接说到了他心上，"我有苦衷，如果有可以选择的余地，我绝不会和霍璋在一起。分开的这些年里我常常梦见你，醒来后总是想着，如果我们能重新来过就好了。"

“你以为我还会信你吗？”

霍明泽睁开眼，女人眸光如水般温柔澄澈，她剪断他身上的绳子：“我知道你不会原谅我，所以我也只是说说。今晚的事是个意外，希望你不要记恨，如果我真想伤害你，就不会带你来这里了。”

男人起身，脚麻得朝前踉跄了一步，差点儿摔在地上，赵云今伸手扶他，发梢上茶花淡淡的香味钻入他鼻孔。

没等霍明泽反应过来，她又后退拉开距离，将男人天性里的弱点拿捏得死死的，她没有解释什么是所谓的“苦衷”，也没有恳求他帮忙，只是淡淡地说了句：“你可以走了。”

霍明泽静静地站着，迟迟等不来她的下一句话，于是开口：“你又在耍什么花样？”

这女人满身是谜，六年前玩弄他的感情后头也不回抽身离开时就是，现在所做的种种依然是，他很想问问她偷偷进霍璋书房做什么，今夜这个中了枪伤的男人又是怎么回事，可对上她那张美得毫无瑕疵的面孔时，所有的话又咽了回去，一句都问不出口了。

霍明泽冷着脸，闭上眼不再看她。这个女人是狐狸，是妖精，是生着暗刺的蔷薇，狡猾多情，再说下去，他迟早还得栽在她身上。

赵云今笑笑：“明天我要去霍璋的书房，事情结束之后，你想知道的我都会告诉你。”

霍明泽每次站在她面前，都会产生一种深重的无力感，明明什么都没答应，也不想答应，可经她三言两语后，她的要求自己却是无力回绝，非做不可了。

他转过头去，冷硬地说：“我不会去，也不会帮你。”

赵云今淡淡道：“随你。”她说完，走到诊室外的小院里。

刚下完雨的院子潮气扑面，空气里弥漫着淡淡的青草香气。

赵云今坐在窗边的秋千架上，点了根烟，她目光落在围墙边的美人蕉上，又似乎落在更远处，模模糊糊令人看不清楚。

夜风刮在她沾着水珠的裙摆上，单薄而美丽，有那么一瞬间，霍明泽忽然觉得她孤独极了。

江易整整昏迷了一天一夜，月亮走了一轮，再次爬上了靛蓝的夜空。

睁开眼时，诊所里只剩他和赵云今两个人，赵云今抱膝坐在病床对面的沙发上吃苹果，墙上的投影里放着一部二十世纪的黑白电影。

赵云今起身给他换吊水："你在这儿养伤，不方便接待其他病人，所以静汶姐这几天关门休息，她现在回家吃饭了，我换药的技术也还不错，你感觉怎么样？"

她语气平淡，神态无辜，仿佛很在意他的伤情，如果昨夜被她搅弄伤口的人不是自己，江易几乎相信了她的关切。

她唇边还留有吃苹果时沾上的汁液，随手拿指尖揩去："白天霍璋给我打了一个电话，让我今晚陪他过夜，我说叫你开车载我去温泉度假了，明晚再去，阿易，你该好好谢谢我。"

"谢你什么？"江易太久没喝水，喉咙像火烧一样干哑。

"恐怕霍璋想见的人不是我。"赵云今贴心地为他端来一杯凉白开，"我问过何通了，昨夜有人闯进霍宅杀了韩巴，被霍璋一枪从树上击落下落不明。要杀韩巴的，除了你那位担心韩巴吐出什么秘密的九叔，恐怕没别人了。既得是九爷心腹，又要了解霍宅的构造，如果我是霍璋，我也会怀疑你。

"阿易，"赵云今问，"你到底为谁做事？"

江易说："我为我自己。"

赵云今望着他肩膀处缠绕的绷带，沿伤口往下、心口向上三分的位置，文了一朵黑色蔷薇花。

在一起时她从未在江易身上见过这个文身，应该是分开后文上去的，她伸手摸了摸，江易身上冰凉，不知是不是失血过多的缘故，脸色也一直苍白着。

赵云今的手指在那朵文身上游移，笑着问他："去庆祥棺厂也是为你自己？"

江易这次沉默了很久，冷冽的眸子与她对视，又听她说："霍璋现在怀疑你，能替你掩盖的人只有我。江易，对我说实话，否则我不会帮你。

"你去过庆祥棺厂，为什么？"

江易合上眼皮："为什么去那里，你不是最清楚吗？"

"你早知道他出事了，却一直骗我，这些年你待在于水生身边，了解的内情肯定比我多，把你知道的告诉我。"

“告诉你，然后呢？”江易反问，“继续留在霍家做霍璋的情人，继续人不人鬼不鬼地和一群豺狼周旋，继续暗地里收集证据给你哥报仇？”他蓦地笑了，“赵云今，别那么天真了。”

江易撑着床坐起来，抬头看向连着手臂的吊水瓶，瓶里的药液顺着细细的管子流入他的身体，无法回溯，无法掉头，一旦开始，就只能不停地朝前走。

哪怕远方的路艰险曲折，脏臭的泥巴裹住了双脚，茂密的荆棘将掌心划出血色，也要硬着头皮继续走。

他已经身处黑暗，无法回头了。

她俯下身体，轻声问：“你什么时候去了庆祥棺厂？”

江易睁开眼，漆黑的瞳孔紧缩，静了片刻，他说：“两年前我查到了那里。”

“你又怎么会知道林清执出事的地点？既然两年前才查到庆祥棺厂，你四年前离开我的理由又是什么？”

江易这次沉默了很久，久到他盯着床对面的墙壁，眼睛有些许酸涩。就在赵云今以为他不会开口时，他叫了她：“云云。”

这个称呼恍如隔世，赵云今不知多少年没听到了，他的嗓音温柔如少年时，让她产生一种时空交互的错觉，她仿佛又回到了从前的日子，仿佛又见到了少年时对她满满爱意的江易。

江易眼神冷冽：“从离开你的那一刻起，我就没想过有一天我们还能回到从前，从没想过。所以有些事，你知不知道、开心与否，对我来说都不重要。生气也好，恨我也罢，我不在乎。这个答案，你满意吗？”

夜深，孟静汶归来。

诊所只剩江易一个人，赵云今已经离开了，男人靠在床头一动不动，不知坐了多久。

孟静汶检查过他的伤口：“还要住上几天才能出院，这段日子不能洗澡，不能乱动，要注意休息。”

“不用了，”江易说，“我明早就走。”

从前在林清执身边见过他几次，也听林清执说过他的脾气，他既然提出了这样的要求，孟静汶也不会多留。

她回到自己的房间，从一个小匣子里找出两个泛黄的信封递给江易："这是那年他离开西河前给我的，说是如果一年过去他还没回来，就交给你和云今，这些年咱们没有见面的机会，所以我一直保存着，现在是时候给你了，云今的信劳烦你转交给她。"

信封上的字迹是林清执的，孟静汶转身出去，把病房的灯关上了。

寂静的屋里只有月光从窗口倾洒，江易捏着那薄薄的一页纸，纸上的字不多，但如行云流水，力透纸背。

给阿易：

离开前你曾问我，希望你成为一个怎样的人，我让你自己去思考答案。当你看到这封信的时候，也许我无法回来听你亲口说了。但如果你再问我，我一定不会啰唆地嘱咐你要做一个好人，因为你懂得是非对错。

阿易，去成为你想成为的人，去做你喜欢做的事，终此一生，不必活在别人的期待里。

哥哥

六月三日

月色被云翳遮蔽住，病房里最后一点儿光亮也消散不见了。

江易攥着那张信纸，仿佛还能看见那清风霁月般的男人站在面前朝他笑。林清执对他说，终此一生，不必活在别人的期待里。

可他永远也不会知道，终此一生，漫漫前路，江易一直为他而活。

清晨，霍明芸一向不睡懒觉，她虽然不需要工作，但依然将自己的每一天安排得满满的。晨起锻炼，上午护肤，午后美容，晚间养生，天天不落。

长公主一身上下，从头发丝到脚指甲的精致都是用钱堆砌出来的。

霍明芸不爱用跑步机，嫌那东西不环保，她也不爱去人多的地方跑步，嫌空气污浊，霍嵩最疼这个小女儿，斥巨资给她包了市中心风景最好的公园里的一条小路，每天早晨五点到七点这段时间，这条路只有霍明芸能进。

七点一过，公园里晨练的人渐渐多了起来，霍明芸晨跑结束，在公园门口买水喝。

早晨的街道人来人往，车流在路中间排起长龙。霍明芸拿下脖子上的白毛巾擦汗，忽然发现街对面站着一个眼熟的男人。

江易似乎等在这儿很久了，面前垃圾桶上的烟槽里积了许多烟头。

打从上一次霍明芸去油灯街找他碰了钉子到现在，已经过去一段日子了。这些天霍明芸心情算不上好，每天靠大量的运动排解郁闷，但想忘的事还是忘不掉，不想记得的人依旧每天在脑子里晃。

霍明芸以前交往过的男人无数，但从来没有哪一个像江易这样让她日思夜想的。霍明芸对此也很心烦，但她身为霍家大小姐的骄傲不允许她一次又一次去油灯街碰壁，因此只能靠运动发泄烦躁，这种心情也被她归结为东西并没有多好，她如此妄想只是因为得不到。

但是看见江易那一瞬间，她才发现，动心就是动心了，找再多的借口遮掩都没有用。

身后人潮汹涌，拥挤不堪，但他是能让人一眼辨认出的存在，明明是个底层的混混儿，却脊背笔挺，沉稳得像棵青松。

江易是专门在这儿等她的，见霍明芸出来，掐灭了刚点的烟朝她走过去。

霍明芸左顾右盼，自尊心作祟故意不看江易，不想让他觉得自己对他的接近抱有一种紧张而期待的心理。

江易站到她面前，没有她预想中的客气开场白，而是简洁地表明了来意："霍明芸，不是要报答我吗？帮我个忙。"

花店刚进了一批玫瑰花苞，赵云今用了一上午时间整理摆放好，午饭随便吃了点儿，下午就待在店内看书。

花店的生意并不好，当初选址是她自己来办的，特意避开了人流量大的地方，反正开店的钱是霍璋出的，亏损与否也不割她的肉，她倒乐意清闲一点儿。

赵云今正看着书，玻璃门上挂的风铃响了。

花店开业至今，霍明芸是第一次来这，她手里拎了杯买来的冰咖啡，笑得一脸姐妹情深："赵云今，这些日子不见，想我了没有？"

说起来霍明芸和她妈是一个模子印出来的性子，属于无事不登三宝殿、凡登门拜访还带着礼物来那必定是有所图谋的类型，赵云今只瞄了一眼她手里的东西，就又把心神放回了书上：“有事？”

“好姐妹来你店里捧场，你也太冷淡了吧？”

赵云今说：“开业时叫你捧场也没见你来，今儿又不是什么特殊日子，怎么想起我来了？”

霍明芸找了把椅子坐下：“确实有事找你，前阵子我妈不是给我在子公司的采购部安排了一个职位吗？这阵子公司搞十周年庆，我负责布置会场和采购部分，下面的人列的清单看得我头疼，刚好里面有鲜花的采购部分，这不，我第一时间就想起你来了。”

霍明芸说的子公司赵云今有所耳闻，规模不小，十周年庆所需的鲜花应该是一笔可观的收入。

虽然作为霍璋的情人日常花销都走他的账，这个花店赚多赚少并不重要，但没有人会拒绝钱，有得赚总是好的，霍明芸莫名其妙地给了这样一个人情，更让赵云今觉得她今天来的目的不单纯。

果然，霍明芸下一秒就换上一副笑嘻嘻的面孔：“好云今，帮帮忙吧。”

不等赵云今答应，她就耐不住性子直接开口了：“我听说你昨天让江易开车送你去泡温泉了，十周年庆的花我都从你这里订，到了霍璋那儿，你就说温泉是咱们三个一起去的，怎么样？”

赵云今视线从书本上挪开，大小姐双手合十，乞求卖乖道：“江易好不容易拜托我个事，是姐妹就帮帮我吧。”

“可以是可以，”赵云今合上书，笑着看她，“但你得给我个理由。”

“还不是怪霍璋那残废！”霍明芸翻了个白眼，“江易现在为小东山做事，而小东山负责药物研发是最干净细致的活儿，所以对进出的员工健康要求很高，就怕有传染病或者感染的情况。江易说他前两天骑车腿上摔破了几道口子，就这么点儿事被人私下说给了霍璋，按小东山的规矩他要好一阵子不能去上班，本来就是于水生的干儿子，霍璋早就看他不顺眼了，再闹这些幺蛾子霍璋肯定得借题发挥开了他。他不想失业所以求到了我这儿，要是我跟他一起泡过温泉，不就能证明他的腿压根儿没受伤吗？”

“求？”赵云今语气玩味。

霍明芸的白眼翻得更大了："当然了，江易的求法跟别人可能不太一样，你也知道的，毕竟是易爹嘛！"

"既然温泉是和我一起去的，他要求也该是求我为他做证才对，为什么要舍近求远找到你头上？"

霍明芸说："你是不是傻啊，赵云今？像霍璋这种残废很容易心理变态的，他什么性子？要知道你和江易两个人私下去泡了温泉，那不得气死？他一生气，江易不是更得踩着刀尖走路吗？"

赵云今唇边勾笑："江易想得倒挺周到。"

"直说吧，帮还是不帮？"

"既然长公主开口了，哪有不帮忙的道理，不过我很好奇，前些日子还因为江易的不识好歹气得破口大骂，这么快就原谅他了？"

霍明芸不争气地说："没办法，他来找我，虽然还是牛哄哄的样子，但我对上他就是没什么脾气，别说骗骗霍璋这种小事了，就算他要我和霍璋干架，我都能二话不说冲上去。这固然有当初他救过我的原因，但更多的还是一物降一物，我霍明芸交往过的男朋友没有一百个也有几十个了，这下是真的栽了。"

赵云今重新翻开了手里的书。

霍明芸一个人在那儿掰手指："不过以他的家世和条件，我妈肯定不会同意，得想点儿法子给他找个像样的工作才行。"

"江易只是请你帮忙，还没说要和你在一起呢，你连以后都想好了？"赵云今淡淡地说，"明芸，认识这么多年好心提醒一句，以我对江易的了解，他这人骨子里有股狼性，随时会翻脸咬人，不值得你这样惦记。"

"那等他咬我再说吧。"霍明芸满不在乎，她见赵云今认真地看书，倾身看了看她的书皮，"你在看儿童绘本？讲的什么看得这么入迷？"

"小狼和小狐狸的故事。"赵云今慢悠悠地翻页，"有一天，森林里的狮子咬死了小狼和小狐狸的长颈鹿哥哥，小狐狸决心给哥哥复仇，而小狼却离开了他们一直居住的蘑菇屋，几个月后小狐狸再见到小狼是在狮子的身边，小狼帮狮子捕食，帮狮子欺压森林里的其他小动物……

"他还装作从来不认识小狐狸，对小狐狸撒谎。"赵云今抬起头，望着霍明芸，"你觉得小狼这样做是为什么？"

霍明芸说："怪不得骂人的时候总用'白眼儿狼'这个词，这只狼肯定是攀上了高枝，想和从前的生活说拜拜了，你想啊，长颈鹿哪有狮子厉害？"

"如果小狼待在狮子身边是为了忍辱偷生、伺机反扑，为它的长颈鹿哥哥复仇呢？"赵云今问，"如果是这样，它为什么要骗小狐狸，不告诉小狐狸它的计划，让小狐狸帮它出谋划策呢？"

霍明芸说："儿童绘本里会讲这些吗？你到底在看什么？让我瞧瞧。"

赵云今按住她的手："明芸，没有回答问题之前，不能先偷看答案。"

霍明芸想了想，说："它也许是为了保护小狐狸吧，复仇这种事多危险啊，狮子毕竟是森林之王，一个弄不好，小命都难保。"

赵云今松开手，霍明芸翻开了绘本，见里面画的内容明明是龟兔赛跑，疑惑问："哪有狐狸和狼啊？"

赵云今温柔笑笑："只是随口讲个故事，别当真。"

油灯街。

花瓶里的两朵蔷薇花已经衰败得不像样子，花瓣泛黄，但依旧顽强地粘连在枯萎的枝叶上。

许久前落在桌上的四朵残花还留在原来的位置，哪怕上面已经落满了灰尘，江易也没有将它们拾走。

他拿起花瓶旁的剪刀，一刀一刀修剪着花朵旁已经枯掉的叶子。

花瓶右边的墙上放了一面镜子，里面映出江易英俊却苍白的面容。

他伤没好，但依旧固执地离开了诊所。

肩膀的伤口被孟静汶拿纱布仔细包扎过，她以前是专业医生，手法一流，但纱布太厚重，哪怕隔着衣服都能看到肩上厚厚的一层东西团在那儿。

江易解开纱布，肩膀处有一个肉眼可见的血窟窿，虽然不再流血，但依旧触目惊心。他没有敷从诊所带回来的药，也没有换新纱布，而是将那卷纱布团成一团咬在了嘴里。

他从抽屉里掏出一卷黑胶带，撕下许多条长段，对着镜子反手将胶带贴在自己的伤口上。那是一个漫长而剧痛的过程，新生的血肉接触粘胶，一次贴不平整就要揭开重贴，每一下都能让江易将嘴里的纱布咬出窟窿。

其间伤口崩开了一次，血被胶布死死堵了回去，一点儿都没有外流。

江易额上的冷汗扑簌簌朝下流，直到用胶带将伤口完全缠好，他才吐掉已经被咬破的纱布。

他靠在椅子上喘息，清冷的目光落在另一侧的桌角，那里放着一个陈旧的相框，相框里的相片已经发黄，是那年林清执离开西河前，带他和赵云今去香溪边玩时拍的照。

他犹记得那晚的夜色深深，林清执站在香溪边放起了一盏写满字的孔明灯。男人目送灯笼上天，说那是他的理想。

江易靠着椅背静坐了很久，许久之后，他套上衣服，离开了家。

赵云今刚下车，笼子里那只大点儿的黑背就疯了一样朝她狂吠。

保安正带着兽医给黑背看脚伤，他有意讨好赵云今，手里的电棍敲得笼子“咣咣”响，想让黑背消停一会儿，可黑背不仅没被吓到，反而叫得更凶了。

保安讨好地朝赵云今笑：“这畜生打小就爱咬生人，但赵小姐常来也不算生了，怎么还咬？”

兽医说：“可能是爪子受伤了，今天格外暴躁。”

“你再叫一下试试！老子把你牙给拔了！”保安一脚踹向笼子，黑背感受到人暴躁的情绪，安静了些，但它依旧盯着赵云今，压低身子绷直脊背，嘴里发出“呜呜”的警惕声。

“没关系，”赵云今瞥向黑背受伤的前爪，“一只畜生而已，懂什么事。”

她今天是来陪霍璋吃晚饭的，却没想到霍璋还叫了别人。

后花园，霍璋坐在遮阳伞下的石桌旁喝茶，不远处一群小孩正缠着江易，要江易陪他们打球。

霍璋微笑：“朋友这几天出去旅行了，托我为他带孩子，但我是最怕吵的，身体受限也没法儿陪他们玩，江易，辛苦你了。”

男孩说是要打球，却不好好玩，拿着篮球嚣张地朝江易身上砸。

赵云今坐到霍璋身边：“谁家的孩子？一点儿礼貌都没有。”

“他家长辈是药厂的大客户，不管小孩有没有礼貌，都不能怠慢。”霍璋望着江易，“他前些日子进了小东山，工作能力不错，想必带孩子也不是难事，所以就把他叫来了，本来这些小孩就吵得很，有他陪着消耗精力，我的耳朵也好过一点儿了。”

江易脸上看不出一点儿病色，仿佛昨日躺在病床上的那人和他无关似的。

男孩的球是朝他胸口砸的，在离他还有几厘米时被他接住。他跳起来反手将球扣进篮筐，对那孩子说：“我教你投篮。”

霍璋的视线从他身上挪开，问赵云今：“昨天在温泉玩得还开心吗？”

赵云今拿了一颗桌上的葡萄，剥掉皮喂到他嘴边：“不好，没有你陪，泡温泉一点儿也不开心，寂寞得很。”

“江易不是陪你去了？”霍璋咬住那颗葡萄肉，薄薄的唇瓣蜻蜓点水般含了下赵云今的手指。

“只不过是让他开车送我去，一个混混儿而已，让他和我泡一个汤，我还嫌脏。”

霍璋脸上那丝隐藏得很深的暗色消了消，别人兴许不知道，但赵云今这么多年早把他摸得透透的，要是刚才的话说得稍微有点儿差池，以霍璋那多疑和充满占有欲的性子，事情不会这么轻易算了。

“江易说他也泡了温泉，这么说不是和你一起了？”

赵云今模棱两可地笑了：“兴许还有别人吧。”

“云今，”霍璋抬手，挡掉了她接着递过来的葡萄，“那晚叫你送明泽回家，路上有没有和他好好聊聊？”

赵云今放下葡萄：“他醉成那样，能把他好好送回家就谢天谢地了，有什么可聊的？”

“好好送回家，”霍璋嘴里咂摸着她的话，抬起平静的眸子看她，“可你那晚并没有送明泽回家。”

赵云今静了静，霍璋的目光充满审视和压迫，让她感到被一种无形的压力锁定了。她不会蠢到质问霍璋为什么找人监视她，短短几秒内，她心里想的是另一件事。

霍璋知道那夜自己没有送霍明泽回家，说明出了霍宅后他一定找了人跟踪她。

如果是这样，那后来江易进了她家，她又送江易去诊所的事霍璋是不是也知道了？这想法只出现了一瞬就被她否定了，霍璋的人应该只待了一会儿就离开了，并没有看到后来发生的事，如果霍璋知道了那晚江易受伤进诊所的事，江易就不会还有机会站在这里了。

霍璋之所以叫江易来陪孩子玩球，应该也是想试探那天夜里中枪的人到底是不是他。

"我带明泽回了我那儿。"赵云今坦然承认，"你也知道，老爷子因为当初的事对我很有成见，明泽回国后，他也从疗养院搬回家养病了，我可不敢送上门去在他眼皮子底下晃悠，万一他还记着从前的事，那我不就惨了？

"怎么，担心我和明泽旧情复燃啊？"她唇边弯出一抹温柔俏皮的笑，"霍璋，你是不是吃醋了？"

她朝前探了探，鼻尖几乎贴在霍璋脸上，隔着这么近看她那双澄澈的眸子，哪怕沉稳如霍璋也禁不住诱惑，他下意识地就咬住了赵云今的嘴唇。

是咬，重重的一口让赵云今凉气倒吸。

不知是不是真像霍明芸说的那样，身体残疾会给人心理带来不可逆的损伤，比起早年温润如玉的模样，现在的霍璋总是会在和她亲密接触时爆发一种令人心惊的兽性，要不是他那方面的功能受了影响，赵云今毫不怀疑自己会被霍璋弄死在床上。

江易的球投出去，撞在了篮筐的边沿，没有进去。他回头望向遮阳伞下那一幕，脸上除了冰封般的冷漠之外没有多余的神情。

小孩叫了他两声，没得到回应，直接把球朝江易甩了过去，那一下重重砸在他的左肩，又瞬间弹了出去。

不需要看江易也能感觉到伤口崩开了，那血肉被黑胶粘了一天本来就有点儿发脓，这一下更是钻着心地疼。

他抬起漆黑的眼眸，小孩原本还怒气冲冲，对上他眼神的一刹那，像被什么恐怖怪兽盯着一样，无形中有双手扼住他的喉咙，让他呼吸困难后背发凉，一个字都不敢吐出口了。

霍璋松口，赵云今的唇被他咬破，血珠渗了出来。

"没有。"他说。

赵云今用指腹揩掉唇上的血，轻声说："我以后离霍明泽远点儿。"

霍璋不知在想什么，视线落在庭院墙根下不知名的野花上："第一次见面是在凯嘉尔思的岩壁，你空手爬上来递绳子给我，我虽然不说，但一直记得。当初拆散你和明泽也有一点儿私心，所以后来你到公司应聘，我才点名要了你。我听过一些闲话，说我找你做情人是因为你不可能和大房有关系，底子干净，但是如果我霍璋不愿意，哪怕再干净我也不会遣散了所有女人，唯独留你在身边这么多年。”

赵云今唇上的破口重新有血珠流出，霍璋伸指抹去：“在我身边这么久，你应该清楚，以我的身体状况很难对女人有什么欲望，所以我看中的是女人的忠诚和温顺。”

他很少这样正式地和赵云今聊天，更是从来没有过像现在这样把自己内心的真实想法宣之于口。

从以前到现在，赵云今眼中的霍璋一直是只防备心很强的刺猬，看得摸不得，更别想轻易猜透他心里在想什么，他今天一反常态地坦诚，让赵云今很不习惯。

“你和江易同去缠山是我故意安排的，送明泽回家也是。云今，你很好，足够忠诚，没有让我失望。”

赵云今早知道霍璋的心思，但这时还是装作疑惑问了句：“为什么要安排我和江易一同去缠山？”

“孩子。老爷子剩的时间不多了，我必须要个孩子。如果不是迫不得已，我也不想让你去做这种事，但你是我唯一承认的女人，只有你怀孕才能堵住大房和三房的嘴，换了别人，她们肯定要起疑心。

“从前我为你挑的人选是江易，但现在明泽回国了，他更合适。以他对你的情意，要一个孩子不是难事，况且他是大房的心头肉，就算薛美辰怀疑你这孩子的来历，明泽也会为我们遮掩的，不是吗？”

赵云今蹙眉：“我不明白你的意思。”

霍璋笑了：“我了解我这弟弟，他从小顺风顺水，对物质的欲望很低，家产多少对他而言没有吸引力，他不会因为钱和我这个大哥反目，所以当他知道你怀了他的种，你觉得他会怎么做？”他顿了顿，说，“他一定会想办法保住你的孩子。”

霍璋的心思和她猜测的一点儿不差，从前他没有明说，她还能想办法逃脱，现在他将自己的龌龊想法直接说出口，她再也没办法装傻了。更何况贺丰宝那条消息说得很明确，最后这段日子，要她把霍璋稳住了。

赵云今静了很久才开口：“霍璋，你要我和别的男人上床，生别的男人的孩子？”

霍璋抚摩着她一瞬间失了血色的脸颊，指尖在她破口的唇瓣上点了点：“我当然不愿意，但这是唯一的办法，你放心，等老爷子去世后，如果你不想生，我会为你找最好的医生，把孩子引产送走，不会让你有一点儿危险。

“云今，你一定不知道自己当初在岩壁上的样子有多勾人。”他语气轻慢且温柔，“车祸之后很长一段日子，我活得像具行尸走肉，曾有一束光来过我的生命中，不过很快熄灭了。在那之后，生活对我而言无趣极了，非要让我对未来有所期待，那我希望，是你一直陪在我身边。

“我知道你不会背叛我，但这事是为我而做，无论结果怎样，以后如何，你永远都会是我身边最特别的那一个。”

霍璋神情罕见地流露出一丝脆弱：“云今，帮帮我。”

赵云今眼里灿烂的光黯淡了一点儿，只有这样才能让霍璋安心，一边要她去和别的男人上床，一边心里又介意她这样做，如果她不表现出相当的痛苦和不情愿，这事一定会被霍璋放在心底，并牢牢记着。

“可我……”

霍璋捏住了她的下巴。

前院黑背的狂吠声渐渐低下去，远方的斜阳已落到山尖，玩球的孩子们筋疲力尽地喝着用人准备好的冰饮，江易站在球架的阴影下。他听不见两人的对话，但能将霍璋的一切动作尽收眼底。

所有画面滤过表层，延及深里，落进他眼底，最终融化为望不到边的黑色。

“云今，你要记得。”霍璋淡淡地说，“十全十美的女人才招人疼，忠诚是好，但如果只有忠诚没有温顺……”

他唇边的笑十足凉薄：“那和我前院养的狗有什么分别？”

……

小孩们将冰饮一扫而空，跳到泳池里玩水。

霍璋扶着轮椅来到泳池边，夕阳在池水里投下一道明黄色的光。他用眼神止住要去拉孩子的用人，示意一旁的江易：“孩子的天性而已，既然来了就让他们玩尽兴吧，成人水池不浅，江易，你去护着点儿，别让他们溺到。”

江易没动，他今天穿了一件稍厚的T恤衫，肩膀处的衣服平整熨帖，如果不是知道他那里有伤，看起来和常人没什么差别。

"晚上风凉，刚打完球出了满头汗，现在下水不怕着凉吗？"赵云今走过来，脸色已经恢复如常，她漫不经心地对用人说，"去把几个小祖宗捞上来，一会儿泡感冒了可就不值当了。"

"别太娇惯孩子，他们从小锻炼身体，小玩一会儿水不碍事的。江易，你说呢？"

"霍先生，"江易依旧没动，"我有话对您说，只对您一个人。"

那晚按约定他引金富源入室，由霍璋关门打狗，但最后他却违背了约定。霍璋叫他过来，除了怀疑中枪的人是他之外，显然还需要一个解释。

霍璋双手交叉放在膝上，笑得同往常一样斯文："云今，你去看看厨房的饭菜做好了没有。"

赵云今不着痕迹地瞥了江易一眼，男人的视线落在霍璋身上，神情沉定，平静得毫无波澜。

各人有各命，别人帮不了什么，他在赶她离开。

赵云今望向霍璋书房的窗口，那里现在没人，她没再说话，转身走了。

"你食言了。"霍璋眸子里的光渐渐冷下来。

身后的贴身保镖代他说话："江易，是你告诉霍先生你和金富源私下有龃龉，想要他死，霍先生才配合你瓮中捉鳖，这事本来该是互惠互利的，不然你以为我们几个大晚上吃饱了撑的在地下室打麻将呢？金富源举打火机的时候，你为什么不抢？"

江易说："韩巴已经栽了，如果金富源再栽到您手上，于水生一定会狗急跳墙。我也是进霍宅前才听金富源说的，如果他那天回不去，于水生就会对赵小姐下手，逼您拿两个人来换她，如果真的发生这样的事，您太被动了。"

霍璋笑道："这么说你是在为我着想？"

"既然金富源是我放走的，我会替您找回来。"

"这件事可以先放放，"霍璋上下打量他，"你现在需要向我解释的是另一件事。"

“你为什么在金富源逃走以后，潜回地下室杀了韩巴？”

霍璋眼中寒光逼人，虽然脸上在笑，却让人感受不到暖意。他没有证据，却说得十分笃定，仿佛他当时在现场亲眼看着江易杀了韩巴一样。

霍璋也是在和江易玩心理战术，毕竟江易也不知道他到底掌握了什么证据。

江易只是一愣，随即很平静地问：“韩巴死了？这事和我无关，我没有杀他的理由。”

保镖说：“你没有杀他的理由，但如果是于水生要你去灭他的口呢？韩巴知道小东山的内情，他可有杀韩巴的理由。”

“如果我为于水生做事，当时就不会替霍先生设计把韩巴抓来了，同样，如果我和韩巴有私仇，早就在那天霍先生没赶到的时候下手了。”江易嘴角挂着嘲讽的笑，望向那保镖，“先把人抓来，再费劲儿地闯进地下室谋杀他，我图什么？”

这也是霍璋一直疑惑的事，在他看来，江易是最没有理由杀死韩巴的人，但闯入宅院的人只有他和金富源两个，根据监控上比对的身高和体型，江易显然比金富源更符合，除非于水生那天还派了别的人来，否则江易依然嫌疑最大。

霍璋说：“要验证是不是你很简单。那晚凶手从地下室逃离时被我用猎枪击中了，虽然没有抓到人，但围墙下有血迹，证明他在某种程度上受了伤。互相信任和坦诚是继续合作下去的前提，所以江易，如果真要向我证明那个人不是你，就……”

“江易——”

这是霍明芸第一次来霍璋的宅子，一下车就被前院的黑背咬了半天，心情实在不好，她阴沉的脸直到看见江易才有所缓和，踮着脚朝他挥手。跟在她身后的保镖脸色难看得很，跑过来在霍璋耳边低语：“实在拦不住……”

霍明芸跑上前挽住江易的手臂，纤白的指头差点儿戳到江易的鼻子尖上：“江易你什么意思？昨个儿在温泉里把我睡了，今早醒来人就没了，说走就走，不打算对我负责了是吗？”

她把一句惊天动地的话说完，才瞥向霍璋，骄矜的目光掠过他残废的腿，一开口就十足霸道：“我说怎么找不到江易，原来是被你叫来了，你有事快说，说完了江易要陪我约会，没空在这儿和你瞎磨。”

她从小就是这样的态度，霍璋早就习惯了。

他抬手示意身后的保镖冷静，望着霍明芸的眸子冷冰冰的不带感情：“江易还没下班。”

“大哥，”霍明芸撇撇嘴，“他下不下班不是你说了算吗？为了自家小妹的幸福让他早退两个小时都不可以吗？”

保镖见霍璋脸色不好看，上前一步：“大小姐，我们有些事需要跟江易核实，您不妨稍等一下。”

“核实什么？”霍明芸拍掉他伸去抓江易的手。

“我们要检查江易的身体。”保镖说，“霍先生怀疑他……”

他顿了顿，没有将事情的原委说出口，霍明芸笑了：“那巧了，江易身上没有哪处是我没见过的，不如你来问我。”

她虽笑着，却目光森森：“我霍明芸的男人，也是你能看的？”

保镖不敢动手了，许久，霍璋开口：“江易昨晚陪云今在温泉度假，怎么又和你在一起了？”

“赵云今有手有脚，要度假她可以自己开车去，叫上江易是因为我在。”霍明芸两手相叠，攀在江易的肩膀上，又换回一脸柔情蜜意，“他不是去陪赵云今的，他是去陪我的。霍璋，就算你是老板，也没有可以随便检查员工身体的权力吧？你侮辱别人也就算了，现在侮辱江易，是要跟我霍明芸过不去吗？”

江易撇开她的手：“这里没你的事，既然霍先生要检查，就遂他的意，我没什么怕人看见的。”

霍明芸眯眼：“江易，我话都撂下了，你今儿要把衣服脱了，我面子往哪里搁啊？”

气氛刹那间陷入寂静，无人说话，一片沉默。

先开口的是霍璋：“你昨晚和江易一起泡了温泉？”

“还做了，”霍明芸下巴抬了抬，补充道，“第一次尝试水里，感觉相当不错。”

“既然是明芸的情人，以后就是一家人了，这个面子我还是要给的。”霍璋平静地对保镖说，“送他们出去。”

赵云今上了二楼，走廊空荡荡的，只有她轻微的脚步声和楼下厨房传来的饭菜香。

霍璋书房的门同往日一样紧闭着，上面不是从前的老式锁眼儿了，而是换成了崭新的六位密码锁。

赵云今停在书房门口，仰头看向走廊尽头半空中新装的摄像头，几天前她来这儿的时候还没有这些，一切都是新换的。

密码锁是市面上的最新款，专门用来防盗，连续三次输入错误会触发警报，安装在上面的小摄像头也会第一时间拍下开锁人的模样。

霍璋太谨慎了，谨慎到让赵云今产生一种毛骨悚然的感觉。

那天霍璋发现了不对劲儿，她是靠霍明泽遮掩才没被抓个现行，但她进入书房的监控还没来得及删掉，霍璋兴许已经通过监控看到了她偷进书房的事，所以才在书房四周加强了安保。

可如果真是那样，霍璋对她的态度不该还和从前一样，他今天连孩子这么重要的计划都告诉了她，这很难解释。

相比之下，赵云今更愿意相信霍璋还不知道她进书房的事，密码锁和监控只是出自他多疑的天性而已。

不管怎样，书房的监控今天一定要删，霍璋习惯让保镖在每月月底清查一次本月宅子里所有的监控，如果不删，她迟早会被发现。

正想着，书房对面杂物间的门打开了，一个保镖从里面探出头："赵小姐，有什么需要帮忙的？"

赵云今望向他身后，从前的杂物间被改了单人房，一张床，一张桌子，桌上的电脑屏幕映出的是走廊新装的监控画面。

她问："你怎么搬来这里住了？"

保镖说："前两天有人破坏了院里的安保系统闯进来，人没抓到，霍先生就把屋里的安保全部升级了，他每晚都要在书房工作到很晚，为了安全起见，让我们几个轮流守在这儿值班。"

赵云今笑了笑："辛苦了，我没什么事，随便转转。"

她回身朝卧房走去，杂物间的保镖显然是一直盯着监控的，还好自己刚才因为注意到新装的摄像头在原地站了一会儿，不然直接去到书房门口动锁一定会被他看见，这要是被霍璋知道，后面会发生什么还不可知。

赵云今在霍宅有专门的房间，她站在窗口，望向楼下的院子。

保安带着兽医在院里给黑背看脚，两个保镖在凉亭附近巡逻，霍璋在楼后的泳池边坐着，看不到这里。

正门走不通，就只能另辟蹊径了。

连接前院和后院的竹径小路上，霍明芸挽着江易的手臂走出来，女人满脸得意乖张的笑，特意踮着脚将下巴搭在江易受伤的左侧肩膀上。

赵云今将目光挪开，更远处的霍宅大门缓缓打开，一辆昂贵的蓝色跑车开了进来。

霍明芸“咦”了一声：“我哥？他来做什么？”

霍明泽停了车，正好看见霍明芸挽着江易从里面出来，他对江易的脸印象太过深刻，神色一下就变了。

霍明芸却没察觉出有什么不对，夸张地朝他挥手：“哥，快来见见我男朋友！上次和你提到过的。”

霍明泽脸色阴沉着：“霍明芸，现在什么阿猫阿狗都能当你男朋友了是吧？你知道他是谁吗？”

“知道啊。”霍明芸深情款款地望着江易，“爱情这东西又不讲别的，就算他是霍璋的手下、于水生的干儿子那又怎么样呢？我跟妈说一声要他来我们家公司工作不就行了？他还救过我的命呢，妈一定会同意的。”

霍明泽并不知道江易是什么人，只是那夜对他身上的枪孔印象深刻，本能地觉得他不是什么善茬，现在听霍明芸这样一说，心里更凉了几分。先不说于水生干儿子这个身份有多危险，光是以这样的身份还能给霍璋办事，看起来就不是好招惹的角色。

江易这人身上的气质太浓烈了，霍明芸处在爱情的泡泡里感觉不到，外人却能看得清楚。只一眼，霍明泽能看出江易这种人，不是霍明芸这种傻白甜的千金小姐能降伏的。

他视线游移在江易的肩膀和脸庞之间：“你接近我妹妹有什么目的？”

江易与他对视片刻，甩开霍明芸的手，转身走了。

霍明芸指着霍明泽的鼻子骂：“霍明泽你神经病啊？我好不容易才让他对我有点儿好感，你出来捣什么乱？他要是有目的接近我，当初救我的时候早就说出来了，用得着等现在吗？”

霍明泽冷漠地说：“不长眼的东西。”

“别以为大我一岁就真是长辈了，你有什么资格教训我啊？你长眼，你长了眼当初还被赵云今耍得团团转呢？”霍明芸转头去追，“江易你等等我！”

霍明泽阴沉着脸站在原地，霍明芸的话让他没法儿反驳，在感情与遇人这件事上，他确实没有立场去说别人。不管从前还是现在，比起霍明芸，他才是真真正正被人玩弄于股掌的那一个。

他回头，看见了站在二楼窗口的赵云今，她将窗户开得很大，半边身子都露在外边。

霍明泽忽然想起上次她从书房瞬移到卧室的事了，仔细想想也并非不可能做到，门虽然锁上了，但还有窗。他打量着那栋楼体，书房到卧室大概有三十米的距离，如果在平地上不算长，但在半空，并且楼身没有什么东西可以借力的情况下，一个身强力壮的男人都不一定能爬过去，她一个看起来养尊处优的女人，能做到吗？

像是为了验证他的猜想一样，赵云今爬上了窗子。保安和兽医背对她站在狗笼前，但凉亭附近的保镖却是侧身对着，只要稍稍一转眼就能看到她的动作，赵云今看着霍明泽，唇边的笑若有似无，似乎是笃定了他会帮她。

只是怔了几秒，霍明泽就不争气地朝两个保镖走过去，他递上两根烟：“我大哥呢？”

霍明泽拿出手的东西都是顶尖货色，他的烟市面上根本买不到，保镖接过来，满脸喜色：“霍先生在后院。”

赵云今整个身子已经探出窗外了，她赤着脚，脚尖点在窗下窄窄的一条台子上。

如果不是面前还有两个人，霍明泽几乎是目瞪口呆地看着她动作。赵云今像是浑身粘满吸盘的壁虎，空白一片的墙壁她却能稳住身子，死死攀附，朝楼体的另一侧缓缓移动着。

霍明泽收回目光：“我刚才进来的时候看见围墙上新装了很多摄像头，是大哥让换的？”

保镖为他点上烟：“是啊，就昨天才装的，因为前两天有人闯进来，所以霍先生加强了安保。”

“闯进来？是谁这么嚣张啊？”

"还能是谁？三房的人呗！"保镖说，"您应该也知道前阵子大小姐被三房绑架的事，绑匪一直没送警局，就在霍先生这儿关着，他们怕霍先生从他嘴里问出什么东西，按捺不住了。"

霍明泽这些年一直在国外，对家族的事并不了解："他嘴里能问出什么？"

保镖反应过来，嘿嘿笑了声："瞧我这嘴，其实也没什么，您是大房的少爷，这种事再怎么着也闹不到您头上，不必脏了耳朵。"

几句话的工夫，赵云今已经推开窗子进到书房了。霍明泽对那保镖说："我刚回国，对大哥这宅子还不熟悉，辛苦你们带我去找他。"

比起外边新装的监控，霍璋的书房并没有什么变动，依旧只有一个正对着桌子的摄像头，它的监控器连在书房的电脑上，外面的人看不见里面的情况，毕竟以霍璋的性格，不会愿意在别人的监视之下办公。

赵云今调出那天的监控视频，把她出现的那一截删掉，又从上个月某天的视频中剪了一段添补上去，做完这一切后，她已经在书房待了超过十分钟了。

院里的保安和兽医还在，霍明泽和那两个保镖却不见了踪影，她正要原路返回，忽然在窗边古色古香的架子上看到一个明显不该属于这里的牛皮纸文件袋。

上次进来的时候还没有，这显然是新放上来的，赵云今把它抽出来。

里面是薄薄的几页纸，上面密密麻麻地写满了字。内容触目惊心，是江易从小到大所有的资料，他哪一年出生，哪一年读小学，母亲哪一年去世，读书时成绩多少，就连少年时在局子里写的保证书的复印件都有，透过这几张纸，江易几乎变成了一个没有秘密的透明人。

赵云今仔细翻阅，在一张纸的底部发现了一行小字。

十八岁至十九岁交往过一个女朋友，但找不到相关记录和照片。

那年江易为了保护她不被于水生知道，从没在别人面前提起过她，就连双喜也只是知道他身边有女人了，但长什么样子叫什么名字却一概不知。

当初的赵云今觉得他不需要这样小心翼翼，于水生不过是一个混混儿头子，市刑侦支队的队长是她哥哥，谅那些混混儿也不敢把她怎么样。

她没想到的是，江易当年所做的一切在许多年后护住了她，要是被霍璋知道她和江易的从前，那后果不堪设想。

这个文件袋的日期新鲜，是昨天送到的，霍璋一定是因为那晚的事怀疑江易才找人彻查，赵云今走到他书架前，最上一层放了好几个像这样的文件袋。她取下来，里面全是关于每个人的资料。

有她的，有身边保镖的，有何通的，还有丁晨凯的。

林清执外派之后，他所有能找到的照片都被换掉了，因此，装着赵云今资料的文件袋里的哥哥“林清执”并不是他本人，而是一个去世多年的协警的照片。

赵云今已经很久没有见过他了，当打开丁晨凯文件袋看见他的相片时，有种恍如隔世的错觉。在生命的最后一年，他将头发剃短了，看上去干净利落，又阳光爽朗。

丁晨凯的人生很简单，读书、毕业、进辰嵩的松川分厂工作，赵云今从前并不知道他曾经在霍璋的身边做到了什么地步，但既然霍璋把他的底细查了个清楚，想必一定是做到了能接近霍璋的程度。

一个人从小到大会遇见无数的人，发生无数的事，人生就像是一棵分叉重重的大树，细查起来，东西足以写满几页纸。可丁晨凯是个假人，哪怕他人生之树的主干正常，但分支却无比稀疏，只用一张纸就足以概括完毕。

赵云今看着那页纸的下方，和江易一样有行小字。

这个人很干净，但他太干净了。

对别人而言，一个底子干净简单的员工或许没什么不好，但对霍璋而言，这一定会成为他疑心的源头。赵云今太了解他了，这男人心思缜密到连针孔都插不进去，他会怀疑一切可怀疑的，留心一切可留心的，那是铭刻在他骨子里的多疑，同时也是狠辣。

丁晨凯的死和这张纸之间有所关联也说不定。

赵云今不知道霍璋在背后究竟做了什么，但他把身边的人查得如此清楚透彻就足以说明问题了——他需要能绝对信任的人，否则他和药厂背后的秘密一旦泄露，很可能就此将他推入深渊，万劫不复。

纸上被赵云今无意识地攥出了印子，她小心捋平，放回袋子里。丁晨凯的死或许不是他直接促成的，但也绝对跟他脱不了干系。

天色渐渐暗下来，霍璋望着院子亮起的灯："云今去了多久？"

保镖看了眼手表："赵小姐走了二十分钟，如果只是看饭菜的话五分钟就能回来，她可能在屋里歇下了。"

霍璋静了静："推我回去。"

保镖推着霍璋上楼："霍先生，您不觉得霍明芸来得太巧了吗？她的话摆明了是为江易开脱。真要验证那晚的人是不是他，只需要脱了他的衣服就可以，要不要我今晚带人去……"

霍璋摆手，神色淡淡："想看好戏就要有足够的耐心，先别打草惊蛇。"

"您打算继续留江易在身边？他现在进小东山了，如果不是百分之百对您忠心，那很危险。"保镖说，"一会儿是三房，一会儿又是大房，您难道就不好奇他到底在替谁做事吗？"

霍璋思虑了片刻，问："还记得舅舅进去前发生的事吗？"

"记得，孙哥说害他的人是江易，但江易有不在场的证明，油灯街的女人还有赵小姐亲自给他做证的，就连孙哥住处的监控我们都去查了，江易根本没有出入过那栋楼。"

霍璋讥笑："如果他没出入，放在舅舅家硬盘里的视频又是怎么泄露出去的？"

"可当时监控显示，那几天出入那栋楼的人只有原本的住户，我实在不明白……"

"我们都忘记了一件事。江易没进去，不代表别人也没进去，他在油灯街找女人过夜有不在场证明，不代表别人也有。有些事本来也不是一个人可以完成的。"

霍璋的轮椅停在书房前，他手指贴上房门的密码："舅舅的事，江易依然有嫌疑。"

屋内，赵云今刚将纸塞回文件袋里，听见门上传来的清晰的按键声，瞳孔猛地缩紧了。

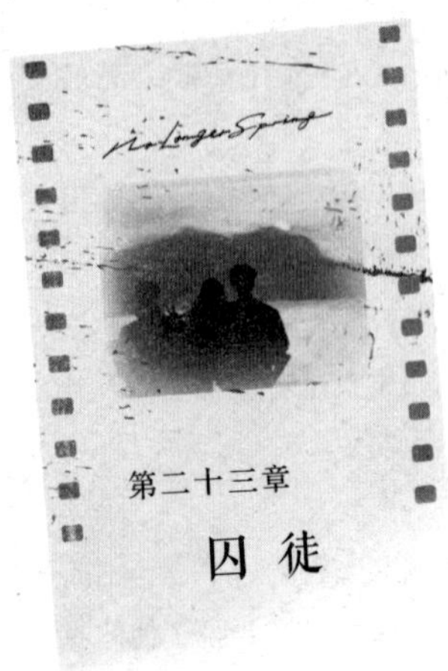

第二十三章 囚徒

霍宅建在山腰，四周不通车，霍明芸追出去的时候，江易已经徒步朝山下走了。

她跑回霍宅开上车，降速慢慢跟在他身边：“你走那么快我哪儿跟得上啊？走吧，一起吃晚饭。”

江易目不斜视地走路，霍明芸问：“你不会打算从这儿走到山下吧？这起码有十千米呢，没有几个小时走不下来的，上车，我载你。”

她依旧没得到回应，干脆弃车挡在他面前：“江易，你这个人也太善变了吧？我刚帮了你，转头就翻脸不认人了？”

“你帮我？”江易嘲讽地笑，“帮我什么了？”

霍明芸蹙眉：“是你要我在霍璋面前给你做证的……”她边说边观察江易的脸色，理直气壮的声音小了点儿，“虽然我自由发挥给自己多加了几场戏，但目的达到不就行了？按你说的只让我在霍璋面前提一句昨晚和你一起泡温泉了，他不信怎么办？只有说你已经是我霍明芸的男人了，他才不敢随便动你。”

江易挑眉：“在你眼里，霍璋有这么蠢？”

在他的计划里，只需要霍明芸做证和他一起泡了温泉，接下来的事他会自己应对，但霍明芸实在跳脱得不受控制，言语间的维护之意生怕人看不出来，明摆着在阻挡霍璋的人检查他的身体，别说霍璋不傻，就连旁人都一定能看出其中的猫腻。

可霍明芸显然没意识到问题的严重性，她一副吊儿郎当的神情说：“就算让他知道了又怎么样？无非就是你不能继续在小东山做下去了，我会让我妈给你找个更好的工作。对了，你腿到底伤成什么样了，让我看看。”

江易挡开她去撩他裤子的手，霍明芸的大小姐脾气一再被人这样冷待也冒起股火，摁着他肩膀不准他走：“利用完我就甩，你以为我是吃素的？”

话音刚落，她怔住了，搭在江易肩膀的手掌上有股湿意，他穿着黑色衣服看不出什么，但当她抬起手的那一瞬间，掌心沾满了血。

霍明芸吓了一跳，而江易的眼神却和往常一样冰凉。他的伤口早在陪孩子玩球的时候就裂开了，后来又被霍明芸不知情地一路拿下巴抵着，哪怕缠了层层黑胶也封不住血了，离开霍宅的时候血就已经打湿了衣服。

“你……”霍明芸定了定神，问道，“你伤的根本不是腿吧？”

她倒也没那么笨，小声说：“我早该想到的，你看上去也不是会在乎一份工作的人，流这么多血，你到底做了什么怕霍璋知道的事啊？”

山下的城市灯火辉煌，江易点了根烟，望向那一片绚烂的灯色。一根烟吸完，他苍白的脸色才恢复了点儿，但伤口处的血依旧在淌。

霍明芸：“我带你去医院。”

江易没动，他用鞋底蹍灭烟头，冷淡地开口：“今晚的事到此为止，把它忘了。”说完，一个人走进山间深邃的夜色里。

赵云今望向书房的防盗门，神情几乎凝滞了，按密码只不过需要几秒，现在别说离开，就连文件袋都来不及放回原位。

她上次进来书房时霍璋也曾中途上来过，不过那时她隔着很远就能听到电梯的开关声和轮椅拖地的声音，今天却静得出奇，刚才并没有注意，现在仔细一看才发现霍璋换的不只是锁，他连书房的门都换了新的，新门比旧门更加隔音，颜色、木纹却和从前差不多，除非离得近了仔细观察，否则根本发现不了区别。

六声按键音响完，文件才刚刚装了一半，赵云今隐约能听到霍璋同保镖的说话声。

“你派人去查……”

门把手朝下压了下，赵云今低身钻进办公桌下，霍璋轮椅的声音一点点接近，马上就要走到桌前。这桌下的空隙太小，只要霍璋坐正，就一定会发现她。就在轮椅要拐进来那一瞬间，门外传来保镖焦急的声音："霍先生不好了，少爷从楼梯上滚下去了！"

在赵云今的视野之内，轮椅的轮子声戛然停止，紧接着霍璋被保镖推出书房。

门重新关上，自动落锁，赵云今从桌下爬出来，将系在摄像头上的丝带解开，避开摄像头沿窗口爬了出去。

霍明泽摔落的地方是在楼梯的窗口旁，原路返回路过窗子时一定会被发现。赵云今垂眼朝下看，为了防盗，一楼和二楼之间并没有落脚点，但好在高度不算高。院里的兽医关了笼子，马上就要起身回头，赵云今把裤腿挽高，用发卡别住，而后松手跳到了楼前的灌木丛里。

带刺的杂草刮伤了她的小腿，但好在裤子没破，她拍了拍泥土，放下裤子遮住伤口，起身进屋。

霍明泽嬉皮笑脸地说："刚才上楼的时候没当心，一脚踩空了。"

他虽然是从楼梯上滚下来的，但没伤到重要部位，仅仅皮肉受了点儿擦伤。他拉着霍璋的手站起来："大哥，你刚才在书房办公？看来我打扰你工作了。"

"不重要，"霍璋说，"我找人送你去医院。"

"一点儿小伤而已，没必要兴师动众。"他问，"怎么没看见她？"

他口中的她不需要说名字霍璋也明白，霍璋和保镖对视一眼，后者刚要上楼去找，赵云今拿着两瓶香槟从一楼的储物间出来。她朝霍璋笑笑："小气，藏着这种好东西都不告诉我，怕我吃空你啊？"

"怎么会？"霍璋推着轮椅过去，"知道你喜欢喝香槟，前些天有人来送，特意留给你的。"

他拍了拍霍明泽的肩膀："既然来了，就留下来一起吃个晚饭，云今，你来推我。"说完，先一步进了直梯，留赵云今和霍明泽两个人站在楼梯间。

赵云今回头望向大门口，低声说："明泽，保安处还有一处监控要删，我现在没法儿脱身。"

霍明泽从她身旁经过，冷漠地说："赵云今你记着，这是你欠我的。"

夜幕降临，赵云今的跑车停在一处隐蔽的街角，车对面的小街上有家药店，赵云今在车里坐了好一会儿，然后下车进店买了盒紧急避孕药，而后把手机导航定到了霍明泽在西河市中的公寓。

早前在霍璋家吃饭，霍明泽并没有喝酒，赵云今把车开出一段，又停下去酒庄买了两瓶高档红酒。

霍明泽刚洗完澡，赤裸着上身围着浴巾坐在沙发上打电动，门铃响起时他没管，眉梢一挑继续玩游戏。他这里平日根本没人来，会半夜上门的只有物业，他没空搭理。

门铃响过一阵后就停止了，紧接着轻微的敲门声传来："明泽，是我。"

霍明泽打电动的手停住，他静坐了好一会儿，才起身开门。

赵云今换了一条黑色裙子，微冷的夜里一半肌肤裸在外面，仿佛根本不怕冷似的。她肤白，质感像雪一样细腻，在这样的夜里斜倚在门框上，恣意得像只妖精。

"你来做什么？"霍明泽喉结轻轻滑动了一下，但神色依旧冷漠。

"我说过，事情结束之后会给你一个解释。"赵云今将手里的酒水放在玄关的鞋柜上，笑得妩媚动人，"不请我进去吗？"

油灯街，小巷拐角处隐约有个人影在抽烟，隔得远看不清晰，离得近了才能认出那是个身材干瘦的男人。他靠着巷子的砖石壁，脚下散落了一堆烟头，看见江易走过来，直起身伸了个懒腰："问双喜，那小子说你家在这儿，老子在这儿等半天了，这几天你干什么去了？"

江易从他面前径直走过没有说话，金富源嗤笑一声："要不是九爷要找你，我才懒得来这地方。江易，不是我说，你真是个不懂事的人，既然没事为什么不给九爷报个平安？让他一顿好找。"

他跟在江易身后穿过巷子，抬头看着面前小楼门上悬挂的煤油灯："听说你妈跟九爷睡了几觉就妄想死后让你进九爷的家门，真是异想天开。不过你从小在这儿长大对这片最熟，今儿我既然来了，正好找个女人睡觉，给推荐一个？"

金富源混社会多年，眼神老辣，他打量江易的脸色就能隐约猜出他现在状态不好，故意朝他身上拍了拍："怎么不说话了？那天我离开霍宅之后听到里面有枪响，该不会中枪的人是你吧？

“江易，你小子挺厉害的，我不知道你给九爷灌了什么迷魂汤，让他对你的死活这么关心，但我得提醒你一句，兴许九爷现在看不穿你的真面目，但我老金不傻。那天霍璋那么巧出现在地下室，要说这不是你透露的，我不信。我虽然肚子里没啥墨水，但闲着没事就爱琢磨，你说怎么偏就这么巧，韩巴出事前跟你喝过酒，乌志被废前那段日子和你玩得最好，前年九爷身边那个得艾滋病的老宋，我听说他在染病之前也是你总带他来油灯街玩。

“我脑子转不过弯来，你给我分析分析，到底是就该他们倒霉啊，还是你这扫帚星害了他们？”

江易停下脚步，害得后面的金富源差点儿撞上他，他问：“你想说什么？”

金富源双手插兜，绕到他前面，舌头在牙垢厚重的齿尖舔了一圈，慢悠悠开口：“倒也没想说什么，就是觉得这事实在太巧，不过九爷现在正维护你，说了他也听不进去，我打算明天把这事拿到三太面前好好说道说道，她本来就对乌志的事耿耿于怀，你猜她会不会去仔细查查，当初到底发生了什么？”

江易静了静，开口时语气没那么冰冷凌厉了，问：“老金，我得罪过你吗？”

“那倒没，”金富源咧嘴一笑，“但我就是看不惯你。”

他用手指戳了戳江易的胸口：“都是阴沟里的耗子，就你清高？你跟别人有什么不同，还妄想着爬出去洗干抹净做回正经人呢？做我们这行的，开弓没有回头箭，谁半途退出一定被所有人不齿，不知道九爷怎么想的，那年你说找了个女人要过回正经日子，他竟然准了。”

江易看着金富源脸上露出的忌恨的表情，勾出一个嘲讽的笑：“所以你觉得在九叔心里，我的地位比你更重要？”

“我这些年鞍前马后地给九爷做了多少事，那都是担着命的干系，你一个连九爷核心生意都接触不到的臭小子，你凭什么？”

江易问：“九叔的核心生意？”

金富源冷笑：“你没资格问。总之，你既然人没事，现在就跟我去九爷面前走一圈，也让我好交差。”

金富源想起于水生那句让他“给他抵命”就恨江易，恨得牙痒痒，他正要去开车，江易在身后叫了句：“老金。”

男人的面孔在没有路灯的角落里显得晦暗不堪：“别急着走。

“那晚我在你之后潜回霍璋的宅子也不是完全没有收获。”他声音似乎比之前低了许多，“我把韩巴救出来了，现在正在我家养伤，你跟我去把他抬下来，带他一起见见九叔。”

公寓是霍明泽在国外的时候买下的，当时他人回不来，委托霍明芸找设计师装修，于是霍明芸按照自己喜欢的风格将它设计得奢华无比，光是客厅的顶灯就有三十几盏，晃在眼里十分刺目。

霍明泽游戏才打到一半，平时他是胜负欲很强的人，一定要玩出结果才罢休，现在却觉得它索然无味，碰也不想碰了。

赵云今从酒架上取下两个水晶杯，自然地坐在了沙发的另一侧，给霍明泽倒上红酒：“在国外这么多年，顶级的酒应该也喝了不少，尝尝西河产的红酒，味道或许会不一样。”

“有事说事。”霍明泽在她面前一刻也不敢放松警惕，僵着身子没动。

赵云今笑笑，捏着酒杯的细颈送到他唇边：“就一口。”

霍明泽起初不以为意，西河产的红酒能好到哪儿去，直到尝过才发现不是那么回事。赵云今的品位相当不错，这酒虽然品起来没有高端红酒的回味，却能喝出一股淡淡的天然的清香，哪怕在唇舌间稍纵即逝，逝后却能叫人反复回想那一刹那的味道。

“这家酒庄是霍璋带我去的，他喜欢的东西没有差的。”

霍明泽眸色暗了暗，赵云今给他倒上酒：“我当初接近你确实有目的，我养兄是市局警察，或许你不记得了，可他却因为你的年少轻狂受过一些处分。”

“我记得，刑侦支队的队长林清执。”霍明泽说，“这辈子就进过一次警局，想忘都难。”

他神情复杂地看着赵云今：“所以你当初骗我是为了给你哥出气？”

“开始是这样的。”赵云今倚着沙发的软垫，一双眸子水盈盈的，“但在和你相处的过程中，我发现你也没有那么可恶，并不完全是别人口中的纨绔子弟，至少在我面前不是，你有你的好，所以哪怕一开始是抱着目的去接近，后来我也是真心实意想要和你在一起的。”

霍明泽嗓音沙哑：“那为什么……”

“这不应该是我问你的吗？”赵云今跷起一条腿轻轻搭在另一条上，雪白的肌肤从裙摆处露出来，看得霍明泽躁动，“那年霍璋找到我，说你母亲绝不会允许我和你在一起，一是因为家境背景悬殊，二是因为她已经给你物色了一门婚事，等你高中毕业就准备订婚。”

跟在霍璋身边这几年，她对霍家的事多少了解一些，这些话确实是霍璋告诉她的，但当年的霍璋绝对没有跟她说过。她也不担心霍明泽去问，毕竟以霍璋现在的心理，巴不得霍明泽被她再骗一次。

霍明泽语塞：“大哥跟你说过这种话？我妈确实想介绍她朋友的女儿给我认识，但这一切是以我的意愿为前提的，只要我说一个‘不’字，他们谁也管不了我！霍璋这样做一定是为了讨我妈开心，难怪他后来还把你绑去凯嘉尔思，可你当时为什么不来问我？”

赵云今把他空了的杯子续上酒：“明泽，告诉我，你父母为你规划的人生轨迹是什么？”

霍明泽怔了怔，虽然他这些年在外做浪子，但毕竟霍璋不是薛美辰亲生的，霍明芸又太贪玩不够成熟，他早晚有一天要回家继承庞大的家业，身在这种家庭要承担很多，三房的虎视眈眈，对手的打压竞争，有些事他推托不了，也必须去做。

“你觉得像你这样顶级家族企业的继承人，未来的另一半会是我这样一个一无所有的孤儿吗？”赵云今的语气虽淡，可每一个字都说在了他心上，“你当时还小只想玩玩，根本没考虑过以后，可我如果不及时抽身，才是会被伤透的那一个。”

她的解释平实，却让人挑不出疑点来。

霍明泽这些年里曾想过无数种她那样做的原因，却没想到从她嘴里说出来的理由是这样简单。

他一杯接一杯喝着赵云今倒给他的酒：“那你在大哥书房又是怎么回事？还有那天中枪的男人。”

“有些事知道了对你未必有好处。”

“你不会以为我今天帮你是善心大发吧？如果你不说……”他刚要恐吓，赵云今倾身凑近，吻住了他的唇。

她吐息中有股淡淡的好闻的香味，他被酒精浸过的大脑一时分不清这味道是来自她身上还是嘴里。他这些年也交往过不少女人，但能真正在心里留下痕迹的却没有，霍明泽以为自己受过情伤后对爱情已经失去了兴趣，可当她吻上来那一瞬间，才发现根本不是那样。

无关乎爱情本身，关乎的是人。

赵云今一触即分："霍璋这人反复无常，喜欢你的时候能把你捧在心尖上宠，不喜欢你的时候就会像丢破抹布一样把你丢在一旁，我这些年在他身边没少见他这样对待别人，他之所以还留着我，不过是为了做个幌子。

"进他书房翻东西的事虽然不磊落，但我必须为自己留条后路，万一有一天我变成他脚边的破抹布了，也能要挟他换点儿傍身的东西。"

"你说的幌子是指什么？"

"你不会以为霍璋那个残废还能算是个真正的男人吧？"赵云今手臂环住他脖子，在他耳边轻轻说，"明泽，其实这些年，我一直都很寂寞。"

男人的身体硬得像铁板一块，他依稀还有些理智，偏头躲避她的触碰："那个男人呢，又是谁？"

"让我保留点儿秘密不好吗？"赵云今的呼吸落在他的脖颈，让他身体和心里一起跟着泛痒。

他的理智在一片混沌与焦灼之间，这个妖精一般的女人贴着他的耳朵轻声说："有秘密的女人才更有女人味，也才能让男人永远保持着始终如一的新鲜感。

"霍明泽，我说得对吗？"

她深情款款地叫他明泽时还不觉得如何，连名带姓喊他却让他感受到了一种奇异的情趣，霍明泽呼吸几乎要停住了，他伸手去搂她的腰，女人却滑溜地从他怀里脱身。

她低头吻了吻他的额头，笑得灿烂又张扬："我去洗澡。"

……

赵云今进了浴室，却没急于脱衣洗澡，她透过门上的玻璃能模糊地看到屋外的客厅。

霍明泽一身躁意却解不了渴，一杯杯喝着她带来的红酒，那酒喝起来清香爽口，度数却高，她在进来之前，霍明泽就已经初显醉态了。

赵云今在门边站了许久，脸上的笑容不见，满眼只剩死水般的平静与冷漠。

赵云今将浴室架上所有的瓶瓶罐罐都用了一遍，女人打理自己向来很慢，赵云今这样的女人更是慢中之慢，她洗完澡后用霍明芸留下的贵妇面膜敷了个脸，才裹着浴袍走出来。

其间霍明泽一次都没来敲门，他将赵云今带来的红酒喝得一干二净，眼睛赤红地盯着她："我明知道这次依旧可能上当受骗，依旧被你耍得体无完肤，可我还是上钩了，赵云今，你是不是很得意？"

她发梢没有擦干，还湿漉漉淌着水珠，沿锁骨流入浴袍裹覆下的沟壑之中，她刚在浴室卸了妆，美丽不仅没减弱半分，反而比带妆时更添了一丝天真和清纯。她笑了笑，弯动唇齿，平日那妩媚的模样才窥见点儿端倪："为什么一定要给这事安上名头？

"是恋爱还是玩玩、真情还是假意有那么重要？"她冰凉的指尖点在他因醉酒而滚烫的喉结上，"人活一世，快乐就好，骗与不骗，要看你怎么想。"

"我怎么想？"霍明泽放下酒杯，摇晃着站起来，"离开我大哥。"

他神志已经在酒精的作用下不清醒了，否则，以他平日对赵云今的警惕是怎样都不会说出这种话的。

赵云今骄矜地笑："离开霍璋，你能给我什么？"

霍明泽将她横抱进卧房，一路上脚步摇晃，一会儿被门撞到，一会儿又被地上的抱枕绊得踉跄，最后带着赵云今一起摔在床上。

"你说了，我哥是个废物，他满足不了你。"醉意上头，他呼吸喘得急，"你跟了我，他能给你的我都能给你，他不能给你的我也能给你。"

赵云今按住他去解浴袍系绳的手，另一只手抚上他涨红的脸庞："明泽，可现在的你，还不如你的废物大哥。"

霍明泽沉默，他将头搁在赵云今的肩窝上，喘息间的热气全部喷在她耳侧，过了好一会儿，他沙哑地问："要我怎么做？"

赵云今没有说话，像安抚孩子一样轻轻拍他后背。

霍明泽维持着那个姿势一动不动，过了好一会儿，她轻声叫："明泽？"

他没有回应，赵云今重重拍他侧脸："霍明泽？"

男人呼吸绵长而粗重，他竟然在两瓶红酒的后劲儿下睡着了，赵云今失笑，随手将他从身上推了下去。她没急着离开，而是趴在他身边，拔了几根头发丝在他脸上逗弄。霍明泽不耐烦地抬手去扇，她就停下来，等他不动了再去挠他痒痒。

玩了好一会儿，确定他是真睡而不是装的以后，她解开他的浴袍，在他身上留了几个鲜艳的吻痕，又把身下的床单弄皱，睡梦中的霍明泽低低地哼了几声，随即翻过身去趴着。

赵云今笑了："中看不中用，比你那废物哥也没强上多少。"她起身换回自己的衣服，拿上车钥匙离开了。

昏暗的小屋里只亮着一盏台灯，初夏的蚊虫围着微弱的光源飞舞，不怕死般扑向那散发着高温的炙热灯泡。

江易脱掉 T 恤衫，肩膀已经被鲜血覆满了，他对着镜子找到肩上胶带的底边，一点点将它撕下来。胶带粘了一天，早已经和血肉连在了一起，每撕开一点儿，就是重新把已经愈合的伤口扯裂的过程。这过程很慢，却无比惨烈，每一下都能撕下一片血痂和嫩肉。

江易满手是血，他将最后一片胶带丢进垃圾桶里，拿过药匣里的消毒酒精。

在他正对面，灯光照不到的墙根下，金富源像个粽子一样被捆在椅子上，他嘴里塞的是江易随手找来的擦地的抹布，一股酸臭的味道。金富源被打晕后没多久就醒了，他睁开眼，刚好看到的就是江易拿着酒精从肩膀朝下倾倒的一幕。

那男人面无表情，像完全感觉不到疼，一双眼里除了冰冷和死寂，没有其他情绪。从他身上看不出人气儿，配上满手殷红的血，倒像是修罗恶鬼。

饶是金富源这样见惯了血腥的人，在那一瞬间也被江易的神情吓得心里一颤。他没有出声，静静地和那男人对视。

江易给伤口消完毒，没有继续上药，提着剩下的半瓶酒精走到他面前，手一抬全都倒在他头上。金富源毛骨悚然，又见他从口袋里掏出打火机，心脏一下就提到了嗓子眼儿。江易在他面前的凳子上坐下，毫不在意地按动着打火机，橘黄色的火苗每一次闪烁都让金富源冷汗横生。

"老金，"江易开口，语气随意得和平日闲聊没什么两样，"咱俩认识这么多年，虽然关系不好，但总有几分交情在，不到万不得已，我不想对你下手，如果你是个聪明人，就知道该怎么做。”

他摘下金富源嘴里的抹布：“我对一些事疑惑很久了，而你正好可以为我解惑。”

金富源盯着他手里的打火机：“酒精挥发很快，你再按下去我们俩都得交待在这儿。”

江易无所谓地一笑，打火机在指尖耍着花样转了几个圈，却没收回去，依然稳稳地捏在手上：“四年前的一个春夜，在市郊废弃的庆祥棺厂，你们绑了一个叫丁晨凯的男人，还记得吗？”

“丁晨凯？我记得当晚你也在场……”

江易冷漠地说：“如果不想死在这儿，就别说废话。

“你们在庆祥棺厂挖了丁晨凯一只眼，启动机器在他腿上打了颗钉棺材的钉子，何通说，这一切都是因为丁晨凯在小东山偷了三太的首饰。”他冷笑，“一枚钻戒，值得你们这样兴师动众？况且三太很少去小东山，更别说把钻戒落在那儿了。”

他贴近金富源满头冷汗的脸：“你们到底想从丁晨凯身上得到什么东西？”

粗汗顺着金富源脸畔的发楂儿流下，他眯了眯眼：“你问这个做什么？”

江易靠回椅背，打量他：“到底是什么东西，让你们这么在意？九叔以前从不准我接触小东山，虽然不知道里面有什么见不得光的秘密，但有一点我清楚——

“这个秘密一旦被揭发，于水生、乌玉媚，还有你们这群为小东山鞍前马后的人都要一块儿下地狱。

“那晚何通说丁晨凯在小东山的园区里转了一圈后就被你们抓起来了，你们口口声声问他东西在哪儿，我猜他肯定不止转了一圈那么简单。他或许是看到了小东山的秘密，并且拿走了某些让你们感到恐惧的东西。我说得对吗？”

金富源阴沉着脸，江易拿过纱布绕着肩膀绷了几圈：“不说话就意味着我说的是对的，我很好奇小东山里到底做了什么见不得人的生意，你今天不开口没关系，我最不缺的，就是时间。”

“你当我是三岁小孩吗？”金富源说，“虽然我不知道你为什么问起当年的事，但你既然敢露脸绑我，肯定就没打算让我活着回去，一旦我说了，以你的手段还不得立即弄死我？江易，咱们都是同一种人，哪怕你表面装得再清高自大，也改变不了这个事实。阴沟里的耗子，没什么事是做不出来的，谁还不了解谁啊？”

“我是没说过会让你回去，但你说了，至少会死得舒服点儿。”

金富源嘲讽地笑：“你觉得我像是个软骨头？你有什么花样尽管使出来，看我会不会吐出半个字。”

说话间，江易已经将绷带缠好，他视线轻飘飘掠过金富源身上，冰冷没有温度，像在看着一个死物。金富源是在刀口舔血讨生活的人，对待孙玉斗那样肉体上的折磨在他身上作用不大，要想让他开口，必须先毁掉他的意志。江易没打算动他，至少现在没有，金富源是于水生最信任的手下，他熟知于水生的一切生意，能从他嘴里撬出来的东西太多了。

深夜静悄悄的，小楼上的油灯也灭了一盏又一盏。就在万物都已经入睡的夜里，江易的房门忽然被敲响了。

几乎是同一瞬间，江易就捡起地上的抹布捂住了金富源的嘴，而他的求救声晚了一秒，被结结实实地堵回了嘴里。江易从柜子里掏出一个白色瓶子，将里面的液体倒在毛巾上，而后按住了金富源的口鼻。

直到金富源再次昏迷，江易才放开手。他从洗漱台上拿了把折叠刀别在腰后，走到窗户前，掀起窗帘的一角。他怔了怔。

像是知道他会从这里看出去一样，赵云今没有站在门口，而是站在窗前，手里拎着一份消夜和一袋医疗用品，正朝他笑。

江易放下窗帘，去开门，他屋里有人，没打算让她进来，堵在门口问：“有事？”

赵云今说：“失眠睡不着，来瞧瞧你。”

“你现在看到了。”

“还想和你吃个消夜。”

“我不想吃。”

“那总可以让我看看你的伤吧？我带了药。”

“赵云今，”江易蹙眉，“你在耍什么花样？”

他脸上很少有过度的表情，所以眉头轻旋的时候极其性感，赵云今从前最爱看他在床上难耐拧眉的模样，那种表情总会激起她内心最深处的爱和欲望。虽然她从未在嘴上说过，但对江易，她确实曾经用整颗心去爱过。

赵云今弯腰将消夜和药放在了地上，直起身时笑容比往日更乖张，眼眸也比从前更亮。

她说：“不吃算了。”

江易要关门，她伸手插在门缝中央，轻轻别开门板。江易堵着不让她进，她踮脚勾住了他的脖子。江易长高了些，她的脚需要比从前踮得更高。

“这些年想我了吗？”她附在他耳畔轻声问。

江易后退，她得寸进尺，轻佻的笑声如洒在地上的蜜浆。她偏头吻住他的唇，一根手指头在他腰线上游走。

她的吻浪漫而激烈，唇齿交缠间的浓情似乎要爱到不死不休，江易甚至一瞬间产生了一种错觉，这不是油灯街，而是那年在松川，在赵云今校外廉价逼仄的小旅馆里，两人抵死缠绵，完事后满身是汗，抱着对方一整夜都舍不得撒手。

赵云今进了屋子，虽然很多年没来过了，但她对这里太熟悉了，整个人半挂在江易身上，推着他一步步往床边走。

小屋漆黑，爱意滚烫。前行中，她的脚掌踩到了触感奇怪的东西。

江易停下来按住她，赵云今擦去唇边的水渍，朝那绊到她的“东西”看了一眼。从金富源的脚，到他那张昏迷过去依旧不怎么好看的脸，屋里的一切和刚刚发生过的事尽收她眼底，这种恐怖的犯案现场，她倒是能维持住镇定。

赵云今看了看江易，漫不经心地笑笑，而后将金富源碍事的脚踹到了一旁。

她搂住江易的脖子，重新回吻了上去。

早在许多年前，江易就已经习惯了赵云今这样捉摸不透的行事风格。她像阵不按时令肆虐的季风，心情好了刮刮，等好心情散了，就拍拍屁股走人，留一地吹剩的狼藉。

习惯了，却不代表喜欢被她这样戏弄，所以当赵云今主动送上门时，江易也毫不客气，将她从前到现在欠的孽债连本带利通通讨了回来。一片黑暗之中，赵云今坐了起来，虽看不清她表情，但猜想也是没心没肺的吟吟笑意。

她指尖在他肩膀的纱布上轻轻抚过：“你不方便，我自己来。”

语气妩媚又无辜，一下就点燃了江易心底那摞久放的干柴，火焰熊熊，燃烧得连绵，无论怎样压抑着都停歇不下来。

床帘被缝隙里的晚风吹得轻轻摆，笼住床沿和一抔从窗口洒落的月色，初夏夜里虫鸣微微，深夜的寂静消失无踪。

江易满脑子里只剩下热和欲，还有那致命的温柔。

赵云今俯身，用腻得能把人醉死的声音在他耳边呢喃：“阿易，这些年来，哪怕只有一瞬间，想过我没有？”

江易沉默了很久，反问道：“你呢？”

被褥凌乱，满床褶皱，是这屋子里很久没有出现过的景象了。

江易靠在床头，罕见地没有吸烟，他目光落在金富源那昏死的脸上，又望向窗外后半夜的月亮。

赵云今慵懒地枕着他的手掌，她鬓边的头发打湿了几缕，身下的床单也浸透了，整个人懒洋洋的。她看了会儿江易，又去看自己的手指上新做的亮色美甲。虽然江易已经尽可能少动，但伤口依然渗血了，赵云今用指甲取了滴他的血珠，就着台灯微弱的光仔细打量。

她放进嘴里尝了尝：“腥的。”

江易低头看她，她摸向他心口：“既然血里有人的味道，那这里也应该是人的心才对。

“我这几天读了一个故事，关于小狼和小狐狸的。我讲给霍明芸听，她认为，小狼离开了小狐狸，却待在杀死长颈鹿哥哥的狮子身边，他这样做是为了保护小狐狸，他怕她受伤，怕她离黑暗的地方太近，或许还怕她陷进去，就再也出不来了。

“可是狐狸天性好奇，他越隐瞒说谎，她就越想去那黑暗的地方走一趟。”

“故事很好。”江易说。

“阿易，只要你还是个人，就一定不会忘记曾经林清执对你有多好，所以别说什么你听不懂，我一句都不会信。”

江易将后半句“我听不懂”咽回嘴里，他问：“你想说什么？”

“你还不对我坦白吗？你两年前就查到了庆祥棺厂，你知道的内情一定比我多。如果你是为了我的安全着想可以省省了。”她笑笑，“已经到这个地步了，即使你不说，我也不会放弃追查当年的事，说不定还会比现在更危险。既然目的相同，为什么我们要走上两条岔路？在黑暗里徒步，两个人相互支撑，远比一个人独行要安全得多。”

江易沉默，赵云今知道他在思考，手臂蜿蜒着爬上，抱住他的脖子：“这还要考虑吗？”

“我就知道你今晚来不是睡一觉这么简单。”江易想拍开她，却被她双臂缠得更紧。

她越发放肆，脚尖在被子里勾住他的小腿：“也不全是为了他，还为了我自己。

“阿易，那年春天，你到底为什么离开我？”

明明感情已经消散在昨日，明明分别了四年，江易时常觉得，他这四年不过是行尸走肉，啃噬内脏，风餐露宿，从未真正活过，他最好的日子随着林清执的离开永远停在了十九岁，余下的不过是朝上天偷来的时光。而将她完整地抱在怀里时，他产生了一种错觉。

仿佛这些年从未和她分开过，她还是她，他也从未有哪怕一刻停止过爱她。

金富源的呻吟声打碎了他一时的梦境，男人从昏迷中苏醒了。

赵云今放开江易，裹着空调被赤脚下了床，她站在金富源面前，戏谑地打量他。

金富源眼睛眯开一条缝，虚弱地认出了她：“你是霍璋的女人？”

赵云今从他衣服口袋里拿出身份证——金富源，当初进霍璋书房用财务系统查到的名单里就有这个人，赵云今记忆力不错，依稀记得，金富源这个名字出现在她推导出的林清执死亡日期那晚小东山的值班名单上。

小东山，他是三房的人。赵云今脑子里忽然有根弦串上了，那晚名单上出现的人不只有他，还有乌志和韩巴。据说乌志在赌场出千时被弄成了残废，而三房一直认为那是霍璋下的套。

至于韩巴，她手机里还存着心血来潮跟踪江易时拍下的照片，霍明芸出事前一天，韩巴和江易一起吃过饭，江易也是第一个找到霍明芸并从韩巴手里把她救下来的人，更是害得韩巴如此凄惨的源头。加上金富源，那晚出现在小东山的三个人，全都下场凄惨，也全都和江易有千丝万缕的关系。

栽赃乌志的人未必是霍璋，是他们自己人也未可知，别人难说，但江易玩牌的手法在整个西河都找不出第二个，他不惹人注意地在乌志身上放牌，是件再简单不过的事。

不光是三房，那天松川药厂的外勤人员里还有孙玉斗的名字，而他的去向正是往小东山药厂提货。赵云今脑海里蓦然回放起不久前一个早上的画面，孙玉斗靠在病床上阴沉地指着江易，说他是绑匪本人，要不是她随口撒了个谎替江易遮掩，霍璋恐怕还要深究下去。

一切的一切都太巧了。其实说巧合也不见得，这明明是人为。

赵云今聪明剔透，思考这些问题不太费劲儿。

那年那日出现在小东山的人现在个个下场凄惨，还有一个正被江易五花大绑绑在家里，很明显，这是江易做的。

金富源瞥了眼江易，怪笑几声："我说你怎么有胆子背叛九爷呢，原来是和霍璋的女人搞上了，你这么卖力追查丁晨凯的死因和小东山的秘密，是在为霍璋做事吧？九爷以前常说，能人所不能者是为人杰，霍璋连自己的女人都舍得豁出去，也是个心狠的。"

赵云今将身份证插回他兜里，轻慢地说："不，我不是霍璋的女人。"她舔了舔牙尖，笑得乖张，"是江易的。"

金富源愣住。

赵云今撕下一截黑胶带堵住金富源的嘴和眼睛，又拿棉花将他耳朵塞了，使他听不到、看不到，也说不了。

"你留着他是想问话吧，到现在还没问出来估计是块硬骨头，打算拿他怎么办？"

"这跟你没关系。"

"怎么没关系？"赵云今说，"胶带是我缠的，我已经和你是一根绳上的蚂蚱了，当然要想办法帮帮你。"

她脸上笑意始终不退，江易忽然想起从前的某天，少女躺在他小屋的床上看一本名叫《酷刑史》的书。她边看边皱眉头，起初江易以为是书里的内容太血腥让她感到不适，直到她抬起头问了句："如果有一天你的仇人毫无反抗之力出现在你面前，杀了他也不用负任何责任，你会怎样折磨他？"

江易说："一刀两洞。"

"这就是你能想到的最残忍的惩罚？"

“不然呢？”江易问，“凌迟？”

“和书里一样无聊。”少女那时纯真而无辜的笑容他至今仍记得，她问，“为什么一定要流血才算是折磨呢？”

她躺在江易臂弯里，将自己的想法嬉笑着说出来，江易听完，嘴里只吐出两个字：“够毒。”

他回过神的时候，赵云今已经将衣服穿好了。他问：“你要走？”

“不然明早大摇大摆从你家出去吗？”

赵云今的视线无意间落在了他柜子里的花瓶上，那里许久没打理了，花都落了枯了也没人来收。她刚要拿去扔掉，被江易攥住手：“别动。”

“这是什么？”她问。

江易静了静，望着那枝头仅剩的一朵蔷薇花和桌面上零落的五朵残花：“倒计时。”

“倒计时？现在已经落了五朵，最后一朵什么时候落？”

江易平静地说：“快了。”

赵云今走到门口，他突然开口叫住她：“云云。”

她半裸的香肩上洒了一抹窗外的月光，回过头淡淡地说：“保镖说前些天夜里有人闯进了霍宅，如果我没猜错，你肩上的枪伤就是那么来的吧？霍璋已经疑心你了，最近做事当心点儿。”

江易眼里平日的冷漠与寒意消退了，剩下的是一种叫赵云今说不清也辨不明的情绪，他问：“那晚我们约定在圣心福利院门口见面，你还记得吗？”

赵云今死都会记得，那夜江易迟迟不来，又满城暴雨，福利院门口的积水几乎没过她小腿，她等了很久，最后却只等到一条分手短信，从那往后，他杳无音信，再没出现过。

“记得，你说有很重要的话要告诉我，要我去那里等你。”

“你不喜欢我跟着九叔做事，所以在见你之前，我去和九叔摊牌道了别。”

赵云今凝视着江易的眼睛，忽然读懂了他眼里的情绪。

那不是自责，不是懊悔，也不是追忆昔日的爱恋，那是一种近乎深彻无底、被缠缚到无法挣脱的绝望。赵云今不知他在绝望些什么。

“九叔不准我离开，他说我一旦走出那个门，他就会立刻找人去圣心福利院绑你。那个人的底线很低，并不是你以为的混混儿头子那么简单。”

“所以又是为了保护我？”

江易没再说话，那一瞬间流露出的情绪消失不见了，他又恢复到往日的平静里。

“明天下午两点是我的下午茶时间。”赵云今没有再问，她笑笑，“你来花店接我。”

江易看她，她说：“我也不是随便给人睡的，既然睡了，那就把我保护到底吧。”

油灯街外，赵云今上了车，去霍明泽家之前买的紧急避孕药还在。她拿在手里看了眼，而后随手将它丢出窗外。

凌晨霜重，灯火寂灭，城市空荡荡的街道上弥漫着凉薄的雾气。

从黑暗的街角里走出一个蓬头垢面的流浪汉，他手里拖着一个破旧的蛇皮袋，游走在街道各处的垃圾箱间。他走得很慢，摇摇晃晃像喝醉了一样，捡完一个垃圾箱后直接躺在了路边。

一辆灰色的面包车从街尾缓缓开过来，轮胎碾着路面沙石发出“吱吱”的声音，在这寂静的夜里格外引人注意。流浪汉被那声音吵得心烦，撩起衣服堵着耳朵，露出身上一块因常年不洗澡而黑黢黢的肚皮。

面包车停在流浪汉身前，车门拉开，从里面下来两个黑衣男人，手里拿着毛巾和绳索，悄无声息地靠近地上的流浪汉。流浪汉在睡梦之中翻了个身，就在男人们伸手抓他的时候，他那双紧闭的眼睛猛地睁开。

他眼眸里并不是常年流浪的人该有的呆滞和茫然，而是蓄着精锐的锋芒。

男人们只愣了一秒就掉头朝车上跑，“流浪汉”猛地跳起来，伸腿绊倒其中一个男人，用擒拿术将另一个人压在身下。他解掉缠在脖子上的破围巾，露出一张刚毅的脸。

这不是贺丰宝第一次下套了，他熟练得让人心疼，控制住两人之后，迅速掏出通信器给队友传信。

街道边关着门的小店、暗巷里陆陆续续跑出警察，协助他将两个男人控制住。

贺丰宝边擦着脸上的煤灰，边踹了地上不断反抗的男人一脚：“蹲点半个月，终于让老子逮着你了，你们挺狡猾的呀，啊？”

这些人狡猾十足，要盯梢很久才会出手，为了引诱他们上钩，贺丰宝已经连续半个月凌晨出来翻垃圾了。他将连帽围巾朝垃圾桶里一丢：“给我带走！”

金富源醒来时发现自己身处一个狭小的箱子里，与其说是箱子，不如说是棺材。

那是一具儿童棺材，既窄又短，不是平放，而是直直地矗立在地上，因此金富源此刻也并不是舒服地躺着，而是以一个半下蹲的姿势站在里面，由于空间有限，他连转身都难以做到。

棺材是厚木板做的，用钉子钉严实了，上面开了几个透气的小孔，但那不足以使他看到外面的全貌，他分不清现在是白天还是黑夜，也不知道自己现在身处哪里。

有人在外面敲了两下，金富源刚要开口说话，却透过小孔看见了江易的脸。他醒来之前不知道维持着这样的姿势站了多久，双膝一直弯曲着，既坐不下又直不起，那酸麻的滋味痛苦得让他几乎把牙齿咬碎掉：“你想干什么？”

“我来试试你的骨头软硬。”

赵云今曾经在他耳边蛮不屑地说：“死多容易，最难忍受的是生不如死。找个笼子把人关起来，不准坐，不准躺，也不准站，只准他半蹲着，供他一日三餐正常饮食，也不用在他身上开血窟窿，不出一个月，心志再坚定的人都会疯掉。”

不得不承认，赵云今的法子十分有用。金富源不怕死，但他是人，只要是人，都害怕绝望。

空气里弥漫起淡淡的烟味，江易手下无聊地按动着打火机，在寂静的废弃厂房里“吧嗒吧嗒”响。

“庆祥棺厂荒废了十年，没有人会来。”江易吐掉嘴里的烟蒂，用鞋底蹍灭烟灰，“我也一样。”

他冷笑：“在这个地方，好好享受你生命里最后的时光。”

“江易！”金富源在里面撞得“砰砰”响，但棺材依然纹丝不动，他嘶吼着，“有种你弄死我，这算什么？”

江易冷漠地靠着棺厂废弃的机床。小时候听江滟柳讲，人死时如果心有不甘，那死后灵魂会一直徘徊在这个地方。如果世间真有鬼神，那么那人的灵魂在天上一定可以看见——看这群渣滓歇斯底里，看他们痛哭流涕，看他们承受无止境的痛苦和折磨。

那年春日雨夜他们在这里欠下的债，要连本带利，血债血偿。

“江易，你别犯蠢，霍璋只不过是利用你罢了！”金富源口不择言，“你以为他真的会信任你吗？你帮他对付完九爷，他转头就能把你当成破抹布丢掉。九爷养你这么多年，你怎么能忘恩负义！”

“谁告诉你我是为霍璋做事？”江易淡淡地说，“就算是，于水生的情，我也早就还够了。”他将脚下最后一点儿火星踾灭，起身离开废厂。

金富源听到铁门缓缓合起的声音，用尽力气朝棺材外大喊：“江易你别走！江易！”

江易没有回头，站在棺厂外重新点了根烟，展开了手里的一张纸条。

纸条上内容简单，只写了三个字和六个数字，是那夜林清执临死前仓促间在他耳边说出的话。

“小东山，451612。”

Best Time

白马时光

星河蜉蝣 著

春日失格

—下—

百花洲文艺出版社
BAIHUAZHOU LITERATURE AND ART PRESS

云今，快跑！

目录

Contents

二不是二，是兔耳朵。

451612

这样的暴雨
和那年春天如出一辙。

451612

三不是三，是兔耳朵。

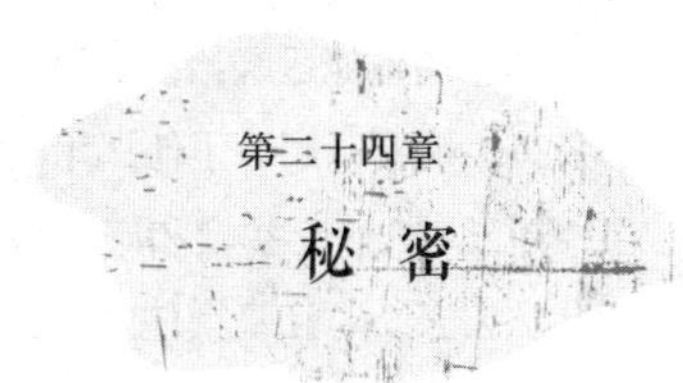

第二十四章 秘密

花店，赵云今将最后一枝山百合的蕊剪掉，插进一个碧色深口花瓶里。

门上风铃响起，江易推门进来。

桌角的下午茶已经送来一小时了，在赵云今那里已经被划到了不新鲜的范畴里，她无意再吃，抬头朝江易说了句："你迟到了。"

江易坐到她对面的椅子上，她递过来一条浅蓝色丝带："罚你把它系起来。"

江易的手指很灵，做这种事不需要多久。

赵云今进了里屋，出来时换了条淡色的裙子："先陪我去趟乌玉媚家，晚上一起看电影怎么样？"

"你去乌宅做什么？"

"代替霍璋去问候一句，韩巴的事情过后，她已经很久没出来蹦跶了。"赵云今无害地笑笑，"当初老爷子说了，只要她能安分守己，哪怕他过世后也会保证她这辈子衣食无忧，可是以霍璋对她和于水生的恨意，哪会让她过得那么自在？"

她拿起花瓶，江易在瓶口系了一个蝴蝶结，精巧又衬得那百合不落俗套。

"乌玉媚最喜欢山百合，我这也算投其所好。"她话锋一转，"阿易，你想看什么电影？"

江易不言语，她用指尖揉了揉他的唇，又顺着向下在他喉结上轻轻滑过：“要我说，回油灯街看最好。”

当年的事他已经给了解释，赵云今却没有给现在的所作所为一个合理的名头，她看似原谅了他那年的突然分手，也看似不介意这些年的失联，但她却没有一个字提及和好，甚至没有要离开霍璋、离开霍家的意思。

“云云。”江易攥住她作乱的手，每当他喊她这两个字时，总会让赵云今感到一种奇异的温柔。

“见面第一天我就说过，要你离霍家远一点儿，这水很浑，我一个人蹚就够了。”

“好啊。”赵云今答应得轻巧，“我可以不查下去，但你要把事情的原委和你知道的所有全都告诉我，昨夜那人和他的死有关吧？除了他，还有谁？你告诉我，我立刻就离开。”

江易蹙眉。他总这样，从前闭口不言，现在依然不说。以前或许可以解释为出于对她安全的考虑才隐瞒，但现在事情已经在两人之间摊开了，赵云今不知道他到底在顾虑什么。

直觉中，她觉得江易有事瞒着她。

“有件事我一直想不明白。”她从他拳心中抽出手指，“你为什么会知道林清执的死？又为什么会知道他的死和霍家有关？他当年死因成谜，但有一点我可以肯定，他的死不是因为身份暴露，不然我在霍璋身边这么多年不可能平安无事。

“你四年前为了保护我而与我分手，两年前查到了庆祥棺厂，那这之间的两年里发生了什么，让你知道当初霍家杀死的丁晨凯就是林清执？他遇害后不久尸体就出现在香溪里了，按理说你不该见过。

“总不会是霍家的人蠢，留了丁晨凯的照片让你看到，又刚好在你面前提起，他们曾经谋杀了这样一个人吧？”

江易的眉蹙得更深了。撒了一个谎就要用无数个谎来圆，赵云今太聪明了，他话里的漏洞在她面前就是一个到处是孔的筛子，她随便问问，就能揪出许多破绽。

可那年雨夜发生的种种，他不会对赵云今提起半个字，从前不会，现在依然。

“是，”他冷漠地问，“有什么问题？”

赵云今平静地同他对视了几秒：“江易你看，你虽然无法做到完全对我说谎，但也无法做到完全对我坦诚，你心思太重，顾虑太多，现在的我们已经不像当初一样，是彼此最亲密的人了。所以，我不会完全信任你，也不会走，我们走着瞧，看谁先查到真相。

“至于昨晚，你就当我是寂寞了吧。”她笑得霸道，“这阵子也许还会一直寂寞，你要陪我。”

江易沉默地开了一路车，赵云今坐在副驾，手指有意无意地从山百合的花瓣上捻过。

车子停在乌宅前，她抱着花瓶下了车。有江易跟着，一路进去也算通畅。

赵云今打量着乌玉媚这宅子，三环开外，不算市郊，但风景极美，依山傍水不说，四周也安静不吵，这宅子占地很大，仿苏园的建筑风格，宅子里小桥流水，乍一进来让人以为到了江南水乡。

管家请她进屋，赵云今这才不舍地收回目光，慢腾腾走进去。

乌玉媚睡午觉刚起，整个人懒懒的，头发也乱蓬蓬的没梳好，她坐到梳妆台前，打着瞌睡。

赵云今嘴甜地说：“乌姨这院子又大又亮，装成这样想必得花不少钱吧？”

乌玉媚将碎发捋到脑后，没接她话茬儿：“是霍璋叫你来的？”

赵云今将百合花放在桌上：“他腿脚不方便，托我带花来看看乌姨，顺便道个歉，上次明芸的事后霍璋心里一直不好受，觉得是他害了您，要早知道绑架明芸的是您的人，他怎么也得给您几分面子。”

“我废了他的腿，又废了他舅舅，他给我什么面子？”

“乌姨这话说得像您欠霍璋的一样。”赵云今笑里藏刀，“您虽然对他做了点儿不好的事，可他不也废了您一个小东山？哦，还一不当心废了韩巴，顺带连您也一起废了，你们应该算是两不相欠，所以不用对他愧疚。”

乌玉媚握着梳子的手在头顶停住，她转头去看赵云今。上次见面时赵云今觉得岁月没有在她身上留下痕迹，再见时，却觉得她脸上略有些沧桑的老态了。虽然皮肤还和从前一样紧致细腻，但神情是骗不了人的。

小东山被霍璋夺走，她被霍嵩厌弃，家产无望，心如死灰也正常。

“霍璋叫你来看我笑话的？”

“不敢。”赵云今气人地说，“花带到了，我先走了，如果霍老爷子还愿意见您，说不准以后就是一家人了，也许能在年夜饭上见见。”

乌玉媚冷笑：“回去告诉霍璋，风水轮流转，今天倒霉的是我，难保下一个不会是他。”

她从首饰盒里掏出一条项链，对着镜子打扮：“他想用小东山扳倒我，可他自己身上就干净了？兔子逼急了还会咬人，大不了就两败俱伤，何况我还没老，轮不到他派一个黄毛丫头来奚落嘲笑我。”

赵云今柔顺的目光突然凝固了，死死盯在她的项链上。江易一直在她身边，轻而易举就察觉出她的异样，他顺着她的视线看去，乌玉媚脖子上戴的是一块通体翠绿的翡翠，被雕刻成了一只栩栩如生的凤凰形状。

赵云今闭了闭眼睛，片刻后，神色恢复如常，她深深看了眼乌玉媚，转身离开。

“阿易，”赵云今出门后，乌玉媚叫住他，“霍璋不是准你进小东山工作了吗？怎么还在给赵云今开车？”

“今天刚好休息，被她叫来了。”

乌玉媚说：“你在小东山待了有些日子，霍璋有没有在那里发现什么问题？”

江易问：“三太的问题是指什么？”

乌玉媚静了很久，说：“算了，你什么都不知道。几年前就说让你到小东山做事，是阿九一直拦着，不然的话……”她又问，“金富源前天说去找你，到现在一直联系不上，你见过他吗？”

“没有。”江易面不改色。

乌玉媚脸色阴沉：“如果见到他，让他快点儿回来，我有事找他。”

赵云今等在门外，望着小桥下碧绿的湖泊。水里的绿藻葱翠，湖面像极了乌玉媚脖子上那块绿莹莹的翡翠。

听到江易的脚步声走近，她没有回头，只是低低问了句：“她为什么会有那块玉？”

江易从没听过赵云今这样的音调，满含恨意，无助到全是绝望。

她闭上眼睛，轻声说："那是十五年前，我妈妈带去缠山的东西，为什么会出现在乌玉媚身上？"

江易曾去过缠山无数次，密林处每一条小路他都走过，虽然明知连警方都束手无策的事他做了也不会有结果，但为了让赵云今安心，他还是义无反顾，每月一次去缠山深处找线索。

哪怕在分手以后，他也时不时去山里转转。原本以为赵云今父母失踪的案件这辈子只能成为悬案，但没想到有一天还能发现新的线索。

"这块玉是专门找工匠打磨的，和我手里的那块配成一对儿。"赵云今看似平静，指甲却几乎抠进皮肉里，"乌玉媚和我父母的失踪有关，缠山……"

她喃喃道："小东山也在缠山，十五年前已经建成了。"

江易担心她做出什么过激的事，但赵云今却将情绪控制住了，她只是回头，隔着深长的走廊朝乌玉媚的窗户里看了一眼。

江易握住她的手，那柔软的手掌和她此刻的表情一样，泛着透骨的冰凉。

于水生从卧室走出来，明显也是才睡醒，他问："阿易刚才来过了？我听到他声音了。"

乌玉媚坐在梳妆台前，两肩单薄清瘦，光看背影就有种让人心疼的柔弱，她"嗯"了声："可是金富源还没联系上。"

"我前些日子说了他几句，兴许情绪不好，正找地方喝酒玩女人呢。"

"那也不该连我的电话都不接。"乌玉媚蹙眉，"阿九，我昨晚做了个梦，兆头很不好，我梦见你养了条毒蛇，平日看着安静乖巧，但等它冬眠醒来，就把我们都给咬了。"

"你总胡思乱想，"于水生从抽屉里抽了支香，"要真不安心，我帮你拜拜菩萨。"

乌玉媚道："我不是胡思乱想，你知道金富源走之前跟我说了什么吗？我想起他的话来就后背发凉。两年前你手下有个叫宋军的得了艾滋病，被你拿钱打发走了，这事你还记得吗？"

于水生点头，又听她说："金富源跟我说，宋军在女人方面一直是个老实的，之前体检都没出过事，他的病很可能是在油灯街得的，而那阵子带他去油灯街玩的人就是江易。他私下打听过，宋军在油灯街找的是一个固定的女人，叫沈佳燕，那女人是艾滋病毒携带者，但她好像知道自己有病，已经好久没开过张了，既然不开张，当初又为什么要接待宋军？"

"这能说明什么？"于水生不解，"她们这种女人带病是常事，这谁能预料？江易他妈当年也是得梅毒死的。"

乌玉媚摇摇头："不只宋军，阿志出事时也是江易带他去的赌场，要不是江易在他面前耍牌，他又怎么会对玩牌感兴趣？我之前一直想不明白，韩巴好端端的为什么要绑架霍明芸，金富源走前跟我说，韩巴在出事前一天晚上和江易喝过酒，现在就连金富源都是去找了江易后才失踪的，这已经不是巧合了。"

于水生说："金富源嘴里的话不可靠，他和阿易不对付，平时也没少在我面前排挤他。要照他这么说，江易一个人干掉了他们所有人，他得有多大的心机和能耐？我养江易这些年再清楚不过，他看起来冷漠，但是个心肠善的，不会无缘无故去害人。"

"就是因为你一直袒护江易，金富源才逼不得已来把这些话告诉我，你想想，一个人出事可以说是意外，但所有人都是在和江易接触后出事，这还是意外吗？"

"可江易和他们无冤无仇，他为什么要这么做？"于水生脸色也凝重起来，低声说，"娟娟，我不是质疑你，只是江易没有这样做的理由，金富源也只是猜测而已，他并没有证据证明是江易干的。"

乌玉媚不说话了，她点了炷香，双手合十，站在桌边拜菩萨。

过了好一会儿，于水生上来哄她："我和你在一起这么多年，什么风浪没经历过？别因为这种小事生气了。你要是怀疑江易，我找人去查查他就是了，可是这要从哪儿查起呢？"

乌玉媚这才缓缓地睁开眼："既然死的死残的残，那就从油灯街那个女人身上查吧。沈佳燕，这名字我总觉得在哪儿听过。"

江易进小东山有段日子了，但霍璋并没给他安排像样的工作，每天就是在行政楼喝茶看报，只是个摆设。空闲时间江易会在园区里转转，可园区占地实在太大，没有代步车很难走完。

小东山的全名是辰嵩药业小东山药物研发与生产基地，位于缠山深处，当初向政府买下这块地皮时动了点儿关系，拿价很低，且四周没有任何工厂和住户，是个很安静的地方。由于路途遥远，公司担心员工每日上班不便，因此在园区内还设有家属住宅区、休闲区、超市和小型医院。

小东山从园区规划来看一共分为东西南北四个区，其中东区是行政区与家属休闲区，西区是药物研发区，最大的南区是药物生产区，而离其他三区最远、中间还隔着一座山头的北区平时则少有人能进去，据说那里是高精尖药物研发区，能出入的都是辰嵩药业重金聘请来的科研人才和管理人员。

江易在办公室看了会儿《西河日报》，起身站在窗口朝外看。

下午六点，夕阳正笼罩着缠山，小东山所有的建筑被那余晖打上了一层蒙蒙的亮色，看上去柔和又神秘。当初乌玉媚三天内搬离小东山，带走的不仅是她的亲信，就连普通员工也一个不留，通通遣散了，因此现在的小东山在霍璋手里还没有进入正轨，人员、配备全都不齐。

但这样空荡的园区正适合江易搜寻，这段日子他查了很多地方，当初林清执只给他留了六位数字，却没说这是什么，但江易知道这一定是很重要的东西，不然绝不可能让他在生命的最后时刻拼死也要把信息传递出去。

六位数字，看起来像密码，但小东山太大了，几百栋楼，上万个房间，如果真是什么保险柜的密码，那单在茫茫的小东山里找出那个柜子就不是一件容易的事。按理说，林清执既然给了这个数字，就一定是别人能够破解的，如果单是密码却没有任何关于密码柜本身的头绪，那这条线索相当于是废的，以他的谨慎，一定不会出这样的差错。

唯一的可能就是，这个密码并不是用来开柜子的，而是以某种方式加密过的数字，这六个数字背后一定有别的含义。

等到太阳完全落山后，保安上楼清人："你还不走吗？"

小东山里各处的灯火已经寂灭，厂房至今没有动工，因此一到晚上，这里就黑漆漆一片，除了山里虫声呜呜，连个人气儿都没有。

保安拉上卷帘门，见江易在楼前抽烟，过去跟他搭话：“你住东区？”

江易摇头，递给他一根烟，保安接过，叹了口气：“我半个月前才进来的，虽然平时不能下山，但工资高，包吃包住，还可以拖家带口一起来，我来之前就想，这么好的工作到哪里找啊，来了以后才发现完全不是那么回事。”

“这园区大，工作起来是挺累的。”

保安摆摆手：“累倒是不累，这儿也不止我一个保安，主要是北区那个地儿，你是不知道……”

他脸上露出古怪的神色：“我们一晚上八个保安值班，工作就是去查楼，别的地方还好说，但北区那地方太阴森了，一去那儿我就手脚冒汗，后背发凉，总觉得温度比其他三区低上五六摄氏度不止。”

江易说：“山里的夜本来就凉，北区海拔高，气温低也正常。”

“不是那种冷，”保安复杂地说，“是从心底里往上蹿的凉，我就去过一次，检查到一半就跑回来了，我同事也去那儿查过夜，都说那地儿阴森得紧，有几个身体不好的回来直接发高烧了。兄弟，你在这儿做多久了，对那片了解多少啊？我们都私下里传，北区以前说不准是片坟场子，不然哪儿来那么大阴气啊？”

“我也是才来不久。”江易打量那保安的神色，捻灭了指尖的烟，“今天不急着走，你如果害怕，我可以陪你去看看。”

保镖一怔，随即千恩万谢请他一起上了巡逻电瓶车。

江易深夜才回到家，路过苗苗面包房时顺道进去买了一个巧克力面包。

下午离开乌宅后他要送赵云今回家，赵云今却让他把自己送回了油灯街休息，大半天没见，不知道她是不是已经缓过来了。

他进门时屋里没开灯，赵云今背对着他蜷缩在床上，听见关门声才动了动。

江易打开灯，一室明亮。

赵云今翻了个身，刚刚睡醒，正眯着眼。看着她那模样，让江易有种时间倒流的错觉，但身边种种又无时无刻不在提醒他，现在已经是物是人非的几年之后了。赵云今之所以躺在这儿，是她那捉摸不透的性子发作，口口声声寂寞要他陪，而不是两人已重归于好了。

“吃饭了吗？”

“在等你。”

“我不饿。”江易把面包递过去。

赵云今笑道：“你还记得我喜欢吃这个。”

昨夜金富源留在这儿的痕迹已经全然消失了，赵云今没有问江易将他带到了哪里，那仿佛是两人心照不宣的秘密。她慢条斯理地吃着面包，江易则进浴室洗澡，他肩膀上的伤口不能碰水，只能用毛巾擦拭。赵云今赤脚下了床，轻轻推开浴室的门。

她身上穿的是江易的 T 恤衫，宽松到遮到腿根。江易半边身子浸在浴室的水汽里，静静看着她。

赵云今笑笑：“我帮你吧。”说是帮，帮着帮着却滚到了床上。

两堆旱柴，遇点儿火星就燃烧，想要用好这寂静夜里的分分秒秒，一刻都舍不得浪费掉。

赵云今今晚很不正常，她一直抱着江易不撒手，微微蜷缩倚在他胸口。换成以往，她早嫌汗液黏腻去洗澡了，又或是一个人侧身躺着。今夜的赵云今像只需要被人照顾的猫，江易知道，她之所以产生这样的情绪，是因为白天在乌玉媚那儿见到的那块翡翠。

“你还记得当年在桥边的那人给我们算的命吗？”赵云今声音低低的，“他说我好事多磨，不过最终会得偿所愿，可我却觉得自己现在一无所有，没有父母，没有哥哥——”她顿了顿，“甚至没有自我。当初去霍璋身边只是为了弄明白林清执的死因，可越向下查，越觉得霍家是一个无底的深渊，它可能已经在不知不觉间毁掉了我全部的生活。”

相识这些年来，赵云今从未在人前示弱过，哪怕只有一刻。但此刻的她却像一个透明易碎的水晶娃娃，流露出江易从没见过的软弱模样，几乎把他的心都弄碎了。

江易说：“你还有我。”

赵云今没再说话，过了很久，她又恢复了从前的模样，坐起来去拿床头柜上放着的药。药是昨夜她拎来的，她绝口不提刚才的事了，撕开包装淡淡地说："这是我从静汶姐那儿拿来的，对你伤口恢复有好处，我帮你上药。"

"赵云今。"江易攥住她的手，没让她躲，他直视她的眼睛，一字一句地说，"我说，你还有我。"

赵云今凝视着他，她刚要说话，门板被不合时宜地敲响，在这寂静的夜里每一下都像重重敲在耳膜上一样响亮。现在已经夜里十一点了，往常这个时候是不会有人来的，江易起身将桌上的刀别在身后："把衣服穿上，有情况你直接从窗户离开。"

江易别刀的动作很熟练，绝不是一天两天能练出来的，这些年他应该经历了很多，但有些事情，也许赵云今这辈子都不会知道。

他话音刚落，门外的人开口了："江易，屋里灯亮着，我知道你在家，给我开门吧。"

是霍明芸的声音。

江易蹙起眉，赵云今索性也不穿衣服了，就那样倚在床板上，泰然自若地看着他。

江易套了件衣服去开门，霍明芸穿着一身超短裤加细吊带，性感地靠在门口，她似乎不是很开心，张嘴就抱怨："你怎么住这种地方啊？又脏又小，刚才来的路上还遇见好多女人盯着我看，真让人不舒服，干脆我给你买套房，你搬出去陪我住吧。"

"你来干什么？"

"当然是来看你啊。"霍明芸从超短裤的兜里掏出两个套子，笑得露出雪白的牙，"顺便把这个给用了。"

隔着一道薄薄的床帘，虽然看不见霍明芸手上拿的是什么，但从她那嚣张又傲慢的语气里也能大致猜到。赵云今的手指在自己光裸的大腿上无意识地点来点去，光看脸色倒也平静，瞧不出任何情绪。

霍明芸说："我多善解人意啊，前两天念在你肩膀上有伤，一直没敢打扰，现在差不多该好了吧？让我进去。"

江易才从床上下来，虽然穿着整齐，但男人事后身上有股性感至极的气质，看在霍明芸眼里，和一丝不挂也差不多了。

江易说："我说过，那件事到此为止，你听不懂吗？"

霍明芸弯了弯眉，眼睛笑得眯眯着：“那是你说的，我可没答应，你总不会以为我是做慈善的白白帮你不要回报吧？当然，这也不算什么回报，我送上门和你睡觉是你的福气，你应该感激才对。春宵一刻值千金，跟我睡一下怎么了？快让路，别在这儿耗了。”

霍明芸从小娇生惯养，嘴巴恶毒惯了，想要的东西不会直接表达出喜爱，非要用高高在上的语气说出来，她这一套让那些未经世事的小男生很受用，觉得她又飒又酷，被她迷得死去活来的，但江易不吃这一套，他直接关上了门，门板差点儿甩在霍明芸脸上。

回过头，赵云今的声音悠悠传出来：“长公主亲自送上门来，阿易，你女人缘倒是不错，不过她似乎把你当鸭了。”

她嗓音平静，但江易却听出了几分不易察觉的醋意，他解释道：“她一厢情愿。”

话音刚落，屋外的霍明芸从走廊推开了窗子。今夜长公主似乎打算和他杠到底了，她屈尊降贵来油灯街这种狗窝找他不说，被拒绝后竟然直接从窗子上爬进来了。

她跳到客厅，笑得一脸得意：“江易，我霍明芸看上的东西一定要得到手，还没哪个男人能从我手下逃走，你不来找我也就算了，既然找了我，欠下了我的人情，再想赶我走就没那么容易了。”

离她五米开外，一道薄薄床帘之隔的床上躺着赵云今，女人慵懒地撩了撩头发，回头看向帐外两道模糊的人影。

霍明芸扑到江易身上就要吻他，奔放又热烈。江易躲开，她一双白净的手伸到他身上作乱，声音酥软得能把男人骨头化掉：“都是成年人了没什么不好意思的，江易你别躲，你亲亲我呀，明天找我家私人医生给你看伤好不好……”

“出去。”江易握住她的肩膀，手下用了几分力气。

霍明芸痛叫一声，后退两步，一脸愤怒：“轻点儿！懂不懂怜香惜玉啊？”

话说出口，她愣了愣，借着满屋明亮的灯光，她清晰地看到床帘后有个人影，第一眼以为是自己看错了，再看时，那人影动了动，递了根烟在嘴边。打火机“咔嚓”一声，紧接着淡淡的烟草味飘出来，赵云今指尖夹着烟："霍家大小姐原来喜欢捡别人吃剩下的东西。"

她今天没吃晚饭，情绪不好又抽着烟，嗓音比平日低哑。因此霍明芸听见她的声音只是觉得耳熟，却没认出来，她愣了愣，不可置信地看着江易："你屋里有女人？"

江易也愣了，他没想到赵云今在这样的情况下不仅没有躲起来，反而明目张胆地靠在他床上和霍明芸说话，霍明芸认不出还好，一旦认出来，那么单是霍璋那里她就没法儿解释。

可赵云今就是开口了，坦坦荡荡，根本不屑隐藏。

霍明芸松开手："有女人还来求我帮忙，你根本就是在利用我！"

江易面无表情："从第一天起我就告诉过你，事成之后我们两清，是你非要自己代入我没给你安排过的角色。既然知道我是在利用你，一开始就别答应，现在跟我撒什么泼？"

当初江易找到霍明芸让她帮忙，霍明芸第一反应是他其实是冲她来的，原因很简单，因为她和霍璋关系并不好，找她做证的说服力并不大。她问过江易为什么不直接让赵云今做证，赵云今是霍璋身边的人，吹吹枕边风肯定比她管用，当初江易的回答是不便。

赵云今是霍璋的女人，温泉又是那样私密的地方，两人私下去泡温泉麻烦只会更大。

霍明芸听是听了，但只当耳边风吹过，在一个满脑子被爱情占满的女人那里，这话没什么可信度，她更愿意相信江易是为了和她接触才那样做，毕竟她是堂堂霍家大小姐，家财万贯长得又美，只有傻子才会拒绝她。江易反悔了要吃回头草，也在情理之中。

可江易似乎从一开始就没有骗她，他对她根本没有一点儿多余的心思，就连装都懒得装。

床帘后的女人缓缓起身，灯光将她的身形投映在帘子上。她身材玲珑有致，弧线优美漂亮，蓬松的大波浪盖过肩头，柔柔地随着她的动作晃荡。她侧身站着，慢条斯理地穿衣服。

霍明芸眼睛都红了，冲过来要撩帘子看看这女人究竟长什么模样，江易拦住她。她一脸冷意："让开，你就不怕我告诉霍璋你肩膀受伤的事吗？！"

“随你。”江易拽住她一条手臂，将她扛在肩上送出了家门。

“放开我！放开！”霍明芸对他又打又咬，但依然逃不脱被扛出去的命运。

江易把门窗锁紧，赵云今穿好衣服从里面出来，有些失望地说：“已经走了啊？还想和她聊聊天呢。”

以江易对赵云今的了解，要不是他及时把霍明芸赶出去，以她的性子确实干得出这种事。

赵云今刚才穿衣服时把抽了一截的烟架在烟灰缸上，此刻又拿起来吸了口：“最难消受美人恩，你利用她的时候就该想到会有这么一天，别以为女人是好欺负的，她们发起疯来要比男人可怕无数倍。”

“受教了。”

“她知道你的肩伤。”赵云今问，“如果她告诉霍璋，你打算怎么办？”

“你知道斯文败类和禽兽相比，最大的不同在哪里吗？

“禽兽是畜生，只会发疯和撕咬，而斯文败类自诩为人，他们不屑用原始的办法撕咬敌人，当敌人在他面前露出一点儿狐狸尾巴时，他也不会急于出手，而是放长线钓大鱼，直到找出能把对方连根拔起的破绽。”

他所描述的正是赵云今熟知的霍璋。

“霍璋对我的疑心从来就没消过，继续存在着也没关系，但他连根拔起需要时间，这对我来说足够了。”

赵云今揭开他的 T 恤衫，看他肩膀：“霍明芸的牙倒是很尖，你的伤口又裂开了，总这样不知道哪天才能好。”

江易没管肩膀上的伤，他按住她的手，盯着她问：“赵云今，你刚才是在吃醋吗？”

躺在他床上用那种差点儿把霍明芸气死的语气说话，难以想象平日里冷静的她会做出这种事。

“没有，我有什么可吃醋的？”

江易不信，她又笑着说：“世界上只有两种女人会吃醋，一种是得不到男人的女人，一种是无法保证男人对自己绝对忠诚的女人，你看我像哪一种？那种聒噪无脑的千金小姐，也配让我吃醋吗？”

“我开口只是因为不爽。”赵云今拎起桌上的包，“时间不早了，她挡了我回家的路。”

她头也不回地离开，江易望着她挺得笔直的肩脊，还有她头顶翘起的几根倔强的软毛，难得地笑了笑。

市公安局，刚从审讯室出来的警察将整理好的资料递给贺丰宝。

“赵龙胜，男，三十八岁，西河市本地人，长期没有正经工作，按理应该属于无业游民，但经过我们调查，发现他和他妻子名下一共有两套房产，一辆车子，生活也很滋润，完全不是无业游民该有的样子。”

贺丰宝问：“他老婆做什么的？”

“也是待业在家。”

那晚贺丰宝假扮流浪汉一共抓到两个人，经过这几天的连续审讯，终于问出点儿东西来。

“赵龙胜承认最近的流浪汉失踪和他有关，但并不承认全部，他说经他手失踪的只有两人。准确来说，这是一个有组织有预谋、上下级分工明确的人口贩卖组织，而他只是下线之一。

“据他说，他们的上线叫勇哥，专门对接买家，联系两头，而他们只负责上街绑人。”

贺丰宝嘴里嚼着口香糖问道：“绑来的人呢？”

“交接给买家后就不归他们管了，具体送到了哪里，被买去做了什么，他们也不清楚，赵龙胜说他刚做这行不久，还没赚几个钱就被警察逮了。”

贺丰宝冷笑：“没赚几个钱房子都两套了？那赚了钱还了得，是不是得把半个西河买下来？”

警员没想到这层，问道：“贺队，你的意思是说……”

贺丰宝看了眼墙上的挂钟：“审多久了？”

“六个小时，嫌疑人体力已经有些不支了。”

“还早，”贺丰宝痞笑了下，“再坐六个小时还差不多，看着别让他睡，天亮了我再进去。”

审讯室的嫌疑人刚一闭眼，就被旁边的警员拍醒，两束强光一直正对着他的脸，让他双眼被刺灼，整夜不得安宁。一天一夜没睡觉，他已经困得招架不住了，眼皮不停地朝下耷拉，警员一巴掌拍在他背上，他晃了晃脑袋，勉强从困顿里醒来。

审讯室的门被推开，一个男人走进来。这几天陆陆续续见的警察不少，但他跟别人不一样。不说其他，光那双眼就锋利得如同鹰隼，直勾勾盯着人时就让他后背发毛。

贺丰宝所有的情绪都内敛着，叫人从他脸上看不出什么，他并不像其他警察那样坐得端正，而是懒散地靠在椅子上，一双长腿随意舒展着。

嫌疑人迷迷糊糊中又闭上了眼，他的神经已经绷到极限了，脆弱得一点儿风吹草动都会受惊，忽然耳边“砰”的一声响，他吓得一个激灵，身体本能地绷直坐正。

贺丰宝将桌上的东西全部扫到地上，玻璃水杯的碎片溅得到处都是。

“赵龙胜。”男人嗓音冷沉，眸光凛冽，整个人看起来像镀了层阴森森的光，“你找死吗？”

赵龙胜下意识地咽了口吐沫，问道：“什……什么？”

贺丰宝又不说话了，点了根烟。赵龙胜见过这么多警察，但没哪一个像他这样没规矩，这样大咧咧地在审讯室抽烟。他一根抽完又续上一根，直到落了一地烟灰才抬起眼盯向他：“你的同伙已经招了，就在今天凌晨，为了戴罪立功他可把什么都交代了。你说经你手失踪的人只有两个，他可不是这么说的。”

“两个人？以你那晚的熟练程度，说自己只抓过两个人——”贺丰宝将烟灰按灭在桌上，“你把警察当傻子耍？”

赵龙胜冷汗流了一头：“真的只有两个，我没撒谎。”

贺丰宝笑了：“嘴硬？”

他把正在录像的摄影机关上，对屋里的警员说：“出去。”

“贺队……”

“叫你出去。”男人嘴里又叼上一根烟，看上去不像个警察，倒像个痞子。

等所有警员都离开后，他关掉审讯室的灯，将赵龙胜面前的桌子拉开，身体介入他与桌子之间。烟头慢腾腾燃着一抹橘红色的光，在这昏暗的室内十分惹眼。

赵龙胜声音颤抖着说：“你不能刑讯我，那是违法的……”

男人冷笑：“你几岁啊？”他脱了警服外衣，慢条斯理地看了眼腕上的表，“现在是清晨六点半，我值班到六点就结束了，严格来说，现在是我的下班时间。

“刑讯逼供存在程序问题没错，刑讯得出来的口供也不能作为证据，但赵龙胜你别忘了，你是被当场逮获的，反正最后都得判，早死晚死都是死，老子今天就刑讯你了，谁敢管？退一万步讲，就算有人敢管这事，我这充其量算下班后的人身伤害，跟刑讯逼供一毛钱关系沾不上。”

贺丰宝伸手捏住他下巴，钳子般的力道把他牙齿掰开，另一只手拿着燃烧的烟头在他嘴边绕圈：“既然留着舌头不会说话，那就烫熟算了。这事我以前干过，火星碰到你舌头上一股烧肉味，刚烫上去是焦的，烫久了就像那牛舌头黄里泛着红，我家狗最好这口。

“更绝的是什么？是烫完后这疤看起来跟口腔溃疡一样，谁来查也查不出来。我烟盒里还有十六根烟，够烫熟你一整条舌头了。”

赵龙胜张着嘴，口水顺着嘴边流出来，他含糊不清地说：“你别乱来……”

贺丰宝把烟朝上挪，移至他眼睛下方：“你知道吗，人的眼球表面分布着很多神经，只要这么轻轻碰一下……”他屈指，在他眼睛上弹了弹，赵龙胜本来就被吓得够呛，骤然有个东西落上来更是心胆俱裂，他“啊”的一声尖叫，把门外的警员招了进来。

“贺队！”

赵龙胜张舞着手：“救命！救命啊！他要杀人，他要杀我！”

贺丰宝无动于衷，冷峻着脸：“出去，我还没审完！”

“可是……”

贺丰宝转头，幽深的眸子朝那年轻警员盯了盯，后者下意识地把嘴闭上了，他退出审讯室，带上了大门。

四十分钟后，贺丰宝从屋里出来，忐忑地等着的警员冲进去看，赵龙胜安然无恙地坐在椅子上，连根毛都没伤着，但他的神态已经和之前全然不同了。他窝着肩膀缩在椅子上，身体抖个不停。

贺丰宝后半程打开了摄像机，赵龙胜对自己的所作所为供认不讳，不仅交代了近期的五起流浪汉失踪案和他有关，更是供出了一些陈年往事。

赵龙胜身处的人口贩卖组织在西河存在已久，二十世纪西河大整治时期就没有拔除干净，这些年虽然不敢有大的动作，但一直在暗处做些损阴德的勾当。这行平日不好开张，但只要干成一笔就足够一家老小吃上个五六年了。

零碎的贩卖不算的话，上一次正式开张是在六年前，那年有大客户下单，是人就要，一个人头给十万块，如果对方有指定的人，那开价十五万到二十万不等。虽说人口买卖是无成本的暴利行业，但单价开到这么高的也实在少见，因此那一整年，他们几乎都在为这个大客户服务，源源不断的人被绑架掳走，又换回源源不断的现金，他的房和车也是那个时候买下来的。

录像里传来贺丰宝的声音："既然利润这么大，为什么在四年前停下不做了？"

赵龙胜说："我们想做，但对方撤单了，具体原因我也不清楚，可能是因为被警察盯上了，毕竟当初有起案子闹得满城皆知，上面都成立了专案组，虽然没查出什么，但是那阵子人心惶惶的我总睡不好，整天提心吊胆的。"

贺丰宝问："哪件案子？"

"我们原本是想去油灯街的烂尾楼里绑那些拾荒的流浪汉，没想到出现了几个学生，他们看见了我们手里拿的枪，我们干脆就一起带走了……"

"后来你们把那些学生带去了松川？"

赵龙胜一惊："你怎么知道？"

贺丰宝冷冷地看着他，兴许是觉得交代的东西已经够他死上几回了，再多交代点儿兴许能戴罪立功，赵龙胜说："是。"

"所以买家是在松川接货？"

"不，不是。"赵龙胜说，"除非对方有特殊要求，否则我们很少对有户籍的人下手，因为那样容易把事情闹大，那天带走学生也是逼不得已。事后我给勇哥打电话，他吩咐我们几辆车分头行动来躲避警察的视线，最后全绕到松川去。"

"在松川哪里？"

"松江水库的上游，那里一般没人来，我们在那里把货卸了，那天接货的人是勇哥自己。"

贺丰宝问："以前都是谁接货？"

"以前绑的都是些拾荒的，就算失踪了也没人报案，所以我们都是在西河接头，买家来人接货，是一个叫老金的男人。他一般提了人就走，我们没什么交集，拿了钱就走，对他不了解。"

"你们平时怎么联系老金？"

"都是勇哥联系的，我们没有老金的联系方式。"

贺丰宝这次静了很久，过了会儿，他说："你刚才说对方不做了是因为怕被警察盯上，可油灯街失踪案闹得沸沸扬扬是在六年前的秋天，你们却是在四年前的春天停手的，这在时间线上不符。"

赵龙胜低着头说："我真不知道，我只是个跑腿的，这事可能只有买家和勇哥知道。"

会议室里，与会人员的神情都凝固了，静悄悄一片，没人说话。

贺丰宝按下暂停键："诸位，我们这次钓了条大鱼。曾经我们证据严重缺乏，单凭经验和直觉把万家馨失踪案、沈佳燕案和学生失踪案并案侦查，现在这个赵龙胜验证了我们当年的猜想。不仅学生失踪案和他有关，就连当年绑架沈佳燕他也承认有他一份。

"从我们掌握的资料来看，沈佳燕和万家馨在失踪前都曾在莲华医院做过免费体检，而体检里有一项是需要器官移植的病人才会做的项目，加上他们按人头算，一个流浪汉给十万块，除了器官买卖，我实在想不出什么生意有这么大的油水可赚。

"一个人身上可用的部位很多……这样算下来，十万倒也不贵。

"五年前我们查到带走学生们的车子目的地是松川，而霍家在松川的药厂是莲华医院的供货商，加上当时市面上黑药的源头也是松川，综合种种，我们把侦查的重点放在了松川药厂，此后因为某些原因调查一度中断，西河也没有再发生过类似的失踪案。

"今天赵龙胜的口供里有一个重要信息，他说，当初送学生去往松川只是考虑到避开警察的追踪，以往他们接头的地点是在西河本地，也就是说，他们背后的买家未必就是松川药厂，很可能是西河本地的势力。”

有警员说：“可是黑药的源头和莲华医院的供货商确实是松川药厂，松川警方这些年一直在追查黑药案，他们掌握的资料显示，这起案子和松川药厂脱不了干系，只是苦于没有能拿出手的证据而已。”

“莲华医院的供货商很多，松川药厂只是其中之一，这作为证据本身就有些牵强，至于黑药案……”贺丰宝说，“也许我们一开始的思路就错了，黑药案和人口失踪案，有可能是两个不同的案子。”

那警员又说：“可当初市面上流行的黑药也是在四年前的春天消失了，这和人口失踪案的时间是吻合的，如果这是两起不同的案子，背后是两方势力，为什么他们的步调这么一致？”

“也许有什么意外把这两件案子串了起来，”贺丰宝冷笑，“再也许是他们心虚，坏事做多了，夜里怕得睡不好觉。”

“警方一直没有证据，他们能怕什么？”

贺丰宝漫不经心地说：“举头三尺有神明，谁知道他们在怕什么。”他拿笔在本子上圈了两下，“总之，现在的一切都不过是猜想和假设，要想找出真相，目前只有两条路可走。”

他丢下笔，警员瞥了眼他本上圈出来的两个人名。

贺丰宝说：“这个老金我来查，你们继续审这两个人，把赵龙胜口中那勇哥从头到脚、连他祖宗十八代都给我查清楚了，我就不信，这次他们还能一点儿马脚都不露。”

他走到窗前，初夏时节，目之所及的是一片葱翠的颜色，白杨树抽出了新叶，舒展在温柔的风里。

新来的刑警望着自家队长，他那平日总是阴沉板正的脸上，在望着那棵新绿的白杨时，露出了一丝罕见的、如释重负的笑意。

傍晚，天光依然明亮，但街上的行人已经不多了。

买花的客人刚走，赵云今准备打烊，店里进来一个男人，他进店不看花，径直走向赵云今所坐的圆桌前，屈指在玻璃桌面上敲了敲：“老板，买花。”

赵云今头也不抬："花在后面，你自己挑。"

男人摘下墨镜，看着她笑："我想要你这朵花，不知道多少钱能买得起？"

赵云今这才抬头，撞进贺丰宝打趣的眸子里，她问："贺警官，您今年贵庚？"

"周岁好像三十一了吧？一年年过得我都记不清了，问这干吗？"

赵云今淡淡说："男人到了年龄还没成家的，果然都是些风骚的东西。"

"想成家也得有人要啊，我上哪儿找媳妇，要不你给我变一个？"贺丰宝自来熟地坐下，拿过桌上的水蜜桃啃了口，"这味道不错，比超市卖的好吃。"

"霍璋找人送来的进口水果，"赵云今瞥了眼，"你刚才一口吃掉了三十块。"

贺丰宝咂摸着味蕾上的余味："我这辈子还没吃过这么贵的桃，帮我谢谢霍璋，不愧是西河顶级豪门，就连水果都这么讲究。你最近怎么样？"

赵云今说："生活富足，生意也好，过得还不错。"

贺丰宝放下吃了一半的桃子，抽纸抹了抹嘴："不跟你贫了，今天来找你是有事要问。"

他从兜里掏出一张纸展开推到她面前："这个人外号叫老金，你在霍璋身边见过没有？"

老金接货时一直戴着口罩，所以纸上是根据赵龙胜的描述画出来的半张脸的速写，赵云今前些日子刚在江易家见过金富源，虽然肖像并不十分相似，但勉强有个六七分像，加上赵云今看过他身份证，记得他名字里有个"金"字，所以第一眼就认了出来。

她没提江易家的事，随口问："这是谁？"

"记得上次我跟你说过，流浪汉失踪案在四年后又卷土重来了吗？"贺丰宝说，"根据警方最近掌握的线索，这个人有很大的作案嫌疑，只要找到他，当初的案子就有侦破的希望。"

赵云今想了想："我没在霍璋身边见过他，如果和霍家有关的话，说不准是三房的人，我记得乌玉媚手下有个姓金的，叫金富源，你可以去查查看。”

贺丰宝盯着她，目光充满审视，赵云今笑笑：“这么看着我做什么？”

“在来找你之前，我已经把霍家上下的人都排查了一遍，并没有你说的这个人，如果他是为乌玉媚做黑色买卖的，怎么可能在人前露脸？如果他没有在人前露过脸，你又怎么知道乌玉媚手下有个姓金的人？乌玉媚总不可能把她的心腹介绍给你吧？”

赵云今偏头：“你什么意思？”

“职业习惯使然，我喜欢盯着人看，你哥以前说过，你撒谎的时候眼睛会向左下方瞄，刚才我问你有没有见过这个人，你在瞄什么？”

赵云今回视着他凌厉的眼神：“你这老男人真的很闲，没事还喜欢管我眼睛往哪儿看？”

她起身去整理花架，贺丰宝说：“当初林清执是在去松川药厂做卧底期间遇害的，你为了查清他的死因一直跟在霍璋身边，但这些年你也一定发现了，林清执的死未必和霍璋有关，极有可能是霍家三房做的，如果你真的知道什么，哪怕为了你哥，也别瞒我。”

赵云今背对着他，去够花瓶的手顿了顿，贺丰宝的目光一刻不离，只见她转过身来，满不在乎地笑了笑：“我能瞒你什么？”

“你还是不放心警察？”

赵云今这回没说话，早些年她确实怀疑是警局内部出了问题，才让林清执在执行任务途中出了意外，但自从上次她在霍璋书房看到那份调查丁晨凯的资料后，想法改变了很多，对警察的怀疑没有从前那么重了，但金富源的事涉及江易，她不能说。

贺丰宝沉默了很久，从脚下的水桶里抽了一束玫瑰：“结账吧。”

赵云今看了眼：“两百块。”

贺丰宝从钱夹里抽出两张整钞放在桌上，起身离开。赵云今叫住他：“你花没拿。”

“送你的生日礼物。”

“我生日早就过了。”

贺丰宝说：“补送的，我工作太忙，一直没时间来看你。林清执殉职以后，我曾经告诉自己，一定要把他的妹妹当成自己的亲妹妹照顾，可你这些年在霍家过得并不好，我于心有愧。

“云今，二十三岁生日快乐。”他说着走到门口，回过头说，“这个案子我一定会查到底，不仅是还那些被害人一个公道，也是为了林清执的遗志。你知道吗，在调查过程中我发现了一件事，松川的黑药案和西河的人口失踪案都在四年前的春天销声匿迹了。

“那年的春天，你记得吗？”

赵云今抬起头，那年春天她永远不会忘记。警方从香溪里打捞起林清执的遗体，他的离世对林岳和唐月华而言无异于晴天霹雳。

贺丰宝说：“我有种预感，这件事一定和林清执的死脱不了关系。”

封闭了许久的大门从外被拉开，棺材的空隙里掠过一丝光，昏昏沉沉的金富源睁开眼，确认那不是错觉后，连忙去撞棺材。

“江易！我知道你来了！”他多日缺水缺食，声音嘶哑得厉害，可偏偏江易封闭棺材前在里面放了些食物，维持了他最低的生存需求。他算不清过了多少日夜，但这些天的痛苦比得上度日如年。

身体上的折磨是一回事，更难以忍受的是精神上的绝望。江易在棺材里留了水和食物，就证明没想要他死，但江易也没说什么时候会再来，一天天计算着食物的消耗，漫长没有终点的等待才是最让人痛苦的事情，比起这样软刀子割肉，金富源宁愿江易直接弄死他。

江易靠着机床抽烟，金富源闻到烟味，烟瘾也跟着上来了，他说：“你既然来了，肯定是想从我嘴里得到什么，如果我说了，有什么好处？”

“这些天想必你过得不太好。”抽完一根烟，江易才开口，他声音平静，和听似平静却夹杂着一点儿渴望的金富源的声音全然不同。

他说：“我最近事多，下次来就不一定是哪天了。”言下之意是在威胁，让金富源不要讨价还价。

棺厂里恶臭熏天，源头就是那具狭小的棺材。金富源这些天吃喝拉撒全在里面，动也动不得，腿僵得除了绝顶的酸痛之外没有别的知觉，裤裆也已经被排泄物堆满了，挂在棺壁上的食物早在两天前就空了，如果江易现在离开，剩下的日子对他而言就是一场漫长而痛苦的死亡折磨。他没有选择。

江易问："小东山的北区是做什么的？"

"没想到你能这么快查到北区。"金富源说，"以前是我小看你了。"

他过去只把江易当成一个靠着九爷关系爬上来的不知天高地厚的小子。

金富源跟了九爷十几年，双手为九爷沾过的脏血不知道有多少，不管按功劳还是苦劳，他在九爷手下肯定都是头一份的。九爷也确实待他不错，钱不缺，地位也高，熟络的人喊他一声老金，不熟的人怎么都得低头喊他一声"金爷"。

按理说金富源应该满足，但江易却让他看不顺眼。

明明是一个连核心生意都没接触过的小子，辈分却在他之上。所有人喊于水生都是九爷，唯独他一个人喊的是九叔。每次他开口，金富源总觉得矮了他一个头，心理不平衡的阴暗情绪缓缓滋长，江易为九爷做过什么？顶多看看场子打打架，连点儿脏活都没沾过，他凭什么？凭他那和九爷睡过几觉的妈？

金富源嗓子干哑得几乎说不出话："给我根烟。"

棺材的空隙足以递进去一根香烟，金富源刚含住就深吸了一口，他还要再吸时，江易把烟抽了出去。

"北区对外说是高精尖药物研发区，狗屁！"他咽了下吐沫，咯咯笑了两声，"那不过是个屠宰场，能进去的人就两种，一种是屠夫，一种是牲口。警察以为失踪案是六年前才发生的，其实一直都有，只不过之前我们做得小心，没被察觉而已。"

"之前都做得小心，为什么六年前露出马脚了？"

"霍嵩有肾病，一直发愁找不到合适的肾源，做我们这行虽然暴利但也有风险，三太想以小博大，如果讨得老爷子欢心，遗嘱里随便多分她几成遗产都够她挥霍一生了，再也不用在刀尖舔血了。以前警察之所以察觉不到，是因为我们抓的都是没有户籍的流浪汉，有西河的，也有其他城市的，根本没人报案，但是这些人里没有适合霍嵩的肾源，所以底下的人就给三太想了个主意。"金富源顿了顿，说，"莲华医院。

"莲华医院是外资控股，院长的女儿有心脏病，曾经在三太这儿花了六十万买了颗心脏，买卖器官违法，本来就是一根绳上的蚂蚱，更何况有钱可赚谁会拒绝？原本三太以为给老爷子搞定了肾源，生意能歇一阵子，谁能想到霍璋那个杂种……”金富源冷笑，“他半道把那颗肾劫走了，当成自己送给老爷子的生日礼物，把老爷子哄得团团转，还把松川的药厂派给了他管。后面的事你也知道了，九爷咽不下这口气，找韩巴在他车上动了手脚。”

“既然失踪案是你们搞出来的，警察最后怎么会查到霍璋头上？”

金富源一惊：“你怎么知道警察去查霍璋了？”

江易再次将烟递进去，他顾不上问，连忙吸了一口：“没能哄老爷子开心，生意当然要继续，和莲华医院的合作让三太看见了一条新路。广撒网，才能找到自己需要的那条鱼，和命到尽头的有钱人开的高价相比，绑架几个人又算得了什么？当初一群学生在油灯街凭空消失，谁都知道这会在西河掀起轩然大波，可你猜三太为什么还要那么做？”

江易没说话，金富源怪笑了几声，把那根烟抽到了底：“因为能借此机会把祸水东引，让霍璋尝尝动了不该动的东西有什么恶果。永远别高估一个女人的心胸，别说霍璋只赔上一双腿，就算他拿命来抵，三太都觉得不解气。

“几个学生不值什么，三太故意让人把车开到松川，就是为了转移警察的视线，霍璋在松川折腾黑药可不止找人试药那么简单，他私下里不知道走私了多少禁药到国外，只要警察顺藤摸瓜往下查，总能扒下他一层皮来，可那杂种太谨慎了，警方始终没能查出什么。”

他的话云淡风轻，仿佛那群学生只是霍家内部争斗中不小心牺牲的棋子，毁了也就毁了，丝毫没有意识到那是一条条鲜活而年轻的生命，因为他们而永远陨落在了人生最美好的十七岁。

“沈佳旭的事也是你们干的？”

金富源说：“不记得。”

江易提醒他：“他姐沈佳燕在油灯街做生意。”

金富源“哦”了一声：“有印象，她姐的肾和一个客户配型成功了，找人去绑她没成，所以去绑了她弟。原本想用她弟要挟她，但没想到那男孩的肾更适合，后来就没管她了，我记得那笔生意赚了两百多万，先摘了那男孩一颗肾，三太还在小东山养了他两年，两年后把另一颗也摘了。”

他说完眯了眯眼睛："沈佳燕，你之前带宋军去油灯街找的那个女人，是不是也叫这名？难道你干的这些事都是为了那个女的？"

对江易做这一切的动机，金富源云里雾里，但不会有人为他解释。

江易说："最后一个问题，那年春天在庆祥棺厂，你们到底想从丁晨凯身上得到什么？"

金富源沉默了许久，过了会儿，他在棺材里闷闷地笑："告诉你也无妨，反正我们这么多年都没找到的东西，不信你能找着了。

"虽然霍璋和三太不对付，但松川药厂和小东山一直有生意上的往来，那天霍璋派丁晨凯来小东山提货，本来在南区就可以交接，但是丁晨凯却进了北区。等我们发现的时候，他已经走到了不该去的地方，后来搜身，他的手机存储卡不见了。北区没有网络信号，可一旦他拍了什么东西带出去，小东山就完了，所以我们才要问出那存储卡的下落，但是他嘴硬，死活不说。

"我本来以为是霍璋派他去北区打探消息的，可那晚你也看见了，霍璋对他的死活毫不关心，他那废物舅舅甚至在一旁眼睁睁地看着我们弄死他，如果真是霍璋派来的，怎么说他也得把人捞回去啊。我觉得丁晨凯根本不是霍璋的人，也许霍璋早就发现了什么，那天只是借我们的手除掉他而已。

"因为担心丁晨凯有特殊身份，所以香溪打捞上尸体那天，阿志才第一时间找人打点了法医。不过三太是白费心了，这么多年过去了也没事发生，丁晨凯当初或许根本就没拍下什么东西，就算拍了，他也没机会传出去，临走前我们把何通和孙玉斗的身上都搜了一遍，连个屁都没有。"

江易此刻脑海里一直回放着林清执死前对他说的数字：451612。

如果林清执真的留下了什么重要的证据，那找到那张存储卡的关键一定就在这六个数字里。

"你知道我为什么把这些告诉你吗？"金富源说，"丁晨凯死后，三太担心存储卡外流，为了避免麻烦，北区已经很久没开张了，搬出小东山让霍璋接管之前也把痕迹都清理干净了，哪怕你现在去找，也找不到能定她罪的证据。

"该说的我都说完了，你打算给我个什么死法？"金富源倒不傻，知道江易不会放了他，索性也不求饶。

江易收回思绪，冷漠说道："谁说要你死？"他一字一句，嗓音冰凉，"好好在棺材里待着，慢慢偿还当年你在这里犯下的罪过。"

金富源骤然爆发出大笑："我就知道你是个杂种，杂种的话是不能信的。

"江易，你在我这儿装什么正义啊？是，我当年是在这儿挖了丁晨凯一只眼，可真要说手上沾血，你又比我干净到哪儿去？"

破败的厂房里不知从哪个角落吹来一阵阴冷的风，刮起了地上积落多年的灰尘。尘埃飘满棺厂每一个角落，灰雾蒙蒙般张扬着向上，遮住了江易深不见底的幽黑眼眸。

金富源阴森森地说："当年可是你，在这庆祥棺厂里亲手杀了丁晨凯。江易，你不会忘了吧？"

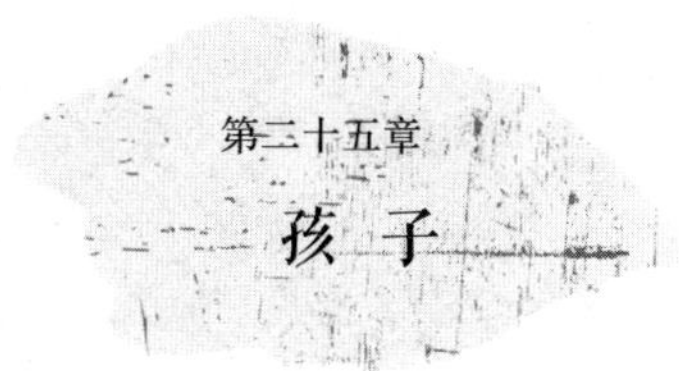

第二十五章 孩子

小东山的夜诡秘寂静，本来就空荡的园区因为北区的怪事显得格外冷清。西区离北区最近，保安室也设在一起，山上温度很低，到了晚上尤其冷，刚巡逻完的保安裹着棉衣回来了，一进屋暖气直朝脸上扑。

小东山很大，一个区夜里的值班保安就有三人，其他两人在屋里烤火喝茶，见他回来笑着问："大兵，回来这么快，北区你巡了吗？"

大兵正是那晚叫住江易的保安，今天又轮到他值班，巡了西区就早早跑回来了，他没好气地说："没有。"

"怎么不去呢？"同伴起哄，"你不会是怕了吧？"

"老子怕个屌？我累了回来歇一阵，待会儿再去。"大兵不甘示弱地说，"笑吧，赶明儿你们值班的时候我也在这儿看笑话。"

他忽然注意到保安室里还有别人，正坐在桌后玩电脑游戏，那人他见过，一下子就想起来了，便问："江易？你下班了不回家，在这儿干吗？"

因为上次陪着他巡了次北区，他对江易很有好感。

正在烤火的同伴接话："他车坏了，在这里等朋友来接。"

江易没把自己当外人，起身去桌前倒茶，他用身体挡着身后几人的视线，从袖子里夹出一盒扑克丢在暖水瓶后面，假装是刚发现的。

"这里有副牌，"他转身说，"玩游戏没意思，闲着也是闲着，要打牌吗？"

值班的夜里很无聊，除了玩玩手机也干不了别的，那几个男人听见玩牌很感兴趣，只有大兵犹豫了一下："不好吧，公司明令禁止值班期间玩牌。"

"你不说谁知道啊？"同伴瞥了眼江易，"况且他从前是霍先生身边的，有他担保能出什么事？别瞎操心了！"

大兵说："那行，不过我事先说好了，打牌不玩钱那可没意思。"话撂下来没多久他就后悔了，今晚运气似乎不太眷顾他——他一直在输钱，越是输越铆足了劲想赢回来。

十点一到，江易看了眼表，抓起面前堆的零钱说："时间不早了，我朋友也快到了，咱们明天再打吧。"

大兵拉着他说："你赢了这么多，怎么能先走？"

同伴说："江易不住这儿，从缠山下去得开一个多小时呢，现在回去也得十一点到家，让他走吧。"

在江易的刻意控制下，大兵今晚输了小一千块，怎么都咽不下去这口气。

江易适时开口："走肯定是要走的，再不回去明天不能早起上班了。这样吧，今晚我帮你查了北区再回，这总可以了吧？"

大兵想了想，说："你刚才赢了我那么多钱，查一天不行，得查五天。"

"三天吧，五天太长了。"

"不行，就五天，不想查你就再坐下来玩几把，给我个赢钱的机会。"

江易无奈地笑了笑，说："那就五天吧。"

上次夜里来过北区，也算轻车熟路，江易将巡逻车停在路边，拿上钥匙下了车。

北区对外宣称是高精尖药物研发基地，建筑极具科技感，中央研发楼是一座高大的圆拱形建筑，墙壁四周装满了玻璃色的太阳能光板。北区虽然不及其他三区占地广阔，但大大小小的建筑加起来也有几十座，保安每天的任务是巡查每一座建筑，检查电源和门锁。

乌玉媚离开时带走了几乎所有的东西，因此刚一走进北区就觉得有一股说不出来的空旷，那不是物质上的空，而是没有人生活过的痕迹，毫无人味的空。

北区四周种着一片槐树林，再朝外拉着电网，专门用来防山间野兽的。上次刚走到这片林子前大兵就吓得腿软，一个劲儿往江易身边贴，指着槐树落在地上的影子跟他说，有人晚上路过这里听见了哭声。江易不信什么鬼神，也没听见哭声，但大兵说得像煞有介事，仿佛自己亲眼看见有鬼似的。

夜风吹得槐树叶沙沙作响，清白色的月影落在树梢上，四周诡秘而寂静。

江易朝那栋巨大的研发楼走去，如果真像金富源所说，当初林清执进了不该进的地方，那他最后待过的地方很可能就是那儿。

研发楼设了双重锁，一层卷帘门，一层密码锁，江易打开门进了楼内，迎面而来的是一股封闭已久的尘螨气味。乌玉媚搬离小东山，霍璋说是接手，一切却都没正式运作起来，北区已经封了很久了，这楼里也不知多久没进来过人。

楼内的供电系统还没开，江易打开随身带的手电，走了进去。里面很大，往上有十一层，往下还有两层，房间实验室有几百个，乱撞肯定无法走完。江易想起从前夜里和乌志一起喝酒打牌时，每逢打到兴致正浓他总要接个电话，没说几句就大吼大叫着挂了。

他说的是："地下那么潮，大晚上的谁去那儿啊！"

江易去到供电室打开了供电系统，通往地下的电梯开始运作。他乘着电梯下到地下一楼，目之所及是一片透明外墙的实验室，器具已经被搬空，只剩下些空荡的桌椅摆设，不用进门，只在外面透过墙就能窥见全貌了。

这里干净得要命，乍一看别说带着密码的保险柜了，乌玉媚几乎什么都没留下。

如果那六个数字真是密码，乌玉媚搬走的时候肯定会把保险柜之类的重要物件都带走，林清执留下的东西说不定已经不在小东山了。但江易隐隐觉得那又不是简单的密码，因为林清执对小东山并不熟络，他就算拍下了证据，也不可能知晓这里保险柜的密码，不可能打开保险柜把存储卡放进去。

江易看了眼时间，已经十点半了，目前没有头绪，只能一间屋子一间屋子挨个查。每间实验室的门在乌玉媚搬走后都已经恢复到初始密码，江易刚要按键，身后的电梯忽然缓缓启动了。在这安静的空间之内，一点儿声音都格外清晰，他转头去看，眨眼之间电梯已经升到了地上一层。

他不信鬼神，但信比鬼神更可怕的人。

他闪身躲到电梯拐角处已经枯萎的盆栽之后。电梯只在一层停了十几秒，紧接着又降了下来。门开了，脚步声传了出来，踏过地砖时是皮鞋清脆的声音。值班的保安穿的都是运动鞋，不会发出这样的声响，江易从身后摸出一把军刀。

那人走到光源下，露出圆乎乎的脑袋，他左右张望了一下，开口叫道："阿易，你在这里吗？"

江易愣了愣，把刀别了回去，从盆栽后走出来。

双喜见了他，心有余悸地喘了口粗气："大半夜的你站这儿干啥？害我还得下来找，我来之前那保安给我描绘了一通北区有多阴森，一路上把我吓个半死！"

"你来这儿做什么？"车子坏了只是江易留下来的借口，他今晚根本没叫人来接他。

双喜说："是赵小姐叫我来的，她给你打电话关机，好像找你有急事，就叫我来小东山接你，门口的保安听说我是来找你的，直接让我把车开过来了。"

他四处看了看："这就是霍璋和三太争得不可开交的小东山啊？你还别说，看着是挺高级的，这实验室就像美国大片里的一样。"

双喜来了，今晚注定做不了别的，江易进了电梯，他伸手去按楼层，忽然发现地下二层的键和其他的不一样。那个按钮按了也没什么用，需要专门刷卡才能通往地下。

见他发怔，双喜伸手把一楼的按钮按上，他问："你在想啥呢？"

江易摇摇头。

月色比进来时更苍白了，虚弱地照在那一排阴黑色的槐树上。

借着清透的月光，江易看见树底下有片土泛着白色，他走到树下蹲下身去看，那是一小撮白灰。他捻在指尖放到鼻下闻了闻，又捡了根树枝去拨土。往下都是黑色的落叶和泥土，看上去和别处的土没什么两样，再向下，土色就微微泛着白了。

“双喜，”江易问道，“你师父这几年一直开着现在这辆车吗？”

双喜想了想：“那肯定不是啊，霍璋对车的安全要求那么高，半年就得换辆车，他都不知道换多少辆了。”

“不是他给霍璋开的车，是他自己的车。”

双喜说：“何通那人抠得要命，自己根本没买车，平时一直开公司配给他的车，那车好像没换过，都好几年的老车型了，我师父还稀罕得跟个啥似的。”

“车牌号多少？”

“好像是什么K79的，挺普通一号，比不上霍璋的三个‘8’牛气。”

K79，和那几个数字毫无关系，基本排除了当年林清执将存储卡藏在何通开来的车上的可能。

江易回头望了眼浸在茫茫月色里的北区，林立的幢幢钢筋水泥楼房仿佛是棋盘上的棋子，而那六个数字则是林清执留给他的一盘残棋，怎么走完接下来的棋局，没有人能给他头绪。

他转过身，背着月色，走进深邃的黑暗里。

赵云今刚洗完澡，穿着睡裙在阳台浇花。初春盛开的蔷薇已经谢得差不多了，枝上除了葱绿的叶子什么都没有，但赵云今依然浇得很认真，浇完又拿喷壶将叶子仔仔细细喷洗了一遍。

双喜下了车就朝她招手，生怕别人不知道他来了一样，大着嗓门儿喊道：“赵小姐，阿易我给你接回来了！”

他回头看了眼江易，有点儿忧心忡忡：“你这么晚去她家是不是不太好啊？这要被霍璋知道了……要不我跟赵小姐说说，你明早再上去？”

他一副和赵云今走得很近的殷勤样子，早忘了当日在乌玉媚家门口的信口开河。

江易说：“你先回。”

双喜愣了下：“大半夜的车不好打，我等你一起回吧。”

江易没说话，进了院子。双喜在后面喊：“你真让我回啊？那你今晚还走不走？”

赵云今浇完花，直起身朝他看了眼，她一身棉白色的睡裙衬得人温柔又天真，双喜不禁脸红了，他看着江易进去的背影，忽然有点儿不舒坦起来。江易这种没情趣的男人怎么配陪赵云今夜聊呢？如果他都可以，自己也不是不行。

双喜想入非非起来，自己虽然没他帅，但比他体贴、比他幽默，还比他勤快会来事。

正想着，赵云今收起了喷壶，淡淡笑着说：“江易今晚不走了。”

沿着别墅昏暗的楼梯走上去，赵云今正倚在墙边等他。

这些日子她总深夜上门，小屋的灯直到夜半才灭，江易已经习惯了夜夜笙歌的日子，恍然间想起赵云今已经几天没去了，不见时还好，一见浑身上下都躁动。赵云今刚洗了澡，沐浴乳散发着潮湿的甜味，她的睡裙布料不多，半遮半露吊在腿根上。

“我等了你一晚上。”

“手机没电了。”江易拦腰将她抱回屋里，赵云今顺手钩住他的脖颈，下巴顶住他的肩膀，轻轻舔他的耳朵。

江易的呼吸瞬间就被撩拨得粗重了，他带着她滚到床上的被子里，赵云今却不让他压着自己，翻身坐在了他身上。她将头发别到耳后，俯下身吻他，她的吻缠绵温柔，唇齿间仿佛交缠着无尽的缱绻爱恋。

江易的手自裙底探入，却被她轻轻推开。赵云今坐直，侧脸被窗外投进来的月光映得透亮。

她松散的头发柔软地垂在半腰，在这清明的月色里不见了平日的妩媚，整个人罩在股恬静温和的气质里。江易记忆里的赵云今或妖娆或俏皮，但从没见她这样柔顺安静过，她身上仿佛多了点儿什么，那是种连江易都说不清的东西。

赵云今下了床，赤脚踩在地毯上，她抽出梳妆台上的一个小盒子，从里面倒出一枚钉子。

“四年前他的尸体火化，我在焚化炉前站了两个小时，从一个活生生的人到一具冰凉的尸体，再到一捧白色骨灰，除了这枚钉子，他什么都没留下。制钉匠说这钉子是用来钉棺材的，我问过医生，一枚钉子打进腿骨还要保证骨头不被砸得粉碎，人力很难做到，只能是机器压进去的，我在庆祥棺厂找到了做棺材的机床，也检测出了指纹和血液。”

赵云今从抽屉里掏出两页纸：“这是在霍璋书房电脑里查到的名单，一份是推测的林清执死亡当天松川药厂派去小东山提货的人员，一份是当天留守小东山值班的人。我在这两份名单里发现了很多巧合。”

她说得很慢，视线一直落在江易身上，他维持着刚才的姿势躺在床上，盯着吊顶的水晶灯。

“乌志、孙玉斗、韩巴，还有金富源，他们都出现在这两份名单上，落到现在的境遇也都和你脱不了干系。我把小东山那份名单拿给双喜看，他告诉我，其他人他不熟，但名单上一个叫宋军的男人他认识，宋军两年前和你玩得不错，你常带他去油灯街，不久之后他就染上艾滋病回了老家。

“五个人。”赵云今说，“你房间桌上有五朵从来不清理的蔷薇花，你说那是倒计时，既然是倒计时，那瓶子里剩下的最后一朵花……”

她问：“是谁？”

江易坐起来点了一根烟。赵云今打开窗户，晚风吹进来，将他指尖的烟雾吹散。

“贺丰宝来找过我，这些年警方一直没放弃追查，现在已经掌握了关键线索，只差一个人了，你把金富源弄到哪里去了？”

江易一直没说话，一根烟抽见底，又续上一根。

“贺丰宝送了我一束玫瑰，我才想起来自己今年才二十三岁。”赵云今望着那束被她插在桌角的玫瑰花，轻声说，“这些年在霍璋身边，处处小心，步步为营，过得已经不知道年月了。以前是迫不得已，现在尘埃就要落定，我也累了。

“阿易，把金富源交给警察，剩下的事让他们接手吧，我们做回平凡人，好吗？”

江易沉默了很久，问道：“然后呢？就算警察查出了真相，然后呢？把他们收监投牢，让他们在里面好吃好喝过完一生，又或是给他们一针不痛不痒的安乐死，早登极乐？我从来不信有轮回炼狱，死对一个人来说，是最大的解脱。”

他面容很平静，像极了风雨前夕无波无澜的香溪水面，可平静的水面下掩着汹涌澎湃的波涛，潜藏在暗处，无人能窥其深底。

他说：“你既然知道了那些事，也应该知道，我手上沾的血已经洗不干净了，把金富源交给警察，我呢？”

他话问得淡然，但内容却字字凌厉：“你要把我也交给警察吗？”

赵云今不语，浅淡的眸色里晕染上深邃的情绪。

“云云，”江易抬眸望着她，“别再继续了，重逢第一天我就说过，要你离霍家远点儿，这浑水我一个人蹚就够了。有些事我一定要做，也只能我来做，我必须亲手了结它。”

“为什么非要是你？”

江易又陷入了沉默，低头抽烟。

金富源一旦落入警方手里，江易这些年的所作所为一定会让他无法脱罪。不把金富源交给警察，相当于大好的线索戛然中断，警方长久的努力也就此白费，只能寄望于江易，可江易对她讳莫如深，过往的种种一概不提。

她当然可以不用征求江易的意见，将他和金富源一起出卖给警察，但那意味着江易往后余生将会伴随着铁锁囚窗。

他的结局如何，全在赵云今的一念之间。

她触弄着花瓶里开得正艳的玫瑰，沉默了许久后，低声说：“你走吧。”她背对着窗外的月光，叫人看不清她脸上的神色，江易也不想看清楚。

如果赵云今是他用尽满腔少年热血捧在心尖上的爱恋，那林清执则是他奉若神明般的信仰。他们把他的热血浇灭，将他的信仰打碎，让他往后余生的前路又回到一片漆黑之中。他放弃了所有在黑暗中踽踽独行，原本就不该有牵挂。

“以后别再来了。”

江易抬起头，隔着袅袅的烟雾，看见赵云今流露出一种罕见的柔软神色，但那也只是稍纵即逝。他再看时，她又笑得没心没肺了：“总是这样露水情缘一起过夜，说不定哪天就被霍璋知道了，我还要待在他身边，得为自己的未来考虑。”

“你离开他。”

“我怎么离开？”赵云今低垂着眼眸，漫不经心地说，“警方不知道你的存在，就算知道，也不会把一起案子的成败交付在你一个人身上，我为贺丰宝当了这么多年线人，只要一天没有结案，我就不会走。”

江易指尖的烟烧过一半，他却没有再递到嘴边，长长的烟灰掉到地毯上，他伸脚踩灭。

他起身朝外走，经过柜子时瞥见上面放了一个长条形的塑料袋，他拿起来看，是装验孕棒的袋子。

他将手里剩下的一截香烟按灭在桌上，转身进了卧室的卫生间。刚丢过垃圾，袋子里除了一根验孕棒外没有别的东西，他捡起来，上面清晰地显示着两条红线。

江易静静地盯着那瞩目的红色。过了很久，他回头望，赵云今捻着瓶里的玫瑰花，花瓣七零八落地撒了满桌。

“这是霍璋的孩子，”她笑着说，“与你无关。”

以前，赵云今就厌恶套子的橡胶质感，不准他戴，避孕全靠事前吃药，江易以为这次也一样，他没想到赵云今在这样的情形之下还敢拿孩子的事开玩笑。但当她嘴里提及霍璋时，他忽然就明白了些什么。

霍璋从前问过，一块蛋糕要怎么分才能吃得最多？他的回答是开源节流，截断乌玉媚这一条，显然没有满足他的贪婪。霍璋想要的比那更多。

那天夜里赵云今突然上门也有了解释。她的柔，她的热，她的吻，她所做的一切，都不是出于对他的爱恋和情感，而是另有所图。

他嗓音嘶哑：“你用这种方式替霍璋争家产？”

赵云今从未在江易脸上见过这样澎湃的怒意，他的眼睛里蕴含着沸腾的火焰，快要将她整个吞没了，但她依旧笑容不减：“既然是霍璋的孩子，替他争家产是应该的。”

那根验孕棒在江易手里“咔嚓”断成两半，他走过来，一把拉住赵云今将她抵在化妆台上：“这是不是霍璋的孩子你最清楚，赵云今，你平日里怎么胡来我都不管，你利用我，我也可以不在乎，可你利用一个还没出世的孩子算什么？现在霍璋需要这个孩子来分遗产，但是以后，你觉得霍璋容得下他吗？”

“如果没有这个孩子，霍璋容不下的人就是我了。”

“赵云今！”江易攥着她手臂的力道几乎将她的骨头捏碎，“这是我们的孩子。”

他每一个字说出口都恨不能化为利刃，将她的心剖出来，看看里面流淌的血是什么颜色。

赵云今回视他，眸子里情绪淡淡的，没有因为他的话而掀起一点儿波澜。江易恨极了这样的赵云今，薄情得像个没有灵魂与爱的傀儡娃娃，让人看不见她真实的内里。

从以前到现在，都恨极了。

赵云今仰头，能看见的只有江易冷硬的下颌角，她伸手触了上去：“和你一样，有些事我也必须做，这不仅事关我哥，更关系到我的父母，我妈妈失踪时戴的玉佩现在就挂在乌玉媚的脖子上，你什么都不肯说，也不肯把金富源交给警察，我凭什么相信你能做到？

“阿易，我们都是从小寄人篱下长大的人，有些道理你比我更明白。

“别人永远不如自己靠得住，如果真像你所说的你那么心疼我，这些年我怎么还会待在霍璋身边，活成现在这个样子？”

江易阴郁的目光一刻不离赵云今冷静的双眸，他静了很久，缓缓松开手。

在他临出门前那一刻，她开口了：“我赵云今不是什么男人的孩子都愿意生的。江易，他不光是你的孩子，也是我的，”她平静地说，“我会保护好他。”

霍宅灯火通明，直到夜深都不停歇。花园里正在举办一场晚宴，盛装出席的男男女女端着酒杯游走在花园的每个角落里，喷泉前霍璋请来的乐队正在鸣奏，轻快的乐曲在这片热闹的空地上回荡。

霍璋被保镖推着，坐在人群中央，他今天穿了件白色西服，看上去温柔又贵气。

双喜第二次参加这样的宴会，终于能堂堂正正地走进来了，他身上虽然穿的还是上次那件在地下通道买的阿毛尼西装，但举止间已经从容了很多，早没了当初的土包子模样。

他望着不远处霍璋身边的女人，又看了看霍璋，对江易说："真没想到啊，赵小姐居然在这节骨眼儿上怀孕了，霍璋为了庆祝这个喜事，大张旗鼓地办宴会，生怕大房和三房那俩母老虎不知道似的，这下霍家可有好戏看了。"

站在他身边的江易依旧是平常那副打扮，T 恤衫、球鞋和这样的环境格格不入，双喜没有再像当初那样劝他换衣服，因为他发现江易身上的气质不会因穿着而改变。无论他站在哪里，身穿什么，骨子里都有股抹不掉的阴郁和戾气，就算西装革履，也一样格格不入。

"阿易，昨晚我又去阿盈那里了。"双喜去阿盈发廊找女人不是什么秘密，有时玩得开心了还会和江易分享。

江易敷衍地"嗯"了一声，目光一直落在赵云今身上。

有人来敬酒，霍璋替她挡开，将她朝自己怀里拢了拢："她有身孕，不能喝酒。"

"霍二，你不给面子。"端酒的男人正是曾经在宴会上给赵云今递名片的，他笑得不怀好意，"宴是你摆的，人是你请的，不能喝酒叫我们来做什么？"

霍璋淡淡地笑："本来不想闹得人尽皆知，但父亲病重，需要点儿热闹的事给他冲冲病气，云今碰不了酒，我替她喝。"

旁人笑道："霍先生真的很宠赵小姐。"

"阿易，你听见我说话了吗？"双喜在江易面前挥了挥手，才将他的视线拉回来。

"你说什么？"

"我说昨晚去阿盈发廊的时候遇见九爷的人了，不过我在屋里，他们好像没看见我。"

"九叔的人去油灯街做什么？找乐子？"

"才不是呢。"双喜说，"之前我去的时候你问我知不知道一个叫燕子的，你还记得吗？昨天他们去也是打听那个燕子，阿盈说她几个月前就回老家了，他们还跟阿盈要了燕子老家的电话和地址。"

江易蹙眉，双喜问："这燕子是谁啊，怎么你们一个个都对她这么上心？”

江易摇摇头，没说什么，他再回头时，原本站在花园中间的赵云今却不见了。

花园假山后的阴暗角落里，赵云今被霍明泽抵在假山石上。嶙峋的石面剐蹭着她光裸的后背，她因为疼痛而轻蹙着眉，微仰起头看他：“明泽，你怎么在这里？”

霍明泽眼睛猩红：“现在还有谁不知道这件事吗？你和我说过，大哥出车祸后身体出了问题，既然他那里不行，你的孩子又是怎么来的？”

赵云今笑着问：“是你母亲叫你来问的？”

赵云今肚里的孩子在霍家上下掀起了轩然大波，虽然霍嵩因为当年霍明泽的事对赵云今厌恶极了，但听闻她肚子里怀着霍璋的孩子，心里更多的还是欣喜，人到暮年还能见到新生命的诞生，是件令人愉悦的事，连着对赵云今都没了成见。相比之下，薛美辰就没那么好的心情了。

霍璋的请柬是昨夜发的，薛美辰平日还算稳重端庄，昨晚却气得在家砸了一整夜东西，霍明泽听得心烦，出门去酒吧玩了一宿。

他酒没全醒，手下力气用了几分都不知道，赵云今拍开他的手，肩膀已经被他捏出了红印。

“跟我妈没有关系。”霍明泽垂眸，目光落在她还未鼓起的小腹上，“那晚我虽然喝多了，但还记得我最后抱你去了床上，医生说你怀孕一个月左右，那天距离现在正好是一个月。赵云今，这真的是大哥的孩子？”

赵云今笑得嫣然：“不然呢？你怀疑是你的啊？”她的笑里有些令人迷醉却又危险的东西，“如果真是你的，你打算做什么？娶我吗？薛美辰可未必会同意。”

霍明泽被她折磨得神经发痛，低吼道：“赵云今！我没跟你开玩笑，你知不知道我妈她……”

女人慵懒地倚着身后的假山石，抬头望着暗色天穹上斜斜洒落的一抹星光，她淡淡地问：“薛美辰打算怎么对付我？”

霍明泽无言，赵云今温柔地说：“明泽，如果别人想伤害我，你可要保护我啊！”

原本是带着满腔怒火来的，但这女人似乎对自己的魅力十分了解，一颦一笑的分寸都拿捏得刚刚好，霍明泽的火气被堵在胸口，上不来也下不去。他平静了一会儿，缓缓开口："告诉我，孩子是不是我的？"

"是或不是又有什么区别？"赵云今说，"事关遗产的分配，薛美辰一定不会放过我。"

霍明泽说："如果知道那是我的孩子，她不会伤害你的。"

"那霍璋呢？"赵云今笑着问，"算在他名下的孩子他可以睁只眼闭只眼，但这孩子一旦算到了别人名下，你觉得他会怎么样？

"薛美辰虽然厌恶这个孩子，但好歹还在乎老爷子对她的看法，她会闹一闹，撒撒气，但终归不敢真的伤害我，可如果我背叛了霍璋，他能做出的事可比薛美辰狠毒多了。所以明泽，不管这个孩子真正的父亲是谁，他现在只能是霍璋的。"

"我会保护你的！"

赵云今淡淡地说："你这些年在国外，恐怕还不知道霍璋的势力发展到什么地步了。这些年生物医药行业发展飞快，松川药厂和小东山全在霍璋手里，一旦老爷子去世，他才是获利最大的那个，不然你以为你母亲和乌玉媚为什么要把他当成眼中钉？

"霍嵩一辈子打下的家产，不可能让它葬送在儿女身上，你和霍明芸哪一个是能担大事的人？家族的重心最后还不是都要落在霍璋手里，你或许可以在薛美辰面前护着我，但如果霍璋要伤害我，你拿什么保护我？"

霍明泽眸里的颜色渐渐变深："所以，这个孩子真是我的？"

他并不笨，轻易就能捋清其中的关系："大哥没有生育能力却默许你怀孕，是因为他想用孩子来分家产吧，那天你来找我根本就是带着目的的，从一开始你就在利用我，让我为你做掩护，为你删除监控，你做的这一切都是为了让自己晚上有借口带着酒来我家，赵云今，你嘴里到底哪句话是真的？"

"你现在还要用我的孩子替别人分财产，要让他叫别人爸爸？"霍明泽眼里的情绪越积越暗，危险得几乎要溢出来了。

"我也不想这样。"赵云今挡住霍明泽要去摸她小腹的手，她温柔道，"但是明泽，人有时候，是一定要为自己考虑的。"

霍明泽静在原地许久，忽然猛地一拳砸向赵云今耳侧的岩壁上，碎石扎得他满手是血，尘渣簌簌落在她肩上。

“赵云今，你很好。”霍明泽说完，头也不回地走向停车场。半分钟后，宝蓝色的跑车鸣着喇叭以飙车的速度开出了霍宅的大门。

赵云今面不改色，轻轻拍掉肩膀上的灰尘，她伸手摸了摸后颈，那里的皮肤已经被石头蹭出了血丝。

她走出假山，面前站了两个穿西装的男人。

“赵小姐，”男人冷漠地说，“夫人请您去一趟。”

宴会喧闹，霍璋一个人坐在喷泉旁，仰头欣赏着皎洁的月亮。

保镖走过来在他耳边低声说：“薛美辰的人把赵小姐带走了，要不要我找人去追回来？”

霍璋说：“急什么，现在过去了哪还有她发挥的余地？”

“可赵小姐有身孕，我怕薛美辰真对她下手。”

“大房那位才没那么蠢。”他冷笑，“再等等，等到她耐不住性子动手了，我们再过去也不迟。”

保镖点头，随即递过来一沓纸：“您叫我查的东西我已经查好了，这是从物业那里拿到的资料。

“孙先生住的那栋楼一共有两百多户人家，其中四分之三都是业主本人在住，有四十多家是外来的租户。我找人去排查过了，大多数租户都已经租了半年以上，只有十二户是搬进来不久的，其中有三户是在孙先生出事前一个月内才搬进来的。”

霍璋看着那份资料上的几个名字：“既然放在舅舅家的硬盘外传了，事发期间又没有外人进过那栋楼，就只可能是原本住在楼里的人拿出去的，你查出什么了？”

保镖说：“您看这个人。”

他指着一个叫“陆福明”的名字说：“他在事发十天前才搬到这栋楼，事发之后基本没在那里住过，一个月后就退租了。我查过，陆福明年龄不大，才二十出头，原本是西河职业技术学校的学生，但因为校园暴力退学了，退学后一直帮父母打理家中开的便利店，他从前和孙先生没有任何交集。”

霍璋蹙眉，保镖又说：“但是他和江易的交情不浅。六年前，江易因为打架斗殴进过一次局子，而他殴打的对象，就是对陆福明进行校园暴力的施暴者。您也说了，当初绑架孙先生的事未必就是一个人完成的，如果是江易和陆福明一起做的呢？这样既能解释硬盘为什么流出去了，又能解释为什么那晚江易有不在场证明。当晚江易去找女人的时候戴着口罩和帽子，除了接待他的女人，别人都没看见他的脸，如果那根本不是江易本人，而是陆福明装的呢？”

霍璋脸上没什么表情，双手交叉叠在膝上，静静地听他说。

“那晚为江易做过不在场证明的女人，我也查了她的底细，她叫沈佳燕，并没有证据能证明她和江易有什么交情，但是我在整理资料的时候，发现她和陆福明之间倒是有点儿细微的关系，至于是什么关系——

“我不知该不该说。”

“说。”

“六年前，沈佳燕的弟弟被绑架，她向警方报案，处理她这件案子的警察和当初为陆福明解决校园暴力案的警察是同一个人，这位的名字您也许听说过。”保镖顿了顿，说，“他是赵小姐四年前去世的哥哥，前西河市刑侦支队大队长，林清执。”

霍璋原本平静的面孔在听到这句话后出现了些许松动，黢黑的眼睛微微缩紧。

江易正在花园里寻找赵云今的身影，霍明芸突然出现在他面前。

她见面不说话，扬手就是一个巴掌朝他的脸上扇过来，江易攥住她手腕，她另一只手又扇过来，江易这次没躲，硬生生挨了她一记耳光。

跟在他旁边的双喜被吓了一跳，看看江易，又看看霍明芸，不敢出声。

“打爽了？”江易冷漠，“让开。”

霍明芸揉着手：“好啊，那你先告诉我，那天你房里的女人是谁？不过你别误会，我不是对你还感兴趣，我霍明芸不稀罕别人用剩下的东西。我是想见识见识，什么样的女人能让你放着堂堂霍家大小姐不要，却跟她滚到一张床上去，我就想知道她到底比我好在哪儿。”

江易没理她，他环顾晚宴上形形色色的来客，生面孔居多，但也有一些曾经见过的人——霍家大房的保镖，自从上次韩巴的事情发生后，霍明芸出门时身边总带着几个人。但如果只是为了保护霍明芸，今晚来的数量也太多了。

依旧看不见赵云今的影子，按理说这种场合她不该缺席这么久才对。江易想了想，说：“我现在没空理你，赵小姐有事找我，我要去一趟。”

“赵云今？”霍明芸挑眉，“你现在已经不是她的司机了，为什么还要替她做事？你是她的狗吗，要随叫随到？”她撇撇嘴，“不过你现在就算去了也没用，她人不在。”

江易终于把视线落在了她身上，她笑了笑：“赵云今被我妈请走了。”

双喜问：“请赵小姐？为什么？”

霍明芸漫不经心地玩转着手指上的戒指：“她怀孕了，还是霍璋的，这事几个人信？我妈当然得请她过去验一下真假，万一是合起伙来骗人的，那家产不就白便宜霍璋了？”

双喜问：“可我听师父说你跟赵小姐关系挺好的啊，你就眼睁睁看着她被你妈请过去啊？”

“你又是打哪儿冒出来的？”霍明芸从没见过双喜，说话也不客气，“脑子不好就别说话，省得惹人笑话。”

她气势太凌厉，压得双喜不敢出声，他小声说：“我是阿易的朋友。”

霍明芸不屑：“你这种蠢货也能当江易的朋友？

“你知道霍家的家产有多少吗？本来是按人头定好的，现在多了赵云今肚子里的那个东西来分，每人要匀出多少钱给他？我和赵云今是朋友没错，但你觉得那点儿塑料友情抵得上几十个亿？那可是从给我的遗产里分出来的钱，我凭什么拱手让人？我巴不得赵云今吃点儿苦头说出真话，反正我妈又不会弄死她。”

她这一番话说得双喜目瞪口呆，双喜转头去看江易，他已经不在原地了。

霍宅大门外不远处，一辆加长的豪华轿车停在路边。

车门大开，薛美辰神情倨傲，裹着披肩坐在中座。保镖从保温壶里倒出一碗燕窝递过来，她端起碗，捏着勺子随意搅了搅。

车外的水泥路上，两个男人拽着赵云今的头发将她的头从水桶里扯出来，她被溺在水下好一会儿了，拼命咳嗽。

薛美辰的燕窝一口没喝，她将碗放在一边，慢条斯理地问：“赵云今，我再问你一遍，孩子到底是谁的？”

赵云今头发湿透，狼狈不堪。她伸手抹去脸上往下流的水珠，朝薛美辰笑，说道：“我已经说过很多次了，是霍璋的。”

深深的水桶只能看见水面上漂浮的头发，如黏腻的水草一样交错缠绕。

赵云今在水下睁开眼，能看见的只有漆黑的桶底，一双粗砺的手掌按在她的后脑勺儿上，将她又朝水下压了几分。

她已经不知道这是第几次被按进水里了，许久后，薛美辰吩咐保镖将她拽起来，被水打湿的黑发紧紧贴在脸侧，衬得她本来就白的皮肤更多了一层透明的光泽。她倒在地上，大口大口地喘气。

薛美辰打量她：“我没想到，霍璋的女人竟然还是个硬骨头。”

赵云今仰视她，薛美辰坐姿随意，但养尊处优才能有的上位者气场却掩不住，哪怕斜眼看过来，也带着充满压迫的锋芒。可就是在薛美辰这样的高压之下，赵云今依然笑容不改，甚至更妩媚了。她将湿发撩到耳后：“我骨头不硬，既怕死，又怕疼。”

“那你还不说实话？”

“我一直在说实话，可您不信。”

薛美辰冷笑：“霍璋出车祸以后，主治医师给我看了他的体检报告，他告诉我，霍璋那个地方从根到外全都坏了，孩子，你说他拿什么生？”

赵云今说：“坏了的东西可以修，车祸已经过去那么久了，您没亲自试过，怎么知道霍璋现在没康复呢？”

她语气虽然柔，但说出的话却让薛美辰脸上的温度更低了一分。保镖看薛美辰的脸色，又将赵云今按进了水桶里。

燕窝倒出来许久，已经被晚风吹凉了。赵云今的挣扎渐渐变慢，最终两手软软地垂在桶侧。保镖还没听见叫停的声音，请示薛美辰：“夫人？”

薛美辰无动于衷，此时大门不远处出现了一个人影，她瞥了眼，看见霍明芸追在那人身后：“江易，你去哪儿？你还没回答我的问题呢！”

保镖松开手，赵云今却没起身，她浸在水里，一动不动了。

薛美辰说：“拦住他。”

一个保镖去拦江易，被他推开，另外几个人挡在他面前，江易目光越过保镖，盯着车上的薛美辰。女人蹙眉，她说不清那是种怎样的目光，非要形容，大概是一汪暗到极致、潜隐着未知与危险的深潭。薛美辰从没怕过什么，却从男人的眼里感觉到令人触目惊心的东西。

他虽然没有说一个字，也没有暴烈而起，但就是叫人觉得惧怕。

一个人是真活在黑暗里还是装模作样故弄玄虚，对于薛美辰这种经历过人生百态的人来说不难分辨。她隐约记得，霍明芸曾在家里表达过对这位救命恩人的爱慕，当时她不以为然，认为霍明芸最多是玩玩，但现在却觉得不能让她和江易这种人有过多的接触。

如果只是玩玩，她一定玩不过对方；如果不是玩玩，爱上这种男人是不会有什么好结果的。

霍明芸追上来，先看到赵云今，她吓得捂住嘴巴：“妈你干吗？不是说让她吃点儿苦头就行了吗？你这是要杀了她吗？！”

薛美辰对儿女一向溺爱，不想叫她看到这种场面，挥了挥手叫保镖撤开。

霍明芸想要去扶赵云今，却被江易挡开。他将她从桶里捞上来，拍了拍她的脸，赵云今没有回应，手软趴趴地垂在身侧，江易将她平放在地上，按压她的胸口。

“云云。”

霍明芸就在他身边，清晰地听到他这一声呢喃，双眸瞬时瞪大。

赵云今艰难地吐出一口积水，从昏迷中转醒，她虚弱地靠着江易。她后颈早前被霍明泽弄伤了，被水一浸染了他满手的血。

江易见过赵云今的明艳动人，见过她的意气风发，见过她满腔爱意的好，也见过她将别人拿捏在掌心逗弄的坏，唯独没见过她的狼狈。以往的赵云今从不会在人前流露软弱，她是那轮高高在上、让人可望而不可即的炽热的太阳，所以江易也是第一次知道，原来这样的赵云今能让他心疼成这样，心脏像被人攥紧，一口气都透不上来。可他依然面无波澜，平静地将她抱起来。

赵云今下意识地去搂他的脖子，手抬起来却又垂了下去。

江易抬眼，见保镖推着霍璋出来，身后还跟着许多看热闹的客人。保镖走过来，伸手接赵云今："我来吧。"

江易丝毫没有交过去的意思，抱着她的手更紧了。霍璋审视的眸光游移在江易身上，脑海中忽然浮现起一些琐碎的片段：

"那让他来擦吧。"

"阿易，你要好好发牌，让我输钱了，我可是会不开心的。"

"四月九日晚上他没有时间去油灯街，因为那一整晚，他都和我在一起。"

"第一天晚上打牌，赵小姐就和江易发生矛盾了，当场就泼了江易一头水……一礼拜下来，两人一句话都没说，我就是想创造机会也没处下手……"

"晚上风凉，刚打完球出了满头汗，现在下水不怕着凉吗？"

"他和江易的交情不浅……处理她这件案子的警察和当初为陆福明解决校园暴力案的警察是同一个人……他是赵小姐四年前去世的哥哥，前西河市刑侦支队大队长，林清执。"

……

隔着不远的距离，江易的目光没有闪避和隐藏，直直地和霍璋对视，其中的情绪直白浅显，是一个男人逼人的攻击性和全部的占有欲。

赵云今拽着他的衣服，用极低的声音在他耳边说："阿易，放开我。"

江易深深地看了她一眼，松开了手。

霍璋推着轮椅过来，停在薛美辰的车前，他淡淡地问："母亲这是做什么？"

乌宅，乌玉媚跪在佛龛前的蒲团上，一颗一颗地盘着佛珠。

于水生刚从门外进来，见香案上的香要燃尽了，又帮她点了一根："沈佳燕跑回老家了，我已经派人去追了。"

乌玉媚没作声，他又说："我不明白，你何必和江易一个孩子过不去？”

女人这才睁开眼：“金富源失踪了这么久也没见你着急，我怀疑江易你倒是急了，我比你更不明白，明明所有的事都指向他，你却非要护着他，你这么做，是因为还对江滟柳旧情难忘吗？”

于水生语气责怪：“我是和江滟柳睡过几次，但那都是多少年前的事了，我有没有爱过她，你心里最清楚。”

乌玉媚没再说话，于水生坐在旁边桌上喝了会儿茶，见她还在生闷气，只好又去哄她：“我不都照你说的做了吗？你还气什么？”

“阿九，”乌玉媚轻声说，“我俩相识相知这么多年，最难的日子都一起扶持着走过来了，当年我说没有钱和地位就会被人欺辱，所以你帮我攀上了霍嵩。这些年过去，钱有了，地位也有了，可我心里一直不踏实。”

“就算分不到霍家的遗产，我们也不会比从前过得更差，别胡思乱想了。”

“我昨晚做梦……”

“又做梦？”于水生笑，“不是天天拜着菩萨吗？菩萨会护着你的，就算他不护，还有我呢。”

乌玉媚站起来：“阿九，我总觉得你有事瞒着我。”

于水生为她倒了杯茶，淡淡地说：“别疑神疑鬼了，我能瞒你什么？”

乌玉媚摇了摇头，于水生说：“还有件事要和你说，赵云今怀了霍璋的孩子，他斗垮了你我，现在又要从大房手里分家产了，是个狠坯子。”

乌玉媚喝茶的手顿住，几秒后，她另一只手里的佛珠骤然断裂，珠子滴溜溜地滚了满地。

“霍璋把我们整成这样，他想要这孩子平安活下来没那么容易。听说薛美辰今晚刚去找过赵云今的麻烦，这孩子要是没了，谁都会觉得有她一份责任。”于水生弯腰替她捡起地上的珠子，“你放心，这事不假手别人，我亲自去做。”

乌云缓缓地从月亮上挪开，深夜的花园里月色如水。

搬来时赵云今随手在墙根撒了把蔷薇种子，如今蔷薇在夏日里生着繁茂的绿叶，乌云飘走，叶上也落了月光。

她习惯睡前浇花，哪怕再累也不会忘记。一壶水喷完直起身时，她才看见楼下站着一个人。江易不知等了多久，他今天没有抽烟，就静静地站在那儿。

赵云今像没看见他一样，浇完花就进屋了。房间的灯熄灭，光源消失，小院里静谧又安详。

十二点已过，赵云今失眠睡不着，走到阳台上看后半夜的月亮，发现江易还没走。夜深湿气重，他的 T 恤衫已经被寒意浸湿了，但他好像毫无知觉似的，站在那儿一动不动。

赵云今静静地和他对视了一会儿，然后披上外套下了楼。

“不是叫你别再来了吗？”她淡淡地说，“你今晚不应该去找薛美辰的，更不该抱我。”

她不明白，明明平日里足够冷静的一个人今晚为什么会做那种事，甚至夜里还敢来这儿找她，就连她都能感觉到江易望向霍璋的目光里带有的敌意，霍璋不可能察觉不到，可他依然那样做了，丝毫不计后果。

“如果我是霍璋，一定会起疑。”

江易一把将她搂进怀里：“不重要了。”

天地寂静，月光皎皎。他嗓音里满溢着赵云今从未听过的温柔：“无论霍璋怎么想，现在都已经不重要了，我去自首。”

赵云今总能梦见少年时的种种。那时的山，那时的云，那时香溪静美的水面和在香溪边放风筝的人。

赵云今初遇江易时，感觉他冷厉沉郁，眸子里的阴霾终日不散，哪怕被剁手，他也能面不改色地骂一句“老畜生”。那样的江易与赵云今是截然不同的两个世界的人，就像皎月与尘埃，一个挂在天上，一个藏在沟渠，放在平日，她都不会多看一眼。

赵云今曾以为江易对她的喜欢不过是源于欲与色，后来却发现他会笑，会温柔，会在深夜出门为她买粥，会在清晨等在楹花路上送她上学，会骑车几公里去香溪的对岸为她捡风筝，会因为她一个愠怒的表情整夜守在楼下，会为了陪念书的她吃一顿晚饭坐上一天的大巴。

江易之于别人，是难融的坚冰，之于赵云今，是燃烧的烈火。

没有人不喜欢自己对别人而言是特别的，更何况是江易的特别。他爱一个人的方式是倾其所有，太过炽热，赵云今时常有种被灼烧的错觉，等恍惚过后却发现，包裹她的只有一个少年全部的温柔与执着。

可哪怕是从前，江易也没有这样抱着她，用这样柔软的语气在她耳边呢喃着什么。

今夜的江易似乎有点儿不同，但赵云今说不出来，她就这样安静地被他抱在怀里，没有说话。江易的手指抚在她受伤的后颈，那里的血已经结痂了，粗粗地磨着他的指腹："你总是不会好好包扎。"

以前，赵云今就对伤口很无所谓，受伤后不去医院，也不处理，就让它自己慢慢愈合，江易见不得她干净细腻的皮肤上出现伤疤，每次都帮她清理。这些年他不在身边，赵云今竟然还是和从前一样，对伤口放任不管。

他一句话说完又不说话了，在漫长的沉默之中，赵云今能感觉到江易有许多想说但难以说出口的话。明明不该有温度，却觉得月光落在身上冰凉，哪怕他的体温也无法焐热她。

"那年说分手不是真心话。"江易轻声说，"我从没想过离开你，以前没有，以后也不会。

"我这些年所做的一切，不只为了他，也为了你。我怕告诉你一切后你会恨我，却没想过，如果你活得小心翼翼，处处危机，不恨我又能有多快乐。"

赵云今的额头贴在江易的肩膀上，透过领口可以看到他的蔷薇文身，墨黑色，途经锁骨，一直蜿蜒到心口。

蔷薇是赵云今最喜欢的花。虽然记不起那男孩的模样，可模糊的碎片依稀存在于她的脑海中，她依旧记得每逢春天孤儿院的外墙总会被绚烂的花朵覆满，记忆会丢，但快乐的感觉不会。因此这些年来她一直爱着这种花。

蔷薇也是林清执最喜欢的花。小云今刚到家时不开心，但只要看到花儿，脸上总会扬起笑。自那以后，无论搬到哪儿，林清执总会在院子里种上一片蔷薇花。

十八岁的江易得到了对他而言的整个世界，一年后，他又一无所有了。失去了很多，总要留下点儿什么，于是江易在心口文了一朵蔷薇。文时微痛，但疼痛消失后，他总是忘记自己身上还有这样一朵花，只有在夜深人静失眠时才会想起，原来已经过去那么久了。

赵云今蹙眉，离开他的怀抱，江易脸上不见平日的冷淡，满溢的都是温柔。她问：“我为什么要恨你？”

江易不答，伸手在她的小腹上轻柔地触摸，他忽然低头吻她的额头：“云云，如果这个孩子让你累了，就别要他。”

江易摸了摸赵云今耳侧的碎发，眼里全是她看不懂的情绪。

赵云今刚要开口，他却头也不回，转身离开了。

乌云挪来，又盖住了月色。赵云今在庭院里站了很久，夏夜聒噪的虫鸣萦绕在耳畔，她脑海里却全是江易走前说的话。

……

路灯的影子里，一个戴着鸭舌帽的人站在那儿，从他的角度望去，正好可以看到庭院里的一切。

江易抱她、吻她，甚至说的每一句话都清晰地落在于水生的耳朵里，直到江易离开，他还站在原地，目光死盯着赵云今。

没有月亮的夜漆黑一片，最适合做些暗色勾当。于水生却没动，过了很久，直到赵云今转身上楼，他才将手里的刀塞回夹克的内兜，转头走了。

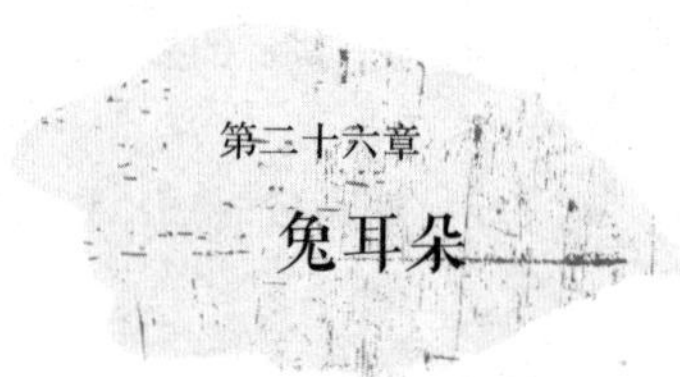

第二十六章 兔耳朵

双喜掀开天台顶盖的时候，江易正坐在楼边喝酒。双喜费力地爬上来，坐到他身边：“怎么这么晚了叫我出来？”

江易递过来一瓶酒，双喜印象里从没有和江易这样一起待在天台喝酒看月亮的情景，虽然认识了很久，但江易是一个不喜言语的人，也没什么愁，哪怕他有，也不需要靠酒来消愁。

双喜接过酒，忽然傻乎乎地笑了，江易看着他，问道：“笑什么？”

“有点儿开心。”双喜抓了抓头发，“以前都是我死皮赖脸地缠着你一起吃饭，今天是你第一次主动叫我。”

江易愣了愣：“是吗？”

“你看，你果然一点儿都不记得了。”双喜说，“自你求九爷从武大东手里把我救下，到现在十多年了，这是第一次。”

“你记得这么清楚？”

双喜说：“当然，要是你以前叫过我，那我肯定得开心疯了，开心疯了的事肯定会有印象啊！”

江易侧头看着双喜，他一米六出头，幼年乞讨时营养不良导致的身体亏空这么多年了也没补上，身材既干又柴，远看像根棍儿，风一吹就能折了似的。他脸不大，腮帮子上没什么肉，眉粗眼小，蒜头鼻子上还缀着些细小的雀斑，是典型的贼眉鼠眼。

虽然认识了很久，但这是江易第一次仔细看双喜的模样，当年救他完全是因为他脱口而出的那声“哥哥”，救下后江易本来不想再管他，是双喜一直在他身边围着，才有了这些年的相处。可如果双喜不说，他也没察觉，自己竟然从没这样认真地看过他，更别说叫他好好吃上一顿饭了。

“对不住。”

双喜“咕嘟咕嘟”地喝了半瓶酒，看着他笑道：“要不是你，我早被武大东折磨成残废了。你别说对不住我，你给我的可是命，我怎么做都不嫌多，还生怕不够呢。”

江易笑了。双喜手里的酒瓶差点儿脱手，指着他结巴：“阿……阿易，你是不是笑了？我从来没见过你笑，不对，好像以前见过几次，太久了，我都记不清了。”

“小时候没什么心思，觉得好玩儿就救了，你也要记这么多年？”

“要记。”双喜认真地说，“对你而言是好玩儿，对我而言可是一条命，武大东当年要是砍了我的手脚，我说不定当场就疼死了，即便侥幸活下来，就我这小身板，没手没脚的也撑不了几年。我们江湖中人，别的可以没有，但一定要守承诺、讲信义，知恩图报这是最根本的。说句你可能不信的话，我活着就是为了报答你的。”

“江湖中人，你？”

“那当然，我们可是跟着九爷混的，不是江湖中人是什么？”

江易手里的酒瓶空了，他又启了一瓶，问：“双喜，以后打算做什么？”

双喜没懂他的意思，他又说：“要一直给霍璋开车吗？我记得你不想当司机。”

双喜不好意思地说：“刚去霍璋那里的时候确实想当个高级白领来着，但这些日子下来我也认清了自己的能力，文书和办公软件那些我一概不懂，就开车还凑合，能找着现在这个工作已经是谢天谢地了。只要九爷不叫我回去，一直给霍璋开车也挺好的。

“何通，就是我师父，你认得吧？刚去的时候他总排挤我，现在也跟他混熟了，这种生活还不错，总比以前吃了上顿没下顿的强。

“我发现我这人特好满足。”双喜说，“我真觉得自己现在过得挺幸福的。”

“要是有一天霍璋不在了呢？”

“那就回九爷身边。”

“九叔也不在了呢？”

双喜看着江易，仔细想了想：“那就再去找份开车的工作，小时候那么难都熬过来了，现在也不至于饿死吧。”

江易拍了拍他肩膀，双喜问：“你今晚怎么了？老是问这种奇怪的问题。”

“随便问问。”江易将手里的酒一饮而尽，“双喜，从前都挺过来了，以后也得好好活下去。”他望向双喜，“别为了我，为你自己。”

生在油灯街，长在油灯街，但这却是江易第一次站在高处俯视这里。因为江滟柳，他一直对这个地方充满厌恶，但抛开所有，认真地看着这片土地，却发现它并不是印象里的肮脏模样。

二十世纪的小楼虽破，却比城市里任何一栋高楼都有韵味，徐徐燃烧的煤油灯也比五光十色的霓虹漂亮，钢铁般的城市建筑在深夜犹如恐怖巨兽，深隐着数不清的潜在危险，但脚下灯火通明的油灯街却像怪兽的眼眸，在黑暗之中闪着一点儿熟悉又温暖的光亮。

双喜说：“阿易，你今晚好奇怪啊！”

江易喝完了所有的酒，仰躺在天台上望着天幕，他没再说话，穹顶之上，一片璀璨星光。

双喜夜里喝了酒，迷迷糊糊在天台上睡着了，醒来时天已大亮，身上盖着江易的一件外套。楼下传来摩托车的声音，他趴在楼边朝下看，是江易在院里修摩托车。那辆花花绿绿的摩托车江易已经许多年没骑过了，双喜不知道他要上哪里去，下楼站在身边看他修车：“你去哪里？”

江易洗了手上楼，屋里的摆设几年如一日，似乎什么都不曾变，花瓶里的最后一朵蔷薇已经打蔫儿了，他拿剪刀将它从枝头慢慢剪下。

再下来时，他递来一封信和一个盒子：“这个放在你这里，找时间交给赵云今。”

双喜问：“这是什么啊？”

信是当年林清执临走前给孟静汶要她转交的，在诊所时孟静汶给了江易，他看了给自己的那封，剩下那封一直留存，没有拿给赵云今。盒子里装的则是许多年前一个夜晚，他翻墙出校时买的一条蔷薇颈饰，当时觉得很衬赵云今，但没有送出去的机会和缘由，哪怕在一起后有了机会，他也一直没送。

那是种很奇怪的心理，仿佛留着它能时时提醒自己，在一些被时光打磨得失去踪迹的岁月里，他曾以一种祈盼渴求的姿态仰望过那女孩。

“你自己不能给吗？我笨手笨脚的，弄丢了怎么办？再说要什么时候拿给她，你总得告诉我吧。”

江易说：“你会知道的。”

他骑上摩托，双喜问：“阿易，你去哪里？”

江易戴上头盔，淡淡地说：“去我该去的地方。”

他一路骑出城市，车子在郊区荒芜的路上飞驰，夏日的风吹过耳畔，呼吸时能闻到四周清透的山野味道。

那天赵云今等他到深夜，他没在意，赵云今说她累了，他在意了，但比在意更怕的，是她知道林清执死亡真相后的恨意。他以为只要她不恨，他就可以短暂地脱离那自责的深狱，获得片刻喘息，但他从来没想过，比起她的恨，她深陷险境更让他目眦尽裂。对于她和孩子，每向前一步，都有数不清的危险潜伏在两侧。

赵云今明明已经那样示弱了，已经愿意离开这里去和他过平静的生活了，他却依旧固执，依旧不肯将金富源交给警察。如果不是他那晚的坚持，她也不必被薛美辰那样折磨。而这样的事，会反复发生，只要一切还未结束。

如今，他反悔了。摩托车停在废弃的厂房前，江易摘下头盔，倚车抽了根烟。

荒野的杂草齐腰，在柔风里摇摆着穗子，目之所及是无人踏足的荒凉。江易将空了的烟盒随手丢在地上，弯腰拉开了棺厂破旧的卷帘门。

他拨出了一个号码，片刻后，对方接线：“你好，这里是西河市公安局，请问有什么需要帮助的吗？”

一打开门，棺厂的灰尘便弥漫开来，伴随着多年没有使用过的腐朽味道和一股难闻的恶臭，直往鼻子里呛。

那具儿童棺材还立在角落里，江易缓步走过去：“关于最近几起流浪人口失踪案，我有线索。”

上次离开前他又在棺材里续存了食物，确保足够维持金富源生存的需求，江易想让他死，但更想让他活着受尽折磨。金富源虽然够狠，但不是会轻易结束自己生命的人，哪怕活下去的代价再惨烈，他也不会绝食而死。

接线员说：“请您详细说一下情况。”

江易还未走到棺材前，脚步忽然顿住。

平整的棺面上破了一个比人头略大些的口子，是沿着江易留的喘气口被一点点割开的，破口的边缘极其不平整，木刺上沾满了血，棺壁上悬挂的食物被吃得干干净净，而本该被困在棺材里的金富源却不见了。

厂房大门是从外面锁上的，但残破的墙顶有一扇没有玻璃的小窗，墙根下摞着的木箱和窗棂上都有血迹，看颜色还算新鲜。

城郊信号不好，接线员平和的声音里掺杂了丝丝电流的杂音：“喂？您还在吗？请您详细说一下情况。”

江易挂了电话。棺材前的地面上掉了一枚粗长的钉子，钉子被血染成了红色，而钉头已经磨损得不成样子了。

按理说棺材里不该有内嵌的钉子，江易把金富源关在里面后自外钉上了棺材，如果有，只可能是那时候遗落进去的。可金富源以那样一个动都不能动的姿势困在里面，难以想象他是怎样把钉子捡起来，怎样在这么厚的木板上凿出一个洞来，又是怎样从这洞里钻出去的。但现在去想这些已经无济于事，金富源已经跑了。

江易捡起地上的钉子，环视厂房一周，这里除了几台机床就是些废弃的棺材了，能不能藏人一目了然，虽说看地上的血迹他应该没离开太多日子，但显然已经追不上了。金富源下落不明，事情变得更复杂了，一旦让他回到乌玉媚身边，后果将不堪设想。

公安局的电话不断拨回来，江易将手机关机，他坐在机床上，目光深冷。许久后，他站起来，一脚踢在那具破了口的棺材上。

“霍嵩病成那个样子，大房一直守着病房，三房天天被拦在医院门口连门都进不去，现在霍家上下也就你还这么自在了，成天守在花房里，连个面也不露。”贺丰宝午休时间拎着两份盒饭来了花店，进来就和赵云今胡侃。

赵云今掀开盒饭，里面是她不爱吃的红烧肉，她挑了几口米饭随便吃了点儿：“贺警官不去搞情报真是可惜了，也不知道你每天是待在公安局，还是待在霍嵩的床底下。”

“非常时期，情非得已。”贺丰宝见她不动那肉，问道，“不合胃口？”

赵云今淡淡地说：“我怀孕了，不爱吃油腻的。”

“霍璋的？”

赵云今摇头，他又问：“霍明泽的？”

她接着摇头，他面如土色：“不会是霍嵩的吧？”

赵云今本来就没胃口，现在干脆被恶心得一口都吃不下了：“不是你的就行，瞎操心什么？”

贺丰宝放下筷子：“吃饭只是顺带，我今天来是找你有事。上次逮到的那两个人贩子把什么都招了，根据他们提供的线索，警方逮捕了他们口中的人贩头子王勇，但那个老金至今下落不明。

“这阵子我一直在审他，有好消息也有坏消息。好消息是这个王勇所在的人口贩卖组织在西河存在已久，这些年许多人口失踪案都和他们脱不了关系。他在组织里级别不低，由他作为突破口，对我们把这个组织连根拔起有很重要的意义。韩小禾的失踪已经确定和他有关，当初我们查出车子载着学生去了松川，所以怀疑失踪案和松川有关，但根据王勇交代，他只是按照老金的要求这样做，事后又把人带回了西河，现在基本可以排除霍璋的嫌疑了。至于坏消息……

“我们没有办法从王勇身上找到关于老金的任何线索。以往每次交易都是老金单向联系，卡用一次扔一张，交接过程也很谨慎，全是现金付款，追查银行流水也不现实，除非老金再次出现，否则根本无从查起。如果找不到他，这个案子就断在这里了。

“我查过，乌玉媚身边确实有这个人，但是一个多月前他就失踪了，至今下落不明。”

贺丰宝凝视她：“我今天来是想再次向你确认，你真的不知道这个金富源去了哪里吗？”

赵云今低头沉思，用筷子拨弄碗里的米饭，没有说话。

他突然问：“是不是和江易有关？”

赵云今抬眸，贺丰宝甚至不需要她的回答，就从她匆促间的一个眼神里得出答案，他说：“几天前我们接到一个奇怪的报警电话，对方声称有关于流浪人口失踪案的线索，等接线员询问详情的时候，他却把电话挂了。这件事昨天传到我的耳朵后，我立即找人去查拨出报警电话的手机号码，结果发现，那个手机号是江易的。拨打电话时他正在城南，具体位置不得而知。

“虽然不知道江易为什么要打这通电话，又为什么挂断，但赵云今，你不觉得很巧吗？”

他笑着看她：“金富源和失踪案有关，你明明知道关于金富源的情况却向警方隐瞒，现在江易又打来电话报警说他有线索。之前我就在想，到底是什么事情能让你不惜放弃寻找林清执的死因也要隐瞒，如果江易和这事有关，那确实可以解释了。

“告诉我，金富源的失踪是不是和江易有关？”

贺丰宝猜得八九不离十，被他用那样的眼神盯着，赵云今一时间竟然难以说出“不知道”三个字来。

“你还不说？”

赵云今忽然笑了：“你既然这么好奇自己去问江易好了，你要我怎么说？我说不知道，你肯定不信；我要说知道，如果最后真叫你们警察查出点儿什么来，那我肚里的孩子不就没爸爸了？我从小是孤儿，不想让他也是。”

“你在霍家，怀着江易的孩子？”贺丰宝蹙眉，视线落在她的小腹上，他静了半天，最后憋出五个字，“艺高人胆大。”

“在霍家人眼里可不是。”赵云今轻轻摸了摸小腹，目光在那一瞬间变得无比温柔，“真到了最后，这个孩子也许能救我一条命。”

贺丰宝一直看着她，赵云今风轻云淡地说：“不用劝我走，也不用担心我，这是我自己选的路，无论如何都会走完它。”

“霍家现在很乱。”

赵云今说："霍璋恨不得人人都知道我怀孕的事，乌玉媚本来就盯着他，现在又多了一个薛美辰虎视眈眈，他得头疼一阵子了。霍璋前些天利用我去霍嵩面前告了薛美辰一状，虽然有些效果，但树大招风，他想吃别人也要看自己有没有那么大的胃口，现在薛美辰恐怕恨死他了。

"霍家三房，各有各的心思，各有各的谋算，他们越乱，对我们越有利。只要霍嵩一死，还怕薛美辰不会想方设法对付他吗？光是霍嵩身体里的那颗肾，霍璋就没法儿解释，那可是他亲手送给老爷子的礼。相信薛美辰应该很愿意配合警方，对她而言，二房和三房死哪一个都是好事。"

贺丰宝不置可否，他说："还有个好消息要告诉你，前些天警方在松川码头截获了一批走私来的药物原料，那些东西全在国家严禁的药物名单上，虽然没有抓到买家，但走私方人赃并获。警方怀疑买家就是霍璋所管的松川药厂，只要查下去，相信用不了多久就能查清真相，霍璋现在一定忙得焦头烂额了。"

"之前一直怀疑他走私禁药，但都没有证据抓不到现行，警察这次怎么会知道他们走私货物的时间和地点？"

贺丰宝笑着说："松川警方盯着霍璋，不是一天两天了。"

霍宅书房，霍璋关了所有的灯，一个人坐在桌后。

月亮爬上中天，保镖敲门进来，在他耳边低声说："派人处理好了，所有和对方有关联的人已经全部封口，哪怕警察上门也不会查出什么问题。"

霍璋侧身，静静看着天上那轮弯月。

保镖说："老爷子身体快不行了，赵小姐怀孕的事又闹得那么大，会不会是大房或者三房？"

霍璋冷笑道："就算她们想做，也要有这本事！"

保镖迟疑地问道："这种事只有您身边最亲近的人才知道，但是大家跟了您这么多年，绝对不可能泄密，警察到底是怎么知道的？"他说着，目光忽然落在霍璋的电脑上，"霍先生，赵小姐她……"

霍璋摆摆手，忽然笑了："叫她明天来陪我吃晚饭吧。"

暮色垂垂，江易回到油灯街，贺丰宝站在街角的路灯下等他。他虽然穿着便衣，但身上那种警察独有的气质在这样的环境里太惹眼，以至于江易一眼就看见了他。

贺丰宝递来一根烟："好久不见了。"

江易没接："前不久才在警局见过。"

贺丰宝拍拍脑袋："是，瞧我这记性，忘了之前孙玉斗的案子你也是嫌疑人。"

江易蹙眉："也？"

贺丰宝笑笑，他本就是浓眉大眼的精神长相，这一笑十分开朗，他问道："为什么在城南打电话报警，说你有失踪案的线索？"

"我没有。"

"可电话号码是你的。"

"手机丢了。"江易面不改色。

"赵云今什么都跟我说了，乌玉媚手下有个叫金富源的人，是失踪案的重要嫌疑人，她说他的失踪和你有关。"

"乌玉媚手下是有这个人，但我跟他不熟，也不知道他失踪的事。贺警官，如果你有证据证明是我做的，那想必现在我该在警局的审讯室里坐着了，你私下来找我，说明你也只是猜测，既然话是赵云今说的，你去找她吧。"

贺丰宝给嘴里的烟点上火："忘了你从小就是警局常客，审犯人那套对你不管用了。"

他吐了口烟圈，眯着眼看他："做警察这些年经手了那么多案子，我只见过近墨者黑，还没见过出淤泥而不染的人长什么样。江易，你在于水生身边待了这么多年，也算是他半个儿子，就真的一点儿都不知道他私下里干的那些勾当？"

江易说："我不知道。"

贺丰宝静了静，随后将烟捻灭在一旁的路灯杆上："他走得太早，到底没能把你拉回正道。"

他离开了，江易在巷口站了一会儿，直到远处天际最后一抹霞光坠落云间，才转身回家。

赵云今到时，晚饭已经布置好了，简单的四菜一汤，霍璋在小桌旁等着。

她怀孕后有些怕冷，不再像从前一样爱穿单薄的裙子了，哪怕夏日也会随身带一件薄外套。她坐在霍璋对面的椅子上，说："我下午去医院了，医生说孩子发育得很好，只要前两个月多注意些，后面就不会有大问题了。"

桌上的菜全是她爱吃的，霍璋特意叮嘱做得清淡些，她今晚吃了不少。

霍璋没有表态，他吃饭很讲规矩，食时一定不言，那是小时候在薛美辰身边长大养成的习惯。直到咽下最后一粒米，他才问："合胃口吗？"

赵云今点头，他又为她盛了一碗汤："再吃点儿。"

赵云今愣住，以往和霍璋吃饭很少坐在这样温馨的小桌旁，更别说会有为她盛饭这样的动作了。他生性凉薄，不喜欢和人有过多亲密的接触和情感交集，赵云今了解他的性子，因此和他相处时都维持着足够的距离，不会轻易逾矩。

他问道："看我做什么？"

赵云今笑笑，她将那碗菌汤喝完，放下勺子："没什么，叫我来有事吗？"

"想看看你而已，推我上楼吧。"

赵云今推着轮椅进了电梯，以往饭后霍璋总会锻炼，虽然下身动不了，但他上身的肌肉很漂亮，这得益于他出车祸前就喜欢运动，也和他这些年的坚持复健脱不了关系。赵云今以为他要去健身房，霍璋让她停在了书房门前。他的书房从来不许外人多待，赵云今推他进去后刚要离开，霍璋却叫住她："陪我一会儿。"

他在电脑前处理事情，赵云今坐在沙发上看书，两人谁也没有说话，就这样一直坐到深夜。直到窗外星光闪烁，霍璋才关上电脑，赵云今问："最近很忙吗？"

"不忙，但很棘手。"霍璋说，"松川药厂被警察盯上了。"

虽然早从贺丰宝那里得到了消息，但赵云今脸上瞬时出现的惊讶神色依然毫无破绽，她问道："是药物质检不达标？"

霍璋摇头，她又笑着问：“你漏税了？”

霍璋说：“一直为我提供药物原料的走私商被查处了，如果警方顺藤摸瓜，接下来查到的就是我了。”

“走私的药物原料？”

霍璋笑道：“你这些年虽然跟着我，但对松川药厂还不了解。如果只是循规蹈矩地做药，哪一年才能做出让父亲满意的成绩？国外有些组织恰恰需要国内禁止制造、流通的禁药，那是块还没被分割的市场，我管松川这短短几年能将药厂做到现在这个规模，正是因为这个。走私的消息很可能是从我这里泄露的，但我一时想不到在我身边谁会有嫌疑。”

赵云今静默，并不是因为他的话让她惊讶，而是在心里揣测，一向谨慎的霍璋为什么会把这些事告诉她。

霍璋递来两个文件袋，赵云今接过，他说：“你看。”里面的内容她以前进书房时就看过，那是林清执的资料。

“这个人叫丁晨凯，五年前我出车祸后他应聘来到我身边，当时我在复健期，药厂的事很难兼顾，许多事都是他帮我处理的。”霍璋似乎想起了什么，眼镜后温润的眼里流露出一丝锋芒，“这个人思维敏捷，能力很强，完全不像个普通人，倒像是个……”

他顿了顿，缓缓道：“警察。

“丁晨凯为我办事的时候我的生意很不顺，虽然没有被警方抓到明确把柄，但那一年来交易失败了很多次，有几次我的人差一点儿就被警察当场逮到，我怀疑丁晨凯，所以把他派去了小东山，借乌玉媚的手除掉了他。”霍璋淡淡地说，“直到丁晨凯死，我都不清楚他是不是警察，但从那以后，松川药厂一直太平得很。

“现在警察又盯上了我，可丁晨凯明明已经死了那么久。”霍璋问，“云今，你说我身边是不是又混入了别的人，把我的消息透漏给了警察？”

她低着头思索，没有回答，他问：“在想什么？”

赵云今眼里充满困惑：“你生意上的事以前从来不和我说，为什么突然告诉我这些？”

“没人可以倾诉了。你以后说不定要帮我打理家业，早些知道对你有好处。”

赵云今认真地看着他："霍璋，你应该知道我哥就是警察，虽然他已经过世了，但我从小是他看着长大的，我一直很尊敬他。你是不是除掉了一个警察我一点儿都不想知道，也不会帮你打理家业，如果早知道这些……"

霍璋问："你会向警察告发我吗？"

赵云今静了静，说："我不会跟你这么多年。"

霍璋凝视她，忽然笑了："好好和你说事，你倒生气了。知道你和林警官感情很好，所以从前没敢告诉你，我现在说了，你要向警察揭发我吗？"

赵云今蹙眉："你知道我不会。"

霍璋"嗯"了一声："我信你。

"但我不信他。"他递来另一个文件袋，里面的资料是江易的。

赵云今说："江易是于水生的干儿子，怎么可能是警察？"

"于水生的干儿子可不会帮我除掉韩巴。"霍璋冷笑道，"他既不是于水生的人，又不是真心为我做事，那他的目的是什么？怎么想都很可疑，你觉得呢？"

赵云今的视线又落回书上："江易只为我开过一段时间的车，除此之外没什么联系，我不了解他。"

"林警官几年前曾处理过江易的恶性斗殴案，你也不了解？"

"哥哥还和江易有过这样的交集吗？"赵云今抬头，眼眸自然平淡，"他很少和我说工作，我确实没听说过，你怎么知道的？"

霍璋没回答，他招手，像唤猫狗："过来。"他将手贴在她的小腹上，"那晚薛美辰做的事我已经告诉父亲了，他虽然没有发火，可言语中对她很不满，这孩子刚来就帮了我一个大忙。"

"对你而言，这也算大忙吗？"

"我知道你委屈，但事情要一步一步来。薛美辰折磨你，以后我会一一向她讨回来。云今，我是心疼你的。"

赵云今笑了笑，可那笑却只在皮肉，没有延及眼睛里。

"你怀孕了，明泽没有缠着你吗？薛美辰到处宣扬这孩子不是我的，他应该怀疑才对。"

赵云今说："他这些年成熟了不少，没有缠我。"

"等父亲去世，如果你不想打掉，可以生下来。我给不了你孩子，但以后的日子还长，免不了寂寞，留下他陪你也好。"

赵云今怔了怔，允许她留下和别的男人的孩子，眼前这个人仿佛不是她所认识的那个霍璋了。

霍璋斯文地笑着说："我确实厌恶不干净和不能完全掌控的事，但对喜欢的东西一向宽容，犯错也好，背叛也罢，都还有重来的机会，从前的事就当是被风吹散了，过了就过了，只要以后心还在我这儿，过往不重要。

"但仅此一次，你明白吗？"

他似乎在说孩子，又似乎不是，赵云今想了想："我和霍明泽没什么，如果不是你有需要，我不会找他。"

"我知道。"霍璋扶了扶眼镜，温润的眼睛凝望着她，"我知道你没有背叛我。"

一到深夜，油灯街上的消夜摊儿总是格外热闹。

双喜爱吃消夜，尤其是在阿盈发廊玩过一圈后总是格外饿。他叫江易下来吃消夜，十次有九次他都不来，所以偶尔江易来一次他总是很开心，不仅请客吃面，还要了两碟下酒的小菜。

街上有耍杂技的，双喜一边嗦面一边朝那里张望，看得津津有味。

"当年武大东也想送我去学杂耍，结果杂技团老板看我小身板太弱，压根儿不要我。"双喜嘴里满是面，含混不清地说，"一想起小时候的事我就来气，本来我在家里过得多好啊，说不准还是哪个山沟里村长的儿子，要不是那老杂种，估计我现在老婆都娶上了。"

双喜心大，提起幼年的事时总是嬉皮笑脸的，只有偶尔说起家才会流露出一点儿伤感的表情，他把碗朝桌上一磕，端起酒杯喝了口酒。

江易问："你想家？"

"说实话，我对家的记忆早就不清楚了。"双喜笑笑，"但从小没爸没妈过了这么多年，我就想知道自己的爸妈长什么样，想知道他们这些年有没有想过我。"

“不是所有父母都会对孩子好的。”

“你妈是个特殊的意外。”双喜得意地说，“虽然是很久以前的事了，但我记得我爸妈对我很好，每天都‘小福昌小福昌’地叫我，还给我钱买老糖水冰棍儿。要是有机会，我真想回家看看，认祖归宗，再替他们养老。可惜武大东压根儿不知道我家是哪里的，人贩子可能知道，但上哪里去找啊。”

江易说：“如果以后有机会，我帮你找。”

双喜笑眯眯地说：“那可说好了，阿易，有你在我总是特别有安全感。虽然这事没谱，但你要是陪我一起找，我就觉得能成，肯定能成！”

望着江易时，他那张干巴的脸上总会带点儿仰望和崇拜之情。

江易说：“还不一定有机会。”

“就算是说说我也开心。真好，打那天你叫我去天台喝酒后，我就觉得你和以前不一样了，就好像多了点儿人气儿。”

他端量江易：“你最近总往小东山跑，夜里才回来，能逮着你一次不容易，咱俩喝点儿。”

他给江易杯里倒酒，桌边突然跑过一个小女孩，正好碰了下他的胳膊，他手一歪，酒全洒外边了。双喜气急了，站起来吼道：“谁家的孩子？到处乱跑也不看着点儿，都把我的酒碰洒了，让我怎么喝啊！”

那小女孩是消夜摊儿老板家的，他连忙过来道歉，又免费送了两瓶酒，双喜这才消气，美滋滋地笑道：“这怎么好意思呢，还因祸得福了。”

江易一晚上都心不在焉的，没注意他，视线盯着桌面的纹路，不知是在想事还是在发呆。

双喜将他的杯满上：“阿易，我先干了，你随意。”

小女孩先是被双喜的嗓门儿吓着了，看他不找自己的麻烦，又慢慢活泼起来，她跑到炒锅前笑着问：“爸爸，你看这是什么？”

“离远点儿，别被油溅着！”老板忙得热火朝天，没空理她。

小女孩噘起嘴：“爸爸，你看一下嘛！就一下！”

稚嫩的童音打乱了江易的思路，他抬头瞥了眼，见那小女孩伸出两个手指晃来晃去。

老板说：“这不就是二吗？”

小女孩“咯咯”地笑了，把手指朝头上一放：“这才不是二，这是兔耳朵！”

江易平静的神情忽然凝固住，他脑海里飞速闪过一串数字——451612。

双喜刚把酒喝完，江易却猛然起身，拿上车钥匙离开了。他问道：“阿易，这大半夜的，你去哪儿啊？”

江易没有回头，双喜连忙付了钱，跟在他身后追了上去。

入夏的暴雨持续了一整夜，香溪水面波涛汹涌，渐渐漫上河岸的堤坝。

雨夜的温度骤降，珍珠大的雨粒和冰雹砸向窗子发出肆虐般“砰砰”的撞击声，听得人心惊肉跳。

病房内，灯火摇曳。霍嵩躺在柔软的病床上，满头白发，形容枯槁，一旁的呼吸机维持着他岌岌可危的生命，却无法让他从虚弱中挣脱。

霍明芸守在一旁，端着熬好的碎米粥，霍嵩摆摆手，偏头去看窗外的雨帘。

霍明芸将粥碗放在一旁：“妈已经在外面等了两天了，您就别生她的气了。”

霍嵩大张着嘴，像离了水的鱼般在砧板上鼓着腮喘气：“六十多岁的人还这么不稳重，也不知道我是怎么和她过了一辈子。那女人肚子里的怎么说都是我的孙子，她想干吗？想杀人吗？”

“妈没想把她怎么样，只是想从她嘴里问话，万一赵云今怀的不是霍璋的孩子，那家产不就分给一个野种了？”

“是不是野种我心里有数，用得着她来问？说来说去不还是为了点儿家产，一个个都盼着我死呢！”

霍明芸说：“这或许是别人的心思，但妈可从来没这么想过。她和您是夫妻，重的是感情，不像那位，眼里只有钱。”

晚宴那天，薛美辰的所作所为早被霍璋告诉了霍嵩，他生着病，身子骨弱，被气得不轻，已经很多天不见薛美辰了。

霍明泽每天找不着人影，霍嵩又因为从前的事对乌玉媚有成见，因此，天天守在霍嵩身边照顾的只有霍明芸。她看似是个跋扈的千金小姐，但在霍嵩面前却懂事得很，喂饭擦身事事亲为，一点儿也看不出娇生惯养的样子。

霍嵩闭了会儿眼，伸出舌头舔了舔干燥的嘴唇："你哥呢？"

"大哥在忙药厂的事，最近总不见人影，明泽……"她顿了顿，"妈让他尝试接手一些子公司，他可能正在熟悉管理业务呢。"

自从那夜宴会之后，霍明泽天天出去喝酒，每晚回家都一身戾气和酒味，颓废得不成样子。霍嵩病成这样他还流连夜店，霍明芸当然不敢对父亲说，随便撒了个谎糊弄过去了。

霍明泽出生后，霍家生意正值上升期，霍嵩很少在家，小时候陪他学习玩耍的人是霍璋。长大后，他又一直在国外读书，与家人聚少离多。所以他和霍嵩的关系不咸不淡，虽然名义上是父子，却没多少感情。年轻时，儿女之于霍嵩不过是传宗接代的工具，还不及情人片刻的开心重要，可人到油尽灯枯的时候，对家和亲情总有种莫名的依恋。

"把他们都叫来吧。"霍嵩闭了闭眼，"律师也请来。"

霍嵩的时日不多了，霍明芸立刻明白了他的意思："全请来？"

霍嵩浑浊的眼球在一瞬间亮起了点点微光，但转瞬即逝。他望着女儿正值青春的面孔，嘶哑地叹了口气："她就算了，叫她过来对不起你。"

风声呜咽，暴雨猛烈，重重击在楼下半枯的树上，昏暗的光影下，那棵树在无边的风雨之中摇摇欲坠，看起来生命力更加孱弱了。

走廊里，薛美辰站在窗口，视线落在院里。

医院是霍家的私产，整个院区都为霍嵩的病忙碌着，院里四角路灯明亮，但被大雨一遮，就看不到多少颜色了。

在院中央，一身黑裙的乌玉媚撑着伞立在那儿，周围跟着四个贴身保镖。哪怕薛美辰再不喜欢她，也不得不承认，这女人天生一副妖精皮囊，柔弱而纤美，对男人而言有着致命的吸引力。

乌玉媚也许是听到了霍嵩病危的消息，上赶着来讨好，可是别说病房，她连大楼的门都进不去。她没有离开，就静静地站在那里等，虽说淋着雨，刮着风，她却动都没动过一步。她仰起头，和楼上的薛美辰对视，在霍嵩面前的柔弱荡然无存，眉梢染着嘲色。

霍明芸走下楼来："别在这儿演苦情剧了，父亲不会见你，他请了律师来协助商定遗嘱，但和你没什么关系。

"我妈让我给你带句话，她说小三就是小三，哪怕一时插足得了别人的家庭，也没法儿插足一辈子。父亲以前是宠你，可那不过是色心作祟，男人最现实了，真到临死关头，他分得清谁是家人，谁是玩物。家人犯了错可以原谅，可玩物犯了错呢？丢掉再买就是了。你不会真以为，我父亲那点儿新鲜感和可笑的爱情能维持一辈子吧？"

乌玉媚淡淡地抬起眸子，波澜不惊的目光落在她身上。

霍明芸笑着说："活该！"

"明芸，"乌玉媚的嗓音和她的人一样美，不然当初也不可能凭着唱几首老歌就把霍嵩的魂儿勾走，她轻声说，"你们都认为是我要韩巴去绑架你的，可我们相安无事了这么多年，我为什么要突然对你下手？"

霍明芸冷笑道："当然是因为父亲的日子不多了，谁不知道你乌玉媚进到霍家就是为了钱？我死了，你分到的遗产肯定会多一份。"

"如果我真有要动你的心思，这么重要的事怎么可能只派韩巴一个人去？还有江易，他是阿九的干儿子，如果是我派韩巴去做这件事，怎么可能会不提前跟江易商量好，还让他跑去救你呢？想想吧，这件事受益最大的是谁，又是谁恨我入骨，巴不得我早点儿下地狱。"

霍明芸怔了怔，乌玉媚倾斜伞把，雨水顺着伞面流下来。

她微笑道："事后霍璋把韩巴带回了他那里，你猜他为什么不敢把韩巴交给警察？"

霍明芸立即清醒过来："你不用在这儿挑唆，虽然我不喜欢霍璋，但更讨厌你。"

"事情的真相不会因为你的喜好改变。"乌玉媚淡淡地说，"霍璋虽然装得不错，但他对你母亲的厌恶不会比我少到哪儿去。老爷子既然不愿意把他的遗产留给我，我也不强求，争不到就算了。但是明芸，回去问问你母亲，是不是真想养只豺狼在身边。"

她说完，仰头朝楼上看了一眼，薛美辰得到允许已经进了病房，霍嵩房间的窗户被雨糊花，但灯火依然明亮，也许会彻夜不熄。

暴雨夜的凉气渗透进单薄的裙子里，她理了理潮湿的衣摆，转身离开了。

霍明泽接到消息回来，见霍明芸正站在雨里，望着乌玉媚远去的车子发呆，他问："你在看什么？"

"在想乌玉媚的话。"霍明芸蹙眉，"她虽然恶毒，但说的话有几分道理，如果韩巴真是她派去的，救我的人又怎么可能是江易？这不是大水冲了龙王庙吗？你说江易到底是谁的人？乌玉媚不信他，霍璋也提防他，还有赵云今……"

她想起那天江易抱起赵云今时嘴里呢喃的名字，他叫她"云云"。之前，霍明芸在他面前提起自己的小名，她也叫"芸芸"，当初江易望向她的目光复杂而凌厉，那时她以为是这叫法亲昵，他不喜欢，现在想起来似乎不是那么回事。

"不会吧，应该不会……"霍明芸摇摇头，低声说，"才给她开了几个月的车而已，不至于发展得那么快，敢在霍璋眼皮子底下偷情吧？"

霍明泽刚从酒吧回来，身上的酒味浓郁，霍明芸隔得老远就能闻到，她扇了扇鼻子，把外套脱下来丢给他："你还是换一身吧，爸今晚可能要立遗嘱了，别被他看到你这副样子，他都病成那样了，你还有心思喝酒，脑子里到底在想什么？"

霍明泽面无表情，没穿她的外套，而是问："你刚才说，江易和赵云今怎么了？"

乌宅，于水生等在门口，乌玉媚下了车，他走过来为她撑伞。

保镖识趣地散开，留下两人慢慢朝屋里走。乌玉媚望着小院里的假山芭蕉和凉亭池塘，脚步停下。雨帘厚重，空气沉闷潮湿，叫人透不过气来，水里的鱼浮在水面上吐泡，于水生另一只手拎着收音机，里面放着她最爱听的昆曲《牡丹亭》的唱段。

"第一次见你那天，帝王宫里就放着这首曲儿。"乌玉媚平静地说，"当时没觉得多好听，后来却记了这些年。"

"过去的事就别提了。"

“为什么不提呢？没有那段日子，哪有现在的我们？”乌玉媚笑着，“虽然不堪，但有你陪着，也不算那么难。那年帝王宫被查封后，我是真的想跟你安安静静地做一对平凡夫妻，上班、下班、买菜、煮饭，可一晃这么些年过去了，没想到把自己过成了这样的光景。

“接近霍嵩图的就是他的钱，结果陪了他这么多年，遗产没捞到，小东山也没了。霍明芸虽然蠢，但有句话说得对，男人最现实，真到临死关头，分得清谁是家人，谁是玩物。”女人唇角的笑渐渐变冷，“他和那些男人一样，根本没把我当人看过。”

于水生的眉头皱得理不开：“霍嵩算个什么东西，叫你看开点儿，你偏把他放在心上，就算没有霍家的遗产，这些年攒下的钱也够我们用一辈子了。”

乌玉媚盯着泛起阵阵涟漪的水面：“可我就是不甘心。

“我来到这世上，明明什么都没做错，却要让我一生坎坷。进霍家只是为了活着，明明谁都没招惹，偏偏薛美辰百般侮辱我，就连我看着长大的霍璋都要和我过不去。他小时候来给我拜年，总是一口一个乌姨叫着，我以为孩子的心是最干净的，可他长大以后还是算计到了我头上。

“我在小东山上花费了十几年的心血，转头就被人夺走，凭什么？”

她转头看着于水生：“你不是说要解决掉赵云今肚子里的孩子吗？她为什么还好好的？”

于水生沉默了，好一会儿，他才开口：“还没找到下手的机会，我听到些风声，王勇落在警方手里了，金富源一直没消息，说不准也和这有关。”

乌玉媚瞳孔骤然缩紧，随即冷笑着说：“现在就连警察都不放过我。”

“怪只怪霍璋突然接管小东山，我们才会被逼得那么急，否则一定不会叫警察发觉，但现在说这些已经没有意义了，王勇被抓，金富源下落不明，警察可能就要查上门了。娟娟，我们离开西河吧，去国外避避风头，操劳了这么多年，该过过安稳日子了。”

乌玉媚没说话，于水生松开手，将她肩膀扳正，直视着她：“当年你说要做人上人，我就帮你接近霍嵩做了霍家三太；你说钱要握在自己手里才有安全感，我就帮你打理小东山。可到头来还不是一场空？也许这就是我们的命，命是天给的，改不了。比起这种提心吊胆的日子，我更想你过得开心。小东山这些年经营的收入够我们好好过上一辈子了，虽然比不得霍家的日子奢华，但也不会像从前一样吃苦了。”

乌玉媚偏头望着池塘里的游鱼，眉头蹙起又松开：“可我害怕，没钱没权就是蝼蚁一只，蝼蚁就会受人欺辱，我不想再过那种日子了。”

“那是以前，都过去了。”于水生轻声说，“现在有我呢。”

乌玉媚没再说话，于水生也不再开口，只是静静地陪着她。

《牡丹亭》的曲儿唱得缱绻，她似乎想起了什么，陷入陈年依稀的旧梦里。过了很久，她问：“我们能去哪儿？”

“钱足够用，我先带你去世界各地逛逛，再到北欧买个农庄或牧场，招几个人守着，咱俩就过过安详的日子，白天看奶牛挤奶，晚上在篝火边烤羊。我这辈子还没出过国，就连西河都没出过几次。”提起以后，于水生平日冷肃的脸上罕见地露出了几分温柔，“春天撒一片草种子，到了夏天就可以放羊。”

乌玉媚问：“那秋冬呢？”

“你怕冷，冬天带去你暖和的地方。”

“你是不是早想好了？”

于水生笑道：“想了许多年了。”

也许是于水生给她描述的未来太过美好，也许是明白今非昔比，霍家三太当得不如意，生意也难以继续，换一种生活才能确保自由和活下去，她往日如无波古井的眼里出现了些许的向往和渴望。

乌玉媚刚要开口说话，在这一刻不停的暴雨里，突然门口有个人冒失地跑进来，一路磕磕绊绊，差点儿跌进了池塘里。他跑到回廊下面，满身湿透，口齿不清地喊：“九爷，金……金爷回来了，您快去看看吧！他……您自己去看看吧，他说一定要立刻见您！”

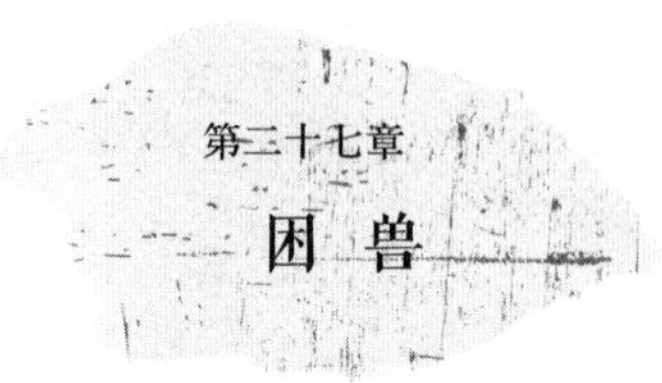

第二十七章

困兽

暴雨夜格外清寂，街道上污水横流，除了噼里啪啦的雨声，没半点儿声音。

警员递来一杯热茶：“今年这么大的雨实在罕见。”

贺丰宝站在窗前看着雨景，“嗯”了一声：“让我想起了那年的大雨，差点儿淹了半个西河。”

“贺队说的是四年前的那场暴雨吧？那年我还在警校读书呢，香溪涨水，半夜一直淹到了宿舍楼，我们整栋寝室的男生都下去帮忙排水。哦，我还记得，每栋宿舍楼前的宣传栏上都会贴上历届优秀学生的照片，我念书那年上面贴了您和一个叫林清执的学长的照片，当时好多女同学都想考到西河支队做您的同事呢。”

“是吗？”

“虽然那位林学长的履历也很优秀，但相比起来，您更帅一点儿。”

贺丰宝回忆起林清执那张英俊的脸，又想起他墓碑上的照片，笑了笑：“还是第一次有人这么说。”

“那位学长毕业后去哪里工作了？你们读书时被喻为警校那一届的双子星，但后来好像很少听说那位学长的事。”

“就在西河支队。”

“我们局？我怎么从来没听说过？”

贺丰宝目光下沉，望着院里那棵挺拔但缺了一半的白杨树。

那年春天被雷劈掉的树杈留下了粗粗的一道疤，被雨水一打，陈年的灰尘消融，露出了原木色。他嗓音平缓沉稳，听不出悲喜，却有一种坚定的力量：“几年前，殉职。”

“这太可惜了，是因为什么？”

外面有人敲门：“贺队，提审王勇的时间到了。”

“以后你会知道的。”贺丰宝拍了拍警员的肩膀，转身出去了。

审讯室。

虽然道上都叫他一声勇哥，但王勇看上去是个再普通不过的男人，平头平脑，光看样子很难将他和一个穷凶极恶的人贩子联系起来。根据赵龙胜提供的线索逮捕他后，这已经是第八次提审了，前几次他也吐出了不少东西，对警方侦破西河市的人口贩卖组织有不小的帮助，但关于“老金”的事，他一直咬死不知。

如果说王勇是混迹多年的老油条，那贺丰宝就是在油里比他滚得更久、经验更丰富的油炸糕。

他那点儿心思无从隐藏，贺丰宝一眼看去，就知道他有东西瞒着警察。交代了一部分也是交代，交代了全部也是交代，但他为什么对此讳莫如深不肯透露半个字，背后的原因只可能是代价太大。贩卖人口或许会让他吃上几十年牢饭，可关于老金的事一旦被查出来，就不是吃牢饭那么简单了。

前七次提审，贺丰宝没多说，只是假装像只无头苍蝇一样反复询问他关于老金的事。

王勇不说，警察也拿他没办法，只能继续收押，他以为这次提审也一样。

贺丰宝坐在桌前玩笔，目光淡淡地掠过王勇。他进来坐了十多分钟，一句话没说，等到王勇犯困的时候，他忽然开口：“金富源已经抓到了。”

王勇的表情出现片刻的凝滞，随即问：“金富源是谁？”

贺丰宝说：“你可以继续装傻，但金富源可是全都交代了，他说跟你合作很多年了，根本不是你嘴里的不熟，什么只知道他叫老金其他一概不知都是放屁，你们私下里可有不少往来呢。”

一旁的警员不着痕迹地看了他一眼，贺丰宝满口跑火车的时候神情总是格外端正，叫人看不出一点儿破绽。

“金富源、器官、小东山、霍家，”贺丰宝唇角勾起笑来，“我没说错吧？”

王勇一开始平静的表情渐渐凝重，坐姿也由懒散靠着变得不安起来。贺丰宝说：“今天提审你不是为了问东西，是和你说再见的，审了这么久也有感情了，离开前和你道个别。说起来可惜，王勇，你本来有机会戴罪立功的，现在看来金富源比你更聪明，最起码他知道为自己考虑。”

王勇不说话，贺丰宝收拾好桌面上的东西递给警员，起身走了。王勇的目光一直追随着贺丰宝的背影，似乎在试探，等到贺丰宝真的离开审讯室后，他才出现了一丝慌乱。

“贺队，”警员追上来，“你怎么确定王勇之前有所隐瞒，万一他确实不知道金富源的底细，那不就露馅儿了？”

“如果王勇真不知道，那他对我们就没有用处，露馅儿就露馅儿，要是他知道，诈一下也没什么。况且器官买卖这么大的事，对方可能和完全不信任的人交易吗？我信王勇对这事知道得不深，但要说一无所知，那就是鬼话连篇了。这些天别理他，给他时间清醒清醒脑子，金富源这条线还得继续去查，他是关键，如果找不到人，这案子就没法儿继续下去。”

有警员急匆匆地从门外跑进来：“贺队！贺队！”

“大惊小怪什么？”

窗外一闪，一阵惊雷轰然炸在耳畔，一声雷后，雨声更清晰了，“哗哗”地冲刷着大地。

刚进来的警员说：“今晚雨太大，刚刚香溪涨水，现在城南低洼处的部分堤坝已经被淹了。”

贺丰宝看他的目光像看个傻子：“你看这事像是归我管吗？”

“不是让您去处理的。”警员气喘吁吁地摆手，“市政工程早就派人去抢险了，周边群众也都疏散了，但是在抢修中发生了意外，一名叫吴新立的工人受伤被送到了医院急救，在抢救的过程中，医生在他身上发现了这个。”

他递来一个手机，很低端的牌子，看不出有什么特别。

“医院本意是想用手机联系他家人，却在里面发现了一些东西，就直接报警了。和您几年前办过的一起案子有关，您自己看吧。”

如果从城市上空看，西河的天空一定被阴云笼罩得没有一丝缝隙。

离开油灯街时天气还算好，到达小东山时，雨大得盖住了整面车前玻璃，几乎看不见前面的路。

双喜刚才追着江易，非要上车跟他一起来，此刻正半个身子探出车窗外，拿抹布擦窗上的水帘。他缩回来时，衣服已经被淋透了，雨水不停地朝座位上渗，而且十分冰凉，他冷得牙齿直打战：“阿易，如果没有急事明天再去吧，雨太大了，两边山壁又高，万一遇到滑坡了怎么办？”

江易没有作声，车子在山路上慢腾腾地行驶着。

夜深时分，小东山的灯火全灭，偌大的园区陷入一片漆黑的寂静里。江易在路边停下车，将车钥匙丢给双喜：“我一个人进去就行，你把车开回去。”

双喜头上顶着一条白毛巾，傻愣愣地问：“你去干吗呀？”

这样罕见的天气，江易却执意要来小东山，哪怕双喜再傻，也知道他有重要的事要做。可江易向来这样，一个人独来独往，一个人把话藏在心里谁也不给说。明明坐在同一辆车里，双喜却觉得和江易之间隔着千万重山，总猜不透他在想什么。

江易的目光直视前方，却被模糊的车窗挡了回来，望不到更远的地方。这样的暴雨和那年春天如出一辙，雨水瓢泼冰凉，眼前也同样是茫茫夜色，小东山的夜景似乎和庆祥棺厂的残影重叠到了一起，在许多年后依然历历在目。

“二不是二，是兔耳朵。”他喃喃自语。

“什么？”

江易闭眼靠在驾驶座上：“我以前怎么从没想到过。”

“你现在回去，别说今晚来过这儿。”江易拿起后座的工具包，撑着一把宽大的黑伞下了车，双喜想也不想就跟着跳了下去。

“阿易！”他追上去，拽住了江易的伞把，“你能不能别这样？”

江易转过头，平静地看着他。以往双喜脸上从未出现过这样显而易见的怒意，他也不敢对江易发怒，但今晚似乎是点燃了压在心底许久的不满的引线，眼珠子瞪得像铜铃一般大，双目赤红地盯着他："我是不聪明，但我也不傻，虽然不知道你最近总来小东山做什么，但一定是很重要的事。你跟我说，我可以帮你！"

"你帮不了我。"

"我可以！"双喜执着地堵在他身前，"别把我想得太没用了，刚才吃消夜的时候你还说以后要帮我找父母，既然你可以帮我，我为什么不能帮你？江易，就算你从来没把我当过朋友，你也至少把我当个人吧，别这么无视我。"

江易的眉头拧了拧，他将伞从双喜手里抽走，转身就走。

双喜没打伞，几乎一瞬间就被暴雨从头到脚浇透了，他跟在江易身后，瘦小的身形在这滂沱的雨里看起来更单薄了。

江易停下脚步，双喜很少有这样执拗的时候，见江易回头看过来，朝他笑笑："就带我去嘛，就一次，啊？我不捣乱，也不给你添麻烦，你去小东山不是干好事的吧？要是被人发现了，你就把我撂那儿，自己先跑，我来替你挨打。"

江易甩不掉他，双喜像个尾巴一样黏在身后，他也没法儿做事。他想了想，说："我要去一趟东区行政楼顶的办公室，东区的家属区有人住，所以供电系统是开的，监控一直在运作，你去保安室帮我缠住保安，别让他们注意到监控。"

楼顶的办公室是霍璋的，双喜没问他去做什么，就一口应下来："可我怎么缠住他们？"

江易递给他一副扑克，头也不回地走进雨里。双喜攥着扑克牌，回到车上把头发擦干，慢腾腾地将车开到东区门口。

保安室灯火明亮，他下车后故意在雨里淋了一会儿，然后披着衣服冲了进去。他狼狈得像只落汤鸡，进到屋里就浑身发抖。几个保安正在玩手机，他们投来疑惑的目光，双喜说："我是霍先生的司机，我师傅是何通，你们应该知道他，我师傅之前过来的时候落下了东西，我来帮他拿。"

保安怀疑地看着他："这个时候来拿？你要找什么？"

双喜说："我师傅那人小气得很，前两天惹他不高兴了，他专拿这种天气整我呢，这不，我刚把车开到门口，就在车座的夹缝里找到了。”他举着一个看起来价值不菲的打火机，“就这个。”

“那你都找到了还在这里干吗？”

双喜笑得谄媚，并不好看的脸上皱起了几层干皮：“这雨太大，现在下去危险，我在这儿避避，等雨小点儿再走。”

见保安没说话，他小心翼翼地坐在门口的板凳上，衣裳上的水滴滴答答的，不一会儿就在脚下积了一摊。

江易从围墙的破口处进了东区，路两边的路灯亮着，显得夜不那么漆黑。

他将伞留在了外面，套上包里的雨衣，拎着工具包朝行政区的主楼走去。他曾进过一次位于顶楼的霍璋的办公室，在正对着办公桌的墙面上，挂了一幅完整的小东山地图，也是他在小东山见过的唯一一幅。

虽然双喜进了东区的保安室，但一路上江易还是小心地避开监控，一直走在小道上和植物的暗影里。从进小东山起到现在，他看似每天无所事事，但实际上已经把园区里的每一条路以及每一栋楼都走过了。

工具包里的工具一应俱全，江易撬开了主楼的大门，乘电梯上了顶层。

自霍璋搬进来后，小东山的一切都还在重启之中，他很少在这儿办公，因此里面物件并不多，办公室的玻璃门也没上锁。

江易推开门进去，空荡荡的房间里只有一套桌椅和一个电脑，墙上挂了一幅巨大的地图。他打开手电，站在了地图前面。

451612，以前他将这六个数字当作某个密码，像无头苍蝇一样乱转乱想，这些年下来没有一点儿头绪。他早该想到林清执不会那么蠢，留给他一个无法破解甚至都不知道用来开启什么的数字做密码。

二不是二，是兔耳朵，今晚消夜摊儿小女孩的话让他醍醐灌顶。

林清执留给他的数字未必是密码，也许是图形，再或者，也许是一幅加密过的地图。

江易将手电的光亮打在地图的上半部，小东山的北区虽然是四区中面积最小的一个，但占地依然广阔，道路复杂，几十栋高矮不一的楼林立在不同的路上。北区是独立在外的区域，一共四个入口，江易的视线落在最北端的四号门上，目光凝住。

由四号门进入北区，眼前的路分为两条，一条朝西南，一条朝东南，延伸成一个倒扣过来的“V”。

“V”看上去没什么特殊，但在罗马数字里，它代表着另一层含义——数字5。

病房里静悄悄的，霍明芸与霍明泽站在薛美辰的身后，霍璋坐在床侧，几个人都没有说话。

遗嘱早在很久前就拟好了，律师和公证人今晚来是来确认最后一道程序的，签过字，录过像，除非霍嵩再反悔修改，否则，遗嘱从此就具有了法律效力。

薛美辰的脸色并不好看，原以为除掉一个乌玉媚就不会再有什么绊脚石，没想到螳螂捕蝉，还有一个黄雀——霍璋——在后头。

赵云今肚里的孩子为他带来了不少好处，但她前阵子的那一闹也并非无用功，霍嵩要求在遗嘱里注明，只有在孩子出生后和霍璋做过亲子鉴定，那部分遗产才作数，否则全归薛美辰所有。尽管一生风流，但霍嵩死到临头还是念着发妻的好。

霍璋面容平静，似乎遗嘱的内容对他并没有影响。他静静地坐着，等霍嵩签完字，他伸手将笔接过来放到一旁。

二十多年过去，眼前这个男人早没了当年的意气风发，他被疾病和衰老摧残得不成样子，手背像皴起的树皮一样干枯得失去了水分。他颤颤巍巍地碰了碰霍璋的手，目光在室内环视了一圈，最后费力地靠着床头，低声问道：“她没来？”

霍明芸到底还嫩：“是您说不叫她来……”

薛美辰望着丈夫的神色，拉了拉衣袖，示意女儿闭嘴，她说：“立遗嘱前一直巴巴地在外头等着，听说遗产没她的份儿，直接就走了。”

霍嵩闭上眼睛，很久后才“嗯”了一声，窗外暴雨如注，他的脸映在明亮的灯光下，看上去更苍白了。

病房外有人敲门，是霍璋的保镖，他进来在霍璋耳边说了句话，霍璋听得眉头渐渐蹙起来："父亲，药厂有事要处理，我先走了，明天再来看您。"

他一离开，律师和公证人也跟着走了。霍明泽去走廊抽烟，听着外面的雨声，说不出的心烦。霍明芸关上病房的门，留薛美辰一个人陪着霍嵩，她靠在墙边望着霍明泽："放着父亲不管，连家也不回，你最近实在太过分了。

"是因为赵云今怀孕的事？我以为过去这么多年，你早把她忘了。"

霍明泽将烟丢在地上，眼神阴沉地盯着缓缓燃烧的半截烟头，问："她和大哥的感情怎么样？"

"这个女人什么样你不是不知道，她连心都没有，怎么可能真心实意地去爱霍璋？霍璋比起她有过之而无不及，俩人天造地设的一对儿。"

"既然不喜欢，那她为什么要跟在大哥身边？"

"当然是为了钱。"话说到这儿，霍明芸也愣了一下。

虽然霍璋给赵云今房、车，也为她开了花店，但除此之外，赵云今似乎并没有从霍璋身上得到别的贵重东西。作为霍家这种顶级豪门的情人，她物欲低得不像话，既不出去旅行，也不挥霍在奢侈品上，每天安安静静地守着花店，真不知她图霍璋那个残废什么。

见霍明芸不说话，霍明泽又问："刚才在楼下，你说赵云今和江易怎么了？"

霍明芸有几分犹豫："可能是我听错了，他那天叫的也许是我，我不信江易那种男人会爱人，他才和赵云今认识了多久，连我都不要，凭什么喜欢她？"

"谁告诉你他们认识不久？"霍明泽脸色平静，眼里却阴云翻滚，"江易受伤那晚，推开的是赵云今的家门。"

霍明芸蹙眉："你怎么知道？"

"我在现场，亲眼见到赵云今送江易去诊所。"霍明泽略去了很多细节，但那夜的事清晰地存在他的脑海里，在此之前他谁也没给说，既因为霍家复杂他搞不清状况，也因为赵云今带酒登门那夜的妖娆妩媚，更因为他心里不想承认的情绪作祟。

原以为已经忘了，就算还有些念想残存，也没了当年的那份深刻。但当再见时，他才发现，比起少年时女孩的纯真明朗，现在神秘阴狠如毒蛇的女人更能激起他心底的欲念和向往。明知她不可信，明知她最会欺骗，但就是无法狠下心拒绝她，也无法将她的秘密宣之于口。

赵云今似乎很清楚自己的迷人之处，也似乎笃定了他会上钩，她将他拿捏得刚刚好，每一寸都尽在掌握。

霍明芸的脸色沉下来："所以江易和赵云今从前就认识，说不定还有别的关系。他真的是在利用我，我还以为他对我……"

"告诉你是想让你早些死心，离江易远点儿，他那种人不是你能碰的，至于其他的事，你别管了。"霍明泽的鞋底踩在地面的烟头上，"一旦爸去世，妈一定会对付大哥。爸给你留的遗产足够你挥霍一辈子，拿去做你的千金小姐，离得远远的，别来蹚这趟浑水。"

"那你呢？"

霍明泽失眠很久了，只要不喝酒，夜里闭上眼赵云今的话就反复在他脑海里回放。

"不管这个孩子真正的父亲是谁，他现在只能是霍璋的。"

霍明泽说："我还有件事要确认。"

霍明芸靠着背后冰凉的墙壁，想起那夜她去油灯街找江易时他屋里有个女人，那时没听出是谁，现在霍明泽这样说，她忽然觉得那个声音耳熟。她拎起包，转身朝外走。

霍明泽问："这么晚了你去哪儿？"

霍明芸淡淡地说："和你一样，我也有件事要确认。"

那夜江易去的研发基地主楼正好位于"V"的一条边上。

在研发楼旁边，是一座标记为1号楼的办公楼，1号楼共六层，顶层与研发楼之间有一座天桥相连，距离不过三十米。

夜雨瓢泼，沉甸甸压在身上，从东区徒步到北区的距离不短，江易的肩伤还未完全愈合，一路走来，他能感觉到伤口处钻心地疼，但疼不过几秒，又被接连而至的大雨淋到麻木。

他仰头，望着眼前不算高的1号楼，它背后是黑色的被雨雾遮掩的缠山残影，朦朦胧胧的，看起来像只神秘而危险的夜兽。

外面夜雨瓢泼，乌云将星月遮得一点儿光都不漏，走廊寂静，只有他慢而稳的脚步声。

小东山里的 1 号楼很多，北区的 1 号楼也不少，但在那条“V”线上的 1 号楼仅此一栋。林清执留下的数字其实再简单不过，跳出密码的思维去想，只要对小东山的地形构造有足够的了解，再将它当成一幅指向图，一切就容易多了。

江易站在顶层的 612 房间门口，打量着门牌上的“杂物间”三个大字。门是锁上了的，他用包里的工具撬开了房门。室内空间很大，堆满了数不清的杂物和清洁工具，一开门迎面扑来股经久的灰尘味，似乎从乌玉媚在时就没人用过了。

他进屋，掏出两个手电，一个摆在桌上，一个拿在手里，在凌乱的杂物间翻找。

金富源曾说过，当初在丁晨凯身上搜不到手机的存储卡，那么很可能是林清执闯入基地拍到了什么东西，被发现后将存储卡藏在了杂物间里。

能让林清执拼死也要守护的东西，里面的内容很可能是解开整个案子、颠覆小东山污秽交易的关键。数字里最后的信息就是这间屋子，可具体藏在哪一处角落却不得而知。

江易环顾房间，八十多平方米的面积，哪里都像是可以藏东西的旮旯，他打着手电，从门口处的废纸箱里一一找起。

世界仿佛只剩下了蒙面的灰尘和耳边的雨声，找遍了整个房间，也没有存储卡的影子。

江易站在窗口，关掉手电，目光遁入窗外的雨中，蹙眉思索。

451612，六个数字全部对上，按理说林清执指的就是这个杂物间没有错，但他却找不到存储卡。

当时林清执一定是在被发现的情况下紧急地把存储卡藏起来的，小东山的监控系统发达，他进了这栋楼不是什么秘密，乌玉媚那么紧张小东山的秘密外流，在事发后将整栋楼翻个底朝天去找都有可能，就算林清执把东西留在杂物间，也一定会被发现。

可从金富源的描述中，他们一直没有找到那张存储卡，这一点江易相信他没说谎。因为自打丁晨凯死后，乌玉媚小心谨慎，开张的次数比从前少了很多，西河市的人口失踪案也销声匿迹了好几年，直到最近才又露出些苗头。如果东西被他们找到了，她这些年不该这样提心吊胆才对。

或许林清执留下的信息不是要江易来找存储卡，再或许，江易没理解对那数字的含义，林清执指的根本不是这个杂物间。

雨声听得人心烦，江易没有一点儿头绪，他按亮手电，打算再找一遍。就在他转身的那一瞬间，背后窗子突然透进来一道强光，将整个房间照得恍如白昼般明亮。几乎是同时，他关掉手电躲到墙边。

北区在乌玉媚离开后没有投入使用，因此电闸一直没开，但就在短短几秒之内，园区内所有的路灯和探照灯一齐打开，将暴雨夜的黑暗驱退。

探照灯照射的方向只有一个——江易所在的 1 号楼 6 层杂物间。

他靠着墙沿朝窗外看，路尽头开来几辆车，保镖下车拉开车门，就着路灯的光，能隐约看到车内霍璋的轮椅边。

在这滂沱大雨中，保镖将霍璋的轮椅推下来，男人于伞下仰头，虽然没有和江易对视，可江易却能看到他眼神平和、面色从容。

一群保镖冒雨跑进楼里，江易知道自己被发现了。

自孙玉斗的事后，霍璋对他一直存有戒心，准他进小东山、跟他合作对付乌玉媚不过是互相利用。霍璋明知中枪的人和江易脱不了关系却隐而不发，不是不想，是没能完全捏住他的把柄，加上那夜江易抱起赵云今后与霍璋对视的那一眼里那只有男人才懂的意味，不被怀疑也难。

那时江易看见赵云今虚弱的样子，已经做好了去自首来了结整件事的打算，所以才那么肆无忌惮地将情绪外露，但金富源逃走打乱了他的设想，他不得不调整计划。

江易知道霍璋已经起疑了，但没想到他会这么快发作。

霍璋这种兼具狼性与狐性的人，不会贸然去做一件事，他今夜赶来小东山抓他现行，一定是找到了能将他咬死的证据。

江易当然不会坐以待毙。他离开杂物间，朝与研发楼相连的天桥处跑，走廊漆黑，只有墙根的应急指示灯亮着绿光。他跑出几步，脚步猛地顿住。

杂物间的东西摆放杂乱，大多是没用的东西，随时都有被清理掉的可能，林清执不会不知道，如果他留下的真的是存有证据的存储卡，那这么重要的东西一定会放在安全又隐蔽的地方，杂物间显然不符合条件。

安全隐蔽，是要让人难以找到，却不会困住根据数字指引来找的人。江易后退两步，蹲下身来，望着门侧墙根上那碧莹莹的应急指示灯。

一般的建筑物里都会有这东西，一旦安上，除非坏掉，否则没有人会去动它。

电梯间传来梯厢缓缓上升的声音，楼梯上也响起“嗒嗒”的皮鞋声。江易仿佛没有听见，他从工具包里掏出扳手和钳子，快速将灯牌卸下来。

在灯牌背后，是一处长方形的凹陷，里面堆了些墙灰与小碎石，他拨开碎石，在墙灰下面摸到张叠起来的纸片。

江易将那纸片展开，眼前出现了一个小小的、银灰色的、已经失去了光泽的手机存储卡。

乌云团聚，一道闪电从半空劈下，紧接着惊雷炸响，让本就嘈杂的雨夜更加吵闹，雨水落在地面的一片汪洋中，途经时在脚边溅起层叠的水花。

天空如泼洒了墨水瓶一样漆黑深邃，围追、堵截，一场狩猎正在空旷的园区里进行着。

江易沿六楼天桥跑向研发楼，身后的追逐者刚出电梯，紧咬着不放。同样的雨夜，同样的追赶，时空似乎在某一瞬间悄悄交错，江易虽没亲眼见过，但可以想象，那年的暴雨夜，林清执一定和他一样，手里拿着重要的证据，却四面囚笼，无处可逃。

北区没有网络，也没有信号，无法将信息传递出去，而要带着东西在这么多人的抓捕下逃离小东山，几乎没有可能。江易在偌大的研发楼里飞奔，脑子快速运转。

自从林清执殉职后，他早把一切置之度外。他不在乎生死，但他在乎手里的存储卡，四年前林清执没能送出去，四年后江易不想走上他的旧路。

论起来，贺丰宝当初对他的评价很对，他没有多少社会道德感与责任感，案子侦破与否和他无关，但这是林清执拿命换来的东西，江易不想让他白白牺牲。

存储卡里的内容显然对乌玉媚不利，霍璋那么恨她，如果把它交给霍璋和他联手呢？

这想法刚出现在脑海里就被江易否定了。乌玉媚固然有罪，但霍璋也绝不干净，林清执在他身边一年，不可能什么都没察觉，如果存储卡里不仅存有乌玉媚的罪证，也有霍璋的，那把东西交给他无异于销毁证据，况且霍璋不会放过自己，与豺狼交易等同于自我毁灭。

或者将存储卡交给双喜，让他带出去。江易蹙眉，今夜双喜非要跟来，哪怕他什么都不知道，但在霍璋眼里也一定会被当成自己的同伙，双喜不可能离得开小东山，就算可以离开，搜身也在所难免，东西放在双喜手里并不安全。

江易跑出研发楼，躲在槐树下的暗影里，查看四周的地形。槐树的枝叶能够挡住一部分雨水，但脚下的土地依然潮湿软烂，雨水把表层的土壤冲刷走了，这里的土壤和其他处明显不同，泛着死寂的灰白色。

保镖从研发楼不同的楼门里追出来，于道路的岔道口会合。一个戴着耳麦的保镖叫住同伴："霍先生要找人搜家，你们两个去那边听安排，江易我们来追，快去！"

江易的瞳孔骤然紧缩，那年香溪边他与林清执和赵云今拍的那张照片，过了这么多年依然舍不得扔，就放在床下的箱子里。霍璋搜家，一定会把赵云今牵连进来，不管是和他的过往，还是和林清执的关系，都足以把她置于死地。

他本就冷漠的眼眸逐渐变得阴沉，他起身朝东区狂奔。

水花四溅，闪电与惊雷接连而至。

监控全开，江易行动的轨迹根本不是秘密，身后的人如同附骨之疽难以摆脱，不知道在暴雨里跑了多久，眼前终于出现了亮着灯的东区保安室，身后保镖不过一两百米远，他们正在用耳麦和保安联系。

双喜牌打到一半出来解手，刚好看到眼前的一幕，他朝江易挥手："阿易，我都按照你的要求做好了，你放心，他们肯定没发现！"

话刚说完，他忽然听见身后传来关门声，转头一看，保安室里原本正在养神喝茶打牌的保安不知怎么出来了，他们手里的电话刚挂断，几个人合力将大门拉上。江易身后不远处也有不少人追着，一副双喜从没见过的恐怖架势。

江易晚了一步，他赶到的时候，大门已经合上了，栅栏之间的缝隙太小，他无法钻出去，现在再跑去别的门也来不及了。

保安朝他跑来，和身后霍璋的保镖两面夹击，双喜傻愣愣地站在原地，江易扯开他，一脚踹开要来抓他的保安。

“阿易……”双喜吓得面如土色，“……这是怎么了？他们要抓你吗？”

“听我说。”江易一路跑来，头发已经被雨水打得湿透了，狼狈地贴在耳侧，但他面容依然镇定，有一种叫人说不出来的安稳与力量。

他将车钥匙塞进双喜的掌心：“出门后直接开车下山，手机有信号后马上打 110 报警，跟警察说我手里有林清执当年留下的证据，再打电话给赵云今，让她立刻去我家把床下的照片拿走。如果霍璋的人中途把你拦下，你就说今晚只是陪我来的，其他什么都不知道，然后离开西河，走得远远的。”

双喜蒙了：“这到底怎么回事啊？他们为什么要抓你，你说的照片又是什么，不说清楚我怎么知道是哪张？”

江易没有回答他的问题，又强调了一遍：“记着，一定要立刻去，照片绝对不能被霍璋的人拿到。”

今夜山路难走，一旦警察没有及时赶到，霍璋搜家得到那张照片，后果将不堪设想。

双喜还要说话，江易捏住他的肩膀：“我拦住他们，你快走。”

“阿易……”

“走！”

后面的保镖越来越近，双喜一跺脚一咬牙，转身冲进了雨里。他身材瘦小得异于常人，才勉强可以从大铁门的缝隙里钻出去。保安要去抓他，被江易拦住，他一拳将保安打倒在地，将他腰间大门的钥匙拽下来，远远地扔到门外。

双喜已经钻出大门，回头看了江易一眼，他本来就瘦，衣服被雨水沾湿后皱巴巴地贴在身上，像只落了水的鸡崽，在冰冷的雨水中不停地颤抖。他嘴唇哆嗦着，似乎想说什么，但最终还是没说出口，掉头朝停在路边的车子跑去。

躺在污水里的男人挣扎着爬起来，抹掉口鼻里的水。

就这短短十几秒工夫，后面的保镖也追上来了，十个人团团围住江易，为首的是霍璋最信任的贴身保镖。他直喘粗气，嘲讽地看着江易："不是挺能跑的吗？你跑啊，怎么不继续跑了？"

江易面无表情地擦掉脸上的水："既然霍璋盛情难却，那我还跑什么？"

山路如羊肠般曲折，暴雨夜的山路更是难行，双喜开车的手都在哆嗦，他虽心急，但也是小心翼翼，生怕把车开进悬崖里。手机放在车门边上，他摸索着去拿，想看看有没有信号，瞥了眼才发现自己在外面待了一晚，手机早就没电了，于是又把手机随手摔到一边。

没开出多远，后视镜里突然出现了几辆追出来的车。双喜吓得心"怦怦"乱跳，再也顾不上谨慎了，一脚油门踩到底，朝山下飞驰而去。

几辆车死咬着不放，一直跟了一个多小时，直到开到山下的平坦地带，渐渐加速追了上来。

武双喜虽说当了十几年混子，但也只是收收中学生保护费的水平，这么惊险的事别说没经历过，就连看也只是在港台的黑帮片里看过，他的心脏差点儿飞出来，开车的手脚已经麻了，脑子混沌得完全不知道自己在做什么。

似乎知道他想开往哪里，那几辆车左右包围，将能通往警局的路死死堵住。

双喜只好继续朝前开。不远处就是油灯街的范围了，支撑他一路从缠山飙车下来的信念是江易那句话——"记着，一定要立刻去，照片绝对不能被霍璋的人拿到。"

就像他今晚对江易不满时说的那样，江易对他总是淡淡的，不好不坏，更不会有求于他，他们只是维持着简单的关系。或许他对江易而言不算什么人，但江易对他而言却是很重要的人，他无父无母，从小饱受欺凌，现在能长大成人还有份体面的工作，该感激谁，他一直记得。

江易托他做的事，他一定会做好。

手机没电无法通知赵云今，双喜一咬牙，将车拐进了油灯街。

小巷弯绕，双喜凭借对地形的熟悉，短暂地甩掉了后面的车子，他隔着老远就弃车下来，徒步朝江易家跑。

他从窗台那盆已经枯死的蟹爪兰下面翻出钥匙，进门将江易床底的箱子拖出来。一路上他一直在想，江易口中的照片到底是什么，他不是赵云今，万一理解错意思找不到该怎么办，但看到箱子里东西的一瞬间，他忽然就明白了。

那张照片太过扎眼，他一时惊讶地怔在那儿，不知所措。

傍晚香溪风景如画，赵云今将下巴轻轻搭在江易的肩膀上，亲昵而满含爱意，在她身边还有一个他从没见过的英俊男人。

照片上的江易是十八九岁的模样，赵云今也比现在稚嫩，少了份妩媚，多了份天真。双喜忽然想起从前的某一年里，江易一夜之间变了，他不再为九爷看场，不再打架生事，也不再虚度人生，他同时打着几份工赚钱，似乎想要金盆洗手做一个正经人了。

双喜问起，他只是淡淡地说有了女人，但那女人是谁，长什么样子，双喜从没见过。

现在看来，江易当初所说的女人，应该就是赵云今了。

这东西要是让霍璋看到，别说江易，就连赵云今都可能遭殃。

双喜将照片揣在怀里，刚要起身离开，忽然看到箱子下面放了一张纸，他捡起来，对着窗外一点儿微光辨认上面的字，那是一张协警报名表，江易从未说过想当警察，据双喜所知，他从小是警局常客，对这职业不该有什么好感才对。

在这样的夜里，楼下的踩水声格外明显——那群人追过来了。

这张表出现在这儿实在奇怪，双喜没时间多想，将那张纸和照片一起拿上跑出家门，他去敲邻居家房门，想借手机报警。可他忘了这里是油灯街，鱼龙混杂，人心冷漠，没有人会在夜里随便给人开门，更别说是这样恐怖的雨夜。

男人们追了上来，双喜只能从另一侧的楼梯跑下去，他跑到楼梯口，才发现那里已经有人守住了。

照片不能被发现，也不能扔掉，双喜去掏打火机，可是刚才狂奔的时候不知把打火机掉哪儿了。他思考了几秒，果断地将那张照片塞进嘴里咀嚼几下咽了进去，照片尖锐的边角将他的口腔和喉咙刮出了血，可他像感觉不到痛似的，又要去吞那张协警报名表。

男人们冲过来按住他，把纸从他手里抢下来，照着他的肚子给了一脚：“你刚才吃了什么？”

双喜痛得蜷缩成一团，双手按着胃部直冒冷汗，他咽下最后一口纸屑，艰难地说：“我什么都没吃……”

……

霍明芸冒着暴雨来到油灯街，将跑车停在巷口，她刚准备下车，忽然看见巷子里正在发生的事。

几个身穿黑西装的保镖将一个瘦小的男人丢在瓢泼的雨里，疯了一般朝他身上踢打，那人奄奄一息地抱着脑袋，倒在雨地里动也不动。西装男将他拎起来，掰开他的下巴朝他喉咙里抠挖，瘦小男人忽然睁开了眼，死死咬住他的手指……

霍明芸收回要去拉车门的手，在这样的夜里，这情景实在可怖。

更令她震惊的是，打人的男人曾经在霍璋身边见过，而被打的那个人她也认得，是那天晚宴一直跟在江易身边的双喜。

她关掉车灯，静静地坐在车里。

……

在巷子的另一个出口外，一辆银灰色的面包车停靠在路边。

几个撑着伞的男人跑来敲门，车窗摇下，里面露出金富源苍白枯瘦的脸。

男人的声音几乎被雨声淹没，他凑近，在金富源耳边说：“金爷，江易家里没人，我们去的时候，刚好看见霍璋的人把武双喜带走了。”

“霍璋要武双喜做什么？”

“他好像吞了什么重要的东西，我们不敢离太近，没听清他们说话……”

金富源露出一个阴沉的笑：“跟上去瞧瞧。”

上次夜探小东山时虽然进了研发楼，但只下到负一层，这是江易第一次来到负二层。如果说负一层的布置摆设还算是研发楼该有的模样，那负二楼则完全是天差地别，与其说是一层楼，不如说是一座监狱。

实验室被割裂成一个个小格子，以铁栅栏隔开，虽然里面的用具和痕迹已经被完全清理掉了，但不难想象这里从前是用来做什么的。金富源曾说，能进小东山北区的只有两种人，一种是屠夫，一种是牲口，需要刷卡才能进入的负二层显然是用来监禁他嘴里所说的“牲口”的地方。

雷暴天气电压不稳，吊灯闪烁，空荡的地下缭绕着难以消散的阴森感。

吊灯短暂熄灭之时，整个楼层陷入片刻的漆黑与寂静。江易经过囚笼前，一张张虚幻的面孔从他眼前闪过，有万家馨的，有韩小禾的，还有沈佳旭的……虽然看不清轮廓和五官，但江易却感受到了他们眼中的绝望，仿佛是冥冥中遗存的一股气，能叫人感知那时那刻他们的痛苦和恐惧。

当光源再亮起时，江易被带到了走廊的尽头。

保镖打开一道厚重的铁门，铁门的背后是一间破旧不堪的储物室。墙壁是陈旧的、没有刷砌过的灰色水泥，上了年代的家具散发着厚重感，这里似乎很久没人来过了，墙上结满了层层蛛网。

保镖们合力推开墙边的书架，后面露出一个黑色的门形入口，一道长长的楼梯直通到地下深处。

“下面是研发楼的地下三层，没人知道，就连北区的地图上都没有标注过。”轮椅声从背后传来，霍璋说，“乌玉媚将这地方藏得很好，离开前甚至用水泥封住了入口，你知道我是怎么发现的吗？

“百密一疏，她搬走了研发楼里所有实验室的办公用具和仪器，唯独这间房的家具都在，很难不让人多想。当其他一切都不正常的时候，越正常的东西反而越引人怀疑，所以我接手小东山之后，叫人砸开了书架后面的墙。”

霍璋说：“下去看看吧。”

地下三层不大，装潢充满了科技感，虽然同楼上一样空旷，却给人截然不同的感觉。

除了荒凉，还有一种令人喘不过气来的、黏稠的压抑感，明明四壁洁白，灯光晃晃，却叫人觉得透风般四处都泛着阴冷。

保镖将江易关进其中一间实验室，霍璋隔着玻璃门静静地看着他，而江易的目光却凝固在霍璋的身后。在正对面的房间里，一个遍体鳞伤的男人被五花大绑，吊在半空中。他平静的眉峰微蹙，明白霍璋已经什么都知道了。

“我派人去沈佳燕老家时她已经不知所终了，虽然没能把人带回来，但也不是毫无收获。”霍璋微笑着望向被吊着的男人，“这个人想必你不陌生，陆福明，小名阿财，根据我查到的资料，你们交情不浅。六年前，你为了他故意伤人进拘留所；六年后，他当然也能为了你对付我舅舅。”

阿财被霍璋折磨得奄奄一息，勉强睁开眸子看着江易。

“舅舅被绑当夜，你有不在场证明，我说过，当其他一切都不正常的时候，越是正常的东西越引人怀疑，太过完美的不在场证明也是。

“如果警方所谓的不在场证明根本就是你伙同陆福明和沈佳燕伪造的，那么整件事最大的嫌疑人依然是你。”霍璋语气平淡，“那晚去发廊的男人戴着兜帽和口罩，除了沈佳燕没人看清他的脸，想必那个时候你正忙着绑架，去和沈佳燕夜会的人是他吧？

“事后，陆福明拿舅舅的手指去开了指纹锁，再把视频取出由你转交给乌玉媚。他是楼里的租户，所以一开始排查时忽略了他，无论我怎么调查都没有找到你出入那栋楼的记录，因为取出视频的根本另有其人。

“一边为乌玉媚做事，一边又替我除掉韩巴，江易，我对你的动机越来越感兴趣了，监视你也有段日子了，这游戏还算有趣。本想慢慢陪你玩上几局，但最近药厂发生了很多事，我没什么耐心了，正好你今天自投罗网，我索性就收下了。”

江易与他对视，眼眸里的情绪平静：“你既然查过我，就该知道六年前我是个专收保护费的混混儿，拿钱办事而已，算不上有交情。这人被你手下打成这样，就算吐出什么也未必是真心话。”

“不真？”霍璋接过保镖递来的资料，“未必吧。

“六年前，陆福明校园暴力案的处理警察是林清执，同年，沈佳燕弟弟失踪案的处理警察，也是林清执。虽然两人间只能找到这些关联，但为什么有这些关联的两个人都会帮你犯罪呢？”他眯着眼，“你当年故意伤人的案子也是林清执经手，无论怎么看都不像是碰巧。

“江易，你到底是谁的人，不会是警察吧？”

江易靠着监禁室的玻璃墙，唇角泛笑："不如你自己去查。"

霍璋眼里的神色渐渐冰冷，许久，又恢复成温和的笑意："比起费心费力去查，我更想听你亲口说。"

身边的保镖忽然按住耳麦，弯腰在霍璋耳边低语。霍璋淡淡地说："既然抓到了，就带下来吧。"

……

双喜被带来的时候已经不动了，浑身血水趴在地上。

保镖踹了他一脚："这小子在被我们抓到之前吞了一张照片，问他照片上是什么，他咬死不说。"

霍璋的指尖捏着保镖从双喜手里夺下来的那张协警报名表，看了眼地上的双喜，意味深长的目光又落在江易身上。

江易脸上的从容淡了点儿，盯着地上的双喜，似乎在确认他的死活。

霍璋随手将那页纸丢到一旁："能让你吞进去的想必是很重要的东西，听说你并不满意司机这份工作，不如你来告诉我照片上有什么，我提拔你，让你成为我的左膀右臂。"

双喜一动不动，保镖揪着他的头发强迫他仰起头，双喜的口鼻还在朝外渗血，眼睛肿得睁不开，看起来狼狈极了。他嚅动着双唇，声音低得几乎听不见："谢谢霍先生的好意，但我知道自己的斤两，做不了别的……"

"油灯街的房子年久失修，住得一定不舒服，我在市中心有套高档公寓，可以送你，另外再支付你一百万现金，就当是你说实话的奖励。"霍璋微微俯身，凑近他，"双喜，告诉我，照片的内容是什么？"

双喜颓靡的眼睛在听到公寓和现金时隐约露出了一点儿向往的光亮，却又转瞬即逝。他咳出一口血来，虚弱地说："天太黑了，我没看清。"

霍璋脸上闪过一抹嘲讽的神色，他直起身，保镖撒手将双喜丢到地上。

"从油灯街到小东山，车程不过一个半小时，胃里的东西应该还没完全消化。"他疲惫地扶着额头，"明明该当场完成的事，非要拖到现在才做，你们真是越来越会办事了。"

江易脸色微变："霍璋，我告诉你。"

霍璋笑笑："你不可信，我要听他说。武双喜，你还有最后一次机会，是住豪华公寓，挥霍着你一辈子都赚不到的钱享受人生，还是让我来动手把照片取出来？其实你说与不说，都不会改变结果，该知道的我一定会知道，只是你说与不说，付出的代价会不同罢了。”

双喜艰难地撑起身子，朝监禁室玻璃墙后的江易看了眼，他的双眼被雨水和血蒙住，视线已经变得模糊了。

那一眼里的神情江易并不能看清，他蹲下身：“双喜，你告诉他。”

从一开始决定做这件事的时候，江易就已经想到了往后的种种可能，赵云今也一样，如果霍璋发现了，那是他和她的命，他们不该把双喜牵扯进来。

双喜笑笑，唇角牵扯着伤口疼得嘴直咧：“好啊！”

他声音小得如蚊子嗡嗡，哪怕就在身边也听不清，霍璋将耳朵凑近，双喜扬起头，嘴唇附在他耳边。他低低地笑：“以为我不知道你是什么人？我就算说了，下场也不会好到哪儿去。公寓？现金？真当老子稀罕你那点儿臭钱？你一个残废不好好坐轮椅，非要出来骗人，不怕夜里被鬼神带走吗？”他说完，一口带着血的唾沫吐到霍璋干净的脸上。

霍璋脸上斯文的笑渐渐凝固，他掏出手帕，慢条斯理地擦掉脸上的秽物。

保镖上前将双喜拖走。

江易神情阴沉：“你要的是我，别牵扯无关的人。”

霍璋将弄脏的手帕丢到一旁：“从他开车离开小东山那一刻起，就不是无关的人了，江易，赌赌看吧，不管武双喜说或不说，我都会查出来的。”

不多时，隔壁传来一阵撕心裂肺的惨叫，封闭的房间里回荡着经久不息的哀鸣。半空中的阿财睁开眼，一双眸子惊恐地瞪着。

双喜的惨叫声小了下去，只能听到他嘶着冷气，声音颤抖地骂：“霍璋，你个狗杂种……”下一瞬，那句话又被淹没在叠浪般的惨叫声中。

“武双喜这个词用得不对，比起我来，‘狗杂种’这个词更适合你。”霍璋虽然在笑，眼神却残忍淡漠，“朋友正在被开膛破肚，你却这么冷静，说明照片在你心里的地位比他重要得多，如果武双喜知道你心里所想，不知会作何感想。”

惨叫声戛然而止，空气里有血腥味飘来，保镖拖着鲜血淋漓的双喜丢到地上。

不一会儿地砖就被鲜血覆盖了，霍璋淡淡地看了眼地上的脏污，扶着轮椅离开。

双喜仰面朝上，他侧过身，艰难地朝江易爬过来。

“阿易……”他嘴里朝外淌着鲜血，混着涎水一起滴在光洁的地砖上。

他每说一个字，都疼得面色涨紫，五官拧揉到一起：“我……我什么都没说，你放心，你和赵小姐的事，他不知道……”

江易的手指透过门底的细缝去碰他，双喜的血滚烫，皮肤却冰凉得像死人一样，江易颤着手将他手上的血抹去，但不一会儿又被衣服上淌下来的血沾满。

“你……你是在为我难过吗？”双喜喘息困难，“这还……还是你第一次为……为我……我总算……总算能帮到你……

“阿易……”他挤出了一个难看的笑，“欠……欠你的那条命，我终于还了。”他闭上眼睛，“可是……可是好疼啊……已经好久没这么疼过了……”

“双喜。”江易低声说，“你撑住！”

“撑……”双喜睁开眼，眼眸回光返照般在一瞬间变得明亮，“撑不住了，我想回家……”

“我说过帮你找父母，你只有活着才能见到他们！”

双喜望着吊灯虚幻的光影，喃喃道：“我想我妈，想吃糖水冰棍儿，想听他们叫我小福昌……”他的尾音渐渐低下来，伸手朝空中比画，像是想要触摸什么，“阿……阿易，我看不清你的脸了。”

他什么都没有摸到，干柴般的手软软地垂下，血淌了满地。

“双喜！”江易轻轻碰他，“双喜？”

没人回应。

“小福昌，醒醒！”

双喜很少有这样安静的时候，他不是上蹿下跳就是说个不停，江易从前只觉得他聒噪，可当他再也不聒噪了，又觉得这世界太静。

七岁，双喜欠了江易一条胳膊一条腿；二十岁，他拿命来还了他。

外面暴雨倾盆，地砖泛着潮意，浸着双喜瘦小的身体。

一室寂静，只听得到江易粗重的呼吸声，他眼里的平静不复存在，在某一刻，又恢复了年少时满身戾气的模样。他一拳打向监禁室厚重的玻璃壁。

保镖将冲洗干净的照片递给霍璋，虽然被胃酸溶解了一部分，但依然能看出是张三人合照。左边两人的脸模糊得看不清楚，右边的英俊男人还剩下半张面孔。

霍璋举起照片对着灯光细看了很久，又放回桌上，他偏过头，目光遁入片刻不歇的暴雨中。

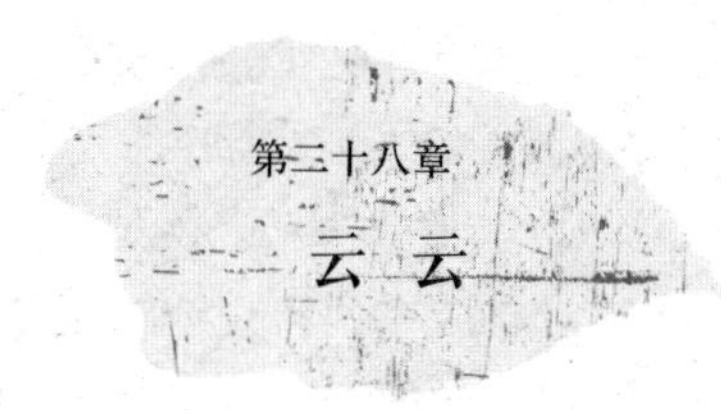

第三十八章 云云

卧室昏暗，赵云今开着台灯靠在床头看书。

暴雨嘈杂了整夜，她心不在焉地捻着书页，目光却没有落在字上。她望向落地窗外，无意间看到院里站了一个人。

霍明芸刚从油灯街赶到这儿，但没急着进去，她的视线环视庭院一圈，最后落在墙根下被雨水摧残得不成样子的蔷薇花蔓上。她去过几次赵云今的花店，女人打理得懒散敷衍，花草枯败了也不换，但她天天给店里的蔷薇花浇水，所以蔷薇花永远鲜艳。

赵云今似乎很喜欢蔷薇花，如果她没记错，那晚她闯进江易家纠缠时，看见他心口有一朵蔷薇文身。

赵云今将书放在一旁，打开了屋里的吊灯。

霍明芸收伞，伞上的水“哗”地流了一地，她踩着湿滑的地砖进屋，赵云今正穿着睡裙从楼梯上走下来。

“喝茶吗？”她站在料理台前烧水，“好久没见了，这么晚来有什么事？”

“不算很久，上次晚宴才见过，还有上上次在江易家里，虽然没有见面，但也算打过招呼，不是吗？”

赵云今平静地泡茶，没有说话。这样的天气霍明芸冒雨登门，就算她不开口，赵云今也知道绝不是好友探望那么简单。

一壶茶泡完，霍明芸先沉不住气了，她盯着神色淡淡的女人：“不对我说点儿什么吗？”

“说什么？”赵云今问。

“我从前把你当朋友交心，不止一次和你说我看上江易了，你和他早就认识，却一直在骗我。”

“言重了。”赵云今为她倒了一杯茶，“我没骗你，是你从来没有问过。”

霍明芸和她认识多年，论姿色，论身材，从没觉得自己比赵云今差在哪儿。追她的人不少，但一半是冲着色来的，一半是冲着钱来的，人生二十几年，长公主从未体会过被念念不忘、用心爱着的感觉。因此当看到霍明泽被感情伤成那样，只觉得他不像个男人。

但当她这样注视赵云今的时候，忽然觉得赵云今身上有一种她不能企及的气质。

听说赵云今是个孤儿，明明出身低微，举手投足间却比她这个自诩为长公主的人更从容尊贵。霍明芸从没见过她慌乱的模样，也从没见过她脸上淡淡的笑意因为什么事消退过。她像一轮悬在天上的皎月，看似光辉柔和，实则孤冷得谁也无法接近。

“我问你和江易的过往，你就会告诉我吗？”

赵云今将茶推到她面前，霍明芸说：“说话啊，怎么，谎话张口就来，现在又觉得羞于告诉我了是吗？”

“我只是在想，”赵云今笑着说，“我和江易以前发生了那么多事，你要听哪段?

“是想听他为了给我买条漂亮裙子去殡仪馆抬了几个月的死尸，还是想听他每到半夜都会准时跑到城北为我买碗热粥，又或是想听他每周都会坐上八个小时的大巴车，只为了来松川陪我温存一宿？”

望着霍明芸渐渐变得难看的脸色，她莞尔：“你看，说了不高兴，倒不如不说。”

“你这么猖狂，就不怕我告诉霍璋吗？”这句话是霍明芸咬着牙说出来的，字字带着锋利的恨意。赵云今的笑颜很美，但在她眼里却像皇后的毒苹果，带着毒，沾着血，碰一下就会让人七窍流血，倒地而亡。

“你去说啊！”毒苹果的颜色更艳了，她天真地托着下巴：“我怀孕后，霍璋恨不得把我供起来烧香，他敢把我怎么样？”

“他不敢动你，也不敢动江易吗？那晚江易在霍宅门口抱你，霍璋全看见了。我今晚去油灯街的时候，他的手下正把武双喜按在地上打，我没看见江易的影子，但以霍璋的心胸，应该不会让他好过吧？”

“所以你今晚并不全是来兴师问罪的，”赵云今一句话就揭破了她的色厉内荏，“你想让我去救他。”

霍明芸愣住，赵云今洞悉了甚至她自己都没察觉的内心想法，那一刻让她觉得自己被看了个精光，明明四下空旷，自己却无处容身。

“他也配？”她不喜欢这种感觉，强撑着说。

“那就好。”赵云今笑着说，“我还怕你心疼江易，要我帮你救他，我们毕竟也算朋友一场，你的要求我不好拒绝。

“但你知道的，我和江易分手这么多年了，本来也没多少感情，我不想为他惹怒霍璋，你没这心思最好。”她端着一杯茶起身，“不早了，我要睡了，你自便吧。”说完，她将霍明芸一个人留在灯光昏暗的客厅里。

霍明芸难以说清心里的感受，只觉得既无力又恨得牙痒痒，千丝万缕的情绪却一点儿都发泄不出来。

“赵云今，你站住！”她转身朝赵云今喊道。

赵云今没有回应，头也不回地上了楼。

霍明芸不知什么时候离开了，赵云今的睡意被搅散，彻底睡不着了。她侧躺在柔软的床上，听窗外的雨声打过屋檐和芭蕉，手指无意识地抠着鹅毛枕的边角。

手机发出亮莹莹的光，是贺丰宝打来的电话。赵云今心烦，伸手挂断，电话锲而不舍地打进来，她只能接了。

对面是“哗哗”的雨声，贺丰宝说：“开门，我在你家门口。”

赵云今看了眼时钟：“现在已经凌晨三点了，我要休息，有事明天再说。”

贺丰宝说：“我现在就要见你。”

泡给霍明芸的茶她一口没喝，赵云今索性拿冷茶招待贺丰宝。男人也不在乎，一口气喝了半壶，他掏出手机调出一个视频放给她看。

视频的主人公是一个其貌不扬的瘦男人，他穿着病号服躺在床上，一副虚弱不堪的模样。

“这个人叫吴新立，是市政工程抢险部门的兼职工，今晚香溪涨水，他在抢险过程中受伤被送到了医院。”

赵云今看着男人的脸，搜遍记忆也没有这号人的存在。

“医生想用他的手机联系亲属，无意间在联系人列表里看到了一个号码的备注是‘卖迷药的’，出于谨慎，医生翻了他的手机。还记得那年袭击女高中生的犯人吗？那人专用乙醚作案，迷晕后将受害女生扒光，却不进行实质性侵犯。后来江易假扮女生引他出来，他说那样做只是为了拍女孩的裸照贩卖到色情网站上赚钱。医院的人在吴新立的手机相册里发现了当年受害女孩的裸照，立刻报了警。

“这人尿包一个，看到警察来了，什么都没问就直接招了。”

赵云今拧眉：“我对那些受到伤害的女孩的遭遇感到无比惋惜，但这件事和我有什么关系，也值得你大半夜上门来吵我好梦？”

今夜贺丰宝没了从前那副不正经的样子，神色冷厉得可怕：“除此之外，吴新立还交代了一件事。四年前的春夜，香溪也涨过一次水。”

他这话一出，赵云今懒散的目光终于挪到了他身上。

“不久后，警方在香溪打捞出一具无名男尸，你应该知道我指的是什么。

“当时推测的抛尸地点是在城南的昌河坝附近，警方曾向社会广泛征集线索，但没有任何收获。

“据吴新立说，五月一日暴雨夜，他参加完市政工程抢险后曾在昌河坝遇见一个人，那人在坝子上待了很久，最后离开前在香溪边插了一朵野蔷薇。那么大的雨天一个人在荒郊野外很可疑，所以吴新立跟了他一段路，发现那人离开坝子后，在公用电话亭打了个电话。”

“野蔷薇？”

贺丰宝点点头，继续说道：“在那人走后，出于好奇，他去公用电话亭将那个号码拨了回去。”

“四年前五月一日的暴雨夜，接线员一共接了两个来自昌河坝公用电话亭的奇怪电话。一个没有说话，另外一个说的那句话，我至今记得。”贺丰宝凝视她，沉声说道，“他说，香溪有尸体。

“警方打捞出尸体后，吴新立怀疑凶手是自己那晚看见的人，一度想提供线索给警察换钱，但因为自己也不干净，所以一直不敢去警局报案，这么多年下来也就不了了之了，他这次还是为了戴罪立功才说出来的。”

“他能有什么线索？”

春夜、暴雨、香溪、昌河坝、野蔷薇和报警电话。赵云今隐约觉得抓到了什么。

“电话亭很小，那人在打电话时把雨衣的帽子摘了下来，吴新立看见了他的脸。”

贺丰宝缓缓点开视频，男人因为受伤，声音十分低微，一字一句孱弱地交代自己犯下的过错和那夜的情景。当提及在昌河坝遇见的那个人时，他的眼神骤然亮了，声音因激动而微微哆嗦着。

“我永远也不会忘了那个男人的脸。”吴新立说，“那年在油灯街的巷子里，他把我压在地上，捅了我两刀。”

小东山，霍璋坐在窗边欣赏雨景。

“我问过何通了，丁晨凯死在西河的那晚，只有何通和孙先生、乌志、韩巴、金富源、江易，还有一个叫宋军的人在现场。

“宋军是于水生的手下，两年前感染艾滋病，现在下落不明，他是在油灯街染上的病，根据我们调查沈佳燕的资料显示，三年前，她就一直在服用治疗艾滋病的药物。

“大半年前，乌玉媚的侄子乌志在赌场出老千被人废了，他是和江易一起去的赌场。据我所知，江易在少年时曾经跟一个很有名的老千学过千术。当初在乌宅，赵小姐和于水生的那场赌局，您还记得吗？江易发牌，赵小姐十局十输，虽然我不好赌，但也知道这个概率也太小了。

“孙先生的事是江易伙同陆福明、沈佳燕做的，韩巴也是江易设计抓到的。

“至于金富源，您应该没忘江易曾经试图和您做过的交易，虽然最后让金富源跑了，但江易想要害他，这是不争的事实。”

霍璋淡然的视线落在窗台那张残破的相片上：“除了何通，那晚在小东山的人死的死，残的残，现在又从江易家里搜出了这个。”

男人虽然只剩半张脸，但英俊不减，明亮的眸子里仿佛闪烁着无垠的星辰，能将人深深吸引，霍璋也不例外。

“所以，这一切都是为了他？”

保镖想了想：“何通觉得这件事可能另有隐情，因为当初在庆祥棺厂，杀了丁晨凯的并不是乌玉媚的人，”他顿了顿，说，“是江易自己。

“而且我真的很难相信这些事是江易一个人完成的，他不动声色地潜伏在于水生和您身边这么多年，就为了给丁晨凯复仇？

“我无法想象，这太难了，如果所有的事都是他做的，那他到底是人还是神？”

江易不是神，但也不像人。

霍璋每每对上他看似平静却暗潮汹涌的目光，总觉得那波涛之下伏着一只谁也无法触摸的野兽。他是只野兽。哪怕收起了爪子，敛起獠牙，但骨子里的兽性是藏不住的。

“就算江易不动手，乌玉媚会放过丁晨凯吗？”

保镖蹙眉：“应该不会。”

“所以何通的想法并不成立，江易杀了丁晨凯不代表他和丁晨凯之间没有关系。”霍璋放下照片，拿起从双喜手里抢下来的协警报名表，喃喃自语，“丁晨凯，江易，警察，陆福明……”他揉了揉眉心，“我总觉得他们之间还有别的联系。

“如果江易是警察，勉强可以解释最近松川药厂被警方盯上的事情，但我不知道他是怎么得到的情报，我从没让他插手过松川的生意。

“可如果他不是警察……”霍璋看了一会儿那张报名表，将它揉成一团丢进脚下的废纸篓里，“不如让他亲口告诉我。”

一通电话忽然打进保镖的手机里，他到一旁去接，回来时面色有些难看：“霍先生，于水生的人正在大门外，说是过来跟您要个人。”

金富源被囚禁了太久，身体状态并不好，但他是于水生的部下，平辈喊一声老金、小弟喊一声金爷的存在。乌志和韩巴不在，于水生不亲自来，只有他才能镇住场子，哪怕再枯槁再疲惫，他也得来。

何况就算于水生让他养伤，他也不会待在家里。这些天来江易对他的折磨金富源忘不了，一定要抓江易回来，让江易血债血偿。

霍璋倒是超乎他想象的大度，直接将他请了进去。

金富源曾经在小东山北区待了十几年，对每一株花草都了如指掌，再来时却觉得处处陌生，一切都是不熟悉的味道。一个地方的气息是会随着主人而变的，从前于水生帮乌玉媚打理这儿时，气味血腥，一片死寂，却叫他舒服。现在主人换成了霍璋，虽看似平和，伪善皮囊下却藏着阴郁的内里，这让他浑身不自在。

“我看见双喜被你的人绑了。”

霍璋并不否认：“武双喜偷了东西，我要问他话。”

“偷东西是警察管的事，也轮得到你来问话？”

“那年你们指控丁晨凯偷了乌玉媚的钻戒时，可不是这么说的。东西找到了我自然会放他走，但在那之前，他得一直待在这儿，请回吧。”

“既然你都这么说了，我也不好再跟你要，但让我看看总可以吧？我帮你劝劝双喜，说不准他就把东西还了。”

“不必了。”

金富源问：“江易呢？武双喜被绑了，他应该着急才对，怎么连个影子都没有？”

霍璋笑着说：“他一个活人，来去都是他的自由，也不会向我报告，你要找他就自己去找。”

金富源打量他的腿：“三太看着你长大，是心疼你的，怪只能怪你算计到她身上，非要动她送老爷子的礼，逼她对付你。至于孙玉斗的事，视频是三太捅给媒体的不假，但那东西是在家门口捡到的，不管你信不信，这件事并不是她策划的。”

霍璋挑眉：“除了乌玉媚，还有谁恨我？”

“那人恨的未必是你。我们以前或许有些恩怨，但从某种程度上说，现在我们该是站在一边的人。”

“只是有些？”霍璋温润的目光落在他身上，却有几分冷嘲的味道，“要和我站在一边，你能替谁做主？”

金富源的目光阴森森的：“霍二，你别给脸不要，现在小东山在你手上，赵云今怀孕，本该属于三太的遗产也到了你手上，你还有什么不满足……”他的话忽然顿住，像是忽然想到了什么，紧接着诡异地笑了笑，

"赵云今。"

霍璋身边的保镖见他笑得猥琐轻佻，蹙眉："你笑什么？"

"听说赵云今怀孕了，"金富源咧着嘴，露出烟熏色的黄牙，"如果霍嵩要按孩子的血缘分家产的话，那些钱怎么也不该是你的呀！"

他左右四顾，朝身后的手下说："好久没见阿易了，也不知道他最近过得快不快活。"

霍璋面色平静，像是完全没有听出他话里的深意一样。

金富源说："霍二，我们不是一条道上的，但有句话我得提醒你。

"我知道绑架霍明芸的事从始至终都是你策划的，但韩巴绝不会背叛九爷，如果没有熟悉的人从中推波助澜，他不可能做傻事。一个连自己干爹都能背叛的人，你留他在身边，夜里就不会做噩梦吗？

"江易在找当年丁晨凯留下的东西。"

四年前的雨夜发生的事霍璋听何通说了很多遍，三房想在丁晨凯身上找东西，但一直没找到，这些年过去也死无对证了。何通并不知道丁晨凯拿走了什么，三房的人对此讳莫如深，从不透露半分。

松川药厂出事，霍璋怀疑是身边人做的，一直找人盯着江易，所以今晚才能这么轻易地抓到他。

江易浑身是谜，每一处都难以捉摸，霍璋还没来得及去查他来小东山的目的。金富源说了这番话，他忽然想起江易藏身的那个杂物间、他逃跑路上丢掉的工具包、坏掉的应急指示灯和灯后凹陷处被抠出来的白色墙灰。

"想知道丁晨凯从小东山里带走了什么吗？"金富源低低地笑，"如果丁晨凯不是你的人，那他是谁？又为什么要害三太？这个人动机成谜，在你身边那么久，不可能只抓到了三太的把柄，却对你一无所知吧？你松川药厂的那些脏事，保不住都被他搜罗齐了。

"告诉你也无妨，如果丁晨凯留下的东西落在江易那个野种手里，咱们都得一块儿完蛋。"

……

金富源点了根烟，风裹挟着雨席卷而来，几次吹熄了他手里打火机的火苗。

手下用后背给他挡风，他终于将烟点燃，缓缓地吸了一口："这烟的滋味我已经好久没尝到了。九爷这些年养了一匹狼，谁都没瞅见他眼珠子泛白，直到手底下的人被他霍霍得精光。这口气三太不会咽，九爷不会咽，我更不会。”

“金爷，你刚才把存储卡的事告诉了霍璋，就不怕他……”

“霍嵩还没撒手人寰，就算霍璋拿到了那张存储卡也不敢轻举妄动，他现在能得到的利益已经是最大的了，万一这个时候霍家再起风波，他也不能保证自己分到的遗产是安全的。”金富源磕落烟灰，“况且我们找了那么多年都没影子的东西，江易这么容易就能给它找着了？

“我告诉霍璋这些，只是为了看他的反应。武双喜那人你还不了解？尿包一个，给他一百个胆子，他也不敢在霍璋的地盘上伸第三只手。

“江易不知去向，霍璋却找人绑走双喜，怎么看都不正常。霍璋这么多年来跟三太斗得你死我活，绝对不是善茬，我们能发现江易有鬼，他难道就一点儿都没察觉？我提起赵云今，提起江易在找丁晨凯的东西，他似乎都毫不惊讶。”

“金爷的意思是……”手下压低声音，“江易在霍璋手里？”

金富源笑着说：“谁说得准呢？”

手下说：“幸亏您今天跟来了，不然我们几个根本不是霍璋的对手，我都没察觉他有所隐瞒，那我们现在要不要跟他把江易要过来？”

“他要给早给了，江易我肯定要带回来，但现在还不是时候。”金富源随手把烟头扔进脚下的积水中，抬眼望了望因暴雨天电压不稳一直闪烁的路灯，“江易多在他手里待一会儿也挺好，如果孙玉斗真是他废的，霍璋不会轻饶了他。”

他眼里闪过一抹狠色：“我受过的苦，他也得好好尝尝。”

双喜的尸体已经凉透了，血液干涸，泛着深褐色。江易经过他身边时，鞋底踩到了那摊棉絮状的血迹，磨得地砖吱吱作响。

他被带到负三层中间的空旷地上，那里放着一把铁质椅子。保镖将他绑在椅子上，不知是怕他挣脱还是怎么，在他脚上拴了一条重重的锁链。

霍璋一宿没睡，神情里有几分倦意，但当保镖递来一盒刚从冰柜里拿出来的药液时，他委顿的面容上露出了一点儿兴趣。

“编号 TPX009，是松川药厂这些年来最赚钱的药，”霍璋打开盒子，里面冒出一阵缭绕的冷气，“不对国内销售，只贩卖给境外某些特殊组织，它能让人学会怎么说真话，不管是多硬的嘴巴。

“从这药正式上市后，我已经很久没见过它用在活人身上的效果了，那很奇妙，我猜你会喜欢。”

江易低头，视线落在鞋尖上，那里沾着一抹褐红的血色，他面无表情，看似如香溪水面般平静，但霍璋却不认为他真如面上表现的那样。

风和日丽时，香溪水波平静，暴雨将至前，香溪也一样无波无澜。武双喜为了保护照片死在江易面前，想必霍璋也知道他此刻的心情会有多么愤怒。但霍璋并不在意，他淡淡地问：“我一向愿意给人机会，江易，你珍惜吗？”

江易抬起漆黑的眼眸，眼里的情绪死寂，浑然让人看不透。对视许久，他开口：“死吧。”

保镖按住江易，将药剂注入他手臂的静脉血管，几乎是同一瞬间，他身体剧烈抖动起来。霍璋摘了腕表搭在掌心，盯着上面的走针。

一分钟后，江易的颤抖停止；五分钟后，他再次抖了起来，身上每一个毛孔都朝外冒汗，脸色泛着不正常的潮红；十分钟后，他不动了。

霍璋收起表：“迟了两分钟。”

“药的发作时间会根据人的身体机能和意志力有所改变，一般人都是七到八分钟内发作，十分钟确实少见，但也不是没有过这样的例子。”

保镖刚要上前查看，原本已经不动的江易忽然缓缓将头抬了起来。

他的呼吸明显变粗重了，哪怕只是抬头这样一个细微动作，都像耗尽了全身力气，仿佛被大山死死压着，每一次喘息都很艰难，但他眼里的光还未熄灭。江易弯弯唇角，费劲地勾起一个讽刺的笑：“霍二。”

两个字脱口，江易身体顿住，胸口如浪起浪浮般剧烈涌动着，他死咬着牙，目光锋利地射向他：“你就这点儿能耐？”

保镖怔住，下意识去看药盒底部的药物生产期。

霍璋的笑凝固在嘴角，他扶着轮椅靠近，在男人的眼里看见了清晰的嘲弄神色。他从保镖手里拿过另一个铁盒：“想看我的能耐？”他剥开一管新的针剂，缓缓推进江易体内，“如你所愿。”

“霍先生，一次注入的药量过多，很可能会……”保镖的话到一半，没再说下去，因为在霍璋的脸上他看到了一抹鲜见的疯狂神色。

男人的斯文与淡然消失无踪，他盯着江易，像看着一具待死的实验品，充满研究的意味。

江易身上的潮红退去，取而代之的是一片死白的颜色，黄豆大的汗珠从他的毛孔里争先涌出来。他汗水淋漓，整个人像刚从冰水里捞上来一样，湿淋淋的，还泛着寒气，身体在颤抖和嘶吼间挣扎着，铁椅和铁链被撞得砰砰响。许久，药效似乎停止了，江易安静了下来。

但霍璋知道，药效才刚刚发作。他丢掉铁盒，任由它在地上撞出“哐啷”的声音，他笑容依旧，温和地问道：“告诉我，你叫什么名字？”

TPX009是专门针对神经系统的刺激性药物，最常用于拷问。松川药厂花费了大量的人力和财力才将它研发出来，每一支都价格高昂，这些年来通过走私不知卖了多少给境外组织。

人在撒谎时，大脑内的杏仁体会发生活性闪现，并产生应激激素。TPX009的作用是阻断激素产生，压抑杏仁体的活性，使被注射药物的人处于一种难以说谎的状态中，但同时此药也会影响到大脑内其他区域的活性，令被注射药物的人只能简单地回答问题，难以在大脑活性降低的情况下产生复杂的思路和逻辑。

江易此刻仿佛处于冰川之巅的火山口，被冷与热两种感觉裹得密不透风。思维陷入迟滞，沉入泥沼，无法隐藏和思考，但深深印在灵魂里的人和事却格外清晰，如架在火上炙烤，每一寸都叫嚣着四处寻找能朝外逃逸的豁口。

“告诉我，你叫什么名字？”

这声音仿佛来自天外，轻飘飘立于柔软的云上，让江易分不清自己此刻到底是死了还是活着。

你叫什么名字？

江易从小就和别的孩子不一样，十几岁时，同龄的孩子脑海里早已忘记了孩提时发生的事，他却能一一记得。

他记得四岁那年油灯街傍晚常常袅袅升起的炊烟。

和城市别处的炊烟都不同，劣质煤冒出的是土褐色的杂烟，每每做饭烧火，周围的女人都会被呛得拼命咳。江滟柳从不做饭，她点一支香烟坐在门口的摇椅上看其他女人浸在浓烟里，总撇撇嘴角，露出一个不以为意的笑。

他记得六岁时藏在深巷里砖瓦缝中刚出生还未睁开眼的小花猫。

小江易拨开瓦片，将小猫带回家养在门口的纸箱里，每天偷偷省一口饭来喂它。江滟柳发现后，扯着猫尾巴将它从二楼摔了出去，女人刚被客人折腾完，衣衫不整，满脸倦容，长长的指甲戳着他的额头骂道："老娘养你都不容易，还巴望着我养它？做你的春秋大梦吧！"

他记得八岁时遇见的女孩。

孤儿院墙上大红色的蔷薇开得瑰丽绚烂，在碧空如洗的天幕下，天地万物都祥和，却怎么也比不上女孩的一缕发丝静美，她的小皮鞋，她的公主裙，她怀里的玩具小马，还有她用稚嫩软绵的嗓音说着他听不懂的话。

她像上苍洒落人间的精灵，正用好奇的大眼睛凝望着他，可他那时太饿了，恶狠狠地对视回去，只顾着将青蛙囫囵塞进嘴里。

这样美好的东西，有一天会成为他的，八岁的江易从没敢那样奢望过。

他记得九岁时江滟柳的梅毒。

她初秋送走最后一个客人，深冬枯槁地躺在床上，呆滞地盯着小屋里残破的天花板，她肌肤上布满了梅子般暗红的疮，已经难见原本白净的底色，就像冬天下雪时的红梅林。西河少雪，梅花比雪多。江易为她烧水擦身时，脑子里忽然冒过这样的奇怪想法。

"兔崽子，磨磨蹭蹭的，想等死你妈吗？"她的嗓音像蓄着浓痰般沙哑，这是她留在世界上的最后一句话。

江易端着水盆走到床前时，她已经咽气了。男孩第一次得见死亡，亲眼见一个生命在眼前一点点消逝，却冷静得比成年人还可怕，仿佛那人不是他母亲，只是一个不相干的人。窗外月色正酣，他将烧好的热水倒掉，拿出书包里的作业本，坐在饭桌前写算术题。

他记得第一次见于水生时，是在江滟柳死后第三天。

他每天照常上学下学，外面的世界寒风凛冽，却也掩不住女人的尸臭。于水生赶来油灯街，皮衣、墨镜，一副大哥的派头。他没有理会床上的尸体，粗砺的手捏住江易的下巴，强迫他仰视自己。

“鼻子有点儿意思，眉毛也像我。”于水生喃喃地念着他的名字，“阿易，阿易……江滟柳给你取这名字，怕不是想你在这世界上活得容易？”

他不屑地笑了笑：“真不知天高地厚，俗世就是滔天苦海，人活一辈子，没谁能过得容易。”

阿易，那是江易第一次思考自己名字里的含义。

于水生说江滟柳为他取这名字是希望他活得容易，可江易从不那么想。那女人也许只是随意取的名字，再也许，她只是想自己活得容易。

……

负三层的灯光晃了一下，大脑里熔岩般的灼烧感使他分不清现实和虚幻，他颤抖着身体，嘶哑地说：“江……江易。”

药效发作了。

霍璋问：“你今晚从北区六楼的杂物间取走了一张丁晨凯当年留下的存储卡，是，还是不是？”

江易低垂着头，看不清他的脸色神情，也看不清他的眼眸。他少年时打过电子游戏，每逢击杀或失败，系统里总会出现朦胧的画外音。此刻耳朵里的男声对他而言就是如此，仿佛凭空出现，在他世界中央打上一道混沌的字幕，他只能依稀辨认出三个字——丁晨凯。

这名字陌生，但细想起来又有些熟悉，是在哪里听过呢？江易用他那已经迟滞的大脑思考，一卡一顿，而后隐约在记忆中翻出一些已经蒙尘的碎片，擦掉灰，翻过来，镜面上映着一张如月亮般皎洁温柔的面孔。

“你年轻干净，还有机会走正道。”

“做坏事承认得坦坦荡荡，存善念反倒羞于启齿了？”

“学学其他人都是怎么当不良少年的，心理包袱别太重，你越这样别扭，我越觉得你有点儿可爱。”

“江易，别跑！给我停车抱头，蹲在墙角！”

“跟着我做，爸爸，对不起……”

“我信你。”

“江易，你小子是不是看上我们云今了？”

“财富、权力、家境、地位，这都是世俗加注于人身上的负累，如果要嫁的是自己的妹妹，比起钱和地位，我更看重对方的品质。”

“我也是凡人，是人就会遇到挫折，哪有你说的那样无所不能？”

“小子，我把最爱的妹妹交给你了。你得对她好，要是敢欺负她，就算以后跑到天边，我也会把你捉回来，往死里揍。”

“守了云今这么多年，是时候把她还给哥哥了。”

“离开前你曾问我，希望你成为一个怎样的人，我让你自己去思考答案。当你看到这封信的时候，也许我无法回来听你亲口说了。但如果你再问我，我一定不会啰唆地嘱咐你要做一个好人，因为你懂得是非对错。阿易，去成为你想成为的人，去做你喜欢做的事，终此一生，不必活在别人的期待里。”

记忆镜面上的场景轮转，他瞬间坠入四年前那个滂沱的雨夜。

棺厂灯灭，男人拖着那条被打折的残腿，直直朝他扑来——

一片漆黑，身后没人看清发生了什么，江易被抵在坚硬的机床上，听他在耳侧匆促地低声说：“小东山，451612，一定要拿到它。”

闪电劈过，光从顶棚的缝隙里照进来。

江易人生里从未有过这样茫然无措的时刻，他听得见，看得见，也能触摸，但就是身体不听使唤，动也不能动。就着闪电的光亮，他看见了男人箍着他衣领的那只手腕上戴着只塑料材质的黑色电子表，是去年男人生日，在香溪水边，自己亲手送给他的。

那时男人笑得温柔，一举一动间朝气蓬勃，他说：“那我可得好好戴着它，一定不能弄坏了。”

男人的一只眼睛消失了，只剩个漆黑的窟窿，在这样的夜里散发着叫人心惊的血腥味。

身体的控制权在这一瞬间回来。耳边是瓢泼嘈杂的雨声，眼里是不时划过天幕的闪电和慢慢靠近的黑影，男人的指尖搭在他的手臂，泛着透骨的凉意。

江易捏紧手里的钢管，声音冰冷：“哥，我带你走。”

“走不了。”男人笑笑，于暗夜之中，俊朗不在，可怖又凄凉。

他一字一句地说：“阿易，如果你还当我是你哥哥，就动手杀了我。”

那声音低微，可听在江易耳里，却如惊雷炸响。

……

“是，还是不是。”霍璋极有耐心，又问了一遍。

江易的音量很低，似乎随时要昏厥过去，他说：“是。”

霍璋眯了眯眼睛：“存储卡你交给武双喜了，是还是不是？”

如果不是金富源提醒，他都不知道丁晨凯当初还留下了这种东西，武双喜一路从小东山跑到油灯街，虽说路上没和人接触，但万一随手丢在哪里，对他而言，也是不可估量的危机。如果江易从始至终都没有把存储卡交给武双喜，那一切都还好说。哪怕不在他身上，也一定藏在北区某个角落里，找就是了。

江易说：“不是。”

“江易，”霍璋唇边弯出一个不明显的笑意，“你是警察的人吗？”

当他问出这句话时，在场所有人的视线都落在江易身上。凡是霍璋的亲信，手上都沾过脏，松川药厂走私消息泄密的事，一定是警察从中作梗，如果真被抓到证据，他们这些年恶贯满盈，一定不得善终。因此他是与不是，这个答案很重要。

如果江易是警察，这个人一定要尽早清理掉。

如果他不是，那警察的耳目另有其人，这关系到松川药厂的生死存亡。

江易的眼前又出现了许多零散的画面。

暴雨之后，西河一下转入夏日炎炎。他将自己关在屋里一个星期，天气溽热蒸闷，院里葱郁的树上响彻着早晚不歇的蝉鸣。他躺在床上，任汗水流了又干，干了再流。他去洗脸，水面映着男人温柔的脸，他将头浸入水里，让自己无法喘息，只为体会那濒死一刻的窒息。当他离开水时，破碎的水面上已经不再出现男人的脸。

他在洗漱台强撑着，大口地喘息，如幽灵一般，男人的面孔又浮现于镜中。他一拳将镜子打碎，转身时却发现狭小的屋里，那人无处不在。

——窗户的倒影里、飘飞的窗帘后、吊灯的光影中，还有他完全的睡梦里和半梦半醒时的床前。

男人没有怪他，没有怨他，没有问他为什么还不去为他复仇，他只是静静地看着江易，安静得像一个梦。可江易几乎被痛苦折磨得无法呼吸，他曾彻夜难眠，坐在窗口看着星空抽上几宿的烟。有时夜幕阴沉无月，有时则星光璀璨，晴朗如昼。

晚风里有邻家电视里的小曲儿声，暗巷里的嬉笑打俏声，有巷口消夜摊儿上冒起的油烟味，也有女人身上浓浓的脂粉香。

世界还和从前一样，不会因为少了谁而停止运转，今夜灯火还在，夜空还在，星星也还在，只是没了月亮。

那人是一束光，是天上那轮皎洁的月亮，可是现在，月亮碎掉了。

“人生短短几个秋啊，不醉不罢休，东边我的美人哪西边黄河流，来呀来个酒啊，不醉不罢休，愁情烦事别放心头……”

这么多天来，江易一直睡不着，此刻不知是窗外那小调太悠扬还是夜空太静谧，竟然有困意涌来。他按灭指间的香烟，平静地躺在床上，困扰着他的事情在这一刻化为飞灰不见了。

他闭上眼做了一个梦，梦里回到了从前，林清执带着他和赵云今在香溪放孔明灯，男人手里的灯笼越飞越高，飘过香溪落到了对岸。

江易问：“哥，你在灯笼上写了什么？”

“我的理想。”

“理想是什么？”

他笑着回他：“你猜猜看。”

于是江易去追孔明灯，他走过草地，蹚过香溪，跋涉过河岸旁望不见边的芦苇丛和沼泽。他没有追到那盏灯，却在芦苇丛里捡到一盏破碎的月亮，他捡起来捧在手心，将月亮一点点拼回原样，挂回它本该存在的天空。

……

那天风和日丽，林清执在香溪边递给他一张协警报名表，他不止一次说过，江易适合做警察。

如果没有林清执，江易是厌恶这个职业的，成日和恶人打交道，被耳提面命着，恶感与日俱增，没人会想做自己不喜欢的职业。但林清执，他似乎可以赋予任何事物光和热，经他述说以后，警察这职业似乎也没那么面目可憎了。

江易将协警报名表放在桌上摆了很久，也曾去警局前转过。那张表格早已过期，他在网吧打开了协警报名的网址，闻着网吧缭绕烟雾的味道，忽然想起了老棍儿。

老棍儿生前最爱烟酒，一口烟，一口酒，配上二两酱牛肉，神仙日子也不过如此。牛肉他最好城东菜市场那口，江易曾为了给他买下酒菜骑摩托车跑了半个城，他低伏做小，甘愿被使唤，不过是为了老棍儿的千术，和他一直想知道的秘密。

当年老棍儿断手断脚后被人请去公海赌了人生最后一场，成，安然无恙，败，葬身海底。他是怎么在那么多人的眼皮子下用一双废手出千赢了赌局？无论怎么想，都是神乎其技。老棍儿对自己人生的最后一局讳莫如深，从不肯告诉江易，直到他死那天才漏了底，未将那秘密带进棺材里。

他走得还算安详，就连声音都比平日清朗："真亦假来假亦真，公海上那群人眼睛刁钻着呢，一个个都想找我的破绽。"

说到这儿，老棍儿露出了他生命里最后一抹自得的笑意："可如果根本没有破绽，我没出千，他们又怎么找呢？"

林清执希望他走正道，江易当上协警，他一定开心。

可当协警能做什么？发一身警服，日复一日地帮助警察处理琐事，淹没在忙碌的生活和琐碎的年月里。谁还记得那男人？谁还记得小东山？哪怕最后凶手归案，也不过是几十年牢狱之灾，再舒服点儿，一针下去安乐死，连罪都不用受。

真亦假来假亦真，与其从外破开黑暗，倒不如就这样做个混混儿，去黑暗里走一遭。

十九岁前的江易从没走过正道，十九岁后，他依然没有。

……

江易说："不是。"

"他不是警察的人。"保镖的脸色一下就变了，"难道霍先生的身边，还有别的人？"

霍璋眼里荫翳的云层越积越厚，黑压压的，几乎能滴出水来。他似乎想到了什么，扶着轮椅走到江易的椅子旁边，偏过头，在他耳边低声问："江易，你十八岁时交往了一个女孩，她叫什么名字？"

江易比起之前安静了许多，不再挣扎，他的头发被冷汗打得湿透了，绺绺垂下来盖住眼眸。

十八岁那年发生的事，哪怕已经过去很久，每一件每一幕依然清晰地存在着。

那年夏天，赵云今在他的小屋里过暑假。

晨起，她总赖床，薄软的被子勾勒出她玲珑曼妙的曲线，却盖不住她雪花一样软白的皮肤。

江易每每想要起床上班，被她一个眼神勾着，自制力又轰然溃塌，他撩开被子又钻进去。又或将她拉起来按在窗前，晨光散入房间，她雪白的肌肤与蓬松的发尾像被镀了一层金边，从后面看，脊背与腰肢的弧度，每一寸每一分，都让人心火燎原。

傍晚，她洗过头发，窝在门口的藤椅上看晚霞，夕阳烂漫，她湿漉漉的头发也温柔得不像话。

江滟柳从前也无数次这样坐在晚霞之下，但她被生活磋磨得眼里没了神采，像一个枯槁的木偶。江易小时候只见过油灯街的女人，他以为女人都是这样，有两副面孔，一边对陌生男人微笑如花，一边又对小孩奚落打骂。可赵云今，来往的男人看见她坐在那儿，忍不住用污言秽语挑逗她，她只是笑笑；街上的女人嫉妒她的容貌，拿言辞挤对她，她也笑笑，唇角永远挂着无尽轻佻，眼里也永远透着睥睨和傲慢。

她不把任何人放在心上。江易时常会有这样的想法。

可当傍晚他顶着暮色回家时，赵云今总在门口等他，见他回来自然地把桃木梳递给他，她像只猫一样，慵懒地靠在他肩头让他给她梳头发。

穹顶的晚霞正在缓缓燃尽最后一丝生命力，江易闻着她的发香，触碰着她冰凉的皮肤，忽然又觉得不是那样。

也许不多，但在她心里的某一个角落里，一定有他的位置。

赵云今对他，没有遮掩，没有防备，开心就笑，生气就闹，和在别人面前时都不一样。

最不同的，是她深夜那醉人骨髓的媚，指尖轻旋，伸腿勾缠，能让人心甘情愿醉死在温柔乡，再也不见明天的朝霞和月亮。

一整个夏天，每夜屋里的灯火直到凌晨都还亮着。江易不爱言语，不爱表达，却爱极了在深夜一遍又一遍喃喃地喊她，她的名字柔软，途经舌尖，总让他无比心安。她正被他抱在怀里，现在是他的，以后也会一直是他的。

四年前赵云今生日前夜，江易约她在圣心福利院门口见面。

八岁的女孩，十八岁的少女，她人生的每一个重要关口，他都有幸陪在她身边，但许多重要的事她却忘了。

也许林清执说得对，是他太别扭，虽然赵云今忘了，但他还记得，他在意与她之间这些年的天差地别，可她未必会在乎。他想亲口告诉她，他记得，幼年时他们一起走过的路，爬过的山，捡过的空瓶子，编过的花环。然后他陪她一起，走完人生剩下的许多年。

在西河也好，在松川也罢，只要每时每刻都能陪在她身边。

江易路过苗苗面包房，买了一个赵云今爱吃的巧克力面包。他骑摩托车去了乌宅，那时雨才刚刚下起来。

于水生听明他的来意，许久没有说话，他沉默地抽着烟斗，再开口时能清晰地看到脸上的疲态："你要走？"

"是，我想过安定的生活。"

"我手下不全是赌场迪厅，也有些安稳的生意，可以让你去做，何必非要离开西河？"

江易说："她不喜欢我留在这儿。"

"倒是个有想法的丫头。"于水生吐了口烟，慢慢说，"早就和你说过，有了女人带给九叔瞧瞧，阿易，你怎么一直不记得？"

"记得。"江易不卑不亢地说，"只是她脾气不好，也没礼貌，怕带来惹九叔生气，所以还是算了。"

"真认定了？"

"是。"

"不反悔了？"

"是。"

"那好。"于水生放下烟斗，从抽屉里取出一张银行卡放到他面前，"跟了九叔这么多年，最后什么也没落着不像样子，这是我给你准备的老婆本，本想着怎么也得过几年才用得上，没想到现在就要拿给你了。"

江易怔了怔，没动那张卡：“我不能要。”

“拿着吧，”于水生笑里有几分苍老，“省得让人笑话我小气。

“你要觉得无功不受禄，临走前就再替九叔做件事。老金他们在城南办事，刚给我打电话来说人手不够，派别人去我不放心，你去搭把手，记着，望望风守守门就行，有些事让阿志他们做，你别插手。”

江易不明白他的意思。

于水生扬了扬那张卡：“这就当报酬，办完事，拿上钱，随便你去哪儿，带着你的女人过安稳日子去吧，只是以后记得，逢年过节多给九叔打打电话。我老了，一辈子无儿无女，曾经也是真把你当亲儿子疼过的。”

江易没拿那钱，江湖规矩，金盆洗手前再替东家做一件事是应该的，不管多难。虽然天气恶劣，但于水生的要求并不过分。

江易披上雨衣，骑着摩托车进了雨里。

那夜他只想早点儿完事早点儿回去。他买来的面包已经没了热气，硬邦邦的，像块石头，赵云今还在福利院门口等他。等这一切尘埃落定，他就可以离开这些是是非非，可以去见心爱的姑娘，可以把他们的过往一遍遍讲给她听，可以陪她去她想去的地方，可以和她过上平常人那样岁月祥和的生活。

可他没有想到，所有美好都还来不及实现，变故突然来临。于水生的一个简单请求，却如王母拔下了头上的簪子，在他与赵云今之间划下一道长长的银河，看似不远，实则咫尺天涯。

自那以后，一切再也无法回到从前。

……

“云云……”

满室寂静，只有江易在无意识地发出声音，那是个简单的音节，所有人都听得清楚。

保镖在霍璋耳边说：“大小姐的小名就是芸芸，江易十八岁那年，她正在香溪一中念高二。”

霍璋面色淡淡，他问：“芸芸，是霍明芸？”

江易没了反应，保镖拽起他的头发，他昏死了过去。

夜，一灯如豆。暴雨渐渐小了下来，但天色依然不见好转，被阴沉沉的乌云压着，似乎是酝酿着下一场暴雨的前奏。

医院里，霍嵩刚刚睡着，霍明芸在走廊上玩手机，这已经是联系不到江易的第三天了。她事后又去过一次油灯街，江易屋子的窗户没关，连续几天的狂风暴雨将小屋打得潮湿，天花板、墙壁上生出了黑色的霉，乌漆漆一团，看着就叫人烦闷。

那夜离开赵云今家时，霍明芸心里愤懑，她以为那女人总得有几分心肺，不会眼睁睁看着江易去死，但现在看来，她比自己想象中的还要无情。

电梯声响，霍璋的轮椅声从里面传来。他平时忙得不见人影，几天才能来看霍嵩一趟。

霍明芸收起手机，冷眼看着他："霍璋，你把江易藏哪儿了？"

霍璋的轮椅停在她面前，他望了望自己那娇蛮跋扈的小妹，拧起眉梢："江易怎么了？"

"你跟我装什么？那天晚上我亲眼看见你的保镖把武双喜带走，紧接着江易也失踪了，你敢说这跟你没有关系？"

"武双喜偷了东西，我找人请他过来问话，问完就放回去了。至于江易，他已经好几天没来上班了，我确实不知道他去了哪里，要是你见到他了，烦请告诉他，如果不想做了和我说一声就是，不用偷偷摸摸地跑掉。"

霍明芸冷笑："你可真是撒谎连眼皮都不眨，在我面前就别玩这套了，除了你还有谁会对付江易？"

"明芸，"霍璋冰凉的目光落在她身上，"你口口声声说只有我会对付江易，可你别忘了，当初江易把你从韩巴手底下救出来，算是彻底得罪了三房，恨他的大有人在。你们相爱多年感情要好，我理解你找不到江易的心情，但这不是你空口污蔑我这个兄长的理由。"

"相爱多年？"霍明芸蹙眉，"是江易跟你说我们相爱多年的？"

霍璋静静地望着她，她神色略微有些不自然，嘴唇动了动想说什么，想到江易或许在他手上，又咽了回去。

"他的失踪最好和你无关，如果让我知道是你干的……"

"你们在说什么？"霍明泽从楼梯上来，正好看见两人针锋相对的一幕。

霍璋笑笑："好久没见，和明芸聊聊，我先进去看父亲了。"

霍明芸别过头去，没再说话。

保镖推着霍璋离开，从他西装的口袋里落下半张照片，掉到走廊干净的地砖上。

霍明泽弯腰捡起来："大哥，你的东西落了。"他说完不经意地瞥了眼照片，那相纸泛黄，缺了一半，上面只有大半张男人的脸，模样英俊得让人过目不忘。

霍璋停住，转过轮椅："谢谢你。"

他伸手去接，霍明泽却拿着相片没有松手："这是……"

"是我一个去世多年的朋友。"霍璋说，"前些天保姆整理柜子，在书架最里边找到了它，可惜另外半张不知道被什么人弄坏了，问过专业人员，说是很难复原。"

他的神情带着几分落寞："我也只有一张他的相片，难免觉得遗憾。"

霍明泽对霍璋是有感情的，见他伤心，将残破的相片递还给他："可以问赵云今要。林清执的相片，她应该还留着吧。"

霍璋抬起眼，目光锐利，死死盯着他。

霍明泽问："怎么，这难道不是林清执？"他又看了眼照片，"虽然只在很多年前见过一面，但我对他印象很深，不至于认错，如果不是，那长得也太像了。"

"是他没错。"霍璋将照片收起，面色如死水般平静，"明泽，谢谢你提醒我。"

花店里，赵云今坐在窗前听雨。

连日暴雨导致交通不畅，已经很久没人来送鲜花了，鲜切的玫瑰、百合和康乃馨开始枯黄，桌上摆着一盆蔷薇，花朵也有些打蔫儿。

赵云今面前的清茶已经放凉了，淡绿色的茶叶浮在水面上。她一口没喝，偏着头，目光沉入雨里。

"吴新立说他在油灯街见过那个人的脸，因为印象很深刻，所以这些年来一直记得。

“当初我们收集了遗落在现场的血迹，前些天比对了吴新立的DNA，他确实是袭击香溪一中女生的犯人，这么多年的悬案终于破了。”

那天贺丰宝说到这儿时，沉默了好久，思量的眸光一直落在她身上。

“但比起那件案子，我更关心吴新立为了戴罪立功提供的线索，暴雨夜、昌河坝、一通奇怪的报警电话，”他顿了顿，“还有江易。

“林清执死亡当天，江易很可能就在现场，他一定知道些什么，说不定还是帮凶。赵云今，都到现在了，你还要袒护他吗？”

赵云今并没有听清他的话，吴新立认罪的视频播放结束后，她脑海里反复循环回放的都是一些零零碎碎但这时却能串联到一起的东西。

“四年前的五一假期，他原本要去约会，九爷却临时给他安排了一个油水挺多的活儿，他为了赚钱就去了，结果半夜淋着雨回来，衣服湿透了，眼神直勾勾的，问他什么都不说，把自己关了整整半个月。”

“我猜是为了给九爷办事迟到，所以姑娘生气跟他分了，毕竟那天下着那么大的雨，是谁被放鸽子都受不了啊！”

“从离开你的那一刻起，我就没想过有一天我们还能回到从前，从没想过。”

“所以有些事，你知不知道，开心与否，对我来说都不重要。生气也好，恨我也罢，我不在乎。”

“你不喜欢我跟着九叔做事，所以在见你之前，我去和九叔摊牌道了别。九叔不准我离开，他说我一旦走出那个门，他就会立刻找人去圣心福利院绑架你。那个人的下限很低，并不是你以为的混混儿头子那么简单。”

“这是什么？”

“倒计时。”

“五个人……五朵从来不清理的蔷薇花，你说那是倒计时，既然是倒计时，那瓶子里剩下的最后一朵花……是谁？”

“别再继续了……这浑水我一个人蹚就够了。有些事我一定要做，也只能我来做，我必须亲手了结它。”

“为什么非要是你？”

“那年说分手不是真心话。我从没想过离开你，以前没有，以后也不会。我这些年所做的一切，不只为了他，也为了你。我怕告诉你一切后你会恨我，却没想过，如果你活得小心翼翼，处处危机，不恨我又能有多快乐。”

“我为什么要恨你？”

……

“赵云今，”那时贺丰宝用指骨叩桌，唤回她的思绪，“关于江易，你到底知道些什么？”

赵云今回过神：“我不知道。”她脸上从来没有出现过这样的茫然神色，她摇头，“我真的不知道。”

……

一辆黑色轿车停在花店门口，两个保镖下车，撑伞推开了花店的大门。门上的风铃声清脆，同时灌进耳朵的还有屋外凛冽的风声。

乌云团聚于头顶的天空，雨势又渐渐大了起来。保镖恭敬地说：“赵小姐，霍先生请您去一趟小东山。”

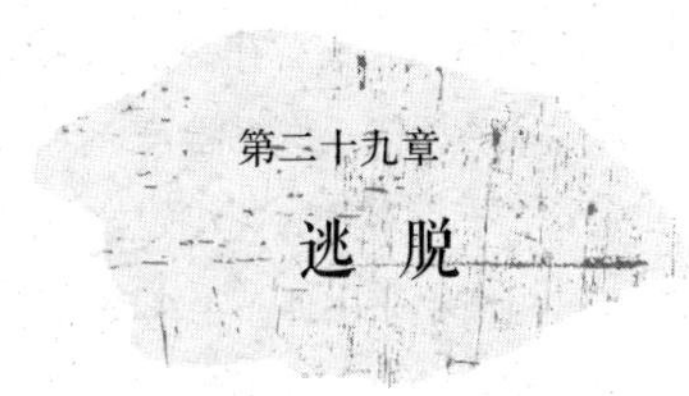

第三十九章 逃脱

这是赵云今第一次来小东山。

一路都是蜿蜒山路，雨天泥泞实在难行，一边是断崖，一边是峭壁，车子在窄路上缓缓行驶着，车前灯照着前方的路，但两侧景色依旧隐匿在黑暗里，看得久了，忽然让赵云今产生了一种奇怪的错觉——山不是山，崖不是崖，是吃人的凶兽。

关于缠山的传说十几年来从没消停过，西河人打小就知道，这座城市里有三个地方去不得——夜里的油灯街、傍晚的香溪边，还有缠山的深处。

赵云今从前不怕鬼故事，但自从父母殒命缠山后，她连续很久在夜晚做噩梦，梦里她光着脚，抱着妈妈送的玩具小马在密林里奔跑，抬眼时古树遮天，四下是数不清的藤蔓和荆棘，缠山的黑影阴森森地罩下来，一眼望不到天光，也望不到边。

她总是在夜里惊醒，而后睁眼到天明，透过孤儿院的窗子可以看到缠山的一抹影，在无月的夜晚尤其深邃。小时候赵云今不觉得那是一片山脉，那更像是一张巨嘴，吞噬着来来往往的探险者，也吞噬了她父母的生命。

保镖见她抱着手臂，以为她冷，伸手打开了车里的暖风。阴冷的雨夜确实潮湿，但让人觉得寒冷的并不全是温度，而是狭隘的山路和缠山黑黢黢的远峰。不知下一秒山林之间会出现什么，自己又会被带往哪里。

“谢谢。”她温柔地笑了笑，在车前镜里看见了保镖的脸。

来接她的一共两人，都是霍璋贴身的保镖，赵云今并不知道他们的名字，只知道他们是霍璋最信任的人。

保镖抬起头，在镜中和她视线交叠，这男人的眼睛是淡漠的，永远没有多余的神情，像机器人一样，除了霍璋的交代，不会关心别的事。

“不用客气，赵小姐如果困了，可以睡一会儿。”保镖看了眼时间，“这里离小东山还有半小时的车程。”

车里的熏香味道很淡，催人睡意，赵云今靠着后座小寐了片刻。

半梦半醒的时候，她做了一个梦。

梦里的她和幼年时一样，拼命在缠山中奔跑，不知过了多久，她跑累了，坐在地上大口喘息。在遥远的密林深处，父母穿着离家时那身探险服站在勾缠的荆棘丛中，天空不知被什么东西染了色，看在眼里一片红，如同黏稠的血色浆水，散发着腥味和恶臭。

父母回头，脸上全是生着蛆虫的血窟窿，母亲只剩半截嘴唇张张合合，她在对小云今说：“快跑！”

小云今吓了一跳，她蓦然抬头，只见血红色的天上不知何时出现了一只怪异的巨眼，正一动不动，冷冷地凝视着她。

车子缓缓停下，赵云今从梦里醒来，额上渗出了一层冷汗。

保镖为她拉开车门：“赵小姐，小东山到了。”

四下寂静，路边是一片茂密的槐树林，在车的正前方，有一座圆拱形的建筑。

保镖小心地为她撑伞：“这里是北区的研发楼，霍先生在顶层等您。”

夜雨倾盆，狂风呼啸，几乎吹折了保镖手上的伞骨，尽管他小心护着，赵云今的裙摆还是被风雨打湿了一片。

她进了研发楼，保镖按了电梯的顶层，见她在看电梯按钮，贴心地介绍道：“乌玉媚在时，这栋楼就是北区的核心，专门负责高精尖药物研发，一到十层是实验室，顶楼一整层都是办公的地方，但据我所知，这里落成以后她从没来过。霍先生接手后，就把顶层改成了他的休息间。”

“地下两层是车库？”

“不，”保镖说，“也是实验室。”

他没再多说，赵云今也没有再问。电梯门打开，扑鼻而来的是一股花香。顶层放置了很多盆栽和鲜花，入眼最多的是她喜欢的蔷薇。

保镖说："霍先生知道您喜欢花，这是他特意准备的，说您一定喜欢。"

不得不说，在某些事情上，霍璋是个相当细心的人，赵云今喜欢蔷薇的事从没对他说过，但他却能知晓。

保镖指着走廊尽头的房间："霍先生在里面等您，我就送到这儿了。"

赵云今推开门，这是一间很宽敞的休息室，吊灯的光映得室内窗明几净，但宽大的落地玻璃外是黢黑阴冷的雨夜，于是这点儿明净也染上了夜色。

霍璋在落地窗前看雨，手边的矮桌上放了杯喝了一半的红酒。他很安静，听到赵云今开门的声音也没有动作，身上的黑西装几乎和窗外的夜色融为一体了。赵云今脚步轻缓，走到他身后静静地站着，她没有出声打扰，但灯光已经将她的影子投到了霍璋眼前的玻璃窗上。

"吃晚饭了吗？"

赵云今说："吃过了。"

"这样的天气还叫你来陪我，辛苦了。一个人待在这里，忽然觉得有点儿寂寞。"

桌上还有没动过的饭菜，霍璋显然没吃晚饭，她想了想："我再陪你吃一点儿。"

霍璋没说话，过了很久，他摇头："算了，也没什么胃口。"他转过头，手搭在她的小腹上，"最近还好吗？"

"今天下午医生刚来做过检查，说胎儿一切正常，不用担心。"

霍璋的目光由平和渐渐变得灼热，他轻声呢喃："如果这是我们的孩子，该有多好。

"小时候母亲把我送到霍家，一开始薛美辰对我很好，吃穿住行样样上心，冬天怕我冷，夏天怕我热，无微不至到让我觉得能一直这样过下去也不错。直到明泽出生，一切都变了。"霍璋声音平静，"可我并不讨厌他，无论何时，孩子都是没错的。

"那些年只要父亲不在家，薛美辰对我轻则呼来喝去，重则侮辱打骂，我只有和明泽待在一起时，她才会露出一点儿慈母的样子。作为一个母亲，她应该也不希望被儿女看到自己那不堪的模样吧。”

霍璋端起酒杯，抿了一口：“我从前总在想，如果有一天我有了小孩，我会怎么对他。

“少年时只能待在一旁看明泽学这学那，攒了很多遗憾没来得及完成，以后也很难弥补了。”霍璋望着自己的腿，“所以，如果我有了小孩，我会陪他学习，陪他玩耍，陪他慢慢长大，春天去踢球，夏天去游泳，秋天学骑马，冬天学击剑。陪他做一切他喜欢的事，只要他快乐就好。我的遗憾，不必让他也尝过。

“但有些事情终归只能想想，我这辈子都不会有孩子了。幼年丧母，后来舅舅锒铛入狱，现在连父亲也要走了。”霍璋轻声说，“世人觉得我什么都有，年纪轻轻功成名就。

“可是云今，我很孤独。这世界很大，但没有哪一处是真正属于我的。和乌玉媚争斗了这么些年，我以为得到小东山会让我开心，可高处不胜寒，曾经有过一位挚友，却也只是曾经，现在的我坐在这儿，身边连一个可以说话的人都没有。”

赵云今说：“不是还有我吗？”

霍璋凝视着她，目光里有几分迷醉。

她一点儿都没变，依旧是那副绝美到令人神魂颠倒的容颜。五年前在凯嘉尔思的岩壁上，霍璋曾一度以为自己的生命走到了尽头，她突然出现，笑吟吟地递来一条安全绳，令他那从未打开过的心门出现了些许的裂痕。

两年前，她带着简历到公司应聘，那尘封已久、原以为已经忘却的画面又重新出现在他眼前。他看着她的简历，唇边不由自主地溢出笑：“如果赵小姐是来应聘秘书的话，我不需要。”他眸子里闪过一抹戏谑，“情人倒是缺几个。”

霍璋一直认为，这个年纪的女孩大多有股近乎愚钝的傲气和纯真，他平时不会如此轻浮，第一次说出这样的话并不习惯。他可以预见，接下来有九成的概率，赵云今会将手里那杯温茶泼在他脸上。

可她没有。赵云今微微歪着脑袋，一双盈润的眸子毫不避讳地与他对视，天真到让他误以为她没听清他的话。

许久后，女孩开口，嗓音缱绻得让人迷醉。她笑着回他，恣意妩媚：“可是，养我很贵的。”

……

霍璋从往事里醒来，当初那一幕留下的印记，直到今日都没有磨灭。她那一笑美艳得不可方物，能将人的魂和魄一起勾走。

赵云今冰冷的手掌搭在他的肩膀上，他将她握在掌心，用体温焐热：“你说得对，我身边还有你，既然来了，就在小东山多陪我几天吧。

“人活在世上，总得有点儿寄托。”他轻缓地说，“孩子没有错，无论是谁的，等他出生后，我都会将他视如己出，好好对他。我要你和他，一直留在身边，好好陪着我。”

霍璋神情里流露出了些许的脆弱，他揉着赵云今的手，深深地看着她：“云今，别让我失望。”

夜半，赵云今被一声惊雷吓醒，霍璋睡在她身侧，呼吸平稳。

窗外的暴雨又下了起来，落地玻璃窗上满是水痕。赵云今口干，起床喝水，路过门口时听到屋外传来隐约的说话声。

“是吗？真是解气，那小子把我们耍得团团转，就算弄死他都不为过。”

一阵压抑的笑声在这暗夜里听得人发瘆，赵云今端着水杯站在门口，才发现是房门没关牢。

霍璋谨慎，休息时也要有保镖守在门口，说话的正是今晚来接赵云今的那两个人。

“TPX009 药劲本来就大，霍先生一下给他打了两针，够他受的，他现在最好盼着自己别那么快清醒，否则后面的日子可不好过。”

“哪还有后面的日子？”一个保镖冷笑道，“江易的嘴有多硬你不是不知道，他咬死不说，就是跟自己的命过不去。”

同伴问：“你这话什么意思？霍先生总不可能……”

“现在于水生的人来要他，霍明芸也在满世界找他，留一个活人在这儿总不如死人安全，他知道自己必死，嘴肯定不会张的，你以为霍先生会有耐心留着他？”男人吸了口电子烟，“金富源的话不能全信，丁晨凯死前到底有没有留下存储卡还得另说，就算真的有，又真的被江易找到了，他被抓之前压根儿就没有离开过小东山，根本不可能把卡送给警察。

“所以，”男人顿了顿，残忍地笑，“无论怎么看，让江易去死都是最省事的选择，不信你等着瞧，看看霍先生会不会这么做。”

话说完，他腰间的传呼器响了起来，他掏出来看了眼：“时间到了，负三层值班的人已经走了，该我换班了。”

他一摸兜，蹙起眉来，同伴问：“怎么了？”

“卡没带，你的借我用用。”

“电梯卡？”同伴说，“今天我不值班，也没带过来，要不别去了，下面有那么多道锁，江易也不可能跑了。”

保镖说：“不去看一眼总不放心，门口保安也有一张，我去问他们拿。”

他说完起身走了，那同伴“嘁”了一声：“这种天还上赶着去地下找罪受，是不是傻啊？”

他继续玩着手机，忽然来了便意，捂着肚子跑去卫生间。

赵云今手里的水还冒着热气，她放到一旁的桌上，拿起没有信号的手机看了眼。

霍璋的西服挂在衣钩上，她伸手进去，摸到了一张光滑的卡片。

床上的男人睡得孩子般安详，仿佛窗外的暴雨并不能干扰他的好梦，赵云今走到床边轻声唤道：“霍璋。”她弯腰摸了摸他的脸庞，能清晰地感受到他绵长的呼吸，她将电梯卡紧紧攥在手里，转身出了房间。

……

卡片刷上去，电梯直通负二层。赵云今脚上的拖鞋单薄，大理石地砖上反上来的凉气浸透了脚掌。

电梯门打开，眼前出现一条笔直的通道，两侧是江易当初见过的、以铁栅栏隔开的囚笼，一直通往走廊的尽头。刚换过班，尽头的铁门没有关，房间里的书架也是挪开的，露出一道黢黑的楼梯。

赵云今在楼梯口站了一会儿，不知哪里透进来的阴风拂起了她的裙角。

她一节节台阶走下去，负三层的全貌展露，眼前是几间明亮的实验室，左边那间吊着一个满脸血迹的男人，奄奄得只剩一口气。江易在右边，他靠墙坐着，一腿平伸，一腿屈起，头低垂着，看不清脸上的表情。

负三层每天都会来人监守，传来脚步声并不稀奇，江易静坐了很久，如同死了一样，从不抬头看。但今天的脚步声和从前的都不一样，很慢很柔，像是有心灵感应一般，江易抬起头。

赵云今穿着一身棉白的睡裙，站在监禁室门口。她平静得不像话，没有任何表情，就那样看着他："原来你躲在这儿，让我找得好辛苦。"

江易对自己注射药物后说过的话是有记忆的，几乎是一瞬间，他察觉到了危险："谁让你来这儿的？走！"

她眉梢淡淡地扬着："我走了，你怎么办？"

江易压低声音："离开这里，赵云今，你不该来。"

赵云今没有听他的话，她视线掠过玻璃门，那里设着一道密码锁，为了防止恶劣天气断电，密码锁上面还拴着一把老式铜锁。她拨了拨黄铜锁，伸手去试密码。按键音刚刚响起，狭长的楼梯上传来阵阵脚步声，相伴而来的还有熟悉的轮椅滚地的声响。

霍璋停在离她十几米外的地方，身后是早前在门口聊天的两个保镖，他隔着不远的距离看着她，女人连同她身上的白色睡裙，如一朵风雨中摇曳的柔弱百合，可如果真把她想得那样柔弱，不知到头来会不会骂自己一句愚蠢。

"云今，"这是这些年来赵云今第一次在霍璋脸上看见类似于怒意的神态，他满面阴云，嗓音低哑，"我待你不薄。"

保镖推着轮椅缓缓靠近，在十几米的行进中，霍璋又渐渐恢复到往日斯文的模样，但赵云今知道，那只是暴风雨将至前虚假的表象。他停在赵云今面前："从你第一次进书房偷偷动我的电脑，到你把消息泄露给警方，再到现在。我给了你很多次机会，为什么要背叛我？"

赵云今扬起眉梢，没想到霍璋早已知道她进过书房的事，难怪后来霍宅四处都装上了监控，但她毫不意外，以霍璋的谨慎，在发现书房疑似有人进过后，不彻查才奇怪。赵云今真正惊讶的是，他居然容忍了她这么久才揭破。

她敛起唇边的笑，淡淡地说："这不正如你所愿吗？"

霍璋对人的多疑是刻在骨子里的，幼年时被母亲送到霍家，少年时又被薛美辰抛弃，一夜从枝头掉进草窝里，成长期间经历过的种种造就了他如今的性格，他根本不相信有人会始终如一无条件地爱他。

一旦出现了，他会选择无数种方式去猜疑、去锤验、去消磨、去打碎，千磨万击后依然不改的，他或许才会不吝啬自己那一点儿可怜的信任。

今夜的种种都是试探不假，可试探之前的真情流露也不假。

当听到赵云今拿上电梯卡起身下楼时，霍璋感到了久违的背叛，那甚至让他产生了一股从未有过的愤怒。赵云今将他仅剩的真情扔在脚下，毫不在意地踩踏，对她而言或许不值什么，但对霍璋而言，那是一个情感匮乏的人能挪动的全部真心了。

一辈子孤独而漫长，但有她和孩子陪着也还算得上不错。在某些时刻，霍璋曾在心里这样以为。可她从来没有爱过他，哪怕一分一秒。

“如果不想被人背叛，就不该考验人性。”赵云今凝望着霍璋，浅淡神情里带着一丝无畏的笑意，“你一路为我敞开大门，我当然会有侥幸心理，以为自己可以神不知鬼不觉地进到这里，带走他。”

她太过平和，似乎根本不在乎被他发现真相，也不在乎自己的下场会如何凄惨，她像一尊美丽寂静的雕塑，静静地看着他。

“丁晨凯的好妹妹。”霍璋指尖夹着那张仅剩一半的照片。

至此，迷雾拨开，一切明了。

“武双喜拼死也要吞下这张照片，不是为了丁晨凯，他要保护的是江易，照片上的另外两个人，是江易和你。陆福明、沈佳燕，这些人之所以会帮江易伪造证据，是因为都曾受过丁晨凯的恩惠。”霍璋手指蜷曲，将那张破烂的相片捏在指尖揉碎，“或许，我该叫他一声林警官更合适。

“你从一开始接近我，就带着目的，和你的哥哥一样。”

室内安静得能听到落针声，吊在半空中的阿财听到自己的名字费力地睁开眼睛，又因为脱力缓缓合上。

霍璋很好地控制了神情，但掩饰不了声音里的冷肃：“云今，是你从我电脑里拿到松川药厂的交易信息，告诉了警察？”

赵云今说：“不是。”

霍璋蹙眉，他身后两个保镖察言观色，上前按住她两条手臂。原本安静地靠在墙边的江易忽然跳起，拳头重重砸在坚硬的玻璃门上。他眼里的血丝猩红，如同深渊里爬出的恶鬼，阴森森的，让人浑身发凉："放开她！"

保镖心惊了一下，手上的力道下意识松了些许，又立刻反应过来。隔着两道锁，就算他本事通天，也不过是被困住的兽，一只被困住的野兽，能做什么？

"不是江易，也不是你，难道我身边还有第三个人？"

赵云今面不改色："霍璋，你或许还不了解我。我没有那么多泛滥的善心和公德心，我不关心松川药厂是否走私，也不关心你是不是做实验后私售禁药。我的心很小，装不了太多东西，我只在乎当初林清执的死因和谁有关。松川的事与我无关。"

霍璋沉默了一会儿，再抬起头时脸上挂回了温和的笑："既然赵小姐不肯承认是她做的，你们还愣着干什么？"

保镖将赵云今关进江易隔壁的监禁室。

"你有身孕，我不会动你。"霍璋望了玻璃后的女人一眼，"但是云今，背叛我的人会有什么下场，你应该清楚。"

他贴心地对保镖说："地下太潮，给赵小姐加几床被子，再搬一个电暖炉放在旁边，让她坐在这里，舒服地看场戏。"

他说完，凉薄的眼神落在另一扇门后的江易身上："取盒 006。"

TPX006，同 009 一个系列，是松川药厂研发的专门针对神经系统的刺激性药物，功效是放大一切肉体与精神上的感知。

平时针扎指尖的痛楚，在 006 的刺激下会放大十倍不止，平时舒爽的快感，在 006 的刺激下也会放大十倍，比起毒品带来的感官效果更甚。因此，006 的作用存在着两种极端，一是用来拷问，一是用来致幻。

地下阴冷，但潮气近不了赵云今的身，蔓延到跟前就被功率极大的电暖炉通通吹散。

外界的冷气实在算不上什么，比起眼前正在发生的情景，那男人的手段才称得上让人四肢发冷，难以动弹。

江易浑身是血，被绑在铁椅上，保镖每拿打钉器朝他身上钉入一枚钉子，他身上的血窟窿就会朝外汩汩流出一摊血来。他如一只受伤的野兽，在药效的作用下只会嘶吼，每挣扎一下，身上缠的铁链就和座下的椅子碰撞出惊心的声响。

霍璋面色淡然，望向玻璃后的赵云今：“松川药厂的消息是你泄露的吗？”

他这话在过去的一个小时里问了许多遍，赵云今每说一个“不”字，保镖都会朝江易身上打入一枚半长的铁钉。

赵云今说：“不是。”

保镖手下按动，又射出一枚钉子，落在江易的小腹上。

江易的脸色已经苍白得像一块塑料板了。

在药效之下，四肢百骸全都处于疼痛造就的麻木之中，虽然麻木，可疼痛的滋味依旧清晰，几乎能将骨头蚀软。江易将每一声途经喉咙的惨叫声都压了回去，外露的只有难以抑制的冰冷的嘶气声，他忍痛时咬破了舌尖，有血顺着嘴角流出来，沿下巴一直流入领口下的锁骨里。

赵云今看了眼江易，他身上血流成河，但从头至尾一个字都没说过。

她眸子似水般平静：“我有身孕，你不敢动我，如果那件事真是我做的，我没什么不敢承认的。”

霍璋嗓音阴冷：“江易你看，这女人多狠，你正在替她受苦，她却连眼睛都不眨一下。我要是你，才不会像个傻子一样为了她和她的哥哥死守着存储卡的秘密，聪明人该知道进退取舍，这种连心都没有的女人，她值得你这么做？”

这些天保镖搜遍了江易全身，也找遍了那晚他逃跑时行经的路线，都没有发现金富源口中那存储卡的影子。

有人质疑金富源说谎，但霍璋却觉得不是空穴来风，如果没有存储卡，他想不到江易夜探小东山的目的，也找不到当初三房要弄死丁晨凯的理由。那东西极有可能是真实存在的，并且还有极大的可能就在江易手中。

“是，”江易忽然开了口，他声音低微，嘶哑得厉害，缓缓抬起头望着赵云今，“她是够狠，也够薄情。

“但是再狠……”他顿了顿，满是鲜血的唇角费力地勾起了一丝嘲讽的笑，“也是老子的女人。”

因为剧痛，他说话带着颤抖的尾音，但一字一句间，眼眸都明亮：

“我心甘情愿的事，轮得到你一个残废说什么？”

江易嘴里的每一个字，都毫无保留地戳到霍璋的痛处。从他被于水生派遣到霍璋身边重遇赵云今，她的身份永远是可望而不可即的霍二的女人，霍璋抱她、吻她，从不避讳旁人，江易看在眼里，每一个动作都刺痛双眼。如果不是有顾虑，以他曾经的性子，在霍璋触碰她的那一刻，就会控制不住剁掉他手的冲动。

现在与未来一片漆黑，但有些事无关乎前路如何，只在于男人之间。

霍璋斯文的神态渐渐冻住，他笑着说：“我喜欢你这种硬骨头，否则游戏就会变得太无趣了。”他接过保镖手里的打钉器，将钉口抵在江易的右眼上，言简意赅，“但我不喜欢浪费时间，江易，存储卡在什么地方？”

半空中，阿财睁开了眼睛，被眼前的场景吓出了一身冷汗。

赵云今坐在烤炉边，垂在身侧的手下意识地捏紧被角，霍璋的视线在她与江易身上游移，自嘲地笑着。她清楚，这个时候无论她说什么都是火上浇油，像霍璋这样极度敏感自卑、喜欢看别人痛苦的人，她如果开口求他，只会更让他产生一种虐人虐己的快感。

江易想要暂时逃出生天，唯一的方法，就是把存储卡的下落告诉他。可他唇边的笑意不泯。

那一瞬间，隔着面前坚硬厚重的玻璃，赵云今恍惚中觉得自己回到了十七岁那年的秋天，回到了那个阴暗逼仄的地下赌场，初遇江易的那一天。她眼前浑身是血的江易和少年时的模样隐约重叠到了一起，一样的不知天高地厚，一样的乖张桀骜。

江易舔掉嘴角的血痕，气场冷冽，又不减嚣张。他一字一句地骂：“老畜生。”

如果以天空的视角俯视小东山，四面高耸的山峰环绕，如同一座密不透风高墙林立的监狱。

“监狱”上方团叠着交错拥挤的雨云，在无边深夜里，云层像乌鸦的翅膀，泛着漆黑的色泽，时而幻化出各种形状，时而扇动翅膀搅弄狂风，泼洒下滔天的雨水，如盆倾、桶泼，落入地下的不是雨丝，而是片片厚重的雨帘。

建筑、砖瓦、植被、雨水，还有几束来回晃动的电筒光亮，组成了今夜小东山的画面。

几个保镖打着手电从不同的路上集合到岔道口，伞下的西装已经被雨水淋透。

“找到了吗？”

“没有。”

“你去大门口，你们两个沿墙根一点点搜，所有可能的出口都不要放过，你跟我一起开车顺着大路找，这种天气，我不信能给她跑了！”

保镖应声，四散开继续寻找。

他们离开后没多久，从路边茂密的灌木丛里钻出一个人影。赵云今身上的黑色雨披挡不住风雨，雨水打在身上开始还没什么感觉，但时间一久，每一寸皮肤都麻木地钝痛着。

在小东山里，除了必需的设备外，其他一切手机和电子产品都连接不到信号。她逃出来后，所有可能联系外界的地方一定都有人看守，绝不能去以身涉险。她在雨里站了一会儿辨别方向，不远处手电筒的光亮不断闪烁。

赵云今被湿冷的天气和雨水折腾到苍白的面孔冷静得和平常没什么两样，她拢了拢雨披的帽子，朝夜色最深的地方跑去。

四小时前。

霍璋按下了打钉器，隔着一道玻璃门，赵云今似乎清晰地听到了钉子入肉的声音，她从没怕过什么，但此刻，肩膀却控制不住地微微颤抖。

一瞬间，四下寂静。又一瞬间，撕心裂肺的叫声溢满了整个地下三层。

赵云今冷得发抖，她几乎可以感受到江易此刻的痛苦，眼球被生生打入钉子，药效将疼痛十倍放大，那不是人可以忍受的，游离于空气中的痛苦分子在封闭的室内胡乱冲撞，却怎么都找不到一个发泄的出口。

江易在铁椅上发狂地挣扎，但怎么都挣脱不了分毫。他的右眼被血水覆住，捎带着眼球的浆液一起朝外流。

钉子的尾巴露在外头一截，霍璋随手丢掉打钉器，捏住钉尾一点点朝外拔。他每挪动一分，江易的身体就猛颤一下，伴随着凄厉的惨叫，回荡在潮湿的地下。两个保镖死死地箍住他，让他根本无法动弹。霍璋将钉子拔了出来，饶有兴趣地看着他眼上被血糊了一半的黑色深洞。

江易的身体软如一摊泥，所有的声音都消寂，他昏死了过去。

霍璋打开一边的铁盒，又给他注射了一管不知名的针剂，江易清醒得很快，但他没有再发出声音，只是靠在椅子上断断续续地喘息。

霍璋脸上的笑容很浅，却不难看到，他接过毛巾擦了擦手上的血，左右四顾。

陆福明已经完全从虚弱里吓醒，全身绷直，像只受惊的小动物。

再往旁边看，实验室里放着双喜已经开始腐烂的尸体，他目光掠过失去了眼睛、身体里的血液正在缓缓流失的江易，最后将目光落在了赵云今身上。

这女人真如他口中所说的一样心狠，脸上没有任何表情。她静静地盯着霍璋，与他对视时瞳孔里能看到的只有极致的、让人着迷的平静。

他轻声说："看仔细了，这就是你背叛我的代价。"

人间炼狱也不过如此。

霍璋的注意力又回到江易身上，他因为被注射了药物，大脑维持在兴奋状态，始终无法昏死过去。

"江易，只要你告诉我存储卡的下落，我就给你个痛快。"

江易没有出声，他沉默得像是死了，过了很久，才微微抬起头，半睁着那只完好的眼睛，轻蔑地看着他："双喜有句话说得对。"

霍璋讨厌极了他唇角那冷冽乖张的笑，偏偏江易打小骨头就硬，并不在乎他喜欢与否。他只说了几个字，却像用尽了全身力气："你一个残废，不好好坐轮椅，非要出来骗人，就不怕夜里被鬼神带走吗？"

霍璋冷笑，他捡起地上的打钉器，将钉口的血迹擦掉："夜还很长，我不介意多陪你一会儿。"他举起打钉器，抵在了江易另外一只眼睛上。

就在要按下去的前一秒，一个保镖从楼上跑下来："霍先生，有些急事需要您立即去处理。"

"我现在没空。"

保镖没有像往常一样温顺地离开，他上前一步，低声说："老爷子就要不行了。"

两间监禁室之间，只隔着一道透明玻璃，赵云今走到那玻璃跟前，望着地上的江易。

江易的衣服已经被血染得看不出原来的颜色，他仰躺着，闭着仅剩的那只独眼，不知死活。

又阴又潮的天气，地砖返潮，有亮莹莹的水珠，躺在上面应该是冰冷的。

赵云今缓缓蹲下身："阿易。"

江易费力地翻开眼皮，凝视着天花板上散发着白光的灯管，用微不可闻的声音问道："为什么要来？"

"为什么不来？"赵云今反问，"霍璋对你动了杀心，难道让我眼睁睁看着你去死，又或是看着你带着林清执留下的秘密去下地狱？如果我不来，你怎么把存储卡送出去？"

哪怕知道这是霍璋的陷阱，她依然要跳。

江易闭上眼眸，没有说话。

赵云今也沉默了，过了很久，她轻声说："小狼对小狐狸隐瞒说谎，从不提及真相，起初，小狐狸以为他是为了保护自己，不想她伤心，可她从没想过另一种可能。小狼之所以不肯告诉她长颈鹿哥哥真正的死因，是因为他知道……"

她静静地凝视着江易："是因为他知道，真相是所有人都无法承受的。"

江易依然没有出声，但垂放在体侧的手却不自主地攥成了拳头。

在灯光的映照下，他眼眶中的那一块空隙格外清晰，深幽幽的，如一个不见底的黑洞。

"西河暴雨那夜，你就在庆祥棺厂，亲眼看着他去死，亲眼看着他们将他扔进香溪……"

"赵云今！"江易蓦地睁开眼眸，漆黑的瞳仁死死盯着她，他哑声开口，"……别再说了。"

"你到底怕我知道什么？"她抬手抚上面前透明的玻璃门，仿佛在隔着它抚摩江易的脸颊。明明不过一米远，却觉得和他的心的距离有几万个光年，她轻声呢喃，听似是疑问，却笃定无比："瓶里最后一朵蔷薇花，是你自己？”

江易闭上了眼，他无须再多说一句，赵云今也能明白他的沉默代表了什么。

那夜的久久不到，那夜的分手短信，以及重逢后他留在霍家做的种种，她早该想到。如果这世界上还有什么东西能使江易心甘情愿地放弃她，那只可能是他心里明白，从今往后、漫漫余生，她和他都再也没有半点儿可能。

赵云今静而无言，只是看着他。许久后，她开口：“存储卡在哪儿？”

“你带不出去。”

“总要试试。”

哪怕现在霍璋不在乎她的死活，也一定会在乎孩子。此时霍璋不在，她要有个三长两短保镖一定难辞其咎，因此装病离开小东山并不是难事，只要能离开这孤立无援的深山，就一切都好说。

“等霍璋回来，就没有机会了。”那男人谨慎奸猾，想要蒙过他的眼睛，赵云今并没有把握。

“失去这个孩子只是少一份遗产，可存储卡一旦到了警察手里，霍璋会下地狱。人在面临危机的时候能做出许多超乎想象的事情，霍璋或许会在意你和孩子，但不会允许这些危及他自己。所以，别小看他，不管你把存储卡藏到哪里，在离开小东山接触外人之前，他都会找到。”

江易的嘴唇惨白，嘴唇因缺水而起了一层厚厚的干皮。他将目光投向不远处的双喜，双喜那瘦小的身体此刻正躺在玻璃后面，皮肤生了片片尸斑，曾经鲜活的、聒噪的人，永远都不会再回来了。

“地狱已经人满为患了，我不会让你也去送死。”

“哪怕那张存储卡永远没有机会重见天日？”

“是。”

“哪怕霍家做的事情永远得不到惩罚，那些为此失去生命的人也永远没有机会得到伸张？”

“是。”

江易静了很久，说：“我曾经做错了很多事，也曾经无数次彻夜难眠。林清执死后我发过誓，他未完成的遗愿我会帮他完成，伤害他的人，我会让他们永远都在苦海里煎熬，可无论是誓言还是仇恨，在我心里，都没你重要。说起来，我和你一样，没有那么多富余的善心和担当。

“我们才是同一种人，你不是早就知道吗？”江易如同一个即将报废的老式风箱，每说一个字，胸膛就控制不住地上下颤动，“当年香溪边算命的老头儿说你这一生命好，可我不信命，只信事在人为。

“事在人为。”他又重复一遍，“我不会让你送死。”

“那你呢？”赵云今问，“等霍璋回来，让我眼睁睁地看着你去死吗？”

“这是我的劫，过不去我也认了。云云，你今晚故意自投罗网，真的是因为不愿意看我去死，还是不想让林清执的一番心血白费？”

赵云今没有回答，她转移话题：“原本是想一起逃出生天，可你不告诉我存储卡的下落，就真是自投罗网了。我已经来了，并且和霍璋撕破了脸皮，哪怕我老实地待在这里，你又凭什么觉得霍璋不会伤害我？”

江易忽然笑了，他的伤口被简单处理过，但每动一下，依然钻心般地疼。又有血从痂下流出来，可他并不在乎，他偏过头望着赵云今：“像你这种狐狸，会不给自己留条后路吗？”

他一眼就能看穿她。霍璋对赵云今还有情，就算那些感情能因一件事泯灭得干净，他也会顾及孩子，再退一步，哪怕他可以狠下心来不要家产，但霍明泽迟早会发现她不见了。

也许别人不会管她死活，但霍明泽一定会，毕竟在他眼里，那孩子和他有扯不清的关系。霍明泽是薛美辰的掌中宝，他的想法完全可以左右那个女人，只要薛美辰出面，霍璋就不敢动她。

所以赵云今才对贺丰宝说，到了最后关头，这孩子说不定能救她一条命。

江易太了解她了，她来这里并不是没有头脑，而是有恃无恐。

哪怕再不相信命运也得承认，有人天生命好，哪怕处处危机，依然可以踩着刀尖肆意嚣张。在江易眼里，比起带着存储卡离开时被霍璋截住，安稳地待在这里才是她最好的选择，毕竟这趟浑水她不该碰，但凡她软和一点儿，霍家的男人们都不会动她一分一毫。可她如果执意和霍璋作对，那么下场难讲。

她能将存储卡带出小东山又难被发现的法子只有一种——吞进肚子

里。同样的事情，双喜也曾经做过，他不想看到她和双喜一样的下场。

这些话几乎耗尽了他所有的体力，不知是太累还是太痛，江易闭上了眼睛："你可以恨我，"他沾血的喉结缓慢地滚动着，"我不在乎了。"

"阿易，"赵云今轻声问，"你疼吗？"

江易笑了，那一笑不知牵扯到了哪里的痛处，让他缓了好一会儿才开口："又想骗我。"

她这样示弱，这样柔软，在知道了当年的真相后还会关心他疼不疼，这又是这女人一贯的伎俩，在用软刀子一点点卸掉他的心防，磨他上当。温柔乡，英雄冢，虽然江易不会以英雄自诩，但每每赵云今露出一种幼猫般的情态时，他总是忍不住去满足她的一切所求。

赵云今的目光落在他溃烂的伤口上，又转头挪开，没有再开口。

寂静的地下只能听到江易痛苦的呼吸声，时重时轻，但一直存在。电烤炉发着淡淡的橘黄色的光亮，赵云今看着实验室中央一个砖石垒砌出的滑面手术台，在手术台一旁的地上，还有一个正方形的排水槽。这里从前是做什么的，她隐约知道，因此那些东西落入她眼里，带着些不可言说的凉意。

"我是想将存储卡带出去，但只是想。"

时间缓慢地流逝着，在这无边漫长的夜里，赵云今忽然开口，她声音极低，像说给自己听："如果可以，我不想他白白牺牲，如果不行——"她将音量又压了压，"那和你一起留在这里也挺好。

"我哪里命好？"她疲惫地靠着身后的玻璃墙，"父母、哥哥、养父、养母，还有你，我真的不想再失去了。"

江易似乎睡着了，并没有听见她的话。

夜里的温度又降下来，她缩在软被里，静静地等待天亮。

即使听不到雨声，她依旧能感知到外面一定是风雨呼啸，夜里的电压不稳，头顶的灯一晃一晃地闪着，仿佛随时要熄灭一样。几秒后，就如她所幻想的那样，整个地下三层的灯突然一起灭掉了，身边电烤炉的橘光也缓缓熄灭，伴随着同时消失的，还有玻璃门上密码锁蓝莹莹的光。

她猛地坐直身体，伸手去敲玻璃："江易，停电了。"

江易并没有昏死，只是被剧痛折磨得没有力气去听去看，但赵云今那一句停电叫醒了他。他睁开眼，面前是一片伸手不见五指的黑暗，适应了十几秒才勉强看清周围的事物。

一道玻璃之隔的另一间实验室内，赵云今正将电烤炉的插座拔下来，放平摆在地上。

小东山里并没有常备的取暖设备，这东西是从保安室里拎来的杂牌子“古董”，形状圆圆的，烤片前是一道道隔得很宽的铁丝，质量并不好，但这时候正好适用。赵云今把手指伸入铁丝之间，用力掰住一根：“这是唯一的机会。”

江易撑起身体。在他房间的角落里，堆着许多拆掉家具仪器时留下的废物，他爬起来，踉踉跄跄着走到那堆东西前，伸手在里面摸索。

赵云今拧断了电烤炉上第一根铁丝，将断掉的铁丝放到一旁，又去拧第二根。

铁丝上还残留着停电前炙热的高温，她太心急，没等散热就去碰它，手心被烫红了。

阿财似乎感知到了什么，睁开眼睛看着两人，但他没有也不敢出声打扰，只是心跳不由得加快了。

赵云今拧断了第二根铁丝，几乎同时，江易在杂物堆里摸到了一捆比电烤炉上更细的铁丝。他挪到门边，将铁丝顺着门底的缝隙一点点推向隔壁：“云云。”

赵云今将两根稍粗的铁丝的尾部绞缠在一起，趴在地上用手指去钩江易递来的细铁丝。

她把细的那根缠在粗的上面，做成了一段长长的、刚好可以从门缝下推出去的铁丝钩，然后将三截铁丝组成的钩子竖直，去触碰门上的铜锁。

从门内的低处去开门外高处的锁很难借力，因此往常几十秒就能打开的锁，赵云今开了几分钟都纹丝不动。

阿财几乎把呼吸都屏住了，努力瞪大了眼睛盯着门上的密码锁，生怕它下一秒又重新亮起来。

“阿易。”和他相比，赵云今却显得很悠然。

她将耳朵尽可能地靠近门上的锁，虽然很难听清什么。她偏过头，看着江易笑了笑：“如果这次你能活下来，该怎么谢我？”

江易没有说话。

赵云今转了转手腕，那锁“咔嗒”一下弹开了，她取下细铁丝，用粗铁丝一点点去别那铜锁。

被抓来的这些天度日如年，这是第一次，阿财恨时间走得太快。

本来就是一项精细活儿，急不得，可他们没有时间可以浪费，已经过去了十多分钟，电和人，总得有一个先来。

赵云今终于挑开了锁，锁扣“啪嚓”一声掉到了地上。她捡起铁丝，推门出去，就要去开江易门上的锁，江易叫住她：“先救阿财。”

赵云今看了他一眼，转身去开对面的门。那锁在她手下实在算不上牢固，几十秒后就应声而落，她进门解开缠在墙上的绳子，被吊了许多天的阿财终于脚踏了实地。赵云今又转身去开江易的门，铁丝插进锁孔那一瞬间，头顶的灯忽然齐齐亮起来，门上的密码锁“嘀”了一声，随即闪烁起蓝光。

赵云今怔在了原地。身后正在试图用牙齿咬开手腕上绳索的阿财也怔住了，他喃喃地念叨：“江易……”

很快，也许只有几秒，赵云今就反应了过来，可她没有抽出铁丝，而是继续开锁。

“赵云今。”

江易叫她，她没有听。

“云云。”

他又叫了一声，她动作停了下来。

“别白费力气了，你马上带阿财离开。

“负二楼的电梯上行不用刷卡，坐到一楼后，别继续乘电梯，也别出门，爬楼梯到六楼，在那里有一道天桥通往隔壁的行政楼。从行政楼的后门出去，左手边的路通往四号门，右手边通往三号门，但是大路和大门都不能走，你在去往四号门的路上，找围墙爬出去，然后一直朝东走。”

赵云今静静地听着，没有说话，江易问：“听明白了吗？”

“你呢？”

“别管我。”

赵云今又去戳手里的铁丝，江易低吼：“赵云今！”这一声用尽了他大半的力气，他大口大口脱力般喘息着。

“这样的暴雨天，你要我走到哪里？”赵云今挑眉，平静地问道，“从缠山下去，不走大路徒步至少二十个小时，那还是在有地图和指南针、不会迷路、天气适宜的前提下，一旦我在暴雨天的夜里迷路，很可能会被困死在山里。江易，你别忘了，我是个有身孕的女人。如果不能一起走，我宁愿留在这里，你也说了，霍璋他不会……”

赵云今的声音戛然而止，陷入了不可置信的静默里。

江易摊开了手，在掌心里躺着一片小小的灰白色的存储卡。

“怎么会在你身上？”

明明保镖们搜过很多遍他的身，连他所在的监禁室和逃跑时经过的路边都一寸不落地寻找过，最后一无所获。霍璋为了问出它的下落，钉瞎了他一只眼，可他依然半个字都没说。赵云今无法想象，这东西为什么会出现在江易身上。

江易合拢手掌，再张开时存储卡又不见了。他抬起另一只手，消失的存储卡出现在了另外那只手里。他笑了：“忘了我最擅长什么？

“刚才不准你离开是因为瞒不过霍璋，但现在你必须走，不然谁来把它带出去？

“云云，你认真听我说，缠山我进过很多次，附近所有的路我都走过。离开北区一直往东走，穿过槐树林后，在你左手边的方向能看到一座信号塔，你跟着信号塔走就不会迷路，信号塔附近有一个猎户为了歇脚盖的草屋，我进小东山前在那里放了一部满电的手机，用它去打求救电话。”

“信号塔多远？”赵云今问。

江易看着她：“不远，你一定不会走丢，离开这里，然后带着警察回来。”他将存储卡从门下的缝隙里推出去，“我等你。”

他没有缩回手，赵云今接过存储卡时，与他冰凉的指尖相触。那一刻，她忽然感受到一股难以言喻的绝望和无法挣脱的宿命感。

江易望着赵云今，眼里爱意不减半分，甚至在这些年分开的时光里酝酿得更加香醇。

他的英俊也不减，只不过被血覆住的面孔和仅剩的那只眼睛看起来有些凄凉，可当他弯唇时，却仿佛又让赵云今回到了十八岁那年，让她想起了那个在别人面前乖戾冷漠、在她面前却会笑的少年。

如果当初没有遇见他就好了，她脑海里忽然冒出这样一个想法。

如果江易没有爱上她，就不会与林清执有过多的交集，也不会想为她金盆洗手做一个正经人，更不会卷入霍家这场看不见尽头的黑暗之中。他应该还在油灯街做他的混混儿——打架、赌博、看场、吸烟，腻了倦了就骑着摩托车去香溪边吹风。

虽然会浑浑噩噩过一生，但至少那样，他有一生，而不是像现在这样，被困在囚笼中，无法脱身。

江易感受着赵云今指尖上最后的温度，恍惚间如同做了一场旧梦，梦里，他也回到两人最好的十八岁。

物是人非，沧海桑田，可他对她，依然有无尽的温柔在心尖，无论在地狱还是人间，都耗不尽、浇不灭、砸不烂，也捶不扁——那是一个少年全部的赤诚与热忱。

他抽回手，存储卡留在了赵云今的手指下。

“云云，保护好自己，”他哑着声音，“还有孩子。”

赵云今忽然笑了，那一笑明艳骄矜，让江易沉浸在那场梦境里迟迟醒不过来。

“等一切结束，你还有很多事要对我解释。”她还是当年那个一颦一笑、举手投足都美艳不可方物的大小姐，正高高在上，对着爱慕她的混混儿发号施令，“江易，你要是敢死，我一定不会原谅你。”

她说完，起身替阿财扯开束在手上的绳子，头也不回地出了门。阿财踉踉跄跄地跟在她身后，临上台阶前回头看了一眼。

江易靠在玻璃上，吊灯的光亮得刺眼，但监禁室内，似乎是光也无法穿透的地方。阴森冷暗，让人止不住产生一些恐怖的联想。

江易静静地靠在那儿，头也不抬，像一尊没有生命力的孤独的石像。

……

电梯升至一层，刚出电梯，赵云今就听到脚步声从四面八方传来，不远处大门外的雨中正跑来几个身穿黑色雨披的人。

她拉着阿财躲到一旁的楼梯间里，后者蹒跚得如上了年纪的老人。

来人都是霍璋的保镖，研发楼断电，他们也是过了好一会儿才发现的，一发现就立即赶过来查看。几人在大厅碰头，留下两个人守着门口，剩下的人乘着电梯去地下检查囚犯。

阿财干枯的嘴唇不停地颤抖："赵小姐，我跑不动了……"

他被吊了很多天，无水无食，体力已经完全耗尽了，刚才只凭着一丝求生的意志跌跌撞撞地跟在赵云今身后，如果一直这样跑得磕磕绊绊，迟早会成为她的累赘，别说信号塔下，如果没有人搀扶着，他连这栋楼都跑不出去。

赵云今扶着墙边听外面的动静，现在整个一楼只有两个保镖在门口看着，他们要在最短的时间内离开这里，否则一旦保镖下到负三层发现两人不见了，一定会立即搜楼。

大门口被堵住，现在只有江易所说的六楼天桥那条路可以走。她拽着阿财的衣袖，要拖他走，可他手软脚软，才动了一步，就脱力地倒在了地上。

赵云今蹲在他面前。这男人这么些年来没怎么变，和读书时一样瘦弱，胆子也像芝麻一样大小。

"真走不了？"

阿财点头，但随即又用热切的、小狗一般水润可怜的眼眸看着她。他的话说不出口，可赵云今能看出来，他不想被抛弃。

"阿财，听好。一会儿我离开后，他们一定会全部出动去找我，你找个地方藏好等警察过来，千万别出来，明白吗？"

阿财掌心渗出了汗："赵小姐，我不行的……到处都是人，他们一定会找到我，我没有地方藏……"

"藏不好就得死，你必须有。"

阿财眼神黯然，他不再说话，肩膀却止不住地颤抖。

"那些保镖也只是普通人，又没有三头六臂，未必就会发现你。同样都是人，你一定会有办法不被他们找到。"赵云今摸了摸他因为冷汗而湿漉漉的头发，安抚他的情绪，"想想曾经欺负过你的那些混混儿，你当初也觉得他们是不可反抗的，可最后他们还不是罪有应得，乖乖地来求你原谅？

“没什么可怕的，前提是你要相信自己，你既然可以帮江易把孙玉斗送进监狱，这次也一定可以。”

阿财渐渐平复了身体的抖动，他抬起头，小声地说：“我明白了。”

赵云今起身要走，他拉住她的裙角：“赵小姐！”她回头，阿财问道，“有没有什么是我能帮到你的？”

赵云今想了想，将刚刚撬锁用的铁丝塞进他手里：“想办法把楼下的电路弄断，用这个去开江易的门锁。”

“我不会开锁。”

“不会开就乱开。或者你可以去找保镖，打晕他们，他们身上一定有钥匙。”她说完，在门口保镖转头的间隙，沿着墙边溜出了楼梯间。

刚上到二楼，楼下的电梯“叮”地响了一声。

保镖阴沉的声音传出来：“赵云今跑了，我们刚从外面过来，没有看到人出去，她一定就在附近，其他人去周围找，你们几个跟我搜楼。”

随即，楼下响起了急促的脚步声，电梯也随之向上启动。

赵云今没空去想阿财是否会被发现，她现在自顾不暇。她脱下鞋子提在手里，脚板踩在冰凉的地砖上，轻手轻脚一口气跑到六楼，转过身在楼梯的拐角处看见了江易说的那道天桥。

四年前，林清执曾跑过这道桥，将存储卡藏到杂物间旁的应急指示灯后。

四年后，江易找到了他留下来的存有霍家犯罪的铁证，也经由这道天桥逃向研发楼，在小东山里四处寻找出口。

现在，当赵云今踏上这座桥时，那种难言的宿命感又涌上心头。她拿着那两个男人拿命换来的存储卡，人生从未有哪一刻像现在这样，她感到肩上的责任如此之重。

狂风席卷着暴雨，冷气森森地拂过身体，赵云今顶着几乎让人睁不开眼的暴雨，走进茫茫的雨地里。

雨水在一瞬间将她全身上下浸得湿透，棉布裙子沉甸甸地坠着，快要将她压垮。她跑到桥中央，对面行政楼的入口走出来一个全身裹在黑色雨披里的男人，赵云今停在原地。无边风雨里，那男人抬起头，帽檐下露出一张熟悉的面孔。

今夜霍璋的贴身保镖开车送他下山，何通留守在这里，他一手打着手电筒，另一只手的通信器里传来同伴的声音。

“何胖子，你守好天桥的出口，别让她从那儿跑了……”

那人的后半句话淹没在嘈杂的雨声之中，赵云今没有听清。

何通往日那小心翼翼、伏低做小的笑容不见踪影，憨厚圆润的脸上是她从未见过的神情——冷肃而坚毅，和她所认识的何通仿佛是两个完全不同的人。

他关掉手电筒，一步步朝她走近。那一刻，世间的风雨声仿佛静止了，赵云今只能听到他皮鞋踩到桥面上的水声。

何通一边走，一边脱掉了雨披，似乎是要动手制伏她的前奏。

赵云今不动声色地朝后退，何通伸手按住她的肩膀，他肥厚的手掌像只铁钳，力气之大，直接将她定在原地。

他将脱下来的雨披塞进她怀里，错身经过她身边时，举起通信器递到嘴边：“我已经到了，但没看见赵云今的影子，她一定还在研发楼里，你们好好搜。”

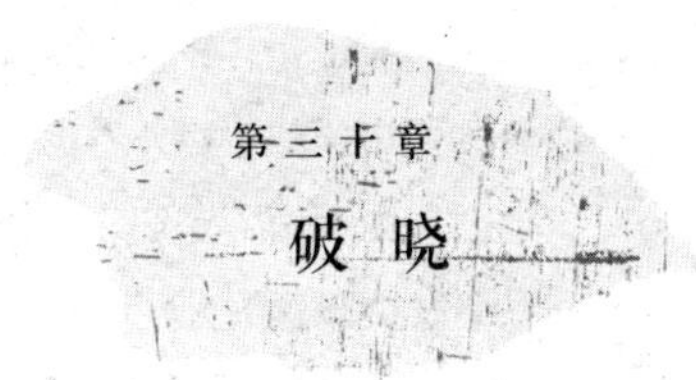

第三十章 破晓

头顶是厚重的乌云，脚下是缠绕双足的藤蔓，眼前是望不到头的密林深山，四下是追逐着不放的闪闪晃动的手电。

现实与梦境交叠在一起，父母那生满蛆虫的面孔不停地在眼前盘旋，他们着急地喊："云今，快跑！"

赵云今拼命奔跑，但在无边无际的暴雨的围堵中，根本跑不出多远。她扶着槐树粗糙的树干，停下来喘息，在身后几百米处，亮着一盏明灿灿的电筒的光，她不敢多停，又继续朝着槐树林的尽头跑去。

冷。这是她此刻最大的感受，雨水是冰的，狂风是凉的，密林之中没有一点儿热气，阴森森地裹着她。

冷过之后，另外一种感觉又覆了上来。

重。沉甸甸的暴雨压着她，阻碍她的步伐，耳边除雨声听不到别的，让她几乎无法喘气。雨披下的头发和裙子早已湿透，它的作用微小得可怜，并不能挡住外界风雨的侵袭，只能让她的一身黑色在深夜里不那么显眼。

赵云今跑出了槐树林，抬起头，看见了江易口中的那座信号塔。它藏在遥远的深山之中，露出一个白色的尖尖。

北区，研发楼。

浩浩荡荡的搜楼的声音渐渐小了下来，墙根下通风口的盖子被人从里面顶开，阿财瘦小的身体费力地从通风管道里钻出来。他将盖子拉回原位，沿着一楼一间一间屋子摸过去，想要找到控电室的位置，可还没等他找到，头顶的灯光又开始闪烁。

今晚的电压似乎格外不稳，几秒后，整栋楼再次陷入了黑暗。

这对阿财而言不是坏事，这时候大多数人都在外面找人，只有一个保镖守在研发楼开着的大门口。

他藏在暗处，深深做了几个呼吸，紧张地咽下了不知多少口水，而后弯腰搬起了地上的花瓶。他小心翼翼地接近保镖的身后，刚要迈出墙边，忽然看见门外远处的雨里跑过来几个穿雨衣的人，保镖显然也看见了那些人，但夜色太黑，他看不见人脸，掏出通信器问道："你们回来了？"

通信器发出一阵沙沙的声音，片刻后，对面回道："没有，还在搜山。"

那群人跑到门口，摘下雨衣的帽檐，是阿财从没见过的面孔，保镖先是一怔，随即脱口喊道："金富源？"他话音刚落，就被那男人抡起的钢管砸晕了过去。

阿财手快，在自己发出惊叫前先一步捂住了嘴，他缓缓放下花盆，用最快的速度钻回了通风管道。

来人一共十几个，他们先将这栋楼搜了一圈，确保只有一个保镖看守后，那个叫金富源的男人对着通信器说道："把电打开。"

研发楼的灯在几秒后重新亮了起来，电梯也开始运作，他们的动作熟练得让阿财觉得今夜的停电根本不是意外。

金富源掏出保镖口袋里的电梯卡，轻车熟路地下到地底。在霍璋入主小东山前，他才是真正帮于水生和乌玉媚打理这里的人，这里的每一寸每一层每一间房屋，没人比他更熟悉，霍璋会把人藏在哪里，不用想也知道。

金富源站在负三层的监禁室门口，看着江易浑身的血迹和伤口，嘴角忍不住咧开笑。

身后的手下拿工具启开门上的铜锁，他随手按了几下，密码应声而开。

"江易，"金富源的笑里透着股阴辣的狠劲，"当初你把我关进棺材里的时候是不是从没想过自己也会有今天？”

赵云今不知在夜雨里跑了多久，身体已经麻木得难以动弹，赤裸的小腿上全是野草划出来的伤痕。

人生从未有哪一刻像现在这样狼狈，她仰起头朝远处望，信号塔尖顶的距离似乎一点儿也没变，依旧远在触不到的天边。

存储卡尖锐的边缘几乎嵌入她掌心，可她依旧死死握着，不敢松开半分，生怕雨水侵入让它报废。她跪坐在地上，听着暴雨袭打四周草木的杂乱之音。

不停地奔跑时还好，一旦停下，四肢就开始一起发软，动弹不得。她匍匐在积攒着经年落叶的松软草丛里，落叶之上是今年初生的新草，有的柔软，有的遍体生刺，不轻不重地剐挠着她的脸颊。这种天气，草丛里没有虫蚁蛇蝗，只有无尽的潮湿笼着全身。

天空中闪电和惊雷齐齐炸响，暴雨丝毫没有停下来的迹象，在闪电划过天际那一瞬间，赵云今看清了周围的环境。

近处是茫茫的草，茫茫的山，远处依然是茫茫的草和茫茫的山，入眼即是茫茫一片，她光是看着，就已经没有了继续跑下去的力气。

雷声过后，雨声依旧，当习惯了耳边的雨声之后，世界忽然变得安静极了。

赵云今躺在杂草堆里，眼皮沉重得再也睁不开了，她抬起雨披下的胳膊，轻轻挡着小腹，哪怕知道没什么作用，依旧想给自己一点儿心理上的安慰，仿佛这样就可以隔绝外界风雨的侵袭，为那还未出世的小生命带来一丝温暖。

意识模糊之时，赵云今做了几个短暂的梦。

她看到幼年时的自己，母亲将一个小小的护具套在她身上，牵着她的手将她带到岩壁之前。父亲已经攀至石山的半腰，停下来朝她挥手：“云今，你也上来。”

小云今望着那高高的岩壁心生惧意，她悄悄后退，撞进了母亲温暖的臂弯里。

“妈妈，”小女孩奶声奶气说，“这里太高了，我不行的。”

梦里的母亲和相片中一样美丽，她轻轻吻了吻小云今软乎的脸颊，温柔地问道：“你试过了吗？”

“没有，可是我怕。”

“妈妈牵着你，陪你上去，好吗？”

母亲的手温热柔软，消融了小云今心底对于高度的畏惧，她是个纤细苗条的女人，可当她在岩壁上用胳膊一直护着自己攀爬时，小云今却感受到一种从未有过的安全感，她扑腾着细软的胳膊和腿，一点点向上使力，才第一次，就攀到了岩顶。

她下来时，父亲早已买好了解渴的饮料和冰激凌。

小云今望着那高高的崖顶，征服后发现也没有那么可怕，她开心地朝父母炫耀战绩，父亲笑着夸赞：“宝贝永远都是最棒的。”

母亲为她卸下身上的护具，将她抱起来：“云今你看，只要你克服心理上的恐惧，坚持去做，就没有什么可以难倒你。”

小云今咬了口父亲送到嘴边的冰激凌，趴在母亲的颈窝里，“咯咯”地笑了起来。

场景变幻，她眼前又出现了中学时学校的大门。

放学铃声响过几遍，赵云今跟着人群一起走出校门，门口站着几个染着黄毛的少年。他们见赵云今出来，连忙掐灭手里的烟，从兜里掏出劣质的古龙香水朝身上喷洒。

赵云今路过他们身边，被拦下了。

初中时的女孩已经全然长开，是无法淹没在人群里、会让人一眼望见的存在。

少年自以为帅气地靠着电线杆，露出一副混世魔王的神态：“这位美女，有没有空一起看个电影？”

路边停下一辆车，副驾驶的车窗摇下来，一个清朗的声音自背后传来：“这位帅哥，你还是去泡别的妞吧。”

少年不耐烦地回头：“你谁啊？敢管老子……”他话音戛然而止，看见了那男人身上的警服，讪讪地闭上嘴。

男人闲散地倚着座位，英俊的眉眼正打量他。他毫不介意对方的满口浑话，笑着回道：“我妹妹还小，不想跟不良少年谈恋爱。”

场景再轮转，她回到了圣心福利院。

这一回，她看清了许多从前在梦里模糊不清的东西。

建筑上的纹理、嬷嬷绣着花的裙角、小教堂的塔尖、蔷薇花的颜色、四四方方的天，还有那男孩的脸。

星斗满天，男孩趴在墙头，将一条五色线绳系在她的腕间。

女孩扬起头，望着他稚嫩却总是很酷的面孔，伸手捏了捏他硬硬的脸颊，甜甜地喊他哥哥。

在梦里，男孩的眉眼棱角有致，隐约带着少年江易的影子。他严肃地看着小云今，又严肃地叮嘱她："云云，你要记得我。"

赵云今心底蓦然产生一股自责的负罪感，明明曾经答应过，可她到底是把他忘了。

还忘了那么多年。

……

不知过了多久，雨声重新在耳畔连绵。

赵云今艰难地睁开眼，看见在不远处站着几个虚幻的人影，她伸手去够，却只能碰到地上杂乱的野草。

"爸爸，妈妈……"

父母脸上的蛆虫和血迹消失了，头顶的天空也不再血红一片，妈妈温婉地看着她："云今，只要克服心理上的恐惧，就没有什么可以难倒你。再往前走一点儿，就一点点。"

爸爸站在妈妈身边，没有了从前梦里的焦灼和无止境的奔跑，第一次，她感受到了父母的温柔与平和。在他们身边，站着一个身穿警服的男人。自他殉职以后，赵云今再也没有见过像他这般挺拔英俊的模样，可不管第多少次看，依旧觉得他清俊似月亮。

她呢喃着："哥……"

身周杂草被人踩弯，一个男人从她旁边经过，直直走向父母与林清执的身边。

仅凭背影，赵云今也能认出他来，她叫他："阿易……"

江易没有回头，一个虚幻、还没有成型的小小影子慢腾腾地跟在他身边，他边走边依依不舍地回头，嘴里含糊不清地喊着"妈妈"。

前方的光越来越暗淡，父母的身形慢慢变得透明，和林清执一起，消失在乌云罩夜的黑暗里。江易越走越近，仅差一步，就要和他们一样走入那拉不回的黑暗里。

赵云今踉踉跄跄地爬起：“阿易，你带他去哪儿？”

江易停下脚步，他回过头，目光依然缱绻似少年：“云云，以后我不在你身边，要保护好自己。”

……

惊雷再次炸响，赵云今从梦中醒来，浸在雨水里的指尖轻轻蜷动，钝麻的身体恢复了些许知觉。她挣扎着，从泥泞里爬起来。

……

盘山公路上，一辆银灰色的面包车缓缓朝山下行驶。

金富源将车窗稍开一条小缝，任由窗外的风雨扫进来，他朝后视镜里看，昏迷的江易正在后备厢里蜷成一团，不知死活。

他唇边洋溢着冷笑，点了根烟，肆意地吸起来。

……

缠山密林之中，赵云今意识模糊地走走停停。她不知道自己此刻在哪里，也分不清四周的杂路和草丛通往何方，快要撑不住时抬头望，塔尖虽然还掩在参天的树梢之后，但越来越近。

身体冰凉，四肢酸软，支撑她走下去的念头仅仅是手中那一片没有温度的存储卡——那是江易拼死取出来的东西，也是林清执死前唯一的惦念。

林清执殉职于四年前，时过境迁，西河警界早已不记得他的名字。

警员布告栏里的照片属于另一个人，他的办公桌也换过一届又一届主人，提起那曾经如雷贯耳的三个字，新来的小警察总是思考好久才想起来，而后笑得腼腆：“似乎是警校的学长，但后来不知去向了。”

没人记得他，也没人知道西河市刑侦支队的前队长是怎样在漆黑的泥沼里摸爬过，又为这世界留下了什么。

他的父母因他的离世伤心过度出了意外，他的兄弟被复杂的案情缠绕得难以脱身，曾经爱恋他的姑娘早已另嫁他人。

许多年后，这世界上只有两个小朋友依然惦记着他。

两个曾经彼此相爱的小朋友，日复一日，年复一年，宁肯浸染了一身黑暗也不愿离开，固执地、任性地为他们心爱的哥哥复仇。

直到远处天边出现一点儿熹微晨光，赵云今才找到塔下那间草屋。她神志涣散，踉跄着走到屋里的桌前，江易放在那儿的手机还有电，她拨通了电话。

连下了几天的暴雨在这个早晨渐渐偃息，山涧里淡白色的薄雾漫上了山尖。铃声响了很久，对面才响起贺丰宝那没睡醒的声音："喂？"

赵云今用尽最后一丝力气，攥紧手中的电话："去救江易——"

乌宅，连日暴雨，庭院里的芭蕉被打得发蔫，破损的叶子静静地在院角里腐烂，池塘的水位上涨，长满绿藻的水蔓延到池边，锦鲤扑腾，跳上了池岸。

像是很久没人打扫过，小路上到处都是狂风刮掉的树叶和被雨水浸泡后浮起的草根，蚯蚓虫豸的死尸布满鹅卵石小径的每一格，一脚踩上去，滑溜溜地粘在鞋底。

院里值钱的花草已经被全部刨出来插在营养液里，不菲的摆设也已被打包封好。沿着小径进到主屋，乌玉媚最爱的山百合枯死在花瓶里，许久没有换过了。屋里空空荡荡，几乎被搬空，只剩一些带不走的大件和还要用的家具暂时留着。

乌玉媚坐在窗边，望着暴雨将尽时天空透着的一点儿淡黄色的暖光，听下面的人汇报：

"西河的十几处房产全都挂售了，这幢宅子刚才有买家付了定金，说是一周内结清，海外账户昨天就开好了，东西也已经全部打包完成，就等三太决定什么时候动身了。"

乌玉媚问："霍嵩怎么样了？"

下面的人恭敬地说："今天凌晨五点宣布去世了，霍家人都在现场，遗嘱也是早就立好的那一版，上面没有您的名字。"

乌玉媚静默，随即微笑："既然人都死了，以后就别叫三太了。"

那人愣了下，称呼乍然一改，不知道该叫什么。于水生从屋外进来，挥手示意他下去。

“东西都收好了，什么时候离开？”

“再等等。”

“不能再等了。王勇已经落入警察手里很久了，多等一天就多一分危险。”

乌玉媚没说话，她面容平和得不像话。

于水生蹙眉：“娟娟，你在等什么？”他看了眼周围的人，忽然好像察觉了什么，问道，“金富源去哪儿了？”

乌玉媚说：“去做我派给他的事了。”

那日金富源逃回来，将这些天发生的事情事无巨细地说了一遍。

乌玉媚听时没什么反应，倒是于水生眉头紧皱，他想了很久，最后轻描淡写地说：“既然决定离开，就别再牵扯进这些事里了。”

金富源争辩了几句，但终究没胆子违抗于水生的意思。从头至尾，乌玉媚一句话都不曾说过。

“你派他去找江易？”于水生不用怎么思考，就知道她的事指的是什么。

“我和你不一样。我分得清什么是私，什么是公。江易的所作所为、背后有什么目的我必须弄清，阿志、韩巴、宋军是不是他害的我也要知道，不仅仅因为阿志是我侄子，更因为这些都是跟着你出生入死为你卖过命的人。

“你从前不是这样的，为什么一到江易的事上就犯糊涂？”她声音软和下来，“阿九，你可以用决定离开的理由将这事搪塞过去，但你想没想过，今天你纵容了江易，叫下面的人怎么想？叫这些年一心为你的老金怎么想？跟了你不得善终，九爷却连个说法都没有，以后谁还敢给你做事？”

于水生沉默片刻，低声说：“我知道。”

乌玉媚说：“是啊，你知道，你什么都知道，但就是一而再、再而三地装不知道。你偏袒江易，无非因为他是江滟柳的种，你对她旧情难忘。”

女人的醋意是这世界上最为坚固的东西，它能抵住一切时间的痕迹却不被消磨。

乌玉媚平日里看起来云淡风轻，但一提起二十年前的旧事，整个人就含酸拈醋得像变了一个人。

“你别胡说了。”于水生无奈，“那女人长什么样子我早就忘了。”

“我是不是胡说你自己清楚。”乌玉媚冷笑，“江易他千不该万不该，不该动自己人，不管他出于什么目的。生在这样的污浊里，清白就是他的原罪。你如果心疼他，那我告诉你，虽然让金富源去找江易的事没和你商量，但我也算误打误撞救了江易一条命。早在几天前他就落在霍璋手里了，昨夜霍嵩病危，小东山看守的人不多，金富源趁机去把他带了出来，现在正在回来的路上。要不是我，想想霍璋会让他死得多难看。”

她话刚说完，门外有人跑进来报信：“九爷，金爷带着江易回来了。”

乌玉媚说：“叫他把江易带过来。”

“恐怕不行。”那人小心翼翼地看了于水生一眼，“江易的状况不是很好，他昏过去了，现在根本弄不醒。”

那座烂尾楼屹立在寂静的暗夜里，孤独地承受着城市的风雨。

赵云今拨开无垠的荒草丛，透过茂密的野草穗子，望向那残破的楼尾。

断壁残垣挡不住寒风，单薄的被子也蔽不住身体，小女孩冷得缩成一团，牙齿磕绊出清脆的声音。

身旁的男孩从睡梦里醒来，将手搭在她额头。她额温正常，没有发烧，只是被入夜的寒气裹着不停地发抖。男孩将她搂在怀里，又将自己的外衣脱了盖在她身上，女孩像只小猫窝在他胸口，可过了很久，依旧不见暖过来。

男孩起身，将身上的被子叠成两层笼住她，女孩坐起来，揉着眼睛问：“哥哥，你去哪儿？”

男孩将她按回褥子上：“你先睡。”

他跑回家里，屋子里传来咿咿呀呀的床响和女人不知是痛苦还是愉悦的呻吟声，他在门口站了一会儿，见里面丝毫没有结束的意思，直接推门进去。

受惊的男人从破床上蹦起来，拿被子捂住身体：“这……这谁啊？”

女人披头散发地爬起来，拿起床边的鞋子朝男孩身上砸：“谁让你回来的？滚出去！”

男孩走过来，从床下的箱子里翻出秋冬的厚被。

男人兴致被搅散，穿上衣服就要走，女人理了理头发去拉他，声音娇俏妩媚：“别走啊，这是我儿子，等我把他赶出去，咱们继续。”

“还继续个屁啊，真扫兴！”男人甩开她的手，随手丢了五块钱在地上。

女人不干了：“这点儿钱你也好意思掏？出手这么抠搜，你要脸不要？”

她去翻男人的口袋，撕扯中被甩了一个耳光。男人一脚把她踹在地上，捡起那五块钱揣回兜里，转身离开：“不要拉倒！老子要是被你吓出毛病了，你还得倒赔我钱呢！”

男孩冷眼看着这场闹剧，男人前脚走了，他后脚抱着被子要离开，女人一把拽住他，劈头盖脸一顿巴掌落在他脸上：“小杂种，我说没说过，老娘开张的时候不准你进来？非要气死我你才满意是吗？”

男孩不躲不避，任她打骂，等女人打累了，他头也不回地离开。

“你给我回来！抱着我的被子去哪儿？”等女人追出屋时，他已经消失在茫茫夜色里。

女孩正睡眼蒙眬，忽然感到身上压了一床柔软的东西。她睁开眼，看见江易肿起的脸，吓了一跳，她伸手去摸，却被他抬手别开。

“哥哥，你的脸怎么了？”

男孩捂住她的眼睛，躺在她身边，用身体为她挡住残壁上吹来的夜风，他轻声说：“现在不冷了。”

女孩还想扒开他的手查看他的伤，胳膊却被他压在身下动弹不得。

“云云，”男孩酷酷地说，“别吵，好好睡觉。”

可女孩睡不着，非要看，扭来扭去像只软骨的小猫，男孩不轻不重地威胁：“你再乱动，我就挠你痒痒。”

女孩不放心上，继续动，于是男孩在她腰上点了点，她不禁痒起来，“咯咯”地笑起来，漂亮的眼睛里泛起了泪花。

夜深，万籁俱寂，女孩笑累了，枕着男孩的手臂打瞌睡。

弯月悄悄爬至头顶，投落一抹温柔的清辉，赵云今一步步走上楼，望着月光下一对相拥而眠的天真孩童。

女孩眼皮打架，却迟迟不肯睡，偷偷睁眼瞄他的脸。许久后，她轻轻爬起来，澄明的眸子盯着男孩："哥哥……"

她嗓音软软甜甜，轻轻在他的伤处亲了亲，笑容美过天上的月亮和繁星："等我长大后，嫁给你好不好？"

男孩怔住，他没有说话，不自然地别过头。

女孩似乎就想看他别扭的模样，恶作剧得逞后扮了个调皮的鬼脸。夜深了，她也玩够了，盖着厚厚的被子，躲在男孩温暖的怀抱里，沉沉地睡去。

那一整夜，男孩都没有入眠，他怔怔地看着楼外的星空，嘴角难以自抑地勾起笑容。

赵云今站在烂尾楼的一隅，在那一刻，她似乎能闻到被子里男孩身上清淡的皂香，能感受到他呼吸时洒在头顶绒毛的痒痒触感，还能听见他鲜活有力的心跳。

茉莉花味的夕阳里，男孩笨拙地将一束花环串好，戴在她的脖颈上。

波光粼粼的香溪水面，沉溺了许久的男孩突然蹿出水面，吓了河边的女孩一跳，他头上顶着深绿色的水草，抹了把脸，咧开嘴朝她笑。

假日闲散的午后，男孩提着麻袋，牵着女孩行走在大街小巷去捡纸盒和空瓶子，等到夜幕漆黑，他进了苗苗面包房，用卖废品的钱买下一个不算新鲜的巧克力面包。女孩坐在路边，将面包分成两半，大的给他，小的自己捧在手里。

男孩没有吃，等她手中那块吃完，将自己那份递给她。女孩看了看他，又看了看面包，嘴馋却不舍得再吃了，她将那半块面包又分成两半，一人一半："不准再给我了。"

男孩笑笑，接过塞进了嘴里。

瓢泼大雨扫落了院墙上的红蔷薇，女孩哭着被养父母拉上轿车，留下男孩拎着小桶站在空荡荡的雨中。他稚嫩的脸上流露出比雨水还冰冷的神情，望着车尾一点点消逝在视野中，忽然丢掉桶，疯了一样拔腿去追那车子。可风雨太大，任他衣衫被雨水浸透，凉鞋甩进路边积满了水的阴沟里，也无济于事。

蔷薇的花瓣荡漾在涨满水的沟渠里，随着浑浊的雨水朝不知道哪个方向漂去。

他什么都没能留下。

一块块碎玻璃般的记忆浮荡在虚空，刺痛，焦灼，过往的种种铺天盖地地卷入，让她的脑海泛着阵阵清晰的痛。

那段记忆并没有被忘却，只是一直尘封着，在这一刻轰然炸开，一片片，晶莹莹，像漫天的星星一样，飞往它本该存在的夜空。

……

朦朦胧胧中，赵云今听到身边有人低声交谈。

“她的烧已经退了，为什么还不醒？”

“冒着暴雨跑了二十几千米的山路，高烧到四十摄氏度，人还在就不错了，让她多休息一会儿吧。”

身下不是潮湿坚硬的草地，而是松软温暖的床铺，四周也没了雨声。

迷迷糊糊中赵云今睁开眼，护士围上来检查她的身体。赵云今浑身没有力气，努力地抬起手放在小腹，她手背挂着药水，护士怕碰到，走过来将她的手摆在床边：“别担心，孩子没事。”

护士离开后，赵云今摊开手掌，掌心只剩道存储卡的印痕，卡却不见了。

她猛地从昏沉中惊醒，坐起身时不小心扯掉了头顶的吊水瓶。有个女警在一旁守着，见状连忙跑过来按住她：“存储卡还在，贺队已经拿到了。”

“贺丰宝人在哪儿？”赵云今开口，声音是从未有过的沙哑。

“我们导出了存储卡里的内容……”女警顿了顿，“贺队带队去了小东山，陆福明是安全的。”

赵云今怔了一下，抬起头：“江易呢？”

女警说：“贺队赶到时，江易已经被于水生的人带走了，警察赶过去了，听说江易是于水生的手下，应该不会伤害他……”

赵云今偏过头，窗外暴雨已停，但天空仍有黑云翻涌。

“你不明白。”赵云今轻声说。

她不明白，宋军、乌志、韩巴，还有金富源，都栽在了江易的手上，哪怕于水生不会伤害他，乌玉媚也绝不会放过他。

几桶冷盐水下去，江易僵硬的身体微微动了，伤口泡在盐里，流下了一地血。

在他不远处，一个全身被缚住的女人跪坐在地上，她衣衫褴褛，嘴里塞着脏抹布，但依稀能辨认出脸。

霍璋的人去了燕子老家却没找到人，只绑了阿财在小东山，他之所以没能找到，是因为她已经被乌玉媚抓来了。

女人被囚禁在这里的时间不短，这些日子显然吃了不少苦头，周围的男人只是朝她走了几步，她就忍不住边抖边瑟缩着后退。

金富源踹了她一脚，将她踢倒在污血中："沈佳燕，你现在没指望了，可以好好说说了，当初是不是他指使你去祸害宋军的？"

燕子脸上沾了脏，应激反应抖个不停，但她依然没有供出江易，勉力弯出一个妖媚的笑："你们总让我认这个罪，可做我们这行的，身上有病不能怪我啊！既然敢来玩肯定就得做好得病的准备，我接过那么多客，怎么知道哪个叫宋军？"

金富源蹲在她身边："你不认得宋军，我可认得沈佳旭呢。"

"那年参与绑架沈佳旭也有我一份力，我记得，他那根手指头还是我亲手剁下来的。"金富源阴恻恻地笑着，"本来想要的是你，没想到你弟弟的肾更适合配型，他进去第二天，就救活了一条人命。佛经里说救人一命胜造七级浮屠，所以，他后来又活了两年。

"这两年里，我们陆陆续续从他身上取走了很多东西，沈佳旭给我们赚了几百万，算起来真是个宝贝。"

燕子的笑容僵在脸上，她眼睛里有泪水滚出来，盯着他骂："畜生。"

金富源冷笑着起身，他被骂了一句，心情不爽得要命，抬脚朝她脸上踩去，可鞋底没能踩到女人的脸，却踩到了一双骨节分明的手。

江易将沈佳燕推开，手没来得及撤走，留在了金富源的脚底。

金富源鞋尖不客气地用力蹍了几下，全部体重都压在上面。

江易闷哼一声，却没让那痛叫溢出口，他眸色暗沉却不减桀骜，哑着嗓子说："有种冲我来，搞一个女人，算什么本事？"

金富源弯下腰："这手不错，你当初就是用这双手把阿志送到鬼门关的吧？"

这些天暴雨连绵，为了防滑，在去小东山前金富源特意换了双钉鞋，此刻踩在江易手上，稍微用点儿力就会出现一个个血窟窿。

燕子发出一声尖叫，爬起来去抠金富源的脚。

男人一巴掌把她甩开，脚下用的力更重了："我现在就把你这双手废了，看你以后怎么拿它耍牌。"

他正要动，房门打开，乌玉媚走进来，于水生跟在她后面，看见他，金富源松开脚，走过去恭敬地喊了一声"九爷"。

于水生的目光沉甸甸地落在江易遍体的血迹上，又挪到他那只血肉模糊的眼上。

伤口的剧痛、身体的脱力，大脑炙烤般的感觉一齐上涌，江易如同一条脱了水的鱼，仰躺在地上大口大口地喘息。

于水生脸上没有表情，但在这个时候，没有表情才是最可怖的事。

金富源拿捏不好他的想法，只得看了眼乌玉媚，低声说："三太要不要亲自审审？"

下面的人搬来椅子，乌玉媚却没有坐，她蹲在江易面前，温声问："阿易，你从小就在九叔身边长大，一直都很听话，我很难相信这些事是你做的。实话告诉我，阿志、韩巴和宋军的事真的都是你在背后搞鬼吗？"

江易嘴角弯起一个轻蔑的弧度，乌玉媚问："为什么？"

"为什么？"江易垂在地上的手微微蜷曲了一下。他失血过多，皮肤温度像冰一样，关节也僵硬得难以动弹。

"人在做，天在看，因果循环报应不爽，你问我为什么？"

他暗淡的眼眸忽然熠熠地亮起来，乌玉媚在那瞬间没来由地心慌了一下，她下意识后退，可已经晚了，一直虚弱得动都不能动的江易猛然弹起，在他身旁放着一个插着山百合的长口花瓶，他攥住瓶口，抡起朝乌玉媚的头上砸去。

乌玉媚养尊处优这些年，反应力和行动力都已经退化，根本来不及躲，手下的人也来不及救。离她最近的是于水生，他吼了一声，冲过来将她撞到一边，那青瓷花瓶在他的头顶应声炸开，落了一地碎渣。

江易捡起离他最近的碎片，捞住于水生快要倒下的身体，勒紧他脖子，将碎片锐利的一侧抵在他颈动脉处。整个过程不过三四秒，电光石火之间，所有人都还没反应过来，于水生的命就已经被攥在了江易手里。

于水生脸色还算平静："江易，冷静点儿。"

江易的脸被干涸的血痕覆着，恐怖得如同从地狱里走来的修罗恶鬼。

不知怎的，金富源脑海里蓦地闪现出四年前的一幅画面。滂沱雨夜里，废弃的棺厂散发着霉菌的潮味，丁晨凯也是这样骤然暴起朝江易扑来。电灯全灭，他们在漆黑的室内无法视物，一步步缓慢而小心地靠近。

几声无法形容的闷响过后，有肉体"扑通"倒地的声音。

等电源再次亮起，江易呆滞地靠着身后的机床，在他脚边，躺着已经失去了呼吸的丁晨凯。

金富源见惯了血腥，很看不上江易这副样子，嗤笑道："不就杀个人，也值得你像死了娘……"

那时，仅仅十九岁的少年抬眸看他的那一眼，竟让金富源还未说出口的话戛然咽了回去。他眼里没有光，像一个无底的黑洞，朝外翻涌的只有让人遍体生寒的阴森与死寂。

此刻的江易，像极了那夜的模样。

于水生满头是血，乌玉媚跌在地上，看见这一幕瞳孔骤缩。她缓缓起身，试着朝江易走去："阿易，放开你九叔。"

江易手下微微用力，碎片瞬间割破了于水生喉管外的一层皮，温热的鲜血淌出来，沾湿了于水生的领口。乌玉媚立定，动也不敢动了，她在这一刻仿佛变回了那个柔软的女人，眼眶里蓄满泪花，紧张地盯着江易手里的利刃和她的男人。

"让她走。"江易牵制于水生后退，望着不远处地上的燕子。

乌玉媚嘴唇动了动："好，你们全都让开，让她出去。"

以金富源为首的人愣了愣："三太……"

"我说让她走！"乌玉媚几乎是嘶吼着将这句话说出口，"江易，我放她走，你也放了阿九。"

于水生眉头皱起："不能让她走……"

江易手下紧了紧，他的脖子又被拉开一道血印子，话噎了一下。可他像毫不在乎自己脖颈上的利器一样，继续说："这女人和咱们有深仇，她如果离开，肯定会带着警察回来，到时候所有人得一块儿完蛋。"

“好啊！”江易嘴唇贴在他耳边，“九叔既然不肯放她走，那这最后的路，我陪您一起走。”

“阿易，”于水生不愧是见过风浪的人，到这时候声音还能波澜不惊，他低头看了眼脖子流下的血，轻声说，“这女人我绝不会放，但我可以放你走，你把刀放下，我保证谁都不会动你，让你安全离开。

“我不知道你的目的是什么，也不管你在我这儿祸害了多少人，但阿志、韩巴落得那样的下场，你也该解气了。九叔老了，没多少年活头了，叱咤了这么多年，现在干不动了，就想离开西河去国外种种地、养养牛，过些清净日子。我给你条生路，你也给九叔一条路。

“放下刀，然后离开这儿。”

江易岿然不动，他的沉默令整个屋子的气压一点点攀升。

从前乌玉媚认定这口气她咽不下，但现在于水生命悬一线，她忽然觉得一切通通不重要了。

要说这世界上还有什么是她留恋的，财富、权力、仇恨、地位，都可以列入一席。但如果没有他——那个陪她从青年走至中年、从地狱走至人间、一起站在太阳下的男人，那么其他所有对她而言，都不过是黑夜里的花，看起来漂亮妖媚，但没有太阳，根本无法独自存活。

江易手下的暗劲又用了一分，那碎片直直插入于水生的肉里，他说：“我要是不呢？”

屋里弥漫着并不明显的血腥味，乌玉媚呼吸急促，几乎快要站不稳了。

“你不？”于水生挑眉，“那你能怎样？”

他一字一句，音量不高，却掷地有声：“江易，你敢弑父吗？”

那一刻，屋里寂静，每个人的呼吸声都清晰可闻，乌玉媚怔怔地立着，不可置信地望着那个男人。

江易也静了，过了很久，他嘲讽地笑道：“你算什么父？”

“我在油灯街第一眼见你，就觉得你和我小时候长得有八分像，如果不是我的种，江滟柳凭什么把你生下来？她怎么敢把你交给我？我又怎么会蠢到随便相信一个女人，把你带回来养了这么多年？我从不让你接触那些生意，不准你进小东山一步，你真以为我是觉得你心软担不了大事？”

他平静地说："我是怕弄脏你的手。把你派去霍二身边，说是让你盯着他，可我安排过你去做哪怕一件事吗？"

江易呼吸渐渐沉缓，于水生每说一句，都像在他的脑袋上重重地抡上一锤，将他这些年对自己和对他的认知击得粉碎。

"那阵子我总梦到东窗事发，我被警察带走，死期将近，连你也受到了牵连。你是我在这个世界上唯一的亲人，我不想你落得跟我一样的下场，霍二不干净，但总比我强。"

江易说："我看过亲子鉴定书。"

于水生笑了："你看的是哪一份？"

他目光转向一旁呆滞的乌玉媚："女人都这样，在有些事上，眼里进不得半点儿沙子，既心狠，醋劲又大，要知道你是我亲儿子，她能容你到现在？这些年我不敢对你好，不敢让你叫我一声爸，想尽办法让人知道我不待见你，你以为是为什么？

"阿易，"他平缓地说，"哪怕你再不想承认，你身上也流着我的血，你是我的种。

"你要是敢弑父，就尽管动手。"

落针可闻，乌玉媚手心渗出了汗。

与她相比，于水生倒十分淡然，头上破口处的血流进眼睛发痒，他想去抹，却被江易制住。

"从小九叔就教导我，成大事者不拘小节，现在为了活命，你什么不能说？我再问你一遍，沈佳燕，你放还是不放？"

燕子的手脚不停地哆嗦着，刚刚于水生说出那番话后，她已经预感到自己接下来的命运会如何。但她没有想到，江易竟然会在于水生开出那样的条件下依旧选择让她离开，这里的人都是亡命徒，江易这样不识抬举，一旦对方鱼死网破，弄不好他会和她一起交待在这里。

她不想让他死在这里，颤声说："江易，你别管我。"

于水生说："一定要拉着所有人一起陪葬吗？就算不信我，你也该知道，我死了对你没有任何好处，如果这里还有谁能保住你的命，那只能是我。"

"谢谢九叔好意。"江易说，"可我既然到了这里，就没想过活着回去。"

于水生说：“那你就动手吧。”他笑得凛然，“我一直说你心太软太善，你动手，也好叫我看看这些年来你有没有长进。

“你如果不敢，我可要叫他们动手了。阿易，你在怕什么？”他人将至暮年，笑里却还有英气，不难看出青年时的好底子，“怕我没有骗你？怕你一旦动了手就会叫天打雷劈？”

江易的手稳，脊背也笔挺，看不出一丝重伤人该有的虚弱，因此金富源一行人虽然时刻紧绷着想要救下于水生，却不敢妄动。

“闭嘴。”

可于水生一辈子没听过人调遣，他说：“阿易，你在性格上没一点儿像我，不知道和谁学的，总是多了些没用的善心。”他话音刚落，脸上悠然的神色骤变，江易手下勒紧，箍着他脖子，叫他喘不上气来。

“阿九！”

“九爷！”

于水生呼吸困难，却还在笑：“你就这点子力气？”

他的脸涨成紫红色，乌玉媚骇然：“江易，我现在就放了沈佳燕，你把手松开！”她话音刚落，房门被人一脚踹开，持枪的警察破门而入。

乌玉媚不可置信的目光落在院外，外面所有人都已经被控制住了。

带队的警察是老熟人了，他迅速制住金富源一行人，最后将目光投向江易。他伸手挡下身旁警察的枪口，平静地说：“江易，把人放了。”

他手中的瓷片锋利，只要稍稍一动，于水生就会被割开喉管，警察一时也不敢接近。

江易说：“别过来。”

“已经结束了。”贺丰宝放下手里的枪，朝前走了一步，“赵云今现在躺在医院，存储卡我已经拿到了，剩下的事交给警方。”

江易没有作声，手下的力道丝毫不松。

贺丰宝说：“我知道你在想什么。你觉得把这些人交给法律制裁的惩罚太轻，你想以牙还牙，亲手替他报仇。可是江易，你是人，不是野兽。如果他还在世，一定不愿见到你为了他做这种事。”

从前林清执总说，江易是个不错的小朋友，贺丰宝从不苟同。在他的认知里，江易这种人就注定该生在淤泥间，死于尘埃里。像他曾说过的那样，法律在他脑子里就是废纸，伦理道德更是屁用没有，唯有林清执，是这世上可以拴住他的那根绳，后来绳断了，他也该回到他该在的地方。

可不得不承认，林清执的眼光总是那么优越。当年林清执只是在黑暗里拉了他一把，比别人多给了他那么一丝温暖，江易还给林清执的，却是他从未被人看好的一生。

“江易，”贺丰宝每一个字都充满不可违抗的力量，“别做傻事。想想赵云今，还有她肚子里的孩子，你总不想那孩子一出生就有个杀人犯父亲吧？”

贺丰宝看上去平静，但心一直提吊着。如果停在当下，一切都还有救，他不愿见江易因一时意气，朝不归路上走。

江易静了很久，缓缓松开紧箍着于水生的手。

于水生倒在地上，他咳了好一会儿，才从窒息里缓过来，他脸上的涨紫色渐渐退去，抬头看着江易：“赵云今的孩子，真是你的？”

江易与他对视，目光冰冷而复杂，于水生却不在意，他笑笑：“还好当时没有……”

警察将屋里的人悉数铐起来，乌玉媚轻声说：“是我太执着了，当初就该听你的话，早点儿离开西河。”

于水生被警察带出去，临走到门口时，转身看了江易一眼，最后将目光望向她。他似乎从没变过，还和许多年前一样，眼里满含着温柔的情意，他说了句让所有人都听不懂的话：“娟娟，别回头，往夜色深里走。”

乌玉媚如受雷击般怔在原地，眼里一直蓄着的泪水终于流了出来。

贺丰宝站在江易面前，从他身上早已看不到半点儿当初那桀骜不驯少年的影子，有的只是一身死气。他的面孔、他的脸色、他的眼神全都被血盖住，离得近了，能闻到遮掩不住的浓浓的血腥味。

“赵云今呢？”他问。

“她和孩子都没事，正在医院疗养，别担心。”

他一句话说完，伸手想去拍他的肩膀，江易那看似挺拔的身体忽然直直地倒了下去，手里的瓷片“哗啦”掉到了地上。

他昏死了过去。

贺丰宝吼道：“叫救护车，快叫救护车——”

第三十二章 雨歇

医院里，霍嵩去世，整个医院忙成一团，直到天亮才安静下来。

霍璋坐在窗口，望着渐渐停歇的暴雨，目光阴冷。保镖不安地站在身后。许久后，他问道："还没有消息？"

保镖不敢说话。

"竟然能让一个有身孕的女人在眼皮子底下逃出小东山。这些年，我是养了一群废物吗？"

保镖低着头："霍先生别担心，他们已经派人搜山了，今晚之前一定会找到赵小姐的，她现在应该还没有离开缠山。虽然金富源口口声声提到存储卡，但那东西未必就在江易手里，赵小姐也未必会带着它出去……"

霍璋的神情并不像担忧赵云今带走了存储卡，他喃喃自语："昨晚那样的雨夜，她能去哪儿？"

他又望向窗外，眼里的情绪驳杂不清："去联系民间搜救队一起搜山，中午之前，一定要把她安全带回来。"

保镖应声，刚要去联系，身后突然响起阵阵急促的脚步声。按理说这是霍家的私人医院，霍璋所在的地方又是私密空间，不该有人上来，父亲刚去世，赵云今又失踪，霍璋现在心情不好，保镖刚准备请人下去，转头就看见身后站了几个警察。

"霍璋，请你跟我们走一趟，有话要问你。"

霍璋转过轮椅，看着面前脸生的警察，微笑着说："不如改天吧，我未婚妻不久前失踪了，我现在没空。”

为首的警察掏出一张拘捕令：“可能由不得你了。”

“如果你口中的未婚妻是赵云今小姐，那你不需要担心。”警察冷着脸说，“她现在安全得很。”

雨声渐缓，远处天际的雨云被风吹散，垂落到人间，在那层层阴色的密云之后，天空擦过一抹金边，露出了湛蓝的底色，世界又恢复了原本的澄澈和清明。

霍璋笑容不改，只是眸子在一瞬间暗下来，片刻后，他眯了眯眼睛：“那好。”

赵云今住院疗养，贺丰宝时不时来探望，跟她说说案子的最新进展。

霍嵩离世，松川药厂和小东山接连出事，凡是和霍家有牵连的人都被带走调查。

霍嵩身体里那颗多年前换上的肾脏，经过检测，是属于六年前失踪的初中生万家馨的。

上面为这一系列案子专门成立了专案组协助调查，那张存储卡里的内容令整个西河警界为之震惊，林清执曾受命前往松川药厂调查失踪案和黑药案的真相，在存储卡里，留下了他最后找到的东西。

——松川药厂这些年来所制造的禁药批次、产量、销往的地点和时间，以及在小东山拍下的一段视频。

视频里的场景是研发楼的地下二层，那一座座囚笼里关着许多本该出现在失踪名单上的脸。他们或颓靡，或脸色苍白，或双眸紧闭，但此刻都在做同一件事情——撞击着面前的铁笼，嘶吼着求救。

“韩小禾、沈佳旭……”贺丰宝声音沉着，“那个时候，他们都还活着。”

他自嘲地笑道：“如果没有林清执，警方现在也许还和无头苍蝇一样乱转，找不到线索，他留下来的东西，足够他们下一百次地狱了。

“王勇招了，他并不像之前所说的和买主不熟，相反，他对小东山的事知道得不少。当初霍璋回西河接手小东山，只给了乌玉媚三天时间搬走。三天，所有人都清楚，他并不是急于接手，而是想让她在情急之下露出破绽，他和我们一样，也想知道小东山的秘密。

“他们当时需要处理的不仅有这些年来累积的资料、仪器，还有关在地下没来得及脱手的活人。王勇并不知道统共有多少人，但他依稀了解到，于水生怕转移的过程中出现意外，所以把人全部留在了小东山。

“焚烧后的骨灰就埋在那片槐树林里，虽然这些日子被暴雨冲刷掉了不少，但依然找到了一些痕迹。

“自林清执殉职后，他们低调了许多年，可生意其实从没停过，只是做得更隐蔽了。这次失踪案再起，也是因为霍璋突如其来的接管小东山打乱了他们的计划，原本的人都死在了小东山，只能去找新的器官源，越是心急，就越容易露出破绽。”

赵云今静静地听着，直到他说完了，她才轻声问了句：“江易呢？”

“他在治疗，你现在还不能见他。”

赵云今没再说话，贺丰宝看了眼时间，戴上帽子起身离开。走到门口时，他停住：“对了，还有件事要征求你的意见。”

他说：“霍璋想见你。”

这是赵云今第一次来看守所，雨后空气里还有刺骨的寒意，贺丰宝给她多披了一件衣服，才准她出门。在医院疗养了大半个月，刚一出来就被刺目的阳光晃了眼，赵云今站在看守所门口好一会儿，才适应这雨过天晴后的光线。

这是赵云今那夜离开小东山后第一次见霍璋，他虽然囚服加身，比从前更苍白瘦弱，但气质依旧从容。见到赵云今，他笑了笑，不像个身陷囹圄的囚犯，倒和从前的贵公子没什么两样。

赵云今坐在他对面的椅子上。

霍璋目光轻轻掠过她身上，仿佛知道这也许是最后一次见面，将她每一寸都贪婪地看遍，许久后，他开口：“身体好些了吗？”

没人应答，他喃喃道：“难以想象，到头来，霍家的两个男人竟然都栽到了你的手上，还都是为了林清执。”

赵云今抬眼凝视着他：“你怎么敢用这种语气提起他？”

霍璋静默，女人的话将他的记忆带回了许多年前的某一天。

那日的天气并不算晴朗，那个英俊的男人站在他面前，他身上有股奇异的感染力，一笑间，仿佛能让整个世界都变得清澈明朗。

男人脊背挺拔，伸手和他交握："霍先生，我是丁晨凯，以后请多关照。"

从小到大，霍璋只对令他痛苦的事印象深刻，但不知为什么，那天的画面，时过这些年，他依旧记忆犹新。

"他曾经是西河最年轻有为的刑警，如果没有那次意外，他会和所有人一样，娶妻生子，过普通人该过的生活。"

赵云今一字一句，轻慢地说："离开前，他以为这次任务最多不过一年，喜欢他的女孩还在等他的一顿晚饭，他多年的兄弟还在等他一起种白杨，他从前会在风和日丽的日子里带我和阿易去香溪边玩滑板、放风筝。

"我也一直在等他回来。

"他原本可以成为最优秀的警察，可现在呢？"她眼神冰凉，"我想过有一天他也许会殉职，可就算是死，至少也该死得轰轰烈烈，让所有人都记住他的名字，记住他为这世界做过什么，而不是像现在这样，悄无声息地变成墓里冷冰冰的尸骨，化作泥土的一部分，就连照片都不能贴在墓碑上。

"除了一枚勋章之外，他什么都没有留下，"她嘲讽地笑，"我要勋章有什么用，它能让林清执死而复生吗？"

霍璋说："我很抱歉。"

"不必。"赵云今起身，"他虽然离开了很多年，但一直活在我的记忆里。

"你也是，"她走向门口，回头望了他一眼，"不过是以另一种方式。"

那时日光正从房间的小窗外投射进来，越过窗口的树叶，将斑驳的影子映在霍璋俊美的脸上。他人是端正的，笑是斯文的，只是笑里有许多说不分明的情绪，他问："云今，没有别的话要对我说吗？"

赵云今静静地端详着他，沉默不语。

许久后，他自顾自地笑了："赵云今，你会爱人吗？自私、吝啬、残忍的小女孩，你只爱你自己。"

赵云今没有否认，她给了他一个看似温柔却又极其凉薄的笑，她说："你也一样。"

贺丰宝在看守所门口等她：“他跟你说什么了？”

赵云今笑笑，没有回答，副驾驶座位上放了一个檀木盒子，她拿起来看了看：“这是什么？”

“武双喜的骨灰。他养父武大东是于水生手下的混混儿，当年武大东正是通过于水生的关系把他从王勇手里买过来的。我们深查王勇的时候还查到了一些有趣的事，乌玉媚当年也是被人从深山拐来西河的，而拐她的人，正是王勇所在的人口贩卖组织中的一员。”

他咧了咧唇角：“你说这个世界是怎么了？”

赵云今抱着双喜的骨灰盒，副驾驶有阳光照着，它上面还有暖洋洋的余温。

“双喜的家人找到了吗？”

“已经联系过了，都还在世。”贺丰宝接过骨灰盒，放在后座，“这是要拿给松川警方的，江易托我把双喜的骨灰送回老家，可我最近事忙，原本想等一阵子再去，没想到松川的一位刑警说可以代劳。”

赵云今问：“叫什么？”

“罗海。他刚出完任务回来，正在放长假，不知道什么时候认识的双喜，说他是个不错的小孩。”

赵云今没再说话，贺丰宝提起江易，在她心里激起了无数层淡淡的涟漪，可她任那波纹平息，一句都没有多问。

贺丰宝启动车子，他今日脸一直沉着，看上去心情不佳。

赵云今问：“有心事？”

他目视前方，“嗯”了一声：“就目前掌握的证据和供词来看，很可能定不了乌玉媚的罪。”

赵云今愣住：“为什么？”

“小东山的法人是霍嵩，虽说小东山是他送给乌玉媚的礼物，但其实从这地方建成的第一天起，乌玉媚就没有进去过一步。简单来说，她虽然顶着管理者的名头，实际上却把管理事宜全权交给了于水生，不管是明面上的修建、采买、药物研发，还是暗地里的勾当，都找不到一点儿她参与的痕迹。

“王勇只认得于水生，对乌玉媚知之甚少，金富源他们的口供里虽然提到乌玉媚对此事知情，但拿不出证据。所有脏事都是于水生亲力亲为，他咬死这些年的一切都是自己瞒着乌玉媚偷偷进行的，警察也拿她没办法。”

贺丰宝眉头深蹙：“从一开始，于水生就做好了会被警察发现的准备，所以他这些年来做的所有事，都把乌玉媚择了个干净。因为找不到她参与的证据，就连绑架沈佳燕和江易的事都被于水生一力担了下来，乌玉媚现在已经被放回去了。专案组在继续审于水生，我也找人盯着她了，但目前还没有什么进展。”

赵云今沉默着听他说，道路两侧的树木和行人流水般划过，她忽然看见路边有家苗苗面包房，于是叫道：“停车吧。”

“还没到，你去哪儿？”

赵云今裹了裹外套：“我走路回去。”

她进面包房买了几个新鲜的蛋糕，漫无目的地走在城市繁华的街头。

道路两旁的梧桐葱郁茂密，几乎可以掩盖住天光，赵云今停下脚步，抬头看着面前这座气派华丽的宅子。

和初来时一样，假山池塘，修竹回廊，无不彰显着宅子主人的气派。但又和初来时不一样——落叶满院无人清理，被雨水打坏的芭蕉叶烂在墙角，池里的鲤鱼一条条翻着白肚皮也不见人打捞。宅子没变，但景物却大不相同，似乎和主人的境遇一样，无处不透着股薄薄的凄凉。

隔着远远的距离，赵云今就听到了乌玉媚这宅子常放的《牡丹亭》的唱段。

“……为我慢归休，款留连，听、听这不如归春幕天。难道我再到这亭园，难道我再到这庭园，则挣得个长眠和短眠？知怎生情怅然，知怎生泪暗悬？……软哈哈刚扶到画栏偏，报堂上夫人稳便。少不得楼上花枝也则是照独眠……”

赵云今走到屋门外，佛龛前青炉里的香正燃着烟，于水生那收音机在地上咿咿呀呀地响着，乌玉媚跪在蒲团上拜菩萨，她认真地闭着眼，手里盘着一串佛珠。听到脚步声，她睁开眼，看见赵云今淡淡的笑脸。

“路过面包房，随手买了些点心，想起乌姨在家，就过来看看。”

乌宅冷清得没人看门，她一路到这里，畅通无阻。

乌玉媚起身，看了她手里的蛋糕一眼，转身走向一旁还没来得及收走的妆台。暮色透过窗棂照进空荡的屋内，落在那已经枯萎的山百合的花蕊上。

梳妆台台面上蒙了一层灰，乌玉媚抽开妆奁，取了把梳子，坐在暖色的夕阳下梳头。

赵云今站在她身后，接过了她手中的木梳："我来吧。"

赵云今一下又一下，动作温柔，望着镜子里乌玉媚苍白的面孔，她忽然开口："乌姨当初也是被拐来西河的？"

乌玉媚没有应声，她又说："有件事不知您是否知道，当初拐您来西河的人，和帮您四处搜罗活体的人，是同一群。

"您的过去我有所耳闻，没有哪一个女人在经历过那种事后还能淡然处之，如果是我，我也会恨。但是己所不欲，勿施于人，那些阴暗又绝望的过去，您应该深有体会，为什么要在自己挣脱了苦海以后，把这些痛苦施加到别人身上？"

"我没读过书，不懂你那些话。你也不是我，体会不到我的感受。我生在深山，家里重男轻女，父亲在我三岁时去世，九岁那年，我母亲就把我卖给邻村的光棍儿做媳妇。九岁，你这个年纪还在小学里无忧无虑地读书吧？

"十五岁，我被拐到西河，什么黑暗什么人性没见过？那些日子，都是阿九陪我度过的。帝王宫被查封后，我也想过和他一起远走他乡，过最平凡最普通的生活。"乌玉媚想起往事，脸上泛起一抹向往，但稍纵即逝，又被另一种深沉的阴暗溢满，"可是命不由人，谁又能拿它怎么办？"

赵云今理好她的头发，从妆奁里取出一块碧色的玉搭在她的领口："我不信命。"

"命好的人总是不信命，他们觉得所有的一切都是自己努力得来的，可命坏的人如果不信命，要拿什么说服自己熬过这一生的漫漫长夜？"

赵云今替她搭上项链的扣子，忽然说："乌姨，您这块玉，应该是成对的。"

乌玉媚低头看着那只展翅欲飞的凤凰，那玉的成色之好是她生平仅见，所以这些年她一直小心收着，想找机会补齐另外一半。她应了一声：

"是啊，可人生不就是这样，总有些说不明的遗憾……"

她话没说完，却停住了。

镜中的赵云今那白皙的脖子上也坠着同样一块玉，无论水头、形状，都和她的这块相契。

乌玉媚不傻，一瞬间就明白了这绝不是偶然，她凝视着赵云今："你和那年探险队里的女人，是什么关系？"

赵云今笑吟吟地说："这话该我问您。我妈妈十五年前在缠山失踪，她走时戴的玉佩，为什么会在您的手里？"

乌玉媚眼里阴云翻涌，赵云今怡然不惧，笑着说："缠山没有吃人的东西，有的是披着人皮的恶鬼。

"我从很小的时候就在想，缠山在西河存在了那么多年，为什么以前从没有吃人的传说，直到十几年前，小东山落成后才谣言四起。"赵云今将手指搭在她的颈上，轻轻帮她疏通经络，"因为乌姨在小东山里做坏事，做坏事不能被人打扰。"

她从进门起，脸上一直挂着盈盈的笑意，在仇恨面前依然这样冷静，乌玉媚很难相信她今年才二十出头。

佛龛的香燃到了尽头，赵云今放开手："乌姨信佛，那么应该知道佛家最讲因果。善恶到头终有报，前日种下的恶因，造就了您今天的恶果，谁也怨不得。"

"善恶终有报？不见得吧。"乌玉媚笑了，"丁晨凯与江易倒是善了，但也没见他们有什么善果。"

"至少于水生自食了恶果。我要是他，就会把一切交代了换一个痛快，可他偏偏要保您，警方的审讯可不是那么容易熬的，人活了一辈子，到头来落得那样的下场。"

乌玉媚静了静，问道："他怎么了？"

赵云今将买来的蛋糕放到她面前的梳妆台上："小时候我妈妈常买这家的蛋糕给我吃，乌姨也尝尝。

"在我父母离世后很长一段时间里，我曾觉得活着很难，做什么都了无生趣，后来渐渐习惯了，也明白了，人生就是场修行，一个人来，一个人走。乌姨有于水生陪了这么多年，想必一开始很难习惯，但时间是良药，一切总会好的。”

赵云今看着她，残忍地笑：“于水生在死之前，还有很长的折磨要经受。外人看来他痴他傻，可他自己未必不是甘之如饴，毕竟他所做的一切，都是为了保护乌姨您。”

夕阳的余晖全然被暮色压了下去，镜面变得晦暗不清，乌玉媚的面孔也隐匿在昏暗里，让人看不清。

晚风绕进窗子，拂落了山百合的枯瓣，收音机“嘎吱嘎吱”地响个不停。

“偏则他暗香清远，伞儿般盖的周全。他趁这、他趁这春三月红绽雨肥天，叶儿青，偏迸着苦仁儿里撒圆。爱杀这昼阴便，再得到罗浮梦边……”

“……偶然间人似缱，在梅村边。似这等花花草草由人恋，生生死死随人愿，便酸酸楚楚无人怨。待打并香魂一片，阴雨梅天，守得个梅根相见……”

她记起她还叫乌玉娟的那年。

月亮像一张暗黄的人脸，它那双黯然的眼，冷漠、嘲讽地看着这人世间。

穿着保安服的于水生拉着她拼命地奔跑， 帝王宫很大，她上气不接下气，踉跄着跪倒在地。背后的人已经追来了，像是索命的鬼影，纠缠不休。

探照灯要照到他们的身影了，她撇开他的手。

于水生停住脚步，回头看她。女孩因为恐惧肩膀止不住地颤抖，她知道被捉住会有什么下场，但她仍然拼命地将男人朝前推。

“我跑不动了。”女孩惨淡一笑，“你是为了救我，我不能连累你被他们抓到，只要你跑了，我就还有机会，走啊——”

漆黑的树林边缘被灯光映亮了，只有远处的密林还是一片未知的暗色，黢黑又神秘。

乌玉娟踉跄着倒在地上，几乎用尽全身的力气将他推出去，她抬起头，泪眼蒙眬地看着他：“阿九，你朝前看，别回头，往夜色深里走。”

娟娟，别回头，往夜色深里走。

那日于水生被捕之前，也曾这样在她耳边呢喃。

乌玉媚转头，凝视着暮色里的那枝枯萎的山百合。

……

赵云今走出乌宅，夜幕笼罩下来，城市灯火璀璨，如同过往的每个夜晚一样，万物在寂静里安眠。

她没有叫车，一个人孤独轻慢地走在无边的夜色里。

翌日，乌玉媚自缢于家中。

三天后，尸体被发现，同时被发现的，还有一封她亲笔写下的认罪书，和几盒发了霉的、动也没动过的巧克力蛋糕。

花店里，赵云今将新到的鲜花整理好，正在给盆栽浇水，门上的风铃就响了起来，来人是两名年轻警察。

“要买花吗？”赵云今随口问道。

警察尴尬地笑了笑：“不了。”他环顾店铺四周，挠挠头，艰涩地开口，“赵小姐，这个花店是霍璋赠送的，按理说应该属于你，但它是用霍璋名下财产购买的，暂时可能需要被查封，还有你现在住的那栋别墅……”

赵云今恍然大悟，她放下了手里的喷壶，视线环顾花店一周，最后落在窗边小桌上摆的那盆蔷薇花上，她问：“我能把这个带走吗？”

警察想了想，不敢决定：“我要请示一下。”

他出去打电话，一分钟后回来，朝她笑了笑：“可以。”

赵云今抱起蔷薇走出了花店，警察在她身后，将大门贴上了封条。

夏日清幽，她沿着眼前的路没什么目的地乱走。没多久，后面传来了汽车的鸣笛声，她一开始并不理会，但那声音一直聒噪得让她心烦，她才回头看了眼。

霍明泽从驾驶座上下来，隔着一段距离，远远地看着她。

霍家事发，霍璋、薛美辰都被带走调查，他和霍明芸没有参与到家族的纷争中，因此没有被波及。

他站了好一会儿，神色略微不自然地说：“赵云今，去我公寓住。”

赵云今望着他那几年如一日单纯的少爷神态，心里忽然被激起了许久都不曾出现过的愧疚情绪。如果说当年玩弄他是出于为林清执出气的恶作剧心理，那么现在，就真的没有丝毫理由，单纯只是为了利用他。

“对不起啊，明泽。”她笑笑，继而转身走自己的路。

霍明泽拦在她面前，不等他开口，她先说：“孩子不是你的，那夜我们什么都没有发生，你不必负责。我是个很坏的女人，从以前到现在，一直都在骗你。”她轻声说，“别再对我好了。”

她错身而过，身后霍明泽在原地静了很久，这一次，他没有再追上来。

夏日的云是淡的，风是轻的，赵云今抱着一盆蔷薇走在人来人往的街头，不知道该去哪里，但这些年来却从未有哪一刻像现在这样轻松。

正站在路口发呆，一辆轿车停在她面前。车窗摇下，露出了贺丰宝的脸，他墨镜滑到鼻梁上，酷酷地说：“上车，带你去个地方。”

她并不是第一次来墓园，却是第一次在来这儿时露出了笑意。

墓碑四周生满小腿高的细碎的野草，在暖风里轻柔地摇曳着。

赵云今上次来随手撒下的花种已经抽出了新叶，在风中荡悠，仿佛随时能长出花来。

大理石碑面贴了新换的相片，林清执笑得温暖而灿烂。赵云今蹲下身，将蔷薇花放在碑前，用袖口擦去落在相片上的灰尘。

天空湛蓝，风也温暖，这里静谧祥和，是一块不错的长眠之地。

“从前我笑他，平时看起来铁骨铮铮的林警官，净学些小女孩情怀，喜欢什么不好，偏偏喜欢花儿。”

“是因为我。”赵云今轻声说，“小时候我总哭着要哥哥，他为了哄我，在家里种了满墙和孤儿院里一样的蔷薇花，后来养蔷薇就成了他的习惯。”

四下宁静，只听得到草丛里“啾唧”的虫鸣。

贺丰宝摘了墨镜，静静地站在令人享受的温柔的风里：“那年我在香溪对岸钓鱼，捡到一盏有他的字迹的孔明灯。”

那盏灯落在杂草丛中，一半被野草钩破，一半被江水浸烂，但上面的字依然清晰，一笔一画都如行云流水且坚定。

那字里有林清执的风骨，他一眼就能认出。

贺丰宝笑了笑：“青山处处埋忠骨，何须马革裹尸还。”

赵云今擦拭墓碑的手顿住，那年香溪堤坝，林清执带她和江易放孔明灯。

他的灯飘得最远最高，慢悠悠地越过了河岸，问他灯上写了什么，他只笑笑，说是他一生的理想。

“这人念警校时就这样，认定的事就不回头，一根筋地往前走，从不顾及别人的感受。现在他风头出尽，理想也实现了，应该在上面过得很开心吧。”

赵云今抬起头，目之所及是缠山连绵的青色，云在山腰投下一道道清影。

那山是俊挺的，影是澄澈的，云是飘逸的，一眼望去，她仿佛看见林清执的身影并没有消散，灵魂音容依旧缠绕于无尽的山巅。

“不去看看江易吗？”

赵云今问：“是他叫你来问的？”

贺丰宝摇头，这些日子江易一直在医院治疗，其间警察去问过话，江易平静地将这些年来发生的一切告诉了他，事无巨细，和盘托出。贺丰宝听得蹙眉，却阻止不了他继续说下去。

哪怕以功抵过，等待他的，依然免不了未来的漫漫长狱。

江易说了很多，却绝口不提赵云今，这些日子来，贺丰宝探望赵云今时，她也从未提过江易半个字。

“不是。”

赵云今沉默，不知在想什么。贺丰宝从随身的袋子里掏出一封信和一个盒子递给她：“这是在武双喜家里找到的，信我看过了，盒子我也打开了，我觉得这应该是江易自首前想要留给你的东西，看看吧。

“人生很短，江易已经把所有的过错都揽在了自己身上，如果你再看不开，那你们要怎样？”他看着她，“一辈子错过吗？”

他将东西放在赵云今手里，转身离开了墓园，留她一个人站在那儿。

盒子里是一条边缘些许泛黄，却能看出从未被人戴过的蔷薇颈饰。

信是林清执的手笔，这个狡猾的男人还是违背了当初对江易的承诺，他担忧以江易的性格，也许一辈子都不会将幼年的种种告诉她，所以男人充当了坏人的角色。信的最后，他说：云今，原谅阿易吧，他不过是个别扭的小孩。

风一阵阵拂过，她柔顺的发丝随着风飘荡，高烧时脑海里那些记忆碎片已经拼组成一幅幅清晰的画卷，反复回放着。

她可以原谅他的逼不得已，可以原谅他这些年的离去，可以原谅他的隐瞒说谎，可她不能原谅的是，明明他早就知道，他一直保有当年的记忆，却只是眼睁睁地看着她一遍遍从破碎的梦境里寻找童年时的身影，对她却只字不提。

她还不能原谅，明明只要他一句话，她就可以奔赴到他身边，而他从头到尾却连她的名字都不愿提起。仿佛在江易眼里，她对他的感情，不过是年少时的昙花，夜过就败了，脆弱得根本难以维系。

“姐姐，喜欢的东西要牢牢抓在手里啊！”

旁边传来一个银铃般俏皮的声音，赵云今偏过头，才发现身旁另一座墓碑前站着一个女孩。女孩松软的发尾懒洋洋地垂下来，遮住了白皙的脖颈，她歪着脑袋看向赵云今，眼眸澄澈，清透漂亮，像个水晶娃娃。

“没有什么比遗憾更让人心碎了。”女孩一笑，明媚如四月的艳阳，“所以，如果是真心喜欢的人，不要让他消失掉。

“世界很大，命运无常，一旦弄丢，就再也找不回来了。”

她看看自己身前的墓碑，又看看赵云今的，笑着说：“这是我爸，他是个军人，好像比你那位要帅一点儿。”

不远处的合欢树下站着一个清冷挺拔的少年，他叫她：“然然。”女孩向赵云今吐了吐舌头，朝那少年跑了过去。

天高云淡，墓园又恢复了宁静。

赵云今望着墓碑上林清执英俊的面孔，莞尔笑了。

病房已经收拾齐整，江易站在窗边，手心搭着一个心形挂坠。

几天前贺丰宝问他家里的东西要带走什么，他想了很久，只要了这个。

挂坠用一根黑绳串着，这些年来已经磨损得不成样子了，江易按开暗扣，那颗心弹开，里面放着一缕乌黑的发丝。

窗外的桐花正当季，被风一扫，雪一样洋洋洒洒飘落到地面。身后门开了，贺丰宝进来，江易将挂坠放进了口袋。

“江易，走了。”他身上挂着手铐，却不知怎么开口。

江易主动伸出手，贺丰宝把手铐在指尖转了转：“算了，用不着这个。”

“还是用吧。”江易平静地说，“我书读得少，又一身反骨，是个把法律当成废纸的野兽，说不定出了门就改变了想法转身逃走，我如果跑掉，贺警官好不容易得来的年终奖就泡汤了。”

贺丰宝笑了：“你小子可真记仇。”

江易也笑了，他在医院待了很久，瘦了很多，人也苍白了，但这一笑间却看不见从前深沉的影子，明朗得仿佛少年。

贺丰宝带他出去，门口站着一个女人，警察拼命拦她，却怎么都拦不住。

江易交代的事情里包括他挑唆韩巴绑架霍明芸，作为当事人有权知道真相，警察没有瞒她。

霍明芸冲过警察的阻拦，站在江易面前，她哽咽着问：“那件事从头到尾都是你策划的？”

“是。”

她扬起手要给他一记耳光，可手掌抬到一半，却怎么都落不下去。她眼里蓄满泪花：“江易，你考虑过我没有？”

“我一直跟在韩巴后面，你不会有事。”

“万一呢？”霍明芸朝他嘶吼着，“万一韩巴真对我下手，你隔得那么远，又能做什么？”

“如果有万一，我把命抵给你。”

男人的话像是负了责，却怎么听来都残忍，那不光是对生命的漠视，更多的，是对她的毫不在意。

霍明芸问：“你做这一切都是为了赵云今？从始至终，除了利用，就没有一点儿喜欢过我？”

江易没有回答，她不再哭了，抹掉脸上的眼泪，一字一句地骂：“江易，你就是赵云今的一条狗。”

江易残眼上贴着白色纱布，仅剩的那只眼里平淡得没有任何情绪。他面不改色，平静地说：“总好过做霍家的乘龙快婿。”

霍明芸僵在原地，江易错身而过。她转头望着男人被警察带走的瘦削身影，再也按捺不住，眼泪缓缓地从眼眶里滚落。

……

医院走廊静得出奇，只隐约听到远处的抽噎声。江易走过拐角，在尽头的窗口前，赵云今静静地站着。他停住脚步。

午后窗外的阳光正灿烂，一半落在桐花树、一半打在她瑰丽的红裙上，使她蓬松的裙摆浅浅地镀了一层边。

贺丰宝不知什么时候离开了，寂静而狭长的走廊上只剩他们两个人。

赵云今朝他走过来，她神情明艳，恍惚中让江易回到了少年时候，她依然是那个高高在上、倔强骄纵的少女。

“乌玉媚死了。”

“我知道。”

“于水生和霍璋的判决书就要下来了，不出意外，会是死刑。”

“我知道。”

“他墓碑上的相片换回来了，和从前一样英俊。”

这件事江易不知道，他没有说话。

赵云今仰头看他，将他脸上每一处每一寸都细细看遍。她说：“我要把孩子打掉，一个人带着他很难生活，也很难和新的男人交往。”

江易没有回应，他目光落在她红裙下的小腹上，那里已经有了微微的凸起。赵云今说得随意，仿佛那对她而言只是一件无足轻重的小事，不值得浪费过多的言语。可她每一个字，都像柄利刃，在江易心上扎出一个个清晰的血窟窿。

他的沉默有一个世纪般漫长，过了很久，他嘴唇动了动，声音是从未有过的喑哑。

他说：“好。”

赵云今挑眉：“好？”

四年前林清执出殡，江易曾去了现场，可他不敢靠近，只能站在街角远远地看着。那日下着蒙蒙细雨，少女抱着一张被黑布蒙起来的遗像，一步步走在车队的前方。她没有哭，但是脸上的神情空洞迷茫，像具失去了灵魂的木偶。

所有的所有，一切的一切，江易将错通通归结到自己的身上。

他生于深渊，爱，是江滟柳从未教过他的东西。遇见赵云今后，他凭一腔少年的孤勇独自摸索，爱在泥沼中发酵，缓缓开在无边无际的尘埃里。他竭尽全力，也曾试图为了她走出地底，却不慎拉她一起坠入更深的黑暗里。

她的兄长死在他手里，她父母的死因和他的养父难脱关系。赵云今的一切痛苦，都烙上了他的印记。

她说孩子是累赘，要打掉重新开始，江易没有立场，也没有资格说不。

赵云今问："药流还是手术？听说流产是要把胎儿拿钳子一点点绞碎，从体内掏出来丢进垃圾桶里。"

江易死盯着她，她感受到他目光里的怒意，笑着明知故问："你生什么气？"

窗外桐花落了，柔柔地飘在午后的风里。

"虽说是为了结束他的痛苦，但林清执到底是死在你手里。"赵云今一步步贴近，站在他面前抵住他的胸膛，他只要微微低头，就能闻到她唇齿间溢出来的淡淡香气。她说："阿易，你欠我一个哥哥，拿什么还？"

她笑容明艳如日光下的桐花，手指沿着他僵硬的胸口向上攀附，最后轻柔地落在他那只残眼上："他说你是个别扭的小孩，叫我原谅你。"

沐浴在赵云今这样温柔的呢喃里，江易的冷漠出现了一丝松动，而后轰然崩裂，炸开一道道清晰的细纹。

赵云今又贴近了些，几乎攀在他耳畔："等你出来后，我嫁给你好不好？"

江易这才看见，她抚摩着他伤口的那只手腕上，戴着一条破旧的五色线绳，在光影下闪烁着温柔的光泽。

他低下头，撞入她澄明的双眸，沙哑着声音："你记起来了？"

赵云今又笑了，她那俏皮的一笑，一瞬间将人带回到那夜清透的月色里，带回到一场不愿醒来的悠长的梦中。在梦里，两个彼此温暖的天真孩童相拥而眠。

她仰头，一个柔软的吻贴上他干燥的双唇。

那年春日的暴雨直到今时今日才彻底停息，雨后世界的满目疮痍也袒露在阳光下，渐渐被填补。

世界寂静无声，在某一刻，江易甚至能听到花落的声音。一吻毕，她鼻尖亲昵地抵着他："哥哥，把你自己还给我吧。"

五年后，监狱的大门口落下条条嫩绿色的垂柳，许久不曾动过的大门敞开，江易乍见四方墙外刺眼的阳光，还有些不习惯。

他低下头，按了按眼眶里的假眼球。

路边停着一辆汽车，见他出来鸣了鸣笛，车窗摇下，贺丰宝从里面露出脸来。

车上只有他一个人，江易没着急上车，左右看了看，知道他在找什么，贺丰宝笑笑："她没来，失望了？"

江易没说什么，这五年的牢狱生活并没能蹉跎掉他身上的锐气，神情举止还和从前一样，肉眼可见的能气死人的冷淡。

有些人就是这样，天生顽石一块，无论光阴、苦难还是命运的洪流，都难以将他雕磨得整齐，始终带有不灭的棱角。

贺丰宝启动车子："原本是要来，可后来又嫌天气太热阳光太晒，说反正开车也不需要两个人，我来就好了，她在凉快的地方等你。所以江易你看，这世界上最靠不住的就是女人，可偏偏女人能说会道，对你撒撒娇笑一笑就缠成了绕指柔，再硬的男人到了这种女人面前，都得认栽。"

江易不知想到了什么，嘴角弯了丝笑。

贺丰宝安静地开着车，江易忽然觉得不对，明明只有他和贺丰宝两个人的车厢里，他似乎听到了轻微的、第三个人的呼吸声。他扭过头，和后座一个粉雕玉琢的小男孩对上了眼，他转回身，问贺丰宝："什么时候结的婚？"

贺丰宝愣住，看向他的目光里多了几分复杂。

江易反应过来："我的？"于是他再次转过头，认真地打量着那男孩。

这五年里，赵云今很少来探望，就算来也不会带着孩子，他甚至连一张照片都没见过。

男孩精致得像是童话里的小王子，不胖却肉嘟嘟的，皮肤软得像果冻，眼睛大而有神，丝毫不怕人地盯着他瞧。他并不很像江易，神态和厚脸皮倒是与赵云今小时候一个模子印出来的。两人大眼对小眼看了很久，江易转过身，盯着前方的道路平复心情。

后座那粉雕玉琢的小团子动了。他慢腾腾地沿着主驾和副驾的缝隙爬过来，也不叫人，就那么一屁股坐在江易的腿上，小肩膀挺得笔直，端正地坐着，露一个圆乎乎的后脑勺儿给他。

江易心里某处柔软的地方陷了一块。他忽然明白，赵云今之所以不来，只是想在见面之前，尽可能地给他和孩子一点儿独处的时间。

他问："知道我是谁吗？"

"知道。"男孩奶声奶气地说，"你是阿易。"

墓园天高云淡。男孩一进来就撒了欢，嘴里喊着"妈妈"朝墓碑前跑去，江易怕他摔倒，一直跟在他身后。

男孩停在一座光洁的碑前，却没看见赵云今，他疑惑地问："我妈妈呢？"

笑声自身后传来，江易回头，她正站在树荫下笑吟吟地看着他。岁月从不败美人，直到看见她那一刻，他才明白这话里的意思。

八岁初遇，十七岁重逢，中间经历无数坎坷，时隔多年后再站在她面前，才发现她一点儿没变，和少女时没什么不同。

赵云今走到他面前，发梢依然是熟悉的山茶花的味道。她看着林清执的墓碑："原本想在家里等你，但我觉得，你应该更想来这里。"

贺丰宝站在他们身后，没有说话。

墓碑旁放着许多束新鲜的蔷薇，江易拿了一束花摆在碑前，静静地看着那张相片。

男人永远不会苍老了，几年如一日温柔地存在着，如果他还在，看到眼前这一幕，也一定会笑出声来。

赵云今走到他身边，小指钩住他的手："阿易，"她转过头，摸了摸他带着伤疤的眼皮，"这次回来，就再也别走了。"

楹花路，林家旧宅。

贺丰宝上门蹭饭，拎着水果进门时看见江易正坐在花园的台阶前抽烟。他坐到他身边："怎么不进去？"

"她不准我在小孩面前抽烟。"

赵云今正在厨房做饭，院子里飘起饭香，处处是人间烟火的味道，也是他这些年来魂牵梦萦的东西。

贺丰宝笑了笑，问道："和他相处得怎么样？"

江易淡淡地说："还没开口叫爸。"

"意料之中，那小子本来就鬼精鬼精的，被赵云今荼毒了这么多年更跳脱了，以后有你受的。"

江易想起赵云今小时候的模样，不由得笑了。

贺丰宝从包里抽出一个牛皮纸袋递给他："这是查封于水生的住宅时在他家里找到的，打开看看吧。"

那是一份亲子鉴定中心的文件，江易捏在指尖转了转。

手里的烟快要燃尽了，他没有打开袋子，而是将烟头的火星送了上去，牛皮纸袋缓缓地在暮色里燃烧。

"这是仅存的一份，烧了就再也没有了，不看吗？"

"没什么可看的。"

晚风拂走燃后的灰烬，江易忽然问："他死了？"

"四年前执行了死刑，走的时候不算痛苦。江易，别想太多，他做下的恶与你无关，那不是你该背负的东西。"

江易又点了根烟。

天幕暖橘色的晚霞洒下来，给满院的蔷薇花披上了一道柔和的金光。

贺丰宝问："以后准备做什么？"

"开家修车厂，养家糊口。"

"然后呢？"

"然后？"江易磕落烟灰，想了想，脸上罕见地挂起了笑，"两人、三餐、四季、一辈子，这样就挺好。"

贺丰宝提醒他："现在是三个人了。"

身后响起"嗒嗒"的脚步声，粉团子跑到院里，递过来一瓶旺仔牛奶。他长长的睫毛扑闪扑闪的："阿易，我打不开。"

江易把烟按灭在脚下的台阶上，帮他开了牛奶，男孩也不说“谢谢”，又跑回屋里抱着赵云今的大腿撒娇。

赵云今要走，他偏不让，黏黏糊糊的像块牛皮糖。江易怎么看都觉得刺眼，他问：“那年贩卖人口的组织清理干净了吗？”

“当然。”

“一个人贩子都没剩下？”

贺丰宝眯了眯眼：“你在质疑我的工作能力？”

江易不说话，他问：“问这个干什么？”

江易淡淡地说：“想卖小孩。”说完，他转头看了贺丰宝一眼，两个男人对视片刻，忍不住笑了起来。

江易没再抽烟，他进到屋里，将那碍事的小人儿丢出去让贺丰宝带着玩。他走到料理台前，静静地站在赵云今身后，忽然抱住了她。

那时晚霞敛起了它最后一抹余晖，靛蓝的天光笼罩在苍茫的大地之上。

夜晚静悄悄的，院角的蔷薇花染上了垂垂的暮色，夏日小虫躲在草缝里偷偷地嘶鸣着。

一时聒闹，一时寂静，一时又复归自然。

赵云今被他刚理过的发楂弄得发痒，笑着问他：“做什么？”

江易偏头，一个温柔的吻落在她脸侧：“陪你。”

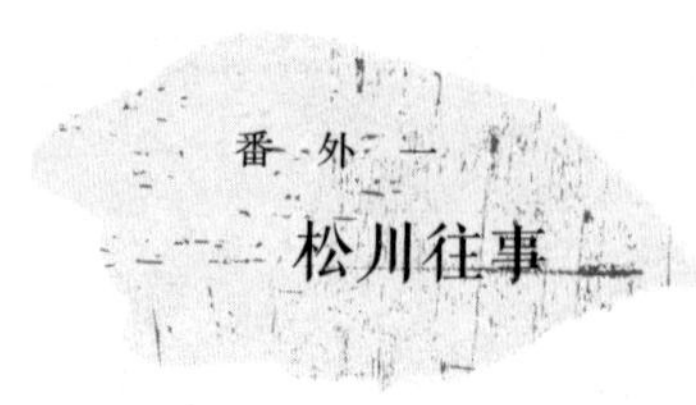

番外一 松川往事

“霍先生，我是丁晨凯，以后请多指教。”

房间终日拉着窗帘，许久没见太阳了，哪怕天天有人清扫，依然难免一股霉潮的味道。

霍璋背后垫了一个软枕，正开着床头的小灯看书。屋外艳阳当天，他却没有出去晒晒太阳的打算，任由房里的阴冷一日比一日浓重。

霍璋从书页上抬起眼，望向床前的陌生男人，他出车祸后将自己关在家里几个月，除了处理松川药厂的琐事外拒不见人。他从小性子就古怪，虽然一眼看起来总给人一种斯文的表象，但熟识的人都知道他表象之下的心计和多疑。

车祸造成的双腿瘫痪带给他的打击，外人虽不能窥知全貌，可都知道，本就阴鸷的霍璋现在更让人看不清了。他遣散了护工和保姆，只留下几个保镖在身边，他不出门，也不见人，每天卧在床上看书，偶尔抬起头望着墙角鸟笼里一只会说人话的八哥发呆。

眼前这个男人他不认识，也从没有要求找新的护工来，他打量男人，眼神里散发着生人退避的冷气。

是保镖把男人送进来的，他走到床边，小声告诉霍璋：“老爷子看您这些天闷闷不乐，又遣散了所有护工，担心您把自己憋出病来，特意千挑万选选出一个人来陪您说话。他可以照顾您日常起居，也能陪您聊天，您只要把事情交代下去，他都能做。”

那个叫丁晨凯的男人安静地站在昏暗的房间里，他说完一句话后没再出声，却掩盖不住身上的气质。

他温柔，似乎每一寸肌肉都是笑着的；他挺拔，似乎每一根骨头都向上生长，一眼望去，是这一室黑暗里的光源所在。

在很多年后，霍璋回想起那日的场景，依然记得那男人对自己说的第一句话。

“霍先生，我是丁晨凯，以后请多指教。”

简单的一句话，平和却不卑微，和他身边对他言听计从、伏低做小的人都不一样。

丁晨凯与他对视，眼睛澄澈：“是，霍先生有什么吩咐，随时叫我。”

他极有分寸感，不像从前那些人上来就嘘寒问暖。他将写有自己号码的卡片放在床头柜上，而后笑了笑，转身出去了。

霍璋盯着那张卡片看了一会儿，伸手将它拿在指间捏成一团。自他出事后，大房和三房都对松川药厂虎视眈眈，他不会要一个来路不明的人，就算霍嵩的关爱无法拒绝，霍璋也绝不会让他接近自己。

那个号码他不会打。

一连几日，霍璋都没有再看见那个男人，早把他忘在了脑后。

他依旧每天不见外客，偶尔保镖会将电脑拿给他，所有的事情都在一间阴暗的屋子里处理。

窗外下起小雨，屋里隐约有股潮气。

霍璋倚着床板浏览手里的资料，目光森然。站在一旁的保镖大气都不敢出，跟了霍璋这么多年，他清楚地知道眼前这男人的性子，他无论怎么动怒都不会喜怒形于色，可一旦他心里真的燃起了怒火，那后果是任何人都不能承受的。

“快一年了，”霍璋放下那沓资料，“投入了那么多人力财力，就研究出了这个？”

保镖虚汗直冒：“研发实验室的人说，这种肌肉功能增强剂还在试验阶段，药性不够完善是正常的……”

“不够完善？”霍璋冷笑，“两个月内，试药四百二十五人，其中五十二人出现不同程度的负面反应，更有八人严重到直接进重症监护室，这是‘不够完善’四个字就可以解释的？你觉得这么大的动静，不会引起警方的注意？

“几个月前告诉我，已经在动物身上实验过几百次，效果很好，就要成功了。现在却给我这样的结果，难道我花高薪请来的是一群废物吗？”

保镖哑声很久，犹豫着开口：“霍先生，研发实验室说这种药……”

后半句话还未说出口他就咽了回去，床上的男人虽然双腿残疾，但只要投来一个眼神，就足以让人心惊肉跳。他举止依旧斯文，只是气质阴郁得使人害怕，如果不是亲身经历，很难想象一个长相如此英俊的男人，身上竟如同被黑暗浸染过一样缭绕着难解的黑雾，看不清，也捉摸不透。他被迫改口：“……他们会尽力。”

霍璋将资料放在床头柜上，低头望着手里的书：“出去，走远点儿。”

保镖走到门口，男人又说了一句话，如地狱里传来的声音缥缈在耳侧：“再给他们两个月，如果还研制不出来，就不用在实验室待着了。”

“你也一样。”男人轻飘飘地说，“去试药吧。”

保镖一个激灵，冷汗不受控制地蔓延了全身。

夜里雨渐渐大起来，哪怕戴着降噪耳塞，也隔绝不了嘈杂的雨声和时不时划过天际的惊雷。霍璋指尖撷着书页，刚要翻动，房里的吊灯闪了闪，而后突然熄灭。

停电了。

霍璋怕黑，所以他房间里装有应急灯，电源在墙上，以往停电时，总会有人在一分钟内上来帮他打开应急灯的电源，可今晚他等了足足十分钟，外面也没有任何动静。

宅子里的人被他清得差不多了，平时只有几个保镖在，他喊了几声，没人回应，打电话也无人接听。

霍璋脸上的平静一点点退去，心跳不受控制地加快，仿佛回到了幼年时同样的一个雨夜——他因为不当心摔碎了薛美辰最爱的珐琅餐具，被她扇了两个耳光，然后给丢进了家里没有窗子的杂货间。那小屋很冷，在雨天尤甚，他尝试开灯，但薛美辰把电路一起切断了。

在伸手不见五指的夜里，小霍璋只能蜷缩起身体来尽可能地躲避寒气，祈盼着薛美辰善心大发放他出去。

他分不清白天黑夜，也没有时间概念，饿了就吃里面的饼干或者喝矿泉水充饥，无聊了就对着家具喃喃自语，他天真地以为自己不会被关上太久。

似乎一天过去了。

似乎又过了一天。

小屋之中的时间漫长得不可估量，小霍璋被黑暗和寂寞折磨得几乎崩溃，他发疯般地哭喊捶门，但屋外无人应声。

他趴在地板上，浑身冰冷，一动不动。直到很久以后，用人才将门打开，霍嵩把又脏又臭的他抱了出来。他呆呆的，无论别人怎么问话，都一声不吭。长达一个月的禁闭使他患上了某种难以抑制的应激反应——他不能独自待在黑暗中，身边一定要有人，或是有灯。

后来他才知道，那天薛美辰离开，直接将他忘在脑后，乘着飞机出国旅行了。要不是霍嵩中途回家一趟，他还不知道要在那暗无天日的房间里待上多久，可即便霍嵩知道这一切都是薛美辰做的，他也只是不痛不痒地训斥了几句。关于霍璋这一个月来受的苦，他并没有表现出十足的在意，转身就去逗在地毯上爬着玩的霍明泽了。

霍璋只要闭上眼，幼年的种种就会浮现在眼前，他好不容易将自己从那段记忆里拉出来，一道窗帘之隔的窗外又亮起闪电。

夜雨、惊雷、黑暗——霍璋几乎要窒息了。他抓起床头的电话座机摔向床前的镜子，试图弄出点儿动静来吸引屋外人的注意，镜子应声而碎，他靠着床板大口大口地喘息。

门把手轻轻转了转，紧接着门被打开，进来的人不是他的贴身保镖，而是一个英俊的男人。自他那天站在屋里自我介绍已经过去了小半个月，可霍璋却能记起他的名字——丁晨凯。

“霍先生，有什么吩咐吗？”

霍璋戒备地问：“他们呢？”

“晚上霍老爷子打电话来，叫他们过去问您最近的情况了，现在家里只有我。”

“你为什么会在门外？”如果没听错，从他砸碎镜子到这男人开门，他并没有听到脚步声，说明自始至终他都在门外。这人不是他亲自挑的，很有可能是那两个女人塞进来的，她们一个看他不爽，在他小时候用尽办法折磨他，一个刚害得他失去了双腿，他不能不提防。

“我一直在门外，”似乎没读出他眼神里的敌意，丁晨凯笑笑，“这些天都在。”

他走进屋子，按开墙上的应急灯，房间照明恢复，霍璋紧绷的神经略微松了松，又听见他说：“只不过您一直没有吩咐，我就没进来，您刚才叫我了？我打了个盹儿，没听见声音。”

“没有。”霍璋冷淡地说。

丁晨凯看见地上镜子的碎片，弯腰一片片捡到垃圾桶里，他边捡边问：“您一天没吃东西了，饿吗？”

霍璋闭目养神：“不饿，捡完出去。”他话音刚落，肚子不合时宜地叫了一声。

忘记已经多久了，从他能掌控自己生活的那一刻起，就没有过这样尴尬的时刻，别说没出过丑，他在人前从来都是疏离又精致，完美得像个不真切的假人。霍璋从不允许被人看到自己弱势真实的一面，肚子饿得咕咕叫也算在其中。

他蹙眉，刚要开口，丁晨凯说：“应急灯的电量只剩一个小时，还不知道什么时候来电。”

他这样说，霍璋敛起了已经挑了一半的眉毛，他想了想，淡淡地说：“轮椅。”

丁晨凯点了十几支蜡烛，屋里明晃晃的仿佛白昼。他在厨房用煤气灶捣鼓晚饭，霍璋坐在客厅的落地玻璃前看雨。

屋外的天上隐约透着一丝月亮的光，挣扎着从云团之后倾泻下来，偌大的屋子很少有这样寂静的时候。他虽然一个人住，往常却总是有一堆人照顾，人多就免不了嘈杂。自出车祸以后，他很怕吵，如果不是今晚家里没人，他是怎么都不会出来的。

在外人眼里，车祸使他霍璋失去了一双腿，可在他自己心里，那不仅仅是腿，更是他全部的自尊。

他的自尊心与好胜心都强得异于常人，从小就不能容忍自己比别人差，过刚易折，身体残疾是压垮他的一根草。本来就水深火热的豪门争斗，他一个残废，怎么和别人争？

鼻端隐约闻到厨房飘来的香味，他心情低落，食欲也跟着不好，已经很多天没正经吃东西了。丁晨凯不知做了什么东西，弄得整个屋子都是饭香味，霍璋有些烦。

他端上来两碗焖面，不经霍璋同意就将霍璋的轮椅推到了餐桌前，于是那香味更加扑鼻。

霍璋没有动筷，丁晨凯贴心地问："没有食欲吗？"

不等霍璋回答，他掏出手机架在他面前，放了一个视频，视频里的男人正在对着一只帝王蟹大快朵颐。

霍璋拧眉："这是什么？"

"吃播。"

"……"

"我没有胃口的时候，都会看这个下饭。"丁晨凯将面碗朝他面前推了推，"食材有限，将就吃吧，如果霍先生想吃别的，我也可以试着做。"

霍璋沉默，丁晨凯是个聪明人，似乎猜到了他在想什么，笑了笑将自己面前那碗推到霍璋面前："还是您不放心，想吃我的？"

霍璋确实疑心重，乌玉媚一次没整死他，保不准在他身边插一个人，伺机对他下手。丁晨凯这样坦荡磊落，他放心了一点儿，但依旧没动筷子。他看着眼前的男人，声音里没什么感情："在霍家，没有用人和主人在一张桌子上吃饭的规矩。"

男人那俊美的眉峰扬了扬，眉眼里隐约带着傲气，却不叫人反感："我不是用人，是霍老先生请来的心理健康咨询师兼陪伴者，虽然没证。"

"没证？"

丁晨凯"嗯"了一声，解释说："霍老先生关心您的情绪，对外发布了应聘启示，看工资待遇不错，我就去面试了。"

这话勾起了霍璋一点儿兴趣："既然工资待遇不错，那你应该有很多有证的竞争对手。"

"是啊，面试过程确实惨烈，但您知道，证书有时候并不一定代表专业，霍老先生请我过来，有他的考虑。”他说完，端着饭碗坐到了落地玻璃前，边听雨，边嗦面。

“丁晨凯，”这是霍璋第一次叫他名字，他淡淡地说，“手机拿走，这吃播太吵了。”

“音量键在侧面，您可以调低一点儿声音。”

“我说，让你关掉它。”

“音量键的下面就是锁屏键，您动动手，自己就可以关掉。”

几次三番对他的话置若罔闻，霍璋蹙眉。可还没等他说话，男人起身走过来了，他极有眼光，一眼就看出了霍璋的不满。

丁晨凯关掉了手机，朝他笑了笑，清澈又阳光。

霍璋不知道他这笑有什么含义，却觉得他笑得很好看，那是种很玄妙的气质，是让人哪怕沉浸在黑夜里，一眼望去也如沐春风的感觉。

“还会生气，挺好。会生气代表人还有救。”

霍璋说：“我不需要你来判断我有没有救。”

“但霍老先生需要。”丁晨凯站在长桌的对面，漂亮的眼微微弯着，“正式自我介绍一下，我叫丁晨凯，心理健康咨询师兼陪伴您走出车祸的阴影只是我的副业，我最重要的工作内容，是观察者。

“松川药厂是辰嵩集团最重要的产业之一，霍老先生担心您现在的状态无法继续胜任管理者的职务，派我来对您进行观察。一旦观察结果显示您真的不适合从事企业管理，他会考虑卸任您现在的职位。”

霍璋眸底的神色渐渐阴沉起来，丁晨凯却毫不在意：“所以霍先生，如果您继续待在房里不见外人的话，很可能会影响您最终的考评结果。”

“为什么是你？”霍璋问出了一个问题。

霍嵩身边的亲信不少，他不明白为什么派一个从来都没有见过的人来他身边充当这样的角色。

丁晨凯为他倒了一杯白开水，吊儿郎当地笑：“可能因为我帅吧。”

霍璋找人去查了丁晨凯口中的话，真实情况和他所说的相差无几。

霍嵩确实发布了一则招聘启事，辰嵩财大气粗，开出的薪酬不菲，因此来应聘的人络绎不绝，足足几千份简历。在这几千人中留到最后脱颖而出的人，正是此刻在花园里顶着正午的太阳除草的丁晨凯。

室内洒满了久违的日光，保镖推着霍璋来到窗前："您没有给他安排事做，他太无聊了。"

"无聊到去除草？"

"他说院里的草长得不规则，影响美观，也影响心情，您可能是因为草坪太丑，所以才不愿意出门。"

霍璋近三十年的人生里很少有语塞的时候，遇上丁晨凯后，发生这种事情的概率呈几何倍数增长。

"他就没有想过，我是因为不想看见他，所以才不出门吗？"

"好像没有。"保镖想了想，斟酌了下措辞，"不，是根本没有。"

霍璋确实不想见他，没有人想暴露在别人时时刻刻的窥探和度量之下，哪怕丁晨凯并没有真的做出那样的事。但既然已经知道他是带着目的而来，霍璋就不能坐视不理，还把他当成一个无关紧要的用人。

楼下，丁晨凯将草坪修好了，能看出他特意修了个图案，但十分抽象，并不能具体解读出来那是什么。

保镖看了半天，恍然大悟："是只八哥。"

身体粗圆，屁股肥大，翅膀扑扑棱棱——一只奇丑无比的八哥。

霍璋转头，看着房间角落里放的鸟架，上面的笼子里关了一只鸟，是他十六岁那年霍嵩送他的礼物。

那年霍嵩问他想要什么，少年想了很久，回答他想要父亲的陪伴，霍嵩愣了愣，没说话。

生日那天，他送了霍璋一只名贵的八哥，精通人话，说用那只八哥代替自己来陪他，而后离家出差去了。

三天后，少年霍璋看报纸，上面刊载了某小岛上的一场豪华宴会，报上的主人公是霍嵩，游艇上性感女人来来往往，他毫不避讳，左拥右抱。少年看到这些没什么反应，一贯的斯文平静，他将报纸放在一边，转头去喂八哥了。

这只鸟他养了十年，羽翼丰满，体态趄昂，机灵又听话。

丁晨凯偶尔会帮他收拾房间，按理说他见八哥的次数不少，但依然把它修剪成这副鬼模样，足以证明这男人的审美有很大的问题。

在一次他进房间倒垃圾时，霍璋这样提起。丁晨凯摸了摸鼻头，想起自己曾经为人诟病的滑板颜色和自作主张给一个小朋友车子上刷的油漆，他真诚而坦然地说："不是问题很大，我是根本没有。"

鸟架上的八哥呱呱起来："根本没有——根本没有——"

丁晨凯说："这鸟倒是很聪明。"

"聪明——聪明——"

他拎了垃圾要出门，霍璋忽然叫住他："丁晨凯。"

霍璋挑眉，问道："我父亲给了你多少钱？我出双倍，你拿了钱，帮我个忙。"

丁晨凯明白霍璋的意思，他将垃圾换了个手："草坪上修出的八哥虽然丑了点儿，可这鸟在我心里就是这个模样。"

霍璋不解，丁晨凯笑笑："看起来体态很漂亮，但关在笼子里这么多年，应该已经不会飞了吧？

"是鸟，就该活在天空，如果脱离了环境太久，翅膀早晚会退化。霍先生，您也一样。

"即便被关在果壳之中，仍以为自己是无限宇宙之王，这是别人。明明可以自由，却偏要把自己塞进果壳里瑟瑟发抖……"

"闭嘴。"霍璋有预感他接下来要说什么。

已经看见了男人逐渐阴冷的眼神，可丁晨凯依然面不改色地将剩下的半句话说出口："……这是您。"

被人当面揭穿自卑和懦弱并不好受，对霍璋这种自尊心强烈的人尤其如此，他漆黑的眼眸里暗意汹涌，反着能将人吞噬的冷光。

他用阴郁的目光盯着眼前的男人，而男人回应他的，是满不在乎的温柔的笑意。

"哪怕您自以为身体残缺，过的也是绝大多数人梦里才能企及的生活。

"这世上不完美的人很多，但没几个能像您一样，有最专业的医疗团队、护工和复健师。哪怕真的无法康复，您也可以坐最昂贵的轮椅，身边这么多保镖，哪怕您想爬山、想攀岩，他们也总能找到办法让您如履平地，可您显然没有觉得这是上天给您的厚待。

“霍先生，您要向恐惧屈服吗？您的骄傲和尊严就这么不堪一击？在磨难面前脆弱得像块玻璃。”

霍璋脸上的荫翳越发浓厚，他缄默很久，声音冰冷地问：“丁晨凯，你想死吗？”

得承认，他每一个字都说在了点儿上，但太过聪慧、太过毫无保留地讲实话并不会让人觉得好受，反而会让人从心底弥漫起一股杀意。

“法治社会，您能把我怎么样？”男人狡猾地说，“况且我是霍老先生派来的人，有个三长两短，您不好解释。”

他无视霍璋恶劣的心情，轻松地问：“想知道为什么当初您父亲会在几千人中选中我吗？”他笑笑，“只要您走出这间屋子，我就告诉您。”

霍璋最喜欢待的地方是窗前，那里既可以看到风景，又不会被屋外的人看见。

那日丁晨凯的话一直在他心头缭绕，他深知他说的每一个字都是对的，却始终无法走出内心的囚笼。

从前的霍璋是青年才俊，风光无两，父亲器重，外人艳羡，他几乎快要将童年的阴影忘之脑后了。可短短半年，风云突变，他变成了一个失去双腿的残废。世人都拜高踩低，以往每夜都有络绎不绝的客人上门，家里门槛几乎被踏破，可从他出车祸后，客人数量还没有往常的一个零头。

他也不想见人。薛美辰和乌玉媚有多得意不需要说，可他没想到，就连霍嵩最关心的都不是他的身体，而是他能否继续做好松川药厂的管理职责。

这世界上没有人会真正爱他，这个事实，他直到出车祸后才彻底醒悟，不再存有一丝可笑的幻想。自那以后，无论白昼还是黑夜，他都被一股巨大的寂寞和恐惧感包裹着，仿佛只有屋里才是安全的地方，只要踏出去，外面的世界处处都是陷阱与冰冷，充斥着数不清的争斗。

“要向恐惧屈服吗？”

丁晨凯的话在脑海里反复响起，霍璋也在不停地问自己。他忽然意识到一件事情，他现在已经四面楚歌，避无可避了。

花园里，这是霍璋不知多久以来第一次真切地感受着屋外的太阳，暖融融的光落在身上，消弭了身上的一部分阴霾。

不远处的草地上跑着一只黑黄杂间的小狗，丁晨凯蹲在那儿逗狗，他把手里的高尔夫球丢出去，小狗立刻叼球回来，乖顺地在他掌心蹭来蹭去。

“真把这里当自己家了？”霍璋问，“谁准你养狗的？”

“笼子里的鸟太无趣了，和它在一起久了，人也会变得死气沉沉。相比之下，鲜活的动物更能给人快乐。”

“给谁快乐？”

“给您。”丁晨凯怀里的小狗是只黑背幼犬，黑背是警犬里常见的品种，平常人家很少养。

“我不要。”

丁晨凯抬头看了霍璋一眼，又垂眼望着怀里的小狗，笑着说：“那行，我今晚就把它送到狗肉馆宰了吃肉。”

“……”

“外面的太阳怎么样？”丁晨凯问。

霍璋没有回答，而是问他：“我父亲为什么选择了你？”

男人笑笑：“因为我优秀，且正气十足。”

霍璋面无表情，并不信他的措辞，丁晨凯说：“前几轮都挺难，简单的是最后一轮。

“霍老先生留了十个人进行最后一轮面试，那天我走出辰嵩的大楼，被请上了一辆车，车上的人告诉我他是霍夫人的秘书，愿意开三倍的薪酬给我，条件是如果最后我能胜出，必须在你的观察报告上做手脚。”

丁晨凯笑着说：“我拒绝了，第二天就被通知来这里报道。”

霍璋问：“为什么拒绝？”

“招聘启事是霍老先生发出的，我清楚地知道自己该服务的老板是谁，两面三刀很累，我想活得简单点儿。”

“既然对父亲那么忠心，又为什么告诉我你的身份？你应该知道，一旦告诉了我你的身份，就一定会影响到最后的结果。”

丁晨凯放开手里的狗，任它在草坪上撒欢，他望着别墅更远处的连绵山峰，笑着说："就算是杀人犯，也还有坦白从宽的机会，更何况是自己的亲儿子。我不仅优秀、正直，还很善良，不忍心看本来就脆弱的您更难过，这个理由足够吗？"

霍璋的唇角弯了弯，随即又恢复冷漠："你在同情我？"

"不。我在讴歌您，坚强、勇敢、百折不挠、不畏命运挫折的霍先生，他值得我这样做，虽然现在还差点儿意思，但我相信离那天不远了。您如果还是觉得我居心可疑，也可以发双份工资来收买我，钱不嫌多，我都快二十七岁了，没房没车没老婆，日子不好过。"

"话真多。"霍璋淡淡地说，看了他一眼，问道，"你快二十七岁了？"

"下下个月十九日。"丁晨凯将小狗抓在手里掂了掂重量，"还太瘦，不然您先养一阵，等养胖了，我再送去狗肉馆卖钱。"

霍璋没说话，既不同意，也没有反对。

辰嵩松川分部的摩天大楼前，一辆加长的黑色轿车停下，保镖推着轮椅下来。

这是半年来霍璋第一次出门，霍嵩专程为了他来到松川，或许是关心他的身体，但更多的应该是有他的考量。

霍璋将紧张掩饰得很好，别人看不出什么。这个"别人"并不包含丁晨凯，男人走在他身边，递给他一块巧克力："甜食能让人放松，别紧张，我把你最近的状态如实相告，你很正常，不需要担心。"

霍璋接过巧克力，冷冷地说："我会紧张？"

丁晨凯笑了笑，没再拆穿他。

顶层办公室里，霍嵩正在和高管开会，霍璋在走廊等候。

大楼三十多层，从窗口望出去，天高云阔，碧空如洗，似乎能将整个城市踩在脚下。

走廊十分安静，只有开着的窗户缝隙里传来隐约的风声，初冬的风还有些暖意，拂过耳侧惬意十足。

那块包在锡纸里的巧克力被霍璋握在温暖的掌心里，已经熔化了一点儿，他没吃，就那么静静地握着。过了很久，他开口问："那天的吃播，还有吗？"

丁晨凯调出手机上存的视频放在他面前，屏幕上的女孩正在吃火锅。

霍璋看了一会儿，问他："他们为什么快乐？明明吞咽食物是为了生活，却还能吃得那么认真，是演出来的吗？"

"生活本来就是要认真的。"丁晨凯温柔地说，"快乐也没有那么难，一顿麻辣火锅，一块甜巧克力，一个风和日丽的好天气，人的快乐不就是从这些点滴平凡的东西里获取的吗？霍璋，你把自己架得太高了，站在云尖上，当然只能看到四周白茫茫的云雨，向下一点儿，才是人该待的大千世界。"

丁晨凯望着他手里的吃播："让自己快乐，也给别人快乐，这难道不是人存在的意义之一吗？"

"那你呢？"霍璋静了静，问他，"你存在的意义，是为了给别人快乐？"

丁晨凯思考了一会儿："我存在的意义……"

他朝霍璋眨了眨眼，吊儿郎当地说："是为了守护世界。"

霍璋失笑，他不记得自己多久没这样笑过了，唇角肌肉几乎忘记了笑时的弧度，当他察觉到自己在笑时，又努力将肌肉拉平。

他难得地开起玩笑："好啊，我等着看，看你怎么守护这个世界。"

从霍嵩办公室出来时，太阳已经快落山了。

黄昏微淡的日光透过大厦干净的玻璃窗，将整条走廊都染成焦黄色。

大厦下的广场上有一池喷泉，丁晨凯正坐在喷泉边的石台上，低头帮一个半大的男孩修滑板。他垂着头，柔软的黑发上浸了暮色，泛着温柔的棕色光亮。

霍璋衣兜里那块巧克力还在，他掏出来，剥开锡纸，将巧克力塞进嘴里。甜滑的触感绽放在味蕾上，他才看见锡纸的内侧画着几幅小漫画，一个龇牙咧嘴的小人正慢腾腾地从一顶巨大的果壳里钻出来，张牙舞爪地朝这世界喧嚣。

他"嘁"了一声，忍不住笑了。

不远处的丁晨凯修好滑板，却不给那男孩，他把滑板举过头顶，像个调皮的大男孩一样引得小孩拽着他的衣袖跳起来抓。他将滑板放在地上，踩了上去，迎着晚风在广场上玩了一圈，他滑过空地，惊起一片悠然的白鸽。

男孩跟在他后面“咯咯”直笑，他停下来，拍了拍男孩的小脑袋，将修好的滑板还给了他。

他朝霍璋走过来：“一切顺利？”

霍璋的神情里已经写好了答案，他笑笑：“那就好，我可以放心退休了。”

“接下来打算做什么？”

“没想好。”他仰头，半眯着眼睛，说起话来没个正经，“可能去租个铺面卖羊肉串，好玩儿又好吃，闲下来还可以做做吃播赚钱娶老婆。”

霍璋一如往常静默，他和丁晨凯一起看着璀璨的霞光流连在松川的万顷高楼之间，为世界镀上了一层绚烂的颜色。

他手里的锡纸没有捏紧，被风吹落在地面，丁晨凯弯腰捡起来，看着上面自己的大作得意地笑了。

他刚要把锡纸揉成一团塞进一旁的垃圾桶里，霍璋忽然开口：“我家正好缺一个烤羊肉串的厨师。”

“可惜我只是个半吊子，得从学徒做起，担不起霍先生的大任。”

“我给你请老师，让他教你。”

丁晨凯英俊的眉峰扬起：“想让我留下？”

霍璋没有吭声，只是偏过脸静静看着他。

“想让我留下就直说啊！”丁晨凯笑道，“霍先生，您不是已经从壳子里走出来了吗？”

霍璋依旧沉默，丁晨凯转身：“不说话？那我走了。”

两个魁梧的保镖拦住他的去路，霍璋终于开口了：“我父亲给你多少钱，我开双倍。如果你觉得不满意，我还可以帮你找个喜欢的女人当老婆。”

“好啊！”丁晨凯毫不客气，“我要娶斯嘉丽做老婆，您能办到吗？办不到的话我就去浪迹天涯卖羊肉串了。”

霍璋眯眼：“丁晨凯，想死直说。”

男人清朗地笑笑：“开个玩笑。”他将那张锡纸放到了霍璋的掌心，

“去你家？带路吧。”

冬风拂过他耳边的鬓发，他的一言一行，都温柔得不像话。

如果要将丁晨凯比作什么，霍璋的第一反应是光，可那并不是赞美。

光是种无孔不入的物质，正如丁晨凯这个人。他没来多久，却无孔不入侵进了霍璋生活的每一个角落——他的鸟，他的狗，他的草坪，他的花园，他的屋子，甚至是他吃饭时耳畔响起的吃播声，处处都有他的印记，如影随形。

出车祸后那段日子是他这一生最脆弱的时候，所有人都小心翼翼，用同情的心理关怀他，却没有人告诉他该怎么面对挫折。被丁晨凯揭破伤口那一刻确实鲜血淋漓，但事后他想起男人的话，不得不承认他说得对。

他霍璋的骄傲和尊严，不会因为身体的残疾而减少半分。

从小到大，霍璋身边只有冷漠疏离的亲人和言听计从的手下，关于“朋友”这两个字，他所知不多。

丁晨凯说了别人不敢说的话，也做了别人不敢做的事。只有他敢在霍璋吃饭的时候放吃播，只有他敢在夜里陪霍璋在院里看月亮，也只有他敢在霍璋心情差的时候在他面前放上两罐从便利店买来的两块钱一瓶的廉价啤酒陪他一起喝。

霍璋留丁晨凯在这里是出于寂寞，他想要人的陪伴。他不似那些想朝他身上扑的女人，眼里只有他的钱，而是将他当成朋友。和他相处的那些日夜里，霍璋几乎觉得自己变成了一个再平凡不过的男人，心情不好时和狐朋狗友吃吃饭、看看月亮、喝喝酒，豪门的尔虞我诈、你争我斗都被抛在脑后。

那是他一生为数不多的快乐时光。平凡的生活、平凡的快乐，还有平凡的朋友。

十九日。

丁晨凯望着餐桌上的蛋糕，怔了一下后，随即发表感言：“说实话，真的很感动。最近在这儿好吃懒做，养鸟遛狗，正事没干多少，羊肉串也没学会做，但霍先生还精心为我准备了生日蛋糕，不知道该怎么答谢才好。”

霍璋说：“今天也是我生日。”他留了后半句没有说，这是他二十七年来第一次过有人陪伴的生日。

笼子里的八哥被保镖拿了下来，小黑背兴奋地在地上乱跑，霍璋开了一瓶红酒，倒在他杯里：“丁晨凯……”

还不等他说完后半句，笼子里的八哥忽然扑棱起翅膀：“肌肉增强剂——肌肉增强剂——一群废物——送去试药——送去试药——”

男人倒酒的手停滞了一下，偏过头打量着那只雀跃的鸟，它并不觉得危险将近，依旧用羽翼拍打着笼子：“警察盯上我了——警察盯上我了——”

霍璋能明显感觉到坐在他对面的男人眼神恍惚了一下，丁晨凯朝四周看了一圈，问他：“你身边那个高个子保镖呢？”

霍璋沉默片刻，平静地告诉他：“送去药厂了。”

八哥虽然机灵，但也只是学人说话，它没有听过的话，是不会说出口的。

霍璋知道丁晨凯是聪明人，有些事情既然已经被知道，就无法再继续瞒下去了。他扶着轮椅行至鸟笼前：“外界一直想知道，我接手松川药厂短短一年时间，是怎么把业绩提升了三倍。”

他将手伸进笼子，八哥以为他要喂食，凑头过来，却不料一下被攥住了脖子。霍璋眼里是漫不经心的暗色，那鸟的挣扎每弱一分，他眸底的阴郁就浓重一抹。

丁晨凯蹙眉：“霍璋，它会死的。”

霍璋手下蓦然又加了一分力，将自己养了十年的八哥亲自扼杀在手里。他松开鸟尸，任由它落在冷冰冰的笼子里。身旁的保镖递过来擦手的毛巾，他接过，平静地说：“背叛主人的畜生，死了就死了。

“早晚都要和你说，今天这个时间也不错。”霍璋没有再理会桌上的生日蛋糕，盯着男人并不十分理解的脸，“丁晨凯，为我做事吧。”

“不是一直都是吗？”

霍璋仔细揣度着他脸上的每一寸表情，凉薄的唇弯了弯：“我说的是，全心全意为我做事，你明白我的意思。”

早前准备吹蜡烛，他特意吩咐人关了客厅的顶灯，此刻只有烛火柔弱地摇曳着，燃烧后的金色蜡油滴在洁白的蛋糕面上，给完美的东西染了瑕。男人的脸一半笼在黑暗里，并不清晰，可霍璋却将他每一个细微的表情都看得仔细。

他蹙起的眉头一直没有收回去。

“你把他送去药厂做什么？”

“试药。”

“试什么药？”

“肌肉增强剂。”霍璋从未有过如此坦诚的时刻，他说，“如你所见，这些人不仅仅是保镖，更是我的助手，他没有完成我交代的事情，监督好实验室研发出我要的东西，所以我送他去试药。”

丁晨凯沉默了很久，轻声说：“肌肉增强剂？你希望用它治好你的腿？”

霍璋不说话，意思是默认。

“可是霍璋，这药是反科学的，如果有一天，我也没能完成你的交代……”

“我不会。”三个字干脆利落，他说，“除非你背叛我，否则我不会那样做。你曾说过，你存在的意义是为了守护这个世界，这东西难道不好吗？一旦我成功了，那么世界上就不会再有人经历我的痛苦。别管初衷如何、过程如何，它有它的价值。”

霍璋如愿以偿，在男人脸上看到了震惊、挣扎和挣扎后渐渐释然的神色，他说：“只要你别再提斯嘉丽，我什么条件都可以满足你，钱，还是女人？”

“不用了，我这次什么都不要。”丁晨凯站起来，依旧是那副温柔中夹杂着点儿不羁的模样，他吹熄了桌上的烛火，“霍璋，生日快乐。”

屋外的夜幕挂着一弯清明的月亮，他抱着狗走到窗边，仰头看着天空。

霍璋问：“为什么？”

男人静了很久，回头朝他笑了笑：“我们是朋友，不是吗？”他说，“我帮你。”

漆黑的港口没有人的踪迹，只有沿河的路灯亮着暗淡的光，落在香溪平静的水面上，晃动着粼粼的微波。

何通点了根烟，靠在码头的集装箱上吞云吐雾，他望着宽阔的江面下汹涌的暗潮，若有所思。

沿香溪而上，再向东一点儿就是入海口了。在这个码头入船的货物最后的归宿，大多是海外，等船驶入茫茫大海之中，一切都未可知。

他递了根烟给蹲在地上的男人，男人从地上捡了块石子：“我不抽烟。”

他说完，将石子朝远处的水面丢出去，石子在祥和的水面激起一道道温柔的涟漪。丁晨凯打了会儿水漂，问他：“一会儿结束后，要不要去吃消夜？”

“不去。”何通冷淡地把烟蒂扔在脚底踩灭。

“我说老何，”丁晨凯抬头看着他，“你是不是对我的上位很不满？”

“怎么说？”

“你在别人面前，不是这副模样。”

何通是霍璋的司机，他的上一任死于当初害霍璋失去双腿的那场事故中，在车祸不久后，他就来到了霍璋身边。

这人平时老实憨厚，脾气好得一绝，对谁都是眉开眼笑，可偏偏对丁晨凯总是不冷不热的。趁着今夜周围无人，丁晨凯问出了心中存在已久的疑惑：“霍先生最近总叫我开车，你担心我的上位会让你失业，所以迁怒我？”

“不是。”何通依旧一副淡淡的表情，“我乐得清闲。”

“那为什么拒绝了我请你去吃消夜的邀约？”

何通胖乎乎的脸颊嘟了嘟，过了好半天，极其羞耻地说：“我减肥。像你这种人是不会理解我们中年胖男人的心酸的，跟你说了也白说。”

丁晨凯不明所以：“我哪种人？”

何通眯着眼睛，从头到脚将他打量个遍。

如果非要形容这男人，除了“一尘不染”外，他想不出别的词来。无论是外貌还是眼睛，都干净而谦和，虽温柔没有攻击性，却能使人时时刻刻都注意到他的存在，像是天然带着一圈光环，耀眼却不刺眼地存在着。

“长得比小白脸还好看，你说呢？”何通嘟囔。

丁晨凯听了，并不很满意，他刚要辩解自己是一个十分有男子气概的人，前头集装箱区忽然跑出几个人来，他认得，那是霍璋的保镖。

那人很急，隔着远远一段距离，就朝他招手：“老何，丁晨凯，快走！”

何通不清楚发生了什么，但也知道应该是很重要的事，拉着丁晨凯上了车。他发动车子扬长而去，寂静的港口只留下一抹汽车的尾气和夜里深沉的寂静。

丁晨凯透过后视镜望着身后的港口。

两侧的路灯忽明忽暗，勉力将灯光投入港湾，但那光实在太过于微弱，难以照穿这一汪黑暗。

“听说霍先生在这次交易的药品里夹了点儿货。”车上只有他们两个人，何通忽然开口。

丁晨凯愣了片刻，问他：“你听谁说的？”

“我猜的，跟着霍先生有一段时间了，药厂的事我多少能看出点儿端倪，这次压货派了十几个人，要不是有重要的东西，何必这么谨慎。”

“我刚来没多久，并不清楚。”丁晨凯说。

何通瞥了他一眼，没从他嘴里套出什么，可他并不恼，只是笑笑：“你刚来没多久，倒是很受霍先生的器重，像你这样的人，做什么事都能出头，怎么会甘心待在别人手底下鞍前马后？”

丁晨凯说：“我和霍先生是朋友。”

何通脸上那抹笑意更浓了，他挑眉：“朋友？”

“我比你在霍璋身边多待了一些日子，还算了解他，这人的心和外表是两个不同的极端，笑得越好看，心里就越狠。他不把你当朋友还好……”他说，“如果对你的期望过高，你却没达到他的预想，就会像小于一样。”

他口中的小于，是霍璋身边那个不见了的保镖。

何通说：“他是霍璋很信任的人，可下场呢？我一直信奉中国的道，在这样的环境里，要想活得长久，就得处处谨慎。”

“中国的道是什么？”

何通盯着黑夜中的漫漫长路，轻声说：“中庸。

“即使你的锋芒再柔和，任由它太过张扬也不是一件好事，丁晨凯。”何通转过头来看着他，“别那么耀眼。”

此时的何通身上有一种特殊的气质，从前的憨厚与低伏讨好统统不翼而飞，他望过来的目光，睿智且深不见底。

——那双温纯的眼睛，仿佛能透过他的外表，看穿他内里的许多东西。

丁晨凯沉默片刻，朝他笑了笑：“可是老何，并不是所有人的愿望，都是活得长久。”

何通耸肩：“你就当我是随便说说。”

“为什么会这样？”

阴雨天，霍璋坐在书房的桌前，脸色阴沉不定。

保镖说：“……我不清楚。”

“你不清楚？”霍璋冷笑，“短短几个月，三次差点儿被警察当场抓获，买家已经开始怀疑是我走漏了风声，每次的接货地点只有你们几个提前知道，行动后其他人都会没收通信工具，会有谁通风报信呢？”

“今年陆路管控太严，药品只能走水路送出去，松川的码头总共就那么几个，也许是警察……”

霍璋将手边的文件夹甩了出去，文件夹的边棱在那人脸上砸下一道红印子。

他阴冷地问：“你想说警察一天二十四小时守在松川市的各个码头盯梢，专门为了抓我的现行？”

“……不是。”保镖想要说的话又被他咽了回去。

“一定有人把接货的时间、地点泄露给了警方，去查，三天之内，我要知道这个人是谁。”

丁晨凯在书房的小沙发上看书，听着霍璋罕见地发怒，从书页上抬起了头。

窗子被雨滴打得模糊不堪，将尘沙冲洗而下，留下一道道土色的污垢。雨天的潮气逐渐蔓延到屋里，霍璋的腿是不能受潮的，丁晨凯走到书桌前，打开了取暖用的烤炉，将它的风口对着霍璋的膝盖。

“我去下面看看还有没有膏贴。”

这样的阴雨天气，霍璋的腿上一定要贴满可以发热的膏贴保温。

他刚离开房间，保镖眼里就闪过一丝冷光：“霍先生，您不觉得太巧合了吗？我们以前的交易从没出过问题，为什么偏偏在丁晨凯来了以后，接二连三地被警察发现端倪？这个人来路不明，根本不值得信任。”

霍璋静静地盯着他：“他只跟你们去过一次港口，并且没有人提前告诉他交易的时间和地点，他怎么出卖我？”

“但他可以自由出入您的书房，接触您的资料。您仔细想想，为什么这三次警方都是临门一脚却没有真的抓到现行？那是因为每次警方的出警规模都不算大，我们能及时察觉，也能跑掉。如果消息是从我们这里走漏的，那时间和地点应该很精确，他们完全可以集中警力把我们一锅端了。

“唯一的可能就是，警方也不能确定具体的时间和地点，只能分散警力去蹲守，对我们的行动了解，但又知道得不多，这样的人才最可疑。”

霍璋许久没有说话，冷雨“噼里啪啦”地拍打着玻璃，窗外的一株梧桐树在风雨里脆弱地摇摆着，枝叶也被狂风吹弯撞到了窗上来。

丁晨凯是这宅子里唯一能自由出入他书房的人，霍璋对他的戒心比任何人都要低。他偶尔会去拿他书架上的书来看，偶尔也会用他的电脑斗地主，霍璋从不觉得有什么，反而很喜欢这种他从未经历过的烟火气。

保镖的话虽刺耳，但他却觉得有些道理，这让他想起了一件事。每当交易之前，他会想好许多时间和地点留存在电脑上，直到最后一天，再从中随机选取一个告诉手下的人。

如果丁晨凯在斗地主之余翻动了他电脑里的其他文件……这想法刚一冒头，就被霍璋死死地按了回去。

“他是我留下的人，”霍璋指尖无意识地点着手下的桌面，“不会做这种事。”

“可是霍先生……”

保镖还要说话，书房外敲了三声门，丁晨凯推门进来，手里拿着霍璋的膏贴：“还剩几张，够今天用了。”

“你先出去。”霍璋吩咐。

保镖深深地看了丁晨凯一眼，转身离开了屋子。

丁晨凯将霍璋从书桌后推出来，蹲下身挽起他的西装裤脚，将膏贴粘在医生叮嘱的穴位上。

霍璋的视线一直落在窗外，雨帘朦胧，糊住了玻璃——他什么也看不清。

“丁晨凯。”他忽然叫他。

男人贴好膏贴，抬头看他：“怎么了？”

还是那个英俊面庞，还是一样的清澄明朗。霍璋看了他片刻，又将目光挪回雨中，他淡淡地说：“没什么。”

这场春雨下了很久，冬日萧索的痕迹慢慢消失在雨里，梧桐也在雨中抽出了新叶。

不知是不是天气阴冷的缘故，霍璋最近不喜欢动弹，很少离开书房。他偶尔在丁晨凯的陪伴中下下棋，更多的时候，是派丁晨凯去药厂做事，自己捧着本书在玻璃窗前静静地看。

丁晨凯直到夜色很深才从药厂回来，他来书房向霍璋述说工作的情况。

霍璋心不在焉，目光一直落在窗外的夜景上。

夜色深垂，被蒙蒙细雨吹打的夜晚里，许多东西都看不分明——远处的山影、天上的阴云，就连窗前的梧桐树叶都悄无声息地隐匿在黑暗里。

“你在看书？”丁晨凯叫了霍璋几声，他没有反应，于是低下头来看他手里捧的书。

霍璋这才将视线收回，落在书页上：“是。”

“讲了什么？”

“神是奇怪的。他们不但借助我们的恶来惩罚我们，也利用我们内心的美好、善良、慈悲和爱来毁灭我们。不对爱抱有期望，就不会失望。”

“王尔德是个善变的男人，他还说过，‘因为哲理虽智，爱却比它更慧；权力虽雄，爱却比它更伟’，不要听信他的一面之词。”

霍璋抬头看他：“你在安慰我？你觉得这个世界上会有人真心爱我？”

“当然。”丁晨凯说。

霍璋笑了，唇角的笑容隔了很久才消失，他看了会儿窗外朦胧的雨景，忽然说："帮我做件事。

"明晚有一批药品要从香溪的港口交货，总量近一吨，其中有两百公斤的违禁药，这么大的数量一旦被警方查获，对松川药厂来说会是灭顶之灾。最近接二连三出事，派别人去我不放心，你替我走一趟。"

丁晨凯怔了怔："我全权接手？以前没这样做过。"

"我相信你。时间、地点我会在明天傍晚通知你，你先回去休息。"

丁晨凯走到门口，霍璋叫住他："丁晨凯。"

男人回头，霍璋头也不转地盯着窗外的细雨，院里弥漫起雨雾，罩得一切都不清晰，他轻声说："别让我失望。"

男人离开了，霍璋拿起桌角放着的一个牛皮纸袋，将里面的几页纸从头到尾再次浏览了一遍。丁晨凯的人生经历很简单很平凡，但平凡到了极致同样会给人无限想象的空间，正如纸张最下面一行写的那样——这个人很干净，但他太干净了。

港口的夜一如往常悄寂，丁晨凯站在泛着微波的水边，将一颗薄荷甜糖塞进嘴里。他眺望着香溪对岸璀璨的灯火，据说从这港口望去，一江之隔的对面就是西河的城郊，站在夹杂着蒙蒙细雨的冷风里，他似乎觉得江对岸的灯火要比身旁的更亮一些。

他舌尖的糖慢慢溶化出清冽的味道，远处的船终于开来了。他收回目光，朝身后的保镖说："搬货。"

霍璋给他的交易地点和时间都是正确的，唯一错误的信息是，那批货里根本没有违禁药。在丁晨凯带人押货时，霍璋的心腹已经从另外的废港将药物运走了。丁晨凯离开霍宅前往港口后，一些人提心吊胆地等待着，但那夜平静，没有任何事情发生。

保镖拿捏不准："……难道消息不是他泄露的？"

霍璋没有说话，身边人深知这男人的脾性，他一旦动了疑心，除非是千锤百炼后经过验证的真心，否则他的多疑很难消泯。

"在这样有针对性的事情上不露马脚是正常的，可如果他真是警察，潜伏到霍家一定有他的目的，警察应该不会对亲眼所见的罪恶坐视不理，是或不是，试试就知道了。"霍璋的眼神慢慢暗了下去，"我一直对小东山的北区很感兴趣，不如让他去会会乌姨。”

……

夜深人静时，丁晨凯穿过走廊，听见保镖们聚在一起的低语声。

“听说过几天又要派人去小东山对账。”

“嗯，知道，只要别派咱们去就好，就算轮到，请个病假敷衍过去就行了。”

“我也这么想，老关死得那么惨，从那以后谁敢去小东山……”

丁晨凯推开书房的门，霍璋从电脑上抬起头来，平静地说：“你来了。”

他深夜找他过来是有正事，递给他一个硬盘和一沓厚厚的文件：“下周替我去趟西河，小东山有些账目要你确认一下。”

“小东山？”丁晨凯问，“这好像是三房那位的地方。”

“同是霍家的产业，就算再不情愿也难免要打交道，你去的时候要当心，乌玉媚这人心思阴毒，不知道在小东山里藏了什么见不得人的东西。去年我手下一个姓关的误闯了她的研发楼，没能从楼里活着出来，据说是心脏病突发，但他一向身体康健，不像有心脏病的样子。”

丁晨凯蹙眉：“就这么死了？家人没来找说法？”

霍璋冷笑：“死者为大，我要求他们把尸体还回来，可当天尸体就被于水生的人拉去火化了。家属当然来闹过，但乌玉媚找父亲撒了个娇，父亲家大业大，花钱摆平这件事也费不了什么心思。”

曾经确实有人死于小东山，但霍璋没有实言相告的是，那人并不是误闯，而是受他的派遣，专门去调查北区的研发楼。

“你要当心。对完账就回来，研发楼的地下有鬼，别接近那里。”

丁晨凯接了资料和硬盘：“我明白。”他说完后，书房内陷入一种奇异的安静中。

先打破沉默的是霍璋，他凝视着丁晨凯：“气象台说下周有场暴雨，注意安全。”

丁晨凯笑了笑：“好。”

暴风雨来临前的松川市被一股令人烦闷的热压笼罩着，天阴阴沉沉的，乌云遮蔽住蓝天，已经连续两天没出太阳了。

丁晨凯从药厂回来的路上，经过一个十字路口时，在街边看见了一家苗苗面包房。

苗苗面包房是西河土生土长的甜品店，这些年越做越大，不知什么时候悄悄开到松川来了。

他让何通在路边停了车，下车进到店里，刚开业的新店里氤氲着甜甜的面包香味，丁晨凯要了一个巧克力面包，打包带走。

在等着装袋的时候，他忽然注意到角落的卡座里有一对背对着他的小情侣。

少女面前是店里新出的奶昔饮品，她喝了一口，嘴角沾上了些许奶白色的沫子，她却无知无觉，抬头望着身边的少年笑得灿烂明艳。

那少年英俊里带着些生人勿近的疏离，但与她对视时，眼里的温柔怎么都藏不住。他低头，不顾身周有人，一个柔软的吻落在她弄脏的唇角，不等少女反应过来，他探出舌尖，将那点儿白沫舔走。少女笑得更绚烂了，她将头搭在他的肩膀上，拿着小叉子吃盘里切好的巧克力面包。

丁晨凯付过钱，转身出去。

何通问他："干吗去了？"

丁晨凯心情不错，扬了扬手里的面包，何通笑道："都多大的人了，还爱吃小女孩的东西。后天去小东山的人定下来了，你、我，还有霍先生的舅舅，这两天好好休息吧，缠山的路难开，要走好几个小时的车程。"

"知道。"丁晨凯买了面包却不吃，将它摆在中控台上面。

车窗外是阴暗的天色和匆匆掠过的城市街景，在没有太阳的日子里算不上多美的风景。

丁晨凯看腻了窗外，又将视线落回面包上，他回想起刚才在店里看到的那一幕，忍不住弯了弯唇角。

……

苗苗面包房。

江易回头朝店门口看了一眼，赵云今将脑袋从他的肩膀上挪开："怎么了？"

"有人在盯着我们。"

女孩笑笑："人在哪儿？"

江易没有找到。赵云今吃完最后一口面包，两人起身去前台结账。江易掏出钱包，却被收银员告知："你们这桌的账已经有人帮忙结过了。"

江易语气冷淡："谁？"

"一位帅哥，刚走没多久。"

赵云今脸颊上挂上了不明显的笑意，但是江易的脸色没那么好看。

"你的感觉没错，刚才真的有人在看我。"赵云今嬉笑，"你猜他在想什么？"

江易将钱撂在柜面上，转身出了面包房，赵云今慢悠悠地跟着他："我猜他在想，那女孩真漂亮，可惜已经有了那么帅的男朋友。既然我和她没可能了，那不如请她吃一顿甜品吧，毕竟这种美人儿存在的意义就是为了让人大饱眼福，我看了她好几眼，花几个钱买开心也不算亏。"

江易原本心情并不好，被她这样一折腾气全消了。虽然自己的女人被别人偷看埋单这种感觉让人烦躁，但赵云今的自恋总是能让他快乐。

"少自恋了。说不定他看的是我。"

赵云今忍不住笑了："好，是你。"

她指尖被江易勾着，朝他身边靠了靠："我的生日快到了，有没有想好送我什么？"

江易停下脚步，看着她："跟我回一趟西河。"

赵云今不明白，他说："送你的礼物在那里。"

这勾起了她的好奇心："只能在西河送我？"

江易"嗯"了一声，于是她越发好奇和期待了，但没有再问。她很有分寸，礼物和惊喜之所以让人快乐，是因为它的神秘和未知，一旦戳破，那份期待就不在了。

两人漫步在松川的街头，悠闲而惬意，赵云今忽然问："阿易，我对你而言是什么？"

她从前也这样问，但江易从没答过，赵云今认为一定是那答案让他羞于启齿，所以他才闭口不说，比如——她是他最爱的女人，是他心心念念的女神之类的。江易越是不答，她越隔三岔五调皮地问一问。

江易偏过头看她，目光缱绻温柔，他第一次正面回答她，可答案并不是她预想的那些。

他说："无价。"

赵云今愣了一下，随即又更妩媚地笑着："我是你最重要的人？"

少年不语，沉默代表着是，她又问："唯一重要的？"

江易说："不是。"

赵云今诧异，她问："还有谁？你妈妈？你九叔？该不会是双喜吧？"

江易不答，牵起她的手，走在暴雨前闷热的春日街头。

他神情淡淡的，仰头看了看天空，快要黄昏了，远处天边的乌云散开了一点儿，在阴沉的天幕上，缓缓升起了一轮惨白色的月亮。

暴雨终至，松川的雨已经下了一整天，积水没过了路沿，涌上人行的甬路。

大街小巷都看不到人影，积雨云正渐渐挪到一道香溪之隔的另一座城市，电视上循环播放着香溪下游西河市淹水的新闻。

离丁晨凯前往西河已经过去了十多个小时，黑云沉沉地压着，从早到晚世界都是灰蒙蒙的一片，叫人分不清时间。书房的钟声敲响了十一声，霍璋才惊觉——已经夜里十一点了。傍晚六点钟后，他就与他们完全失去了联系。

孙玉斗和何通的电话都已关机，丁晨凯的号码则显示不在服务区。

霍璋静等了几个小时，再拨回去时依旧没人接听。

他想起去年乌玉媚手下那个叫金富源的人送老关回来，捧着一盒轻飘飘的骨灰推到他面前："霍二，该是你的东西你可以去碰去争，但不该是你的东西，你连看都看不得。"

他压低声音："这是三太给你的提点，以后让你的人离小东山远点儿。"

暴雨夜的天空惊雷阵阵，霍璋的平静难以维系了，他拿起书桌上的座机，刚要拨通小东山的电话，手机上忽然打进来一个陌生号码。

霍璋按了接听，对面是何通着急的声音："霍先生，您救救丁晨凯吧——

"霍先生，三房的人说丁晨凯偷了三太的首饰，人被抓进去好几个小时了，现在不知道情况怎么样了，他们不让我进去看他。”

“他做了什么？”

“我哪知道他干什么了，我跟他也不在一块儿啊！”何通急得快哭了，“可我寻思再怎么着丁晨凯也就是在园区逛了逛，三太今天连个面儿都没露，他上哪儿偷她的首饰啊？顶多偷几盒止咳糖浆、几包止痛片，又不值什么钱……”

霍璋漂亮的瞳孔骤然缩紧：“丁晨凯去了小东山的哪里？”

“听说是研发楼的地下，我不清楚他到底拿了人家什么，但不管是什么也不至于这样，这肯定是三房在搞咱们，您可得救救晨凯……”

何通后面的话霍璋没再听清，他脑海中刹那间涌进许多记忆的碎片。

“霍先生，我是丁晨凯，以后请多指教。”

“这世上不完美的人很多，但没几个能像您一样，有最专业的医疗团队、护工和复健师。哪怕真的无法康复，您也可以坐最昂贵的轮椅，身边这么多保镖，哪怕您想爬山、想攀岩，他们也总能找到办法让您如履平地。可您显然没有觉得这是上天给您的厚待。”

“霍先生，您要向恐惧屈服吗？您的骄傲和尊严就这么不堪一击？在磨难面前脆弱得像块玻璃。”

“生活本来就是要认真的。快乐也没有那么难，一顿麻辣火锅，一块甜巧克力，一个风和日丽的好天气，人的快乐不就是从这些点滴平凡的东西里获取的吗？霍璋，你把自己架得太高了，站在云尖上，当然只能看到四周白茫茫的云雨，向下一点儿，才是人该待的大千世界。”

“我存在的意义，是为了守护世界。”

“我要娶斯嘉丽做老婆，您能办到吗？办不到的话我就去浪迹天涯卖羊肉串了。”

“霍璋，生日快乐。”

“我们是朋友，不是吗？”

“朋友，朋友……”霍璋嘴里反复咀嚼着这两个字，眼底蓦然泛起酸意。

窗外骤雨不停，他一阵耳鸣，想起港口交易几次差点儿被警方围捕，想起他反复叮咛丁晨凯不要靠近研发楼。但他一转念，又想起曾经和丁晨凯在夜色下结伴看天上的月亮，霍璋从不觉得星月有多诗意，但那男人却能赋予漆黑夜色以温柔。

种种一切，在脑海里交错着轮流回放，好与坏，真诚与虚伪，霍璋感到一阵抑制不住的头痛。

除了警察，他想不到任何丁晨凯要这样做的理由。他咬着牙，两个字从牙缝里钻出来："骗子。"

那男人耀眼而清澈，似夜幕上永不缺席的月亮。可再清明，都不是他的光。

"霍……霍先生？您能听到我说话吗？"

暴雨天信号不好，何通的话断断续续传过来，他不停地叫他，终于将霍璋的思绪从过往里拉回了现实。

潮意在屋子里每一个角落悄然蔓延，霍璋双腿冰凉，漆黑的眸子里映着窗外无边的雨色。他沉默了很久，开口时，音调全然变成了从前的冷漠，他说："自己犯的错，自己兜着呗。"

……

那夜的雨没有停过，书房里的台灯也一直亮着。

霍璋在窗前看雨，脊背僵直，从黑夜坐到黎明，一动都没有动过。

四年后，霍璋望着对面的男人和他胸前的工作牌："罗海警官，久仰。"

罗海笑了笑，换回警服以后，整个人仿佛脱胎换骨般，从前的软弱气质消散无踪，留有的只剩平和与坚毅。他刚进来时，霍璋甚至没有第一时间认出他来。

他说："还是叫我何通吧，罗海这个名字我已经很久没用了，听起来不太习惯。"

霍璋自嘲："你在我身边待了五年，我竟然一直没有发现。"

"如果不是林清执，我或许早就暴露了。"

"林清执。"霍璋嘴里呢喃着这三个字，"这名字比丁晨凯要适合他。"

"你当年不是一直在找港口交易的消息是谁传出去的吗？"罗海说，"是我，但你却怀疑到了林清执的身上。我调查的是松川黑药案，而他调查的是西河市器官贩卖案，没有十足的证据证明那些人的失踪与你有关，他不会轻易暴露自己。

“作为司机，我无法接触到交易的核心信息，只能根据你手下的保镖在交易当天的行踪来猜测交易的地点和时间，可你交易时总是在其他港口虚晃一枪，干扰我的判断，最后浪费了松川警方很多人力和精力，也没有抓住交易现场。林清执去世后，你更谨慎了，所以这些年我只能耐着性子潜伏在你身边，不敢有其他动作。”

罗海望着霍璋，遗憾地说：“松川和西河两市警方派出的卧底信息并不互通，虽然我一直觉得他不是普通人，却没想过他也是警方的人。如果我早一点儿知道，也许结果会不同。当初在小东山，他知道自己有去无回，却仍坚持那样做，因为那是拿到器官贩卖案证据的唯一机会。

“中庸，这是卧底之道。

“他懂，但他不愿意这样做，明知不可为而为之，这才是他的道。”

电子闹钟发出“嘀嘀”的声音，一个警员推门进来：“罗警官，你的时间到了。”

招待室桌上的花瓶里插着几朵新鲜的百合，缭绕得整个屋子都是香味，霍璋盯着那些花儿发呆，陷入长久的沉默。

罗海起身：“只是想来看看你，霍璋，你还有什么心愿没有实现吗？”

霍璋抬起眼，眉眼里带着几分轻蔑和骄傲：“你能帮我什么？”

罗海大度地笑了笑，戴上警帽，没有和他一般见识，转身离开。他走到门口时，霍璋突然开口：“书房架子最顶层放着一本书，拿来给我。

“我们从一开始就是两条路上的人，注定针锋相对，我曾怀疑他对我有二心，可他从始至终都没有真的背叛过我，不是吗？”

罗海说：“‘背叛’这个词不是这样用的。人民警察如果做错了事，那是背叛人民、背叛国家、背叛党、背叛身上的警服，林清执不会那样做。

“至于背叛霍璋，你担不起这两个字。”

霍宅，笼子里的黑背见到人来叫得很凶狠，像两只被困在笼子里的疯狗，可罗海明明记得，它很小的时候还不是这副恶犬模样。那时大黑背是由林清执养的，后来怕它寂寞，他又养了只小的，每天带着它们在草坪上玩耍，人和狗在阳光下追逐，都无比快乐。主人变了，狗也跟着变了。

他来到书房，找到霍璋说的那本书，它在书架的最顶端，已经落满了层层的灰螨。那本书并没有什么特别之处，身后跟着的警员不知道霍璋为什么要它。

罗海翻开，在其中一页里掉出来一张金色的锡箔，锡纸内侧的笔痕经过岁月的侵袭已经不算清晰了，但依旧不难看出是一幅小漫画。

小人破开果壳，张牙舞爪地向整个世界叫嚣，有趣又滑稽。

“霍璋要这个做什么？”

“谁知道呢。”罗海嘲讽地说，“或许是为了赎罪，或许是为了给自己一个心理慰藉。就像他说的，一开始就是两条路上的人，注定针锋相对，但林清执——

“林清执是他唯一的朋友。霍璋本来有机会救下他，却因为多疑把他推进了深渊，他现在也许后悔了。”

“那这个要拿给霍璋吗？”警员问。

“你觉得呢？”

警员挠了挠头：“按理说死刑犯生前的心愿一般会满足，总不能叫人死了还留下遗憾啊。”

“人都会犯错，可并不是所有的错都有弥补的机会。”罗海笑了笑，把锡纸夹回书里，又将书放回书架上，“林清执的死又是多少人的遗憾？也该叫霍璋尝尝遗憾的滋味。”

他说：“霍璋不值得。”

番外二 月儿圆

1. 坏蛋

“大人都是坏蛋，阿易是坏蛋，妈妈也被传染了。”

“阿易，我觉得你配不上我妈妈。”

某天，江易正在院里拿一截废弃的木头做木工，赵金枪迈着他的小粗腿“吧嗒吧嗒”地从屋里跑出来，他叉着腰站在江易面前，立得板板正正。

江易问他来干什么，他用一种瓮声瓮气的奶音说出了上面这句话。

江易从木头上抬起眼，看着面前一脸严肃的小男孩：“你为什么这样觉得？”

“你不在的这些年，我妈妈很辛苦，贺叔叔说她生我的时候差点儿在……在那个什么门关前走了一圈儿……”

“鬼门关。”

“对，就是鬼门关。”赵金枪老气横秋地说，“她养我长大不容易，这些年许多有钱又帅的叔叔追她，她为了让我健康成长，一个都没有答应。她那么好，你却每天把她关在屋子里打她！”

江易问：“什么时候？”

“晚上。”赵金枪把腰叉得更紧了，小眉头苦恼地皱着，“你回来后，我都不能和妈妈一起睡了，你把我关在屋外，背着我在屋里打妈妈。”

“我没有打她。”

“可她的声音很痛苦。”

这个问题很难和小孩解释，于是江易反问他：“妈妈在屋里痛苦，你作为一个男子汉，为什么不冲进来救她？”

赵金枪那理直气壮的神情一下子蔫了半截儿，他苦着脸说：“妈妈不准我进去。”

江易回来后，赵云今就把他赶去了他自己的卧室里睡觉。一开始小鬼头并不死心，每晚在房间门口边哭边抓门，试图能哭软父母的心，后来被赵云今收拾了几次，他再也不敢半夜抓门了，只能抱着自己的奥特曼玩偶委屈地在小床上睡觉。

他将自己的委屈和眼泪都归结于江易——因为他回来，妈妈才不要他了。

因此他咬着牙决定，一定要让阿易知难而退，要让他清楚他配不上妈妈。这样他以后就不会和自己抢妈妈身边的床位了。

可江易并没有这样的自知之明，他去水龙头下洗了手，将手心的木头渣冲掉：“妈妈不准你进去，说明她喜欢被我打。”

赵金枪迈着小腿跟在他身后：“骗子！世界上怎么会有人喜欢被打？她一定被打得很疼，所以才睡到现在都没起床。”

江易洗干净手，看了眼时间，已经快中午了。他进厨房做饭，赵金枪锲而不舍地跟着他，江易蹲下身来，和小孩平视：“等我做完午饭，就上去看妈妈，如果她是被我打疼了，那我以后都不和她一起睡了，好吗？”

赵金枪得到江易的允诺，面露喜色地点了点小脑袋瓜。

……

江易进屋时赵云今还窝在被子里睡觉。她被子下只穿了一件薄而低胸的吊带裙，稍稍一翻身拉扯着就遮不住什么。江易原本想拉开窗帘叫她起床，但目光一扫到床上，又渐渐染上了深沉的欲色。

他走到床边，赵云今听见了动静，睁开了眼睛。

“吃饭吗？”

赵云今浑身骨头酸软，下意识地“嗯”了一声：“你们先吃。”

黑色绸缎面的床单，黑色的蕾丝睡裙，还有她乌黑的长发，将她的皮肤衬得格外雪白，她并不知道自己这副模样有多诱人，翻了个身面朝着江易，连说话的语调都带上了毫无警觉的娇气。

在狱中没什么娱乐方式，闲下来江易只能运动，他原本身体就不错，几年下来越发好了。他似乎想要把这些年错失的时光弥补回来，只要月亮一爬上山尖，他就关上卧室的门，身体力行地告诉她这些年的运动量都去哪儿了。

折腾一宿后，赵云今睡到中午是常有的事，江易很有默契地不去吵她，只有天真的赵金枪才会觉得妈妈是被打疼了爬不起来。

江易棱角分明的脸在昏暗的房间里有些看不清楚，他站在床边没有说话，赵云今从枕头里露出一双明亮的眼睛看着他："你饿了？"

"嗯。"江易撩开被子上床抱住她。他身上还有些刨木时沾上的木屑，硬茬剐着赵云今的皮肤，不等她说话，唇已经被他堵住了。

一吻毕，赵云今好不容易从他的桎梏下得了喘息，她笑得妩媚，用手指描摹他英俊冷硬的眉骨："饭要凉了，还不下去吃？"

江易却并不在意："一会儿我去热。"

被子里窸窸窣窣地闹着，他温柔地吻着她："喜欢吗？"

……

赵金枪捧着他的小碗在餐桌前等了很久，不仅妈妈没下来，就连阿易都一去不回了。他悄悄上楼趴在门口听，屋里隐约传来一些动静，小孩十分气愤，明明说只是上来看妈妈，阿易却又在里面打人，他生气地拿勺子用力叩着门板。

不一会儿，门从里面打开。

赵云今披着江易的外套倚在门边打量他，小孩扬起勺子，愤慨地说道："妈妈，我来保护你了！"

他话音刚落，就被赵云今拎着衣领提到了楼下。赵云今将他碗里盛好饭，在他脖子上挂上围兜，又给他夹了很多青菜。

"妈妈……"

"在我下来之前，把你碗里的饭吃完。"

"妈妈，我要保护你。阿易是大坏蛋，他又打你了。"

"爸爸没有打我。"

"那你为什么要哭？"

赵云今眼眶红红的，皮肤也泛着虾子粉的颜色。有些事对小孩无法解释，她眯着眼睛："赵金枪，你最近话很多，是不是又欠揍了？"

于是赵金枪不敢再说话，委屈地扒着碗里的米饭。

赵云今说完上楼了，留小孩一个人充满怨念地坐在楼下。

大人都是坏蛋，阿易打妈妈，妈妈被打了不怪阿易却反过来威胁他，她更坏。赵金枪心里想着，他以后再也不要理他们了。

午后，小孩一个人孤独地坐在院里的秋千架上，明媚的日光照耀着爬满院墙的蔷薇花。

离他吃完饭已经过去二十分钟了，妈妈还没有下来哄他，虽然她从前也很少哄他，可自从阿易回来后，她一门心思都扑在江易身上，对他越来越不好了。

正想着，江易从屋里出来了。江易坐在他身边的秋千架上，小孩心里还有怨气，没有理他。

江易伸出两只手放在他面前，其中一只手里躺着几颗妈妈不准他吃的奶糖。男人当着他的面将手握成拳头："猜猜糖在哪里？"

小孩奶声奶气地说："阿易，我不是白痴。"

他说完，点了点放着糖的那只手："这里。"

江易张开手，什么都没有，糖在他另外一只手里。

赵金枪眼巴巴地问："你怎么做到的？"

"以后教你。"江易把糖放到他掌心。

小孩剥开一颗塞进嘴里，吃了糖心情也变好了。

"我没有欺负妈妈，以前没有，以后也不会。"

"可是……"

"那是一种表达爱的方式，你现在还小，等你长大就明白了。"

小孩若有所思："我懂，以前做错事，妈妈揍我屁股，也说是为了我好。"

江易心想，那只是你妈妈为了揍你找的借口罢了，但他不忍心对小孩说实话，那太残忍，于是笑笑，陪他一起荡秋千。

"阿易，"赵金枪忽然转头看着他，"贺叔叔说你有一只假眼睛，是吗？"

他这话问得小心翼翼，一边说一边观察江易的表情。他没少从贺丰宝那里听说江易从前的事，在贺叔叔的形容里，阿易是一个无所不能、桀骜不驯的人，可他不懂桀骜不驯的意思，只是听起来有点儿厉害，也有点儿可怕。

他担心自己揭破了阿易的秘密，像电视剧里演的那样被他灭口，可他实在太好奇了。

江易从秋千上下来，蹲在他面前："你要看看吗？"

赵金枪凑近脸去看，长睫毛扑闪着，那只义眼几乎可以以假乱真，只有靠得足够近才能看出点儿差别。

他的手指轻轻抚摸着江易的那只眼："这个颜色要深一点儿。"

"这只是假的。"

小孩的手没有拿开，他咬了下嘴唇，轻声问："阿易，你疼吗？"

江易笑笑："现在已经不疼了。"

赵金枪收回手，但还是目不转睛地盯着他。

江易准备起身，小孩却突然伸手按住他的肩膀，嘴巴凑过去，在他那只义眼上轻轻地吹了几下。

2. 愿望

"爸爸只是年少无知随口一说，妈妈你不要当真啊！"

春日踏青，草长莺飞，蜂蝶追逐在花丛间。

蝴蝶和蜜蜂很快乐，赵金枪却不，他肉嘟嘟的小脸上满是落寞，一个人蹲在香溪边丢石子。

赵云今在坝子的草地上铺开餐布，江易将野餐的食物取出来放在上面。赵云今看了眼江边那个孤独的小小身影，问江易："你看他撅着屁股，像不像一只鸵鸟，让人想一脚把他踹进水里？"

江易笑了："都当妈了，怎么还这么喜欢欺负小朋友？"

赵云今静静地凝视着他，江易问："看什么？"

"你越来越喜欢笑了，从前不是这样的。"

从前的江易处处都是骨子里透出的阴狠，别说赵金枪这样的小孩不敢跟他开玩笑，就连在社会上浪荡多年的混混儿见到他都退避三舍。

可现在的江易气定神闲，眼里、脸上都是悠然和平静，时不时笑起来的英俊模样和从前的他判若两人。虽然那年在小东山，他身上落下了不少旧伤，到现在胸口都有坑坑洼洼的钉子印，但他整个人的生命力却像拔高了一截，更加旺盛而从容了。

“是吗？”江易说，“也许是这几年狱里的生活磨了性子。”

他虽然这样说，但赵云今不信，她也没揭穿他，看了眼赵金枪：“他心情不好，你去哄哄他吧。”

……

江易蹲到小孩身边时，他刚扔完手里最后一颗石子，蹲在这儿摆出这副样子就是给父母看的。现在有人来哄他了，他小嘴都要噘到天上去了，委屈得不得了。

“幼儿园的小朋友都笑话我。”他扁着嘴巴，才刚说一句话，眼泪就“滴答滴答”往下流。

江易从小是野蛮生长的，一路摸爬滚打长大。他以前想过自己将来万一有个儿子要怎么养他，年少时他想来想去，觉得男孩皮实又爱闯祸，不似女孩要富养，还是从小揍到大比较稳妥。可真有了儿子时，他却发现根本没有揍他的机会。

他没能参与小孩五岁以前的人生，等他出狱后，赵金枪已经被赵云今养成一个古灵精怪的小鬼头，既矫情又可爱，小脸比女孩都软乎。这世界上除了赵云今他谁也不怕，赵云今也只有在他犯了很严重的错时才会打他的手板，可板子还没落下，他先泪如泉涌。

江易是最见不得眼泪的，于是只得打消了年少时的荒唐念头。

他问：“他们为什么笑话你？”

“今天同学问我，为什么不跟爸爸妈妈姓？我说我的小名跟妈妈姓，他们问我小名叫什么，我说叫赵金枪，他们笑了一整天。”男孩眼泪汪汪的，“阿易，妈妈为什么要给我取这个小名？太丢脸了。”

“……”

他年少时的荒唐念头不止那一个，在他还是一个仰望着少女的混混儿时，他曾无数次想，如果以后他和赵云今有了孩子要叫什么？

那时的赵云今喜欢吃金枪鱼饭团，喜欢喝元气西柚水——女孩叫江西柚，男孩叫赵金枪。

后来某一天深夜，他靠着床头抽烟，把这个古怪的想法告诉了女孩，她笑得腰都直不起来了。

江易以为她笑过就过了，不会真把这滑稽的名字当真，可赵云今却一直记到了现在。他刚回家时，她笑吟吟地朝他介绍："这是你儿子，他叫赵金枪。"

那时的江易和现在的小孩一样，眼前也是一阵天旋地转。

江易当然不会告诉小孩这个名字是出自他的手笔，他并不诚实地说："'金枪'这两个字里蕴含着我和妈妈对你的期望，它听起来就很伟岸，你长大后，一定会变成真正的男子汉。"

赵金枪怀疑地看着他，满眼写着不信，又问："那'承道'蕴含着什么期望？"

江易笑着说："等你长大了就会明白。"

暮色垂下来，带来的食物吃完了，三人躺在松软的草坪上看着天空。

繁星渐渐显形，映在粉紫色的天边，香溪坝子上来了卖孔明灯的人，赵云今去买了三盏回来。

赵金枪问："这是什么？"

"孔明灯，把你的愿望写在上面，然后放飞它，等它飞得高高的，天上的人就会听见你的声音。"

"天上的人会实现我的愿望吗？"

赵云今骗小孩不打草稿："如果你是一个乖孩子，那他会的。"说完，她递给江易一盏。

两人写完了手里的灯后，赵金枪还在咬着笔头为不会写字而苦恼，赵云今说："妈妈帮你写吧。"

赵金枪果断拒绝了，他跑去卖灯的小摊儿前面，请老板帮忙写字。

"神神秘秘的。"赵云今放飞了她的灯，转头问江易，"你写了什么？"

"和你一样。"

"你咋知道我写了什么？"

江易说："知道。"

赵云今看着他，两人相视一笑。

赵金枪鬼鬼祟祟地拿着那盏灯走到江边大人看不见的地方，松开了手，任它飞向遥远的天际。他双手合十："求求了，一定要实现我的愿望。"

"赵金枪。"

赵云今的声音从远处传来，小孩吓了一跳，身形左右摆了摆，一不当心没稳住，掉进了身后的香溪里。

坝子边的水是很深的，至少对于小孩来说是深的，他掉进去连头都被没过了。他扑腾着手臂拼命挣扎，却离岸边越来越远，也朝水底越沉越深。在眼前的一切都模糊之时，他看见一个人影朝江边跑过来，而后纵身一跃跳进了水里。

其实赵金枪落水的时间总共还不到半分钟，但就是这半分钟把小孩吓坏了，被江易举上岸后他号啕大哭。他湿淋淋地缩在赵云今怀里，一把鼻涕一把泪，回头看见江易没上来，吓得拼命挣脱赵云今的手臂趴在岸边朝水里望："妈妈，爸爸怎么没上来，爸爸呢——"

江易被江底的水草勾住了脚，又潜回去解开水草，下潜了好一会儿才浮上来。他冒出水面，看到的正是小孩像只落汤鸡一样哭得悲痛欲绝的场景。

赵金枪看见他出来了，踉跄着扑到他身上，抱着他的脖子声嘶力竭地喊"爸爸"。

——这是江易第一次听他嘴里叫出"爸爸"这两个字。

那是种奇妙的感觉，四肢百骸仿佛涌入一股暖洋洋的热流，就连初春香溪的水湿透了衣裳也不觉得冷了。

他抱紧了身上的小孩："别害怕，爸爸在。"

赵金枪在赵云今的监督下泡了热水澡，喝了姜汤，又吃了感冒药，他穿着厚厚的衣服在院子里骑木马。木马是江易亲手做的，他这些天一直在院里刨木头，直到将做好的木马送给赵金枪时，小孩才后知后觉地明白了他做这个的目的。

他接过礼物时不知怎么的有点儿害羞，低着头小声说了一句"谢谢阿易"，而后就再也没有说话，一直在院里玩到现在。

江易在浴室里洗澡，赵云今走出来陪他玩。

小孩像是有心事，没有平时那么活泼了，他安静了一会儿，问她：“妈妈，阿易还会再离开我们吗？”

“你希望他离开你吗？”

小孩想了想，认真地摇摇头，赵云今说：“刚才在香溪，你不是叫他爸爸了吗？为什么回到家里又叫阿易了？”

赵金枪低垂着头，奶音变得低低的：“他这些年一直不在我身边，也没有陪过我，叫他爸爸很奇怪。还有，幼儿园的小朋友说他是坏人，他是因为做了坏事才被抓进监狱的。”

赵云今按停他的木马，将他抱下来：“还记得妈妈和你说过，你有一个舅舅吗？”

赵金枪点头：“贺叔叔也说过，他还说舅舅是个大英雄，他离开我们去守护世界了。”

赵云今将他脸侧的碎发别到脑后，露出一张干净可爱的脸蛋：“别听那些小朋友乱说，爸爸和舅舅一样，也是一个大英雄。”

赵金枪似懂非懂地问：“真的？”

赵云今笑了笑，捏捏他肉乎乎的脸：“舅舅去守护世界了，爸爸之所以进了监狱，不能陪在我们身边，是为了守护舅舅。他从前吃了很多苦，也受了很多伤，宝宝已经长大了，以后就和妈妈一起守护着爸爸，不要再让他难过了，好吗？”

“爸爸这么厉害吗？”赵金枪望着妈妈温柔的脸，忽然心底涌起一股自豪感，他用力点了点小脑袋。

圆圆的月儿挂上了天边，落在院里的蔷薇花上，于是蔷薇花也沾满了月光。

赵云今要带他回去睡觉。小孩绞着手指，难为情地问：“妈妈，你可以答应我一个小小的请求吗？”

“你说。”

“就是……就是……”小孩勇敢地说，“可以给我改个名吗？我不想再叫赵金枪了。”

赵云今想了想，点了点头：“好啊！”她戳了戳他的小脑袋，随口说，“以后你就叫江西柚吧。”

“为什么？”他浑身写满了抗拒，“为什么要叫这种奇怪的名字？”

赵云今勾了勾唇角：“因为你爸爸喜欢。”

深夜，江易吹好头发进了房间，赵云今已经钻进被子里了，正捧着一本儿童绘本在床头灯下看。

她见江易进来了，将书放到一边，直勾勾地盯着江易赤裸的上身。他胸膛健壮，虽然疤痕累累却有种难掩的性感。她招了招手，江易走到床边，她低下头，吻了吻他的伤疤。

江易笑道：“又勾引我，明天不想起床了？”

赵云今也跟着笑，坦荡又妖娆：“你看我起不起得来。”

……

卷起的被子里纠缠的人忽然分开，江易进屋忘记锁门，赵云今朝下一摸，一个毛茸茸的脑袋不知什么时候偷偷摸上了床。

赵金枪像条小虫子，从床尾一直蠕动到床头，拼命钻进两人之间的空隙里。

他无视赵云今略微眯起的眼睛，甜甜地问：“爸爸，我今天掉到水里了，很害怕，晚上可以和你们一起睡吗？”

这样可爱的小孩，这样软糯的语调，再冷的人心都会忍不住融化。

江易笑笑，与赵云今对视了一眼：“好啊！”

赵云今拿这厚脸皮的小孩没办法，只得朝床侧挪了挪，给他让出一块睡觉的地方。

小孩心满意足地抱着她，过了会儿又转身去抱着江易，他嘴里絮絮叨叨地哼着白天幼儿园老师教给他的儿歌：“月儿圆，月儿圆，月儿那么圆，悲伤是昨天，今天要团圆……”

他“哼哼”了半天，眼皮子忍不住打架，不知不觉趴在枕头上睡着了。

江易看了会儿他的睡颜，又望向赵云今，她没睡，也正看着他。

夜晚美妙而寂静，江易轻轻抽出被男孩压着的手臂，支起身来，他越过男孩，在她额头上烙下温柔的一吻。

“云云，”他轻声说，“睡吧。”

夜深人静时，赵金枪做了一个梦。

梦里他长了一双翅膀，扑腾扑腾飞到了月亮上，圆圆的月儿上挂了两盏孔明灯，他摘下来，看见两盏灯上写了一模一样的字：这里一切都好，你也要好好的。

赵金枪抓耳挠腮，不知道这是和谁说的话。他一转头，又看见一盏小灯从另一个亮莹莹的星球飞来。

他伸手截住，只见上面写了长长的一段话。

致亲爱的舅舅：

听说您是看着妈妈从小长大的哥哥，那妈妈应该很听您的话。

您可不可以在夜里给她托梦，让她不要再叫我赵金枪了。

如果她还是想叫也可以，叫一次给我一颗大白兔奶糖。

幼儿园的老师说，小孩正在长身体，吃糖有益健康。

最后，亲爱的舅舅，祝您在天堂幸福长寿，永远健康。

——世界上最乖的小朋友林承道

男孩想起了妈妈的话，孔明灯只有飞在高高的天空中，心愿才会被天上的人听到。于是他依依不舍地松开手，那盏灯飘啊飘，飘向他看不见的远方。

一点儿荧荧的微光，消弭在了广袤的宇宙中。

天上的人一定会听见的。

他快乐地想。

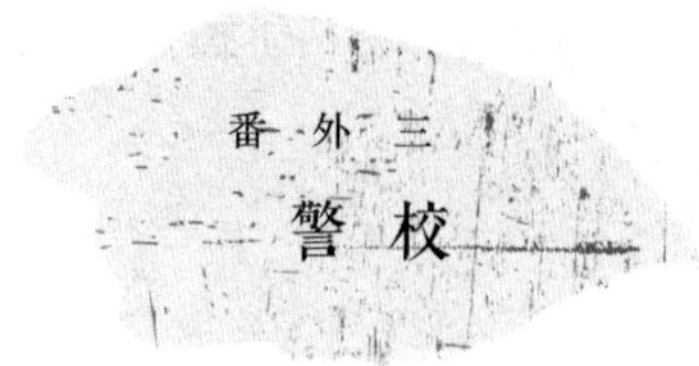

番外三 警校

——他身上，就连少年气，都要比别人灿烂。

清晨，细雨蒙蒙，雾气弥漫，游离在薄雾中的潮湿因子黏在行道树翠绿的新叶上，也沾了林清执一身。

他结束晨跑，去食堂买早饭。

“林师兄。”

林清执回头，一个短发女孩朝他走来。

“晚上西河话剧院有场很精彩的演出，刚好我有两张票，你有空吗？”女孩脸颊微红，说话时一直低着头。她背后，几个同伴正在交头接耳，似乎在为她撑腰打气。

面前的这个人是警校里最耀眼的一颗星。就算只是站在面前和他说话，也需要鼓足很大的勇气。实际上，他一点儿也不可怕，相反，还十分温柔。

女孩都不知道自己在紧张什么，可就是局促得眼神乱瞄，只敢偷偷看他。

林清执歉疚地笑道：“抱歉，今晚没空，招警考试要开始了，我约了朋友去图书馆复习。”

“你打算考哪里啊？”

“西河市局。”

西河市局是出了名的难进，师妹失望地“哦”了一声，又问：“那下周末有空吗？”

“有约了。”

“是去和女朋友约会吗？”

关于这位学长的情感生活一直众说纷纭。有说他单身，有说他和女友异地恋的，但从没人见过。女孩好奇很久了，借这个机会问了出来。

林清执怔了怔，随即脸上露出一丝赧然：“不是的，我是去给妹妹开家长会。”

林清执回到寝室时，贺丰宝还在睡。林清执放下早餐，踹了下他的床柱：“起床。”

床上的人无动于衷，他去撩被子，贺丰宝把自己裹成一只蚕蛹，誓死不肯离开被子半步。

林清执在他耳边大喊：“集合出操了——”

贺丰宝条件反射般瞪圆了眼睛，他拿起枕边的手表看了眼，六点三十。完蛋！警校早上六点出操，迟到的惩罚没人愿意领教，他蹦起来满地找裤子，光着脚转了一圈才想起今天周六，周六跑什么操?

“你幼不幼稚？”反应过来，贺丰宝骂道。

林清执把从食堂买来的包子丢到桌上：“趁热吃，吃完去图书馆。”

他乌黑的发丝上黏着雾珠，湿漉漉的，贺丰宝问：“外面下雨了？”

“不算大。”

从窗口望去，细雨与雾气中，学院的砖瓦被染成了黛青色。

贺丰宝进浴室洗漱：“整个学校除了你，不会有人在雨天的周末晨练了。”

“是你懒，晨练路上我遇见了好几个人，比我起得还早。”洗漱间和淋浴间隔了一层帘子，林清执拿上毛巾去冲澡。

“一定都是想要感受林学长光辉的漂亮师妹吧。”

林清执正色道：“别说这种冒犯人家的话。”

贺丰宝突然把脑袋钻进淋浴间的帘子后，林清执正在调水温，回头疑惑地看他。

“你就说，晨练路上遇到的是不是女孩？”

“你怎么知道？”

贺丰宝开始推理：“你晨练的路线长不说，还偏，一路好几个上下坡，遇上雨天地面全都是泥——”

他指着林清执满是泥的球鞋：“警校对仪表和着装要求严格，鞋子脏了要洗，有几个男生愿意为了晨跑刷鞋的？除了你。女生更爱干净，如果不是有特殊原因，没人愿意去踩泥。”

从大一入学起，林清执就只跑那条路线，因为他喜欢那条路的安静和风景。在某些事上，这个人有种异于常人的长情与执着。

林清执说：“观察力还挺敏锐。”

贺丰宝很得意，他边洗脸边说：“昨晚遇见老宋头，他问我你为什么不考省厅。”

他口中的老宋头是给他们上刑事技术课的教授，喜欢留山羊胡，一直把林清执当得意门生，对于林清执放弃报考省厅而选择去西河市局的做法，他感到很惋惜。

“这让我怎么回答？你的心思谁能猜透啊！所以我就跟他说，你爸妈都忙，你又是个妹控，你得留在西河给你妹开一学期两次的家长会，你没看见当时老宋头那脸，都绿了。”

“……”

“不过我也很好奇，你为什么不报省厅啊？”人都是想要向上走的，只是许多人没有能力而已，贺丰宝不认为林清执应该归于“没有能力”那一类人里，警校四年，他样样拔尖，为人更是不用说。

“无论去市局还是去省厅都是做警察，没区别。”林清执声音淡淡的，“老宋……”

差点儿被他带偏了。

“……宋教授课上说过，‘如果一个社会治安败坏、污垢丛生，不要急于否定它，因为只有烂到了根里才好彻底根除。同样，一个社会风平浪静也未必是真的安宁，因为你不知道平静的湖面下蓄着怎样汹涌的暗潮’。

“无论是腐烂还是平静，西河都是我长大的地方。既然总要有人来守护，那这个人为什么不能是我？”

贺丰宝拿毛巾胡乱擦了脸：“跟你说了也白说，你这人一直都是个理想主义者。”

林清执笑着说：“理想主义也不是什么坏词啊。”

浴室氤氲的水汽蒙在帘子上，模糊地映出林清执的身影，挺拔得如一株白杨。

刚进警校时，师兄师姐间流传着一句话：警校生，聚是一团火，散是派出所。那是许多警校生的归宿。其实派出所挺好的，虽然工作琐碎，不过稳定又相对安全，正合贺丰宝的意——如果没有遇见林清执的话。

同寝四年，每天早上，出操铃没响先被林清执叫醒，就连周末都要被他从床上薅起去图书馆，风雨无阻。贺丰宝这人机灵、脑子转得特快，适合干刑警，但他很懒散，要没林清执盯着，早就是咸鱼一条了。

他洗完脸，饭前抓着床头的栏杆做了几个引体向上。

林清执头顶毛巾走出浴室，换了身衣服，抓着他去图书馆准备考试去了。

最终，林清执也没能去给赵云今开成家长会。

有场博览会在西河举办，作为警校生，林清执被临时派遣来执行安保任务。

大好的周末在太阳底下晒着，贺丰宝快累瘫了，他一口气喝完半瓶水，看着远处的好友。一整天，林清执先是在门口安检了几个小时，又被临时抽调去场馆里面维护秩序，中午饭都没来得及吃，出来后扶起摔倒的老太太、帮人指路、教育到处疯跑的“熊孩子”，现在又在安慰和妈妈闹别扭的小女孩，像是不会累一样。

对别人而言，安保任务枯燥又无聊，对林清执而言，却饶有趣味。

一个小孩尖叫着从贺丰宝身旁跑过，一路上撞到了好几个人。

他没耐心像林清执那样讲道理，直接把人按住，阴森森地说：“再乱跑就把你抓进警察局哦。”

林清执走过来：“别吓他。”

他把小孩抱起来，递给他一根棒棒糖：“你的爸爸妈妈呢？”

小孩搂着他的脖子，抱着他不说话。

贺丰宝看着他背后："你妹妹来了。"

赵云今刚放学，穿着校裙站在场馆外。她还在念初中，就初显了美人模样，鹅蛋脸，皮肤白，裙摆下的小腿纤细笔直，俏生生站在那里，引得来往的青年不停地打量。

林清执抱着小孩走过去，不动声色地挡住那些男人的目光："怎么过来了？"

"刚开完家长会。"赵云今指尖玩着垂下来的书包带，神情很乖，"期中考我退步了一名，全班只有我的家长没去，班主任找我谈话，问我家里人不来，是不是不关心我的成绩。"

贺丰宝听得嘴角抽搐，心想次次年级第一，偶尔第二，这成绩还需要怎么关心？

林清执说："这次是临时有任务，我保证下次一定参加。"

"你上回也是这么说的。"赵云今有些没精神，她看了眼林清执怀里的小孩，"什么时候结束啊？"

"要很晚，不过现在可以休息一会儿。"他看了眼远处的便利店，"你饿吗？"

场馆前的长椅上，赵云今和"熊孩子"排排坐。

林清执去买东西，赵云今终于不用装乖了，她不爽地说："他是我哥，不是你的。"

"所以呢？"小孩舔着棒棒糖，天真地问。

"不许赖在他身上，更不许搂他脖子。"赵云今扬起拳头，霸道地说，"安分一点儿，再有下回就揍你啦！"

林清执回来，刚好看见"熊孩子"被赵云今惹哭的一幕。他把小孩哄好，又帮他找到了家长。

赵云今坐在长椅上喝酸奶等他，白净匀称的小腿垂在长椅下，一晃一晃的。

"休息时间要结束了。"赵云今看了眼腕表，还有五分钟，他又要回去执勤了。

林清执有些愧疚："等我放假吧，假期一定陪你出去玩。"

赵云今侧头端详他的脸，摸出手机：“哥，跟我拍张照吧。”

林清执不爱拍照，两人上一次合影还是几年前。他学业繁忙，很少回家，赵云今能见他的日子屈指可数，有照片在，还能时时温习他的模样。

“不行。”他指了指身上的衣服。

黑色的安保服衬得他格外帅气，可胸口写着“特勤”的字样，不能随便拍照。

赵云今说：“没关系啊，我会用 P 图软件的贴纸把字遮住。”

“什么乱七八糟的。”林清执揉了揉她的脑袋，“早点儿回家，路上注意安全，我去执勤了。”

暮色垂落于喧闹的城市，夕阳光影将他的影子拉得很长。

天边燃起绚烂的晚霞，赵云今孤独地走在回家路上。她停下脚步，凝视着天边翻卷的光影，随手拍了一张火烧云。

林清执的口袋里手机声响起。赵云今发给他一张云彩的照片，告诉他：**天上的云很好看。**

“你妹妹走了？”

“嗯。”

“你不送她回去？”

“工作还没有结束。”

“你还真是适合做警察，现在就开始不顾家了，我要是你妹妹，得被你气死。”

“会吗？”

“就说家长会这事，你第几回放她鸽子啦？”

林清执再低头看那条消息，似乎真从她字里行间看出了一点儿落寞。他静了静，问贺丰宝：“怎么在照片上加贴纸？”

得到答案后，他站在夕阳里，不太熟练地摆弄手机。

等他弄完，贺丰宝揶揄地问：“招警考试就快开始了，要是没考进市局怎么办？”

“派出所也挺好，离家还近。”

“真的吗？基层的事又多又杂，找猫、找狗、找离家出走的叛逆小孩，你愿意做？”

林清执笑着问：“找猫找狗就不是警察了吗？”

贺丰宝和他相视一笑，吊儿郎当去勾他的脖子：“是哦，我忘了你是小孩之友了。老林，要是没考上西河市局，你打算去哪个街道的派出所上班？”

“别勾肩搭背的，注意形象。”周围全是人，林清执试图把他甩下去。

可贺丰宝像块牛皮糖，把他脖子搂得更紧了，没皮没脸的：“告诉我啊，咱俩一块儿去！”

……

繁华的街景浸染在黄昏里，赵云今打开手机，林清执在她发的云彩照上，用 P 图软件贴了一张小小的笑脸。

他回了一条消息：**晚上我会抽时间回家，告诉妈妈，等我一起吃晚饭。**

接着，又用哥哥威严的语气发了一句：**到时候再和你好好讨论成绩退步的问题。**

他已经好久没有回家了。可以和他一起吃晚饭，饭后他还会去她房间看她的试卷，教她做题，他穿着浅色的羊绒衣，映在灯光下的脸庞总是格外温柔，说话的声音也清朗好听，想到这些，赵云今原本低落的心情瞬间好起来了。

晚霞洒在城市的沥青路上，她一路踩着那些漂亮的影子，走回了榴花路的家。

时隔多年，贺丰宝站在墓碑前，回忆起从前。彼时天光绚烂，他们正少年。

无论是警校的自习室还是警局的工位上，林清执永远是早上第一个来，晚上最后一个离开的人。他很少陪父母吃晚饭，答应了妹妹的家长会也总缺席。在那短暂而热烈的一生里，他亏欠的人很多，唯独无愧于身上的警服。

念书时的清晨，林清执会在晨跑回来后叫贺丰宝起床。遇上冬天他赖床，林清执就从外边揉一团雪，回来塞他被子里。贺丰宝哀号一声，跳起来追着打，他掉头就跑，闹得寝室里鸡飞狗跳。

反恐防暴演练，贺丰宝不顾人质的安危“击杀”了犯罪分子。事后，林清执陪他受罚，围着操场蛙跳了十圈，又做了两百个俯卧撑。后来下起了雨，两人连洗澡的步骤都省去了，一路冒雨狂奔回寝室。

实习期，两人都是菜鸟，追一个小偷跑了半个西河，最后还是在油灯街跟丢了。他累得坐在地上，一身汗臭，林清执则靠着墙喘气，不比他好多少。两人对视一眼，忽然觉得有趣，前俯后仰笑个不停，最后去路边的便利店买了十几个饭团狼吞虎咽。

……

明明过去了许多年，一帧帧一幕幕，却像还在昨天。墓碑上的人容颜永远停留在那年，他笑容温柔，从未改变。

后来，贺丰宝见过形形色色的人，却再没有人像他这样——满眼朝气，清澈慈悲，一往无前的热忱在他身上成为具象，他仿佛生来就是为了做警察。

这世上有许多人，即便上了年纪，依然能保留年少时的活力。林清执亦是如此，然而这个人的身上，就连少年气，都要比别人灿烂。

似微光，似灿阳，似天边盛大的晚霞，温润而泽，浪漫挥洒。

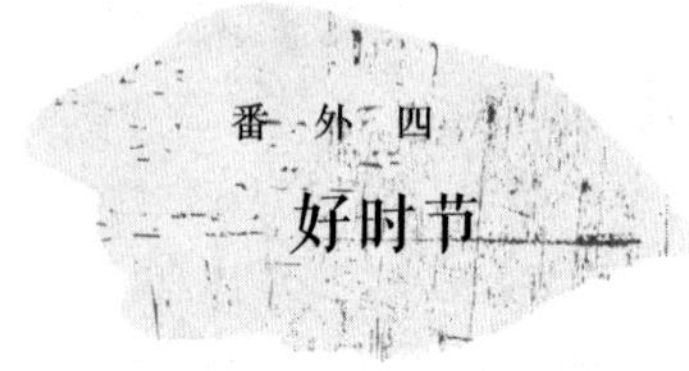

番外四

好时节

1. 从前。

“他还没来？”

长廊下，人来人往，盛开的紫藤花铺满横梁。

江易倚着廊边石柱，春末的风掀起他的衣边，露出一截劲瘦的腰。他英俊的脸上带着浑不吝的少年气，任谁也不会将他和周围的高中生联系起来。

这个年纪的学生有种被保护得很好的天真，大大的眼睛无辜懵懂，看人时像老实的兔子。江易不是兔子，他是只被散养的野兽，目光、笑容以及一举一动，都与周围人格格不入。

其实格格不入的不止他一个，只是另一个人把自己伪装得很好，一到老师和家人面前，就变成了温顺的小甜心。

赵云今在给林清执打电话，无人接听，她挂断：“我就知道。”

下个月高考，今天的考前动员会是重中之重，班主任要求所有学生的家长都必须到场。昨晚赵云今和林清执确认了好几回他可以来参加，可现在他还是消失了。

江易问：“打算怎么办？”

能怎么办？那个人不是上班忘了时间，就是在追捕嫌疑人，总不能把他硬薅过来。紫藤花落在长廊的地面上，赵云今用鞋尖去踩，烦闷地把花瓣踩出汁浆。

"算了。"她都习惯了。

铃声响了，赵云今回到教室，班里坐满了学生和家长，只有她的座位是空的。

班主任皱眉问道："云今，你的家人呢？"

这孩子成绩好又听话，但家长会总没人出席，每次问起都说家里人忙，可就算再忙，高考这样的大事也该来听听才对。老师不满道："老师知道你懂事，可你一个人……"

话没说完，看见赵云今身后走来一个少年。

"我是赵云今的哥哥。"江易面不改色，"让个路。"

"……"

她偷偷去掐江易的腰，他疼得拧眉，收敛起桀骜的语调："……请让我进去。"

"真是你哥？"班主任狐疑，觉得年龄对不上。

赵云今硬着头皮"嗯"了一声，班主任才放他进门。

两人坐在窗边，午后的日光洒入窗子，落在江易的侧脸上，衬出他绝佳的骨相，当他收起不要命的狠劲时，有一种野蛮生长的少年气。赵云今托腮端详："你为什么装我哥？"

她没想到江易会跟来，面对班主任时差点儿露馅儿。

江易反问："我不能是？如果想表达感谢，就喊声哥听听。"

"少做梦了。"少女语气是一贯的骄矜。

江易翻动桌面的试卷，欣赏她清秀的字迹。

"不喊吗？"他淡淡地威胁，"我随时可以离开，走前还会向你老师告状，就说我是你花钱雇来的。"

"那我大概会被老师批评，哥哥会对我失望，爸妈知道了也要教育我，说不定还会把我赶出家门。"赵云今一点儿也不害怕，鸦羽般的眼睫轻轻垂着，"阿易，你舍得我无家可归吗？"

赵云今最会拿捏人了，简单的一个问句，也能叫人心神荡漾。

江易漫不经心地低下头，避开了她的视线。

"怎么不看我？"偏偏赵云今还要惹他。

"再多说一句，我真要付诸实践了。"

赵云今连忙说：“别，我闭嘴了。”

走廊里传来急促的脚步声，讲台上老师正讲得激情澎湃，一回头见林清执站在门口。

“不好意思，我来晚了。”男人温和地笑。

“你是哪位？”

“赵云今的哥哥。”

“赵云今的哥哥？”班主任疑惑地指着江易，“那他又是谁？”

林清执沿那方向望去，只见座位上两个小朋友，一个假装冷淡地看向窗外，一个窘迫地挠了挠头。

校门外，江易刚掏出烟来，就被林清执拿走丢进垃圾桶：“你真是胆大，下回是不是就敢直接装警察了？”

“也行。”说完，他的后脑勺儿挨了一下。

换作别人江易早还手了，但面前是林清执，他只是揉了揉被打痛的地方，没说话。

赵云今说：“还不是因为你迟到，家长会都开一半了才来。”

林清执抱歉地笑道：“临时有事，已经尽可能地赶过来了，没想到还是晚了。”

他只要能来，哪怕只是一分钟，赵云今都开心，她没有埋怨，朝他吐了吐舌头。

远处，缠山衔着夕阳，暮色落了下来。

林清执说：“走吧，带你们去玩，云今生日快到了，顺便给你买条裙子做礼物。”

赵云今问：“你挑吗？”

“送你的礼物当然要亲自挑了。”林清执很自信地说。

赵云今说：“那我不要。”

他是骑摩托车来的，刚好和江易的车子停在一起，一个漆黑冷酷高大威猛，一个花花绿绿像小孩的玩具……丑的车是江易的。林清执看向江易，江易也冷冷地盯着他，他顿时感觉自己的审美受到了一点儿侮辱，摸了摸鼻头，极力掩饰着尴尬。

青春期的小孩真是叛逆又难搞，林警官心想。

春天的香溪野草丰茂，夕阳下水面波光粼粼。他们去溪边玩了会儿滑板，夜色很深时才骑车回市区。

赵云今坐在江易的摩托车后座上，用他的外套挡住了背后的寒风。她一开始抓着他的衣服，是江易握住她的手腕，非要她搂住自己的腰。林清执在一旁看着，不说话，只是笑。

城南街的许记粥铺仍在营业，三人进去点了粥。

赵云今吃她的生滚猪肝粥，江易口味重，点了份酱油炒饭，林清执则要了碗白粥，他掏出手机正要打开吃播，忽然意识到这不是警局的工位，有人陪他吃饭，又收了起来。

“阿易今天怎么去了云今的学校？”

赵云今说：“我和他约好了晚上出去玩。”

“去哪里玩？”

“西河大酒店……”

林清执手里的勺子“啪嚓”掉进了碗里：“哪里？！”

江易平静地接了后半句：“……对面新开的电影院，她想看电影。”

林清执这才松了口气，拿起勺子重新喝粥。江易扭头看赵云今，很难不怀疑她是故意说话大喘气的——西河大酒店，他敢带她去那种地方，林清执大概率会打爆他的头。

赵云今用手托腮，朝他没心没肺地笑，叫人猜不透在想什么。

林清执几口喝完粥，外边街上忽然传来一阵喊声：“捉小偷，捉小偷啊——”

一个女孩被抢走了随身的包，林清执起身去追。

赵云今一瞥眼看见了小偷的手，她碰了碰江易：“阿易，那个人带着刀。”

江易跟了出去。

小偷被逼入穷巷。

林清执堵着巷口：“东西还回来。”

小偷眼神飘忽，林清执的手臂忽地被拉住。江易手里握着一根从路边捡来的废水管，一手拽着他，一手挥了挥棍子：“当心点儿。”

小偷眼睛赤红，满脸狠意，暴起冲过来，江易手中水管一挥，打在他的手肘关节，匕首脱手飞出去。江易走上前，给了小偷一拳，反折起他的胳膊，把他抵在巷子的墙壁上：“这种人我见多了，手狠心黑，不能对他手下留情。”

见林清执安静地盯着自己，他问：“看什么？”

“你是怕我受伤吗？”林清执问。

江易脸上闪过一抹不自然，他嘴硬道：“我是觉得你年纪大了，不一定打得过他，万一让他跑了，再抓就难了。”

“我年纪大？”林清执笑笑，“来比比。”

城南街的巷子笔直且长，铺满青石砖，适合赛跑。警察带走了小偷，林清执站在巷口：“加点儿负重？”

江易酷酷地说：“随你。”

“我背着云今，你扛着摩托，先到巷尾就算赢，你赢了，今晚我请客，我赢了，喊我一声哥。”

“……”

这男人怎么这么不要脸？

许记粥铺养了只阿拉斯加，林清执让江易扛摩托车是开玩笑的，他抱起狗掂了掂，一百斤左右，刚好比赵云今重一些。他跟老板借了狗，蹲下来，阿拉斯加自觉地跳上了他的背。赵云今也上了江易的背。

现在没客人，粥铺的老板坐在门口凑热闹。他喊“开始”，两人如离弦的箭矢，“嗖”地冲了出去。

江易背着赵云今，林清执背着狗，两人身体素质都是顶尖的，像身上的负重完全不存在一样，速度几乎持平。

月色朦胧，清辉漫散。赵云今趴在江易的背上，脸颊被他柔软的头发抵着，嗅到了他身上清爽的薄荷味。

他身体硬邦邦的，给人极大的安全感，她鬼使神差地捏了捏他的耳垂。

奔跑中的江易突然刹了车。他站在月色里回头，女孩笑盈盈地说："阿易，你该不会赢不了他吧？"

这句话激起了少年的胜负欲，江易只顿了一瞬，继续朝前奔去，每一寸漂亮肌肉都爆发着十足的力量。江易快林清执一步越过终点线，看着他和他身上的狗："我赢了。"

男人满不在乎地笑："赢了一只狗，没什么可得意的。"

"赢了狗的是云云，我赢的人是你，哥。"

林清执一怔："喊我什么？"

江易的耳朵被女孩捏过的地方还微微泛红，他故作平静："没听清算了。"

2. 后来

"爸爸，我走不动了。"

登山途中，赵金枪奶声奶气地对江易撒娇。

出门前，赵云今提醒他不要背太多玩具，他不听，赵云今就随他，只是告诉他，自己带的东西就要自己背到底。

他也想一路背到山上，可他只是个小孩，根本不知道这山有这么高，实在太累了，他的肩膀都磨痛了。赵云今冷眼瞧着，没有帮忙的打算。于是赵金枪去抱江易的腿，水汪汪的眼睛眨啊眨。

江易说："妈妈说不能帮你拿。"

小孩气鼓鼓的："怎么妈妈说什么你都听！你是不是怕妈妈啊？"

江易承认："嗯，是很怕。"

赵金枪被噎住了，他眼珠子滴溜一转，讨好地抓着江易的衣摆："那我和你比赛，好不好？"

他短胖的指头指着前方路的尽头："我们赛跑，我要赢了你，你就听我的。"

"你要输了呢？"赵云今问。

"那我……那我就……"

"那你明天就跟妈妈一起去看牙医。"

赵金枪听到"牙医"两个字，脸上露出痛苦的神色。他最怕牙医了，但身上的东西又实在很重，他衡量了一会儿，委屈地答应了。

“我有个条件！”小孩鬼精鬼精的，“爸爸你跑太快了，你要背着妈妈和我比才公平。”

赵云今欣然同意，小孩快乐地跳了起来。

……

赵金枪用了吃奶的劲儿，气喘吁吁，依然输了比赛。他坐在山顶的台阶上，眼圈红了。

赵云今拍了拍他的脑袋：“傻不傻啊，爸爸从前连舅舅都能跑过，怎么会跑不过你？”

听到这话，赵金枪更难过了——这下他不光要自己背着书包下山，明天还要去看牙医，真是赔了夫人又折兵，这一刻，他是全世界最委屈的人了！

江易走到他背后，连人带包把他提了起来。

赵金枪狂喜，他环住江易的脖子：“噢噢噢，我最爱爸爸了——”

赵云今无奈：“你把他宠坏了怎么办？”

江易笑道：“不会。”

他一手抱着小孩，一手牵着赵云今，朝山下走去。路上，赵金枪睡着了，口水流在江易的衣领上，赵云今掏出纸巾帮他擦。她握着江易的手，与他十指相扣，忽然说：“我想起了那年。”

赵云今眺望远处缠山的山巅：“那一年香溪的傍晚很美，风筝会飘在水面，一切温柔安静，是很好的时节。”

江易停下脚步：“对我来说，现在也是很好的时节。”

少年时的狠戾与乖张很难再从他身上看到痕迹，他眼底只有岁月沉淀后的平静与从容。

他回头看着她：“有你们，也有家。”

赵云今轻轻地笑了，她踮起脚，吻了吻他的侧脸颊。

天高云阔，路两侧的阔叶林在风里簌簌作响，温柔的日光坠落人间，将三人交叠的影子拉得很长、很远。

往日不可追，来日犹可待，现在，亦是最好的时节。